FRAUEN

Katie Fforde

Zum Teufel mit David!

Aus dem Englischen
von Ursula Walther

BASTEI
LÜBBE

BASTEI-LÜBBE-TASCHENBUCH
Band 16 161

Deutsche Erstveröffentlichung
Titel der englischen Originalausgabe:
Living dangerously

Printed in Germany Mai 1997
Einbandgestaltung: Manfred Peters
Titelfoto: Andreas Jung
Satz: hanseatenSatz-bremen, Bremen
Druck und Bindung: Ebner Ulm
ISBN 3-404-16161-0

Gewidmet D.S.F fürs Lachen

Dank

An alles und alle in Mutter Natur, die mich inspiriert haben.

An Alison Moylan, die mir das Töpfern beibrachte. An Nicholas und Maggie Gundry Wines, die mir viel über Weinhändler erzählten. An Radio Gloucestershire, das mir so großzügig Zeit zur Verfügung stellte. An Sarah Molloy, meine Agentin, die mich in ihre Kartei aufgenommen und betreut hat. An Hilary Johnson, Elizabeth Harrison und den Rest von R.N.A. für die vielfältige Unterstützung. An Jane Oxborn, Barbara Gordon-Cumming und Peg Gardner, die mich das Schriftstellern lehrten. An Lynne Coleman, die mir bei den Recherchen geholfen hat. An meine Kinder und Freunde, die hinnahmen, daß ich sie sträflich vernachlässigte, und an meine Katzen, die mir überhaupt keine Hilfe waren, obwohl sie vom Gegenteil überzeugt sind.

Kapitel 1

Polly war überzeugt, daß es auch nichts half, sich ein bißchen Mut anzutrinken, und strich verzagt mit den Fingerspitzen über ihr Wasserglas. Es würde ein gräßlicher Abend werden.

Melissa hatte angekündigt, dafür *sterben* zu wollen, wenn sie Polly mit einem ganz bestimmten Mann bekannt machen könnte, und sie gleich, nachdem sie den Rem betreten hatte, diskret auf ihn aufmerksam gemacht. Polly beäugte ihn aus den Augenwinkeln, und im Grunde hätte sie Melissa nun ohne Umschweife den Kopf zurechtsetzen müssen. Es bestand für sie nicht die geringste Chance, sich je mit diesem Mann schmücken zu können. Er war zu groß, zu gut gekleidet und durch und durch erwachsen.

Polly war sich bewußt, daß ihr frischgewaschenes, ungewöhnlich arrangiertes Haar nur mühsam der Schwerkraft trotzte und wünschte, sie hätte sich die Zeit genommen, es schneiden zu lassen. Ein Kämmchen war bereits in ihren Ausschnitt gerutscht. Ihre großen grünbraunen Augen waren das Beste an ihr, da sie aber normalerweise eine Anhängerin unverfälschter Mimik war, sahen Kajalstrich und Wimperntusche bei ihr aus wie mit ziemlich schwerer Hand aufgetragen. Das Resultat: lässiger Sexappeal, zwar zu ihrer üppigen Figur und dem kurzen, hautengen Samtkleid passend, aber nicht zu ihrer partymüden Mauerblümchenlaune. Melissas Wundermann würde nur einen Blick auf Polly werfen und die Beine in die Hand nehmen.

Melissa hatte sie zudem unter falschen Voraussetzungen

hergelockt. Dies war beileibe kein »gemütlicher Abend mit ein paar Freunden« – mindestens zehn vornehme Paare hatten sich zu diesem luxuriösen gesellschaftlichen Ereignis versammelt. Und wenn man von einem Mädchen bedient wurde – wenn auch von einem kleinen –, dessen weißes Häubchen ständig über seine Augen rutschte und dessen Englisch eher bruchstückhaft als gebrochen war, dann konnte man eine solche Gelegenheit nur als formell bezeichnen. Melissa verdiente es wirklich, daß ihre Kuppelei fehlschlug.

Polly versuchte, Anteil an den Problemen der Frau zu nehmen, die ihr gegenüber saß. Die Ärmste hatte Schwierigkeiten, ihr Kind im richtigen Kindergarten unterzubringen. Sie wirkte umwerfend elegant. Ihr Bouclékostüm hatte die klaren Linien und dezenten Knöpfe, die es, wie selbst Polly wußte, als Designerware auszeichneten. Ihr klotziger Goldschmuck hätte durchaus von Butler and Wilson oder Cartier stammen können, jedes Stück perfekt plaziert und aufeinander abgestimmt. Und jedes schimmernde, mit Packungen und Spülung gepflegte, dunkelbraune Haar auf ihrem Kopf war untadelig gewellt und lag so, wie es von ihm erwartet wurde. Das Make-up blieb unauffällig, aber effektiv – die Frau hatte einfach Stil.

Dennoch offenbarte sie eine geradezu rührende Verletzlichkeit, als sie über ihre Kinder sprach. Wenn man ihr Glauben schenken durfte, dann war Kindererziehung eine hochtechnische, äußerst pannenanfällige Angelegenheit. Praktisch in jedem Stadium konnte die Sache grauenvoll und unwiderruflich schiefgehen.

Es genügte nicht, sie zu lieben, sie warm zu halten, sie zu ernähren und später in eine örtliche Schule zu schicken. Diese primitive Methode war völlig out. Jeder Sprößling, der nicht ein absolutes Genie war, würde bei einer derartigen Behandlung unweigerlich im urzeitlichen Schlamm steckenbleiben und nie Zugang zu einem der angesehenen Berufsstände erhalten. Nein, wenn man heutzutage ein Baby bekam, mußte man in jeder Phase *den* Spezialisten konsultieren, angefangen vom vorschwangerschaftlichen Diätberater bis zu dem Pauker, der den Nachkömmling in das richtige Oxforder College bugsierte. Ohne diese Expertenhilfe konnte man das Ganze von vornherein vergessen. Der falsche Gynäkologe, ein ungeschickter Anästhesist oder die verkehrte Kindermädchenagentur, und der kleine Sohn und Erbe würde nie sein volles Potential ausschöpfen können. Wenn es dann noch darum ging, die passende Schule zu finden, na ja . . .

Polly stieß ein kurzes Dankgebet aus, daß sie es bis jetzt geschafft hatte, sich mütterliche Instinkte zu verkneifen. Sie hätte nicht das Zeug dazu, sich die Unterstützung all dieser fabelhaften Spezialisten zu sichern, könnte sich solche Leute gar nicht leisten und wäre vermutlich nicht einmal in der Lage, sich durch die endlose Namensliste zu quälen.

Oh, warum hatte sie Melissa nicht einfach erklärt, daß sie krank wäre und nicht zu dieser schrecklichen Dinnerparty käme? Weil sie wußte, daß Melissa sie dann mit weiteren Einladungen bombardierte, bis sie schließlich doch nachgeben und annehmen würde. Ihre Freundschaft, die sie leichten Herzens nach der Schule hatten einschlafen lassen, mußte erneuert werden. Und heute war Melissa nicht weniger einschüchternd als mit fünfzehn. Wenn sie sich überhaupt verändert hatte, dann grenzte ihre damalige Herrschsucht heute an eine Art Absolutismus, und Melissa hatte Polly immer schon dazu gebracht, haargenau das zu tun, was sie ihr suggerierte.

Aber auch wenn die Jahre Melissas Charaktereigenschaften verstärkten, bei ihrem Sinn für Stil und Geschmack hatten sie versagt. Die üppige Langeweile in Melissas Salon konnte Pollys depressive Stimmung keineswegs aufhellen – im Gegenteil. Alles sah aus wie in *Schöner Wohnen* und war unerbittlich in Beige gehalten. Im Bemühen, sich auf keinen Fall eine Entgleisung zu leisten, war es Melissa gelungen, überhaupt keinen eigenen Geschmack vorzuweisen. Zu keinem einzigen Bild, keinem Möbelstück oder Kunstobjekt schien die Hausherrin eine persönliche Beziehung zu haben. Auf diese Weise brauchte Melissa wenigstens keine Angst zu haben, daß ihre Vorlieben kritisiert wurden.

Selbst die bildschöne reinrassige Perserkatze, die hastig aus der Schußlinie gescheucht worden war – »in der kritischen Zeit, *wagen wir es nicht*, sie aus dem Haus zu lassen. Wir haben einen ausgezeichneten Zuchtkater aufgetan und hoffen auf einen zahlreichen Wurf mit allen Rassemerkmalen« –, sogar dieses edle Tier also hatte man wegen der goldschimmernden Fellfärbung ausgesucht und nicht um seiner Persönlichkeit willen. Es war, als hätte ein Innenarchitekt »Georgianischer Cotswold-Stil« in seinen Computer getippt und alles, was das Elektronenhirn zu diesem Stichwort ausspuckte, unbesehen beherzigt. Die Katze war nur eines der unvermeidlichen Accessoires.

Ein rauhes Lachen erhob sich über das zivilisierte Murmeln. Ein großer Mann im Dinnerjackett ergötzte zwei Damen mit einer Anekdote, die er selbst unglaublich witzig fand. Entweder registrierte er nicht, daß seine Zuhörerinnen nicht in sein Lachen einstimmten, oder es war ihm gleichgültig. Jedenfalls versuchten die beiden Damen die Tatsache, daß sie mit ihren Gedanken meilenweit entfernt waren, höflich zu verstecken.

»Und in welcher Lesestufe ist Freddy jetzt?« Polly mochte kinderlos sein, aber den Jargon kannte sie.

»Nun, seit er in Boreham angefangen hat . . .«

Polly fixierte den Blick auf Freddys Mutter. Boreham war offensichtlich ein wichtiger Meilenstein, der Zenit der erzieherischen Einrichtungen für Fünfjährige. Das System kam Polly lächerlich vor, aber da Melissa strahlend, mit gelegentlichem Nicken nach verschiedenen Seiten und geschäftig auf dem Parkett klappernden Absätzen auf sie zukam, setzte sie versuchsweise eine äußerst interessierte Miene auf, um Melissas schauerliche Mission zu unterlaufen.

Doch diese Freundin besaß die volle Energie und Entschlossenheit einer jungen, hübschen Scharfrichterin, und da Polly noch immer von Schüttelfrost geplagt wurde – mit wahrscheinlich mehr als 38,5 Fieber –, war nicht anzunehmen, daß ihr genügend Kraft für eine wie immer geartete Notwehr blieb.

»Polly!« Melissa erreichte ihr angepeiltes Ziel und ergriff ohne Umschweife Pollys Arm. »Louise verzeiht mir bestimmt, wenn dich ihr entziehe. Da ist jemand, den du unbedingt kennenlernen mußt.«

»Melissa, ich fühle mich wirklich nicht . . .«

Melissas Griff wurde fester. Ihr steifer Rücken – von einer Spitzenbluse und einem nüchternen BH verhüllt – ermahnte Polly, sich am Riemen zu reißen und sich nicht wie ein Waschlappen aufzuführen.

»Er unterhält sich mit Thalia Bradley«, informierte Melissa sie über die Schulter hinweg. »Sie tut *so viel* für wohltätige Zwecke.«

Aus der Entfernung hätte man für möglich halten können, daß Thalia Bradleys Wohltätigkeit auf Kosten ehrlich arbeitender Mädchen ging. Doch bei näherem Hinsehen erkannte Polly, daß sie eine richtige Schönheit war und vermutlich auch noch echten Charme hatte. Sie schwebte auf dem schmalen Grat zwischen gutem Geschmack und Sex und schaffte es, beidem gerecht zu werden. Ihr weiches Seidenchiffonkleid war auf eine Art drapiert, die viele Frauen unförmig und fett hätte aussehen lassen, und hatte wahrscheinlich mehr Geld gekostet, als Polly in den letzten fünf Jahren für Klamotten ausgeben konnte. Ihr goldenes Haar wellte sich um ein herzförmiges Gesicht mit winzigem Stupsnäschen und einem Mund, der ebenso sinnliche Schwünge aufwies wie ihr offensichtlich uneingeengter Busen. Der Effekt war schlichtweg umwerfend.

Polly kam abrupt hinter Melissa zum Stillstand wie ein kleines Kind, das von seiner Mutter einer Gruppe neuer Spielkameraden vorgestellt werden sollte; auf keinen Fall würde der Neuankömmling Anschluß finden – nicht, nachdem sich die Mutter eingemischt und die Party gestört hatte.

Thalia hatte die Hand auf den Arm des großen Mannes

gelegt und sah ihm flehentlich in die Augen. »Das wirst du doch für mich tun, nicht wahr, David?« Ihre Stimme, honigsüß mit nikotingefärbtem Unterton, war so sexy wie der Rest von ihr.

Er hielt den Kopf nach vorn gebeugt, um jedes faszinierende Wort aufzusaugen, das von ihren wohlgeformten Lippen tropfte. Er würde ihr gar nichts abschlagen, egal wie unvernünftig es auch sein mochte. Er war vollkommen bezaubert, und Polly war sicher, daß nicht einmal Melissa es fertigbrachte, ihm ihre alte Schulfreundin als Gesellschaft aufzudrängen.

Polly unterschätzte die ehemalige Hockeykapitänin von Heathermount. Melissa wartete kaum ab, bis David Thalias drängender Bitte nachgab, ehe sie das Gespräch rüde unterbrach.

»Thalia, Liebes«, verkündete Melissa eine Spur zu scharf, »ich glaube, Hugh sucht dich. Dein Kindermädchen hat gerade angerufen.«

Es fiel Thalia nicht schwer, ihre Fassung zu bewahren. Sie hatte David in der Hand, aber offenbar wußte sie auch, wie sie ihren Bewunderer so in Atem halten konnte, daß er nach mehr lechzte. Sie gestand das Vorhandensein eines Ehemannes, eines Kindermädchens und demzufolge auch von Kindern mit einem zögernden, sinnlichen Lächeln ein, das ihr Verehrer sein Leben lang nicht vergessen würde.

»David!« Unbarmherzig riß Melissa seine Aufmerksamkeit von der scheidenden Thalia, die über den Parkettboden schwebte, als müßte sie das Girl aus Ipanema imitieren. »Das ist Polly Cameron – praktisch meine älteste Freundin.«

Polly zwang ihre Lippen zu einem Lächeln, das nicht ganz bis zu den Augen reichte, und hoffte, daß sie nicht so uralt aussah, wie Melissa sie beschrieben hatte.

»Und, Polly, das ist David Locking-Hill. Er ist schon *viel* zu lang Witwer. Er war mit Angela, einer wundervollen Frau, verheiratet.«

Warum, überlegte Polly, durfte man immer ganz sicher sein, daß man eine Person, die als »wundervoll« beschrieben wurde, auf gar keinen Fall leiden konnte? Aber wenigstens mußte sie diese wundervolle Angela nicht von Angesicht zu Angesicht verabscheuen.

»Aber, meine Liebe, du bist genau die Richtige, die ihn ein bißchen aufheitern kann«, fuhr Melissa bedeutsam fort, ohne die Tatsache zu berücksichtigen, daß die wohltätige Thalia den gebrochenen Mann bereits ausreichend in gehobene Stimmung gebracht hatte. »In der Schule warst du auch immer *so* amüsant.«

In der Gewißheit, zwei Menschen auf den Pfad der wahren Liebe geführt – oder ihnen zumindest zu einem erfreulichen Abend verholfen zu haben –, marschierte Melissa davon. Sie nahm ihre Pflichten als Gastgeberin ausgesprochen ernst.

Polly befeuchtete ihre Lippen und zermarterte sich das Gehirn. Aber der von Medikamenten und Fieber gleichermaßen verursachte Nebel verhüllte sogar die Erinnerung an allgemeine Höflichkeitsfloskeln, ganz zu schweigen von den witzigen Geistesblitzen, auf die Melissa angespielt hatte. Offenbar war die Gute der Meinung, Polly könne auf Anhieb und in jeder Lebenslage mit humorigen Bemerkungen aufwarten. Zudem hatte die wohltätige Thalia im ersten Akt einen ganz schönen Brocken vorgelegt, und Polly bezweifelte stark, daß sie im zweiten eine Steigerung für David bewerkstelligen konnte.

»Als Konversationshemmer dürfte diese Vorstellung einen Preis, wahrscheinlich sogar den ersten, gewinnen.« David, den nur seine guten Manieren davon abhielten, Thalia hinterherzuhetzen, packte den Stier bei den Hörnern. »Darf ich Ihnen einen Drink holen?« Er schielte auf Pollys beinahe noch volles Glas. »Nein? Dann sollten wir uns irgendwo hinsetzen.« Man mußte ihm zugute halten, daß sein Seufzer kaum zu hören war.

Einen Augenblick später hockte Polly am Ende einer glatten Chaiselongue und war gezwungen, ihrem unfreiwilligen Begleiter in die Augen zu sehen. Seine Seelenstärke wirkte irgendwie ansteckend.

Er hatte das unnachgiebig gute Aussehen, das die Kolonien über Generationen in Schach gehalten hatte. Unter dichten, flatternden Brauen schimmerten graugrüne Augen, die Polly an einen See im Winter erinnerten – kalt und wenig einladend. Die Adlernase und das kantige Kinn deuteten daraufhin, daß dieser Mann das Leben mit britischer Gelassenheit betrachtete. Ein ziemlich prächtiger Hals, mit einem genau richtig großen Adamsapfel, wuchs aus dem blendenden Kragen des weißen Hemds. Sein Mund wirkte beunruhigend unverbindlich: entweder er hatte überhaupt keinen Sinn für Humor, oder sein Humor war so trocken, so subtil, daß nur echte Intelligenz ihn zum Lachen bringen konnte. Die Krawatte hätte die Farben einer »alten und sehr spartanischen Privatschule« haben müssen, um zum Rest zu passen, sie bewies jedoch mehr den Einfluß von Sir John Harvey-Jones als den von einer Alma Mater.

Polly kam sich vor wie ein zottiges Shetlandpony, das man dazu gebracht hatte, bei einem Rennen am Derby Day einzuspringen, und ihre Chancen, David für die vom Anstand erforderten zehn Minuten zu unterhalten, standen ungefähr so wie die des Ponys, mit einem Siegerkranz davonzukommen. Da sie von Natur aus nicht wettbewerbsfähig war, beschloß sie, sich zurückzulehnen und den Anblick zu genießen.

Etwas an Davids offenkundiger Reinlichkeit war relativ reizvoll. Die meisten ungebundenen Männer, die Polly in die Quere kamen, waren Künstler oder Handwerker. Bärtige Jungs mit Pferdeschwanz und Ohrring, die rechts dachten und links wählten, denen der Geruch von ehrlicher Arbeit und Mühe anhafteten und die ebenso bedrückend sein konnten wie ihre pessimistischen Zukunftsprognosen für diesen gebeutelten Planeten. Offensichtlich konnte man David zutrauen, daß er sich in gemischter Gesellschaft nicht über das Ozonloch ausließ.

»Die Frau, mit der Sie sich vorhin unterhalten haben, ist sehr schön«, sagte Polly schließlich.

»Ausgesprochen schön«, stimmte er zu.

Polly war nicht wirklich überrascht, daß er nicht hinzufügte, Thalia sei dafür ein Schafskopf und dreimal geschieden oder daß ihre Brüste seltsamerweise auch dann noch aufrecht stünden, wenn sie flach auf dem Rücken lag, aber im Grunde war sie dennoch ein wenig enttäuscht. Natürlich war David zu sehr Gentleman, um sich in solchen Gehässigkeiten zu ergehen, und Polly hätte sich eigentlich schämen müssen, weil ihr diese Niedertracht jede weitere Idee für ein anderes Gesprächsthema unmöglich machte. Glücklicherweise war er nicht in gleicher Weise gehandikapt.

»Woher kennen Sie Melissa?« Er schaffte es sogar, aufrichtig interessiert zu klingen – dem Mann gebührte ein Verdienstorden.

Polly trank ein Schlückchen von ihrem lauwarmen Perrier. »Wir waren zusammen in der Schule und hatten lange überhaupt keinen Kontakt, aber vor kurzem sind wir uns zufällig über den Weg gelaufen.«

»Ach, und wo?«

»Im Supermarkt.« Das war nicht gerade der aufregendste Ort der Welt, aber es entsprach der Wahrheit.

»Oh?«

»Hmm. Wir haben beide nach essigsaurer Tonerde gesucht.« Sie hatte nicht die Energie, die schauerlichen Schreie des Wiedererkennens, die eifrige Suche nach Anzeichen des Alterns im Gesicht der jeweils anderen und den temperamentvollen Austausch der wichtigen persönlichen Ereignisse in den letzten fünfzehn Jahren zu schildern, deshalb setzte sie lahm hinzu »Aber sie hatten dort keine essigsaure Tonerde.«

Davids Blick glitt an seiner gebogenen Nase entlang und auf sie herab. »Wie interessant.«

Nichts in seinem Tonfall und nicht einmal das leiseste Augenbrauen- oder Mundwinkelzucken verriet den Sarkasmus, aber trotzdem konnte Polly ihn unmöglich überhören.

Sie schloß kurz die Augen. Es war vollkommen verständlich – er plante vermutlich, Melissa unter Anklage zu stellen und ihr ein für allemal das Einkaufen in Supermärkten verbieten zu lassen. Und recht hatte er.

Es war genauso wenig seine Schuld, daß sie aufeinander losgehetzt worden waren, wie die ihre. Kein Zweifel, sie war die vorläufig letzte einer langen Reihe von alleinstehenden Frauen, die ihm als zweite Besetzung für die wundervolle Angela angeboten worden waren. Es wäre nur fair, wenn sie ihn wenigstens bis zum Dinner einigermaßen unterhalten würde. Besonders weil man ihn ihretwegen von der Seite der attraktivsten Frau in diesem Raum gerissen hatte.

Sie vollzog vage eine verächtliche Geste mit der Hand. »Eigentlich nicht, aber es war lustig, Melissa wiederzusehen.

Sie hat mir erzählt, daß sie und Sheldon vor einem Jahr von London weggegangen und wieder in diese Gegend gezogen sind. Wir haben unsere Telefonnummern ausgetauscht, und sie sagte, sie würde mich mal zum Essen einladen.«

Polly hatte Melissas Enthusiasmus für eine Freundschaft, die nie mehr als lauwarm gewesen war, ziemlich überrascht. Polly war für Melissas Geschmack immer eine viel zu große Rebellin gewesen, und Melissa hatte sich nach Pollys Ansicht zu gründlich der fröhlichen Hockey-Kameradschaft-Philosophie verschrieben. Melissa war am Boden zerstört, wenn die Schulmannschaft ein Spiel verloren hatte, sie war eines der wenigen Mädchen, die sich die Mühe machten, die Schuluniform korrekt und nach Vorschrift zu tragen, und die tatsächlich all die vielen Dinge besaßen, die zu einer ordentlichen Hockeyausrüstung gehörten. Wahrscheinlich empfand Melissa jetzt Mitleid für Polly, weil sie noch immer unverheiratet und offenbar finanziell nicht besonders gut bestückt war. Sie hatte Polly vermutlich aus reiner Menschenfreundlichkeit eingeladen. Polly war jedoch glücklich, Single zu sein, und zufrieden mit ihrer Mittellosigkeit, und sie wünschte, Melissa hätte sich zurückgehalten.

Außerdem sollte es eine Einladung für ein Essen sein und nicht für ein Bankett. Und Polly, geschwächt von einer scheußlichen Grippe und einer Antibiotika-Kur, war selbst erstaunt über ihr Versprechen gewesen, zu kommen. Als Melissa noch erklärt hatte: »Es gibt da jemanden, den ich dir sehr gern vorstellen würde«, war es bereits zu spät für einen Rückzieher gewesen.

»Und jetzt bin ich hier«, sagte Polly laut.

»Ich verstehe.«

Sie taxierten sich gegenseitig, bis sich der Zwang zur gutbürgerlichen Höflichkeit Bahn brach und David die Konversation wieder anzukurbeln versuchte. »Sie tragen prächtige Perlen.«

Er stieg um ein Grad in Pollys Achtung. Sie hatte eine unbezähmbare Leidenschaft für extravaganten Modeschmuck, und die bombastische Kette mit den riesigen, amethystfarbenen Glasperlen reichte ihr fast bis zur Taille. Die dazu passenden Ohrclips waren so üppig und vulgär wie südafrikanische Trauben.

Da sie sich rechtzeitig daran erinnert hatte, daß Melissa schlichten, aber edlen und echten Schmuck bevorzugte, hatte Polly, nur um ihre Gastgeberin zu ärgern, die Perlen zu ihrem einfachen schwarzen Kleid angelegt. Unglücklicherweise waren die Dinger verdammt schwer – vermutlich war das auch der Grund, warum sie die Vorbesitzerin auf einem Flohmarkt angeboten hatte.

»Danke.« Sie nahm die Perlen in die Hand und hielt sie über ihrem Busen fest, um den Druck auf den Nacken ein wenig zu lindern. »Und woher kennen *Sie* Melissa?«

»Sie war eine Freundin von Angela. Die beiden haben sich zusammen für karitative Zwecke engagiert.«

»Oh. Für welche karitativen Zwecke?« Hoffentlich ging es um etwas, bei dem Polly mitreden konnte, und nicht um ein Rehabilitationszentrum für pensionierte, betrügerische Vermögensberater oder so was.

»Ich fürchte, das habe ich vergessen.« Es entstand eine Pause, während er überlegte, wie er diese unproduktive Unterhaltung weiterführen konnte. »Arbeiten Sie auch für die Wohltätigkeit, oder haben Sie keine Zeit für derlei Dinge?«

Polly dachte über ihre Antwort nach. Sie verbrachte ganz sicher einen großen Teil ihrer knapp bemessenen Freizeit damit, unentgeltlich zu arbeiten, aber sie glaubte eigentlich nicht, daß ihr Kampf um die Erhaltung der halben Laureton High Street als »karitative Arbeit« durchging. Etwas an ihrem Gesprächspartner ließ sie vermuten, daß er in diesem kontroversen Fall nicht unbedingt auf ihrer Seite stehen würde, deshalb beschloß sie, die Sache lieber nicht zu erwähnen.

Sie lächelte verbindlich. »Ich unterstütze so viele Wohltätigkeitsinitiativen, wie ich kann. Oxfam, Kinderschutzbund, Altenhilfe . . .«

Ein vager Eindruck verriet ihr, daß sie durchschaut wurde und daß David Locking-Hill nicht annahm, sie würde von Komitee zu Komitee hetzen und jede freie Minute damit verbringen, Lose für irgendwelche Tombolas zu verkaufen. »Sie meinen, Sie kaufen ihre Weihnachtskarten?«

»Bestimmt nicht. Meine Weihnachtskarten mache ich jedes Jahr selbst.«

Er gestattete sich, sie überrascht anzusehen. »Oh, das ist sehr . . . geschäftstüchtig.«

Selbst in ihrem geschwächten Zustand konnte es sich Polly nicht verkneifen, ihn ein wenig auf den Arm zu nehmen. »Ja, es ist erstaunlich, was man alles mit selbstklebenden Sternen und Goldfolie zustande bringen kann.«

Sie wurde mit einem so wohlkontrollierten Schaudern belohnt, daß ein weniger aufmerksamer Mensch als sie es glatt übersehen hätte.

»Das ganze Geheimnis ist«, fuhr sie unbeirrt fort, »daß man sich die Umschläge zuerst besorgt, sonst findet man nie die passenden. Ich erwähne das nur für den Fall, daß Sie vorhaben, im nächsten Jahr Ihre Karten auch selbst zu basteln.«

»Ich werde es mir merken. Vielen Dank.« Er besaß Selbstbeherrschung und antwortete ihr vollkommen ernst – nicht einmal seine Nasenflügel bebten dabei.

Mit dem Gefühl, endlich die Oberhand in diesem Gespräch gewonnen zu haben, bohrte sie weiter: »Tun Sie viel für karitative Zwecke?«

Er nickte. »Zumindest lege ich Wert darauf, jeden Tag einen mildtätigen Gedanken zu haben.«

»Oh, über irgend jemanden speziell?«

»Ja. Heute abend zum Beispiel strenge ich mich sehr an, nett von Melissa zu denken.«

Polly hatte ihre Fehler, aber sie war bestimmt nicht schwer von Begriff. »Eine Menge Frauen wären beleidigt wegen dieser Bemerkung«, erwiderte sie vergnügt, um deutlich zu machen, daß sie nicht zu der empfindlichen Sorte gehörte.

»Tatsächlich? Warum?«

»Weil eine solche Bemerkung darauf hindeutet, daß Sie böse mit Melissa sind wegen der Unterbrechung Ihrer Konversation mit . . .« sie suchte nach dem Namen, ». . . mit dieser schönen Frau – Thalia, nicht wahr?«

»Wirklich?«

»Natürlich, und Sie waren ärgerlich, stimmt's?«

»Meine liebe Polly – ich darf Sie doch Polly nennen?«

»Das ist mein Name. Andererseits bin ich mir nicht ganz so sicher, ob ich ›Ihre Liebe‹ bin.«

»Was ich sagen wollte . . .« Als perfekter Kavalier ignorierte er ihre Entgleisung in den Feminismus. »Wenn ich mich über die Unterbrechung geärgert hätte, würde ich es Ihnen sicherlich nicht sagen.«

Polly kicherte. »Das ist auch gar nicht nötig. Ihre Körpersprache spricht Bände. Aber verstehen Sie mich nicht falsch, ich bin nicht im mindesten gekränkt. Ich bemühe mich selbst, mildtätige Gedanken aufzubringen.«

»Ach, und warum?«

»Weil Melissa mich von einer äußerst interessanten Diskussion über Kindererziehung weggezerrt hat, um mich Ihnen vorzustellen.«

David Locking-Hill kam mit einer geschmeidigen Bewegung auf die Füße. »Und das heißt . . .« Es blieb ihm erspart, den Satz zu beenden, weil das Mädchen mit schriller, unsicherer Stimme ankündigte: »Das Dinner wird serviert!«

Polly lächelte. »Perfektes Timing.«

David musterte sie von oben herab und bot ihr seinen Arm an.

Polly, darauf bedacht, ihm nicht noch mehr zuzusetzen, erhob sich ebenfalls und hakte sich leicht unter.

Kapitel 2

David erledigte seinen Part der Zeremonie mit unbeteiligter Effizienz. Er führte Polly an ihren Platz, legte seine Hand an genau der richtigen Stelle unter ihren Ellbogen und zog ihr exakt zum passenden Zeitpunkt den Stuhl zurecht. Bei ihm konnte man ganz sicher sein, daß er niemals wild in der Luft herumfuchteln würde, während er einem in den Mantel half. Seine Manieren waren untadelig. Aber Polly war nicht im mindesten überrascht, daß er Melissa erlaubte, seine Aufmerksamkeit für sich zu beanspruchen, und sie selbst allein ließ, damit sie ihre Umgebung mit ungläubiger Ehrfurcht in sich aufnehmen konnte.

Jetzt verstand sie, warum sich Melissa scheute, kleine, intime Dinners zu veranstalten. Es wäre einfacher, in einer Schulkantine eine behagliche Atmosphäre zu schaffen. Melissas Eßtisch blitzte und blinkte und war so riesig, daß er auch als Eishockeyfeld hätte durchgehen können – bestens geeignet für langweilige Winterabende.

Doch trotz seiner Größe war nur wenig von der polierten Mahagoniplatte zu sehen. Melissa hatte es fertiggebracht, den Tisch mit so vielen Kandelabern, Weinkühlern, Konfektschalen, Blumenarrangements, Bestecken und Gläsern zu schmükken, daß ein kleineres Hotel vor Neid erblassen würde. Jedes einzelne Gedeck war mit genügend Messern, Gabeln und Löffeln ausgestattet, daß eine Durchschnittsfamilie ihren kompletten Bedarf damit hätte decken können. Und nur ein Schluck aus jedem der Gläser, die neben den Gedecken aufgereiht waren, hätte die meisten Menschen in sinnlose Trunkenheit gestürzt – von der für Autofahrer zulässigen Alkoholmenge ganz zu schweigen. Melissa mußte wohl Thomas Goodes beste Kundin sein.

Nach einer etwas genaueren, diskreten Inspektion entdeckte Polly jedoch, daß der Tisch Ausziehplatten hatte und wahrscheinlich ohne große Schwierigkeiten auf die halbe Größe reduziert werden konnte. Also bestand eigentlich kein zwingender Grund für Melissa, eine Gesellschaft in so großem Stil zu geben – wenn man einmal davon absah, daß es nicht Melissas Art war, Dinge zu verkleinern. Polly erinnerte sich daran, schon während ihrer Schulzeit Bekanntschaft mit dieser Eigenart gemacht zu haben. Wenn sich Melissa je einen so gewöhnlichen Gedanken gestattet hätte, dann hätte sie »Gib mit allem an, was du hast« zu ihrem Motto erkoren. Sie hatte seinerzeit von allen Schülerinnen das am besten ausgestattete Federmäppchen, den glänzendsten Lederranzen, die teuerste Garnitur mit Haarbürste, Handspiegel und Kamm sowie dazu passendem »Manikürtäschchen« besessen und auch sichergestellt, daß jeder ihre Kostbarkeiten gebührend zur Kenntnis nahm. Ihr Licht unter den Scheffel zu stellen – oder ihren verschwenderisch gefüllten Geldbeutel vor den neugierigen Augen anderer zu verstecken – war für sie gleichbedeutend mit Zweckentfremdung.

Offenbar hatte sich Melissa seit jenen Tagen nur wenig verändert. Ihre Gläser waren samt und sonders aus Kristall und tadellos poliert, aber für Pollys Geschmack viel zu protzig, das Silber geschmacklos und zu reich verziert und die Blumenarrangements so mächtig, daß man sich unmöglich quer über den Tisch unterhalten konnte.

Ein Blick auf die Versammlung von schönen Frauen und wohlhabend aussehenden Männer verriet Polly, daß Melissa immer noch größten Wert darauf legte, sich die Leute zu Freunden zu machen, die sie für die »richtigen« hielt. Damals in der Schule hatte Polly Melissas Eifer, sich bei gewissen Mädchen lieb Kind zu machen und damit ihren gesellschaftlichen Aufstieg zu sichern, gar nicht so sehr bemerkt. Erst jetzt, als sie daran zurückdachte, registrierte sie, daß diese Mädchen entweder Eltern mit eindrucksvolle Titeln gehabt hatten oder selbst adelig gewesen waren.

Sie erinnerte sich düster an bissige Seitenhiebe auf Menschen, die »nach Geschäften rochen«, und daran, wie sehr sich Melissa über diese Anspielungen aufgeregt hatte. Damals hatte Polly nie verstanden, worum es überhaupt ging – sie fand, daß Geschäfte und Läden himmlisch rochen, nach geröstetem Kaffee, frisch gebackenem Brot oder anderen verführerischen Düften. Nur beim Eisenwarenhändler, der auch abgewogenes Knochenmehl verkaufte, stank es meistens fürchterlich.

Der glücklichste Tag in Melissas Schulzeit war der gewesen, an dem ihr Vater in den Ritterstand erhoben wurde und sein Name zu Neujahr auf der Ehrenliste erschien. »Ihre Mutter ist jetzt endlich eine Lady«, kommentierte ein scharfzüngiges Nymphchen die Vorgänge. – »Das ist mehr, als man von deiner behaupten kann, meine Liebe«, erwiderte ein anderes.

Polly ließ ihren Blick zur anderen Seite des Tisches schweifen. Sheldon, Melissas Mann, bewunderte Thalia in unangenehm auffallender Weise.

Polly fragte sich, warum Melissa diesen Menschen geheiratet hatte. Hatte sie ihre Hoffnungen auf einen eigenen Titel aufgegeben und sich mit dem »schlichten« Zutritt zu Debrett zufriedengegeben? Bestimmt konnte ihr Sheldon das bieten, ansonsten gab es kaum etwas, das zu seinen Gunsten sprach. Sein Hals quoll über den Hemdkragen, er hatte dicke, fleischige Hände, und es schien, als müßte er eine Frau nur ansehen, um vor Gier nach ihr ins Geifern zu geraten.

Über Geschmack ließ sich natürlich nicht streiten, möglicherweise hatte er ihr Herz im Sturm erobert. In jüngeren Jahren war er vielleicht auf forsche Weise charmant gewesen, oder er hatte eine Nase für die lukrative Chance gehabt. Melissa war eine großartige Partie – das einzige Kind eines reichen

Vaters und eine Frau, die versessen auf erfolgreiche Männer war und ihren eigenen Mann zu Ruhm und Berühmtheit anspornen würde. Möglich, daß er sich, was den Erwerb eines Titels betraf, ebenso auf sie verließ, wie sich ihre Mutter auf ihren Vater verlassen hatte.

Welchen Grund es auch für diese Heirat gegeben haben mochte, Polly hoffte, daß sie Melissa Glück gebracht hatte. Melissa war schon immer außergewöhnlich herrschsüchtig und tyrannisch gewesen – offensichtlich hatte sie diese Eigenschaft bis heute noch nicht abgelegt –, aber sie konnte auch auf ihre Weise liebenswürdig und nett sein. Sie hatte etwas Besseres verdient als einen Mitgiftjäger. Einmal, als Polly im Internat wegen eines hartnäckigen Hustens auf die Krankenstation verbannt worden war, hatte Melissa umgehend ihre Mutter angerufen und veranlaßt, daß sie Polly ihre ganze Sammlung von Georgette Heyer-Büchern zuschickte. Polly hatte nie vergessen, wie groß ihre Freude gewesen war, weil sie endlich einmal genug zu lesen gehabt hatte.

»Guten Tag. Ich bin Hugh Bradley.« Die volltönende Stimme drängte sich in ihre Reminiszenzen, und ein langer Arm kam über den weiten Raum vom Nebenplatz auf sie zu, bis sie sich entschloß, ihm auf halbem Weg entgegenzukommen und ihm ihre Hand zu reichen.

»Polly Cameron.« Verstohlen rieb sie sich die Finger der rechten Hand.

»Ist Ihre bessere Hälfte auch hier?«

Polly richtete ihr Besteck neu aus und riß die riesige gefaltete Leinenserviette auf. »Nein, ich habe keine bessere Hälfte.«

»Geschieden, verwitwet oder in einem eheähnlichen Verhältnis lebend?«

Wollte er wissen, ob sie noch zu haben war, oder nur eine Unterhaltung in Gang bringen?

»Nein. Ich bin Single. Ist Ihre Frau hier?«

Sie lächelte herzlich, wohl wissend, daß er elastisch dehnbare Arme und Beine haben müßte, wenn er ihr Knie tätscheln oder Spielchen mit den Füßen treiben wollte.

Hugh nickte und deutete mit dem Kopf zum anderen Ende des Tisches. »Thalia – sie sitzt neben Sheldon.«

»Oh.« Polly wartete darauf, daß er die Partie mit einem neuen Eröffnungszug noch einmal beginnen würde.

»Und was tun Sie beruflich?« versuchte er es prompt.

Ihre massigen Ohrclips machten sich schmerzhaft bemerkbar. Polly nahm sie unauffällig ab, während sie darüber nachdachte, welche der vielen möglichen Antworten Hugh am besten gefallen würde. »Ich bin Kellnerin«, wäre zu ungeschliffen und würde die anderen Aspekte ihrer beruflichen Pflichten wie Tellerwaschen und ähnliches nicht berücksichtigen. »Ich kreiere Salate«, würde zu viele Erklärungen nötig machen. Es wäre hübsch, wenn sie sich als Töpferin bezeichnen könnte, aber das würde sie erst tun, wenn sie sich ihren Lebensunterhalt damit verdiente. »Ich arbeite in einem Vollwertkostcafé«, sagte sie und entschied sich damit für das Unkomplizierte. »Und was machen Sie?«

Bevor ihr Hugh davon erzählen konnte, wurden sie von dem Mädchen unterbrochen. Das arme Ding schwankte und taumelte unter dem Gewicht der riesigen aufeinander gestapelten Suppenteller. Sie stellte einen auf jeden Platz, und Polly machte eine erstaunliche Entdeckung – die Teller waren kalt. Ein anderes Mädchen, möglicherweise die Zwillingsschwester des ersten, folgte mit der vollen Terrine die sie mit waghalsigen Manövern über die eingezogenen Schultern der Gäste hievte.

Polly beobachtete ängstlich, ob nicht doch ein Tropfen daneben ging oder sogar – der Himmel möge es verhüten – eine ganze Ladung Suppe überschwappte und in einem einzigen Augenblick die mehrere hundert Pfund werte, von geübter Schneiderhand geschaffene Eleganz ruiniert wurde. Glücklicherweise erwies sich das Mädchen, obwohl winzigklein, als eine sehr akkurate Schöpfkünstlerin. Nachdem endlich alle bedient waren und Melissa die Leute aufforderte,

»kräftig zuzugreifen«, war die Suppe ebenso kalt wie die Teller.

Hugh, der vollkommen vergaß, daß er Polly eigentlich mit seiner Lebensgeschichte beglücken wollte, schaufelte eine gehörige Prise Salz in seine Bouillon mit Eierstichеinlage und getrockneter Petersilie und schlürfte sie im Nu in sich hinein.

Polly war beeindruckt. Neben ihr saß ein Mann, der sich nicht um die Feinheiten der Etikette kümmerte und offenbar einen herzhaften Appetit hatte. »Möchten Sie meine Suppe auch noch haben?« fragte sie ihn. »Ich bin nicht sehr hungrig.«

»Und ich komme fast um vor Hunger«, gestand Hugh. Sie vergewisserten sich beide, daß Melissa, die ihren Suppenlöffel geziert von sich spreizte, zu sehr in ein Gespräch vertieft war, um ihre Transaktion zu bemerken. Dann tauschten sie die Teller. Hugh vernichtete Pollys Suppe mit derselben Geschwindigkeit wie seine eigene. »Ich war den ganzen Tag auf dem Golfplatz«, erklärte er.

»Golf?« Was könnte sie wohl zum Thema Golf beisteuern? Gar nichts. »Und was, sagten Sie, tun Sie beruflich?«

Hugh, dem es offenbar auf der Seele brannte, endlich jemandem zu erzählen, welche Probleme er gehabt hatte, einen Ball aus dem Bunker zu bekommen, und sich dieser Möglichkeit durch Pollys Frage schnöde beraubt sah, wurde wesentlich zurückhaltender.

»Oh, ein bißchen dies, ein bißchen das. Grundsätzlich könnte man wohl sagen, ich kümmere dich um mein Vermögen.«

Polly brachte in exakt dem richtigen fragenden Tonfall ein »Oh?« zustande.

»Ja.« Hugh kratzte hoffnungsvoll mit dem Löffel über seinen leeren Teller. »Im Moment habe ich ein ganz ordentliches kleines Geschäft mit Immobilien in Laureton vor. Kennen Sie Laureton?«

»Ja.« Polly kannte es in der Tat. Sie wohnte in Laureton und liebte es.

»Dann wissen Sie vermutlich auch, daß es dort eine Häuserzeile mit Geschäften gibt, die vor kurzem eingerüstet worden sind. Eine Menge Flugblätter wurden wegen dieser Straße verteilt.«

Kaum jemand wußte besser darüber Bescheid. Sie ging jeden Tag durch diese Straße und dachte sehr oft an die hübschen alten Häuser. Sie stützte den Ellbogen auf den Tisch und nahm die schwere Glasperlenkette in die Hand. »Ja.«

»Ich glaube, ich kann Ihnen versprechen, daß diese Gegend bald um einiges attraktiver wird. Sehr viel attraktiver.«

»Oh?« Das waren unheilvolle Neuigkeiten. Bis jetzt hatte die Gemeinde noch keinen Käufer für die Häuser gefunden, und während sie nach einem Interessenten suchte, bemühte sich die Laureton-Aktionsgruppe verzweifelt, Geld zu sammeln, um die Häuser selbst kaufen und erhalten zu können.

»Dann haben Sie die Gebäude also schon erworben?« erkundigte sich Polly.

Hugh zwinkerte ihr zu und tippte sich mit der Fingerspitze an die Nase, ohne Farbe zu bekennen. Augenscheinlich war er hocherfreut, daß er ihre Neugier geweckt hatte und sie im Ungewissen lassen konnte. Polly hätte ihm am liebsten eine Ohrfeige oder einen Tritt gegen das Schienbein versetzt. Da beides sowohl aus Gründen des Anstands Melissa gegenüber als auch wegen der relativ großen Entfernung zwischen ihr und ihrem Tischnachbarn nicht möglich war, verfiel Polly in würdevolles Schweigen.

Die Mädchen sammelten die Suppenteller ein und stapelten sie gekonnt auf ihre Unterarme. Polly, deren Nerven bis zum Zerreißen angespannt waren, sehnte sich danach, ihnen helfen zu können, zum Teil, um Melissas Porzellan zu retten, zum Teil, weil sie sich auf der anderen Seite der grün tapezierten Tür wesentlich wohler und mehr zu Hause gefühlt hätte als an diesem Tisch. Sie hatte schon eine ganze Menge Jobs gehabt – die meisten im Gastronomiegewerbe –, und Melissas Personal würde es ganz sicher nichts schaden, ein wenig auf Vordermann gebracht zu werden.

Das Essen zog sich endlos hin. Polly nahm ihre Perlenkette ab und verstaute sie in der Handtasche. Sie kam sich vor, als befände sie sich in einer Art gesellschaftlichem Disney Land, in einem Themenpark. Nur war diese Szenerie für alle anderen äußerst real – lediglich sie, die Außenseiterin, fand die ganze Angelegenheit einfach lächerlich. Hugh widmete sich, nachdem er sich Pollys Hühnchen in heller Sauce und ihr vitaminfreies Gemüse einverleibt hatte, der zugänglicheren Zuhörerin zu seiner Rechten und wurde die Geschichte über seinen Abschlag aus dem Bunker doch noch los. Ein eigenartiger Instinkt verriet David, daß er ab jetzt für Pollys Unterhaltung zuständig war, und er schenkte ihr ein überraschend warmherziges Lächeln.

»Spielen Sie auch Golf?« fragte sie ihn.

Er schüttelte den Kopf.

Das war ein Plus. »Was spielen Sie dann? Ich meine, was tun Sie, um sich fit zu halten?«

David zuckte mit den Schultern. »Ich hab' nicht viel Zeit, für meine Fitneß zu sorgen, dafür halte ich mich ständig geschäftlich auf Trab.«

»Und womit?«

»Ich bin Weinhändler.«

»Macht das großen Spaß?«

Anscheinend war David daran gewöhnte seine Empfindungen hinter einer Fassade von guten Manieren zu verbergen, aber die Fassade geriet ins Wanken. »Nicht immer.«

»Ach.« Polly war enttäuscht. »Dann stimmt es also gar nicht, daß die frisch geteerten Fässer so gut riechen und daß man in alten Gummistiefeln durch die Landschaft schreitet?«

Er schüttelte den Kopf. »Sie verwechseln das, was ich tue, mit dem, was ein Fernsehdokumentator erzählt, wenn er über Wein redet. Ich verkaufe ihn nur.«

»Aber eigentlich ist es doch ganz vergnüglich, oder? Sie könnten immerhin auch medizinische Hilfsmittel oder chemische Toiletten oder etwas ähnlich Langweiliges verkaufen, das wäre schlimmer.«

Er nickte gewichtig, und Polly gewann den vagen Eindruck, daß er vielleicht doch ein bißchen Humor hatte. »Das könnte ich. Und was machen Sie so?«

Ich sollte mir wirklich eine geeignete Antwort für diese Frage ausdenken, überlegte Polly. Etwas Umwerfendes, was das Thema mit einem einzigen knappen Satz beendete und ihr die Möglichkeit gab, erhobenen Hauptes eine Situation wie diese zu meistern. Polly haßte es, über sich selbst zu sprechen, und ganz besonders scheußlich war es für sie, mit Leuten, die nicht die geringste Ahnung hatten, was es hieß, in einer Küche zu arbeiten, über ihren Job zu reden. Von ihrer Töpferei erzählte sie nur den Menschen, die sie gut kannte oder die selbst Künstler waren und sie verstehen konnten.

»Nichts Aufregendes«, erwiderte sie. »Oh, sehen Sie, da kommt der Nachtisch.«

Es gab eine blasse, von einem knallrotem Sahne-Gemisch umgebene Mousse. Ganz sicher hatte das Dessert auf dem Foto in der Gourmet-Zeitschrift großartig ausgesehen, aber augenscheinlich war die Umsetzung des Rezepts nicht ganz gelungen.

»Meine liebe Consuela.« Melissas Ton war so sauer wie die pürierten Erdbeeren. »Ich dachte, ich hätte genau erklärt, daß man Sahnehäubchen auf das Erdbeermark setzt. Erinnerst du dich? Es sollte genauso aussehen wie auf dem Bild.«

Consuela hatte offenbar ihre eigenen Mittel, sich zur Wehr zu setzen. Sie knickste und piepste: »Ja, Madam.«

Melissa beugte sich um ihren Tischherrn zur Linken herum und beschwerte sich bei Thalia darüber, daß es heutzutage unmöglich war, anständiges Personal zu bekommen. Da die Zwischenräume zwischen den einzelnen Plätzen ziemlich groß waren, mußten Consuela und ihre Schwester die Klagen der Hausherrin zwangsläufig mitbekommen. Polly wand sich vor Verlegenheit, nahm ihren Löffel in die Hand und rückte ihrer Mousse zu Leibe.

Sie überlegte gerade, ob sie Hugh vielleicht irgendwie dazu

bringen könnte, ihr seine Pläne für die Geschäftszeile zu verraten, als sie merkte, daß David sie auf sich aufmerksam zu machen versuchte.

»Verzeihung, was sagten Sie? Ich war ganz in Gedanken.«

»Ich sagte, daß Melissa Ihnen ein Zeichen gibt.«

Polly warf einen Blick auf Melissa, die mit Thalia sprach, dann sah sie David wieder an. »Wirklich?«

Er nickte. »Sie möchte, daß Sie sich zurückziehen.«

Polly fühlte sich wie eine Schauspielerin in einem Theaterstück, die ihren Text vergessen hatte. »Ich? Warum? Was hab' ich falsch gemacht? Hat Melissa gesehen, daß ich Hugh mein Dinner überlassen habe?«

Sie mußte endlich etwas Komisches gesagt haben, denn David grinste. »Nicht nur Sie sollen sich zurückziehen, sondern alle anwesenden Damen.«

Das Wort »Damen« wirkte wie eine Alarmglocke. »Sie meinen doch nicht . . .? Nein, das kann nicht wahr sein!«

David nickte wieder. »Ich fürchte, Melissa hat vor, die Herren ihrem Portwein zu überlassen, damit ihr Mädchen in Ruhe den neuesten Klatsch austauschen könnt.« Er rührte nicht einen Muskel, während er auf die Explosion wartete.

Polly blieb reglos sitzen. Wut, Entrüstung und schlichte Ungläubigkeit ballte sich in einer Blase zusammen, die unweigerlich platzen mußte. Aber irgendwie gelang es ihr doch, ihre Empfindungen zu unterdrücken. Sie hatte nicht genügend Elan, eine Szene zu machen, und falls Melissa dringend eine Aufklärung brauchte, dann war dies bestimmt weder der rechte Zeitpunkt noch der geeignete Ort dafür.

Sie betrachtete David, als wäre er allein an dieser unmöglichen Situation schuld. Seine ernste Miene wirkte wie eine Verhöhnung ihres stummen Protestes. Für einen kurzen Moment erhaschte sie einen Blick auf das, was hinter diesem gut geschnittenen Anzug und den geschliffenen Umgangsformen steckte – sie entdeckte einen Mann, der ihr gefallen könnte. Aber als sie noch einmal hinsah, war dieser Eindruck wie weggewischt. Die Maske der Respektabilität senkte sich über das, was auch immer Polly erkannt zu haben glaubte, und verbarg es, als wäre es nie vorhanden gewesen.

Enttäuschung regte sich in Polly, und als sie merkte, was mit ihr los war, lachte sie im stillen. Tat Melissas Versuch, sie zu verkuppeln, doch seine Wirkung? Oder war sie einfach noch nicht bereit, sich in eine exzentrische alte Lady zu verwandeln, die nur Katzen zur Gesellschaft hatte? Weshalb sonst sollte sie sich, um Himmels willen, einbilden, daß an David mehr dran war als ein perfekt gebügeltes Hemd und eine ordentlich gebundene Krawatte?

Rasch musterte sie nacheinander die anderen Männer in der Runde, um herauszufinden, ob irgendeiner ihre Jungfernseele anrührte. Aber nein – sie bestätigten lediglich ihre Überzeugung, daß ein Singledasein die beste aller Möglichkeiten war. Der letzte Funke einer längst erstickten Flamme – einer Flamme, die niemals richtig stark gelodert hatte – war kurz aufgeflackert, ehe er für immer erstarb.

Nachdenklich ordnete Polly ihre Ansammlung von unbenutzten Gläsern neu, aber nicht einmal eine zusammenpassende Serie von Wasserkelchen – mit Sicherheit ein Hochzeitsgeschenk – stellte eine ausreichende Verlockung für eine Heirat dar.

»Aber bevor Sie gehen –« nahm David das Gespräch wieder auf.

»Ja?«

»Was genau tun Sie mit solcher Begeisterung für Oxfam, für den Kinderschutzbund und die Altenhilfe?«

Sie würde diesen Menschen nie wiedersehen – es spielte wirklich keine Rolle, ob sie ihn mit ihrer Erwiderung in Verlegenheit brachte. Er war selbst schuld, wenn er so persönliche Fragen stellte.

Sie lächelte honigsüß. »Was meinen Sie, wo ich meine Klamotten kaufe?«

Mach daraus, was du willst, dachte sie. Melissas Blick fixierte sie eingehend. Polly erhob sich wie alle anderen weiblichen Mitglieder der Gesellschaft und folgte ihnen aus dem Zimmer.

Wie ein Mann stapften sie die Treppe hinauf, vermutlich um ihre Erscheinung nach der strapaziösen Mahlzeit zu restaurieren, obwohl bei keiner auch nur ein Härchen in Unordnung geraten zu sein schien. Die Reihe der »kleinen« Jean Muris, Caroline Charles und Ronald Kleins sah so umwerfend aus wie vorher auch. Doch Melissa hatte es immer schon fertiggebracht, den Leuten das Gefühl zu geben, daß die Frisuren einen Kamm gebrauchen könnten und Söckchen hochgezogen werden müßten, und diese Frauen gehörten offensichtlich auch zu ihren Opfern.

Polly verspürte nicht die geringste Lust sich mit eigenen Augen davon zu überzeugen, daß ihre Wimperntusche auf die Wangen gerutscht oder ihr Haararrangemant aus den Fugen geraten war. Die Entdeckung, daß sie – wahrscheinlich schon seit zwei Stunden – aussah, als hätte sie sich wacker in einem Handgemenge geschlagen, wäre ein Schock gewesen, und den wollte sie lieber vermeiden. In solchen Fällen war es hilfreich daß sie immer ihr Haar bürstete und mit einem Tüchlein ihre unteren Augenlider abwischte, *bevor* sie sich vor einen Spiegel stellte.

Polly hatte sich eigentlich vorgenommen, Melissa unmißverständlich klarzumachen, wie sie über ihre antiquierten Vorstellungen von Gastfreundschaft dachte. Wenn sie es nicht selbst erlebt hätte, wäre ihr nie in den Sinn gekommen, daß es immer noch Menschen gab, die Männer und Frauen auf diese überkommene, sexistische Weise voneinander trennten. Es wurde höchste Zeit, daß sich Melissa und ihre Freunde an das Leben im zwanzigsten Jahrhundert anpaßten.

Aber angenommen sie wollten das gar nicht? Polly könnte genausogut an den ganzen harten Kern der Antifeministinnen geraten sein. Vielleicht fielen sie schon nach dem ersten Wort der Kritik über sie her, hielten sie auf dem Bett fest, lackierten ihr die Fußnägel oder quälten sie so lange, bis sie eingestand, daß die Suche nach einem Ehemann die einzige passende Karriere für eine echte Frau sei. Sie schauderte. Nein, wenn sie tatsächlich der Meinung waren, daß Portwein nicht in gemischter Gesellschaft getrunken werden durfte, wieso sollte dann ausgerechnet sie, Polly, diese Leute vom Gegenteil überzeugen?

Eine Perserkatze huschte aus Melissas Schlafzimmer, als Polly dort ankam. Offenbar hatte das Tier sich verbotenerweise in diesem Raum für ein Nickerchen gemütlich gemacht, und jetzt klebten an irgendeinem Mantel verwerfliche Katzenhaare.

»Oh, das ist meiner.« Polly sah, daß ihr Mantel voller Entsetzen hochgehoben wurde, und erkannte auf den ersten Blick, daß die vielen Haare von ihrer eigenen Katze stammten. »Das macht nichts, wirklich nicht.«

»O doch, das macht sehr wohl etwas«, widersprach Melissa.

»Sie weiß genau, daß sie nicht hier herauf darf. Ich sage den Mädchen, daß sie den Mantel ausbürsten sollen.«

»Unsinn«, versetzte Polly entschieden und befreite ihren Mantel aus Melissas manikürtem Griff. »Die Mädchen haben genügend anderes zu tun. Ich mach' das selbst.« Und dann gehe ich sofort nach Hause, fügte sie im stillen hinzu. Wieso ist mir das nicht schon früher eingefallen?

Die Frauen beobachteten sie erstaunt.

»Habt ihr alle Polly schon kennengelernt?« erkundigte sich Melissa, die sich plötzlich fragte, ob es eine so gute Idee gewesen war, Polly überhaupt einzuladen. »Polly und ich waren zusammen in der Schule. Ganz anders als ich, hat sie es geschafft, unverheiratet zu bleiben.«

Die Frauen nickten und lächelten – sie waren mit Melissa der Meinung, daß es ein Unglück war, Single zu sein.

»Wie klug«, sagte eine. »Männer sind so anstrengend, ganz zu schweigen von Kindern. Man hat nie eine Minute für sich, weil man alles für sie organisieren muß.«

»Ja«, stimmte Thalia eifrig zu. »Eine Ehe ist ein Full-Time-Job.«

Polly rang sich ein Lächeln ab. Aber sie verkniff sich die Frage, was geschah, wann Thalias Job ein jähes Ende fand – wenn ihre Kinder aus dem Haus gingen, der geldscheffelnde Immobilienspekulant seine in die Jahre gekommene, einstmals schöne Frau ebenso abstieß wie ein altes, einstmals schönes Gebäude und sich statt dessen mit einem betörenden jungen Ding abgab, das viel weniger kostspielig im Unterhalt war und möglicherweise noch andere nützliche Vorzüge aufzuweisen hatte.

Der Fairneß halber mußte sie jedoch zugeben, daß Hugh nicht notwendigerweise zu dieser Sorte gehören mußte. Vielleicht hatte sie auch voreilige Schlüsse gezogen, was die »neue Attraktivität« der Häuserzeile betraf. Denkbar wäre auch, daß er plante, die Gebäude zu erhalten und zu renovieren.

Polly atmete befreit auf, als die Frauen das Gespräch wieder aufnahmen, das sie vor dem Malheur mit dem Mantel geführt hatten.

Thalia ging zum großen Spiegel. »Endlich habe ich David so weit, daß er mitmacht. Und er steuert auch den Wein bei. Gott allein weiß, wie ich es geschafft habe, ihn dazu zu überreden.«

Thalia begutachtete den Grund für seine Kapitulation im Spiegel und seufzte zufrieden.

»Ich dachte, Hugh und David waren zusammen in der Schule«, bemerkte die Frau, mit der sich Polly über Kinderziehung unterhalten hatte. »Vielleicht hat er sich deswegen einverstanden erklärt.«

Thalias wunderschöne Augen wurden schmal, und Melissa, die Spannungen witterte, schaltete sich eilends ein: »Dein Haus ist perfekt für diese. Gelegenheit, Thalia. Wenn du Hilfe brauchst – Anruf genügt. Ich würde mich freuen.«

»Lade nur all deine Bekannten ein, Liebes«, entgegnete

Thalia. »Und bring sie dazu, eine Menge Geld auszugeben. Ich habe mir vorgenommen, ein Vermögen einzunehmen.«

»Und das wirst du natürlich auch. Es ist eine *so* gute Sache.« Melissa fuhr mit dem Kamm durch ihre Haare, die sofort gehorsam an ihren Platz zurückfielen. »Aber wenn es sonst noch irgend etwas gibt, was ich tun kann, laß es mich einfach wissen, ja?«

Melissa biedert sich zu sehr an, dachte Polly, genau wie früher in der Schule. Wenn man sie nur davon überzeugen könnte, daß ein gutes Herz mehr wert ist als jeder Zacken in einer Adelskrone, und wenn sie endlich aufhören würde, dem sozialen Aufstieg nachzuhetzen, wäre sie wahrscheinlich sehr viel glücklicher. In ihrer Position war sie höchst anfällig für dieselben Brüskierungen, die sie schon als Mädchen hatte erdulden müssen.

Polly bürstete ihren Mantel aus. Sie wollte auf ihre Chance warten und sich unauffällig verdrücken. Wenn sie sich nach den Regeln des Anstands verabschieden und für die freundliche Einladung bedanken würde, könnte es noch Ewigkeiten dauern, bis sie von hier wegkam, weil sicher alle ein Riesentheater um ihren frühen Aufbruch veranstalten würden. Melissa würde sicher darauf bestehen, daß sie jemand – wahrscheinlich David – nach Hause fuhr, und dazu fehlte Polly die Kraft.

Sie trödelte herum, bis sich alle für eine oder zwei weitere Stunden geistsprühenden Geplauders mit Ehemännern anderer gerüstet hatten und in einer Wolke von verschiedenen Duty-free-Düften die Treppe hinunterschwebten.

»Ich brauche bestimmt nicht lange, Melissa. Ich bringe mich nur schnell noch ein wenig in Ordnung.«

»Ich finde es äußerst schwierig, mit langem Haar zurechtzukommen«, sagte Melissa und sah dabei Polly an, als wäre sie das lebende Beispiel dafür, daß es ganz und gar unmöglich war.

Polly schnupperte an Melissas Fläschchen, überlegte, ob sie ihre Bürsten und Kämme täglich wusch, und sah auf ihre Uhr.

Auf Melissas schrille Frage, die von der Halle herauf drang, erwiderte sie: ja, es sei alles in Ordnung, und sie versuche immer noch, ihre Frisur zu bändigen; dann hörte sie, wie die Tür zum Salon geschlossen wurde.

Als sie sicher sein konnte, daß sich alle auf Melissas beigefarbene Sofas niedergelassen hatten und Spekulationen anstellten, welche ihrer Freundinnen mit dem Mann einer anderen Freundin schlief, schlich Polly die Treppe hinunter.

Sie kam sich vor wie damals, als sie sich heimlich aus der Schule gestohlen hatte, und erinnerte sich, daß sie in diesem Stadium immer von einem Lachanfall geschüttelt worden war. Auch jetzt drohte die Hysterie, ihr einen Strich durch die Rechnung zu machen. Als sie vor der Haustür ankam, verging ihr allerdings das Lachen, und sie wollte nur noch raus. Sie hätte genausogut versuchen können, von Alcatraz auszubrechen: Die Unzahl von Schlössern und Riegeln hätte Fort Knox hundertprozentig einbruchssicher gemacht. Melissas Versicherungsgesellschaft mußte eine Menge herber Verluste erlitten haben, sonst hätte sie nicht auf solche Vorsichtsmaßnahmen bestanden. Entweder das, oder Sheldon und Melissa hingen extrem an ihren Habseligkeiten.

Doch was auch immer der Grund dafür war, Polly fürchtete, daß sie die Riegel und Schlösser niemals lautlos aufbekam, bevor die Kerle von ihrer geheimnisvollen Portwein-Zeremonie aus dem Eßzimmer zurückkamen. Und es wäre entsetzlich peinlich, beim Weglaufen erwischt zu werden.

Die Tür war ein gehöriges Stück größer als Polly, und ausgerechnet ganz oben befand sich auch ein Riegel. Eine vernünftige Person hätte sich geschlagen gegeben und wäre in den Salon gegangen. Aber Polly war kein Drückeberger, und außerdem wollte sie unbedingt nach Hause.

Unglücklicherweise befand sich nichts so Nützliches wie ein Stuhl in dieser eleganten Halle, nur ein polierter Tisch und eine Art Marmorsäule, die von einem teuren, professionell zusammengestellten Blumengesteck gekrönt war.

Polly betrachtete nachdenklich die Tür, den Tisch und das florale Arrangement und entschied sich für die Blumensäule. Sie hob das Gesteck vorsichtig hoch, plazierte es auf den Boden, dann rückte sie die Säule von der Wand und schob sie das kurze Stück bis zur Tür. Schließlich lüftete sie den engen Rock ein wenig, um ein Knie auf die Säule stützen zu können, und zog sich hoch, bis sie an den obersten Riegel heranreichte.

Bingo! Methodisch arbeitete sie sich von einem Musterbeispiel moderner Sicherheitssysteme zum nächsten nach unten – gottlob waren alle gut geölt und quietschfrei. Zum Schluß kletterte sie wieder von der Säule und machte sich daran, sie an ihren angestammten Platz zu zerren und die Blumen zurückzustellen, als sie hörte, wie im Eßzimmer Stühle über den edlen Marmorboden kratzten und männliche Stimmen laut wurden.

Auf keinen Fall hatte sie vor, sich mit bis zur Hüfte gerafftem Kleid dabei erwischen zu lassen, wie sie Kunstobjekte durch die Gegend schob. Deshalb ließ sie Blumensäule Blumensäule sein und benutzte beide Hände, um die richtige Kombination von Klinken und Schnappriegel zu betätigen und die Tür aufzureißen.

Bedauerlicherweise schrammte die Tür über die Fußmatte und blieb hängen, das hieß, Polly mußte mit aller Macht ziehen und zerren, bis der Spalt so groß wurde, daß sie hindurchschlüpfen konnte. Ihr war nicht bewußt, daß sie nicht das einzige Wesen war, das begierig darauf wartete, endlich die vornehme Schwelle überqueren zu können. Die Tür stand gerade mal fünfzehn Zentimeter auf, als drei abgerissene Kater wie Windhunde aus der Startbox durch den Spalt und die Treppe hinauf schossen, nachdem sie das Blumenarrangement krachend beiseite gefegt hatten.

Benommen sah Polly zu, wie sie an ihr vorbeiflitzten, und floh einen Augenblick später in die entgegengesetzte Richtung – irgendwie schaffte sie es, ihren Körper durch die winzige Lücke zu zwängen, aber ihre Tasche verhakte sich an der Klinke. Als sie den Handtaschenriemen befreit hatte, verriet ihr ein Jaulen aus Melissas Schlafzimmer, daß die kätzische Gruppenorgie bereits in vollem Gange war. Möglicherweise würde Melissa ihr eine Vaterschaftsklage anhängen. Zu schade. Aber die Flucht war gelungen. Polly zog die Tür mit einem Ruck zu und strebte zu ihrem Auto.

Ein boshafter Januarwind fegte ihr den Regen ins Gesicht, und der grobe Kies verschwor sich mit ihren hohen Absätzen, um sie zum Stolpern zu bringen.

Jede Minute konnte sich die Haustür öffnen, und sie würde beobachtet, wie sie in hellster Aufregung den Ort des Verbrechens verließ. Dann wäre klar, daß sie und niemand sonst für das entstandene Chaos verantwortlich gemacht werden konnte. Wo waren ihre verdammten Autoschlüssel? In ihrer Verzweiflung lehnte sie sich an den nächststehenden Wagen, um ihre Tasche gründlich zu durchsuchen.

Augenblicklich flammten die Scheinwerfer des derart mißbrauchten Gefährts auf, und ein schrilles Kreischen zerriß die Winternacht.

»Scheiße!«

Als sich ihre Finger endlich um die Schlüssel schlossen, drang ein Lichtstreifen aus der Eingangstür. Die Fußmatte hatte sich offenbar wieder verfangen und verschaffte Polly so viel Zeit, in ihr Auto zu springen und den Motor zu starten.

Jemand lief die Außentreppe hinunter, als sie mit Vollgas zurücksetzte. Sie schaltete die Scheinwerfer ein und raste die Einfahrt hinunter. Der Kies spritzte nach allen Seiten von den Reifen.

»Melissa wird nie wieder ein Wort mit mir reden.« Ein kleiner Pflanztrog fiel um, als sie eine Kurve zu schnell nahm. »Und das ist auch verdammt gut so.« Sie kam auf die Straße und fing an zu lachen.

Kapitel 3

»... Also, Bridget, erinnere mich gelegentlich daran, daß ich mich nie wieder im Schutz der Dunkelheit aus dem Staub mache. Eine Blaskapelle mit Tambourmajorin wäre wesentlich unauffälliger gewesen als ich.« Polly beendete ihre Schilderung vom Fiasko des Samstagabends und klaubte die Krautreste von der Reibe.

»Na ja, wenigstens brauchst du dir jetzt um eine Gegeneinladung keine Gedanken mehr zu machen.« Bridget holte ein Blech mit perfekt aufgegangenen, goldbraunen Hefebrötchen aus dem Ofen und stellte es zum Abkühlen auf die Gefriertruhe. Als Chefköchin des Vollwertkostladens und -cafés war sie für die meisten der warmen Gerichte, die serviert wurden, verantwortlich. Außerdem belieferte sie andere Vollwertkostgeschäfte mit Quiche, selbstgemachten Suppen und tiefgefrorenen Mahlzeiten.

Sie erledigte ihre umfangreiche Arbeit mit einer unerschütterlichen Effizienz, die einen bei jedem anderen Menschen zur Raserei getrieben hätte. Bridget selbst war bemerkenswert unkritisch. Ab und zu waren auch die anderen mit Kochen dran, aber Bridget hätte nie erwartet, daß jemand anderes so viel in so kurzer Zeit leistete wie sie. Sie beseitigte ohne Aufhebens Unordnung, merzte Fehler aus und machte jeden glücklich. Für alle war dies nur ein Teilzeitjob, aber Bridget arbeitete vier Tage die Woche, und ohne sie wäre der ganze Laden auseinandergebrochen.

Sie war klein und zierlich, hatte kurzes, dunkles Haar und

war erstaunlich vital. Obwohl sie hin und wieder eingestand, daß sie müde war – nach neun Stunden auf den Beinen –, trat sie niemals kürzer, und sie wäre nie auf die Idee gekommen, den Abwasch und das Saubermachen auch nur einmal auf den nächsten Tag zu verschieben. Sie war sechs Jahre älter als Polly und ihre beste Freundin. Jeden Montagmorgen erzählten sie sich haarklein, was sie am Wochenende erlebt hatten.

Polly kippte Mayonnaise in die Schüssel mit den Karottenstiften und dem geriebenen Kraut. »Das nicht, aber dafür muß ich wohl ein Heim für ein halbes Dutzend Bastardkätzchen finden.«

Sie hatte Melissa eine besonders hübsche Bedanke-mich-und-Tut-mir-leid-wegen-des-Durcheinanders-Karte geschickt, die sie mit viel Mühe gebastelt hatte, aber sie bezweifelte, ob diese Geste die beabsichtigte Wirkung erzielte. Schon in der Schulzeit hätte Polly ein wesentlich leichteres Leben gehabt, wenn Melissa auch nur einen Funken Humor gehabt hätte. Trübsinnig tauchte Polly ihre Hände in die Schüssel. Die Mayonnaise war eisigkalt. »Und wie war dein Wochenende?«

Bridget schob resolut ein Blech mit gefrorenen Baguettes in den Ofen. »Ganz gut. Man hat mich angerufen und gebeten, nächste Woche bei einer Versprechen-Auktion mitzuhelfen und dafür zu sorgen, daß mit den Speisen und Getränken alles klappt. Es ist ein bißchen kurzfristig, aber ich habe trotzdem zugesagt.«

»Du bist zu gutherzig«, meinte Polly. »Ich habe noch nie erlebt, daß du mal nein sagst.«

»Na ja . . . Am Samstag war Flohmarkt in der Schule, und am Sonntag waren wir bei Alans Mutter.« Bridget wechselte das Thema, um sich eine Gardinenpredigt darüber zu ersparen, daß sie sich ausnutzen ließ.

»Ein Flohmarkt! Und du hast zugelassen, daß ich so was versäume?«

»Ich habe das nicht zugelassen. Dir ging es nicht gut, und du mußtest dich für den großen Abend ausruhen, schon vergessen?« Bridget nahm ein Messer und zerkleinerte eine Zwiebel mit ein paar Längsschnitten und rasendschnellen, hämmernden Bewegungen auf die Größe von grobkörnigem Salz. Karotten und Kraut quollen Polly durch die Finger, während sie sich bis zum Boden der Schüssel vorarbeitete. »Schon gut. Wie war Alans Mutter?«

»Mütterlich.« Die zweite Zwiebel erlitt dasselbe Schicksal wie die erste.

»Und wie geht's Alan?«

»Prima.« Bridget unterbrach für einen Moment ihr Hackwerk, und ihr Lächeln nahm die verträumte Zufriedenheit einer Frau an, die eine schöne Liebesnacht erlebt hatte.

Polly seufzte. Bridgets Beziehung zu ihrem Mann stellte eine ernsthafte Bedrohung für ihren selbstauferlegten Zölibat dar. Nach zwanzig Ehejahren waren die beiden immer noch Freunde und ein Liebespaar, und das gab Polly zu denken – vielleicht ließ sich doch etwas finden, das für eine Verbindung von Mann und Frau sprach. Aber, wandte sie vor sich selbst und allen, die ihr zuhörten, des öfteren ein, wie viele Paare gab es schon, die so glücklich miteinander waren wie Bridget mit ihrem Alan? Weit mehr waren in einer Beziehung gefangen, die ihnen weder Vergnügen bereitete noch sonst einen Vorteil bot. Bridget und Alan waren die Ausnahme.

Polly durchquerte die Küche und tauchte ihre kalten, mit Kraut verklebten Hände in das heiße, saubere Abwaschwasser, das ihre Mitarbeiterin Beth vorsorglich ins Becken hatte laufen lassen.

Das war eine Todsünde. Beth konnte es nicht ausstehen, wenn Krautstücke oder sonstiges in ihrem Abwaschwasser schwammen, und hatte extra eine Schüssel mit warmem Wasser bereit gestellt, damit Polly ihre Hände waschen konnte. Polly entdeckte die Schüssel zu spät, zog sich mit schlechtem Gewissen an ihren Arbeitsplatz zurück und hoffte, Beth würde nichts merken.

Polly ging die Arbeit besser von der Hand, wenn um sie

herum Chaos herrschte, und es war für sie immer wieder von neuem ein Kampf, alles so in Ordnung zu halten wie ihre Kolleginnen. Sie redete sich damit heraus, daß sie keine Zeit hatte, zwischendurch aufzuräumen, wenn sie sechs verschiedene Salatberge bis zwölf Uhr fertig haben mußte. Ihre Mitarbeiterinnen waren anderer Ansicht, und sie konnten auch Pollys Theorie nicht unterstützen, daß man unmöglich ein Omelette zubereiten konnte, ohne den Fußboden zu verschmieren. Aber sie hatten es längst aufgegeben, ihr Disziplin bei zubringen.

Beth kam mit einem beladenen Tablett in die Küche und sah auf den ersten Blick die Essensreste in ihrem Spülwasser. Wie üblich beschwerte sie sich über Pollys Gedankenlosigkeit. Polly verzog reuevoll das Gesicht – ihr war klar, daß ohne Beths Fleiß und gutgemeinte Umsicht noch mehr Streß im Vollwertkostcafé herrschen würde als ohnehin.

»Und was hast du gestern abend getrieben, Beth?« erkundigte sich Bridget. Die gewürfelten Zwiebeln schmorten mittlerweile in einer Pfanne, und Bridget schnitt Karotten in Streifen. Jeder ihrer Handgriffe war präzise und das Ergebnis ihrer Bemühungen perfekt. Alles, was ihren hohen Maßstäben nicht genügte, wanderte augenblicklich als Schweinefutter in den dafür vorgesehenen Eimer.

»Ich war im Pub und habe mich richtig betrunken. Es war lustig.« Ehe Bridget oder Polly einen Kommentar abgeben konnten, klingelte die Glocke im Café. Beth schwenkte um und lief in den Servierbereich. Mit ihren achtzehn Jahren besaß sie die ganze urwüchsige Sinnlichkeit einer Tess von den D'Urbervilles, aber nicht mehr ihre Unschuld. Sie hatte langes, dunkelrotes Haar, eine reine, makellose Haut und einen Busen, den selbst ihre Plastikschürze nicht verstecken konnte. Auf manche ihrer Kunden übte sie eine erstaunliche Wirkung aus.

»Ich fürchte, daß Beth sich noch einmal in ernste Schwierigkeiten bringt«, sagte Bridget, während sie die weiße Sauce sachgerecht mit einem Schneebesen bearbeitete.

Polly schüttelte den Kopf. »Bestimmt nicht. Sie ist raffinierter als du und ich zusammengenommen und viel zu schlau, um sich in eine Situation zu manövrieren, die sie nicht irgendwie meistern kann.«

»Hoffentlich behältst du recht.«

»Ganz sicher.«

Beth gab Bridget und Polly genügend Anlaß zur mütterlichen Sorge, obwohl Polly ziemlich überzeugt war, daß Beth nicht halb so viel anstellte, wie sie ihnen weismachen wollte. Vermutlich erzählte sie ihnen diese Räubergeschichten nur, um sie in Angst und Schrecken zu versetzen. Aber Bridget war nicht bereit, etwas dem Zufall zu überlassen – sie hatte Beth zum Geburtstag ein Päckchen Kondome geschenkt und sie mit normalem Heftpflaster versorgt, nachdem Beth einmal mit hellblauen Klebestreifen ihre Knutschflecken verdeckt hatte, nicht so sehr, um das Malheur zu kaschieren, sondern viel mehr, um darauf aufmerksam zu machen. Die Unternehmensleitung hatte nachgefragt, wie Beth es geschafft hatte, sich in den Hals zu schneiden.

»Und wie war der Kerl?« Beth belud die Spülmaschine mit Tassen. »Der, den du am Samstagabend bei dem Essen kennenlernen solltest?«

Pollys unwürdiger Abgang hatte für kurze Zeit den Grund für die Einladung in den Schatten gestellt. »Ach ja, der . . . Na ja, ich habe ihn kennengelernt. Aber ich kann mir beim besten Willen nicht vorstellen, was Melissa auf die Idee gebracht hat, wir könnten irgendwie zusammenpassen.«

»Wie war er?«

Polly spülte ihre Schüssel und trocknete sie ab, dabei überlegte sie, wie sie am besten dieses Musterbeispiel eines englischen Gentleman mit einem Satz beschreiben konnte.

»Meine Mutter wäre begeistert von ihm.«

»Warum?« hakte Bridget nach. Da sie selbst Mutter war, brachte sie der von Polly eine Menge Sympathien entgegen.

»Er hat einen ordentlichen Haarschnitt und ist finanziell überlebensfähig. Er ist Weinhändler – der Traum einer jeden

Schwiegermutter, besonders einer, die einen guten Amontadillo zu schätzen weiß.«

Beth schlug die Klappe der Spülmaschine zu und schaltete sie ein. »Und gefällt er dir?«

»Ich kenne ihn kaum.«

»So? Aber du wirst doch wissen, ob er dir gefällt.« Beth konnte nicht begreifen, warum es Polly so schwerfiel, diese einfache Frage zu beantworten. Sie verstand sehr gut, daß Polly unbedingt Single bleiben wollte – warum ein Buch kaufen, wenn man sich in einer Bibliothek bedienen konnte? –, aber daß sie sich weigerte, mit ihren männlichen Freunden zu schlafen, ging über ihren Horizont.

Polly dachte angestrengt nach. »Wenn ich jemanden nicht kenne, kann ich unmöglich sagen, ob er mir gefällt oder nicht, Beth. Aber wenn ich mit jemandem schlafen müßte, dann könnte ich es wohl mit ihm schaffen, ohne laut zu schreien.«

»Man kann wirklich auf die Idee kommen, daß du noch Jungfrau bist, so wie du daherredest.« Beth bearbeitete verächtlich Messer und Gabeln mit einem Geschirrtuch.

»Wenn ich noch Jungfrau wäre, dann wär ich schärfer auf Sex. Ich würde nicht wissen, was für eine Pleite das Ganze ist – entweder ekelhaft oder langweilig.« Nachdem Polly diese Provokation von sich gegeben hatte, putzte sie die Champignons.

Bridget hatte schon längst aufgehört, Polly klarmachen zu wollen, daß Sex mit dem richtigen Mann eine wundervoller und bedeutsamer Ausdruck von Liebe war, und fuhr ungerührt fort, ihre Quiche zuzubereiten. Aber Beth verpaßte nie eine Gelegenheit, Polly den Kopf zurechtzusetzen, und Sex war ihr Lieblingsthema.

»Du hast einfach nicht genug Übung. Wenn du erst mal mit ein paar Kerlen im Bett warst, merkst du selbst, daß du immer besser wirst.«

Das hatten sie schon öfter durchgekaut. »Aber, Beth«, erwiderte Polly geduldig, »ich könnte nie mit jemandem schlafen, den ich nicht mag, und mit jemandem, den ich mag, könnte ich nicht schlafen, nur um mehr Übung zu bekommen. Das wäre nicht richtig.«

»Du bist bald jenseits von Gut und Böse und hast nie einen Orgasmus gehabt«, versetzte Beth schonungslos. »Darüber solltest du mal nachdenken.«

»Quatsch!« mischte sich Beth ein. »Polly nähert sich erst dem Gipfel ihrer Sexualität!«

Polly war keineswegs dankbar für Bridgets Hilfestellung. Aber Bridget schwärmte oft davon, um wie viel schöner und lustiger das Leben wurde, sobald die Kinder größer und nicht mehr so anstrengend waren – sie wünschte sich, daß alle Leute das Älterwerden als positive Erfahrung verbuchten.

Polly machte es nichts aus, älter zu werden, aber der Gedanke, daß sie plötzlich sexuell aktiv werden sollte, gefiel ihr ganz und gar nicht.

Wieso sollte sie etwas auf sich nehmen, ohne das sie vollkommen glücklich leben konnte? Doch es würde ihr nie gelingen, Beth oder Bridget davon zu überzeugen, und ein Montagmorgen war bestimmt nicht geeignet, dieses oft vorgebrachte Argument zu wiederholen. Polly stellte das Radio an.

»Zeit für unsere Sendung, Mädels. Und ich möchte nicht, daß jemand dazwischenquatscht, Beth.« Polly zerrte einen riesige Schüssel mit gekochten Eiern aus dem Fach unter ihrer Arbeitsplatte. »Ich muß fünfundsechzig Eier pellen, und das überstehe ich nur, wenn ich eine schöne, traurige Geschichte dabei höre.«

»Ihr beide seid die einzigen, die Rotz und Wasser bei dem Blödsinn heulen«, maulte Beth.

»Halt die Klappe!« kreischten Polly und Bridget wie aus einem Mund.

Beth verdrehte die Augen und trat den Rückzug zum Spülbecken an.

Der Radiosprecher erklärte mit verständnisvoller und mitleidiger Stimme, welches Schicksal in der heutigen Sendung zur Sprache kommen würde.

»Ich verändere die Namen – nicht weil sich die Betroffenen schämen ...« Im Hintergrund dudelte die Titelmelodie von dem Film *Romeo und Julia* und legte sich schwer auf Bridgets und Pollys Gemüt.

»... alles begann, als Sharon fünfzehn war ...«

Beth, der man auf keinen Fall Sentimentalität nachsagen konnte und der all die toten Babies, kranken Ehemänner und Väter, die starben, ohne je erfahren zu haben, daß sie geliebt wurden, vollkommen gleichgültig waren, riß die Klappe der Spülmaschine auf. Kurzerhand zogen Polly und Bridget den Stecker der Spülmaschine heraus und verbanden Beth den Mund mit einem Geschirrtuch. Sie ließen sich viel von Beth bieten, aber wehe, sie störte sie bei ihrer Lieblingssendung. Die war ihnen heilig.

»Ich werde in deinem Namen an den Sender schreiben, Poll«, verkündete Beth, nachdem sie sich von dem Geschirrtuch befreit hatte, »wenn du endlich einen Mann abbekommst.«

»Ich will keinen Mann. Mir geht's prima so, wie es ist«, beharrte Polly. »Hilf mir lieber mit diesen Eiern.«

»Na, dann wenigstens einen Lover«, nahm Beth zehn Minuten später den Faden wieder auf, als sich Polly und Bridget die Tränen aus den Augen gewischt hatten und in der Küche wieder die normale Geschäftigkeit herrschte. »Als Kuscheltier – nur für den Sex.«

»Beth –«, begann Polly und ahmte Bridgets feierliche Miene nach, »Sex ist ein heiliger Ausdruck der Liebe zwischen Mann und Frau, die ...«

»Sonst wirst du wunderlich – noch wunderlicher als du sowieso schon bist.«

»Unsinn.« Polly war kein bißchen beleidigt. »Menschen, die in sexueller Hinsicht abstinent leben, sind viel kreativer als andere.«

»Woher hast du denn diese gequirlte Scheiße?« Beth nannte die Dinge gern beim Namen.

»Das hab ich irgendwo gelesen. Eine berühmte medizinische

Journalistin hat einen Artikel darüber geschrieben, daß sie und ihr Mann beschlossen haben, ein sexloses Leben zu führen, um ihre kreativen Energien auf andere Dinge richten zu können.«

Beth schürzte die Lippen, und ihre Augen wurden schmal. »Weißt du, Polly, ich mache mir wirklich Sorgen um dich.«

». . . und es ist eine allgemein bekannte Tatsache, daß Nonnen selten, wenn überhaupt, an Bluthochdruck leiden.«

»Blödsinn!«

»Die Ursache dafür könnte sein, daß sie den ganzen Tag beten«, warf Bridget ein. »Das viele Beten wirkt sehr besänftigend.«

»Wie auch immer –« Polly wußte, daß man sie in eine Ecke gedrängt hatte, aus der sie mit echten Argumenten nicht mehr entkommen konnte. »Ich kann prima ohne Sex leben.«

»Das ist Ansichtssache.« Beth schälte ein Ei, als sich die Glocke im Café meldete. »Sex macht 'ne Menge Spaß.« Sie steckte die Eierschale unter Pollys Schürzenlatz und lief los, um die Kunden zu bedienen.

Polly fischte ohne Groll die Eierschale aus der Schürze. Sie sparte sich ihre Genugtuung für den Zeitpunkt auf, an dem sich Beth mit dem Kopf zuerst im rotierenden Abfalleimer wiederfand.

»Beth hat recht, weißt du. Sex gehört einfach zum gesunden Leben«, erklärte Bridget.

»Und was ist mit den Nonnen?« quietschte Polly protestierend.

»Du bist keine Nonne.«

»Ich weiß, aber ich bin rundum glücklich. Ich brauche keinen Mann, um mich vollständig zu fühlen. Ich habe mein Zuhause . . .«

»Gemietet.«

»Meinen Job . . .«

»Einen Teilzeitjob und unterbezahlt.«

»Meine Töpferei . . .«

»Auch Teilzeit und gar nicht bezahlt.«

»Meinen Garten . . .«

»Auf der Nordseite und ganz schön abschüssig.«

»Und ein erfülltes und anregendes Gesellschaftsleben . . .«

»Mit Frauen, Paaren oder Männern, die nach einem Mutterersatz suchen.«

»Ganz genau.« Polly nützte Bridgets Lapsus schamlos aus und stürzte sich wie ein Raubvogel darauf. »Und ich habe nicht die geringste Lust, die Mutter von irgendeinem Mann zu sein – genau deshalb bleibe ich allein.«

Bridget holte ein Blech mit kleinen Quiches aus dem Backrohr. »Aber wärst du nicht gern die Mutter eines *Babys*?«

»Na ja, eigentlich schon.« Polly viertelte ein Ei und legte es zu den anderen Vierteln. »Manchmal denke ich, es wäre ganz schön, ein Baby zu haben. Aber es ist sehr selbstsüchtig, sich Kinder zu wünschen.«

Falls sie gehofft hatte, Bridget ließe sie jetzt vom Haken, erlebte sie eine Enttäuschung.

»Ich meine, in was für eine Welt werden sie geboren?« setzte Polly rasch hinzu. »Sie werden nicht gefragt, ob sie auf diese Welt kommen wollen. Der Kinderwunsch ist nichts anderes als das primitive Verlangen, die eigenen Gene weiterzugeben. Und eine alleinstehende Frau . . .«

»Du könntest ja zuerst heiraten.«

». . . eine alleinstehende Frau, die um ihrer Hormone willen ein Kind bekommt, ist das Egoistischste, was es gibt.«

»Das stimmt.« Bridget bemühte sich immer, die Dinge von allen Seiten zu beleuchten. »Ich würde dich nie dazu ermuntern, ein Kind nur um deinetwillen zu bekommen. Aber ein Familienverband . . .«

»Oh, hör auf mit dem Quatsch vom Familienverband. Ich gebe ja zu, daß es manchmal ganz gut wäre, einen Mann im Haus zu haben, aber wenn alle Dübel in der Wand sind und die Black und Decker wieder im Keller verstaut ist, kann man Kerle nur noch selten gebrauchen.«

In diesem Moment platzte Beth mit einem vollen Tablett herein.

»Und warum willst du keinen Sex?« erkundigte sie sich.

»Du bist besessen, Beth. Denkst du eigentlich niemals an was anderes?«

»Manchmal schon. Aber ich will es wirklich wissen – es interessiert mich.«

Polly knirschte mit den Zähnen und fragte sich, was wohl an Küchen dran war, daß sie die niedrigsten Aspekte der menschlichen Natur zum Vorschein brachten. »Du willst tatsächlich all die schauerlichen Einzelheiten hören?« Sie erwartete keine abschlägige Antwort, aber da sie von Grund auf ein optimistischer Mensch war, fragte sie vorsichtshalber doch nach.

»Ja genau«, bestätigte Beth. Sogar Bridget sah sie neugierig an. »Los, Poll«, drängte Beth ungeduldig, »erzähl uns, was passiert ist.«

»Du willst es offenbar nicht anders . . . Ich war in Frankreich . . .«

»Wie romantisch.«

»Also wollt ihr die Geschichte jetzt hören oder nicht?«

»Natürlich. Halt die Klappe, Beth«, befahl Bridget. »Erzähl, Polly.«

»Ich habe mit Freunden dort meine Ferien verbracht. Zwei Jungs, zwei Mädchen, zwei Zelte. Alles ganz anständig und korrekt.«

»Was für eine Schande.«

»Ich war zwanzig. Ich ging seit ungefähr zwei Monaten mit dem einen Jungen aus, als wir beschlossen, zusammen in Ferien zu fahren. Ich wußte, daß ich früher oder später mit ihm schlafen mußte . . .«

Beth und Bridget unterdrückten ein gequältes Stöhnen.

»Eines Nachts, nachdem wir eine Menge billigen Rotwein getrunken hatten, sagte ich Stephen, daß ich ihm erlauben würde, mit mir ins Bett zu gehen.«

Bridget wimmerte verhalten.

»Die anderen machten einen Mondscheinspaziergang am Strand, und Stephen brachte mich ins Jungs-Zelt.«

Eine ganz besonders hartnäckige Eierschale lenkte sie für einen aufreizenden Augenblick von ihrem Bericht ab.

»Erzähl weiter.«

»Ja, mach schon, Poll, damit ich meine Pizza noch fertig kriege.«

»Also gut. Erstens hätte der ganze Campingplatz bei uns im Zelt sein können – so intim war die Atmosphäre. Und die Jungs hatten ins Gras vor dem Zelt gepinkelt, um sich den Weg zur Toilette zu sparen. Der Gestank war fürchterlich. Die Steine unter der Schlafmatte drückten sich in meinen Rücken – das ganze war die reinste Folter. Stephen hatte auch nicht viel Spaß dabei.«

Bridget nickte mitfühlend. »Wahrscheinlich hattet ihr beide danach die Nase voll von Zwei-Mann-Zelten.«

Beth wischte sich die nassen Hände an Bridgets Schürze ab und ging ins Café, um Kunden zu bedienen. »Hast du es denn nicht wenigstens noch einmal probiert?« fragte sie, als sie zurückkam.

»Doch. Als ich wieder in Oxford war.«

»Ich wußte gar nicht, daß du in Oxford studiert hast.« Bridget war beeindruckt.

»Ja – ich habe dort die Sekretärinnenschule besucht.«

Beth blitzte Bridget böse an, weil sie vom Thema ablenkte.

»Und was war in Oxford?« drängte sie.

»Er hat mich mit in sein möbliertes Zimmer genommen.«

»Und war es dort nicht besser als beim erstenmal?«

»Nein. Er hat mich seiner Wirtin vorgestellt. Sie war eine reizende alte Frau und hat uns Tee und Bisquits gebracht. Ich kam irgendwie nicht in Stimmung, weil ich wußte, daß sie im Nebenzimmer rumrumorte. Ich mußte immerzu daran denken, daß sie jeden Augenblick an die Tür klopfen und hereinkommen könnte.«

»Also ist gar nichts passiert?« Beth störte sich ganz sicher nicht an kompromittierenden Situationen.

»Ich habe ihm seinen teuflischen Willen gelassen, und es

war nicht ganz so furchtbar wie das erste Mal. Aber ich hatte Angst, daß Flecken auf das Laken kommen könnten, und wünschte, er würde sich ein bißchen beeilen. Hinterher hat er mich gefragt, wie es für mich war, und ich sagte: ›Sehr hübsch, danke – könntest du mich jetzt nach Hause bringen?‹ Mein vorgetäuschter Orgasmus war offenbar nicht überzeugend genug gewesen.«

»Arme Polly«, sagte Bridget. »Hast du es je noch einmal mit einem anderen probiert?«

»Ja, einmal noch – mit einem romantischen Franzosen. Aber das hat mir nicht mehr eingebracht als den zweifelhaften Genuß von zähen, alten Schnecken in Knoblauchbutter und eine schmerzhafte Blasenentzündung. Mir wird immer noch schlecht, wenn ich den Rauch von einer Gauloise in die Nase bekomme.«

Das Telefon klingelte. Polly nahm den Hörer ab, wiederholte die Bestellung und hängte wieder ein. Beth und Bridget waren begierig darauf, mehr zu erfahren.

Polly zuckte mit den Achseln. »Nach der Episode mit dem Franzosen hab' ich es ganz aufgegeben.«

»Und du hattest keinen Mann mehr, seit du in den Zwanzigern warst?« Beth staunte, daß Polly das überlebt hatte, ohne den Verstand komplett zu verlieren.

»Ich glaube nicht, daß du dem Sex eine echte Chance gegeben hast, Poll«, sagte Bridget.

»Vielleicht stimmt das. Aber warum sollte ich mir selbst und einer anderen armen Seele eine solche Quälerei zumuten, nur um hinterher festzustellen, daß ich von vornherein recht hatte? Sex ist die totale Enttäuschung.«

»Du brauchst nur den richtigen Kerl«, befand Beth.

Bridget nickte. »Einen, den du liebst und . . .«

»Einen, der sich verdammt gut auskennt und weiß, was er tut!« Beth bedachte beide mit einem mitleidigen Blick und lief los, weil die Glocke ertönte. Ein paar Minuten später tauchte sie wieder auf.

»Mensch, da draußen ist ein toller Hecht, der sich ganz bestimmt auskennt«, sagte sie. »Sieh ihn dir doch mal an, Polly.«

Polly zögerte. Das Durcheinander auf ihrer Arbeitsplatte hatte ein Stadium erreicht, das sogar ihr zu denken gab und resolutes Handeln erforderte.

»Oh, ich kümmere mich um den Saustall«, versprach Beth. »Geh du raus und wisch die Tische ab.«

Dieses verlockende Angebot konnte Polly nicht ausschlagen. Polly ging, bewaffnet mit einem feuchten Tuch, ins Café. Ein Mann mit dunklem Lockenkopf und dickem goldenen Ohrring saß an einem der Tische und hatte einen Stapel Papiere vor sich. Er trug eine Lederjacke, ein weißes T-Shirt und Jeans. Abgesehen von seinem Drei-Tage-Bart konnte Polly nicht viel von ihm erkennen, aber sie riskierte Beth zuliebe einen zweiten Blick.

Dann wischte sie die Tische ab und zog sich in die Küche zurück. »Zu jung für mich, Beth. Er ist höchstens Mitte Zwanzig.«

»Na, wenn du mit runzligen Typen herumziehen willst, dann wundert's mich nicht, daß du keinen Spaß am Sex hast.«

»Das Alter hat damit überhaupt nichts zu tun«, erklärten Bridget und Polly fast gleichzeitig. »Vielleicht liegt es an der Größe?« setzte Polly hinzu.

»Ich geb's auf.« Beth ächzte, machte sich mit einer Ladung sauberer Tassen auf den Weg ins Café und überließ Polly ihren Salaten.

Kapitel 4

Die Tasche mit den Einkäufen schlug gegen ihre Beine, als sich Polly auf dem Heimweg den Hügel hinaufkämpfte. Die Stadt war dämmrig, und die steilen Treppen und windschiefen Häuschen sahen aus wie auf einer Weihnachtskarte. Bei Tageslicht drängten sich Leute auf der Fußgängerzone in der High Street, und der Bereich vor dem Spielkasino wies daraufhin, daß Laureton die heimliche Hauptstadt der südlichen Cotswolds war.

Nur am Abend, nach dem Berufsverkehr, wenn die Gassen im Licht der Straßenlaternen erstrahlten, wurde es Polly bewußt, daß sie in einem Städtchen wohnt, in dem hauptsächlich Wolle verarbeitet wurde. Eine Schneeschicht würde alles noch malerischer machen.

Trotz der Tatsache, daß die meisten jungen Leute hier keine Arbeit fanden, war Laureton keine krisengeschüttelte Stadt. Grüne Aktionisten, Kunstgewerbler und Heimspinnerinnen brachten Vitalität in die alten Gemäuer und stellten die wohlhabenderen Teile von Gloucester in den Schatten.

Normalerweise liebte Polly diese Stadt, aber heute wünschte sie, sie wäre nicht ganz so hügelig. Sie kam zu der Ladenzeile, die, seit Polly hergezogen war, leer stand. Nur wenn man genauer hinsah, konnte man die Schönheit der Dächer über den mit Postern zugepflasterten Mauern erkennen. Quer über den Postern stand mit knallroter Schrift wie eine blutige Wunde: »Verkauft.« Natürlich waren die Gebäude ein Schandfleck in der ansonsten so gepflegten High Street, aber Polly graute vor dem, was der habgierige Hugh als »Attraktivität« ansehen könnte. Die Instandhaltungs- und Renovierungskosten wären viel zu hoch für jemanden, der auf Profit bedacht war und sich meistens um sein Vermögen kümmerte.

Polly entdeckte eine Gestalt vor den Häusern. Es war Mac, der nachdenklich nach oben starrte. Mac – ein fanatischer Linker, Tischler und ein Freund von Polly – zählte zu seinen Hobbies den appalaktischen Holzschuhtanz. Mac hielt sich »jugendlich«, ging mit der Zeit, hatte sein langes Haar zu einem Pferdeschwanz zusammengebunden und trug zerfetzte Jeans und anarchische Sweatshirts. Er war die treibende Kraft der Aktionsgruppe, und Polly fand ihn äußerst attraktiv.

»Hallo, Mac.« Sie blieb neben ihm stehen. »Also hat sie jemand gekauft.«

»Das macht keinen Unterschied, wir geben nicht auf.«

Polly freute sich, das zu hören. »Aber was können wir tun? Wenn die Verträge unterschrieben sind . . .«

»Noch ist das nicht passiert. Wir haben immer noch Zeit, das Geld selbst aufzubringen.« Mac grinste. »Bist du schwindelfrei?«

»Kein bißchen, warum?«

»Wir machen eine Hausbesetzung – wir hocken uns auf die Dächer. Ich traue diesem Bradley zu, daß er mit der Abrißbirne hier anrückt. Aber er kann die Häuser nicht abreißen, wenn sie von Menschen besetzt sind, oder?«

Polly überlegte nicht zum erstenmal, ob Mac nicht doch zu radikal für sie war. »Ist das die einzige Möglichkeit?«

»Ich schätze schon. Wir haben genügend Bäume sterben lassen, um das Papier für unsere Briefe zu bekommen, die sowieso keiner liest.«

Polly schluckte schwer. »Ich mache bei allem mit, wenn ich vom Boden aus agieren kann.«

Mac grinste wieder. »Danke, Mädchen. Aber wir haben immer noch die meisten der Kaffeebecher, die du getöpfert und mit der Aufschrift ›Rettet die High Street‹ versehen hast. Du könntest ein paar Flugblätter entwerfen. Ich bitte Jack, sie zu drucken, und dann kannst du helfen, sie zu verteilen.«

»Klar, Mac. Nichts ist mir lieber, als zum Plakate kleben eingeteilt zu werden.«

»Plakate kleben ist harmlos, wie?« Mac kicherte. Für ihn war in Haft genommen zu werden ein Berufsrisiko wie für einen Fensterputzer die nassen Hände.

Polly verzog das Gesicht und setzte ihren Anstieg auf den Hügel fort – jetzt fühlte sie sich schon ein wenig besser. Wenn jemand diese Gebäude retten konnte, dann Mac.

Die umliegenden Dörfer, die sich an die fünf Hügel um Laureton schmiegten oder auf ihnen thronten, beherbergten die inzwischen auf dem Land übliche Gesellschaftsschicht. Und im Bezirk gab es mehrere Pony-Clubs für die Kinder der geplagten Yuppies, die auf der M4 ins Büro und zurück pendelten. Aber weder die Yuppies noch die Schnellstraße kamen Laureton näher als bis zum Supermarkt am Stadtrand. Dort schoben ehemalige Firmenbosse neben pensionierten Armeeoffizieren ihre Einkaufswagen auf der gemeinsamen Suche nach dem preisermäßigten Gin durch die Gänge und tankten an den Zapfsäulen billiges Benzin. Auch sie blieben der Stadt fern und zogen es vor, dort einzukaufen, wo sie ohne Probleme Parkplätze fanden und die Drogenkultur eine wirksame Tarnung hatte. Melissa würde niemals in Laureton einkaufen, es sei denn, sie bereitete sich gründlich auf einen solchen abenteuerlichen Ausflug vor.

Aber Polly fühlte sich, seit sie ihren Sekretärinnenjob an den Nagel gehängt hatte, sehr wohl in Laureton – genau wie ihre Freunde. Ex-Hippies, die recht und schlecht ihr Dasein in West Wales fristeten, verkauften ihre ökologisch angebauten Gemüsesorten auf dem Markt. Jede nur erdenkliche alternative Therapie wurde in der High Street angeboten. Schauspieler veranstalteten Anti-Streß-Seminare, während sie darauf warteten, daß ihre Agenten anriefen. Bildhauer renovierten Häuser, um die Zeit zwischen zwei Aufträgen zu überbrükken. Und Künstler hielten in ihren Küchen Stoffmalerei- und

Batikkurse ab. Lehrer und Sozialarbeiter weckten selbstlos das Bewußtsein für die Probleme der Zeit oder gründeten Lesegruppen.

Die Lauretoner, die hier geboren und aufgewachsen waren, nahmen die rastlosen und hektischen Neubürger in ihrer Gemeinschaft auf und beobachteten mit philosophischer Ruhe das Kommen und Gehen. Polly hatte hier Freunde gefunden, auf die sie sich verlassen konnte, und keiner dieser Freunde würde sich zurücklehnen und tatenlos zusehen, wie der Stadt das Herz entrissen wurde.

Für Pollys Mutter, die in Oxford lebte – einer unbedrohten, historischen, akademischen und flachen Stadt – waren die Leute, mit denen sich ihre Tochter umgab, nichts anderes als ein Haufen Spinner. Sie versuchte unablässig, Polly dazu zu überreden, wieder nach Oxford zu ziehen. »Ergreif doch die Chance, einen wirklich netten Mann kennenzulernen.« Aber Polly hatte ihre Nische gefunden, in der akademische Qualifikation weniger wichtig war als gesunder Menschenverstand, und die gesellschaftliche Klasse überhaupt keine Rolle spielte. Dennoch, wenn sie den ganzen Tag auf den Beinen gewesen war und ihre Knöchel schmerzten, blieb der Gedanke verlockend, irgendwo zu wohnen, wo man mit dem Rad nach Hause fahren konnte, ohne es Dreiviertel der Strecke bergauf schieben zu müssen.

Schließlich schaffte sie das letzte Stück des Wegs und kam zu ihrem kleinen Cottage, eingezwängt zwischen einem ehemaligen Pub und einem Rudolf-Steiner-Kindergarten. Und als sie ihre schwere Tasche durch das Gartentor schleppte, das sich nur öffnen ließ, wenn man es kräftig anhob, schoß ihr durch den Kopf, daß ein Mann im Haus ziemlich nützlich sein könnte. Das Tor mußte repariert werden, und Muskeln wären nötig, um den Garten in Ordnung zu bringen und Feuerholz zu machen.

Doch die Idee war bereits verworfen, als Polly die Veranda erreichte. Die altersschwache Konstruktion bestand aus »rustikalen« Pfosten und Balken und wurde nur noch von den Ranken des Geißblatts und der Kletterrose zusammengehalten, die um die Vorherrschaft wetteiferten. Die wildwuchernden Gewächse versuchten auch, die Menschen auf ihre Seite zu ziehen, indem sie mit Dornen und Ästen an der Kleidung zerrten. Kein Mann würde den Pflanzen eine solche Aufsässigkeit ungestraft durchgehen lassen, und nach den brutalen Gegenmaßnahmen würde die Veranda endgültig einstürzen und nie mehr neu errichtet werden. Polly kannte die Männer. Es war besser, das Gartentor selbst zu richten, als zuzulassen, daß sich jemand über Gebühr in alles einmischte.

Während sie sich anstrengte, den Schlüssel in genau dem richtigen Winkel ins Schloß zu stecken, um die Haustür aufmachen zu können, hörte sie das Telefon klingeln.

Sie beeilte sich nicht. Um diese Zeit – vor sechs Uhr – rief nur ihre Mutter an, und die würde sich später noch mal melden. Außerdem wollte ihre Mutter sicher einen detaillierten Bericht über Melissas Dinnerparty hören, und Polly brauchte noch Zeit zum Nachdenken. Wie konnte sie das Fiasko schildern, ohne ihre Wahrheitsliebe und die Gefühle ihrer Mutter allzu sehr zu verletzen? Sylvia Cameron hatte ihre Tochter nicht dazu erzogen, von Dinnerparties wegzulaufen, nur weil man dort gegen ihre feministischen Überzeugungen handelte.

Als sich der Schlüssel im Schloß drehen ließ, hörte das Klingeln auf, und Polly fragte sich ungefähr zum tausendstenmal, ob sie je aufhören würde, es ihrer Mutter recht machen zu wollen. Oder ob ihre Mutter irgendwann doch akzeptieren könnte, daß ihre Tochter keinen Mann haben wollte. Als einziges Kind einer Witwe hatte man eine große Verantwortung zu tragen.

Polly stolperte über die Stufe in das behagliche Durcheinander ihres Wohnzimmers, ließ ihre Einkäufe fallen und verpaßte den richtigen Zeitpunkt, um Selina, ihrer Katze, auszuweichen. Selina nutzte die Gelegenheit und sprang auf Pollys Schulter. Ab und zu wünschte sich Polly, Selina wäre nicht ganz so hündisch und unterwürfig. Ein bißchen Zurückhaltung könnte nicht schaden, besonders wenn Polly einen langen Arbeitstag hinter sich hatte.

»Hallo, Schätzchen. Ja, ich liebe dich. Ja, ich habe dir was zu fressen mitgebracht. Au!« Die Krallen der begeisterten Katze durchdrangen mühelos den Mantel, zwei Pullover und ein T-Shirt.

Mit Selina vor dem Gesicht bahnte sich Polly blind einen Weg an den Bücherstapeln, Waschkörben, in Kisten verpackten Töpferarbeiten und Resten vom gestrigen Abendessen vorbei zur Küche. Die Wärme des Holzofens umarmte sie wie ein alter Freund.

Wegen dieses Ofens hatte sie das Cottage gemietet – er war eine Wohltat inmitten einer so unsicheren Welt. Wenn sich Polly schlecht fühlte, legte sie ein zusammengefaltetes Handtuch auf den Ofendeckel, setzte sich mit einer Teetasse in der Hand drauf, stützte die Füße auf einen Stuhl und schmökerte. Die Herdplatten genügten für Pollys Kochkünste, es wurden jederzeit Unmengen heißen Wassers produziert, und der Radiator, der das Badezimmer – als einzigen Raum im ganzen Haus – automatisch warmhielt, wurde von hier aus beheizt. Außerdem konnte Polly dabei ihre Wäsche und ihre Töpfersachen trocknen.

Um all diese Vorteile genießen zu können, nahm sie gern in Kauf, Holz und Kohle schleppen, Asche fegen und die schweren Ascheimer leeren zu müssen. Sogar der Geruch nach Rauch, der sich in ihren Kleidern festsetzte, und die feine Rußschicht, die sich auf alles legte, was sich in der Nähe befand, störten sie nicht. Gewöhnlich putzte sie im Winter einmal monatlich den Kamin aus, eine große Plage. Aber sie erledigte diese Arbeit »behutsam und ordentlich, als würde sie mit rohen Eiern jonglieren«, wie Bridgets Sohn einmal bemerkte, nachdem er ihr dabei zugesehen hatte.

Das war eines der vielen Dinge, die Pollys Mutter nicht verstand.

»Du behauptest immer, daß ein Ehemann zu viel deiner Zeit und deiner Energie in Anspruch nehmen würde, aber Männer sind nicht halb so eigensinnig und anspruchsvoll wie dieser dreckige alte Ofen. Wenn du einen Mann hättest, der dir eine

Zentralheizung und einen anständigen Herd bieten kann, hättest du wesentlich mehr Zeit für deine Töpferei. Kohlen zu schleppen ist so ... *unweiblich.*«

Und, nach Art aller Mütter, gab sich Pollys Mutter die Schuld daran, daß ihre Tochter nicht fraulich genug war. Irgendwie mußte sie bei der Erziehung etwas entsetzlich falsch gemacht haben. Ihre häufigen Streitereien über das Chaos in Pollys Zimmer und die verzweifelten Ausrufe »Kein Mann wird jemanden in seinem Haus dulden, der so unordentlich ist wie du« hatte nicht die gewünschte Wirkung auf Pollys Entwicklung gezeigt. Statt dessen hatte sich Polly vorgenommen, daß es niemals einen Ehemann geben würde, der mit ihrer Schlampigkeit zurande kommen müßte.

Natürlich hätte Sylvia Cameron ihre Tochter lieber in einem Saustall wohnen lassen, wenn ihr klargeworden wäre, daß Polly eher den Männern als ihrer Unordnung abschwören würde. Dann hätte sie sich die Chance erhalten, Enkelkinder zu bekommen – oder wenigstens, wie Polly es boshaft ausdrückte, einen Stall voll kleiner Ferkel. Aber Sylvia Cameron hatte noch immer keine Enkel. Und wenn auch Polly nicht zur Kenntnis nahm, daß ihre biologische Uhr bald ablaufen würde, ihre Mutter war sich dessen sehr wohl bewußt. Polly vertrödelte ihr gebärfähiges Alter, und das Familientaufkleid läge weiter unbenutzt in dem Sandelholzkästchen, in dem Sylvia es aufbewahrte.

Jetzt, als Polly an die oft wiederholte Konversation mit ihrer Mutter und an Melissas Dinnerparty dachte, überlegte sie, ob ein Wurf Kätzchen mit aristokratischer Abstammung mütterlicherseits Sylvia zufriedenstellen könnte. Wahrscheinlich nicht.

Polly stellte den Wasserkessel auf eine der Herdplatten und öffnete eine Dose mit Katzenfutter. Selina ließ sich dazu herab, von Pollys Schulter auf den Küchentisch zu springen und von dort auf den Boden. Solange sie brauchte, ihr Schälchen zu leeren, hatte Polly Gelegenheit, in Ruhe ihre eigenen Gedanken zu verfolgen. Sie konnte ihre Mutter nicht gut noch länger hinhalten, weil diese so begeistert reagiert hatte, als sie hörte, daß sich Polly und Melissa wieder treffen wollten. Geradezu in Ekstase geriet sie bei der Vorstellung, daß ihre Tochter schließlich doch noch zu dem Freundeskreis Zugang haben würde, der ihrer Ansicht nach genau passend für sie war.

»Arme Mummy.« Polly schüttete kochendes Wasser über den Teebeutel, der in einem selbst getöpferten Becher hing. »Wann kapiert sie endlich, daß ich so, wie ich lebe, glücklich bin?« Sie wußte natürlich, daß der Wunsch nach Enkelkindern Sylvia dazu trieb, die Unabhängigkeit ihrer Tochter zu bemängeln. Und wenn Pollys Hormone verrückt spielten, dann war sie manchmal sogar drauf und dran, nachzugeben.

Angenommen, es wäre gar keine so schlechte Idee, ein Kind allein aufzuziehen – wie könnte sie einen Vater finden? »Entschuldigen Sie, Sie sehen aus, als hätten Sie hübsche Gene. Würde es Ihnen was ausmachen, ein Baby mit mir zu zeugen?«

Wohl kaum. Und eine künstliche Befruchtung wäre zu kaltblütig. Zudem fand ihre Mutter das Ganze abscheulich, sonst würde sie Polly das Angebot machen, die Kosten für die Operation zu übernehmen und sich um das Kind zu kümmern.

Polly ging mit dem Teebecher ins Wohnzimmer und setzte sich hin – noch immer im Mantel. In einer Minute würde sie genügend Kräfte mobilisieren können, um Feuer im Kamin zu machen. Und genau in dem Augenblick, in dem sie es nicht mehr länger hinausschieben konnte, würde sicher ihre Mutter anrufen.

»Bist du müde, Liebes?« würde sie wissen wollen. Und Polly müßte das entweder fröhlich abstreiten oder zugeben, daß sie tatsächlich ein wenig erschöpft war. Daraufhin würde ihre Mutter fragen, wieso sie einen so gewöhnlichen (das hieß *ordinären*) Job ausübte und ihren Verstand und ihre Talente nicht nutzte. Sylvia wäre sehr glücklich, wenn Polly als Sekretärin ihr ganzes Leben mit Tippen verbracht hätte, natürlich nur für Männer mit vornehmem Privatschulakzent. Aber daß Polly ihre Zeit zwischen einem Café – auch wenn es ein respektables Vollwertkostcafé war – und dem Panschen mit Ton aufteilte, konnte sie nicht gut akzeptieren.

»Töpfern ist ein wunderbares Hobby, Liebes, aber es ist nichts *Sicheres*, meinst du nicht?«

Natürlich war es nichts Sicheres, aber das war kein ausreichender Grund dafür, etwas aufzugeben, was einem so viel Spaß und Befriedigung verschaffte. Polly stützte die Ellbogen auf den Tisch. Wenn sie nur ein bißchen mehr mit ihrer Töpferei verdienen könnte, dann hätte sie eine Rechtfertigung für ihr Hobby. Aber im Moment reichte das Geld, das sie dafür bekam, kaum für die Miete des »Ateliers«.

Selina hatte ihre Mahlzeit beendet und wollte sich jetzt die Zuneigung sichern, auf die sie den ganzen Tag über hatte verzichten müssen. Polly drückte das verspeichelte Katzenkinn, so gut es ging, zur Seite, um freien Blick auf das Kreuzworträtsel von gestern zu haben. Selina, von irrsinniger Eifersucht auf die Zeitung getrieben, tapste auf ihrem Widersacher herum und schaffte es, die Vorderpfoten um Pollys Hals zu legen und Speicheltropfen auf dem Mantel zu hinter lassen.

Polly fügte sich in ihr Schicksal und schloß die Augen. Die Katze kämpfte sich an ihren Lieblingsplatz um Pollys Nakken, so daß sie sich das verschmierte Maul gründlich an der Schulter sauber wischen konnte, ehe das Telefon klingelte.

Wenn ich stark wäre, dachte Polly, als sie auf die Füße kam, würde ich es klingeln lassen.

Es war Bridget. »Tut mir entsetzlich leid, daß ich dich störe, aber ich wollte dich fragen, ob du mir einen großen Gefallen tun könntest.«

Die Erleichterung darüber, daß sie sich nicht mit ihrer Mutter auseinandersetzen mußte, machte Polly großzügig. »Klar, Bridget. Ich tue für dich, was du willst.«

»Wahrscheinlich machst du es nicht gern.«

»Worum geht's denn überhaupt?«

»Du erinnerst dich doch noch, daß ich dir von dieser Versprechen-Auktion erzählt habe, bei der ich mich um Speisen und Getränke kümmern soll, oder?«

Polly überlegte angestrengt. »Eigentlich nicht. Was ist damit?«

»Es hat sich herausgestellt, daß Neil am gleichen Abend seine Schulaufführung hat. Der mißratene Junge hat bis jetzt kein Wort darüber verlauten lassen.«

»Und?«

»Ich dachte, daß du vielleicht für mich einspringen könntest.«

Bridget machte einen so ängstlichen Eindruck, daß Polly es sich nicht verkneifen konnte, sie ein wenig auf den Arm zu nehmen.

»Bei Neils Schulaufführung? Ich traue mich kaum, das zu fragen, aber . . .«

»Bei der Auktion, du dummes Ding. Ob du wohl hingehen und aufpassen könntest, daß die Leute, die vom Partyservice hingeschickt werden, kein Chaos anzetteln?«

»Bridget, ich weiß nicht mal genau, was eine Versprechen-Auktion sein soll.«

»Der Elternbeirat von Cherrys Schule veranstaltet manchmal solche Auktionen. Die Leute bieten Sachen wie Babysitten, Bügeln, Gartenarbeit oder eine Woche in ihrer Ferienwohnung in Frankreich an. Und das wird dann versteigert wie bei einer echten Auktion. Damit sammelt man Geld für gute Zwecke.«

»Das klingt nicht gerade so, als wäre das eine Gelegenheit, bei der man einen Partyservice braucht.«

»Bei dieser Auktion schon – das ist eine ganz vornehme Sache, und sie findet in Cannongate Hall statt.« Bridget machte eine bedeutungsvolle Pause. Die ganze Stadt brodelte, weil alle wissen wollten, wer die neuen Besitzer von Cannongate Hall waren, und Polly war eine von denen, die ihre Neugier nur mit Mühe bezähmen konnte.

»Oh.«

»Ja. Und die Leute bieten ihre toskanischen Villen für einen Monat Ferien, Jagden in Schottland und andere wirklich tolle Sachen an.«

»Bridget, hast du je von mir gehört, daß ich davon träume, in Schottland auf die Jagd zu gehen?«

»Nein, aber da du dir sowieso nicht leisten kannst, bei den Summen, die dort genannt werden, mitzubieten, spielt das auch nicht die geringste Rolle.«

»Und was habe ich dann von der ganzen Sache?«

»Du hast bei mir was gut und außerdem die Gelegenheit, dir Cannongate Hall von innen anzuschauen, das müßte dir eigentlich die Mühe wert sein.«

»Und ich muß im kleinen Schwarzen mit Schürzchen dort auftauchen?«

»Kein Schürzchen. Man hat mir gesagt, daß ich nichts anderes tun müßte, als die Oberaufsicht zu führen.«

»Und wie bist du an diesen Job gekommen?«

Bridget seufzte. »Alans Boss hat mich um Hilfe gebeten. Es ist eine langweilige Geschichte, und es würde zu lang dauern, dir das zu erklären. Aber es ist alles für einen guten Zweck.« Sie erwähnte eine Gruppe, die für den Umweltschutz in dieser Gegend und die Erhaltung der einheimischen Architektur eintrat. »Kannst du den Job für mich übernehmen? Es wird ein Kinderspiel – nicht so wie auf dieser gräßlichen Hochzeit, bei der wir zu zweit waren.« Wieder schwieg sie einen Moment, weil sie spürte, daß Polly noch nicht ganz kapituliert hatte. »Ich möchte dich natürlich nicht von etwas Wichtigerem abhalten. Am Samstag findet doch kein Treffen der Aktionsgruppe ›Rettet die High Street‹ statt, oder?«

»Nein. Ich hatte eigentlich nur vor, es mir mit einem guten Buch gemütlich zu machen.«

»Also springst du für mich ein?«

Polly stöhnte. »Ich glaube schon. Aber laß dir das bloß nicht zur Gewohnheit werden, Bridget. Ich helfe dir wirklich gern, aber ich beabsichtige nicht, meine Karriere auf Blätterteigpasteten und Zierdeckchen aufzubauen, selbst wenn du Erfolg damit hast.«

Bridget war über Pollys Zusage so froh, daß sie diese bissige Bemerkung überhörte. »Vielen Dank. Bist ein feiner Kerl, Polly.«

»Ein wachsweicher Kerl.«

Bridget kicherte. »Das sind wir beide. Komm am Mittwoch, wenn du in deinem Atelier fertig bist, bei mir vorbei, dann besprechen wir alle Einzelheiten.«

Polly legte lächelnd den Hörer auf. Bridget war außer ihr selbst die einzige Person, die die umgebaute Gartenscheune, in der sie töpferte, als »Atelier« bezeichnete. Polly liebte sie dafür.

Aber am Mittwoch, nachdem Bridget ihr aufgezählt hatte, was sie tun mußte und was sie auf keinen Fall tun durfte, liebte Polly sie überhaupt nicht mehr.

»Also wirklich, Bridget, wenn du so wenig Vertrauen in meine Fähigkeiten hast, warum hast du mich dann gebeten, für dich einzuspringen?«

Bridget sah Polly direkt in die Augen. »Du magst ja vollkommen unorganisiert sein, aber ich habe dir alles beigebracht, was ich selbst weiß – deshalb. Noch dazu bist du ziemlich gut, wenn es gilt, aufgewühlte Wogen zu glätten, und du kommst mit allen – vom Herzog bis zum Müllmann – blendend zurecht.«

»Und mit wem von beidem muß ich am Samstagabend fertig werden?«

»Mit keinem, aber das Wohltätigkeitskomitee möchte Geld sparen, deshalb haben die Mitglieder ein paar ihrer halbwüchsigen Töchter als ›freiwillige‹ Hilfskräfte angeheuert.«

»O Gott.«

»Ganz recht«, stimmte Bridget zu. »Sie werden nur kichernd im Weg stehen – solche Gören sind die reinste Plage. Du mußt dafür sorgen, daß das bezahlte Personal keinen Krach mit ihnen anfängt, sonst spenden die reichen Eltern der Schätzchen kein Geld, und die ganze Veranstaltung wird ein fürchterlicher Reinfall.« Bridget betrachtete ernst ihre Freundin. »Meinst du, du schaffst das?«

»Klar!« versicherte Polly munter. »Mach dir keine Sorgen, Bridget.«

Sie verabschiedete sich und pfiff die Melodie vom vertonten »Zauberlehrling« vor sich hin.

Polly holte ihr schwarzes Samtkleid aus dem Schrank. Es roch noch immer nach Melissas Dinnerparty: nach Rauch, Parfüm und anderen Leuten. Aus Rücksicht auf das »Nur chemische Reinigung«-Etikett, wusch Polly es gewöhnlich im Wollwaschgang, doch in letzter Zeit hatte sie keine Gelegenheit gehabt, Bridgets Waschmaschine zu benutzen. Wenn sie es ein paarmal gut durchschüttelte und ordentlich unter Dampf setzte, solange sie ein Bad nahm, würde es bald seine ursprüngliche Fasson wiederbekommen und einen neutralen Geruch annehmen.

Sie freute sich beinahe darauf, Cannongate Hall einen Besuch abstatten zu können. Es war vor zwei Jahren auf einen neuen Besitzer übergegangen, und falls an den Gerüchten irgend etwas dran war, dann mußte das Haus luxuriöser sein als alles, was man auf dem Hollywood Boulevard finden konnte. Daß Eselsmilch aus den Hähnen im Badezimmer des Hausherrn floß, mochte vielleicht ein Märchen sein, aber bestimmt gab es andere exotische Extravaganzen, über die man sich später auslassen konnte.

Das schwarze Kleid war der Gelegenheit angemessen, und in Anbetracht ihrer Position als Oberaufsicht schmückte sich Polly zusätzlich mit einer schlichten Kette aus falschen Perlen (sie hatte fünfundzwanzig Pfund bei einem Straßenhändler gekostet und war perfekt, solange niemand auf die Idee kam, auf die Perlen zu beißen) und den echten Perlenohrringen, die sie von ihrer Mutter geschenkt bekommen hatte.

Sie faßte ihr Haar mit einer schwarzen Samtschleife zusammen und vergewisserte sich, daß kein Ton mehr unter ihren Fingernägeln klebte. Schwarze Strümpfe und ihre guten Schuhe vervollständigten ihre elegante, wenn auch für ihren Geschmack ein wenig zu schlichte Erscheinung. Zum guten

Schluß hüllte sie sich in den alten Marinemantel ihres verstorbenen Vaters – ein Kleidungsstück, das dazu gedacht war, auf der Brücke eines Schlachtschiffs getragen zu werden und einige Kilo wog. Das beträchtliche Gewicht machte jede Bewegung oder auch nur das Aufrechtstehen schwierig, aber dieser Mantel hielt einem arktischen Schneesturm stand. Polly hatte die Gewißheit, daß sie – falls es eine Autopanne oder andere widrige Umstände jemals erforderlich machen sollten – in dem guten Stück eine Nacht im Freien schlafen konnte, ohne an Unterkühlung zu leiden, wahrscheinlich würde sie nicht einmal einen Schnupfen bekommen.

Die Heizung in ihrem Wagen tat es nicht besonders wirkungsvoll, und Polly war heilfroh, daß sie den Mantel angezogen hatte, als sie schließlich durch das hübsche schmiedeeiserne Tor von Cannongate Manor fuhr. Bevor sie die palladinische Vorderseite des Hauses mit dem riesigen Portico erreichte, trat ihr ein Mann in moderner Version ihres Mantels in den Weg. Ein Blick auf ihr Auto genügte ihm, und er dirigierte Polly mit einer knappen Geste zum Lieferanteneingang.

Bescheiden kroch Polly in ihrem Morris 1000 an den Stallungen vorbei und schielte auf das massive Gebäude. Noch konnte sie sich keinen rechten Eindruck verschaffen, aber sie erkannte, daß das Haus bombastisch war.

Zu Pollys Erleichterung stand der Kombi, mit dem die Speisen angeliefert wurden, bereits an Ort und Stelle. Sie hatte genug Erfahrung in dieser Branche, um zu wissen, daß die Leute nicht immer besonders zuverlässig waren. Sie war darauf gefaßt gewesen – auch wenn sie sich vielleicht etwas überfordert fühlte –, daß man von ihr erwartete, zweihundert Mäuler ganz allein zu stopfen. Aber jetzt wußte sie, daß ihr zumindest noch eine Person zur Seite stehen würde – das hellte ihre Stimmung beträchtlich auf.

Sie klopfte an die Tür und wartete. Nach einiger Zeit tauchte eine Art Butler auf, dem Polly an der mißbilligend gerunzelten Stirn, den hängenden Schultern und den tiefen Furchen an den heruntergezogenen Mundwinkeln ansah, daß er schon vom letzten Besitzer des Hauses eingestellt worden und keineswegs glücklich über die neue Herrschaft war. Aber er würde nicht kündigen, ehe man ihm eine ordentliche Rente anbot.

»Ja?« fragte er voller Groll, weil er das Haus für eine Wohltätigkeitsveranstaltung öffnen mußte. Offenbar war es ihm gleichgültig, ob man ihm den Ärger anmerkte oder nicht.

»Guten Abend.« Polly lächelte mitfühlend. »Mein Name ist Polly Cameron, und ich bin hier, um die Leute vom Partyservice zu beaufsichtigen.«

Der Butler brummte und machte die Tür ein wenig weiter auf. »Hier entlang geht's zur Küche.«

Er führte sie durch eine ganze Reihe von Korridoren, die von einigen Generationen der »Familie« und erst recht von den derzeitigen Besitzern des Cannongate Manor unangetastet und vermutlich auch ungeputzt waren.

»Der heutige Abend muß eine schreckliche Last für Sie sein«, sagte Polly, während sie sich anstrengte, mit ihm Schritt zu halten. »Die Horden von Menschen, die ins Haus strömen und überall herumstehen.«

Der Butler sparte sich eine Erwiderung, aber er verlangsamte seinen Marsch ein bißchen. Polly war zwar klar, daß der Butler nichts mit den Lieferanten und kaum etwas mit den Herrschaften des Hauses zu tun hatte, aber falls etwas schiefging, dann brauchte sie diesen Mann auf ihrer Seite. Der Butler war derjenige, der wußte, wo sich der Sicherungskasten befand und wie man die Hauptwasserleitung abdrehte. Polly hatte schon Vergleichbares erlebt und in Situationen gesteckt, in denen alles, was man sich nur denken konnte, falsch gelaufen war.

Als sie die Küche betraten, schenkte Polly dem Butler noch ein herzliches Lächeln und bedankte sich bei ihm – ein wenig Überschwenglichkeit zahlte sich meistens aus.

Die Küche war, obwohl sie keineswegs so romantisch unberührt aussah wie die Räume, an denen sie auf den Weg hierher vorbeigekommen waren, vergleichsweise unbefleckt von modernen, der Bequemlichkeit förderlichen Einrichtungen. Wenn die Museenverwaltung sie erworben und Eintrittsgelder für die Besichtigung verlangt hätte, würden Besucher, die vor dem Zweiten Weltkrieg geboren waren, wehmütig seufzen und nostalgischen Gedanken nachhängen – alle anderen hätten erstaunt nach Luft geschnappt. Wenn sie sauber gemacht und ordentlich geweißelt wäre, hätte man sie als attraktiv und anheimelnd bezeichnen können. Aber in ihrem jetzigen Zustand wirkte sie düster: der schmuddelige cremefarbene Anstrich, der Fliesenboden, der mehrmals täglich gewischt werden müßte und jedem, der nur wenige Minuten darauf herumlief, Schmerzen in den Füßen bereitete, die Schränke, die bis zur hohen Decke reichten und an deren obere Fächer man nur gelangen konnte, wenn man sich auf einen Stuhl stellte – falls man überhaupt einen hier fand, der nicht auf dem unebenen Boden gefährlich wackelte. Das war nicht gerade der perfekte Ort, um ein ansehnliches Buffet für zweihundert Personen herzurichten.

Dennoch schienen ein Mann, dessen gestärktes Hemd ihn als den Verantwortlichen auswies, und seine drei Helferinnen willens zu sein, ihr Bestes zu geben. Sie arbeiteten offenbar schon eine ganze Weile in dieser tristen Küche.

Die jüngste der drei Frauen – sie war etwa siebzehn – wusch etwas Gemüse- oder Salatartiges in der Spüle, die sich in einer Ecke befand. Polly erkannte auf den ersten Blick, daß diese junge Frau nie zuvor für einen Partyservice gearbeitet hatte, denn sie trug hochhackige Schuhe und bückte sich auf eine Weise, die ihr in kürzester Zeit die schlimmsten Rückenschmerzen bescheren würde. Was auch immer sie wusch, es schien sehr lange zu dauern, bis es sauber war.

Die anderen beiden Frauen drapierten Canapes auf ovale Servierplatten. Sie trugen weiße Nylonblusen mit unauffälligen Broschen am Hals, schwarze Röcke und Schuhe, für die gewöhnlich auf der letzten Seite der Zeitschriften Werbung gemacht wurde – entsetzlich klobige Klötze, aber praktisch. Pollys flache Pumps waren bequem genug, garantierten jedoch keine vierundzwanzig Stunden Schmerzfreiheit wie die breiten, gepolsterten Sohlen ihrer Kolleginnen.

»Hallo, mein Name ist Polly, und ich bin hier, um zu helfen.«

Der Mann, der Gläser über dem von einem Topf mit kochendem Wasser aufsteigenden Dampf polierte, sah sie ärgerlich an. »Noch eine blutige Amateurin, stimmt's?«

»Nein. Ich bin aus der Branche. Ich habe die Aufgabe –« sie zögerte einen Moment –, »dafür zu sorgen, daß Ihnen niemand in die Quere kommt.«

Er grunzte. »Ich bin Steve. Die beiden da sind Shirl und Dot, und das Mädchen dort drüben heißt Lorraine.«

Als sie ihren Namen hörte, drehte sich Lorraine lächelnd um. Ihre Füße taten ihr jetzt schon höllisch weh, und bis zu diesem Augenblick hatte sich noch niemand die Mühe gemacht, mit ihr zu reden. Das erkannte Polly an ihrem gequälten und flehenden Gesichtsausdruck.

»Hallo, Lorraine, freut mich, daß wir zusammenarbeiten«, sagte sie. »Und wie geht Ihnen beiden die Arbeit von der Hand? Ist alles in Ordnung?«

Sie hätte wissen müssen, daß ihr eine solche Frage mehr Last auf die Schultern bürden würde als der alte Marinemantel, den sie auf den Haken an der Tür hängte.

»Da Sie schon danach fragen«, sagte Steve, »wir haben nur zwei Pfund Butter. Und dieser grießgrämige alte Butler denkt gar nicht daran, die Rotweinflaschen aufzumachen, obwohl man mir versichert hat, daß er sich darum kümmern würde. Und falls die Hausherrin nur noch einmal in die Nähe der Küche kommt, schmeiß' ich alles hin und geh' nach Hause.«

Polly spürte wenigstens, daß sie nicht umsonst hergekommen war – sie brauchte nicht aufzupassen, daß das angeheuerte Personal kein Silber stahl oder sich nicht mit dem teuren Portwein betrank, dafür mußte sie die Vermittlerin spielen.

Wer auch immer die Hausherrin war, es schien ihr jedenfalls schwerzufallen, sich mit den Leuten abzugeben, die sie als »niedrige Bedienstete« ansah, ohne sie gegen sich aufzubringen. Das mußte Bridget gewußt haben, sonst hätte sie Polly nicht darauf hingewiesen, daß sie die Wogen glätten und die stundenweise bezahlten Hilfskräfte beschwichtigen sollte, um einen reibungslosen Ablauf möglich zu machen.

Mit einer »Aufsicht« würde es möglich sein, den Abend einigermaßen pannenfrei über die Bühne zu bringen. Als erstes mußte Polly ihre Mitarbeiter auf ihre Seite bringen, aber das schreckte sie nicht. Sie hatte sich oft genug als Aushilfe extra Geld verdient, um die Probleme genau zu kennen.

»Also gut, ich schneide die Butter in ganz schmale Stücke. Es ist immer dasselbe – Cheltenham liefert nie genug davon. Wenn ich damit fertig bin, öffne ich die Weinflaschen. Dann werden wir auch herausfinden, ob die Geizkrägen etwas gekauft haben, was man wirklich trinken kann.«

Steve betrachtete sie mit neuerwachtem Respekt – die Anspielung darauf, daß sie schon öfter mit dem stadtbekannten Partyservice zu tun gehabt hatte, wies sie als sachkundige Mitarbeiterin aus. Er reichte ihr die Butterpäckchen und kramte den Korkenzieher aus seiner Tasche.

Kapitel 5

Nach einer halben Stunde hatte Polly das Gefühl, den Vereinten Nationen ihre Dienste als Diplomatin anbieten zu können. Mit einer klugen Mischung aus Schmeicheleien, gutem Zureden und blanken Lügen brachte sie es fertig, dem Butler die Verantwortung für den Wein zu übertragen, Shirl, Dot und Lorraine davon zu überzeugen, daß sie eine Menge mehr von der Verköstigung einer großen Gesellschaft verstand, als ihr schwarzes Kleid und die Perlen vermuten ließen, und Steve klarzumachen, daß sie nicht zu seinen Gegnern gehörte. Noch stand es ihr bevor, der Herrin des Hauses gegenüberzutreten, aber nachdem sie das Personal in den Griff bekommen hatte, dürfte diese Begegnung ein Kinderspiel werden – schließlich gab es nur *eine* komplizierte Dame, die es um den Finger zu wickeln galt.

Es war tatsächlich nur eine Dame, aber sie erschien nicht allein auf der Bildfläche. Sie rauschte in einem mit Juwelen verzierten, bodenlangen Abendkleid herein und wurde von vier jungen Mädchen eskortiert, die höchstwahrscheinlich noch nie eine Küche von innen gesehen hatten – ganz bestimmt keine so vorsintflutliche – und unsicher kicherten. Polly hatte die Hausherrin schon früher kennengelernt. Sie war niemand anderes als die wohltätige Thalia.

Das bedeutete zumindest, daß das, was Melissa als »*so* gute Sache« bezeichnet hatte, dem Erhalt der ländlichen Umwelt und der traditionellen Architektur, wie Bridget meinte, dienen sollte. Vielleicht plante Thalias Mann doch nicht, Pollys geliebter Ladenzeile ein schreckliches Schicksal zu bescheren. Bestimmt würde er keine derartige Wohltätigkeitsveranstaltung unterstützen, wenn er selbst alte Häuser skrupellos abreißen wollte.

Dieser Gedanke zauberte ein freundliches Lächeln auf Pollys Gesicht, als sie Thalia begrüßte. Sie war einigermaßen glücklich, zwischen den beiden Welten, die von der berühmten grünen Tapetentür getrennt wurden, hin und her pendeln zu können, und fühlte sich ganz wohl.

Im Augenblick war Thalia vollkommen verwirrt. Grenzenlose Besorgnis spiegelte sich auf ihrem schönen Gesicht wider, als sie vor Polly stand. Sie wußte, daß sie dieser Person schon einmal begegnet war, konnte sich aber beim besten Willen nicht vorstellen, wann und wo. Sie wußte nur, daß Polly nicht dieselbe Rolle eingenommen hatte wie heute abend.

Polly, die den Vorteil hatte, sich an Thalia genau zu erinnern, kam ihr zu Hilfe.

»Hallo, ich bin Polly Cameron. Wahrscheinlich ist es Ihnen entfallen, aber wir haben uns letzte Woche bei Melissa getroffen. Ich vertrete hier Bridget Mathews und sorge dafür, daß alles reibungslos klappt. Ich bin sicher, es wird mir gelingen.«

»Oh – äh – ja, natürlich. Mrs. Mathew ist also verhindert?«

Thalia brachte ein bezauberndes, fragendes Lächeln zustande.

Polly lächelte zurück. »Leider ja. Doch ich bin sicher, daß trotzdem nichts schiefgeht. Die Veranstaltung dient ja einem *so* guten Zweck, meinen Sie nicht auch?« Polly geriet geradezu ins Schwärmen. »Wir müssen zusehen, daß wir eine *Menge* Geld zusammenbringen.«

»Ja, natürlich.« Thalia hatte ihre Fassung wiedererlangt. Sie war sich zwar immer noch nicht im klaren, welcher gesellschaftlichen Schicht sie Polly genau zuordnen konnte, sie schien jedoch nicht ganz auf der falschen Seite der Grenze zu stehen.

»Diese Mädchen sind Felicity, Sophia, meine Nichte, Perdita und Maddy«, stellte sie die kichernde Bande vor. »Sie sollen Ihnen *helfen*. Mädchen, dies ist . . .«

»Polly Cameron«, warf Polly eilfertig ein.

». . . sie wird euch sagen, was ihr zu tun habt.«

In Thalias Stimme schwang so viel beißende Strenge mit, daß die Mädchen verstummten und Polly Mitleid mit ihnen bekam. Dies waren eher Zwangsarbeiterinnen als freiwillige Helferinnen. Polly hegte berechtigte Zweifel daran, daß es viele Erwachsene gab, die genügend Charakterstärke besaßen, Thalia zu widersprechen – und dies hier waren halbwüchsige Schulmädchen, die sich vermutlich überhaupt nicht gegen sie wehren konnten. Nach allem, was Polly von der wohltätigen Dame mitbekommen hatte, konnte man ihr zutrauen, daß sie ihre vornehm beringten und perfekt manikürten Hände zur eisernen Faust ballte, wenn ihr honigsüße Redensarten und vielsagende, sehnsüchtige Blicke nicht verschafften, was sie sich wünschte. Wahrscheinlich hatte Thalia die Mütter dieser Mädchen ebenso eingeschüchtert wie ihre Kinder.

»Hallo.« Polly hieß die Mädchen mit einem freundlichen Blick willkommen.

Felicity war ungefähr sechzehn und trug ein mitternachtsblaues Satinkleid, das offenbar speziell dazu entworfen worden war, ihr mit Akne übersätes Dekollete zur Schau zu stellen. Ihr vorgerecktes Kinn verriet Dickköpfigkeit und wies darauf hin, daß sie dieses Kleid entgegen der Ratschläge Wohlmeinender angezogen hatte.

Sophia, die vermutlich einmal genauso schön werden würde wie ihre Tante, hatte ihre Schultern entblößt und zeigte viel haselnußbraune Haut, die sie sich nur in der Karibik angeeignet haben konnte. Sie war ein wenig älter als die anderen Mädchen und mit Thalias Selbstsicherheit gesegnet.

Perdita und Maddy – beide etwa vierzehn – trugen Miniröcke aus Samt, hochgeschlossene Seidenblusen, Gesundheitsschuhe und Zahnspangen. Sie sahen viel eher wie Serviermädchen aus als die meisten echten Serviermädchen. Sie lächelten Polly scheu an. Dieses Lächeln und das stabile Schuhwerk gaben Polly Grund zur Hoffnung.

»Nun, Thalia«, sagte Polly und benutzte entschlossen den Vornamen der furchteinflößenden Gastgeberin, »Sie haben bestimmt ein Menge zu tun, und Sie brauchen sich wirklich keine Gedanken um die Verköstigung zu machen. Erledigen Sie die Dinge, die nur *Sie* tun können, und überlassen Sie mir die Details hier in der Küche. Es wird alles wunderbar klappen, das verspreche ich Ihnen.«

Thalia war hin und her gerissen zwischen dem Drang, das Arrangement der Canapes zu kritisieren, und dem Wunsch, diesem unangenehmen Ort den Rücken zu kehren. Doch Pollys schmeichelhafte Komplimente und ihre Entschlossenheit nahmen ihr die Entscheidung ab.

»Gut«, sagte Thalia. »Sorgen Sie dafür, daß der Champagner wirklich *kalt* ist, Mr. . . . äh?«

Steve verbeugte sich unterwürfig. »Sehr wohl, Madam.«

Seine Geste wurde mit einem königlichen Nicken und dem Hauch eines Lächelns belohnt. Steve starrte der Hausherrin sehnsüchtig nach – seine frühere Ablehnung war wie weggeflogen. Die Frau war außergewöhnlich schön.

»Also gut, Mädchen.« Polly musterte die vier Gören. Ohne Thalias Dominanz würden sie wahrscheinlich gar nichts tun, und Polly mußte sich irgendwie bei ihnen lieb Kind machen, ohne ihren Respekt zu verlieren. »Steve ist hier der Boss. Kommt mit, wir fragen ihn, womit ihr anfangen sollt.«

»Wir sind nur hier, um den Champagner auszuschenken«, erklärte Sophia, ohne sich von der Stelle zu rühren. »Tante Thalia hat uns versprochen, daß wir nichts anderes tun müssen.«

»Ja«, bekräftigte Felicity. »Und ich weigere mich, etwas anderes zu machen.«

Nicht genügend Personal einzustellen – das war die Art der reichen Leute, am falschen Platz zu sparen. Polly verfluchte die Arroganz der oberen Zehntausend. Wenn Thalia auch nur die geringste Ahnung gehabt hätte, wie anstrengend und ermüdend es war, einen ganzen Abend lang mit Flaschen und Gläsern zu jonglieren und herumzustehen, hätte sie gemurrt, aber Profis bezahlt. Selbst mit ausreichend Personal war es schwierig, zweihundert Leute zufriedenzustellen, und mit pubertierenden Schulmädchen als Hilfskräften könnte sich die Angelegenheit als kaum zu bewältigende Aufgabe auswachsen.

Im stillen wägte Polly die Möglichkeit, die Mädchen ordentlich zurechtzustutzen, gegen die Chance ab, eine weitere Hilfe zu bekommen. Die Person, die sie jetzt brauchte, war Beth – bereitwillig, freundlich und effizient. Polly schaute auf ihre Uhr. In einer knappen halben Stunde würden die ersten Gäste eintreffen, und Beth war wahrscheinlich nicht zu Hause. Es blieb Polly also gar nichts anderes übrig, als die Gören auf Trab zu bringen.

»Hört mal, ich weiß, daß man euch zu diesem Dienst abkommandiert hat, und ich an eurer Stelle wäre auch stinksauer deswegen.«

Sie versuchte, sich in ihr Vertrauen zu schleichen und an ihre Vernunft zu appellieren. »Aber ehrlich gesagt, es ist kinderleicht, an der Theke zu stehen, und die Speisen zu verteilen. Außerdem ist es die beste Möglichkeit, mit den interessanten Leuten ins Gespräch zu kommen.«

Maddy und Perdita waren so schüchtern und naiv, daß sie das als Vorteil ansahen. Die anderen beiden schienen anspruchsvoller und raffinierter zu sein, als gut für sie oder irgend jemanden sonst war. Sie hatten es nicht nötig, Schinkenscheiben auf einen Teller zu legen, um eine Unterhaltung in Gang zu bringen.

»Und wenn jemand etwas von euch will, den ihr ganz und gar nicht ausstehen könnt –« Polly grabschte nach einem Strohhalm –, »liegt es an euch, aus Versehen, eine Ladung Mayonnaise auf ein Kleid oder einen Anzug zu klecksen.«

Einen Augenblick lang schwankten die Mädchen zwischen Ablehnung für Polly und alles, was sie verkörperte, und dem kindischen Verlangen, es Thalia heimzuzahlen. Zum Glück für Polly war die Schulmädchenmentalität stärker als ihre Blasiertheit. Polly beobachtete, wie sie stillschweigend die Fronten wechselten, und hatte ein schlechtes Gewissen, weil Thalias sündhaft teures Designerkleid ihretwegen ein so grausames Schicksal erleiden mußte.

Sie brachte die Mädchen dazu, Gläser über Töpfe mit dampfendem Wasser zu halten und sie mit einem Geschirrtuch zu polieren. Es dauerte nicht lange, bis Polly merkte, daß es ihnen gefiel, etwas zu tun zu haben. Anscheinend hatten sie sich die meiste Zeit ihres jungen Lebens entsetzlich gelangweilt.

Polly machte sich mit den ersten Platten auf den Weg zum Speisezimmer. Die Küche war vom Bestreben der Bradleys, sich selbst und ihren Reichtum zur Schau zu stellen, verschont geblieben, nicht aber das Speisezimmer. Außer im Brighton Pavillon hatte Polly selten oder nie eine so verschwenderische Pracht zu Gesicht bekommen.

Die Wände und die Decke waren mit goldenem Seidenstoff verhüllt, der an einer dicken Säule in der Mitte befestigt und mit Hilfe von goldenen Kordeln mit Quasten in Ananasgröße an Ort und Stelle gehalten wurde. Die üppigen Stoffbahnen flossen bis zum Boden und vermittelten einem das Gefühl, in einer riesigen Kuppel zu stehen. In den oberen Ecken teilten sich die Stoffbahnen und gaben Stücke der dunkelblau gestrichenen Decke frei, die mit kleinen, wie Sterne blitzenden Lichtern übersät waren. Polly fragte sich unwillkürlich, ob Thalia auch eine pludrige Haremshose besaß. Sie mußte zu den wenigen Frauen gehören, die so etwas wirklich tragen konnten.

Die meisten Möbelstücke waren für diesen Abend aus dem Zimmer entfernt worden. – Die Überbleibsel waren vergoldet, reich verziert und antik – die einzige Ausnahme bildete das halbe Dutzend Zeichentische, die zum Buffet umfunktioniert worden waren.

Leider hatte, wer auch immer für die Blumen verantwortlich war, die leeren Tische als idealen Standort angesehen für die Arrangements aus Lilien, Weberkämmen, Treibholzklötzen, getrocknetem Seegras und verschiedenen subtropischen

Pflanzen, die möglicherweise sogar fleischfressend waren und sich dramatisch aus vergoldeten Schalen und Vasen ergossen. Das hieß, daß es keinen Platz mehr für die Speisen und Getränke gab.

Wenn Thalia nicht Thalia gewesen wäre, hätte Polly nach ihr gesucht und sie um Anweisungen gebeten. Aber Polly hatte das Gefühl, daß Thalia nicht viel Konstruktives zu diesem Problem zu sagen hatte, und beschloß, die Sache lieber selbst in die Hand zu nehmen.

Das Ergebnis war spektakulär. Der altersschwache Butler, besänftigt durch Pollys gewinnendes Wesen und besonders durch ihre ausdrucksvollen grünen Augen und das kurze Kleid, hatte ein halbes Dutzend Weinkisten herbeigezaubert. Die Kisten wurden mit weißen Tüchern bedeckt, die Polly in einem düsteren Loch aufgetrieben hatte, das wohl einstmals die Leinenkammer gewesen war, und auf den Boden zwischen die Tische gestellt.

Auf diesem Notbehelf kamen die exotischen Kompositionen, nach ein paar platzbedingten Korrekturen, erst richtig zur Geltung, und sie sahen, wie Polly fand, viel besser aus als vorher.

Aber diese künstlerische Einlage hatte viel Zeit gekostet, und die meisten Speisen befanden sich noch in der Küche, als die ersten Gäste eintrudelten. Der alte Butler hatte sich Gott sei Dank darauf besonnen, ein Engel zu sein, und half Dot und den anderen, die Platten und Tabletts ins Speisezimmer zu transportieren.

Polly wies Lorraine an, ihre mörderischen Schuhe auszuziehen, und hoffte, daß niemand ihre bloßen Füße sehen würde, solange sie hinter dem Tisch stehen blieb. Als sie sich abwandte, entdeckte sie Melissa und Sheldon, die gerade durch die Vordertür kamen.

Inzwischen hatte sich Pollys Verwunderung darüber gelegt, daß sie sich mitten in einer Wohltätigkeitsveranstaltung befand, über die auf Melissas Dinnerparty so begeistert diskutiert worden war. David Locking-Hill würde sicher auch bald in Erscheinung treten, und Polly hatte kaum eine Möglichkeit, ihm aus dem Weg zu gehen. Sie war jedoch viel zu beschäftigt, um darüber nachzudenken, warum sie ihm lieber nicht begegnen wollte, aber zum erstenmal an diesem Abend fühlte sie sich, als hätte sie Schmetterlinge im Bauch. Sie riß sich zusammen, als sie merkte, daß ihre Helferinnen sie flehentlich ansahen und auf ihre Anleitung angewiesen waren.

»Maddy und Perdita, ihr beide teilt den Schinken und das Fleisch aus. Dot und ich, wir kümmern uns um den Lachs und den anderen Fisch, Lorraine und Shirl um die Hühnchen. Den Salat nehmen sich die Leute selbst. Sobald der Hauptgang beendet ist, richten wir den Nachtisch her. Der ist bereits in Schälchen und auf Tellern portioniert, also werden wir kaum Probleme damit haben.« Sie holte tief Luft und fuhr – an die beiden gewandt, die eine Sonderbehandlung bekamen – fort: »Sophia und Felicity, ihr könnt den Champagner herumreichen, den Steve ausschenkt. Und danach geht ihr mit Tabletts herum und helft Mr. . . dem Butler mit dem Wein.«

Dem Personal blieben ein paar herrliche Minuten Zeit, das üppige Buffet voller Stolz zu betrachten. Auf riesigen Silberplatten türmten sich mit Salatblättern und anderem Grünzeug verzierte Bratenscheiben, Quiches und Canapés, dreieckige Toaststücke mit Kaviar, mit Räucherlachs und saurer Sahne gefüllte Blätterteigpasteten. Jeder Ernährungswissenschaftler hätte beim Anblick der gehaltvollen Leckereien, unter denen sich die sechs Tische bogen, verzweifelt aufgestöhnt.

Unter den Tischen, von den Papierdecken, die bis auf den Boden reichten, versteckt, wartete der noch in Kisten verstaute Nachtisch: verschiedene Schokoladenmousses, kleine Pyramiden aus weißen Schokoladenmalakoffs, Teigröllchen mit Fruchtfüllung, in Sirup getränkte Rumtörtchen. Alles war ungeheuer reichhaltig und fett, trotzdem hoffte Polly für ihre Mitarbeiterinnen, daß das Dessert nicht akkurat abgezählt war. Nach kurzer Überlegung ließ sie ein Tablett mit Mousse in einer dunklen Ecke verschwinden. Dot, Shirl und Lorraine wurden wenigstens für ihre Arbeit bezahlt, aber die Mädchen nicht, sie mußten wenigstens mit etwas Süßem belohnt werden.

Es würde hektisch werden: die Hauptspeisen servieren, die Teller und Platten wegräumen und sofort das Dessert auf den Tischen so drapieren, daß es wenigstens vor dem ersten Ansturm hübsch aussah. Doch sie würden das schon hinkriegen. Polly hatte erfahren, daß Dot und Shirl auch schon einige Einsätze bei Cheltenham hinter sich hatten und es gewöhnt waren, unter Druck zu arbeiten.

Die Gäste strömten ins Speisezimmer, und die Mädchen gingen artig mit den Champagnergläsern durch die Reihen. Polly beobachtete, wie Perdita ohne Malheur ein Schinkenröllchen auf einen der Teller manövrierte. Alles lief prima, und Polly entspannte sich.

Thalia bahnte sich einen Weg durch die Menge und steuerte auf Polly zu, die hinter der Platte mit den Fischen stand – von einigen war nur noch der Kopf und das zarte Grätengerippe übrig. Thalia streckte Polly ihren Teller entgegen.

»Nur ein kleines Stückchen bitte. Ich kann nichts Schweres essen.«

Polly war gerade dabei, ihr eine kleine Portion aufzulegen, die garantiert kein Gramm Fett auf ihre Taille bringen würde, als sich Thalia umdrehte und mit jemandem sprach, der Polly beinahe veranlaßte, die Gabel fallen zu lassen.

»Hector! Wie schön – ich freue mich, daß du doch noch kommen konntest. Hast du schon die Neuigkeiten gehört?«

Hector, dessen Leibesfülle und gerötetes Gesicht auf extremen Reichtum schließen ließ, war ahnungslos. »Nein«, antwortete er.

»Hughs Geschäft mit den Immobilien ist so gut wie perfekt. Er hat vor, den alten Häusern mit dem Bulldozer zu Leibe zu rücken und an ihre Stelle ein phantastisches, modernes Einkaufszentrum zu bauen. Alles nur Glas und Stahl.«

»Bei Jupiter, tatsächlich?« fragte Hector. »Das wird Laureton ein bißchen aufmöbeln, was? Wird ja auch Zeit, daß die Stadt den Anschluß an den Rest der Welt findet.«

Thalia wandte sich langsam genug zu Polly um, der vor Ärger und Wut der kalte Schweiß aus allen Poren brach, um den Teller mit dem Fisch entgegenzunehmen. »Ich dachte, du solltest davon erfahren, Hector, falls du vorhast, dich zu beteiligen. Hugh verhandelt schon mit einigen Leuten, die großes Interesse zeigen.« Sie warf einen Blick auf Polly, die ihr mit bedenklich zitternder Hand einen Löffel voll Remouladensauce hinhielt. »Oh, nein danke. Das macht viel zu dick.«

Aber es war bereits zu spät. Gerade als Thalia ihren Teller wegzog, geriet die Mayonnaise ins Wanken, landete auf dem zierlichen Handgelenk und spritzte über die großen Perlen und die Diamanten des Armbands.

»Oh, das tut mir leid, Thalia«, sagte Polly plötzlich ganz ruhig. »Sie haben genau im falschen Moment eine Bewegung gemacht. Kommen Sie, ich wische Ihnen das ab.«

Thalia kochte vor Wut, ging aber zu Polly, die sie mit einer riesigen Papierserviette erwartete.

»Das war schrecklich ungeschickt von mir«, sagte Polly. »Wenn Sie doch nur ihren Teller nicht so ruckartig weggezogen hätten!« Wenn nur dein Mann nicht beschlossen hätte, ein paar schönen alten Häusern mit dem Bulldozer den Garaus zu machen, hätte ich bestimmt besser aufgepaßt. Polly registrierte erst jetzt, daß die Mayonnaise nicht nur auf Thalias Arm, sondern auch auf ihrem Kleid gelandet war. Sie lächelte strahlend, um die gestrenge Gastgeberin von dem häßlichen Fleck abzulenken. »Alles klappt wunderbar, meinen Sie nicht auch?«

Thalia war so beschäftigt, den Zustand ihr Armbands zu prüfen, daß sie keine Antwort gab.

»Ich finde, es ist ungeheuer wichtig, alte Gebäude zu erhalten«, plapperte Polly weiter.

Thalia sah sie verwirrt und ärgerlich zugleich an.

»Das Geld, das heute abend eingenommen wird«, erklärte Polly, »es soll helfen, alte Gebäude zu erhalten.«

»Wirklich?« entgegnete Thalia. »Ich weiß es ehrlich nicht. Ich muß mein Armband sauber kriegen.«

Dieses Miststück, dachte Polly, veranstaltet das Theater mit der Versprechen-Auktion aus rein gesellschaftlichen Gründen und hat sich nicht einmal die Mühe gemacht, herauszufinden, für welchen Zweck die Spendengelder verwendet werden sollen. Hugh will sich wahrscheinlich durch derartige Ereignisse bei der Stadtverwaltung einschmeicheln – vielleicht hat er die Herrschaften sogar so dazu gebracht, ihm die Häuser und Grundstücke zu verkaufen.

»Ich denke, wenn Sie das Armband in milde Seifenlauge legen, ist es schnell wieder wie neu«, erwiderte Polly honigsüß. Aber den Fleck in deinem Kleid bekommst du nie mehr raus, setzte sie im stillen hinzu und wünschte, sie hätte Thalia absichtlich mit Mayonnaise vollgeschmiert.

Als sie ihren Platz neben Dot wieder einnahm, fragte sie sich, ob es wirklich nur ein Versehen gewesen war oder ob ihr Unterbewußtsein sie zu dieser Maßnahme getrieben hatte. In diesem Augenblick schlenderten Hugh und David Locking-Hill herein. Hugh hatte die Hand auf Davids Schulter gelegt – gemeinsam die Internatszeit überlebt zu haben machte sie offenbar zu einer Art Blutsbrüdern, und ihr Ehrenkodex verpflichtete sie, sich gegenseitig in allem zu unterstützen, egal wie unehrenhaft die Angelegenheit auch sein mochte. Polly verbiß sich ein gepfeffertes Schimpfwort, und plötzlich war ihr zum Weinen zumute.

Die Auktion begann eine halbe Stunde später als ursprünglich vorgesehen. Zum Glück nicht wegen irgendwelcher Pannen bei der Verköstigung oder Pollys zittriger Hand. Die alten Servier-Profis und die »freiwilligen« Helferinnen hatten sich zu einem Team vereinigt das verhältnismäßig gut zusammenarbeitete. Um sie für ihre Mühen zu belohnen, beförderte Polly eine Flasche Champagner zutage, die sie an der Bar stiebitzt und zusammen mit der Schokoladenmousse in die Küche gebracht hatte. Sie öffnete die Flasche.

»Sucht ein paar Gläser. Wir haben uns einen Schluck verdient.«

»Meine Füße tun teuflisch weh«, jammerte Sophia. Sie zog ihre Schuhe aus und machte sich mit bloßen Fingern über ihre Mousse her.

»Und meine erst!« Felicity schleuderte ihre Wildlederpumps neben Sophias unter den Tisch, aber sie hatte sich wenigstens einen Löffel beschafft.

Dot, die sowohl den Nachtisch als auch den Champagner verschmähte, stellte den Wasserkessel auf den Herd. »Wenn ihr jungen Dinger so viel Zeit auf den Beinen verbracht hättet wie ich, würdet ihr vernünftigere Schuhe tragen.«

Perdita und Maddy sagten nichts, sahen aber schadenfroh in die Runde. Ihre Gesundheitsschuhe, die sie nur trugen, weil ihre Mütter ihnen mit Taschengeldkürzungen gedroht hatten für den Fall, daß sie etwas anderes anziehen würden, hatten sich bestens bewährt. Lorraine und Sophia betrachteten Dots klobige Sandalen von den entgegengesetzten Enden des gesellschaftlichen Spektrums und verbrüderten sich in ihrer Verachtung.

»Das schlimmste war diese Kerl, der mich immer in den Po gezwickt hat, wenn ich nicht hinter dem Tisch stand«, klagte Maddy und trank einen Schluck Champagner.

»Das hat er bei mir auch gemacht«, sagte Lorraine. »Es war schrecklich.«

»Ein ekelhafter Fettkloß«, setzte Perdita hinzu – ihr Mund war mit Schokolade verschmiert.

»Mich hat er nicht belästigt«, behauptete Thalias Nichte. »Ich habe ihn nur einmal eiskalt angesehen, danach hat er sich aus dem Staub gemacht.«

»Schön für dich, Soph«, meinte Maddy. »Aber wir haben nicht alle soviel Zeit, stundenlang den bösen Blick vor dem Spiegel zu üben wie du.«

»Trink nicht andauernd Champagner.« Sophia riß Maddy die Flasche aus der Hand. »Du bekommst einen Schwips, und Thalia wird stocksauer.«

Polly hoffte, daß nicht gerade Sheldon der berüchtigte Po-Kneifer war. »Ich organisiere uns noch eine Flasche«, schlug Polly müde vor. Sie wußte, daß es noch Stunden dauern würde, bis sie nach Hause gehen konnten.

Aber statt den Champagner zu holen, durchquerte sie die Halle und ging in den Ballsaal, um bei der Auktion zuzusehen. Es war ein riesiger Raum – nicht einmal die zweihundert Stühle für die Gäste füllten ihn richtig aus, so daß man die Einrichtung noch bewundern konnte. Die Wände waren mit knallroten Karo-Tapeten bedeckt. Köpfe von toten Tieren – Elche, Bisons und Rothirsche – starrten mit glasigen Augen auf die gigantischen Gemälde von blutigen Kampfszenen. Breitschwerter, Dudelsäcke, Streitäxte und Dolche hingen an jedem freien Plätzchen an den Wänden. Aber was Polly wirklich den Atem raubte, war der Kronleuchter, der an den freiliegenden Deckenbalken hing – der Größe und Pracht nach zu schließen, hätte er aus Versailles stammen können. War das ein Überbleibsel vom früheren Besitzer von Cannongate Hall? Oder Thalias erste Maßnahme, den Ballsaal ihrem Geschmack anzugleichen? Möglicherweise war dieser kraße Kontrast im Stil auch der letzte Schrei der Innenarchitekten. Vielleicht hatte Thalia bei ihrem letzten Wochenendaufenthalt in Paris einem Impuls nachgegeben und das Prachtstück kurzerhand erstanden? Wie auch immer – die Wirkung war jedenfalls ungeheuerlich.

Polly war so beeindruckt, daß ihr im ersten Moment gar nicht auffiel, daß der Mann, der mit dem Hammer in der einen und einem Stift in der anderen Hand hinter dem Pult stand, David Locking-Hill war.

Zuerst war sie schockiert – jemand, der so zugeknöpft war wie David, konnte doch unmöglich den Auktionator spielen. Doch nachdem sie ihm eine Zeitlang zugehört hatte, war sie fasziniert. All die Reserviertheit und Würde, die ihn so unnahbar und steif erschienen ließ, war von ihm abgefallen – er war das Musterbeispiel eines redegewandten Verkäufers.

»Ich muß doch sehr bitten, Ladies und Gentlemen. Sie werden sicherlich nicht zulassen, daß etwas so Wundervolles um diesen lächerlichen Preis zu haben ist«, sagte er. »Sie, Sir, sind bestimmt ein Mann, der das Abenteuer liebt. Ich bin sicher, Sie werden begeistert sein, Ihre Muskeln bei dieser blendenden Gelegenheit zu stählen ...«

Die Frau vor Polly hatte einen Katalog in der Hand und markierte die »Waren«, die bereits ersteigert worden waren. Polly riskierte einen Blick und sah, daß es im Augenblick um die Benutzung eines großen Baufahrzeugs und das Freilegen eines verschütteten Teichs ging.

»Höre ich hundert Pfund? Ja.« David deutete auf jemanden im Publikum. »Einhundert Pfund – hundert zum ersten ... Bietet jemand mehr? Hundertzehn, danke. Einhundertzehn Pfund ...« In weniger als fünf Minuten hatte jemand einen Dummen gefunden, der ihm kostenlos einen Gartenteich aushob und noch dazu zweihundert Pfund für das zweifelhafte Privileg, einen ganzen Tag lang einen schweren Bagger bedienen zu dürfen, bezahlen wollte. David war ein Magier.

Die nächsten Dinge waren leichter an den Mann zu bringen. Vierzehn Tage Golf an der Algarve, Wochenenden in Venedig, Karten für Covent Garden – all das ging für weit mehr als den eigentlichen Marktpreis – und rasend schnell – weg. Polly fragte sich, wieso David nicht seiner Berufung gefolgt und statt dessen Weinhändler geworden war. Als professioneller Auktionator hätte er im Handumdrehen ein Vermögen verdienen können.

Er bot gerade ein Wochenende in Mailand mit Besuch in der Scala an, als Polly eine leicht schleppende Stimme hinter sich rufen hörte: »Einhundertachtzig!«

David wandte sich in ihre Richtung – das blanke Entsetzen war ihm ins Gesicht geschrieben. Einen Moment lang hatte Polly den schrecklichen Verdacht, daß ihr bloßer Anblick ihn mitten im Satz abbrechen ließ, aber gleich darauf wurde ihr klar, daß er sie gar nicht zur Kenntnis genommen hatte.

»Der Preis steigert sich jeweils um zehn Pfund«, erklärte er dem fröhlichen Bieter hinter ihr streng.

Sein Ton war so beißend, daß sich Polly umdrehte, um nachzusehen, wer David den Spaß an seinem Spiel so gründlich verdorben hatte.

Er war groß, außergewöhnlich dürr und in enganliegendes Leder gekleidet. Die Aknenarben auf seinem stoppeligen Kinn verrieten seine Jugend. Er war vollkommen durchnäßt, sein blondes Haar zu einem Pferdeschwanz zusammengebunden und strähnig vom Regen. Wasser tropfte von seinen Kleidern auf den karierten Teppich. Abgesehen von dem Gestank nach abgestandenem Bier und der Haarfarbe, war er das Ebenbild des Auktionators. Das Erscheinen seines Sohnes hatte David offenkundig einen Schock versetzt, und jeden Augenblick konnte es zu einer peinlichen Szene kommen.

David verdiente es, in Verlegenheit gebracht zu werden. Er verdiente es, in siedendem Öl zu schmoren, weil er mit einer Ratte wie Hugh Bradley so dick befreundet war. Aber Polly hatte es noch nie ertragen können, die Art von öffentlicher Demütigung mitanzusehen, die Gameshows im Fernsehen so beliebt machten. Außerdem verriet ihr ein eingehender Blick auf Davids Sohn, daß es dem Jungen bald fürchterlich schlecht werden würde.

Wenn all diese Leute Freunde von Thalia und Hugh waren, wäre es eine gerechte Strafe für sie, vollgekotzt zu werden. Doch möglicherweise waren sie ja auch gar keine persönlichen Freunde der Bradleys, sondern nur Menschen, die wirklich Englands Umwelt und die traditionelle Architektur schützen wollten.

In diesem Fall war es Pollys Pflicht, den Jungen so schnell wie möglich aus dem Saal zu schaffen.

Kapitel 6

Hallo«, flüsterte sie. »Du hast das Dinner verpaßt. Soll ich dir etwas zu essen besorgen?«

Das Angebot, ihm die Herrentoilette zu zeigen, wäre zu aufdringlich gewesen und hätte vermutlich eine glatte Abfuhr nach sich gezogen.

Der Junge betrachtete Polly mit einem glasigem Blick, der nicht nur vom Biergenuß herrührte. »Ich will ein Wochenende in Mailand verbringen.«

»Kannst du dir das leisten? Bestimmt wird ein kleines Vermögen dafür geboten. Du wärst besser dran, wenn du erst mal etwas essen würdest.«

»Mein verdammter Vater würde mir das sowieso nicht gönnen.«

Polly spürte, daß er sich geschlagen gab. Mitgefühl für seine Jugend und Hoffnungslosigkeit und ein lange unterdrückter mütterlicher Instinkt weckten den Wunsch in ihr, für ihn zu sorgen. »Komm mit. Ich kümmere mich um dich.« Sie faßte nach seinem Arm und führte ihn an einer Reihe von Bisonköpfen vorbei. »Ich kenne deinen Vater flüchtig.«

»Schön für Sie, na und?« sagte er laut, aber zum Glück waren sie schon auf dem Flur. »Ich heiße Patrick – Patrick Locking-Hill.«

»Hallo, Patrick. Wann hast du zum letztenmal was gegessen?«

»Weiß ich nicht mehr.«

»Macht nichts. Es ist noch eine Menge übrig. Möchtest du dich zuerst ein wenig waschen?«

Sie schob ihn durch eine Tür, die für diesen Abend mit einem Schild, auf dem »Herren« stand, gekennzeichnet worden war. Durch den offenen Spalt sah sie, daß die Wasserhähne die Form von springenden Delphinen hatten, und hörte Patricks heftiges Würgen. Sie wartete. Schließlich rauschte Wasser – das bedeutete, daß Patrick aufgehört hatte, sich zu übergeben, und sich das Gesicht wusch.

Eine Minute später erschien er wieder auf dem Flur – offenbar hatte ihn die Zwiesprache mit der weißen Schüssel ein wenig kuriert. »Haben Sie vorhin etwas von Essen gesagt?«

Sie konnte ihn nicht gut in die Küche bringen, wo er von einer Gruppe Frauen angeglotzt würde, die inzwischen sicher längst die Hoffnung auf mehr Champagner aufgegeben hatte. Glücklicherweise gab es einen kleinen Vorraum, in den sie ihn setzen konnte. Irgendwie war das Kämmerchen von allen Verschönerungs- und Änderungsmaßnahmen der verschiedenen Besitzer verschont geblieben – die blaßgrüne Tapeten mit den zarten Vögeln klebte sicher schon hundert Jahre an der Wand.

Polly deutete auf einen ziemlich altersschwachen Stuhl. »Setz dich. Ich bring dir was Eßbares.«

Sie holte eine Flasche Champagner aus der Kiste, die unter dem Tisch stand und ging in die Küche. Während sich ihre Mitarbeiterinnen über ihre Trödelei beklagten, häufte sie Reste des Abendessens auf einen Teller und braute einen starken Instantkaffee. Dann verschwand sie wieder.

Patrick hatte die Füße mit den schweren Stiefeln auf einen kleinen Beistelltisch deponiert, der fast unter der Last zusammenbrach.

»Hi. Hier bringe ich dir was zu essen. Wenn du die Füße vom Tisch nimmst, kann ich den Teller abstellen.«

Patrick setzte folgsam die Füße auf den Boden, stopfte das erste Stück Quiche in den Mund und machte sich über das zweite her. Anscheinend war er vollkommen ausgehungert.

Polly fand einen anderen Stuhl, und während sie Patrick zusah, stellte sie Spekulationen darüber an, wie es ihn nach

Cannongate Hall verschlagen haben könnte. Eines war sicher: David hatte seinen Sohn nicht erwartet und war keineswegs glücklich, ihn hier anzutreffen.

Patrick nahm einen Schluck Kaffee und spuckte ihn sofort wieder auf den Teppich. »'tschuldigung. War zu heiß.«

Polly überlegte, daß Thalia dieses Zimmer ohnehin renovieren würde, sobald sie sah, wie heruntergekommen es war, und versuchte, sich nichts aus Patricks ungehörigem Benehmen zu machen.

»Außerdem ist kein Zucker drin«, erklärte Patrick noch.

»Ich hole welchen. Iß noch was.«

Polly lief in die Küche, schnappte sich eine Zuckerdose und hastete wieder zurück.

Patrick schaufelte so viel Zucker in seinen Becher, daß er sich in der Menge Kaffee unmöglich auflösen konnte. Polly sah zu, wie er das süße Zeug trank, und fürchtete um die Gesundheit seiner Zähne.

»Wie bist du eigentlich hierher gekommen?« fragte sie, als sie ihre Neugier nicht mehr bezähmen konnte.

»Ich hatte eine Mitfahrgelegenheit.«

»Nach Cannongate Hall?«

»Ja. Ich bin von der Schule geflogen – zumindest hat der Mistkerl vor, mich rauszuschmeißen. Deshalb bin ich vorsichtshalber von selbst gegangen.«

»Soll das heißen, du bist weggelaufen?« Patricks empörter Blick sagte ihr, daß sie wie eine alte Gouvernante klang. »Ich meine, du bist einfach so von der Schule abgegangen?«

»Das hab' ich doch gesagt.« Er schüttelte den Kopf über ihre Begriffsstutzigkeit.

»Aber weshalb bist du nicht nach Hause gefahren? Warum bist du hergekommen?«

»Ich habe Ihnen doch erzählt, daß ich eine Mitfahrgelegenheit hatte«, setzte er ihr noch einmal auseinander. »Man hat mich aus dem Auto aussteigen lassen, und ich hab' kurz darauf das Schild ›Cannongate Manor‹ entdeckt und mich daran erinnert, daß Dad bei dieser Auktion mitmacht. Ich dachte, er könnte mich nach Hause mitnehmen, wenn er hier fertig ist.«

Von Patricks Standpunkt aus betrachtet war das eine logische Schlußfolgerung.

»Aber er hatte keine Ahnung, daß du herkommen würdest, oder?«

»Natürlich nicht. Ich sagte doch, daß ich gerade erst von der Schule abgegangen bin. Die Typen dort wissen wahrscheinlich noch nicht einmal, daß ich weg bin.«

»Ich möchte dich bestimmt nicht maßregeln, Patrick, aber hast du dir überlegt, wie deinem Vater zumute ist, wenn du hier vor all diesen Leuten vollkommen betrunken oder bekifft auftauchst?«

Patrick runzelte die Stirn. »Was bin ich – betrunken oder bekifft?« Er schien es wirklich wissen zu wollen.

Polly zuckte mit den Schultern. »Wenn du getrunken und geraucht hast, dann bist du wahrscheinlich beides. Wie auch immer – es macht keinen besonders guten Eindruck. Vielleicht schätze ich ihn falsch ein, aber mir scheint, David ist –« sie wählte ihre Wort mit Bedacht –, »ein ziemlich altmodischer Vater. Oder bleibt er cool, wenn es um Alkohol und Drogen geht?«

»Mein Vater bleibt bei gar nichts cool«, sagte Patrick und schloß die Augen.

Polly überlegte, was sie mit ihm anfangen sollte. Sie könnte die Tür zumachen, Patrick seinen Rausch ausschlafen lassen und David Bescheid sagen, daß er ihn nach Hause bringen sollte.

Aber David würde es nie gelingen, seinen Sohn ohne Aufsehen aus dem Haus und in seinen Wagen zu schaffen – alle würden mitbekommen, was los war, und einen Wirbel veranstalten, dem Patrick nur mit Unflätigkeiten begegnen würde. Trotz seiner wunderbaren Vorstellung als Auktionator hielt Polly David Locking-Hill für einen Menschen, der sehr zurückgezogen lebte und seine Privatangelegenheiten nicht in aller Öffentlichkeit austragen wollte. Es wäre ihm sicher nicht recht, wenn alle Welt erfuhr, daß sein Sohn zuviel getrunken oder sich mit Drogen vollgedröhnt hatte. Und auch wenn sie wütend auf David war, weil er so gräßliche Freunde hatte, wollte sie nicht, daß er sich wegen seines mißratenen Sprößlings zum Gespött machte. Das wäre auch für Patrick kein Honigschlecken.

Sie sah auf ihre Uhr. Die meisten Aufräumarbeiten waren bereits erledigt und die Gläser abgewaschen. Man hatte sie gebeten, Kaffee zu servieren, bevor sich die Gäste auf den Heimweg machten – leider konnte sie nur vage Vermutungen anstellen, wann das sein würde.

»Wo wohnst du, Patrick?«

Er hob den Kopf mit einem Ruck und dachte angestrengt nach. »In der Nähe von Mannington.«

Mannington – das war nicht weit von hier. Vielleicht schaffte sie es, Patrick dorthin zu verfrachten und wieder hier zu sein, ehe die Versteigerung zu Ende war. Sie könnte David diskret zuflüstern, daß sie Patrick nach Hause gefahren hatte, wenn sie ihm einen Tasse Kaffee brachte.

»Ist bei dir zu Hause jemand, der sich um dich kümmern kann?«

»Nee. Monica ist nicht da.«

Sie hätte gern gefragt, wer Monica war, aber das wäre im Moment unpassend gewesen. »Also ist niemand im Haus?«

»Sie sind verdammt neugierig.«

Polly schnaubte ungeduldig. »Ich bin keineswegs neugierig. Ich überlege nur, was ich am besten mit dir anstellen könnte. Ganz sicher kann ich dich in deinem Zustand nicht mutterseelenallein in einem leeren Haus lassen.«

»Sie sind neugierig, aber in Ordnung.«

Patrick war nicht der erste junge Mann, der Polly Neugier vorwarf, und sie mußte zugeben, daß sie ein gewisses Interesse an anderen Menschen hatte, das sie oft dazu veranlaßte, eine Menge Fragen zu stellen. Doch diesmal fühlte sie sich vollkommen im Recht.

Sie ließ Patrick allein, ging in den Ballsaal und entdeckte, daß David mit der Versteigerung ziemlich rasch vorangekommen war. Es waren nicht einmal mehr zwanzig Angebote übrig, dann mußte der Kaffee serviert werden.

Als sie wieder zu Patrick kam, sagte sie: »Komm, wir gehen in die Küche. Dort halten sich zwar ein paar Leute auf, aber sie werden wenigstens deinem Vater nichts verraten.«

Patrick schien mit einem Schlag nüchtern zu werden. »Nach dieser Katastrophe wird mein Vater nie mehr ein Wort mit mir sprechen.«

»Ich bin überzeugt, daß die ganze Sache nicht so schlimm ist, wie du jetzt glaubst.«

»Ach ja? Sie haben ja keine Ahnung!«

»Komm«, sagte sie entschieden und ergriff seinen Arm.

Patricks Auftritt in der Küche hatte eine enorme Wirkung, und wie auf ein Stichwort schwiegen alle – nicht einmal Thalia höchstpersönlich hätte das fertiggebracht. Die Mädchen beurteilten den Neuankömmling auf den ersten Blick als sehr gutaussehend und, was noch bedeutsamer war, als wundervoll rebellisch. Plötzlich mußte Polly fürchten, seine Anwesenheit könnte die jungen Dinger so sehr beeindrucken, daß sie ab sofort keinen Finger mehr rührten. Gottlob sah er sich nur kurz verstohlen um und vertiefte sich dann in den Anblick seiner Kaffeetasse. Er war zu sehr mit seinen eigenen Problemen beschäftigt, um auf jemanden Eindruck machen zu wollen – am wenigsten auf schnatternde Schulmädchen.

Die beiden älteren Frauen schüttelten die Köpfe über die Jugend von heute und fuhren unbeirrt fort, die Zuckerdosen aufzufüllen. Sie mußten zweihundert Tassen Kaffee an die Gäste verteilen und hatten keine Zeit für Tagediebe und Betrunkene.

Patrick zeigte keinerlei Reaktion. Er war es gewöhnt, Mißfallen zu erregen, und schien sich nicht besonders schlecht dabei zu fühlen. Er schob eine blonde Haarsträhne hinter sein Ohr und sank noch mehr auf seinem Stuhl zusammen.

Nachdem sich Polly vergewissert hatte, daß er sich nicht wieder übergeben oder in Bewußtlosigkeit versinken würde, widmete sie sich dringenderen Aufgaben. Die Gäste müßten jeden Augenblick nach ihrem Kaffee schreien.

»Kommt, Mädchen. Helft, die Tabletts zu tragen«, forderte sie entschieden.

Die Gören rissen sich von Patricks Anblick los und sahen Polly ärgerlich an. Es war grausam, ihnen erst ein so hübsches Spielzeug zu bringen und ihnen dann nicht zu erlauben, damit zu spielen.

Polly fragte gereizt: »Steve, ist die Kaffeemaschine schon heiß?«

»Wenn sie noch heißer wird, kocht die ganze Brühe über.«

»Dann setzt euch in Bewegung, Mädchen.«

Widerstrebend schoben sie ihre Stühle zurück und taten, was Polly von ihnen verlangte.

Während der nächsten halben Stunde hatten sie alle Hände voll damit zu tun, Kaffee in die Tassen zu gießen und Sahne, Milch und Zucker anzubieten. Polly hielt nach David Ausschau, konnte ihn in der Menge jedoch nicht finden. Und als sie in die Küche zurückkam, war auch Patrick verschwunden. Sie atmete erleichtert auf.

Im Grunde erwartete Polly, daß Thalia in die Küche kommen würde, um sich bei allen, die mitgeholfen hatten, zu bedanken, aber die Hausherrin ließ sich nicht blicken. Die Mädchen trollten sich hinkend und beratschlagten bereits, was sie ihren Klassenkameradinnen von diesem Abend erzählen sollten, um sich so interessant wie möglich zu machen – natürlich würden sie Patrick in den glühendsten Farben schildern und die Rolle, die er gespielt hatte, maßlos übertreiben.

Polly verließ als letzte den Ort des Geschehens. Der Butler hatte sich längst zurückgezogen. Steve brachte seine Kolleginnen nach Hause. Die Bemühungen, Spendengelder zusammenzukratzen, hatten bis auf einen sauberen Fleck an der Wand keine Spuren in der Küche von Cannongate Hall hinterlassen.

Jemand – Polly verdächtigte Patrick – hatte etwas Obszönes in die dicke Staubschicht geschrieben. Statt es so zu lassen, bis sich Thalias Innenarchitekten schließlich doch noch entschlossen, die Küche zu modernisieren, hatte Polly die Schimpfworte weggewischt.

Sie zitterte mehr vor Erschöpfung als wegen der Kälte und zog ihren schweren Mantel an. Ihre Hand lag bereits auf der Türklinke, als der Butler – erholt nach einem geruhsamen Schläfchen in seinem gemütlichen Domizil, wie Polly vermutete – bedrohlich nah auf sie zukam.

»Meine Liebe, ich wollte Sie fragen, ob Sie Lust haben, einen Schlummertrunk mit mir einzunehmen.« Sein Blick war fiebrig, und seine Unterlippe bebte vor Erwartung.

Polly verbarg ihren Abscheu hinter einem Lächeln. »Das würde ich sehr gern, aber ich bin mit dem Wagen hier und möchte kein Risiko eingehen.«

Noch ein kurzes Lächeln, eine Bewegung aus dem Handgelenk, dann ein Ruck – die Tür ging auf, und Polly rannte über den Hof. Als sie schneller als nötig davonbrauste, fragte sie sich, ob diese hastigen Fluchten allmählich so etwas wie eine Gewohnheit werden könnten.

Am nächsten Morgen ging sie früh in ihr Atelier. Es bereitete ihr jedesmal Schwierigkeiten, sich in der Dunkelheit aus dem Bett zu schwingen, besonders wenn kein Mensch darauf achtete, ob sie überhaupt aufstand oder den ganzen Tag im Bett verbrachte. Aber die Zeit, die sie zum Töpfern hatte, war so knapp bemessen, daß sie sich zwang, so früh wie möglich anzufangen. Mitten im Januar war das ziemlich beschwerlich. Das Atelier, von den anderen Benutzern ›Scheune‹ genannt, war klein, schlecht beleuchtet und eisigkalt. Aber nachdem Polly das Teewasser aufgesetzt, den Kohleofen angeheizt und ein Dutzend Tonklumpen abgewogen und durchgeknetet hatte, zog sie ihre alte Strickjacke aus. Ihre Wangen waren vor Anstrengung gerötet. Töpfern war harte körperliche Arbeit.

Zwei Tage in der Woche und jeden dritten Sonntag war die alte Scheune ihre Domäne, und hier lebte sie auf. Töpfern war das einzige, was Polly wirklich ernst nahm, und das einzige, worauf sie sich voll und ganz konzentrierte. Es war mehr für sie als eine Möglichkeit, sich ein bißchen Geld dazu zu verdienen, und sie hatte es nie als Hobby betrachtet. Es widerstrebte ihr zwar, diese Tätigkeit als Berufung anzusehen, aber der Umgang mit dem Ton richtete sie innerlich auf. Selbst wenn sie alles, was sie gedreht hatte, später wieder zusammenwarf und in die Kiste mit der Aufschrift »Benutzter Ton« schmiß, hatte sie das Gefühl, etwas Wirkliches geleistet zu haben. Ihre Mutter hielt das Ganze für eine fixe Idee und konnte kein Verständnis dafür aufbringen.

Da Polly nicht die Besitzerin der Scheune war und sie nur für festgelegte Zeiten gemietet hatte, war sie seit Tagen nicht hier gewesen. Nach den Strapazen des vergangenen Abends brauchte sie die Einsamkeit und die Arbeit mit dem geschmeidigen Ton, um ihr seelisches Gleichgewicht wiederzuerlangen.

Gewöhnlich hatte sich jede Spur von Niedergeschlagenheit oder Unmut in Nichts aufgelöst, sobald sie zwölf gleichgroße Tonklumpen gründlich durchgeknetet hatte. Und wenn sich die Scheibe gleichmäßig drehte und die erste Tonkugel exakt in der Mitte lag, rückte die Außenwelt mit all ihren Widrigkeiten vollkommen in den Hintergrund. Aber heute war das anders.

Sie hatte sich damit abgefunden, daß sie nur kleinere Stükke anfertigen konnte. Der Brennofen faßte nicht viel, und es wäre ausgesprochen unrentabel, wenn man ihn nur für ein oder zwei große Keramiken anheizen würde. Obwohl Polly nicht viel verkaufte, haßte sie es, hausieren zu gehen und den Ladenbesitzern klarzumachen, daß sie unbedingt ihre Becher mit den aufgemalten Gürteltieren oder ähnlichem im Sortiment führen mußten. Folglich verschenkte sie viel – die Weihnachtsbasare hatten ihren Vorrat erschöpft, und sie wollte ihn wieder auffüllen.

Heute morgen jedoch verschaffte ihr die Arbeit weniger

Befriedigung als sonst. Sie zog den Ton zu einem Zylinder hoch, aber es machte ihr keinen Spaß. Sie wünschte, sie hielt einen richtigen Klumpen Ton in den Händen, der all ihre Kräfte in Anspruch nehmen würde, bis sie schließlich eine wirklich große Schale daraus geformt hätte.

Polly nahm den Draht, löste damit den halbfertigen Kaffeebecher von der Töpferscheibe und stellte ihn beiseite, bevor sie ihre Unzufriedenheit so weit trieb, ihn wieder zusammenzudrücken.

Am gestrigen Nachmittag war sie bei Bridget gewesen und hatte in Cherrys Zimmer die Bilder von den Ponies bewundert. Plötzlich sehnte sie sich nach einer Fläche, auf die sie ein Pony malen könnte – direkt in die Mitte einer großen Schale. Sie würde eine dunkelblaue Grundglasur verwenden und das Pferd mit Wachs und dicken Pinselstrichen im chinesischen Stil aufmalen. Zum Schluß käme eine blaßgraue Glasur darüber, dann würde es aussehen, als galoppiere das Pony aus dem Nebel. Oder, wenn sie eine riesige Schale töpfern würde, könnte sie eine ganze Herde malen und hätte ein Stück geschaffen, das sie vielleicht sogar auf dem Kunstgewerbemarkt in Gatcombe anbieten könnte.

Aber ohne einen größeren Brennofen hatte sie gar keine Chance, eine wirklich professionelle Töpferin zu werden. Praktisch verkaufte sie – außerhalb der Weihnachtssaison – ihre Sache nur an ihre Mutter, die sie ihren Bekannten anbot. wenn Hochzeits- oder Geburtstagsgeschenke fällig wurden. Und natürlich konnte Polly von der eigenen Mutter nicht viel Geld verlangen.

Polly hatte sogar einen hübschen Taufbecher mit zwei Henkeln, Namen sowie Geburtsdatum des Kindes und lustig gemalten Tieren entworfen und Sylvia ein Muster gegeben. Doch statt sich darüber zu freuen, daß das Problem von Taufgeschenken ein für allemal gelöst war, hatte sich Sylvia die Tränen aus den Augen gewischt und sich mit einer Tapferkeit, die Schuldgefühle aufrührte, die Bemerkung verbissen: ›Und ich werde nie ein eigenes Enkelkind haben.‹ Trotzdem hatte ein kleiner Anschlag am Schwarzen Brett im Postamt ein paar Kunden angelockt, die solche Becher bestellten, also war die Mühe nicht ganz umsonst gewesen.

Polly spritzte ein bißchen warmes Wasser auf einen anderen Tonklumpen. Wenn nur jemand einmal etwas Großes und Teures in Auftrag geben würde. Eine Vase, eine Obstschale oder sogar eine Kasserole. Aber es waren immer nur Tee- und Kaffeeservice oder Becher und kleine Krüge. Wenn die Leute wüßten wie schwierig und zeitraubend es war, eine Teekanne zu töpfern, aus der man tropffrei gießen konnte, hätten sie nicht den Nerv, sie darum zu bitten.

Der Ton auf der Scheibe rutschte aus der Mitte. Polly zentrierte ihn wieder und zwang ihn mit zusammengebissenen Zähnen in Form wie ein grimmiges Kindermädchen, das einem widerspenstigen Schützling Wollsachen an einem heißen Frühlingstag anzieht.

Nachdem sie den Ton dazu gebracht hatte, sich anständig aufzuführen und die Gestalt einer hübschen Vase anzunehmen, klatschte sie ihn zusammen und warf ihn in die Kiste. Seufzend stand sie auf und kochte sich erst mal eine Tasse Tee.

Sie war vollkommen glücklich – zumindest war sie es bis jetzt gewesen. Es machte ihr nichts aus, ständig pleite zu sein, und sie balancierte erfolgreich zwischen der Notwendigkeit, Geld zu verdienen, und dem Drang nach kreativem Schaffen. Sie glaubte, ein vernünftiges Gleichgewicht hergestellt und eine Lebensform gefunden zu haben, die sie erfüllte und befriedigte. Doch jetzt plötzlich fühlte sie sich nicht mehr wohl.

Wie jeder Mensch litt sie manchmal an Melancholie. Genaugenommen weinte sie oft wegen Kleinigkeiten – über die Todesanzeigen in der Zeitung, bei jeder Parade oder Feierlichkeit und während der australischen Seifenopern. Sie hatte sogar einmal unter den entsetzten Blicken von Bridgets Kindern wegen eines Werbespots im Fernsehen geheult. Nach ein paar

Tränen und einem gründlichen Schniefen fühlte sie sich jedoch immer sofort wieder gut.

Jede tiefergehende Traurigkeit verflog bei einem langen Spaziergang, einem Abend vor dem Kamin mit einem schnulzigen Roman oder einem sentimentalen Video von Bridgets Recorder.

Was hatte diese ungewohnte innere Unruhe hervorgerufen? Vielleicht waren die Antibiotika daran schuld, von denen sie sich diesmal viel mühsamer erholte als sonst. Oder sie brauchte einfach nur ein paar Tage Urlaub (darauf bestanden herzlich wenig Aussichten). Möglich war auch, daß es ihrer Mutter, Beth und Bridget schließlich doch gelungen war, eine Bresche in ihren Widerstand zu schlagen, und daß der Gedanke, ganz allein alt zu werdend, ihr nicht mehr behagte.

Sie hatte sich so lange an die Überzeugung geklammert, alle Ehen müßten früher oder später böse enden und die wenigen, die länger hielten, seien auf unakzeptable Kompromisse gegründet, daß ihre plötzlichen Zweifel sie richtiggehend erschreckten.

Sie verbannte die beunruhigenden Gedanken. Wahrscheinlich war sie nur müde. Sie hatte gestern abend fünf Stunden hart gearbeitet und auch noch schlechte Neuigkeiten erfahren über eine Sache, die ihr sehr am Herzen lag – all das mußte ja aufs Gemüt schlagen.

Abgesehen von allem anderen – sie war noch gar nicht so alt. Sie hatte immer noch Jahrzehnte eines glücklichen, kreativen Lebens vor sich und brauchte sich jetzt weiß Gott noch keine Sorgen über ihr Alter zu machen. Bridget hatte ja gesagt, daß sie sich gerade erst dem Gipfel ihrer Sexualität nähern würde.

Zum erstenmal an diesem Morgen huschte ein Lächeln über ihr Gesicht.

Ihre Erfahrungen mit Männern waren, wenn man Bridget und Beth Glauben schenken konnte, keineswegs aufregend gewesen. Vielleicht sollte sie dieser Sache doch noch eine

Chance geben, wenn auch nur, ihren zukünftigen Erinnerungen ein wenig mehr Substanz und Farbe zu verleihen.

Erstaunlicherweise fuhr kein Blitz durch die Schindeln der Scheune, um Polly für diesen Sinneswandel zu strafen. Statt dessen gab ihr diese Entscheidung Auftrieb und Inspiration, und sie töpferte eine ganze Reihe hübscher Milchkrüge. Sehr marktorientiert und leicht verkäuflich.

Trotz allem war ihr Entschluß nicht gerade revolutionär. Sie hielt sich nur an das, womit ihr die Leute in den vergangenen zehn Jahren unaufhörlich in den Ohren gelegen hatten: Nimm mehr am gesellschaftlichen Leben teil, suche Gelegenheiten und denk dran, daß der Sex mehr zu bieten hat als Peinlichkeit und Unbehagen.

Aber keine dauerhaften Beziehungen! Was das betraf, blieb sie eisern. Sie war der Meinung, daß es für eine Frau sehr kompliziert war, Karriere zu machen *und* einen Mann zu haben. Und da es Pollys größter Ehrgeiz war, sich als Töpferin einen Namen zu machen, würde sie nichts unternehmen, was ihren Aufstieg gefährden könnte.

Sie klatschte einen großen Tonkloß auf die Drehscheibe und dachte an zwei Frauen zurück, die mit ihr gemeinsam den Töpferkurs besucht hatten.

Beide waren glücklich verheiratet gewesen, bis die Kinder das Haus verlassen hatten. Erst in diesem Augenblick wurde ihnen klar, daß sie etwas Kreatives tun wollten, um die plötzliche Leere zu füllen. Ihre Männer erfanden alle möglichen Vorwände, um sie davon abzuhalten, in den Kurs zu gehen, denn sie konnten es nicht ertragen, mit einemmal nicht mehr im Mittelpunkt zu stehen. Beide Beziehungen standen auf dem Prüfstand. Die eine Frau verließ ihren Ehemann und widmete sich nur noch ihrer Töpferei. Die andere hingegen unterdrückte ihre Kreativität und trat aus dem Kurs aus. Polly hatte sie zwei Jahre später noch einmal getroffen – die Ärmste sah schrecklich verhärmt aus, obwohl sie gute Miene zum bösen Spiel machte.

Ein Job war prima. Diese Frauen hatten beide einen Job gehabt, eine sogar einen Ganztagsjob. Ihre Männer wußten das zweite Einkommen sehr wohl zu schätzen, aber damit, daß die Frauen plötzlich eigene Interessen entwickelten und ihre Gedanken und Energien eher einer künstlerischen Aufgabe widmeten als ihnen, konnten sie sich nicht abfinden. Auf gar keinen Fall würde sich Polly auf etwas einlassen, das ihre begrenzte Zeit im Atelier noch mehr einschränken könnte. Der Zwang, sich den Lebensunterhalt selbst verdienen zu müssen, und ihr Engagement für den Umweltschutz kosteten sie ohnehin schon genug Zeit.

Eine kurze, glückliche Affäre mußte reichen. Auf diese Weise würde sie die Kontrolle nicht verlieren und konnte ihr Ziel, eine erfolgreiche, selbständige Töpferin zu werden, klar und unbeirrt im Auge behalten.

Aber am Abend, als sie bereits gehärtete Milchkrüge in ihr Auto lud, um sie zu Hause zu glasieren, wurde sie sich bewußt, daß das leichter gesagt als getan war.

Der »glückliche« Teil machte die ganze Sache so kompliziert. Ihre Freundinnen hatten sich oft genug bei ihr ausgeheult, daher wußte sie genau, daß Beziehungen äußerst selten, wenn überhaupt jemals, zu Ende gingen, ohne daß einer der Beteiligten sehr verletzt wurde. Im Nachhinein mußte sie sich eingestehen, daß das einer der Gründe war, warum sie sich bis jetzt die Männer auf Armlänge vom Leibe gehalten hatte. Sie hatte Angst, die Beteiligte zu sein, der weh getan wurde, und der Gedanke, sie könnte diejenige sein, die einem anderen Schmerz zufügte, war genauso widerwärtig.

Sie mußte einen Mann finden, der ähnliche Motive und dieselben Moralvorstellungen hatte wie sie. Und das war schwierig, wenn nicht ganz und gar unmöglich.

Der Theorie nach waren Männer ständig auf Gelegenheitsaffären aus. Die Frauen beschwerten sich darüber, daß Männer nur das eine im Sinn hatten und keine festen Bindungen eingehen wollten. Aber Polly wußte über Theorien Bescheid: sobald sie im Spiel war, trafen sie nicht mehr zu.

Polly hatte nie Probleme gehabt, das Interesse der Männer zu wecken. Das führte sie auf die Tatsache zurück, daß sie Single und sozusagen verfügbar war. Ungebundene Frauen waren wie ein freier Parkplatz mit nicht abgelaufener Parkuhr. Man mußte sein Auto dort abstellen, auch wenn man seine Einkäufe längst erledigt hatte, sonst straften einen die Götter für die Verschwendungssucht, sobald man das nächste Mal einen Parkplatz suchte – man würde keinen im Umkreis von einigen Kilometern finden.

Aber wie konnte Polly die Aufmerksamkeit der richtigen Typen erregen? Ein jüngerer Mann könnte die Lösung sein. Der wäre nicht versessen auf eine dauerhafte, bedeutungsvolle Beziehung. Aber wie lernte man die passenden jungen Männer kennen? Neben all den naheliegenden Eigenschaften wie Liebenswürdigkeit und Humor mußte er auch die Bereitschaft haben, Kondome zu benutzen. Sie hatte nicht vor, dieses Abenteuer mit einem Baby zu krönen.

Er mußte auch einen überwältigenden Sexappeal haben, um all ihre gräßlichen Erinnerungen wegschwemmen und sie in einen Strudel der Leidenschaft ziehen zu können. Aber konnte sie einen solch umwerfenden Mann für sich gewinnen? In letzter Zeit hatte sie ganz sicher keinen getroffen, der diesem Ideal entsprochen hätte. Als Fünfzehnjährige hatten sie und ihre Freundinnen begeistert Liebesromane gelesen und hohe Erwartungen an das entwickelt, was zwischen den Bettlaken geschehen würde. Aber sie war nicht mehr fünfzehn. Das wirkliche Leben hatte ihre Teenagerphantasien ausgehöhlt.

Um ein Haar hätte sie ihren Entschluß wieder fallengelassen. Ein »jungfräuliches« Dasein war so behaglich, unkompliziert und sicher! Sie mußte verrückt sein, daß sie überhaupt daran dachte, sich das von einem Mann kaputtmachen zu lassen.

Selina funkelte das Telefon böse an, weil sie wußte, daß Polly gleich aufstehen und sie von ihrem Lieblingsplatz vertreiben würde.

Seufzend hakte Polly Selinas Krallen aus ihrem Pullover und erhob sich steifbeinig. Sie saß schon eine halbe Stunde, seit sie mit ihren Krügen nach Hause gekommen war, auf diesem Stuhl und grübelte über ihre Entscheidung nach, es noch einmal mit den Männern zu versuchen. Allmählich wurde ihr kalt.

»Das ist meine Mutter, Selina. Ich muß den Hörer abnehmen. Ich wollte sie später sowieso anrufen, aber so geht das Gespräch auf ihre Telefonrechnung.«

»Hallo?« meldete sie sich und verkniff sich gerade noch rechtzeitig das Wort »Mummy«.

»Spricht dort Polly Cameron?« Oh, das war nicht ihre Mutter. »Hier David Locking-Hill.«

Polly setzte sich hastig. Es war als hätte sich ihr Sinneswandel bereits herumgesprochen und als wollte David rasch handeln, ehe sich die Massen auf sie stürzten. Bei dem Gedanken unterdrückte sie ein Kichern – er war als Kandidat durch und durch ungeeignet.

»Wir haben uns neulich bei Melissa de Veres Dinnerparty kennengelernt«, half er ihr auf die Sprünge, als sie beharrlich schwieg.

»O ja.« Also hatte er sie gestern abend nicht gesehen, das erleichterte sie eigenartigerweise.

»Melissa hat mir Ihre Nummer gegeben.«

»Tatsächlich?« Warum? fragte sie sich schuldbewußt. Was habe ich verbrochen? Es muß sich um das Auto handeln, an das ich mich an diesem grauenvollen Abend gelehnt habe. Und jetzt ruft David an, um mir zu sagen, daß ich es beschädigt habe. Melissa konnte man durchaus zutrauen, daß sie petzte und die Dinge auf die Spitze trieb.

»Ja. Sie haben Ihre Ohrringe liegen lassen.«

»Oh, ist das alles? Ich hab' gar nicht mehr an sie gedacht.«

»Na ja, da ich heute abend ohnehin in Ihre Gegend muß, wollte ich fragen, ob ich sie Ihnen vorbeibringen kann.«

Nicht in mein Haus – auf keinen Fall.

»Das ist wirklich nicht nötig. Sie sind doch nur ...«

»Es macht mir bestimmt keine Umstände. Sind Sie heute abend zu Hause?«

»Ja – nein! Gerade fällt mir ein, daß ich heute abend babysitten muß.« Eine Eingebung – sicher eine göttliche – rettete sie aus dem Dilemma. »Sie könnten sie zu meiner Freundin bringen, wenn es Ihnen nichts ausmacht. Ihr Haus ist auch leichter zu finden als meines.« Das zumindest entsprach der Wahrheit.

»Prima. Können Sie mir die Adresse geben?«

Polly wußte, daß sich Bridget unter diesen Umständen liebend gern kooperativ zeigen würde, und kam seiner Bitte nach. Bridgets Haus bot einen entscheidenden Vorteil – man mußte nicht drei Tage schuften und saubermachen, ehe man einen Fremden über die Schwelle lassen konnte.

In dem Moment, in dem er auflegte, rief Polly Bridget an, um ihr alles zu erklären.

»Aber *natürlich*! Alan und ich wären glücklich, wenn wir wieder mal einen Abend ganz für uns allein hätten. Aber wir dürfen *Alaska the Great* nicht versäumen – du mußt den Videorecorder einschalten.«

»Ich werde Neil bitten, das zu übernehmen.« Neil, Bridgets zweiter Sohn, war elf Jahre alt und ein As, wenn es um elektronische Geräte ging.

»Okay. Um wieviel Uhr willst du kommen?«

Gutgelaunt, weil sich David Locking-Hill nicht durch ihr Chaos kämpfen mußte, um ihr die Ohrringe zu geben, rief Polly ihre Mutter an. Sylvia Cameron war von Leuten, die einen Doppelnamen hatten, schon von vornherein hingerissen.

Kapitel 7

Wir brauchen keinen Babysitter«, maulte Mark, als er Polly die Tür öffnete. »Ich bin alt genug, allein zurechtzukommen.«

»Vielleicht brauchst du keinen«, versetzte Polly, während sie sich aus ihrem Marinemantel schälte, »aber du bekommst einen.«

»Warum?« Cherry hatte nichts gegen Pollys überraschenden Besuch, aber sie wollte immer alles ganz genau wissen.

»Weil ein Mann hier vorbeikommt, um mir Ohrringe zu bringen, und ich nicht will, daß er zu mir nach Hause kommt.«

»Sehr vernünftig«, meinte Neil. »Alleinstehende Frauen sollten nie Männer, die sie nicht kennen, in ihr Haus lassen.«

Mark boxte seinen Bruder in die Seite. »Sie macht das nur, weil es bei ihr so schlimm aussieht, du Schafskopf.«

»Neil hat recht, Mark. Es wäre dumm, einen Fremden ins Haus zu lassen . . .«

»Ja, aber deshalb bist du nicht zu uns gekommen, stimmt's? Ich denke, du brauchst dich nicht wegen deiner Unordnung zu schämen. Meine Freunde finden das cool.« Für Mark und seine Freunde war es äußerst günstig, daß Polly so nah am Stadtkern wohnte.

»Ich glaube nicht, daß David Locking-Hill das genauso sehen würde. – Hi, Bridget.« Polly war bis zur Küche vorgedrungen. »Ich habe dir eine Flasche Wein mitgebracht – als Dank dafür, daß es dich gibt.«

»Das hättest du nicht tun sollen«, protestierte Bridget, nahm die Flasche aber an sich. »Wir trinken den Wein, wenn wir wieder nach Hause kommen dürfen. Um wieviel Uhr will er hier sein?«

»Ungefähr um neun, glaube ich.«

»Biete ihm einen Kaffee oder etwas anderes an – es steht alles zu deiner Verfügung.«

»Ich denke, das erspare ich mir. Trotzdem danke.«

»Tu, was du willst. Bist du fertig, Alan?« rief Bridget ihrem Mann zu, dessen Schritte im Schlafzimmer über ihnen hörbar waren.

»Ja.« Einen Augenblick später polterte er die Treppe herunter und in die Küche. Er küßte Polly. »Wie geht's meiner Lieblingsfreundin?«

Polly erwiderte den Kuß.

»Du siehst toll aus«, stellte Alan fest. »Sehr edel und vornehm.«

Polly freute sich. Das Problem hatte ihr zu schaffen gemacht, seit sie wußte, daß David, der für einen kurzen Moment einen Hauch von Verlangen in ihr geweckt hatte, den profitgierigen Bradleys so nahe stand. Sie wollte überheblich und reserviert wirken – anders als die Närrin in kurzem Kleidchen, die bei der erstbesten Gelegenheit von einer Dinnerparty wegläuft. Sie hatte lange frierend in ihren Damart-Dessous vor ihrem Schlafzimmerschrank gestanden und überlegt, was sie heute anziehen sollte.

Also hatte sie nicht nur wegen Bridgets Zentralheizung ihre übliche vielschichtige Baumwoll- und Wollmontur ausgesondert und sich für einen langen, weichen Pullover mit dazu passendem langen Wollrock entschieden. Die Zeit, ihre Stiefel zu wienern, hatte sie nicht mehr gehabt, aber sie hatte Feuchtigkeitscreme auf die Schuhspitzen gerieben. Mit einem breiten Ledergürtel und Schulterpolstern unter den BH-Trägern wirkte sie zwar nicht wie ein Modepüppchen, trug aber auch nicht ihren typischen Sacklook, wie Beth ihr normales Outfit immer zu nennen pflegte. Und ihr Haar, das sie seit Samstag nicht mehr gewaschen hatte, flatterte heute wenigstens nicht in alle Richtungen.

»Sagst du das nur aus Höflichkeit?«

»Selbstverständlich nicht«, wehrte Alan ab. »Ich bin immer ehrlich und offen, stimmt's, Bridget?«

»›Brutal‹ wäre das treffendere Wort. Und er hat recht – du siehst heute ungewöhnlich respektabel aus.«

»Und wie geht's dir so, Alan?« fragte Polly, nachdem sie endlich überzeugt war.

»Ich halte mich einigermaßen über Wasser. Kommst du, Bridget, oder soll ich lieber Polly mitnehmen?«

»Ich warte schon seit zehn Minuten auf dich«, erwiderte Bridget nachsichtig, und wahrscheinlich stimmte das sogar. »Amüsier dich gut, Polly. Um neun Uhr geht's ins Bett, Cherry. Jetzt aber los.« Sie zupfte ihren Mann liebevoll am Ärmel. »Du fährst heute.«

Polly ging in die Küche zurück, um nachzusehen, was ihre Schützlinge trieben.

Ihr gutes Verhältnis zu Bridgets drei Kindern gründete auf wechselseitiger Zuneigung und Respektlosigkeit. Der vierzehnjährige Mark, Bridgets ältester, neckte sie mit gutgemeinten Ratschlägen, die seine neunjährige Schwester Cherry zur Weißglut gebracht hätten. Neil war stiller und nicht so zugänglich, aber ein Lächeln von ihm lohnte jede Mühe. Cherry war zutraulich und lieb, es sei denn, einer ihrer Brüder provozierte sie – dann verwandelte sie sich in eine kleine Furie. Alle drei berieten Polly in Modedingen, erklärten ihr, welche Musik man hören mußte und in welchen Filmen man garantiert keine Gänsehaut vor Grauen bekam.

Im Gegenzug lud sie die drei mit ihren Freunden in ihr Haus ein und versorgte sie mit Getränken und überbackenen Käsetoasts. Als die Kinder kleiner gewesen waren, hatte sie ihnen auch ihre Küche zum Kochen zur Verfügung gestellt. Bridget war zwar eine tolerante Mutter, aber bei festgetretenen Lebkuchenkrümeln und verschmiertem Teig auf dem Küchenboden endete ihre Gutmütigkeit.

Polly fand alles gut so, wie es war, und sie bezweifelte, daß ihr eigene Kinder so viel Freude machen könnten. Doch heute abend hoffte sie, die drei würden ihre erfrischende Offenheit ein wenig zügeln.

Mark saß am Küchentisch und las in einem Buch, auf dessen Umschlag ein Drache abgebildet war. Dabei machte er sich Notizen, als wäre er mit seinen Hausaufgaben beschäftigt. Cherry mampfte nackte Tagiatelle – die kulinarischen Fähigkeiten ihrer Mutter waren an sie vollkommen verschwendet.

»Sollen wir was kochen, Cherry? Wir könnten einen Kuchen backen«, schlug Polly vor – Kuchenbacken war eine hübsche Beschäftigung für *Erwachsene*.

Cherry und Mark tauschten bedeutungsvolle Blicke. Ihre Mutter war bei weitem nicht so lässig wie Polly, wenn sich ihre Küche in einen Saustall verwandelte. Wenn etwas in Pollys Küche daneben ging, wartete sie einfach, bis es durch die Kokosmatte gesickert war, aber hier würden sie aufräumen und saubermachen müssen, sobald sie fertig waren.

»Willst du nicht lieber fernsehen, Polly?« erkundigte sich Mark.

»Zufällig nicht.« Normalerweise war Polly begeistert, wenn sie einen Abend vor Bridgets großem Farbfernseher verbringen konnte. Seit ihr eigenes tragbares Schwarzweißgerät den Geist aufgegeben hatte, war ihr Haushalt fernsehlos. Und während sie zu Hause blendend nur mit einem Radio zurechtkam, genoß sie es, woanders fernzusehen, wann immer sie Gelegenheit dazu hatte.

Doch heute abend war alles anders. Sie war nicht fähig, sich in Ruhe in einen Film zu vertiefen, wenn David Locking-Hill jeden Augenblick mit ihren Glasohrringen in der Tasche vor der Tür auftauchen konnte. Sie konnte unmöglich fernsehen, wenn sie ihre Reserviertheit und abweisende Haltung weiterhin zur Schau stellen wollte. »Müßt ihr noch Hausaufgaben machen?«

»Ich nicht. Warum willst du Kuchen backen? Versuchst du, einen guten Eindruck auf deinen Freund zu machen?«

»Nein!« Sie wollte David wirklich nicht beeindrucken, nur die Erinnerung an diese schreckliche Dinnerparty aus seinem Gedächtnis vertreiben. »Nein, das will ich nicht – ich meine . . .«

»Du möchtest nicht dabei erwischt werden, wie du dich von der Glotze berieseln läßt?«

»Nein.«

Mark war scharfsinniger, als gut für ihn war, aber Polly brauchte seine Unterstützung. Sie spielte mit der Idee, ihn an die Tür gehen und ihre Ohrringe entgegennehmen zu lassen, verwarf den Gedanken jedoch sofort wieder. Sie konnte sich das Schmiergeld nicht leisten, das Mark für seine Hilfsbereitschaft verlangen würde.

Cherry andererseits könnte einwilligen, wenn Polly ihr dafür versprach, daß sie sich eine Stunde lang nach Herzenslust mit ihren Schminksachen vergnügen durfte. Aber Cherry würde jede Menge unbequeme Fragen stellen, und Polly hatte keine passenden Antworten parat.

»Also habt ihr keine Lust, Kuchen zu backen, oder? Dann räume ich hier ein bißchen auf, damit Bridget nachher weniger zu tun hat.«

Die Küche war Pollys Lieblingsplatz in diesem Haus. Der walisische Schrank und der gemütliche Ohrensessel mit dem Patchworkkissen milderte die langweilige, sterile Atmosphäre, die eingebaute Küchen ansonsten vermittelten. Nichts, was hier stand, war unnötig oder unpraktisch, aber alles sah hübsch aus. Und anders als in Pollys eigener Küche war nichts mit einer Staubschicht verunstaltet.

Polly stellte Cherrys leeren Nudelteller in die Geschirrspülmaschine – mehr gab es nicht zum Aufräumen – und wischte den Tisch und die Arbeitsplatte ab. Warum nur war sie so nervös? Während sie die Wasserhähne polierte (das war das einzige, was sie in einer so sauberen Umgebung fand), wurde ihr klar, daß sie die Tatsache, daß David in ihr echtes Leben eindrang, beunruhigte.

Melissas Abendgesellschaft hätte genausogut auf einem anderen Planeten stattfinden können, so weit war dieses Ereignis von Pollys Alltag entfernt. Lediglich ihre Erziehung hatte es Polly ermöglicht, wenn auch nur kurz, dieses hochgestochene Getue zu ertragen, aber sie war sich ganz und gar nicht sicher, ob sich David in ihrer Welt zurechtfinden würde. Deshalb hatte sie ihm das Durcheinander in ihrem kleinen Cottage erspart – Bridgets Haus stellte so etwas wie einen Kompromiß zwischen seiner eleganten Umgebung und ihrem genialen, urwüchsigen Heim dar.

Die Räume waren wohlproportioniert und mit Geschmack und Stil eingerichtet. Ein paar ererbte Antiquitäten kamen zwischen anderen Möbeln gut zur Geltung, und ein oder zwei Originalgemälde hingen neben Drucken, ohne das Auge des Betrachters zu beleidigen. Außerdem war alles makellos aufgeräumt und sauber, aber es hatte dennoch nicht das geringste mit Melissas protzigem Luxus zu tun.

»Wenn du eine Schachtel Streichhölzer auftreiben kannst, spielen wir eine Partie Vingt-et-un, Cherry.«

Die beiden spielten vergnügt, bis es für Cherry Zeit wurde, ins Bett zu gehen.

Die Türglocke schrillte, als Polly zum neuntenmal im ersten Stock die Toilette aufsuchte. Sie hörte eine tiefe Stimme, während sie sich die Hände wusch. Offenbar hatte Mark die Tür geöffnet.

Es hatte keinen Sinn, über die eigenen Füße zu stolpern, nur um so schnell wie möglich die Treppe hinunterzukommen. Ärgerlich zog sie ihre Strumpfhose zurecht und überprüfte im Spiegel, ob sich ihr Unterhemd nicht unter dem Pullover abzeichnete und den Gesamteindruck verdarb. Inzwischen war sie zu dem Schluß gekommen, daß es das beste war, wenn sie mit David allein blieb – typisch für ihr Glück, daß er ausgerechnet in dem Augenblick auftauchte, in dem sie mit total anderem beschäftigt war.

Sie steckte ein paar widerspenstige Strähnen unter die Kämmchen, die ihr Haar zurückhielten, und spritzte sich ein paar Tropfen kalten Wassers ins Gesicht. Entweder die Panik oder Bridgets Zentralheizung hatte ihr Gesicht so gerötet, daß es beinahe nach hektischen Flecken aussah. Zum guten Schluß schob sie die Pulloverärmel in die schicke Position knapp vor dem Ellbogen, stellte sicher, daß ihr Rock sich nicht in der Unterhose verhakt hatte und schloß die Tür auf.

Polly vernahm Stimmen im Flur und schlich bis zum Treppengeländer. Sie hoffte inständig, daß David Mark nur die Ohrringe in die Hand drücken würde und sie unsichtbar bleiben konnte, bis die Haustür hinter ihm ins Schloß fiel. Aber nein. Mark führte David herein und bat ihn mit einer Nonchalance, die Bridget stolz gemacht hätte, den Mantel abzulegen. Wenn Polly nicht schnellstens eingriff, würde Mark seine Gastgeberpflichten noch zu weit treiben und David womöglich eine Schüssel Cornflakes anbieten. Polly beschloß, Mark nie wieder Geld zu leihen, und rannte die Treppe hinunter. Auf der Schwelle zur Küche traf sie auf das ungleiche Paar.

»Hallo«, grüßte sie in wenig atemlos und nannte absichtlich nicht seinen Namen. »Es ist wirklich nett von Ihnen, daß sie mir meine Ohrringe herbringen.« Sie brachte ein ausdrucksloses Lächeln zustande. Sie wollte ihn dazu bringen, sie ihr sofort zu geben und wieder zu verschwinden.

Er tat nichts dergleichen. Polly wich ein paar Schritte zurück, um ihn in den Flur zurückzuziehen – ihren Vorsatz, sich reserviert und lässig zu verhalten, hatte sie vollkommen vergessen. Wie zwei Schafe, die es plötzlich mit einem Welpen statt einem ausgewachsenen Hirtenhund zu tun hatten, starrten Mark und David sie verständnislos an und rührten sich nicht vom Fleck.

»Dürfen wir Ihnen einen Kaffee anbieten?« fragte Mark. Für

einen Vierzehnjährigen mit rasiertem Schädel war er bemerkenswert höflich. Und er hatte gerade die Chance auf ein Geburtstagsgeschenk verwirkt.

»Na ja . . .« David zog fragend die Augenbraue hoch und wartete darauf, daß Polly die Einladung bestätigte.

Sie zauberte ein gemäßigtes Willkommenslächeln auf ihr Gesicht. »Ja, trinken wir eine Tasse Kaffee zusammen. Mark –« sie konnte die kleine Nervensäge wenigstens dazu zwingen, sich in ihrem Sinne ein wenig nützlich zu machen – »du könntest David ins Wohnzimmer führen und ihm Gesellschaft leisten, während ich den Kaffee koche.«

»Eigentlich müßte ich meine Hausaufgaben machen«, gab Mark zu bedenken. Er nickte David zu, strahlte Polly an und trollte sich.

Polly winkte David in die Küche und zum Tisch, wo sie ihm einen Platz anbot. Mit einer derartigen Entwicklung hatte sie nicht gerechnet. Ein knappes, kühles »Danke« an der Haustür, nachdem er ihr diese verdammten Ohrringe überreicht hatte, hätte schon eher ihren Vorstellungen entsprochen. Aber jetzt war er schon einmal da, und sie wollte nicht, daß er vor ihren Füßen herumlief.

Sie zog in Erwägung, die Weinflasche, die sie mitgebracht hatte, zu öffnen. Ein bißchen Alkohol könnte hilfreich sein, und Kaffee übte immer eine unerfreuliche Wirkung auf ihre Blase aus. Aber dieser Mann handelte mit Wein, und der billigste, der in Tescos Regalen zu finden war, würde seine Geschmacksnerven womöglich empfindlich schädigen.

Also durchsuchte sie Bridgets Küchenschränke nach Kaffeebohnen. Da sie selbst nicht unbedingt eine Kaffeeliebhaberin war, dauerte es eine Weile, bis sie sie schließlich im Kühlschrank aufspürte.

»Was führt Sie in diesen Teil der Welt?« erkundigte sie sich, während sie die Bohnen in die elektrische Kaffeemühle schüttete. Gleich darauf wünschte sie, sie hätte den Mund gehalten.

Jetzt mußte sie seine Antwort abwarten, bevor sie die Mühle anstellen konnte. Zum Glück faßte er sich kurz.

»Ich mußte Wein an Bekannte liefern.« Er schlug die mit Cordsamt bekleideten, langen Beine übereinander und lehnte sich zurück, um zuzusehen, wie Polly in der Küche herumhantierte.

Sie mahlte die Bohnen und suchte nach der Kaffeemaschine. Sie wußte, daß eine vorhanden war, aber wo? Sie kannte sich in Bridgets Küche beinahe so gut aus wie in ihrer eigenen, aber ihr Gast, der die Ruhe des Felsens von Gibraltar ausstrahlte, machte sie so nervös, daß sie vergaß, wo was stand. Und Alan, der Perfektionist, hatte offenbar die neueste Kaffeemaschine, die es auf dem Markt gab, erstanden. Das Ding sah lächerlich kompliziert aus. Zu Hause benutzte Polly, wenn sie jemals Kaffee kochte, eine Emailkanne, löffelte Kaffeepulver hinein und ließ es mit dem Wasser aufkochen – das funktionierte prima. Zu guter Letzt fand Polly einen Filter und die dazu passenden Tüten, damit konnte sie umgehen.

Sie warf David kurze, verstohlene Blicke zu, während sie das kochende Wasser aufgoß. Er trug einen flaschengrünen Kaschmirpullover (Polly war überzeugt, daß es Kaschmir war), für den sie liebend gern gestorben wäre. Sie war sicher, daß Melissa ihr eine genaue Übersicht über seine Vermögensverhältnisse geliefert hatte, konnte sich aber beim besten Willen nicht mehr an Einzelheiten erinnern. Jedenfalls war er mit einem Selbstbewußtsein gesegnet, das ihm der Wohlstand, der seit Generationen angehäuft worden war, verliehen haben mußte. Er protzte keineswegs mit Luxusartikeln, wie es neureiche Yuppies taten. Was er wohl gedacht hatte, als er Thalias sagenhaftes Speisezimmer oder die ausgestopften Elchköpfe sah?

Seine Kleidungsstücke waren nicht neu – das Hemd hätte sogar ein Erbstück von seinem Vater sein können – mit leicht abgestoßenen Manschetten. Wahrscheinlich hatte der alte Herr dutzendweise Hemden von Jermyn Street gekauft, und sie konnten einige Generationen überleben.

Seine großen Schuhe, die sie beinahe zum Straucheln brachten, als sie die Küche auf dem Weg zum Kühlschrank durchquerte, hatten den Glanz, der nur durch Jahre regelmäßigen Wienerns entstand. Für das Schuhwerk eines Locking-Hill genügte kein hastig verteilter Klecks Gesichtscreme oder Möbelpolitur. Polly hatte das Gefühl, daß man ihm jederzeit Tag oder Nacht – einen Besuch abstatten konnte und ihn immer als perfekt angezogenen englischen Gentleman antreffen würde. Der Traum jeder Schwiegermutter.

Polly stöberte ein Päckchen braunen Zucker auf und leerte es in das Keramikschüsselchen, das sie Bridget zum Geburtstag getöpfert hatte. Sie stellte ihr Weihnachtsgeschenk – Tassen und Untertassen, die zu der Zuckerschale paßten – auf ein Buchenholztablett, drapierte ein paar selbstgebackene Plätzchen auf einen Teller (der auch auf ihrer Drehscheibe entstanden war) und nahm Teelöffel aus der Schublade. Was hatte David nur an sich, das mich dazu veranlaßt, wie eine naß gewordene Glucke hin und her zu rennen? fragte sie sich verärgert. Selbst Bridget machte es nichts aus, die Keksdose auf den Tisch zu knallen und alle Leute darin herumkramen zu lassen. Aber ausgerechnet sie stellte sich hin und legte Honigkuchen und Mürbteigplätzchen in ordentliche Reihen auf den Teller. Als nächstes würde sie sich noch auf die Jagd nach Zierdeckchen und Kuchengabeln machen! Sie erwärmte die Milch.

Einen anständigen Kaffee zu Filtern dauerte seine Zeit, und Polly dehnte den Vorgang aus, so lange es menschenmöglich war, doch irgendwann mußte sie sich eingestehen, daß er fertig war, und sich ihrem Besucher stellen.

»Sollen wir ins Wohnzimmer gehen oder hier bleiben?« Möglicherweise hielten sich die Kinder im Wohnzimmer auf, und da Mark ihr diese Suppe eingebrockt hatte, konnte er ihr auch helfen, sie wieder auszulöffeln.

»Ich denke, Sie sollten sich zu mir setzen, Polly. Ich bin sicher, sie hatten einen anstrengenden Tag.«

Der Unterton in seiner tiefen, wohlklingenden Stimme verriet ihr, daß ihn die naß gewordene Glucke so sehr an die verrückte Flucht von der Abendgesellschaft erinnerte, daß er die Details kaum vergessen konnte.

Sie bedachte ihn mit einem kurzen, freudlosen Lächeln und plazierte das Tablett auf den Tisch. Dann ließ sie sich nieder, schenkte den Kaffee in die Tassen und bot ihm Plätzchen an.

Er nahm einen Mürbteigkeks und schaffte es lästigerweise sogar, ihn zu essen, ohne auch nur einen Krümel auf seinen Pullover zu bekommen. Sein Kindermädchen mußte diesen Musterknaben geliebt haben – nie ein am falschen Platz liegendes Härchen, und ein Junge der bestimmt kein einziges Mal mit vollem Mund gesprochen hatte!

»Das sind aber hübsche Tassen und Untertassen«, sagte David.

All ihre häßlichen Gedanken verflogen – er konnte gar kein enger Freund der Bradleys sein. Wahrscheinlich hatte er bei dieser Versteigerung nur mitgemacht, weil die Gelder einem guten Zweck zugeführt werden sollten. Zum erstenmal schenkte sie ihm ein aufrichtiges Lächeln. »Oh, gefallen sie Ihnen? Es sind meine – das heißt, ich habe sie getöpfert und sie Bridget und Alan zu Weihnachten geschenkt.«

Er betrachtete seine Tasse genauer. Polly war selbst zufrieden mit ihrem Werk. Es waren cremefarbene Frühstückstassen mit handgemalten Tieren, die sie aus Cherrys Lesefibel kopiert hatte.

»Sie sind entzückend«, befand er. »Und außerdem kann man sehr gut daraus trinken.«

Polly sonnte sich für einen warmen Augenblick in seinem Lob. Sie arbeitete hart, um sicherzustellen, daß ihre Keramiken brauchbar und gleichzeitig schön waren. Wie gut, daß jemand das mal zu schätzen wußte.

»Sind Sie eine professionelle Töpferin?«

Er hatte die richtige Frage gestellt und nicht das gräßliche Wort ›Hobby‹ benutzt. Er war eigentlich ziemlich nett. »Na ja, ich nehme das Töpfern sehr ernst, aber ich verdiene mir nicht meinen Lebensunterhalt damit, deswegen kann man mich wohl kaum professionell nennen. Aber als Amateurin würde ich mich auch nicht bezeichnen.«

»Verkaufen Sie viel?«

Polly seufzte. Sie könnte Eskimos Eis verkaufen, solange sie persönlich keinen Gewinn aus dem Geschäft erzielte. »Eigentlich nicht. Obwohl ich manchmal auf einen Markt gehe, wenn ich genügend Arbeiten auf Lager habe.«

»Ein Jammer. Sie sind offensichtlich sehr talentiert.«

Polly wurde rot. »Danke.«

»Tut mir leid, aber ich kann mich nicht erinnern – haben Sie einen Job, oder widmen Sie sich ganz der Töpferei?«

»Ich habe einen Job.«

»Ach ja?«

Sie dachte fieberhaft nach, wie sie ihn davon abhalten konnte, nach Einzelheiten zu fragen. Sie schämte sich nicht für das, was sie tat, aber es war so umständlich zu erklären. Ihre Mutter murmelte immer etwas kaum Verständliches über Biokost, wenn sich jemand nach dem Beruf ihrer Tochter erkundigte, aber da dann alle immer glaubten, sie besäße eine ganze Kette von Reformhäusern, hielt Polly diesen Trick für unangebracht.

»Möchten Sie noch etwas Kaffee?« fragte sie. »Wie wär's mit einem Honigkuchen?« Bridgets Honigkuchen war zweckdienlich, weil klebrig, und vielleicht würde er seine Kiefer so lange beschäftigen, bis ihr ein anderes Gesprächsthema eingefallen war.

»Das ist ein höchst interessanter, walisischer Schrank«, sagte er und redete über Schränke, als hätte er wirklich etwas für diese Möbelstücke übrig. Polly griff spielerisch den Faden auf und flocht leichthin unwesentliche Informationen in die Unterhaltung ein.

Sie war gerade dabei, ihm zu erzählen, daß sie selbst einmal einen sehr ansehnlichen Schrank aus einem Waschtisch und ein paar Orangenkisten gebastelt hatte, als Bridgets Katze in die Küche stolzierte und auf Davids Schoß sprang.

»Was für eine schöne Katze«, sagte er und streichelte das prächtige, schwarze Tier. »Und um so viel freundlicher als Melissas vornehme Prinzessin.«

Pollys Nervosität erreichte ihren Höhepunkt, doch schon im nächsten Augenblick war es ihr egal, was David von ihr hielt. Sie lachte. »Das Problem ist, daß Sie zu wohlerzogen für diese Prinzessin sind. Melissas Katze mag es, wenn man sie ein bißchen grob anfaßt.«

David stellte die Katze behutsam auf den Boden, dann stand er auf. Sie hatte keine Ahnung, ob er gekränkt oder amüsiert war.

»Arme Melissa«, fuhr Polly fort. »Hat sie sich sehr aufgeregt, als die vielen Kater über ihre Prinzessin hergefallen sind?«

Davids Miene drückte kaum mehr aus als ein durchschnittlicher Felsbrocken. »Sie sagte: ›Warum kann sich diese törichte Person nie wie ein normaler Mensch benehmen?‹«

»Oh.«

Plötzlich lächelte er – das Lächeln sah ein bißchen wehmütig aus. »Vielleicht sind Sie töricht, aber Sie sind auch sehr freundlich.«

»Was?«

»Die Ohrringe habe ich nur als Vorwand benutzt. Ich wollte Ihnen danken, weil Sie sich während der Auktion um Patrick gekümmert haben.«

»Aber woher wußten Sie . . .?«

»Daß Sie ihn aus der Schußlinie gebracht haben?« Seine Mundwinkel hoben sich eine Spur. »Ich habe Sie neben ihm stehen sehen, als er seinen Auftritt hatte. Und als ich schließlich aus ihm herausbekommen habe, was geschehen ist, konnte ich nach seiner Beschreibung darauf schließen, daß Sie der rettende Engel waren.«

Polly fragte sich, wie Patrick sie wohl beschrieben haben und wie unschmeichelhaft sich das angehört haben mochte. »Ich verstehe«, murmelte sie.

»Es war sehr nett von Ihnen, daß sie ihn verköstigt und sich um ihn gekümmert haben.« Er zögerte einen Moment. Er fühlte sich verpflichtet, ihr die Sachlage genauer zu erklären, aber offensichtlich verabscheute er den Gedanken, daß eine Außenstehende über seine privaten Angelegenheiten Bescheid wußte. »Er ist aus dem Internat durchgebrannt.«

»Ich weiß.«

»Das hat er Ihnen erzählt? Und hat er Ihnen auch gesagt, daß er sich weigert, zurückzugehen, selbst wenn er gar nicht suspendiert wird und nicht einmal einen Verweis bekommt?«

»Nein. Ich hatte den Eindruck, daß er ziemlich unglücklich ist . . .«

David nahm zu frostiger Arroganz Zuflucht. Für ihn war das augenscheinlich keine Entschuldigung. Wahrscheinlich war er der Meinung, daß jeder in der Schule unglücklich war, daß das jedoch noch lange kein Grund sein durfte, sich aus der Verantwortung zu stehlen.

»Er hatte kein Recht, Ihnen zur Last zu fallen. Er würde gut daran tun, sich von schlechter Gesellschaft fernzuhalten und fleißig zu lernen.«

»Seien Sie nicht zu streng mit ihm. Ich finde, er ist ein sehr netter Junge.«

»Wirklich?« Davids Miene wurde noch eisiger. »Na, dann sind Sie die erste, die ihn so beurteilt. Wie gesagt, Sie sind sehr freundlich.« Obwohl er ein halbes Lächeln in seinen Granit gewordenen Mißmut zwang, klang der letzte Satz wie eine scharfe Kritik.

»Ich habe nur getan, was jeder andere auch gemacht hätte.«

»Nein.« Er schüttelte den Kopf, und sein Lächeln schien seine Mundwinkel nach oben zu krempeln – das Widerstreben machte dieses Lächeln überraschend attraktiv. »Jeder andere hätte einen ungeheuerlichen Skandal daraus gemacht.«

»Ehrlich . . .« Ihr Herz flog dem einsamen, altmodischen Vater zu, der mit einem rebellischen, heißgeliebten Sohn fertigwerden mußte.

Aber er gab ihr keine Gelegenheit, ihrem Mitgefühl Ausdruck zu verleihen. »Ich gehe jetzt besser. Vielen Dank für den Kaffee.«

An der Haustür, nachdem Polly seinen Mantel an der Garderobe gefunden und er sich hineingezwängt hatte, faßte er in die Tasche und beförderte ein in Papiertücher gewickeltes Päckchen zutage.

»Ihre Ohrringe«, sagte er.

»Vielen Dank«, erwiderte Polly und nahm sie an sich. »Sie sind nur aus Glas, wissen Sie. Sie hätten sich wirklich keine solchen Umstände zu machen brauchen. Auf den Trödelmärkten gibt es eine Menge von diesen Dingern.« Sie bedachte ihn mit einem herzlichen Lächeln und schloß die Tür hinter ihm.

Kapitel 8

Sie verriet Beth und Bridget am folgenden Montag nichts von ihrem neuen Vorhaben. Bridget horchte sie gründlich aus und hatte mit Hilfe ihrer Kinder mehr über David herausgefunden, als selbst Polly wußte. Und Polly wollte keine weiteren Predigten riskieren, deshalb sagte sie lieber nichts über ihren Entschluß.

Am Abend wollte sie zu einer privaten Ausstellung zu den Gloucester Docks gehen. Sie hätte die schon lange getroffene Verabredung beinahe vergessen, aber dies war eine gute Gelegenheit, bei der man Leute kennenlernen konnte, und Polly wollte ja die eingetretenen Pfade verlassen. Wenn es auch kein spannender Abend werden würde, war es zumindest ein Anfang.

Sie hatte keine Lust mehr, sich anzuhören, wie ihr Bridget die Liste der in Frage kommenden Junggesellen vorbetete oder Beth ihr erzählte, welcher Mann es ihr im Bett toll besorgen könnte. Sie konnte ihr gesellschaftliches Leben selbst gestalten, vielen Dank.

Die drei Frauen hatten alle Hände voll zu tun, den mühsamen Start in die neue Woche zu vollziehen, aber dieser Montag wurde erhellt durch Beths Ankündigung, daß der tolle Hecht von neulich wieder im Café saß.

»Du solltest dir so einen angeln, Polly. Er hat einen knackigen Hintern, und die Lederjacke ist wirklich sexy. Na ja, seine Haare sind vielleicht ein bißchen zu lang . . .«

»Warum machst du dich nicht selbst an ihn ran, wenn du ihn so scharf findest?« wollte Polly wissen.

»Rob würde mich umbringen. Und außerdem ist er zu alt für mich.«

»Du meinst, er rasiert sich tatsächlich?« Polly viertelte einen Krautkopf. »Mann, ist ja toll!«

»Nein, ich meine wirklich sein Alter. Natürlich ist er nicht ganz so alt wie du.« Beth bugsierte ein paar gebrauchte Teebeutel in den Abfalleimer. »Er hat keine Krücken gebraucht, als er hereinkam.«

Bridget, die ihn beim letztenmal nicht gesehen hatte, nutzte die Gelegenheit, als sie Eier von oben aus dem Lagerraum holte. Ein paar Minuten später kam sie wieder in die Küche.

»Ich schätze, er ist ungefähr fünfundzwanzig, Polly. Seine Haare *sind* zu lang, und er sieht umwerfend aus. Aber –« sie stellte, die aufgetürmten Eierschachteln vorsichtig auf ihrer Arbeitsplatte ab –, »wage es bloß nicht, mit dem was anzufangen. Er ist gefährlich.«

»Und zu jung«, ergänzte Polly, als sie auf den Schalter der elektrischen Reibe schlug – sie war gottfroh, daß sie nichts über ihren Sinneswandel hatte verlauten lassen.

Beth war kurz außer Haus, um fünf Pfund Karotten zu kaufen, als die Glocke im Café läutete. Polly, die gerade im Curryreis matschte, war froh, daß sie das Paprikaschneiden noch ein wenig hinauszögern konnte.

»Komme gleich«, rief sie und wischte ihre verschmierten Hände an einem sauberen Handtuch ab. Dann stürmte sie mit einem fröhlichen »Kann ich Ihnen helfen?« ins Café.

Zu spät erkannte sie den Kunden. Beths ›toller Hecht‹ bekam den strahlenden Charme ab, den Polly für die über Sechzig- und die unter Sechzehnjährigen reserviert hatte. Sie bremste sich sofort, hantierte mit den Kuchenzangen herum und strengte sich an, eine einigermaßen zurückhaltende Miene aufzusetzen.

»Kann ich bitte meine zweite Tasse Kaffee haben?« fragte er höflich. »Und ein Stück von dem Karottenkuchen?«

Sie ließ einen kurzen Blickkontakt zu – gerade lange genug, um zu sehen, daß seine Augen kornblumenblau waren und beim Lächeln verwirrend funkelten. Zum erstemal stimmte Pollys Geschmack, was Männer betraf, mit dem von Beth überein.

»Mit Milch?«

»Genaugenommen hatte ich Cappuccino.«

Sie dachte daran, ihm weiszumachen, daß die im Preis inbegriffene zweite Tasse nur für normalen Kaffee galt, aber statt dessen zerrte sie an dem Cappuccino-Griff, stellte die Tasse in die richtige Position und ließ Wasser in die Maschine laufen. Der Kerl war erstaunlich attraktiv, und Beth würde ihr bestimmt mit den Paprikaschoten helfen, falls sie zuviel Zeit vertrödelte.

Polly bestäubte gerade das fertige Produkt mit Schokoladenpulver, als Beth mit den Karotten zurückkam. Beth bedachte den jungen Mann mit einem schwülen Blick und zwinkerte Polly zu.

Polly biß die Zähne zusammen und brachte den Cappuccino mit unsteter Hand zur Theke. Es war unmöglich, einen Cappuccino zu machen, ohne daß die Tasse zu voll wurde.

»Und der Karottenkuchen? Er schmeckt hier besonders gut.« Er sah zu, wie sie das Kuchenstück umständlich auf den Teller manövrierte und aufpaßte, daß die Glasur keinen Sprung bekam. »Haben Sie den gebacken?«

»Nein, er ist gekauft. Wär's das?« Sie sagte ihm, wieviel er für den Kuchen schuldig war, und er drückte ihr eine Zwanzigpfundnote in die Hand. Zwangsläufig mußte sie die Ladenkasse plündern, um genügend Wechselgeld zusammenzukratzen, aber sie versuchte, freundlich dabei zu bleiben. Es war ja nicht sein Fehler, daß sie sich schikaniert fühlte.

»Kann ich einen Aschenbecher haben?«

»Klar.«

»Vielleicht sehe ich Sie bald wieder. Ich mache für Cotswold Radio eine Reportage über die Besetzung der Dächer in der High Street.«

»Oh, wie interessant«, erwiderte sie artig. Eigentlich meinte sie: »Hau ab und setz dich an deinen Tisch, damit ich zu meinem Salat zurück kann.« Er mochte ja der Traumliebhaber aller Frauen sein, aber es war immer noch Montag. »Wie denken Sie darüber?«

Im Augenblick zählte die geplante Zerstörung der Stadt nicht zu ihren Hauptsorgen, aber sie mußte diesem Reporter klarmachen, daß die ortsansässigen Leute ganz und gar gegen ein aus Beton und Glas errichtetes Einkaufszentrum in ihrer Stadt waren.

»Oh, ich stehe voll und ganz hinter den Hausbesetzern. Es wäre ein Verbrechen gegen unser Erbe, wenn man diese Gebäude abreißen würde. Es muß alles, was möglich ist, getan werden, damit uns diese Häuser erhalten bleiben.«

»Offenbar sind Sie emotional sehr engagiert. Warum sitzen Sie nicht mit den anderen auf den Dächern?« Das klang wie eine Kritik.

Die Schuldgefühle über ihre Untätigkeit ließen sie bissig reagieren. »Zum Teil, weil ich mir irgendwie meinen Lebensunterhalt verdienen muß, und zum anderen, weil ich nicht schwindelfrei bin.«

Er lachte, als hätte sie ihm einen Witz statt die simple Wahrheit erzählt. Polly lächelte, obwohl ihr nach Zähneknirschen zumute war. Beth kam herein und tat so, als müßte sie auf den Tischen nach dem Rechten sehen. Sie beobachteten beide, wie er seinen Cappuccino und den Kuchen an den Tisch brachte und sich setzte. Er war nicht besonders groß, aber sein Gang wirkte eindeutig selbstbewußt. Polly hätte ihm am liebsten einen Tritt in den Hintern versetzt.

»Verstehst du jetzt, was ich meine, Polly?« fragte Beth, als sie wieder in der Küche standen. »Ist das nicht ein knackiger Bursche?«

»Er ist eher dein Typ als meiner. Ich finde er stellt seinen Sexappeal zu aufdringlich zur Schau.« Außerdem war sie sauer auf ihn, weil er ihre Gewissensbisse geweckt hatte.

»Quatsch, er ist genau der Typ, den du brauchst und der dir zeigen kann, was Sex wirklich ist.«

»Ich bin sicher, daß er die Technik perfekt beherrscht, aber zufällig bin ich der Meinung, daß die Akrobatik weniger wichtig ist als eine ähnliche Gesinnung und wechselseitiger Respekt.« Polly zielte mit einer Broccolirose auf Beth und unterstrich auf diese Weise ihre reife Lebenseinstellung.

Beth streckte Polly die Zunge heraus und stopfte sich ein paar der gerösteten Cashewkerne in den Mund, die für den Reissalat bestimmt waren. Polly scheuchte sie aus dem Weg und bediente sich selbst mit Nüssen. Man konnte Beth den gesunden Menschenverstand nicht absprechen, auch wenn sie eine ziemlich derbe Art hatte, sich auszudrücken. Wahrscheinlich war es gar keine so schlechte Idee, den Sex mit einem Mann auszuprobieren, der die erogenen Zonen auch ohne Landkarte finden konnte. Doch während die Zeiger der Uhr unerbittlich auf zwölf vorrückten und sie die versäumte Arbeit nachholen mußte, wandte sich Polly den wichtigeren Dingen des Lebens zu.

Um acht Uhr an diesem Abend marschierte Polly über den Parkplatz bei den Docks zum Schiff *Wild Cat* – ihre hohen Absätze protestierten heftig gegen den harten Asphaltboden. Sie fröstelte in ihrem Samtjackett, und während sie versuchte, sich zu beeilen, wünschte sie, sie hätte ihren alten Marinemantel angezogen.

Obwohl sie von dem Moment an, als sie das Café verließ, bis jetzt in hektischer Hast gewütet hatte, war sie wie gewöhnlich zu spät dran. Ihre Mutter nannte ihre Unpünktlichkeit eine psychologisch bedingte Unfähigkeit, irgendwo rechtzeitig anzukommen. Polly hingegen meinte, es läge nur daran, daß sie so viel zu tun hatte. Und zumindest heute abend war ihre Mutter zum Teil schuld an Pollys Zuspätkommen. Simon dachte wahrscheinlich schon, daß sie gar nicht mehr auftauchen würde.

Polly und Simon hatten sich in der Kunstschule kennengelernt, und ihre kurze, noch nicht einmal richtig erblühte Romanze war im selben Augenblick zu Ende, in dem Polly entdeckte, daß sie dreidimensional arbeiten wollte und daß ihr das Formen und Gestalten von Materialien wichtiger war als die bildende Kunst. Simon hatte ihr weder die Abfuhr noch den Verrat wirklich verziehen, aber sie waren Freunde geblieben. Inzwischen hatte Beth klarzustellen versucht, daß Männer eine Freundschaft nach einer Liebelei nur dann aufrechterhielten, solange sie sich noch eine Chance erhofften. Doch was auch immer Simon mit ihr vorhatte, er wollte Polly an seinem großen Abend dabei haben.

Eine stabile Landratten-Gangway führte zum Bug, aber Polly näherte sich dem Schiff vom Heck. Sie raffte ihren Rock, sprang an Bord und kroch unter der Reling hindurch. Sie bewunderte die mit Teakholz getäfelten Decks und die ordentlich aufgerollten Taue, während sie sich ihren Weg über Niedergänge bahnte. Sie kam zu einer Doppeltür, die zu einer breiten Treppe und zum großen Salon führte. Es war ein wunderschön ausgestattetes Schiff. Simon hatte einen guten Griff getan mit seinem Sponsor, der ausgezeichnete Verbindungen zu haben schien.

Obwohl sie nicht sehr viel zu spät kam, drängten sich schon Menschenmassen auf dem Schiff. Zweifellos war die Yacht des Fischstäbchenkönigs für die meisten Leute interessanter als die Bilder.

Simon, der einzige Künstler, der heute sein Werk ausstellte, begrüßte die Gäste am Fuß der Treppe. Sein künstlerisch verhärmter Gesichtsausdruck hellte sich auf, als er Polly entdeckte. »Ich bin so froh, daß du gekommen bist, Polly. Du siehst großartig aus – ich sehe schon, daß du erst die nötige Klasse in diese Vernissage bringst.«

»Du selbst hast ganz schön Klasse«, erwiderte sie. Mit Erleichterung registrierte sie, daß er sich ein Dinnerjackett geliehen und seinen Pferdeschwanz gebändigt hatte. Sie schlang die Arme um ihn und spürte, daß er durch und durch angespannt war. »Diese Ausstellung wird ein Bombenerfolg, das weiß ich genau.«

Simon schien nicht davon überzeugt zu sein. Er war ungeheuer talentiert und manchmal entsetzlich arrogant, aber jedesmal wenn seine Bilder gerahmt und fixiert waren, verlor er das Zutrauen, weil er nichts mehr daran ändern konnte. »Deine Bilder sind großartig«, setzte sie noch hinzu.

»Du hast sie dir ja noch nicht einmal angesehen«, maulte er. »Komm, besorgen wir uns ein Glas Wein.«

»Ich hab' sie alle gesehen, und zwar sehr oft«, widersprach Polly, ehe er sie mit sich zog. »Und dieses Schiff ist der ideale Ausstellungsort für deine Seelandschaften und Boote. Auch die Rahmen sind äußerst geschmackvoll.«

Das muß genügen, dachte sie, und nahm das Glas, das er ihr aufdrängte. »Oh, sieh mal«, sagte sie schnell, bevor er sie noch zu irgend etwas anderem nötigen konnte, »kommt da nicht der Bürgermeister?«

Simon spähte über seine Schulter. »Ja, ich vermute, ich muß zu ihm und ihn begrüßen. Aber vorher muß ich noch etwas mit dir besprechen: Weißt du, daß die Handwerks- und Kunstgewerbemesse bald anfängt?«

»Klar. Was ist damit?«

»Diesmal dürfen dort auf einer kleinen Fläche auch Leute ausstellen, die nicht in der Handwerkskammer gemeldet sind. Ich werde zusehen, ob ich etwas für dich tun kann.«

»O Simon . . .«

Simon klopfte ihr auf die Schulter wie jemand, der es als Künstler geschafft hatte und einen Glückloseren unter seine Fittiche nehmen wollte. »Du bist sehr gut, und ich habe ausgezeichnete Kontakte zum Komitee. Sie glauben mir ganz sicher, wenn ich ihnen mein Wort gebe, daß du sie nicht enttäuschen wirst.«

»Danke, Simon«, murmelte Polly erschrocken über seine

Zuversicht. Sie sah ihm nach, als er sich durch die Leute drängte, um zum Bürgermeister und seinen Begleitern zu kommen.

Simon war nicht gerade für seine Zuverlässigkeit berühmt, und es hatte keinen Sinn, sich jetzt schon über ein Ereignis aufzuregen, das wahrscheinlich niemals eintreffen würde. Sie sollte lieber diese Messe ganz schnell wieder vergessen und sich seine Bilder anschauen. Es herrschte so viel Betrieb, daß man kaum etwas sehen konnte, aber Polly hatte nicht gelogen, als sie Simon versicherte, daß dieses Schiff die perfekte Umgebung für seine Arbeiten war, und es schien, als würde seine Ausstellung die Aufmerksamkeit der richtigen Leute auf sich ziehen. Auch die von Beths ›tollem Hecht‹, wie Polly entdeckte. Offenbar war er bei der Arbeit, denn er hielt jemandem ein Mikrophon unter die Nase. Sie erkannte den Mann – er war eine lokale Berühmtheit, der mit seinem wenig komfortablen Boot den Atlantik in unbeschreiblicher Geschwindigkeit überquert hatte. Für Simon wäre es eine Riesensache, wenn ausgerechnet dieser alte Seebär eines seiner Bilder kaufen würde.

Sie war amüsiert, aber keineswegs überrascht, als sie bemerkte, daß der rasende Reporter vom Cotswold Radio als einziger der anwesenden Männer weder ein Dinnerjackett noch einen Anzug trug. Er hatte immer noch dasselbe an wie am Vormittag, aber man mußte ihm zugestehen, daß sein weißes T-Shirt sauber war. Beth hatte recht, was seine Lederjacke betraf. Sie sah wirklich sexy aus.

Er ließ das Mikrophon sinken und suchte die Menge nach einem neuen Opfer ab, als ihm Polly auffiel. Polly lächelte ein wenig und sah, wie sich seine Stirn in Falten legte, weil er nachdachte und nicht auf die Lösung kam. Es geschah öfter, daß die Kunden sie außerhalb des Vollwertkostcafés zu kennen glaubten, aber nicht mehr wußten, woher.

»Jetzt hab' ich's!«

Polly drehte sich wieder zu ihm um, merkte, daß er die gedankliche Verbindung vollzogen hatte und auf sie zustrebte.

»Das Vollwertkostcafé, stimmt's?«

Sie lächelte so nichtssagend wie möglich, um ihre strahlende Begrüßung von heute morgen wieder wettzumachen.

»Im ersten Moment habe ich Sie gar nicht erkannt – Sie sehen ganz anders aus.«

»Das ist gut.«

Es wäre schlimm, wenn es nicht so wäre. Bei der Arbeit hatte sie ein T-Shirt, einen weiten Leinenrock sowie weiße Turnschuhe an – und die Schürze nicht zu vergessen. Jedes Makeup, das sie um sieben Uhr morgens auftrug, hatte sich spätestens um neun in Wohlgefallen aufgelöst und höchstens dunkle Schatten unter den Augen hinterlassen. Falls ein Gesicht Glanz ins Café brachte, dann war es das von Beth.

Das Zurechtmachen für den heutigen Abend war für Polly von Anfang bis Ende ein Kampf gewesen. In der Tube mit der wohlriechenden pinkfarbenen Creme war nur noch ein kläglicher Rest vorhanden gewesen, mit dem sie beide Beine und die Achselhöhlen enthaaren wollte. Sie hatte die Tube ausgiebig ausgequetscht, die Creme aufgetragen, gewartet, alles wieder abgekratzt und auf andere Stellen geschmiert – es war ihr vorgekommen, als würde diese mühselige Prozedur Stunden dauern, und danach hatten sich ihre Beine an den Knöcheln erst recht noch stoppelig angefühlt. Die Achseln waren zum Glück unter dem langärmeligen Kleid verborgen.

Ihre Mutter hatte angerufen, während sie sich anmalte, und das Kunstwerk mit unter das Kinn geklemmtem Hörer fortzusetzen war nicht einfach gewesen. Polly hatte erklärt, warum sie sofort wieder auflegen müsse – ein Unterfangen, das einige Halbwahrheiten nötig machte, denn ihre Mutter konnte Simon nicht leiden –, aber Sylvia fragte beiläufig, wann ihre Tochter Melissas und Sheldons Einladung zum Dinner erwidern wolle. Da Polly nichts dergleichen ins Auge faßte und das auch deutlich zum Ausdruck brachte, zog sich das Telefongespräch endlos in die Länge.

Als Polly schließlich den Hörer einhängte, pochte ihr Ohr,

und sie mußte die Entdeckung machen, daß nicht nur ihre einzige schwarze Strumpfhose eine Laufmasche hatte, sondern auch, daß Selina auf ihrem schwarzen Samtkleid bequem und selig schlief.

Diese unglücklichen Umstände und der absurde Gedanke, daß sie Melissa zum Abendessen einladen müsse, hatte Polly so sehr deprimiert, daß sie ihre Lebensgeister nur mit einer riesigen Portion Fertigpudding wieder aufmöbeln konnte. Und würde sie nicht diesen neuen Vorsatz gefaßt haben, dann hätte sie aufgegeben und wäre früh ins Bett gegangen.

Da sie jedoch den ersten unbeholfenen Schritt in ein neues, erweitertes Gesellschaftsleben wagen wollte und kein große Lust auf die wärmstens empfohlene Methode spürte, sich bei irgendwelchen Mechanikerkursen einzuschreiben, die bei ihrem Glück statt mit attraktiven Männern bestimmt nur mit Nonnen besetzt wären, hatte sie durchgehalten.

Wie schön zu wissen, daß sich ihre Bemühungen jetzt auszahlten. Sie wartete geduldig, während sich der rasende Reporter zu entscheiden versuchte zwischen der Bemerkung »Was tut ein so nettes Mädchen wie Sie an einem solchen Ort?« – damit wäre das Café gemeint – und der blöden Frage »Gehen Sie öfter zu solchen Gelegenheiten?« – womit er auf Kunstausstellungen anspielen würde.

Er äußerte sich weder auf die eine noch die andere Weise. Statt dessen legte er seine warme, trockene Hand in die ihre. »Tristan Black, Cotswold Radio.«

»Polly Cameron.« Sie erwiderte den wegen des scharfen Rings schmerzhaften Händedruck, fügte jedoch keine näheren Angaben hinzu. Sollte er sich doch seinen Teil selbst denken.

»Darf ich Ihnen ein Glas Wein holen?«

»Nein danke. Ich muß noch fahren.«

»Dann etwas ohne Alkohol?«

Sie zögerte. Seine blauen Augen und schwarzen Locken waren eine Abfuhr nicht gewöhnt, und Polly hatte Durst. »Also gut, vielleicht einen Orangensaft mit Mineralwasser. Vielen Dank.«

Tristan Black verschwand in der Menge, und Polly erwartete eigentlich nicht, ihn wiederzusehen. Ein dynamischer junger Radioreporter würde rasch ein verheißungsvolleres Material für ein Schwätzchen finden als eine Frau, die ihm, auch wenn sie nicht alt genug war, seine Mutter zu sein, wenigstens zehn Jahre voraus hatte.

Polly studierte das Gemälde, das ihr am nächsten hing, setzte es wie gewöhnlich mental in Keramik um und überlegte, welchen Effekt das haben könnte. Ein großes Schiff könnte sich sehr gut machen auf einer flachen, ovalen Platte, dachte sie. Aber auf einer kleinen Fläche würden Schiffchen läppisch aussehen. Oh, was würde sie für einen größeren Brennofen geben!

»Hier sind Sie ja!«

Sie drehte sich um. »Oh, das ging aber schnell. Ich dachte, Sie würden Stunden brauchen.«

Tristan lächelte zum Dank dafür, daß sein Talent, in jeder Lebenslage Drinks besorgen zu können, gebührend gewürdigt worden war. »Und – was treiben Sie hier?« fragte er.

Polly sah ihn kühl an. »Ich sehe mir Bilder an, und Sie?«

»Ich arbeite.«

Sie zog skeptisch eine Augenbraue hoch. »Tatsächlich?«

Er hatte sehr weiße Zähne, aber Polly erhaschte einen Blick auf Gold im Winkel seines strahlenden Lächelns. Eigenartigerweise fand sie das anziehend.

»Na ja, ich habe gearbeitet. Jetzt amüsiere ich mich.«

Polly wurde sich bewußt, wie geschmeichelt sie war, und ärgerte sich, weil er ihre Sympathien weckte. Aber sie beschloß, ihre kleine Schwäche für sich zu behalten. »Mögen Sie die bildende Kunst?«

Er zuckte mit den Achseln. »So viel hab' ich nicht damit zu tun. Übrigens – Sie wohnen nicht zufällig in Laureton, oder?«

Argwöhnisch bejahte sie die Frage.

»Könnten Sie mich vielleicht mitnehmen, wenn Sie nach Hause fahren? Mein Wagen ist in der Werkstatt.«

Deshalb war er also so charmant. Sie machte Ausflüchte. »Wie sind Sie dann nach Gloucester gekommen?«

»Mit dem Taxi.«

»Und nach Hause können Sie sich kein Taxi nehmen?«

Er sah sie gequält an. Offensichtlich war Tristan Black auch nicht daran gewöhnt, daß man ihm die Bitte, im Auto mitgenommen zu werden, abschlug. »Es wäre mir lieber, wenn ich es nicht tun müßte.«

Polly nickte. »Und ich würde nicht gern einen Mann mitnehmen, den ich nicht kenne. Sicher werden Sie das verstehen.« Sie schwieg einen Moment, dann setzte sie hinzu: »Außerdem bin ich überzeugt, daß Sie die Taxikosten auf Ihre Spesenrechnung setzen können.«

»Ja, aber ich würde viel lieber mit Ihnen mitfahren.«

Sie lächelte bezaubernd. »Das kann ich mir vorstellen. Sie könnten das Taxigeld trotzdem von ihrem Arbeitgeber verlangen und für sich behalten. Ich bin sicher, Sie finden jemand anderen, der in Ihre Richtung fährt.« Die blauen Augen fixierten sie, als wollte er sie mit Blicken zu einer Einwilligung zwingen. »Tut mir leid, aber ich bin eine alleinstehende Frau . . .«

»Mir tut es kein bißchen leid, daß Sie eine alleinstehende Frau sind . . .«

». . . und es wäre ausgesprochen töricht, einen Fremden mitzunehmen.«

Er grinste entwaffnend. »Kommen Sie – das ganze Leben ist gefährlich.«

Pollys Vorstellung von einem gefährlichen Leben beschränkte sich darauf, Bibliotheksbücher in der Badewanne zu lesen. »Nein, danke.«

Er gab sich noch nicht geschlagen. »Und wenn ich hier jemanden auftreibe, der Ihnen bezeugen kann, daß ich kein Vergewaltiger oder so was bin?«

»Wieso bemühen Sie sich nicht lieber, jemanden aufzutreiben, der Sie nach Hause bringen kann? Zudem bin ich gerade erst angekommen, ich bleibe bestimmt noch eine ganze Weile hier.«

Das hatte sie sich keineswegs vorgenommen, als sie an diesem Abend aufgebrochen war. Sie hatte viel eher geplant, kurz vorbeizuschauen, weil Simon sie so sehr darum gebeten hatte, und bei der erstbesten Gelegenheit wieder zu verschwinden. Aber das brauchte der blauäugige Reporter ja nicht zu wissen.

»Ich meinte ja auch, daß wir später losfahren. Ich muß erst noch ein paar Interviews machen.«

»Trotzdem – die Antwort bleibt nein.«

»Sie sind ganz schön eisern.«

»Ja.« Sie wandte sich entschlossen ab. Er war ein Schlingel – gutaussehend, aber eindeutig ein gerissener Schlingel.

Sobald er außer Sichtweite war, machte sie sich auf die Suche nach Simon und verabschiedete sich von ihm. Simon – hingerissen von der Tochter seines Sponsors und voll und ganz mit ihr beschäftigt – erhob keinerlei Einwände. Polly beglückwünschte sich selbst, weil sie es geschafft hatte, sich so früh und ganz allein auf den Heimweg machen zu können.

Ihr Benehmen lief ihrem Vorhaben zuwider. Sie hätte sich Tristan gegenüber wirklich entgegenkommender zeigen können. Er war jung, attraktiv und augenscheinlich ungebunden. Aber die alte Gewohnheit, sofort die Flucht zu ergreifen, sobald jemand Interesse kundtat, hatte die Oberhand gewonnen. Das nächste Mal mußte sie ihre Sache besser machen.

Sie war sowieso schon sauer auf sich selbst, und als ihr das Benzin am Horsepools Hill ausging, lief ihr fast die Galle über. Auf der Liste der Dinge, die zu erledigen waren, stand ›Tanken‹ ganz oben, aber da sie genau wußte, daß das Auto noch meilenweit auf Reserve lief, und sie in Eile gewesen war, hatte sie es nicht getan.

Jetzt konnte sie in der Finsternis auf halsbrecherisch hohen Hacken neben einer gefährlichen Straße bis zur nächsten Telefonzelle stolpern, und die war sicher mindestens eine Meile entfernt. Sie kramte auf dem Rücksitz ihre Sachen durch, in der vergeblichen Hoffnung, Gummistiefel zu finden, als ein Wagen direkt vor dem ihren zum Stillstand kam. Das rote Licht einer örtlichen Taxifirma schimmerte nichts Gutes verheißend auf dem Dach.

Polly beobachtete gespannt, wie ein Mann ausstieg und auf sie zukam. Sie umklammerte aus reiner Gewohnheit die Dose mit dem Tränengas, die sie immer bei sich hatte – schließlich war sie eine vorsichtige, vernünftige Frau. Ihre Überraschung hielt sich in Grenzen, als Tristan Black ans Fahrerfenster klopfte und sie ekelerregend selbstgefällig angrinste.

Sie kurbelte das Fenster herunter.

»Haben Sie Probleme?« wollte er wissen.

Das war eigentlich ihr Stichwort – jetzt müßte sie strahlend lächeln, mit den Wimpern klimpern und den freundlichen Herrn überreden, sich um sie zu kümmern.

»Mir ist das Benzin ausgegangen.« Ihr Ton war mindestens so frostig wie die Nachtluft.

Er stützte die Ellbogen auf den Fensterrahmen und beugte sich ins Auto, dabei ragte sein Hinterteil gefährlich weit in die Straße. »Kann ich Sie mitnehmen? In meinem Taxi?«

Sie seufzte abgrundtief. Sie hatte ihr Auto sicher von der Straße manövriert, und es konnte gut hier stehen bleiben, bis sie am Morgen mit einem Kanister zurückkommen würde. Es ersparte ihr eine Menge Mühe, wenn sie auf sein Angebot einging.

»Das wäre sehr nett«, brachte sie heraus und versuchte, nicht mit den Zähnen zu knirschen.

»Es ist mir ein Vergnügen.«

Sie kletterte aus ihrem Auto und war sich bewußt, daß sie dabei ziemlich viel Bein und die Laufmasche in ihrer Strumpfhose zeigte, dann schnappte sie sich ihre Handtasche und schloß den Wagen ab.

»Ich habe Ihnen ja gleich gesagt, daß Sie sich ein Taxi nehmen sollen«, erklärte sie. »Wenn ich Sie mitgenommen hätte, wären Sie ziemlich spät nach Hause gekommen.«

Sie hörte ihn leise in der Dunkelheit kichern. »Und ich hätte Ihnen unterstellen können, daß das mit dem Benzin reine Absicht war.«

»Das glaube ich nicht«, versetzte sie mit einer Hochnäsigkeit, die sie sich für spezielle Gelegenheiten vorbehielt.

Er kicherte wieder und ergriff ihren Arm. Da sie mit ihren hohen Absätzen keineswegs sicher auf den Füßen war, stützte sie sich leicht auf ihn, während sie zum Taxi gingen. Er war kaum größer als sie, aber seine Nähe war beunruhigend. Es war fast so, als hätte man einen Panther als Schutz – man konnte nie wissen, wann er aufhörte, den Wachhund zu spielen, und beschloß, einen anzufallen und zu fressen.

Tristan öffnete ihr die Taxitür, sie stieg ein und hoffte, daß er sich vorn auf dem Beifahrersitz niederlassen würde, doch er dachte gar nicht daran. Er rutschte neben sie und brachte den Geruch nach kaltem Leder und französischen Zigaretten mit sich.

Der Chauffeur murmelte etwas davon, daß sie großes Glück gehabt hätte, und Polly pflichtete ihm widerstrebend bei. Wie sie ihr Glück allerdings einschätzen sollte, wußte sie selbst nicht genau.

Es war nicht mehr weit bis nach Laureton, aber Polly kam jeder Zentimeter wie eine Ewigkeit vor. Sie hielt sich steif und achtete peinlich darauf, Tristan nicht zu nahe zu kommen, als würde sie sich bei einer zufällige Berührung verbrennen. Panther mochten ein wunderbar weiches Fell haben, aber es war nicht ratsam, sie zu streicheln – oder sich von ihnen streicheln zu lassen.

»Wo wohnen Sie?« erkundigte sich Tristan, als sie den Stadtrand erreichten.

Polly überlegte fieberhaft. »Setzen Sie mich an der High Street ab. Es ist nicht nötig, daß Sie meinetwegen einen Umweg machen.«

Ihr fiel ein Stein vom Herzen, daß er das ohne Widerspruch hinnahm. Aber als das Taxi wie gewünscht auf dem Hügel, wo die Fußgängerzone begann, hielt, stieg Tristan auch aus und bezahlte den Fahrer.

»Warum haben Sie das getan?« fragte Polly. »Wo wohnen Sie?«

»Ich habe Lust auf Fisch und Chips. Wie steht's mit Ihnen?«

Polly hatte bis auf den Pudding nichts gegessen, seit sie aus dem Café gekommen war, und der Gedanke an Chips mit zuviel Salz war verlockend. Und sich mit einem Mann eine Tüte Chips zu teilen stellte bestimmt keine große Bedrohung für ihre Tugend dar. Noch dazu mußte sie allmählich aufhören, jede Einladung, die ein Mann aussprach, automatisch abzulehnen.

»Das wäre prima, danke.«

Falls sie wie ihre Mutter geklungen hatte, die ein Glas Sherry akzeptierte, ließ Tristan es sich nicht anmerken. Polly stakste neben ihm in die warme, dämpfige Pommesbude und wartete, bis er das Mädchen hinter der Theke mit seinem gewinnenden Lächeln bezaubert hatte.

Dann schlenderten sie essend über die High Street, schauten in die Schaufenster des Schuhladens und kamen zu den dem Untergang geweihten Gebäuden. Auf den Dächern campierten Leute. Es war noch zu früh, um zu sagen, ob die Strategie Erfolg hatte oder nicht, aber diese Maßnahme würde zumindest große Aufmerksamkeit in der Öffentlichkeit erregen

Polly vermied es nachzusehen, wer da oben so tapfer Wache hielt. Das schlechte Gewissen plagte sie, weil ihre Höhenangst sie davon abhielt, ihren Freunden Gesellschaft zu leisten, und ihre Anstrengungen auf dem Boden waren geringer, als sie ihrer Meinung nach sein sollten.

Noch dazu kam sie sich schändlich vor, weil sie heiße Chips in sich hineinstopfte, während die Demonstranten wahrscheinlich trotz ihrer Campingöfen und Thermosflaschen vor Kälte zitterten.

Wenn Tristan kein Radioreporter gewesen wäre, hätte sie ihn vielleicht gebeten, die Leiter hinaufzuklettern und die Jungs da oben mit Chips zu versorgen. Aber möglicherweise konnten die Demonstranten ihre Zungen nicht im Zaum halten oder aggressiv reagieren, wenn jemand in ihrer Nähe auftauchte, den sie nicht kannten. Tristan könnte sehr leicht seinen Zuhörern weismachen, daß die Leute auf den Dächern nichts weiter als linke Spinner seien, und auf diese Weise alle abschrecken, die ihnen ihre Unterstützung zusagen wollten. Polly war nicht willens, die ganze Kampagne zu gefährden, indem sie ihren Freunden ohne Vorwarnung einen Journalisten auf den Hals hetzte.

Sie gingen die High Street ganz hinauf und vorbei an den Sitzen und der Skulptur vor der ›Berliner Mauer‹, wie sie von Einheimischen genannt wurde. Von hier war es nicht mehr weit bis zu Pollys Cottage.

Schließlich erreichen sie das Gartentor, und Polly blieb stehen.

Tristan knüllte die Chipstüte zusammen. »Du willst mich nicht zu einer Tasse Kaffee hineinbitten, wie? Ich darf doch du sagen?«

»Ja, du darfst du sagen, aber ich bitte dich nicht hinein.« Für einen Abend hatte sie genügend Fortschritte, was männliche Begleitung betraf, gemacht und Bedenken über Bord geworfen.

»Mich würde interessieren, warum nicht.«

»Ich trinke um diese Tageszeit nie Kaffee.« Das stimmte.

»Du könntest mir einen Tee anbieten oder sogar einen Kakao.«

»Das könnte ich, aber ich tue es nicht.«

»Warum nicht?«

»Aus demselben Grund, aus dem ich dich nicht in meinem Wagen mitgenommen habe.«

»Aber *ich* habe *dich* mitgenommen, und dir ist nichts dabei passiert. Du bist vollkommen sicher.«

Wirklich? »Tut mir leid, aber ich lade dich trotzdem nicht zu mir ein.«

Er zuckte mit den Schultern. »Na dann vielleicht beim nächsten Mal.«

»Es wird kein nächstes Mal geben. Mir geht das Benzin nie wieder aus.«

»O doch, und das weißt du genau.«

»Tatsächlich? Was macht dich da so sicher?« Er hatte wahrscheinlich recht, aber woher wußte er das?

»Ich bin Hellseher. Gute Nacht.«

Er warf die zusammengeknüllte Tüte in den Rinnstein, stopfte seine Hände in die Taschen und spazierte pfeifend die High Street hinunter.

Empört und fasziniert zugleich hob Polly die Tüte auf und ging langsam über den Gartenweg zu ihrem Haus.

Kapitel 9

Du treibst dich an den eigenartigsten Plätzen herum.«

Polly wäre fast mit dem Kopf ans Autodach geknallt, als sie zurückzuckte. Es war drei Wochen her, seit sie zusammen Chips gegessen hatten, aber sie hatte keine Schwierigkeiten, die Stimme wiederzuerkennen.

Tristan stand hinter ihr. Als Abwehr gegen den eisigen Nebel hatte er seinem unvermeidlichen weißen T-Shirt und der Lederjacke einen Schal hinzugefügt. Er hatte die Hände in den Taschen, die Beine leicht gespreizt und die Hüften nach vorn geschoben. Es war eine charakteristische Haltung, die sowohl bedrohlich als auch ziemlich aufreizend wirkte.

»Dasselbe könnte ich zu dir sagen.« Polly straffte den Rükken. Sie hatte Kisten mit ihren Töpferarbeiten auf dem Rücksitz gestapelt. Das Auto stand vor ihrem zeitweise gemieteten Atelier, das in dem orangefarbenen Licht der Straßenlaternen noch mehr als sonst wie eine alte Scheune aussah.

»Nein, das könntest du nicht. Meine Arbeit führt mich in alle Winkel dieser Stadt.«

»Mir scheint überallhin, nur nicht ins Radiostudio.«

Er bedachte sie mit einem schiefen Grinsen – das goldene Blitzen war sogar im Halbdunkel zu sehen. Entweder hatte er sein Grinsen so perfektioniert, daß der falsche Zahn richtig zur Geltung kam, oder er hatte sich den Zahn einsetzen lassen, um sein Lächeln noch strahlender zu machen. Polly verabscheute sich selbst, weil sie zurücklächelte.

»Das stimmt ganz und gar nicht. Hast du heute mittag nicht meine Reportage über die Dächerbesetzer gehört?«

»Ich höre nur Radio Vier.« Das stimmte zwar nicht, aber er konnte einen Dämpfer vertragen.

Er blieb unbeeindruckt. »Was ist da drin?« Er zeigte auf die Kisten.

»Meine Arbeiten.«

»Ich dachte, du arbeitest in dem Vollwertkostcafe.«

Polly richtete sich zu ihrer vollen, unterdurchschnittlichen Größe auf. »Das ist mein Job. Dies hier –« sie wedelte mit der Hand in Richtung Rückbank –, »ist meine Arbeit.«

Wie vorauszusehen war, lachte er. Polly lachte auch – ihre Ambitionen, eine große Künstlerin zu sein, amüsierten sie immer wieder.

»Was sind das für Arbeiten?«

»Keramiken.«

»Echte Keramiken oder Töpferarbeiten als Zeitvertreib?«

»Das erstere.« Sie war äußerst empfindlich, wenn es um die Tatsache ging, daß sie nur kleine Stücke fertigen konnte. Seine versteckte Andeutung, daß sie nur ein wenig mit Ton herumspielen könnte, verstärkte ihre Frustration beträchtlich.

»Und du arbeitest da drin?« Er deutete mit dem Kopf auf die Scheune.

»Ja«, gab sie eingeschnappt zurück.

Ihr schroffer Ton belustigte ihn noch mehr. »Warum so gereizt? Komm lieber mit mir zum Essen.«

»Nein, danke.« Die Absage war eine automatische Reaktion auf seinen Spott. Ein Jammer – sie hatte nämlich einen Bärenhunger und nicht die geringste Lust, sich selbst etwas zu kochen.

»Warum nicht?«

Etwas an ihm gab ihr zu denken. Sie hatte derartige Einladungen so lange zurückgewiesen, daß es schon zu einem Reflex geworden war. Vielleicht sollte sie diesmal doch annehmen und ihn für seine Arroganz büßen lassen. Er konnte sich nicht wirklich wünschen, mit einer älteren Frau, die von oben bis unten voll geschmiert mit angetrocknetem Ton war, Arbeitsklamotten, einen riesigen Mantel und eine Wollmütze trug, in ein Restaurant zu gehen. Er bluffte nur. »Also gut«, sagte sie so lässig wie möglich. »Wir können uns irgendwo treffen. Erst muß ich die Sachen nach Hause bringen.«

»Nimmst du mich mit?«

Sie stieß einen tiefen, bebenden Seufzer aus und mit ihm einen Großteil ihres Widerstands gegen männliche Annäherungsversuche. »Steig ein.«

Falls er eine Vergewaltigung im Sinn hatte, würde er die Lust verlieren, lange bevor er sich durch die erste Kleiderschicht gekämpft hatte.

Er quetschte sich durch den Türspalt – das Auto stand ziemlich dicht an der Mauer – auf den Beifahrersitz und legte den Arm auf ihre Lehne, und zwar so dezent, daß sie keine Einwände erheben konnte, aber es gefiel ihr keineswegs.

Obwohl er kein großer Mann war, hatte er eine kraftvolle Ausstrahlung, die weit mehr beinhaltete als den Geruch nach Leder und Zigaretten. Tristan Black war verwirrend – jung, draufgängerisch und alles andere als ernst. Ganz sicher hätte er Interesse an einer zwanglosen Affäre. Und genauso sicher konnte man sein, daß er die nötige Technik beherrschte, um Polly über ihre sexuellen Probleme hinwegzuhelfen. Und zudem war sie sich bewußt, wie sehr sie sich zu ihm hingezogen fühlte. Er war der ideale Kandidat.

Aber was brachte ihn dazu, ihr so viel Aufmerksamkeit zu widmen? Versuchte er wirklich, sie aufzureißen? Und wenn ja, warum? Es gab ganze Massen von süßen jungen Dingern, die er verführen konnte, wieso also gab er sich solche Mühe mit einem weniger süßen, älteren Ding?

»Wann bekommst du dein Auto zurück?« Polly passierte ein paar kleine Kreisverkehrsinseln, die das Stadtbild von Laureton prägten.

»Morgen. Wo sollen wir essen?«

»Zuerst muß ich nach Hause – ich habe etwa noch eine Stunde zu tun.«

»Ich warte, bis du dich zurecht gemacht hast.«

»Ich brauche keine Stunde, um mir mit dem Kamm durch die Haare zu fahren«, versetzte sie eisig. »Ich muß ein paar Dinge erledigen.« Die Anspielung, sie könne so viel Zeit im Bad vertrödeln, um sich für ihn aufzumotzen, machte sie wütend, besonders weil es in Wirklichkeit viel länger dauern würde, wenn sie ihre Sache richtig machen wollte.

»Was für Dinge?« Er glaubte ihr offenbar kein Wort.

»Die Katze füttern, nach dem Feuer im Ofen sehen, um nur zwei zu nennen. Außerdem muß ich meine Arbeiten ausladen und sortieren.« Genaugenommen hatte sie vor; die Sachen bis morgen in den Kisten zu lassen, sonst hätte sie keine Zeit mehr für das bitter notwendige Bad. »Wir können uns in irgendeinem Lokal treffen.«

»Warum darf ich nicht bei dir zu Hause warten?«

Warum eigentlich nicht? Weil dort ein heilloses Durcheinander herrschte und sie nie Fremde über ihre Schwelle ließ? In diesem Fall war es anders. Er würde mit der Unordnung, den eigenartigen Gerüchen und dem Staub zurecht kommen. Aber sie konnte nicht in Ruhe ein gemütliches Bad nehmen, wenn ein Fremder in ihrem Wohnzimmer auf und ab lief. Außerdem wollte sie *The Archers* hören.

»Im Pub ist es wärmer – es gibt einen in meiner Straße. Ich komme hin, sobald ich mit allem fertig bin. Du brauchst dir keine Sorgen zu machen – das heißt, wenn du überhaupt warten willst.«

Polly riß die entschieden quietschende Handbremse hoch, dann stieg sie aus, scheuchte Tristan den Hügel hinauf zum Pub und sah ihm nach, bis sie sicher sein konnte, daß er das Lokal auch wirklich betrat. Dann ging sie ins Haus. Sie erledigte in Windeseile ihre Pflichten, nahm ihr Bad und wusch sich das kürzlich geschnittene Haar. Mit Hilfe des richtigen Haargels, das ihr Bridgets Mark empfohlen hatte, wellte es sich problemlos und luftig um ihren Kopf. Sie legte absichtlich nur so viel Make-up auf, um sicherzustellen, daß sie zufällig vorbeikommende Kinder nicht in Angst und Schrecken versetzte oder die Pferde bei ihrem Anblick nicht scheuten. Wenn er schon eine ältere Frau zum Essen ausführen wollte, konnte er auch gleich genau erfahren wie sie aussah, ehe sie sich vor ihren Vergrößerungsspiegel setzte und dicke Farbschichten aufspachtelte.

Als Polly zu ihrem Stammlokal ging, überlegte sie, ob ihr ein Stein vom Herzen fallen würde, wenn Tristan inzwischen ein paar Pasteten und Kartoffelbrei vertilgt und sich aus dem Staub gemacht hätte, oder ob sie enttäuscht wäre. Sie hatte den häßlichen Verdacht, daß sie in höchster Gefahr war, ›den Kopf wegen eines Mannes zu verlieren‹, wie man so schön sagte.

Ihr ausgeprägter Selbsterhaltungstrieb führte sie zu der Erkenntnis, daß sie dankbar sein müßte, wenn Tristan bereits durch die Nacht schlenderte und sich nach neuen oder zumindest jüngeren Opfern umsah. Aber im Grunde wußte sie, daß sie genau das stinksauer machen würde.

Es war kein schicker, moderner Pub, aber es war ein Lokal, in das sie ganz allein gehen konnte, ohne sich unwohl zu fühlen. Wenn Tristan nicht mehr da war, konnte sie etwas trinken und ein bißchen mit dem Wirt oder anderen Gästen plaudern. Falls ihn sein Durchstehvermögen nicht verlassen hatte, war es Schicksal – ein Schicksal, das sie unweigerlich auf Abwege führen würde.

Sie stieß die Tür auf und sah Tristan auf den ersten Blick. Er schien sich unter den Stammgästen wie zu Hause zu fühlen und lümmelte sich selbstbewußt und lässig an der Bar – einen Stiefel hatte er auf die untere Messingschiene gestellt und die mit Leder verhüllten Ellbogen auf die verrutschte Abtropfmatte auf dem Tresen gestützt.

Wie jeder gute Journalist schwatzte er mit dem Wirt und suchte ständig, wahrscheinlich ohne sich dessen selbst richtig bewußt zu sein, nach Informationen, aus denen er eine Sensationsstory basteln konnte. Er machte einen ausgesprochen rücksichtslosen Eindruck, und es war ihm zuzutrauen, daß er einer weinenden Witwe ein Mikrophon vors Gesicht hielt und sie nach ihrer Reaktion auf den brutalen Mord an ihrem Mann ausfragte. Er würde weit gehen – wie weit er in Pollys Richtung gehen wollte, mußte sie noch herausfinden.

Sie schenkte allen Anwesenden ein Lächeln und spürte ein Kribbeln in ihrem Magen. Das ist der Hunger, redete sie sich ein und ging auf Tristan zu.

»Polly!« rief er, als würde er sich wirklich freuen, sie zu sehen. »Was möchtest du trinken?«

»Hallo, Tristan« erwiderte sie gleichgültig, während sie versuchte, Herr über das Kribbeln zu werden. »Du bist noch hier? Gin und Tonic bitte, Reg«, setzte sie an den Wirt gewandt hinzu.

»Natürlich bin ich noch hier. Wieso sollte ich nicht hier sein?« Er schien ehrlich gekränkt, daß sie ihm so etwas zutraute.

Sie zuckte mit den Achseln – ihr gleichgültiges Benehmen beeindruckte sie selbst – und kletterte auf den Barhocker neben ihm. »Ich dachte, du hättest Hunger und längst etwas gegessen.«

»Nur ein paar Chips.« Er sah fast aus, als hätte er vor, eine Weile zu schmollen, aber dann gewann sein selbstgerechtes Ego wieder die Oberhand, und er zeigte ihr ein verruchtes Grinsen, das er vor dem Spiegel einstudiert haben mußte. »Und jetzt möchte ich etwas Gehaltvolleres.«

Wenn ich Beth wäre, wüßte ich genau, wie man eine solche Äußerung auffassen muß, dachte Polly und nahm einen Schluck von ihrem Gin. Aber da sie diese Spielchen schon vor langer Zeit aufgegeben hatte, konnte sie sich nicht mehr an die Regeln erinnern – sie beherrschte die spezielle Sprache nicht mehr und mußte improvisieren. »Tatsächlich?«

Er holte ein Päckchen Gauloises aus seiner Tasche, bot ihr eine an und steckte sich selbst eine in den Mundwinkel. »Ich würde gern ins Old Grey Ewe gehen.« Er inhalierte tief den teergeschwängerten Rauch seiner Zigarette. »Ich hab' gehört, daß das Essen dort sehr gut ist.«

»Brauchst du wirklich noch Nahrung nach all dem Nikotin, das dich am Leben erhält?«

»Wäre es dir lieber, wenn ich nicht rauchen würde?« Er nahm die Zigarette in die andere Hand, so daß ihr der Rauch nicht mehr in die Nase stieg.

Sie zuckte mit den Schultern und verkniff sich die Bemerkung, daß es ihr auch egal wäre, wenn er in Flammen aufginge. »Das ist nicht mein Bier. Wo ist das Old Grey Ewe?«

»In Ewestone, in der Nähe von Cirencester. Wir nehmen ein Taxi.«

Polly inspizierte die Zitronenscheibe in ihrem Glas. Das Gerede von Taxis und Cirencester war entnervend. Als sie zugestimmt hatte, mit ihm essen zu gehen, hatte sie an ein Lokal in der Nähe gedacht – so nah an ihrem Zuhause, daß sie ohne Schwierigkeiten zu Fuß in die Sicherheit flüchten konnte. Und bestand er auf einem Taxi, damit er sie ohne Bedenken betrunken machen konnte, oder zeigte er schlichte Verantwortung, was das Trinken und Fahren betraf? Schwer zu sagen, aber wenn sie gewußt hätte, daß er ein Restaurant außerhalb von Laureton ins Auge gefaßt hatte, hätte sie keinen Gin bestellt.

»Noch einen?« Tristan deutete auf ihr Glas und nickte Reg zu, ohne auf Pollys Antwort zu warten. Reg kramte in dem Kübel nach Eiswürfeln, und Tristan kramte in seiner Brieftasche. Er fand im selben Moment, in dem Reg den neuen Drink vor Polly auf die Theke stellte, die Visitenkarte von einem Taxiunternehmen.

Polly schüttete den Rest Tonic in ihren Gin. Sie war sich im klaren, daß sie dabei war, ein fremdes, gefährliches Territorium zu betreten. Tristan ging zum Telefon und bestellte ein Taxi, und bevor es ankam, mußte sich Polly entscheiden, ob sie mutig genug war, sich auf die Achterbahn zu wagen oder nicht.

Zwei Gins auf nüchternen Magen hatten ihre Widerstandskraft geschwächt, und sie beschloß, es darauf ankommen zu lassen. Mit dem Feuer zu spielen war eine lustige Sache und nicht notwendigerweise lebensbedrohlich. Noch dazu war sie inzwischen so ausgehungert, daß sie das Angebot für eine Mahlzeit gar nicht mehr ausschlagen konnte, besonders nicht für eine, die garantiert dick machte.

»Gute Nacht, Polly«, sagte Reg, als der Taxifahrer im Pub erschien.

»Nacht, Reg«, erwiderte Polly und versuchte, die Mißbilligung, die in seinen Worten mitgeschwungen hatte, zu ignorieren. »Bis morgen«, fügte sie hinzu und dachte im stillen, dann kann ich dir beweisen, daß ich diesen Abend heil und gesund überstanden habe.

»Reg scheint dich sehr zu mögen«, sagte Tristan, als er neben sie auf den Taxirücksitz rutschte.

»Er ist sehr gut zu mir«, stimmte sie ihm zu.

»Er ist in dich verknallt.«

Polly lehnte sich zurück und versuchte, das zu verdauen. Erstens war ihr nie in den Sinn gekommen, daß Regs Freundlichkeit etwas anderes als väterliche Fürsorge sein könnte, und zweitens hatte Tristan bei dieser Feststellung alles andere als erfreut geklungen. Eifersucht konnte das nicht gut sein, viel eher handelte es sich wahrscheinlich um den Widerwillen eines Mannes, der mitansehen mußte, daß ein anderer der Frau, mit der *er* unterwegs war, zuviel Aufmerksamkeit schenkte. Interessant, daß er ihr derartige Gefühle entgegenbrachte.

Das Old Grey Ewe war so weit draußen auf dem Land, daß es ein Wunder war, wenn sich überhaupt jemand dorthin verirrte. Aber da ein paar Autos davor parkten und der Taxifahrer den Weg kannte, war es offenbar ein Insider-Treffpunkt.

Der Geruch nach altem Pommes-Fett, Zigarettenqualm und verschüttetem Bier, schlug ihnen entgegen, als sie die Tür öffneten. Tristan steuerte Polly zu einem Tisch, dann holte er zu trinken und die Speisekarte.

»›Ofenfrische Pizza und Chip's‹«, las Polly laut vor. »Wer

ist Chip, und welchen Köperteil mußte er für dieses Gericht opfern?«

»Was willst du essen?« Tristan schien sich offensichtlich nicht an grammatikalischen Fehlern und falschen Apostrophen auf Speisekarten zu stören.

Polly konzentrierte sich mehr auf das Wesentliche. »Ich nehme die ›Knusprig gebratenen Kartoffelscheiben mit Würstchen und Bohnen‹ – in unserem Café nennen wir das schlicht Röstkartoffeln – und einen Salat.«

»Ich nehme Curryhuhn und Pommes«, sagte Tristan. »Noch was zu trinken?«

Polly hatte zwar ihren ersten Drink noch nicht ausgetrunken, aber als wohlerzogene Feministin sprang sie mit der Geldbörse in der Hand auf. »Diese Runde geht auf mich. Was hattest du?«

»Scotch und ein Gingerale.«

Polly erschrak beinahe, weil sie merkte, daß sie so viele Vorurteile von Sylvia Cameron geerbt hatte. Ihre Mutter würde lieber sterben, bevor sie einen Whisky als ›Scotch‹ bezeichnete.

»Soll ich gleich das Essen bestellen?«

Tristan lächelte. »Ja, aber bezahl nicht die ganze Rechnung. Dies ist meine Einladung.«

Also keinen billigen Whisky, sondern einen Gold Star für Tristan. Dann erinnerte sie sich an seine Spesenabrechnung und strich den Gold Star wieder.

»So.« Sie stellte die Gläser auf den Tisch. »Und welche Angaben wirst du auf deiner Spesenabrechnung machen? Mit wem warst du heute essen und aus welchem Grund?«

Er zog sein Glas zu sich heran und plazierte es so sorgfältig auf den Bierdeckel, als könnte er mit seiner Akkuratesse einen Urlaub in Florida gewinnen. »Irgendwie werde ich das Gefühl nicht los, daß du mich nicht magst.« Er betrachtete sie aus Augen, die so unschuldig wie Vergißmeinnicht wirkten und so sexy wie die Hölle waren.

Polly sah in diese Augen und schluckte insgeheim. Das Problem war, daß ein Teil von ihr diesen Kerl viel zu sehr mochte, aber das würde sie ihm sicherlich nicht auf die Nase binden. Er war auch ohne ihre Hilfe schon scharfsinnig genug.

»Es stimmt nicht, daß ich dich nicht mag, Tristan. Ich verstehe dich nur nicht.«

»Was gibt's da zu verstehen?« Er hob die Hände, um anzudeuten, daß er ein offener, ehrlich arbeitender Mensch war, dem jede Spur von Verschlagenheit und Raffinesse fehlte.

Polly hatte er nicht überzeugt. »Warum nimmst du solche Mühen auf dich, um mit mir auszugehen?«

»Was meinst du damit?«

»Du weißt sehr genau, was ich damit meine – ich muß dir das nicht erst erklären.«

»Und *ich* muß *dir* bestimmt auch nicht erklären, warum ich das tue. Du bist eine attraktive, intelligente Frau, mit der ich ein bißchen Zeit verbringen möchte.«

Hmm, dachte Polly. Das war gut, aber nicht gut genug. »Ja, aber weshalb?«

»Warum nicht? Ich bin gern mit dir zusammen, ich . . .« Er machte eine wirksame Pause, aber Polly konnte sich nicht zurückhalten und drängte ihn.

»Was?«

»Wahrscheinlich wirst du mir gleich eine kleben.«

Keine Frage, bis jetzt hatten ihm seine weiblichen Bekannten viel zu wenige Ohrfeigen gegeben, und er schien ziemlich sicher zu sein, daß auch Polly nicht zu solchen Mitteln greifen würde.

»Tu dir keinen Zwang an, und erzähl«, forderte sie ihn auf.

»Ich bin scharf auf dich.«

Polly erhob nicht ihre Hand, sondern ihr Glas und leerte es langsam. Sie brauchte die Zeit, um ihre Fassung zurückzugewinnen. »Wie schmeichelhaft«, sagte sie schließlich, und es gelang ihr, überhaupt nicht geschmeichelt zu klingen.

»Eigentlich nicht.« Tristan war verstimmt, weil sein Kompliment nicht mit überschäumender Dankbarkeit beantwortet wurde. »Du hast einen sehr sinnlichen Körper.«

Auch wenn sie ihren Körper eher als überreife Birne beurteilen würde, war sie insgeheim entzückt, daß ihr fünfunddreißig Jahre alter Körper die Macht hatte, einen Fünfundzwanzigjährigen zu erregen. Dann fragte sie sich, wieviel er davon tatsächlich in Augenschein genommen haben mochte. Soweit sie sich erinnerte, war sie in Tristans Gegenwart immer züchtig verhüllt gewesen.

»Ach ja? Und welchen Teil meinst du speziell?«

»Deine Beine.« Er ließ sein einstudiertes erotisierendes Kichern hören, das ärgerlicherweise wirklich erotisierend wirkte. »Ich sehe dich sehr gern in Autos ein- und aussteigen, Polly.«

»Oh.« Ihre Beine also. Verrutschte Strumpfhosen mit Laufmaschen hatten offenbar auch ihre Fans.

»Und was sollen wir dagegen unternehmen?« flötete Tristan heiser nach dem Vorbild der Hollywoodlegenden. »Ich meine, wie sollen wir mit deinem Körper umgehen?«

Polly vollzog eine muntere Geste. »Ein Etikett mit Konservierungsanweisung draufkleben? Ihn als Objekt für besonderes wissenschaftliches Interesse deklarieren?«

Im stillen nahm sie sich vor, ihren Widerwillen gegen körperliche Ertüchtigung zu überwinden und sich in Form zu bringen. Wenn die Leute wirklich auf ihre Beine schauten, sollte sie sie besser stählen, selbst wenn das bedeutete, daß sie die quälende Langeweile eines Aerobic-Kurses über sich ergehen lassen mußte.

Ihr Gesicht verriet keinen ihrer Gedanken, und Tristan hatte nicht eine so leichtfertige Reaktion auf seine Verführungskünste erwartet. Aber jeder mögliche Protest wurde im Keim erstickt, als das Essen serviert wurde. Beim Anblick der Portionen verwarf Polly jeden halbgaren Gedanken an Diät und Gymnastikübungen.

Zwei große ovale Tabletts bogen sich unter dem Gewicht

von vollen Tellern und mit Gewürzen und rohen Zwiebelringen gefüllten Plastikschüsseln. Der Küchenchef scheint seinem eigenen Geschick, die Speisen zu würzen, nicht allzu viel zuzutrauen, dachte Polly verächtlich. Aber mit Wohlgefallen registrierte sie die roten Servietten die fest um Messer und Gabeln gewickelt waren. Polly mochte ja die Nase über den falschen Gebrauch von Apostrophen rümpfen, aber sie war nicht zu stolz, sich die Handtasche mit Gasthausservietten vollzustopfen.

»Du nimmst mich nicht ernst, Polly«, sagte Tristan, nachdem die komplizierten Arrangements getroffen waren, die notwendig wurden, weil der Tisch viel zu klein für die großen Teller und die vielen Schüsseln war.

Sie hob gleichgültig die Schultern – die Erkenntnis, daß sie trotz allem das Spiel noch beherrschte, gab ihr Auftrieb. »Was sollte ich da ernst nehmen?«

»Mich! Ich möchte eine Beziehung mit dir haben, Polly.«

»Definiere, was du mit ›Beziehung‹ meinst.«

Er verschob die Essigkaraffe und das Salzfaß, um Platz für seine Ellbogen auf dem Tisch zu schaffen. Offensichtlich wollte er ihr bedeutungsvoll in die Augen schauen, und dazu mußte er sich zwischen Geschirr und Besteck aufstützen. Als er endlich seine Position einnehmen konnte, war sein Blick kein bißchen bedeutungsvoll, aber äußerst effektiv.

»Eine Beziehung – das sind zwei Menschen, die sich in der Gesellschaft des anderen wohl fühlen, in jeder Art und Weise. Laß uns keine Haarspaltereien betreiben.«

Er versenkte seine Gabel in ein paar Pommes, ohne Polly aus den Augen zu lassen.

Er muß oft in Pubs essen, dachte Polly und wandte ihre Aufmerksamkeit den Röstkartoffeln zu.

»Noch einen Drink?«

Sie hatten gegessen, und Polly – einmal Serviererin, immer Serviererin – hatte die Teller und das Besteck ordentlich aufeinander gestapelt.

»Ich denke nicht ...«

»Oder sollen wir ein Taxi rufen und nach Hause fahren?«

Meinte er ihr jeweiliges Zuhause oder nur seines oder ihres? Doch ehe Polly ihre Frage formulieren konnte, war Tristan schon auf dem Weg zum Münztelefon.

Polly spielte mit den Gewürzbehältern, grübelte über Tristans und ihre eigenen Erwartungen nach und dachte daran, wie sehr sie sich voneinander unterschieden.

Obwohl Tristan ungeheuerlichen Sex ausstrahlte und sein Interesse äußerst schmeichelhaft war, und obwohl sich Polly danach sehnte, mit einem Mann zu schlafen, der genau wußte, was er tun mußte, hatte sie nicht vor, heute nacht mit ihm ins Bett zu gehen. An dieser Haltung hatte auch der Gin nichts geändert.

Tristan war ein Mann, von dem jede Frau träumte, aber Pollys Vorstellungen von Träumen und Phantasien gehörten zwischen zwei Buchdeckel und nicht zwischen Bettlaken, vor allem nicht nach dem ersten Rendezvous.

Als Tristan zurückkam, hatte sie den Entschluß gefaßt, ihn nicht geradeheraus nach seinen Plänen für den Rest des Abends zu fragen. Es gab subtilere Methoden, nach Hause zu kommen, ohne seine Ehre verloren zu haben.

Tatsächlich machte er gar keinen Versuch, ihre Ehre zu bedrohen. Polly war enttäuscht. Er legte während der Taxifahrt nicht einmal den Arm um ihre Schultern. Als sie vor ihrem Haus ankamen, begleitete er sie bis zum Gartentor, schrieb ihre Telefonnummer auf eine Zigarettenschachtel und sah zu, wie sie seine auf einen Briefumschlag kritzelte. Er ließ keinen Zweifel daran, daß sie sich wiedersehen würden, dann drückte er ihr einen flüchtigen Kuß auf die Wange und ließ sie mit dem Wunsch nach mehr allein.

Für eine so alltägliche Sache war dieser Kuß erstaunlich erregend. Eine Menge Männer küßten Polly auf die Wange, und viele rochen nach einem guten Aftershave, aber diese kleine Liebkosung versprach Dinge, die Polly bis jetzt kaum erlebt hatte. Tristan war sicher ein Experte beim Küssen, darauf hätte Polly ihr Leben verwettet.

Diese selbstauferlegte Zurückhaltung war ein schlauer Schachzug von ihm. Und Polly quälte sich noch lange, nachdem das Taxi abgefahren war, damit, daß er sie nicht richtig geküßt hatte.

In dieser Nacht beschloß Polly, gleich am nächsten Tag Bridget anzurufen und ihr alles zu erzählen. Verschwiegenheit und Geheimnistuerei entsprachen nicht ihrem Naturell, und es wäre nicht fair, so brisante Neuigkeiten für sich zu behalten. Außerdem konnte sie mütterliche Ratschläge ganz gut gebrauchen.

Noch wichtiger war, daß man ihr auf die Schliche kommen würde, wenn sie die Geschichte nicht von sich aus erzählte. Tristan war imstand, wieder ins Café zu kommen und womöglich einen Karottenkuchen um den halben Preis zu verlangen, nur um sie in Verlegenheit zu bringen.

»Möglicherweise gehe ich am Donnerstag mit dir zu dem Aerobic-Kurs, Bridget«, erklärte Polly am Telefon.

»Ach – und du rufst an, um mir das zu sagen?« Normalerweise genügte ihnen die Kommunikation während der Arbeitszeit vollauf.

»Na ja – wir haben immer so viel zu tun, und vielleicht vergesse ich die Adresse und so. Jetzt kann ich mir alles genau aufschreiben.«

»Also schön. Am Donnerstag um acht im Portland House. Hast du das?«

»Ja. Bridget, eigentlich gibt es noch etwas, was ich dir erzählen möchte . . .«

»Was?«

»Ich war mit Tristan Black aus. Erinnerst du dich an ihn? Der Typ, der für Cotswold Radio arbeitet.«

Eine Weile herrschte Schweigen, und Bridget kämpfte gegen den Drang an, unheilverkündende Warnungen auszustoßen. Sie verlor den Kampf. »Poll, bist du sicher, daß du weißt, was du tust? Ich meine, er ist so . . .«

Es war nicht leicht für Polly, die Freundin zu beschwichtigen, besonders da sie wußte, daß Bridgets Ängste gerechtfertigt waren. Polly wußte *nicht*, was sie tat, sie *war* hoffnungslos naiv und verletzlich. Und die Sache *konnte* ihr ohne weiteres über den Kopf wachsen. Aber sie wollte das Risiko eingehen.

»Alles in bester Ordnung, Bridget, ehrlich«, erklärte sie schließlich.

Bridget seufzte abgrundtief. »Es gibt Massen von netten Männern, mit denen du ausgehen kannst. Ich könnte etwas arrangieren . . .«

»Ich gehe mit Tristan aus, Bridget. Vielleicht dauert es nicht lang, aber ich komme wirklich damit klar.«

»Wenn du es sagst. Aber ich hole trotzdem meine extra dikken Schulterpolster aus dem Schrank, damit du dich ordentlich ausweinen kannst.«

Polly lachte und verabschiedete sich. Bridget war überzeugt, daß alles mit Tränen endete. Ihre Mutter würde ganz sicher beim bloßen Anblick von Tristan weinen. Aber Polly war glücklich, daß sie eine Entscheidung getroffen hatte. Zum Teufel mit allem, was nachkam . . .

Kapitel 10

An der Tür zum Jugendclub, in dem sich ›Dermots Aerobics‹ dreimal in der Woche um Fitness bemühte, bekam Polly kalte Füße. Das gestand sie Bridget auch ein.

»Bewahr dir dieses Gefühl. Nach ein paar Minuten da drin gibt es keinen Zentimeter mehr von dir, der sich kalt anfühlt. Jetzt komm.«

Bridget, die Polly schon seit Ewigkeiten mit dem Aerobic-Kurs in den Ohren gelegen hatte, zeigte sich bemerkenswert wenig begeistert darüber, daß ihre Freundin doch noch mitkam. Pollys Motive störten sie. Fitness für das eigene Wohlbefinden war etwas Edles, die Muskeln zu formen, um Eindruck auf einen raffinierten Jüngling zu machen, war verwerflich.

Mehr als ein halbes Dutzend Frauen standen in Grüppchen zusammen. Dermot selbst beschäftigte sich mit dem Tonbandgerät, ließ Musikfetzen dröhnen und streckte seine langen Beine. Er trug eine schwarze Lycra-Fahrradhose, ein T-Shirt und schneeweiße Sportsocken. Seine beträchtliche Größe wurde noch betont von Turnschuhen, die an Kleinwagen erinnerten. Selbst Polly fiel der Markenname am Rist auf.

Abgesehen von seinem Outfit trat er nicht, wie Polly erwartet hatte, als ungerechtfertigt selbstbewußter Muskelmann auf. Genaugenommen wirkte er sogar schüchtern, als Bridget ihn mit Polly bekannt machte.

»Hallo«, begrüßte er Polly. »Wenn Sie zum erstenmal dabei sind, sollten Sie nur das mitmachen, was Sie können. Es ist wichtig aufzuhören, bevor es Ihnen zuviel wird. Treten Sie auf der Stelle, bis Sie wieder zu Atem kommen. Wir haben uns zum Ziel gesetzt, durch gemäßigte Aerobic-Übungen die Fitness zu steigern.«

Polly belohnte diese einstudierte Ansprache mit einem Lächeln und überließ es Bridget, ein paar Worte mit Dermot zu wechseln. Polly war es recht, im Hintergrund ›auf der Stelle zu treten‹, ›gemäßigt‹ vorzugehen und den Strebern die echten Aerobic-Übungen zu überlassen.

Aber das gelang ihr nicht, wenn Bridget ein Wörtchen mitzureden hatte. Sie packte Polly entschlossen bei den Schultern und schob sie in die vorderste Reihe. »Wenn du nicht sehen kannst, was Dermot uns vormacht, kommst du nie mit. Es ist sinnlos, überhaupt herzukommen, wenn du dich nicht anstrengen willst.«

Bridget war offenbar wild entschlossen, Polly für ihre Dummheiten leiden zu lassen. Und wenn sie nach dieser Turnstunde vor Muskelkater nicht mehr laufen konnte, dann würde sie es sich vielleicht zweimal überlegen, ob sie mit einem Mann, der eindeutig benutzerunfreundlich war, eine Beziehung eingehen wollte.

Polly kannte Bridget sehr gut und empfand sogar Sympathie für ihre guten Absichten, aber nichts würde sie von ihrem finsteren Pfad in die Abgründe abbringen. Ergeben ließ sie sich auf eine Position bugsieren, auf der sie der Kursleiter im Auge behalten konnte.

Mehr Leute strömten herein – meistens Frauen, die aussahen, als würden sie blendende Karrieren machen. Keine von denen beschäftigte sich beruflich mit Cafégästen oder niedrigen Büroarbeiten. Sie waren Lehrerinnen, Sozialarbeiterinnen und Psychotherapeutinnen.

Die drei oder vier männlichen Wesen, die im Kielwasser der Damen schwammen, machten einen weit weniger dynamischen, aber genauso beunruhigenden Eindruck. Sie wirkten extrem elastisch und tänzelten auf den Zehenspitzen, als wollten sie wie Spaniels in die Luft hüpfen, wenn man ihnen nur einen Keks vor die Nase hielt.

Polly zappelte unbehaglich in ihrem weißen T-Shirt und der

schwarzen Trainingshose herum. Sie hatte die Hose mit passendem Oberteil in aller Eile an einem Marktstand gekauft, ungewöhnlich billig, aber das Oberteil hatte die Hose verdeckt, und erst zu Hause entdeckte Polly, daß eine grellgrüne Schrift die Hosenbeine zierte: ICH BIN DER BOSS. Jetzt trug sie die Innenseite nach außen.

Die Psychotherapeutinnen hatten schwarze Leggins mit übergroßen T-Shirts an, auf denen Slogans der Grünen standen, zweckmäßige Turnschuhe und lustige Söckchen zierten ihre haarlosen, sonnengebräunten, wohlgeformten Beine. Ihre langen, üppigen Haarmähnen waren mit bunten Schleifen und Spangen gebändigt. Hier sah man keine schrillen, weitausgeschnittenen Trikots – das ausgefallenste war eine Shorts mit Stars-and-Stripes-Aufdruck. Dies war kein Kurs, in dem man zeigte, wieviel Geld man für Sportklamotten ausgeben konnte – nein, hier wurde eine ganze Stunde kräftig geschwitzt, und danach setzte man sein großartiges, bedeutsames Leben fort. Und alle schienen perfekte Figuren zu haben.

»Außer mir sieht niemand so aus, als hätte er es nötig, bei diesem Kurs mitzumachen«, flüsterte Polly, während sie sich die Turnschuhe zuband, die sie sich von Bridgets Mark ausgeliehen hatte.

Bridget, die wie alle anderen eine schnittige Windhund-Figur hatte, flüsterte zurück: »Sie sehen so aus, weil sie diese Übungen regelmäßig machen. Jetzt komm und nimm dir eine Stufe.« Sie nahm die Sache mit ihrer Fitness sehr ernst.

Eine Stufe war, wie sich herausstellte, ein quadratisches, einige Zentimeter dickes Holz, mit einer Korkschicht beklebt, das einer Badezimmerwaage beängstigend ähnlich sah. Bridget erklärte Polly, daß man bei der Benutzung dieses Geräts mehr Kalorien verbrannte und die Muskeln stärker anspannte, als beim bloßen Auf-der-Stelle-Treten.

»Es sieht aus wie ein Foltergerät, das sich Magersüchtige für normale Frauen ausgedacht haben«, maulte Polly, als die Musik einsetzte.

Man mußte Dermot zugute halten, daß er nicht mit seiner Fitness protzte. Er machte die Übungen mit einer Gelassenheit und Ruhe vor, der selbst absolute Nieten folgen konnten. Die Windhunde strengten sich viel mehr an, und ließen ihre Knie und Ellbogen mit ungezügeltem Enthusiasmus in die Höhe schnellen und wieder fallen. Schweiß strömte über ihre ungeschminkten Gesichter. Polly, deren Make-up sich auf schwarze Schmierer reduziert hatte und deren Füße alles mögliche taten, nur nicht das, was die aller anderen ihnen vormachten, haßte all diese Frauen, Bridget eingeschlossen. Besonders schlimm war, daß sie alle Anwesenden älter als sich selbst einschätzte.

»Nach dieser Aufwärmphase gehen wir auf die Stufe«, aus Dermots Mund klang das wie eine Drohung. »Treten Sie weiter, während ich ein neues Band auflege.«

Zu Pollys Überraschung marschierten tatsächlich alle auf der Stufe auf und ab, obwohl ihnen der Lehrer den Rücken zugekehrt hatte und gar nicht mitbekommen würde, wenn sie ein kleines Päuschen einlegten. Dieser Kurs war etwas für Leute, die sich ernsthaft etwas vorgenommen hatten und keine dilettantischen Fitness-Fanatiker waren. Sie kümmerten sich mit derselben Verbissenheit um ihren Körper, mit der sie sich um Umweltbelange kümmerten. Polly wischte sich das Gesicht mit dem T-Shirtärmel ab und tat es den anderen gleich.

Die männlichen Kursteilnehmer waren eine zweifelhafte Wohltat. Sie spornten alle anderen zu größeren Anstrengungen an (man konnte sich doch nicht vor einem armseligen Mann blamieren), andererseits bewegten sie sich in einem ganz anderen Rhythmus als der Rest der Gruppe – als Polly das sah, fühlte sie sich wesentlich besser. Außerdem rochen sie – Polly, die auch nicht im Gleichschritt mit den anderen auf die Stufe und wieder herunter trat, konstatierte, daß es kein übler, sondern nur ein sehr starker, sehr männlicher Geruch war.

Nach einer endlosen Ewigkeit wurden die Stufen in einer Ecke aufeinander gestapelt, und die fünf Minuten mit Hochleistungsübungen begannen. Es war mörderisch. Polly hatte die Uhr an der Wand entdeckt und behielt sie die ganze Zeit verstohlen im Auge.

»Ich bin nicht sicher, ob mein BH solchen Belastungen gewachsen ist«, keuchte sie und zog die Träger hoch, um das edle Stück ein wenig zu entlasten. Es war ihr Weihnachts-BH, und Polly wusch ihn nur mit der Hand, weil sie nicht wollte, daß er schon am Anfang seines Daseins ausleierte.

»Kümmere dich nicht um deinen BH«, fauchte Bridget, deren Gesicht sich inzwischen erheblich gerötet hatte. »Sei froh, daß du nicht mit Streß-Inkontinenz fertig werden mußt.«

»Was, zur Hölle, ist das?«

»Das bekommst du, wenn du eine Geburt hinter dir hast und deine Beckenbodenübungen nicht machst.«

Polly schluckte schwer und bemühte sich eifriger, wieder in den Rhythmus zu kommen. Hatte sie auch einen Beckenboden? Wenn ja, dann hatte sie ihn bis jetzt sicherlich nicht trainiert.

Schließlich durften sich die Turnerinnen und Turner ein bißchen ›abkühlen‹ und wurden gebeten, Matten zu holen, die aus demselben Kunststoff zu bestehen schienen wie die, auf denen im Supermarkt die Fleischwaren auslagen. Inzwischen waren alle Kursteilnehmer erhitzt und hochrot im Gesicht, und Polly mußte an das Schaufenster einer Metzgerei denken, als sich alle für einen segensreichen Moment hinlegen durften.

Diesmal ließ sich Polly nicht zum Narren halten. Sie wußte genau, daß hier nichts geruhsam war und daß diese kurze Rast nur noch mehr und intensivere Torturen nach sich zog.

Sie hatte recht. Sie verbiß sich die Schmerzensschreie, während sie zum erstenmal in ihrem Leben begriff, daß es auch an den Innenseiten der Schenkel Muskeln gab, und fragte sich, wie sie so dumm sein konnte, ein Fitnesstraining für eine gute Idee zu halten.

Vor zwei Jahren hatten Bridget und sie einen Yogakurs besucht. Damals waren sie ins Zentrum ihres Bewußtseins vorgedrungen, hatten ihre Muskeln gestreckt und waren jünger und fitter geworden. Ein Paar leitete den Kurs – ein unglaublich biegsamer und elastischer Mann unbestimmbaren Alters und ein ebenso bewegliches Mädchen, das noch dazu so schön wie der Sonnenaufgang gewesen war.

Bridget hatte sich ebenfalls als ausgesprochen geschmeidig erwiesen und wöchentlich Fortschritte gemacht. Aber Polly stellte, wenn sie sich darauf konzentrieren sollte, daß ihr Arm und die Hand eine perfekte Linie bildeten, und sie eigentlich ihr Gewicht auf die Außenseite der Füße hätte verlagern müssen, Spekulationen über das Liebesleben des wunderschönen Paars an. Die beiden mußten zu den wenigen Auserwählten gehören, für die das Kamasutra mehr als eine bloße Kuriosität war.

Nach sechs Wochen beherrschte Bridget mühelos den Lotossitz, und Polly war zu der Überzeugung gekommen, daß dieses Ziel die höllischen Schmerzen nicht wert war. Es machte ihr keinen Spaß, sich zu verrenken und stundenlang in unbequemen Positionen zu verharren. Besonders nicht, wenn der Kopf unten und die Beine oben waren. Eine Kerze zu machen, war für sie die verhaßteste Übung.

Diese Körperhaltung sollte täglich praktiziert werden, weil man dadurch angeblich die böse, gemeine Außenwelt aus dem Bewußtsein ausschalten konnte. Speziell für Frauen war diese Übung angeblich sehr wirksam.

Aber nicht für Frauen mit Brüsten, befand Polly. Sobald sie die Beine und ihr Becken in die Höhe geschwungen hatte, rutschte ihr Busen und das Fleisch darum herum aus dem Trikot und schlug ihr ins Gesicht. In dieser Stellung zehn Minuten auszuhalten und mühsam nach Luft zu ringen, ehe man hintenüberkippen und sich dabei fast den Hals brechen durfte, war nur unwesentlich unangenehmer als unter einem Sumoringer zu liegen, jedoch mindestens genauso denkwürdig.

Das feenhafte Mädchen hatte ihnen gesagt, daß sie diese Übung nicht zu machen brauchten, wenn sie ihre Periode hatten, aber die monatliche Schonfrist genügte Polly nicht. Sie gab die Sache ganz auf.

Doch diesmal war es ihr eigener und nicht Bridgets Entschluß gewesen, herzukommen, denn es gab einen Anreiz für die unvorstellbaren Leiden.

Tristan hatte nur flüchtige Blicke auf ihre Beine geworfen, und zu dieser Zeit waren sie von einer doppelten Strumpfhosenschicht bedeckt gewesen. Unter der schwarzen Strumpfhose mit der Laufmasche hatte Polly eine hautfarbene angehabt – zum einen, weil es so wärmer war, zum anderen, weil sie einiges wirksam kaschieren konnte. Im grellen, kalten Tageslicht boten ihre Beine keineswegs einen erfreulichen Anblick. Und wenn Dermot sie nicht in eine passable Form bringen konnte, dann schaffte das niemand. Polly drehte sich auf den Bauch, streckte ihr Hinterteil in die Luft und versuchte einen Liegestütz. Diesmal würde sie eisern bleiben und nicht aufgeben. Das war ein Teil ihres Plans: den Körper in Form bringen, solange noch etwas zu retten war, dann war die Aussicht darauf, sich die Kleider vor den Augen eines Mannes auszuziehen, vielleicht nicht mehr ganz so erschreckend.

Polly war dabei, schwitzend hinter Bridget zum Auto zu hinken, als ein fröhlicher Ruf sie aufhielt.

»Hi, Poll«, schrie Mac. »Lange nicht gesehen. Hast du die Poster schon entworfen?«

Schuldbewußt schob sich Polly die Haare aus den Augen. »Tut mir leid, nein. Ich hatte schrecklich viel zu tun . . .«

»Keine Ausflüchte. Die Kampagne ist angelaufen. Wir haben herausgefunden, wieviel diese Mistkerle für die Grundstücke bieten. Es ist eine lächerlich hohe Summe. Wenn sie alles abreißen und so teure Ungetüme hochziehen wollen, wieso bieten sie dann so viel? Die können gar kein Geld mit dem Projekt verdienen. Das alles ist bestimmt eine verdammte Schiebung. Du mußt morgen zu unserem Treffen kommen. Und bring deine Entwürfe für die Poster mit.«

»Mach' ich. Tut mir ehrlich leid, daß ich bis jetzt noch nichts gemacht habe.«

Mac grinste. »Hör auf mit dem Scheiß, Mädchen. Sieh nur zu, daß du allmählich in die Gänge kommst.«

Nur ein Wahnsinniger ging am Freitagabend um sechs in einen Supermarkt, aber wenn Polly bei dem Treffen erscheinen wollte, wie sie es Mac versprochen hatte, mußte sie wohl in den sauren Apfel beißen. Und als Polly ihr Auto zwischen einer japanischen Version eines Range Rovers und einem BMW abstellte, wußte sie, daß sie nicht die einzige Verrückte war. Unzählige andere kauften in aller Hast auf dem Nachhauseweg von der Arbeit noch fürs Wochenende ein.

Nur würde sie sich heute nicht beeilen können. Sie hatte keine Ahnung, woher Dermot die Frechheit nahm zu behaupten, sein Kurs mache die Leute fit. Die Warnung, daß sie alle als Krüppel endeten, wäre angebrachter.

Gewöhnlich beschränkte sie ihre Ausflüge zu Tesco's auf weniger populäre Zeiten, aber dies war ein echter Notfall – Selina verschmähte das Billigfutter und würde Hungers sterben, wenn sie ihr nicht etwas Kostspieligeres anbot.

Seltsam, dachte Polly, während sie einen Einkaufswagen von seinen Kollegen trennte (auf die Körbe war kein Verlaß), selbst wenn ich für mich nichts außer getrockneten Erbsen im Haus hätte, würde ich nie an einem Freitagabend zum Einkaufen gehen. Aber für ihre Katze riskierte sie verstauchte und angeschlagene Knöchel, einen Migräneanfall und miese Laune. All das kam unweigerlich auf sie zu, wenn sie sich ins Getümmel stürzte und zwischen Menschenmassen, die verschwendungssüchtig wurden, sobald sie müde und hungrig waren, ihren Wagen durch die Gänge schob. Und das alles für eine Katze! Vielleicht waren ihre mütterlichen Instinkte doch stärker, als sie glaubte. Ein beunruhigender Gedanke.

Nicht einmal Polly, deren Finanzlage einen natürlichen Schutz vor impulsiven Einkäufen darstellte, konnte Tesco's nur mit Katzenfutter entkommen. Sie hatte bereits einige Sachen, die wegen des abgelaufenen Verfallsdatums im Preis heruntergesetzt worden waren, in ihren Wagen geworfen, ehe sie sich dem reichhaltigen Angebot an Haustiernahrung näherte.

Genau dort entdeckte sie Melissa.

Der Gang war mit Kisten und Menschen verstopft, also waren sämtliche Rückzugsmöglichkeiten versperrt, außerdem fühlten sich ihre Glieder viel zu steif an für eine schnelle Flucht. Sie überlegte fieberhaft, ob sie hinter den Reinigungsmitteln und Waschpulvern Deckung suchen oder ihre Wollmütze, die sie unter den Latz ihres Overalls gesteckt hatte, herauskramen und sich übers Gesicht ziehen sollte. Ein schwacher Funken Verstand bescherte ihr den Einfall, mit aller Intensität das Etikett des teuersten Leckerbissens für Katzen zu studieren und zu hoffen, daß Melissa sie nicht bemerkte. Sie hielt den Kopf tief gesenkt und schickte ein Stoßgebet zum Himmel.

»Polly!«

Pollys Herz plumpste in ihre Gummistiefel, die nicht einmal den Anstand hatten, jägergrün zu sein.

»Melissa! Wie nett!« erwiderte sie matt. Als sie aufschaute, sah sie, daß David Locking-Hill direkt hinter Melissa aufragte.

»David, sieh mal, wer hier ist!« rief Melissa.

Polly war von den Anstrengungen bereits ziemlich erhitzt, deshalb durfte sie hoffen, daß niemand bemerkte, wie ihr das Blut ins Gesicht schoß. »Hallo«, grüßte sie mit dünnem Stimmchen.

»Gerade haben wir davon gesprochen, daß wir dich schon Ewigkeiten nicht gesehen haben – stimmt's nicht, David? Letztes Mal hatten wir gar keine Zeit, uns ausführlich zu unterhalten. Hör mal, ich sterbe vor Neugier – ich würde mir so gern mal dein kleines Häuschen ansehen.« Melissa schwieg erwartungsvoll.

Polly machte eine außerkörperliche Erfahrung und hörte die Tochter ihrer Mutter sagen: »Ihr müßt einmal zu mir zum Abendessen kommen. Tut mir leid, daß ich euch nicht früher eingeladen habe, aber ...« der Satz verebbte mit einer Menge

»zuviel zu tun«, »ständig in Eile«, »keine Zeit fürs Vergnügen« und endete in einem Hüsteln.

»Das wäre wunderbar, nicht wahr, David?« Melissas kritischer Blick wanderte über Pollys Arbeitskleidung. »Wann?«

Polly erholte sich rasch und war entschlossen, sich nicht noch einmal von Melissa überrumpeln zu lassen. »Ich ruf' dich an, dann machen wir etwas aus. Wie geht's Sheldon?« setzte sie unerbittlich hinzu.

Wenn sie gehofft hatte (und das hatte sie), daß sie Melissa und David bei einem heimlichen, außerehelichen Sexabenteuer, das abartige Spielchen im Supermarkt unter den Augen von Menschenmassen mit einschloß, erwischt hatte, wurde sie enttäuscht.

»Oh, er ist auf der Suche nach Mascarpone, damit Maria *Tiramisu* machen kann.«

Maria? Melissas Mädchen hieß doch Consuela, oder nicht? Vielleicht hatte sie eine ganze Horde von Bediensteten.

»Toll.« Was, zum Teufel, war *Tiramisu*, und hatte sie Melissa tatsächlich zum Essen eingeladen? »Dann habt ihr euch also zufällig hier getroffen?« Polly deutete erst auf David, dann auf Melissa und hoffte immer noch, daß wenigstens einem von beiden unbehaglich zumute wurde.

»Wir sind ihm in die Arme gelaufen, als er einem alten Freund von Sheldon Wein lieferte, und haben ihn zu einem Happen zu uns eingeladen. Er ist so viel unterwegs, daß wir froh waren, ihn endlich mal erwischt zu haben. Zum Glück ist mir gerade noch rechtzeitig eingefallen, daß wir keinen Kaffee mehr haben, und David schlug vor, schnell hier hereinzuspringen und einen zu besorgen. Ich dachte, da wir nun schon mal hier sind, könnten wir auch gleich all die Zutaten für das *Tiramisu* mitnehmen.«

»Und du weißt auswendig, was man dazu braucht – sehr tüchtig.« Polly krümmte die Zehen in ihren Gummistiefeln.

»Oh, ich hatte schon immer ein ausgezeichnetes Gedächtnis. Sheldon nennt mich seinen wandelnden Filofax.« Melissa lachte munter.

»Wie romantisch«, bemerkte Polly trocken und bestätigte in Gedanken, daß Melissas Gedächtnis tatsächlich viel zu gut war. Selbst wenn sie auf Leute traf, die ihr eine Einladung schuldig waren, konnte man es nicht als gutes Benehmen bezeichnen, daß sie sie daran erinnerte – besonders nicht bei Tesco's.

»Dich würde er ein wandelndes Sieb nennen«, stichelte Melissa. »Du warst schon in der Schule entsetzlich vergeßlich. Schätzchen, was für Sachen hast du da an?«

»Arbeitskleidung.«

»Arbeitskleidung? Oh – du meinst, du kommst aus deiner *Töpferei*?« Melissa nahm Polly noch einmal eingehend in Augenschein und erklärte gerade, wie schön es sei, wenn man sich mit einem Hobby die Zeit vertreiben könne, als Sheldon auftauchte und Polly unbewußt davon abhielt, Melissa ihren Einkaufswagen in den Bauch zu rammen.

»Mann, ist das nicht Polly?« Sheldon schien sehr zufrieden mit sich selbst zu sein, weil er sie erkannt hatte. »Wie geht es Ihnen?«

»Sie hat versprochen, uns zu sich einzuladen – ist das nicht großartig?«

»Absolut.« Sheldons Blick wanderte über Pollys Overall und suchte nach den üppigen Brüsten, von denen er wußte, daß sie da waren. »Sensationell.«

»Und David auch«, ergänzte Melissa.

Polly sah David an. Sein Gesicht war so ausdruckslos und gleichgültig, daß es schon wieder Bände sprach. Er würde nicht zu ihrem Abendessen kommen, das war klar.

»Es war schön, daß wir uns getroffen haben.« Polly schob ihren Einkaufswagen entschlossen weiter, und Melissa machte ihr Platz. »Ich brauche etwas von diesem Katzenfutter.«

»Katzenfutter.« Melissas freundliche Miene versteinerte. »Das erinnert mich an was – es war wirklich unglaublich verantwortungslos . . .«

»Ich muß los«, schnitt Polly ihr das Wort ab. »Ich melde mich, Melissa.« Paß auf dein Schienbein auf, dachte sie wütend und belud ihren Wagen mit kulinarischen Köstlichkeiten für Selina.

Sie überlegte gerade, ob sie einen Abstecher in einen anderen Gang wagen konnte, um sich mit Frischkäse zu versorgen, als ihr Sheldon auf die Schulter tippte: »Mit der Katze ist alles in Ordnung, müssen Sie wissen. Sie hat gleich am nächsten Tag eine Spritze bekommen.«

Pollys Gefühle ihm gegenüber wurden freundlicher. »Nett, daß Sie mir das sagen.«

Sheldon beeilte sich, um die anderen einzuholen, und als sich Polly das nächste Mal umsah, entdeckte sie Mac. Er hatte offenbar die ganze Szene mitbekommen und amüsierte sich königlich.

Polly zog ihre Wollmütze aus dem Overall und schleuderte sie auf ihn.

Als sich Polly schließlich aus den Fängen des Kommerz befreit hatte und den Parkplatz vor dem Supermarkt verließ, schlug sie die Richtung zu Bridgets Haus ein. Mit ein bißchen Glück war Alan zu Hause, und er konnte ihr einen Gin Tonic mixen, der ihre Kräfte für das bevorstehende Treffen mobilisieren würde. Alan war ein Zauberer mit Gin und Tonic, und egal, wie sehr Polly und Bridget sich auch bemühten, ihnen gelang nie dieses magische Gleichgewicht zwischen Gin, Zitrone und Eis herzustellen, das das Tonic zum reinsten Ambrosia erhob. Nach allem, was sie durchgemacht hatte, brauchte Polly eine Droge, und gleichzeitig konnte sie Bridget und Alan zu diesem verdammten Abendessen bitten.

Gewöhnlich war Polly für Verzögerungen dankbar, und sie freute sich immer, wenn sie Zeit schinden konnte, aber vorhin, als sie in der Schlange vor der Kasse gestanden hatte, war sie zu dem Entschluß gekommen, den Abend mit Melissa so schnell wie möglich hinter sich zu bringen und sie schon für den folgenden Samstag einzuladen.

Eine solche Blitzaktion hatte mehrere Vorteile: *a)* es war höchst unwahrscheinlich, daß Melissa und Sheldon so kurzfristig abkömmlich waren, und in diesem Fall konnte sie mit einem anderen Paar und Bridget und Alan einen lustigen Abend verbringen; und *b)* falls das Unwahrscheinliche eintraf und Melissa und Sheldon noch nichts vorhatten, wäre das Haus an diesem Tag noch einigermaßen ordentlich und sauber, weil sich ihre Mutter in Kürze zu einem ihrer Besuche, die zweimal jährlich stattfanden, herabließ.

Aber ehe sie weitere Schritte unternahm, mußte sie sicherstellen, daß Bridget und Alan kommen konnten.

». . . ihr seht also, ich wäre wirklich sehr dankbar, wenn ihr kommen würdet«, schloß sie ihren kleinen Vortrag und sank in das mit Daunen gepolsterte Sofa.

»Wir haben doch nächste Woche nichts vor, oder?« Alan reichte Polly ihren Drink. »Pollys Dinnerparties sind immer lustig.«

Bridget nahm ihr Glas, sagte aber kein Wort.

»Oh, komm schon, Bridge! Ich brauche dich und deine moralische Unterstützung.«

»Deine Moral könnte tatsächlich ein bißchen Aufbesserung vertragen«, räumte Bridget ein. »Deine Maßstäbe sind ziemlich verrutscht.«

»Was soll das, Püppchen?« Alan war verwirrt.

»Bridget redet von meinem harmlosen Techtelmechtel«, berichtete Polly. »Sie hat Angst, daß ich mich zum Narren mache, weil der Junge zehn Jahre jünger ist als ich.«

»Und machst du dich zum Narren?«

»Natürlich nicht. Ich kenne ihn kaum. Und ich habe nicht vor, ihn zu diesem Abendessen einzuladen. Statt dessen bitte ich, nach Melissas Anweisungen, David Locking-Hill dazu. Bridget, du kannst dir doch die Gelegenheit, einen Blick auf ihn zu werfen, nicht entgehen lassen, nicht wahr?«

Polly verriet nichts von ihren Zweifeln, ob David kommen würde, und verließ sich darauf, daß Bridgets Neugier stark genug war, um sie letzten Endes von ihrem hohen Roß steigen zu lassen. Sicher wollte sie den Mann, den ihre Kinder als einen der letzten Vertreter derer, die die absolute Selbstbeherrschung kultivierten, mit eigenen Augen sehen.

Pollys Strategie hatte Erfolg. Bridget seufzte abgrundtief. »Selbstverständlich kommen wir, aber das mit deinem Techtelmechtel kann ich nicht komisch finden, Polly. Ich mache mir wirklich Sorgen um dich.«

Polly seufzte auch, aber weil sie aufgebracht war. »Was soll das? Seit Jahren versuchst du, mich mit jedem introvertierten, Anorak tragenden Kerl, der dir über den Weg läuft, zusammenzubringen, aber wenn ich selbst einen Mann finde, machst du dir Sorgen.«

»Weil du so naiv bist«, sagte Bridget. »Ich habe Angst, daß du ausgenutzt wirst.«

»Ich bin fünfunddreißig und eine unabhängige Frau«, protestierte Polly.

»Fünfunddreißig, unabhängig und naiv«, befand Alan.

Polly trank ihren Gin Tonic aus. Es schien nichts zu geben, was sie zu ihrer Verteidigung vorbringen konnte. »Ich muß mich beeilen, sonst komme ich zu spät zu dem Treffen. Also ihr kommt morgen in einer Woche um acht zu mir, ja?«

»Solltest du nicht lieber erst nachfragen, ob Melissa Zeit hat?« erkundigte sich Bridget. »Du nimmst doch nicht die ganze Schinderei auf dich, wenn du zum guten Schluß nicht zwei Namen, die auf der Liste der Leute stehen, denen du eine Einladung schuldest, streichen kannst.«

Polly überlegte, ob sie das Vorhandensein einer solchen Liste abstreiten sollte, aber dann entschied sie sich dagegen und meinte: »Nein, ihr kommt in jedem Fall. Ich muß das Haus sowieso in Ordnung bringen, weil meine Ma mich besucht.«

Wirklich schade, daß ich nicht Tristan als Ersatz für David einladen kann, dachte sie. Es wäre herrlich unverschämt, der hochnäsigen Melissa einen jungen, selbstbewußten Liebhaber zu präsentieren. Wahrscheinlich würde sie dann für immer und ewig von Melissas Gästeliste gestrichen. Bridget und ihre Mißbilligung wäre da schon ein ernsteres Problem.

Als Polly am folgenden Morgen Melissas Telefonnummer aus den Tiefen ihrer Tasche kramte, hatte sie ihre Botschaft bereits im Geist formuliert. Die Anrufbeantworter anderer Leute retteten sie im allgemeinen vor einer hohen Telefonrechnung, und Melissas Anrufbeantworter im besonderen bewahrte sie davor, mit ihrem Folterknecht persönlich sprechen zu müssen. Wenn Melissa und Sheldon nächste Woche schon etwas anderes vorhatten, konnte sie die Einladung getrost auf den Sankt Nimmerleinstag, oder zumindest einige Wochen, verschieben.

Melissa rief am Nachmittag, als Polly in der Badewanne saß, zurück und ließ es endlos läuten, bis Polly schließlich den Hörer abnahm.

»Polly, ich hab' deine Nachricht erhalten. Samstag paßt großartig. Hast du David schon eingeladen, oder soll ich das für dich übernehmen? Ich sehe ihn morgen ohnehin.«

Das war ein verlockendes Angebot. Polly haßte es, mit Leuten zu telefonieren, die sie kaum kannte, und schon allein der Gedanke, daß sie im Haus der Locking-Hills anrufen sollte, jagte ihr eisige Schauer über den Rücken.

»Das wäre sehr nett.«

Als sie auflegte, schämte sie sich, aber dann besann sie sich anders. Wenn Melissa ihr schon diese Dinnerparty eingebrockt hatte, war die Einladung der Gäste das mindeste, was sie als Wiedergutmachung leisten konnte. Außerdem hatte Polly auch ohne dies eine Menge zu tun. Sie hatte versprochen, Flugblätter für Mac vorzubereiten, um die Hausbesetzer und ihre Kampagne zu unterstützen – vor dem Treffen am gestrigen Abend war sie nicht dazu gekommen, ihre Entwürfe fertig zu machen.

Sie zeichnete eine grobe Skizze von den Häusern und schrieb in großen Lettern:

WOLLEN SIE TATENLOS ZUSEHEN, WIE IHRE STADT ZERSTÖRT WIRD?

Sie hoffte von Herzen, daß das niemand wollte.

Kapitel 11

Ich bringe die Eiscreme.«

Mark stand vor Pollys Tür – er trug eine Jeans in Pavarotti-Größe und einige T-Shirts übereinander. Es war früher Samstagmorgen und sehr kalt. Polly hatte ihren Morgenmantel an, aber ein dicker Wollschal und pelzgefütterte Stiefel hielten sie warm.

»Danke. Welche Sorte hast du mitgebracht?«

Polly hatte die nachweihnachtliche Übersättigung und die Sonderangebote an raffinierten Cremes ausgenutzt, ganze Massen zum halben Preis erstanden, zu Eis verarbeitet und in Bridgets Kühltruhe deponiert. In Zeiten wie diesen zahlte es sich aus, daß sie nie eine günstige Gelegenheit ausschlagen konnte.

»Schokolade und Karamell.« Mark folgte Polly in die Küche.

»Mum meint, eine Sorte ist nicht genug.« Er legte die in Zeitungspapier gewickelten Päckchen auf den Tisch. »Und ich bin hier, um dir zu helfen.«

»Ich kann mir deine Hilfe nicht leisten.« Polly kannte Mark zu gut und wußte, daß er nichts umsonst tat und äußerst geschäftstüchtig war.

»Ist schon in Ordnung, es kostet dich nicht einen Penny.«

Polly stellte den Wasserkessel auf die Herdplatte. Ihr Mißmut hüllte sie wie der Morgenmantel von Kopf bis Fuß ein.

Sie war schon seit über einer Stunde auf den Beinen und sauer, daß sie heute nicht länger im Bett bleiben konnte. Gewöhnlich liebte sie es, Gäste zu haben. Aber normalerweise lud sie auch nur Leute ein, die sie mochte. Diesmal ärgerte sie sich, daß sie so viel Zeit für die Vorbereitungen vergeuden mußte, und, nachdem sie an dem Treffen der Demonstranten teilgenommen hatte, fühlte sie sich schuldig, weil sie die Menschen, die zu den Bösen gehörten, in ihr Haus ließ und man sie der Verbrüderung verdächtigen könnte.

Gestern war ihr Töpfer-Tag gewesen. Sie hätte am Vormittag den Ton abwiegen und vorbereiten und am Nachmittag ein paar schöne Tassen und Krüge drehen können. Aber nein – sie war gezwungen gewesen, den ganzen Tag in der Küche zu stehen, zu kochen und zu putzen für jemanden, mit dem sie zufällig die Schulbank gedrückt hatte und der gesellschaftlichen Umgang mit Umweltsündern und Hausabreißern pflegte.

Daran war nur ihre Mutter schuld, befand sie. Man kann nicht die gesamte Erziehung wie nichts abschütteln. Die beschürzte Hausfrau, die den Wunsch hegte, sich dem Standard anderer Menschen anzupassen, schämte sich gelegentlich für die schlampige Rebellin und brachte sie dazu, die Türrahmen abzustauben und die verstopften Abflüsse und Waschbecken sauberzumachen.

»Irgend jemand wird aber für deine Arbeit bezahlen müssen«, sagte sie.

»Mum. Ich schulde ihr etwas.«

»Das ist nett von Bridget, aber ich komme schon zurecht. Ich habe gestern schon geputzt.«

»Das hat Mum mir erzählt.« Mark begann, mit einem Ei, einem Apfel und einem Salzfäßchen zu jonglieren. »Aber sie hat mir angedroht, mich wochenlang für Sklavenarbeiten einzuspannen, wenn ich dir nicht helfe.« Er biß von dem Apfel ab, als er ihn vor seinem Gesicht auffing. »Ich würde viel lieber etwas für dich tun. Du machst nicht so viel Theater um die Hausarbeit.« Er grinste.

Polly ertappte sich dabei, wie sie das Grinsen erwiderte. In Bridgets und Alans Haushalt herrschte ein kompliziertes Arbeits- und Bonussystem, das Mark erfunden hatte. Wenn man jemandem einen Gefallen tat, konnte man Geld verlangen, das in Form von Arbeit zurückbezahlt werden mußte. Mark hatte sich große Mühe gegeben, Polly dieses System genau zu erklären, aber sie hatte es nicht kapiert. Bevor er jetzt wieder mit seinen Ausführungen begann und ihr die Zeit stahl, nahm sie lieber sein Angebot an.

»Also gut. Einem geschenkten Gaul schaut man nicht ins Maul. Und ja, du darfst den Apfel essen.«

»Diese reichen Leute kommen zu dir zu Besuch, stimmt's?« Er biß noch einmal in den Apfel.

Das war auch eine Möglichkeit, sie zu beschreiben. »Ja.«

»Was gibst du ihnen zu essen?« Mark geriet nach seiner Mutter und hatte großes Interesse an Nahrung.

»Etwas Vegetarisches.«

Er verzog das Gesicht. »Sind sie Vegetarier?«

»Nein – na und?«

Mark nahm ein anderes Ei als Ersatz für den Apfel. »Und was genau setzt du ihnen vor?«

»Erstens Käsesoufflé – also untersteh dich und laß meine Eier fallen.«

»Fallen lassen?« Beleidigt schnappte sich Mark zwei weitere Eier. »Sieh mal, ich kann mit fünf Sachen jonglieren.«

Polly schloß eine Sekunde die Augen, dann nahm sie ihm die Eier weg.

»Was gibt es noch zu essen?«

»Auberginenauflauf, Risotto und Salat.«

»Nachtisch?«

»Selbstgemachtes Eis und karamelisierte Orangenschnitze.«

»Ooh, piekfein, was?«

»Ich hoffe. Ich habe Stunden gebraucht, um die Orangen zu schälen, die kleinen Häutchen an den Schnitzen zu entfernen und alles wieder mit Zahnstochern zu ganzen Orangen zusammenzustecken.«

»Klingt ganz gut.«

»Eigentlich ist mir das inzwischen egal. Also, willst du mir jetzt helfen oder lieber mit meinen Zutaten jonglieren?«

Zur Mittagszeit besorgte sich Mark Fisch und Chips, aber Polly war zu nervös, um etwas runterzukriegen. Während Mark aß und ihr haarsträubende Geschichten über die Zustände in modernen Gesamtschulen erzählte, versuchte sie sich aufs Tischdecken zu konzentrieren.

Sie grub ihre Lieblingstischdecke aus – zwei aneinandergenähte Vorhangstoffreste, die dem Tisch ein verschwenderisches, mittelalterliches Aussehen verliehen. Dann suchte sie zusammenpassendes Silber zusammen. Nichts brachte eine Gastgeberin mehr in Verlegenheit, als in letzter Minute eine saubere, nicht angelaufene Kuchengabel auftreiben zu müssen. Und Polly besaß keine einzige Gabel, die nicht angelaufen war. Als sie schließlich alles gefunden hatte, schmiß sie das ganze Besteck in eine Schüssel mit Sodakristallen und Stanniol, das den Glanz wieder aufmöbeln sollte. Mark konnte das Besteck polieren, wenn er mit dem Essen fertig war und sie den Holzofen auf Hochtouren brachte. Normalerweise kochte sie gern auf einem anständigen Feuer, Aber heute wäre sie für einen Herd, den man nur anzustellen brauchte, gestorben.

Als der Tisch mit Silber, Gläsern und Servietten (gekauft von einem Straßenhändler – ein wahrer Glücksgriff) ausgestattet war, widmete Polly ihre Aufmerksamkeit der Sitzordnung für den gemütlichen Teil des Abends.

Aber egal wie sie die beiden Sofas und die zwei Sessel arrangierte und verrückte, sie würde wohl oder übel auf einer Armlehne thronen müssen. Aber solange Melissa nur am Feuer saß und niemand von einer Sprungfeder aufgespießt wurde, war ihr auch das gleichgültig. Sie drapierte ein paar Bettüberwurfdecken über die Sofas, um die schadhaften Stellen zu verdecken, und befestigte sie mit mehreren Sicherheitsnadeln, dann drehte sie die Kissen so, daß die saubere Seite nach oben lag.

Um sechs Uhr ging Mark nach Hause, und Polly zog sich mit einem Glas Wein in die Badewanne zurück. Um zehn nach sechs tapste sie triefend und nur in ein Handtuch gewickelt nach unten, um sich Nachschub zu holen. Um sieben schreckte sie aus ihrem Dämmerzustand auf. Schlagartig wurde ihr bewußt, daß sie sich, während sie sich mit allen Details gequält und abgeschuftet hatte, noch nicht einmal überlegt hatte, was sie anziehen sollte.

»Ich setze die Prioritäten falsch. Die meisten Frauen würden sich erst um ihre Garderobe Gedanken machen, bevor sie sich um alles andere kümmern.« Sie stapfte in ihr Schlafzimmer und öffnete den Schrank.

Absolut nichts erschien ihr passend. Die Sachen waren entweder zu hippieartig oder zu avantgardistisch. Der Rest hätte eine Reinigung bitter nötig. Ihr schwarzes Kleid wäre ideal, wenn sie es nicht schon bei Melissa und bei dieser Auktion angehabt hätte.

Verzweifelt zerrte sie ein Stück nach dem anderen aus dem Schrank, hielt sie vor sich und warf sie aufs Bett. Erinnerungen an Melissa, wie sie in der Schule Pollys Kragen gerichtet, an ihren Röcken herumgezupft und ihre Haarschleife stramm gezogen hatte, wurden nur allzu lebendig. Und sie hätte darauf wetten mögen, daß Melissa diese Angewohnheit nicht abgelegt hatte.

Schließlich fand sie ein einteiliges Gewand – Bluse und kurze Hose. Sie hatte es gekauft, weil es nur drei Pfund gekostet hatte und die Bluse sehr hübsch aussah. Es war eine Tortur, das Ding anzuziehen, und auf Klo zu gehen wäre ein kompliziertes Unterfangen. Außerdem war die Bluse weiter ausgeschnitten, als schicklich war, aber dank der modernen wissenschaftlichen Erkenntnisse mußte es wunderbarerweise nicht gebügelt werden. Sie suchte nach etwas, was dazu passen könnte.

Unter etlichen Kleiderlagen entdeckte sie einen wadenlangen, flaschengrünen Samtrock, erstanden auf einem Flohmarkt. Damals war es ihr unwahrscheinlich erschienen, daß sie ihn je tragen würde, aber sie hatte nicht zulassen können, so viel schönen Samtstoff auf der Müllkippe landen zu sehen.

Sie kämpfte sich in den Einteiler und den Samtrock, ging dann wieder ins Bad, um wie üblich üppigen Schmuck auszusuchen und sich zu schminken. Als sie fertig war, sah sie aus, als wäre sie den sechziger Jahren entsprungen, aber wenn sie aufrecht stand, konnte selbst Melissa nichts finden, was sie zurecht zupfen und gerade richten müßte.

Als sie die zweite Schicht Wimperntusche auftrug, merkte sie, daß sie leicht schwankte. Normalerweise war sie nicht so anfällig. Aber vielleicht paßten Wein, ein zu heißes Bad, ein leerer Magen und die Nervenanspannung einfach nicht zusammen. Was auch immer der Grund für ihre schlechte Verfassung war, jetzt konnte sie nichts mehr dagegen unternehmen.

»Du mußt einfach höllisch aufpassen und hoffen, daß es von selbst vergeht«, sagte sie laut. Dann schüttete sie einen ordentlichen Schuß Chanel No 19 – ein Geschenk ihrer Mutter – in ihren Ausschnitt und ging zurück ins Schlafzimmer, um eine heile Strumpfhose und ihre ordentlichen Schuhe zu suchen.

Polly putzte sich gerade die Zähne, als um Punkt acht die Türglocke anschlug. Eigentlich hatte sie mit der sprichwörtlichen akademischen Viertelstunde gerechnet, dieser goldenen Schonfrist zwischen der ausgemachten Zeit und der tatsächlichen Ankunft der Gäste, in der man Berge versetzen konnte. Sie wischte sich den Mund an einem Handtuch ab und lief hinunter, um die Tür auf zumachen.

Es waren Bridget und Alan.

»Gott sei Dank, ihr seid's.« Polly leckte sich die Zahnpasta aus den Mundwinkeln. »Ich dachte schon, daß Melissa ausgesprochen ungezogen ist, wenn sie so pünktlich kommt.«

»Du hast uns gebeten, genau um acht auf zutauchen, damit wir vor den anderen hier sind«, stellte Bridget klar. »Und du trägst keinen Lippenstift.«

»Himmel, den habe ich bestimmt ans Handtuch geschmiert.«

Polly klopfte leicht auf ihre Frisur und strich den Rock glatt. »Ist sonst alles okay an mir?«

»Ich bezweifle, daß irgendein anderer Mensch in einem Outfit, das so wenig Geld gekostet hat, so gut aussehen kann«, meinte Bridget gelassen, während sie ihren Mantel auszog und ein elegantes, aprikotfarbenes Seidenjerseykleid enthüllte. »Und wenn es doch einer schafft, würde ich ihn hassen. Soll ich die Mäntel nach oben bringen?«

»Bitte.«

Alan küßte Polly auf die Wange. »Du wirkst gar nicht so fröhlich und munter wie sonst.« Er drückte ihr zwei Flaschen in die Hand. »Vielleicht heitert dich das ein bißchen auf. Es ist Fitou.«

»Wenn du das Zeug trinken kannst, dann kann ich es sicher auch«, sagte Polly grimmig. »Komm mit in die Küche, wir stellen die Flaschen hinter den Ofen, um sie aufzuwärmen.«

Alan wußte genau, daß Polly imstande wäre, Wein in die Mikrowelle zu stecken, aber sie hatte zum Glück keine. »Hast du nicht gesagt, daß einer deiner Gäste Weinhändler ist?«

Sie nickte und kratzte mit einem Korkenzieher die Aluminiumkappen von den Weinflaschen.

»Dann rede bitte heute abend nicht davon, daß du den Wein aufwärmst.«

Polly zog eine Grimasse. »Nicht, wenn du dich darüber aufregst, Alan. Aber *chambrieren* klingt so affektiert, findest du nicht? Besonders wenn das Ganze gar nicht in einem *Chambre,* sondern in der Küche stattfindet.« Alans gequälte Miene erweckte ihr Mitleid. »Mach dir keine Sorgen, ich werde heute meine allerbesten Manieren ausgraben. Ich trinke keinen Schluck außer Mineralwasser.«

»Das geht ein bißchen zu weit, oder? Du brauchst normalerweise eine ganze Menge Alkohol, bevor du auf dem Tisch tanzt und dreckige Witze erzählst.«

»Ich tanze nie auf dem Tisch, Alan, aber ich hatte schon zwei

Gläser Wein, als ich in der Badewanne saß, und kann kein Risiko eingehen. Übrigens, Mark war großartig.«

»Gut«, sagte Bridget, die gerade hereinkam. »Ich bin froh, daß er auch noch zu etwas anderem nütze ist, außer für zweifelhafte Unterhaltung zu sorgen und freche Antworten zu geben. Ich hab' deine Klamotten in den Schrank gehängt, Poll. Ich hoffe, das ist dir recht, aber ich nehme an, Melissa wird auch ihren Mantel hinaufbringen.«

Der Kontrast zwischen Melissas elegantem Boudoir und ihrem weit weniger eleganten Schlafkämmerchen jagte Polly Schauer über den Rücken. »Stimmt, außerdem«, fügte sie heiterer hinzu, »braucht Selina auch ein Plätzchen zum Schlafen.«

»Diese Katze«, grollte Alan, der verbissene Hundeliebhaber »ist eine genauso große Plage wie die von Bridget.«

»Ich weiß.« Polly schüttete selbstgemachte Croûtons in selbstgemachte Schalen. »Aber sie ist das Markenzeichen einer alten Jungfer. Man kann keine alleinstehende Frau sein und keine Katze haben.«

»Eine Katze, ja«, erwiderte Alan. »Aber muß sie auch undicht sein und überall hinmachen?«

»O Gott! Sie hat doch nirgendwo Schweinereien hinterlassen, oder?«

Alan verzog das Gesicht. »Das ist bestimmt nur eine Frage der Zeit, aber bis jetzt ist nichts passiert.«

»Mach mich nicht so nervös.«

Polly ließ nicht zu, daß jemand über die weniger schönen Aspekte von Selinas Lebensabend lästerte. Wenn etwas unappetitlich an dieser Sache war, dann der Gedanke, daß Melissas Bally-Schuhe den Katzendreck breittraten.

»Achte gar nicht auf ihn, Polly.« Bridget funkelte ihren Mann böse an. »Und kümmere dich um deinen Lippenstift. Du hattest recht mit dem Handtuch – ich hab' es umgedreht.«

Während die Minuten verstrichen, wurde Polly immer nervöser.

»Das Haus sieht sehr gemütlich aus, richtig heimelig«, sagte Alan.

Polly holte scharf Luft. »Es ist überhaupt nicht heimelig. Es ist langweilig, aseptisch, eindeutig minimalistisch. Mark und ich haben den größten Teil des Tages damit verbracht, sämtliche Spuren, die verraten könnten, daß hier ein Mensch wohnt, zu beseitigen.«

»'tschuldigung«, murmelte Alan ergeben, »Ich wollte damit nur zum Ausdruck bringen, daß alles sehr hübsch aussieht – und ordentlich. Die Leute fühlen sich bei dir immer sofort wohl, Polly.«

»Ja, es ist wunderschön hier«, stimmte Bridget zu. »Gar nicht minimalistisch, sondern nur nicht so vollgestopft wie sonst.«

Polly fummelte an der winzigen Vase mit den Schneeglöckchen herum, die zwischen den Kerzenständern, Krügen und den zusammengewürfelten Familiensilberstücken auf dem Kaminsims stand. »Tut mir leid, daß ich so aufbrausend bin, aber es ist immer dasselbe. Ich bringe mich fast um beim Saubermachen, stopfe jeden Hinweis auf meine Persönlichkeit in Plastiksäcke, und dann sagen die Leute, es wäre hier heimelig und gemütlich. Ich möchte, daß mein Haus wie ein Museum aussieht.«

»Das willst du natürlich nicht.« Bridget nahm sich eine Handvoll Croûtons. »Du magst dein Haus so, wie es ist, sonst würdest du anders leben. Finde dich damit ab und entspann dich.«

Das konnte Polly nicht. Gewöhnlich ließ ihre Anspannung nach, wenn die ersten Gäste da waren, und sie genoß die Gesellschaft durch und durch. Aber diesmal wußte sie, daß sie gar keine Chance hatte, sich zu beruhigen, bis Melissa und ihr Gefolge die Tür von außen zugemacht hatten.

»Du sorgst dafür, daß Melissa der Küche fernbleibt, nicht wahr?« fragte Polly zum x-ten Mal.

»Ich tue mein Bestes, das habe ich dir schon ein paarmal gesagt«, entgegnete Bridget. »Aber versprechen kann ich nichts. Deine Küche hat eine magnetische Anziehungskraft. Sie lockt alle Menschen an.«

Polly seufzte. »Das gilt für normale Menschen, aber Melissa will überall herumstöbern – wahrscheinlich macht sie nicht einmal vor dem Dachboden halt.«

In diesem Augenblick wurden wütende Stimmen vor der Tür laut – jemand verfluchte den Geißblattbusch.

»Ah!« Alan hob dramatisch die Hand. »Sie sind in die Falle gegangen. Die Schlacht beginnt.«

»Halt die Klappe, Alan«, schimpften Polly und Bridget einstimmig, ehe es an der Tür klopfte.

Polly öffnete. Ihr Willkommenslächeln wirkte starr wie der Ausdruck auf einer Totenmaske.

»Hallo, Melissa, David – wie schön, daß ihr gekommen seid. Ihr seid also mit einem Wagen da, wie? Habt ihr gleich hergefunden? Komm rein, Sheldon.«

Sheldon, der die Gruppe anführte, schien es zu widerstreben, über die Schwelle zu treten, und so blockierte er den anderen beiden den Weg. Keiner der drei war klein, und als sie sich doch alle ins Haus gezwängt hatten, wirkte Pollys Flur enger als je. Es gelang ihr schließlich, alle ins Wohnzimmer zu scheuchen.

»Legt ab, ich bringe die Mäntel nach oben.«

Sie lächelte kläglich, als die Männer die schweren Mäntel über ihren ausgestreckten Arm hängten. Zu ihrer Erleichterung förderten sie auch ein paar Weinflaschen zutage. Polly reichte sie gleich an Alan weiter. Wein zu Dinnerparties mitzubringen, war in den besten Kreisen sicher nicht üblich, aber in Pollys Kreisen konnte man es sich nicht leisten, in solchen Punkten heikel zu sein.

Ihre Knie gaben unter dem Gewicht der winterlichen Herrenbekleidung schon leicht nach, aber dennoch streckte sie die Hand auch nach Melissas Mantel aus.

Melissa schauderte in ihrem Persianer, als wollte sie zeigen, daß es ihr lieber wäre, wenn sie ihn noch anbehalten könnte.

»Polly, wenn es dir nichts ausmacht, komme ich mit dir hinauf und pudere mir die Nase«, sagte sie. »Dann hast du auch nicht so viel zu schleppen.«

»Aber natürlich«, erwiderte Polly. »Alan, Bridget – macht euch selbst mit meinen Gästen bekannt. Alan, sei ein Schatz und kümmere dich um die Getränke. Vielleicht legst du auch noch ein Holzscheit ins Feuer.« Das Feuer loderte bereits bis in den Schornstein hinauf, aber Polly verabscheute den Gedanken, daß Leute in ihrem Haus frieren könnten. Ihrer Mutter war hier ständig kalt, egal wie sehr sie den Holzofen in der Küche anschürte und das Kamin anfachte – auch im August.

Polly ging auf der gewundenen Treppe voraus, ohne richtig über den Kleiderhaufen in ihren Armen sehen zu können. Ihr war von Anfang an klargewesen, daß Melissa sich oben umsehen wollte, und sie hoffte nur, daß sie sie nicht zu lange mit irgendwelchem Gerede aufhielt.

»Schätzchen!« Melissa klang aufrichtig erschrocken. »Mein begehbarer Schrank ist größer als dein Schlafzimmer, du hast ja nicht einmal einen Toilettetisch!«

»Der steht im Bad.«

Melissa hörte sie gar nicht. »Und wo bewahrst du deine Kleider auf?«

Polly deutete matt auf ihren kleinen, aber ausreichenden Schrank und betete inständig, daß Melissa nicht die Tür aufmachte.

»Es ist genauso wie im Internat«, fuhr Melissa in hellstem Entsetzen fort.

Ja, dachte Polly, aber im Internat mußten wir auf Ordnung in unseren Schränken achten. Hier kann ich die Sachen, wie ich will, in die Fächer stopfen. Sie sah zu, wie Melissa einen Lippenstift aus ihrem Täschchen holte.

»Ehrlich gesagt, Melissa, das Badezimmer ist günstiger, wenn du dein Make-up auffrischen willst.«

»Oh, mach dir keine Gedanken um mich, Liebes. Ich komme gut zurecht. Ich bin sicher, du hast unten alle Hände voll zu tun.«

Polly ließ Melissa allein, die vor dem kleinen, fleckigen Spiegel ohne Licht Grimassen schnitt. Wenn sie es zugelassen hätte, wäre Polly mit ihr ins Badezimmer gegangen – dort war wesentlich mehr Platz, eine helle Beleuchtung, und es war warm.

Wenigstens lenkte sie der Schock über Pollys beengte Stauräume für die Garderobe von anderen Aspekten des Schlafzimmers ab, die unweigerlich weitere bissige Kommentare hervorgerufen hätten – zum Beispiel die Tatsache, daß das Bett auf Ziegelsteinen stand, und vielleicht lagen auch ein oder zwei angebissene Äpfel zwischen der Ansammlung von Bettlektüre auf dem Nachtkästchen.

Die Herren sprangen auf, als Polly wieder im Wohnzimmer erschien.

»Bitte behalten Sie Platz. Sind alle mit etwas zu trinken versorgt?«

Wie ein Mann deuteten sie auf ihre vollen Weingläser.

»Was ist mit Ihnen, Polly?« fragte David. »Wo ist Ihr Drink?«

Der Wein, den Polly heute abend schon getrunken hatte, wirbelte noch immer durch ihren Kopf. Bevor sie die Chance bekam, einen Bissen zu essen, wäre es ratsamer, sich zurückzuhalten. »Ich hab' alles, was ich brauche, danke. Ah, da kommt Melissa.«

Melissa lavierte sich die Treppe herunter und betrat das Wohnzimmer.

»Melissa! Komm und setz dich zu uns ans Feuer.« Sie scheuchte Melissa entschlossen zu dem Platz, den Bridget und Alan laut Pollys Anweisungen für sie freigehalten hatten. »Ich bringe dir etwas zu trinken.«

»Schätzchen«, sagte Melissa, nachdem sie auf das Sofa gesunken war und ihr Weinglas entgegengenommen hatte, »dieses Cottage ist entzückend – aber sehr klein. Wie, um alles in der Welt, kommst du hier nur zurecht?«

»Na ja, die meiste Zeit halte nur ich mich hier auf.« Polly hockte auf der Armlehne des Sofas.

»Trotzdem . . .«

»Nimm dir von den Croûtons«, fiel ihr Polly hastig ins Wort, für den Fall, daß Melissa entdeckt haben könnte, daß sie ihr Schlafzimmer mit Holzwürmern oder anderem Ungeziefer teilte, und eine entsprechende Bemerkung machen wollte. »Noch Wein, Sheldon?«

»Hatten Sie eine weite Anfahrt?« erkundigte sich Bridget bei Melissa.

»Wir kommen von Stone Val.« Melissa sprach den Namen der ländlichen Gegend, die als Schlupfwinkel für Millionäre bekannt war, mit einem gewissen Stolz aus. »Dort ist es wirklich sehr hübsch«

»Und ist es schwierig, so weit draußen auf dem Land einen Babysitter zu finden?«

»Nein«, gab Melissa zurück, »wir haben ein Kindermädchen.«

Bridget, die einmal geäußert hatte, sie würde ihre Kinder genausowenig einem Kindermädchen anvertrauen, wie sie ihrem Mann eine Geliebte suchen würde, sagte: »Wie praktisch!«

Alles war noch schlimmer, als Polly befürchtet hatte. Sie sehnte sich danach, endlich den Rückzug in die Küche antreten, dort ein bißchen herumkramen und das Soufflé in den Ofen schieben zu können, aber die Etikette verlangte, daß sie zuerst wenigstens ein paar Brocken zur Konversation beitrug.

»War meine Wegbeschreibung richtig?«

»Offen gestanden, sie war unmöglich«, meinte Melissa. »Wenn David uns nicht so sachkundig dirigiert hätte, wären wir nie hier angekommen. Als Fremdenführer würdest du dich sicher nicht lange über Wasser halten können.«

»Auf welchem Weg sind Sie gekommen?« wollte Alan wissen, der Polly genau aufgeschrieben hatte, wie sie ihren Gästen die Route schildern mußte.

»Das müssen Sie David fragen. Ich hab' die Orientierung

völlig verloren, nachdem wir zum erstenmal falsch abgebogen sind.«

Polly beschloß, nicht abzuwarten, ob Alan seine Urheberschaft an der Wegbeschreibung eingestand oder ob David erzählte, daß er Melissa und Sheldon aus dem finstersten Gloucester erretten mußte. Sie ergriff die Flucht.

David kam in die Küche, gerade als Polly die Schüssel mit dem Eiweiß umdrehte und über den Kopf hielt, um zu sehen, ob der Eischnee steif genug war. Glücklicherweise war es steif genug.

»Ach, hallo.« Sie stellte die Schüssel wieder hin und löffelte langsam die Masse aus Eigelb und Käse hinein. »Kann ich Ihnen irgendwie behilflich sein?«

»Ich bin hier, um nachzusehen, ob *Sie* Hilfe brauchen.«

»O nein. Ich hab' alles unter Kontrolle, danke.« Sie war sich bewußt, daß sie den Tonfall einer Frau hatte, die kurz vor dem hysterischen Zusammenbruch stand, deshalb bedachte sie ihn mit einem zittrigen Lächeln und malte weiter Achten in ihren Eischnee, aber selbst diese simple Tätigkeit war ungeheuer schwierig.

Statt den Wink mit dem Zaunpfahl aufzugreifen und aus der Küche zu verschwinden, durchmaß David das Zimmer mit zwei großen Schritten und setzte sich, wie jeder andere es tat, der in ihre Küche kam, an den Ofen.

Der Raum hatte selten, wenn überhaupt, so winzig gewirkt, und plötzlich sprang Polly jeder auch noch so kleine Makel ins Auge. Dank Mark hing ihre trocknende Unterwäsche nicht mehr schlaff an der *batterie de cuisine,* aber sie wünschte, sie hätte dem Jungen nicht so hochnäsig erklärt, daß die Küchenanrichte für den Gebrauch da war und nicht nur, um sterile Ordnung zur Schau zu stellen, und ihn daran gehindert hatte, die weniger dekorativen Stücke wegzuräumen.

Die Anrichte befand sich ihm direkt gegenüber, und es war unwahrscheinlich, daß ihm der Kamm und der Schlüsselbund neben den Zwiebeln, Zitronen und so weiter nicht auffielen.

»Dies ist eine hübsche Küche.«

Polly ließ vor Überraschung den Löffel fallen. »Oh, sie gefällt Ihnen?«

»Ihnen nicht?«

»Doch natürlich. Aber ich hätte das kaum von Ihnen erwartet.« Sie hätte bei ihm eher auf Chrom und weißen Schleiflack getippt.

»Warum nicht?«

Polly zuckte vage mit den Schultern. »Sie ist so – unstrukturiert.« Das war zwar nicht exakt das, was sie zum Ausdruck bringen wollte, aber es war das Beste, was ihr unter diesen Umständen einfiel.

»Was kochen Sie?«

»Käsesoufflé.«

»Ist das nicht furchtbar kompliziert?«

Gewöhnlich nicht, nein, aber wenn du mich dabei mit Adleraugen beobachtest, ist es sogar fast unmöglich. »Gar nicht«, log sie freundlich. »Das ist ein weit verbreiteter Mythos.« Sie kratzte den Rest das Eigelbs aus der Kasserolle und überlegte, wie sie ihn zum Gehen bewegen konnte, ohne zu schroff zu werden. »Sie scheinen es sich zur Gewohnheit machen zu wollen, in Küchen herumzusitzen und mir beim Arbeiten zuzusehen«, sagte sie.

»Macht Ihnen das etwas aus?«

»O nein«, schwindelte sie. »Ich bin nur nicht besonders gut dabei.«

Ohne ein Wort zu sagen, zog er fragend eine Augenbraue hoch.

»Beim Kochen, meine ich.« Sie plapperte kopflos weiter: »Ich bin eine viel bessere Töpferin.« Prahlten viele Leute aus purer Verlegenheit? »Damit will ich natürlich nicht sagen, daß ich darin so ungeheuerlich gut bin.« Oh, halt den Mund, Polly.

»Haben Sie die selbst getöpfert?« Er deutete auf die Aufläufförmchen, für die sie solche Mühe aufgewendet hatte, weil alle gleich aussehen sollten.

»Ja. Die Teller auch. Genaugenommen ist fast alles selbstgemacht, bis auf die Gläser natürlich.«

»Da wir gerade von Gläsern sprechen, darf ich Ihres auffüllen?«

Lieber Himmel, nein! »Für mich bitte nur Perrier, danke. Aber kann ich Ihnen vielleicht noch Wein nachschenken?«

Erst als sie eine Flasche hinter dem Ofen hervorgeholt hatte, fiel ihr ein, daß er Weinhändler war.

»Wahrscheinlich finden Sie es gräßlich, daß ich den Wein da hinstelle, um ihn zu erwär ... äh, damit er Zimmertemperatur bekommt, aber ...« Sie machte den Mund zu und goß ihm Wein ein, ehe sie sich noch mehr in Schwierigkeiten redete.

Bevor ich David kennengelernt habe, schoß es ihr durch den Kopf, während sie mit zusammengebissenen Zähnen die Souffléemasse auf die Förmchen verteilte, habe ich nie wirklich begriffen, was ›wortkarg‹ bedeutet. Jetzt hockt die personifizierte Wortkargheit in meiner Küche, und ich versuche, eine Dinnerparty zustande zu bringen.

»Entschuldigen Sie bitte, aber ich muß an den Ofen.«

Er rutschte ungefähr fünf Zentimeter zur Seite, und Polly umrundete seine Füße, um die Ofentür aufmachen zu können. Mit ein bißchen Glück stolperte sie oft genug über seine perfekt glänzenden Schuhe, daß er endlich begriff und sich trollte. Er tat es nicht.

Aber wenn sie selbst hinüberging, mußte er sich doch gezwungen fühlen, ihr zu folgen.

»Kommen Sie. Das Soufflé ist in der Röhre, und wir können uns der Party anschließen.«

Kapitel 12

Party‹ war eine ziemlich falsche Bezeichnung. Bridget hörte sich geduldig und mit vorgetäuschter Dankbarkeit Melissas wohlmeinende Ratschläge an, wie man mit schwierigen Teenagern fertig wurde, obwohl sie sicher wußte, daß Melissas Kinder erst vier und sechs Jahre alt waren. Und Alan unterhielt sich mit Sheldon, als hätten sie wirklich etwas gemein. Aber die Atmosphäre war keineswegs als prickelnd oder heiter zu bezeichnen.

Polly, die sich liebend gern an ihren Herd zurückgezogen hätte, blieb nichts anderes übrig, als mit David Smalltalk zu betreiben.

»Haben Sie dieses Jahr eine Ferienreise vor?« Polly hatte irgendwo gelesen, daß dies der klassische Gesprächseinstieg für Friseure war.

Es funktionierte bis zu einem gewissen Punkt. »Ich fahre wahrscheinlich ein paarmal nach Frankreich, aber nicht, um Urlaub zu machen.«

»Geschäftsreisen?«

David nickte.

Jetzt wären einige intelligente Fragen über den Weinhandel angebracht. Polly, erbärmlich unbefleckt auf diesem Gebiet und die Todesängste um ihr Risotto ausstand, der jeden Augenblick anbrennen mußte, wagte einen kühnen Vorstoß. »Besuchen Sie dort die Weinberge?«

David schüttelte den Kopf. »Vermutlich nicht. Ich statte meinem *négotiant* gern jährlich einen Besuch ab und sehe mir an, ob es etwas Neues gibt, was er mir anbieten kann. Aber leider fehlt mir die Zeit, mir die verschiedenen Weingärten anzuschauen.«

»Oh? Ich dachte Weinhändler schwanken wochenlang halbbetrunken von einem Winzer zum anderen.«

»Nicht die seriösen.«

Sie spürte an ihm eine gewisse Abneigung gegen betrunkene Weinhändler und mutmaßte, daß sich diese Abneigung auch auf betrunkene Töpferinnen ausdehnte.

Sie aß ein in Knoblauchbutter geröstetes Croûton, um ihren noch leicht benommenen Kopf zu klären. »Dann machen Sie also gar keinen Urlaub?«

»Vielleicht doch. Ich habe ein kleines Anwesen in Frankreich, und dort gibt es einige Dinge zu erledigen.«

Sie hielt es nicht mehr aus. »Ich muß auch ein paar Dinge erledigen – in der Küche. Wenn Sie mich bitte entschuldigen würden.«

Auf dem Reis, der im Backofen nur aufquellen sollte, hatte sich eine knusprige Schicht gebildet, von der im Risottorezept kein Wort stand. Polly rührte die Schicht mit der Gabel ein. Aber die Soufflés waren perfekt. Kleine braune Schaumhügel quollen zufriedenstellend über die Ränder der Auflaufformen. Polly stellte jedes Förmchen auf einen Teller und die Teller auf ein Tablett. Dann pulte sie mit dem Finger in den Auberginenauflauf, um zu prüfen, ob er warm genug war, als David wieder auftauchte. Sie wischte verstohlen den Finger an ihrem Rock ab und drückte ihm das Tablett in die Hände.

»Sagen Sie den anderen, daß das Essen fertig ist, ja?« Sie schob die Auberginen noch einmal in den Backofen, schickte ein Stoßgebet zum Himmel, daß sie heiß genug und nicht angebrannt sein mögen, wenn sie sie herausholte, und nahm die beiden restlichen Soufflés mit ins Wohnzimmer.

Polly war nicht so weit gegangen, Tischkarten zu schreiben, aber sie hatte den Rat ihrer Mutter befolgt und sich vorher überlegt, wer wo sitzen sollte.

Ihr Platz war an der Seite von Sheldon, der sicher jede Gelegenheit nutzen würde, um in ihren Ausschnitt zu schielen, aber wenigstens blieb ihr Davids Nähe erspart, der zwar nicht schielte, aber auch kaum ein Wort von sich geben würde.

»Lecker – Käsesoufflé, meine Lieblingsspeise«, tönte Alan von der Stirnseite des Tisches, als alle herumschlenderten und sich gegenseitig auf die Füße traten, bis sie ihre Stühle erreichten. »Wie wär's mit noch einem Schluck Wein, Melissa?«

»Ich dachte immer, daß ein Soufflé in sich zusammenfällt, wenn man es nicht auf der Stelle ißt«, sagte Melissa offensichtlich ein wenig verärgert, weil dieses Mißgeschick während der umständlichen Prozedur des Standortwechsels nicht passiert war.

»Nicht die kleinen«, erklärte Bridget, die Polly beigebracht hatte, wie man so etwas richtig zubereitete. »Die benehmen sich gewöhnlich anständig.«

»Polly?« Alan hielt die Flasche über ihr Glas.

Sie schüttelte den Kopf. »Ich hole mir lieber ein Wasser.«

»Es schmeckt *köstlich*«, tat David kund und klang leicht erstaunt.

Polly lächelte säuerlich. Wenn es nach ihm ginge, müßten ihre Soufflés hart wie Mürbteig sein.

»Sehr hübsch«, befand Melissa. Trotz Alans ständiger Wache über ihr Glas, zeigte sie keinerlei Anzeichen von Lockerheit. Sie warf David, der aufrecht, aber schweigend neben ihr saß, einen raschen Blick zu. »Ich koche nie selbst für eine Gesellschaft. Ich finde, es ist an sich schon eine große Aufgabe, Gastgeberin zu sein.«

»Aber Polly scheint beides gleichzeitig blendend zu beherrschen«, wandte Bridget brüsk ein. Bridget erwies sich heute längst nicht so gemäßigt und anpassungsfähig wie sonst, und offenbar ärgerte sie sich um Pollys willen.

Alan sah seine Frau überrascht an. »Sogar ohne Ehemann, der ihr zu Hilfe eilt«, ergänzte er.

»Ich brauche keinen eigenen Mann«, meinte Polly. »Ich kann mir Bridgets ausleihen.«

Melissa sah sie scharf an, als wollte sie Polly untersagen, sich Sheldon auch ausleihen zu wollen. Wenn Melissa wüßte, daß sie ihn nicht einmal nehmen würde, wenn er in Geschenkpapier eingewickelt wäre!

»Es ist schade, daß du nicht selbst kochst, Melissa«, sagte David. »Du bist eine so gute Köchin.«

Melissas Gesicht rötete sich leicht, und in diesem Moment dämmerte es Polly, daß Melissa David im Grunde für sich selbst haben wollte. Wahrscheinlich machte sie ihn deshalb unaufhörlich mit Frauen wie Polly, für die er bestimmt nie etwas übrig haben würde, bekannt. Sie hoffte, daß ihm auf diese Weise über kurz oder lang klar wurde, wie gut Melissa zu ihm paßte, und daß er vollkommen zerknirscht sein würde, weil sie bereits gebunden war.

»Das stimmt, Melly, ehrlich«, bekräftigte Sheldon, erntete für seine Bemühung, nett zu sein, aber nur einen scharfen Blick. Augenscheinlich war der Kosename ›Melly‹ nur für den privaten Gebrauch bestimmt.

Polly sah Sheldon mitfühlend an, merkte jedoch sofort, daß das ein Fehler war. Er lächelte und drückte ihr Knie unter dem Tisch.

»Kochst du auch?« erkundigte sich Polly bei Alan – sie wußte ganz genau, daß er oft kochte.

»Ich kümmere mich ums Essen, ja«, erwiderte er heldenhaft, »aber nur um Butterbrote. Bridget ist der Profi.«

»Oh?« Melissa wandte sich an Bridget. »Bereiten Sie die Speisen für Dinnerparties, kalte Buffets und solche Gelegenheiten zu?«

»Ich koche zusammen mit Polly im Vollwertkostcafe«, erwiderte Bridget fest, aus Angst, Melissa könnte ihr den Vorschlag machen, für sie tätig zu werden.

»Ich verstehe.« Melissa hatte sich mit Pollys Vorliebe für Dienstleistung abgefunden, aber sie war erstaunt, daß jemand, der offenbar so kompetent wie Bridget war, diese Neigung teilte.

Polly fürchtete um die Hauptspeise, deshalb begann sie, die Teller einzusammeln. »Darf ich alle bitten, die Gabeln zu behalten?«

»Wie kontinental«, sagte Melissa. »So ein Spaß!«

»Ja, nicht wahr?« Polly wußte, daß Melissa nicht einmal dem Gärtner ein Sandwich ohne zwei komplette Besteckssätze geben würde. »Würden Sie so lieb sein, und das Tablett nehmen, Sheldon?«

Sheldon sprang auf die Füße, und irgendwie gelang es ihm, die Hand auf ihre Taille zu legen, als er an ihr vorbei auf die Küche zusteuerte. Während sie ihre Teller auf dem Küchentisch abstellte, schlang er von hinten die Arme um sie und atmete in ihren Ausschnitt.

Sie schüttelte ihn ab. »Bitte, Sheldon, ich muß etwas aus dem Backofen holen. Gehen Sie hinüber und nehmen Sie wieder Platz, ab jetzt komme ich allein zurecht.«

Sie spähte in den Ofen und spürte dabei Sheldons brennenden Blick auf ihrem Hintern. Wie sie befürchtet hatte, war die Hitze zu stark. Die Auberginen waren oben angebrannt, und die Käsesauce blubberte wie aus einer heißen Quelle auf den Boden des Ofenröhre. Polly konnte von Glück sagen, wenn sie den Auflauf ohne Verbrennungen dritten Grades aus dem Ofen bekam.

Sie schnappte sich ein Handtuch und bugsierte die Schüssel, ohne sie fallen zu lassen, auf den Tisch. Dann schaute sie auf und sah, daß Sheldon lüstern auf ihre Brüste starrte.

Zähneknirschend widerstand sie der Versuchung, ihm die kochendheiße Sauce über den Kopf zu schütten. »Hören Sie bitte auf, mich so anzustarren.«

»Entschuldigung, Polly, aber Sie haben so herrliche ...«

»Und ich habe auch eine ganze Menge dampfendheißer Auberginen in der Hand. Wenn Sie nicht wollen, daß die in Ihrem Schoß landen, dann setzen Sie sich wieder an den Tisch.«

Gehorsam wie ein ungestümer, aber gutmütiger Hund schlich er davon.

Polly hob die verbrannte Saucenschicht mit einem Löffel ab und streute gehackte Petersilie über den Auflauf und über das Risotto. Dann kümmerte sie sich um den Salat.

Sie hatte sich für einen Salat aus Wasserkresse, Sellerie und Orangen entschieden, weil sich der im Café so gut verkaufte. Sie hatte die Zutaten schon am Nachmittag vorbereitet und mußte sie nur noch mischen und die Sauce darübergeben. Sie vermengte alles mit den Händen, als ihr bewußt wurde, daß sie beabsichtigte, ihren Gästen auch zum Nachtisch Orangen vorzusetzen. Das war ein Lapsus, der Melissa niemals unterlaufen würde, aber jetzt konnte sie die Orangenstücke nicht mehr aus dem Salat picken. Es mußte auch so gehen.

Typisch, wenn sie wirklich jemanden gebrauchen könnte, der ihr half, die Schüsseln ins Wohnzimmer zu tragen, blieben ihre Gäste wie angenagelt auf ihren Stühlen sitzen. Vielleicht hatten sie mitangehört, wie sie Sheldon bedroht hatte, und wagten es jetzt nicht mehr, die Küche zu betreten. Schließlich schaffte sie alles allein und ließ sich wieder in ihrer Mitte nieder.

Sie war nicht lange weggewesen, aber der heiklen Atmosphäre bei dieser Dinnerparty hatte ihre Abwesenheit nicht gutgetan.

»Ich halte es für selbstsüchtig, wenn die Menschen den Fortschritt aufhalten, nur weil sie keine Veränderungen mögen«, sagte Melissa. »Denken Sie doch mal, wie viele neue Arbeitsplätze entstehen, wenn diese alten Läden durch neue ersetzt werden.«

Bridget faltete ihre Serviette, als würde ihr Leben davon abhängen. »Also sind Sie dafür, daß die alten Häuser dem Erdboden gleichgemacht werden sollen?«

»Absolut. Sie sind ein häßlicher Schandfleck und tragen die Hauptschuld daran, daß Laureton so lange eine schmuddelige heruntergekommene Kleinstadt geblieben ist. Ich fahre nie auch nur in ihre Nähe, wenn ich es vermeiden kann.«

Bridgets Zartgefühl, das schon seit einiger Zeit schwerer Belastung ausgesetzt war, verabschiedete sich vollends. »Und Pollys Einladung heute abend anzunehmen, konnten Sie nicht vermeiden?«

Als sie begriff, was sie gesagt hatte, erschrak Melissa. »Natürlich . . . ich meinte nicht . . .«

»Sei nicht albern, Mel.« Polly schob zwei Kerzen beiseite, um Platz für die Schüsseln zu schaffen, und wünschte, Bridget würde Melissas ungehörige Bemerkungen einfach ignorieren. »Wir wissen alle genau, was du gemeint hast. Aber ich kann dir nicht zustimmen. Wenn diese Ladenzeile erhalten bleibt, entstehen genauso viele neue Arbeitsplätze wie bei einem Abriß und Neuaufbau.«

»Aber du stehst doch nicht auf der Seite dieser gräßlichen Hausbesetzer, oder? Sie sehen *schrecklich* aus. David, du bist doch meiner Meinung, nicht wahr?«

Polly hätte nicht ertragen, mitanhören zu müssen, wie David die Häuser zum Tode verurteilte, und konnte nicht sicher sein, daß er es nicht tat. Sie klinkte sich aus. »Entschuldige, Melissa, ich muß den Salat und das Risotto holen.«

Das Thema hatte sich geändert, als Polly sich schließlich zwang, wieder ins Wohnzimmer zurückzugehen, aber die Unterhaltung war genauso steif und zäh wie vorher. Bridget war nicht mehr so scharfzüngig, aber immer noch aufgebracht.

»Sie halten es wirklich für vernünftig, die berufliche Karriere der Kinder zu planen, solange sie noch in der *Grundschule* sind?«

Melissa sah sie verwirrt an. »O nein, schon in der *Vorschule*.«

Jede Minute würde Melissa Bridget erzählen, daß ihre beiden Kleinen ab dem siebten Lebensjahr ein Internat besuchen würden, und die gutherzige Bridget müßte etwas darauf erwidern, was Polly bedauern würde.

»Reichen Sie mir die Teller, Sheldon«, forderte Polly energisch. »Ich teile aus. Melissa, bedien dich schon mal mit dem Salat. David, würden Sie sich von dem Risotto nehmen, ehe es zum anderen Ende des Tisches wandert? Alan!« Sie sah ihn hilfesuchend an. »Kannst du bitte allen Wein nachschenken?«

Als alle bedient waren, stocherte Sheldon in seiner Auberginenportion herum, als würde er etwas suchen. Er begegnete Melissas Blick und sagte schließlich: »Was für Fleisch ist da drin, Polly? Doch nicht Ziege, oder?«

Polly seufzte. »Da ist gar kein Fleisch drin – es ist vegetarisch.«

»Oh.« Sheldon sank enttäuscht auf seinem Stuhl zusammen.

»Sind Sie und Bridget Vegetarier?« fragte Melissa Alan.

»O nein«, wehrte Alan vergnügt ab. »Das sind wir doch nicht, oder, Hühnchen?«

Das angesprochen ›Hühnchen‹ bedachte ihn mit einem Blick, der vielleicht nicht hätte töten, aber doch ziemliche Verletzungen hinterlassen können.

»Also«, meinte Melissa, »dann essen wir heute abend ›Veggie-Kost‹, wie?«

»Ich bin auf Diät«, erklärte Polly und verließ sich darauf, daß Melissa so viel Ahnung von Kalorien hatte wie von wahrem Stil. Die Wahrheit – nämlich, daß Polly es sich nicht leisten konnte, so viele Leute mit Fleisch zu versorgen – wäre für alle peinlich gewesen.

»Also müssen auch alle anderen auf Diät sein, nicht wahr?« Sheldon klang eher verletzt als ärgerlich.

Polly entfernte einen kleinen Stein, der sich ins Risotto verirrt hatte. »Es wird Ihnen guttun, Sheldon.«

»Wie geht's deinen Jungs, David?« wollte Melissa wissen, nachdem sie eine Gabelvoll Kressesalat beunruhigend lange inspiziert hatte. »Ich finde, du wirst großartig mit ihnen fertig. Die jungen Leute heutzutage sind so *undankbar*.«

»Waren junge Leute nicht zu allen Zeiten undankbar?« warf

Polly milde ein. Ihr fiel ein Stein vom Herzen, weil Melissa keine Schnecke in ihrem Salat vorgefunden hatte.

»Ganz und gar nicht. Ich war mir immer bewußt, wie hart meine Mummy gearbeitet hat, um meine Ballsaison zu einem Erfolg zu machen.«

»Sie meinen, sie wurden in die *Gesellschaft* eingeführt?« Alan war beeindruckt. »Auf dem Queen Charlotte's Ball? Ich glaube, wir haben noch nie jemanden kennengelernt, der ›eine Saison‹ hatte.«

»Was ist mit diesen beiden Antiquitätenhändlern?« hakte Polly nach. »Ich dachte, die sind ziemlich gute Freunde von euch, und sie müssen auf Bällen von einem Haufen Queens gewesen sein.«

Sheldon kicherte. Melissa ignorierte diese Abweichung von einer höflichen Unterhaltung und griff ihr eigentliches Thema wieder auf. »Und sie kleiden sich so grauenvoll. Das ist einer der Gründe, warum ich der Meinung bin, man sollte sie so früh wie möglich auf eine gute Schule schicken. David wird mir da sicher zustimmen.« Melissa beugte sich zuversichtlich vor. »Ich erinnere mich, wie Angela mir vor vielen Jahren davon erzählt hat, daß David seine Jungs schon bei der Geburt auf seiner alten Schule angemeldet hat.«

Arme Melissa. Es schien fast, als könnte sie nicht den Mund aufmachen, ohne jemandem ernstliches Unbehagen zu bereiten. Wenn sie gewußt hätte, daß Davids alte Schule, welche auch immer das sein mochte, in der Erziehung bei einem seiner Söhne total versagt hatte, hätte sie das bestimmt nicht erwähnt.

»Ich halte das ganze System der Privatschulen für antiquiert und ausgesprochen grausam«, stellte Bridget klar. »Man sollte seine Kinder in ein örtliches Gymnasium schicken und damit basta.«

Polly unterdrückte einen hilflosen Seufzer. Bridget war offensichtlich ganz versessen darauf, Melissa den Kopf zurecht zu setzen, daß sie nicht mehr ganz bei der Wahrheit blieb. Natürlich schickte sie ihre Kinder auf eine örtliche Schule, aber einer der Gründe, warum Alan und sie in diese Gegend gezogen waren, war, daß es hier ausgezeichnete Schulen gab. Außerdem war sie im Schulvorstand und verbrachte eine Menge Zeit damit, nach dem Rechten zu sehen. Ihr ›und damit basta‹ erforderte viel Mühe und Hingabe.

»Und was die Schuluniformen betrifft«, fuhr Bridget, die sich für diese Thema mehr und mehr erwärmte, fort, »auf dem Kontinent gibt es so etwas nicht, wissen Sie.«

Melissa wußte das nicht, oder es war ihr gleichgültig. »Natürlich« sagte sie freundlich, »wenn sie es sich nicht leisten können . . .«

»Es ist keine Sache des Geldes«, unterbrach Bridget sie eisig.

»Doch, das ist es«, schaltete sich Alan ein. »Wir könnten es uns wahrscheinlich wirklich nicht leisten, unsere Kinder auf Privatschulen erziehen zu lassen.« Er versuchte, dem Gespräch eine Wendung zu geben, ehe Bridget ihren Protest, daß kein Geld der Welt sie dazu bringen könnte, ihre Kinder fremden Menschen anzuvertrauen, loswerden konnte.

»David ist mit mir einer Meinung«, sagte Melissa. »Die richtige Schule ist ungeheuer wichtig.«

»Genaugenommen«, meinte David müde, »ist Patrick vor kurzem aus dem Internat geflogen.«

Eine Weile herrschte entsetztes Schweigen. Melissa hatte den Mut, es zu brechen.

»O David, das tut mir so leid.« Sie legte ihre Hand auf die seine und drückte sie.

»Sein Sohn ist nicht gestorben, Melissa«, fauchte Bridget. »Er hat nur ein Internat verlassen. Gut für ihn.«

Auch wenn sie noch so sehr ihre Ansichten teilte, hätte Polly ihrer Freundin am liebsten eine geknallt. Normalerweise konnte man sich felsenfest darauf verlassen, daß Bridget, ohne sich bei den Leuten einzuschleimen, keine Unruhe stiftete. Und ausgerechnet heute saß sie da und tat nichts anderes, als Melissa unverblümt ihre Meinung zu sagen.

»Es ist so undankbar von ihm.« Melissa schüttelte traurig den Kopf.

»Eigentlich nicht«, widersprach Polly. »Wenn Davids Sohn schon bei der Geburt in diesem Internat angemeldet worden ist, kann man es nicht undankbar nennen, wenn es ihm dort nicht gefällt. Er hatte ja gar keine Wahl und konnte sich nicht selbst für eine Schule entscheiden.«

»Polly, Liebes . . .«

»Ich glaube, daß sich die Jugend von heute viel mehr als wir damals um solche Sachen kümmern wie Umwelt, soziale Verhältnisse . . .« Polly achtete gar nicht auf Melissa und hielt unbeirrt ihr Plädoyer für die jungen Leute. »Und Mark«, endete sie, »Alans und Bridgets Sohn, hat heute den ganzen Tag für mich gearbeitet, ohne einen Penny dafür zu verlangen.« Auch wenn das gewisse Gründe hatte, entsprach es immerhin der Wahrheit.

»Ich kann mir vorstellen, daß das keine besondere Härte für ihn war«, sagte David. »Wie alt ist Mark? Vierzehn? Fünfzehn? Ein sehr anfälliges Alter.«

»Anfällig für was?« versetzte Marks Mutter. »Hühnerpokken?«

»Für den Charme einer sehr attraktiven älteren Frau. Möglicherweise hat Polly ein besonderes Talent, mit jungen Menschen umzugehen.« Der Gedanke schien David nicht unbedingt zu behagen.

»So ist es nicht . . . Mark hat nicht . . .« Polly machte den Mund zu und hoffte, daß ein anderer den Satz für sie beendete. Sie fühlte sich geschmeichelt, weil David sie als attraktiv bezeichnet hatte, war jedoch empört über seine Anspielung und wütend, daß er auf ihre Bemühungen, für Patrick einzutreten, mit einer so zweideutigen Antwort reagierte. Trotzdem war sie nicht imstande, zu erklären, weshalb Mark bereit war, ohne Entgelt etwas für sie zu tun, ohne einzugestehen, daß er im Grunde so geschäftstüchtig war wie jeder andere Junge in seinem Alter.

Alle warteten darauf, daß sie fortfuhr.

»Ich . . . ich kenne viele junge Leute und finde, sie sind großartig«, endete sie lahm.

»Das glaube ich Ihnen gern.« David betrachtete sie kalt, als wäre es eine in der Gesellschaft unakzeptable Gewohnheit, mit Halbwüchsigen zurechtzukommen.

»Es gibt auch eine Masse Gutes über ältere Jungs zu sagen, Polly«, meinte Sheldon und zwinkerte David zu. »Erfahrung zählt viel auf einem ganz speziellen Gebiet. Laß einen Jungen den Job eines Mannes erledigen, und das einzige, was dabei herauskommt, ist eine enttäusche Lady.«

Polly musterte ihn aus schmalen Augen. »Nach dem Motto: ›Auch wenn Schnee auf dem Dach liegt, brennt noch ein Feuer im Keller‹?«

Sheldon dachte darüber nach. »Ganz genau.« Er kicherte vergnügt. »Das Problem ist nur, daß mein Dach neu gedeckt werden müßte.«

Polly und Bridget tauschten Blicke. »Machen Sie sich nichts draus, Sheldon«, sagte Bridget, die zu Pollys Erleichterung von ihrem hohen Roß heruntergestiegen war und keine Vorträge über Kindererziehung mehr halten wollte. »Man sagt allgemein, Kahlköpfigkeit sei ein Zeichen für Potenz und Männlichkeit.«

Polly linste verstohlen auf Davids dichte Haarmähne und wünschte, sie könnte sich sinnlos betrinken und dadurch die Erinnerung an diesen furchtbaren Abend für immer aus ihrem Gedächtnis löschen. Der qualvolle Kater wäre das sicher wert, aber unglücklicherweise war sie zu wohlerzogen.

Verzweifelt suchte sie nach einem neuen Gesprächsobjekt. »Arbeitest du gern im Garten, Melissa?«

Ehe Melissa etwas erwidern konnte, klopfte es an der Tür. Polly zwängte sich an allen vorbei und riß die Haustür weit auf.

Tristan Black stand vor ihr. Seine schwarze Lederjacke hatte den Glanz einer schimmernden Rüstung angenommen, sein teuflisches Lächeln barg engelsgleiche Züge. »Darf ich reinkommen?«

Zu diesem Zeitpunkt hätte Polly eine ganze Horde Zeugen Jehovas im Gefolge der US-Kavallerie wärmstens willkommen geheißen. Tristan wurde so herzlich empfangen wie ein lange verschollener, schmerzlich vermißter Freund – sie fiel ihm um den Hals.

»Aber ja! Ich wollte gerade den Nachtisch servieren.« Sie wandte sich an die anderen. »Das ist Tristan Black. Er arbeitet für Cotswold Radio.« Polly bemerkte, daß Tristan die eigenartige Situation mit einem Blick erfaßte. »Vielleicht macht ihr euch alle selbst bekannt. Ich hole inzwischen ein Glas für Tristan.«

Sie verließ den Raum, als Tristan allen die Hände schüttelte, und als sie zurückkam, saß er am Tisch. Er hatte Salat und den Rest des Risottos auf Melissas Unterteller gehäuft und sich mit Brot versorgt.

»Ich hoffe, es macht dir nichts aus, Polly. Ich habe noch nicht gegessen.« Auch wenn er den Mund voll hatte, war sein Grinsen strahlend.

»Und was tun Sie, wenn ich fragen darf?« Tristan sah Melissa in die Augen, während er ihr Messer nahm und Butter auf das Brot strich. »Ich wette, etwas Faszinierendes.«

Melissa kicherte ausgelassen. »Ich arbeite nicht außer Haus. Vermutlich würden Sie sagen, daß ich nur Hausfrau bin.«

Tristan schüttelte den Kopf. »Nicht ›nur‹ Hausfrau, Melissa. Einen Haushalt zu führen und eine Familie zu versorgen ist eine sehr kreative Tätigkeit. Ich bin sicher, Sheldon stimmt mir da zu.«

Sheldon nickte. Schließlich mußte er mit Melissa leben.

»Und Bridget –« Tristan richtete die himmelblauen Augen auf Bridget –, »Sie kenne ich schon. Sie bereiten diese wundervollen Gerichte im Vollwertkostcafe zu. Bei Ihnen gibt's das beste Essen in ganz Laureton. Für die Salate könnte man glatt sterben.« Er zwinkerte Polly zu, nahm den Wein und goß das Glas voll, das sie ihm gegeben hatte.

Sie lächelte schwach zurück und setzte sich. Dieser Bursche

hatte die katzenartige Fähigkeit, sich sofort zu Hause zu fühlen, und Polly beneidete ihn darum. Sie bemerkte, daß er die Namen der Leute im Gespräch häufig und spontan nannte. Es konnte nur noch ein paar Augenblicke dauern, bis er Alan und Sheldon so weit hatte, daß sie ihm genau wie Melissa und Bridget aus der Hand fraßen.

Bei David war sie sich da nicht so sicher. Er war zwischen Tristan und Melissa eingequetscht, und Polly konnte ihn im Auge behalten. Äußerlich erschien er ruhig und vollkommen unbeteiligt, aber dennoch war seine Abneigung Tristan gegenüber, die ihn in Wellen wie Trockeneis zu überrollen schien, nicht zu übersehen.

»Woher kennen Sie Polly?« erkundigte sich David bei Tristan.

»Wir haben uns im Vollwertkostcafe getroffen und später noch einmal auf der *Wild Cat*. Haben Sie das Schiff schon mal gesehen? Nicht nur, daß es eine schwimmende Kunstgalerie ist, jetzt ist es auch noch so ausgestattet, daß es Passagiere rund um die Welt schippern kann. Segeln Sie?« Als wäre er sich bewußt, daß er David noch nicht um den Finger gewickelt hatte, widmete er ihm seine ungeteilte Aufmerksamkeit.

»Früher ja, jetzt habe ich leider kaum noch Zeit für diesen Sport.«

»Schade. Das moderne Leben ist voller Streß. Aber nichts ist schöner, als den Wind in den Haaren und die Gischt im Gesicht zu spüren – erst dann fühlt man sich vollkommen eins mit der Welt.«

»Sehr schön ausgedrückt«, stellte David fest.

Tristan gab seine Bemühungen auf und drehte sich zu Alan um. Polly fand, daß es Zeit wurde, das Dessert ins Spiel zu bringen.

Sie hatte vergessen, das Eis rechtzeitig aus dem Gefrierfach zu holen, jetzt war es steinhart. Obwohl sie wußte, daß es klüger wäre, Geduld aufzubringen, schob sie die Schüssel mit der Eiscreme kurzerhand in die Backröhre. Ein paar Sekunden später rettete sie die Schüssel aus der Gluthitze – nur wenige Augenblicke zu spät. Aber die Orangen, zu einer Pyramide auf einer Schale mit Stiel angeordnet, deren Glasur im Brennofen einen leichten Sprung bekommen hatte, sahen großartig aus. Und wen störte es schon, wenn das Eis zu weich war? Polly hatte einen Verbündeten, der ihre Dinnerparty im letzten Moment vor der totalen Katastrophe bewahrte. Nur David konnte den Retter in der Not nicht leiden, aber David Locking-Hill war sowieso ein entsetzlich verknöcherter Typ. Er mußte so legere Medienleute wie Tristan zwangsläufig verachten.

Tristan gab gerade eine Anekdote zum besten, und seine wohltönende Stimme nahm die Zuhörer bei der Hand und führte sie, wohin er wollte.

Natürlich war er ein Profi. Er hatte gelernt, einer Story Würze zu verleihen, ohne zu aggressiv, klatschsüchtig oder verleumderisch zu wirken.

Er brach ab, als Polly hereinkam. »Sie ist nicht nur eine Schönheit, sie kann auch noch wunderbar kochen!« Er tauchte einen Finger in das geschmolzene Eis und leckte ihn ab.

»Göttlich!« Er nahm noch etwas mit Melissas Löffel und führte ihn an ihren Mund. »Probieren Sie das! Man könnte die ganze Schüssel allein aufessen, nicht wahr?«

Melissa protestierte und kicherte wie ein Schulmädchen, als Tristan sie mit einem weiteren Löffel voll fütterte. »Es ist köstlich, Polly.«

Melissa war hingerissen von Tristan und verlor wohl deshalb kein Wort darüber, daß es heute abend schon zum zweitenmal Orangen gab. Bridgets Lippen zuckten, und Alan schien sich blendend zu amüsieren. Polly sah David an, um seine Reaktion auf den zusätzlichen Gast zu beobachten, und begegnete seinem Blick. Er schenkte ihr ein kleines, kaltes Lächeln, das deutlich Verachtung und Widerwillen ausdrückte. Einen Moment bedauerte Polly Tristans plötzliches Auftauchen.

Endlich brach die Geisterstunde an. Ein im Haus wohnendes Kindermädchen hin oder her – Melissa und Sheldon sprangen auf, als Pollys Großvateruhr zwölf schlug. Bridget und Alan erhoben sich ähnlich hastig, und um Viertel nach zwölf waren die geladenen Gäste nach einem Schwall von Dankesbezeugungen und Umarmungen endlich aus dem Haus. Nur David hatte Polly nicht geküßt, sondern seinen Abschied auf einen Händedruck und ein eisiges ›Danke schön‹ beschränkt. Polly fühlte sich mit einemmal ganz leer.

Kapitel 13

Tristan lümmelte auf dem Sofa und hatte die Füße hochgelegt. Offenbar machte er es sich für die Nacht bequem.

»Das war die allerschlimmste Dinnerparty, mit der ich je etwas zu tun hatte.« Polly sank auf das gegenüberstehende Sofa, griff sich irgendeines der herumstehenden Weingläser und leerte es auf einen Zug.

Tristan nahm ein anderes Glas und fand eine halbvolle Weinflasche. »Wer waren diese Leute?«

Polly schloß die Augen. »Leute, denen ich eine Einladung schuldig war, und Bridget und Alan. Hast du genug zu essen bekommen?« Sie rührte sich nicht vom Fleck. »In der Küche steht noch was.«

»Ich könnte noch was vertragen.« Als sie noch immer keinen Muskel bewegte, setze er hinzu: »Aber ich kann mir selbst was holen. Du mußt entsetzlich müde sein.«

Sie schlief schon fast.

Sie hörte, wie Tristan zurückkam und Holz im Kamin nachlegte. Sie öffnete die Augen und sah, daß er einen vollen Teller in der Hand hielt und die Lichter löschte. Die Kerzen flackerten mit dem Feuer um die Wette, aber der größte Teil des Zimmers lag im Dunkel.

Polly fühlte sich schon ein wenig besser, sie zog die Beine an und drehte sich zu Tristan, um ihm beim Essen zuzusehen. Er wußte ihre Kochkunst zu schätzen, aber seine Komplimente bestanden hauptsächlich aus Gesten und nicht aus Worten. Zum Schluß wischte er seinen Teller mit einem Bissen Baguette sauber und stand auf. »Du bist wirklich eine großartige Köchin, Polly.«

»Manchmal.«

Er brachte den Teller in die Küche und kam mit einer Weinflasche zurück. Nachdem er ihr Glas gefüllt hatte, setzte er sich neben sie. Eine Zeitlang beobachteten sie die Flammen, dann legte Tristan den Arm um Polly. Sie fühlte sich unbehaglich bei dieser Umarmung und versuchte, sich zu entspannen.

»Es war bewundernswert, wie du die Lage gerettet hast, Tristan«, murmelte sie. »Ich weiß nicht, wie ich dir danken soll.«

»Nein? Kleines, sicher fällt dir etwas ein, wenn du dich ein wenig anstrengst und überlegst.« Seine Hand glitt unter ihr Kinn, und Polly begriff, daß er vorhatte, sie zu küssen. Es war unausweichlich, und als seine Lippen ihren Mund berührten, kam sie zu dem Schluß, daß es auch schön war.

Seine Lippen waren fest und geübt – der Junge wußte, was er tun mußte. Polly grub die Erinnerungen daran, was man in einem solchen Fall tat, aus den Tiefen ihres Gedächtnisses und küßte ihn zurück. Sie versank tiefer in das Sofa. Ihre Bluse klaffte auf, und Tristans Hand wanderte zart unter den dünnen Stoff. Der Geruch nach Leder und Aftershave stieg ihr in die Nase. Es war angenehm, nach einem so aufreibenden Abend liebkost zu werden, aber aus irgendeinem Grund war sie nicht imstande, die Zärtlichkeiten zu erwidern.

Ich bin zu erschöpft und ausgelaugt, sagte sie sich, schob seine Hände weg und richtete sich auf.

»Tristan, ich mag dich sehr, aber dazu bin ich noch nicht bereit.«

Tristan ließ sich nicht beirren – er fand wieder den Weg unter ihre Bluse und bemühte sich, ihre Brüste aus den BH-Körbchen zu heben. »Natürlich bist du noch nicht bereit, ich habe ja auch gerade erst angefangen.«

Es dauerte einen Moment, bis Polly das kapierte. »Ich meine, ich bin nicht bereit, mit dir ins Bett zu gehen. Ich kenne dich nicht gut genug.«

Tristan setzte sich gerade hin und wischte sich mit einer ungeduldigen Geste die Haare aus dem Gesicht. »Wir sind beide zu alt, um auf einem Sofa herumzuknutschen.«

Polly richtete ihre Bluse und fühlte sich auch für alles andere zu alt. »Ich weiß. Es ist nur . . . es fällt mir schwer, weiter zu gehen, bis ich jemanden nicht sehr gut kenne.« Das stimmte. Die Tatsache, daß sie schon sehr lange niemanden gut genug dafür gekannt hatte, war irrelevant.

»Die beste Möglichkeit, jemanden besser kennenzulernen, ist die Liebe, findest du nicht?«

»Möglich, aber es ist trotzdem zu früh, miteinander ins Bett zu springen.«

Er hob flehend die Hand. »Wer sagt etwas von springen?« Seine Stimme klang rauh, und seine Augen glänzten.

Polly seufzte. »Warum bist du hergekommen?«

»Willst du die Wahrheit hören oder die phantasievolle Version?«

»Die Wahrheit bitte.«

»Also gut, ich sag' sie dir. Ich kam aus dem Pub und hab' die Autos vor deinem Haus und Umrisse von Menschen hinter den Vorhängen gesehen. Ich war schlichtweg neugierig.«

»Ich verstehe. Na ja, der Zeitpunkt hätte nicht günstiger sein können. Ich war der Verzweiflung nahe.«

»Und trotzdem willst du mich nicht belohnen?«

»Nicht so, nein. Ich bin verdammt müde. Und wie gesagt, es ist noch zu früh.«

»Ich verstehe.«

Seine Nachsicht weckte Schuldgefühle in ihr. »Tut mir leid, daß ich falsche Hoffnungen in dir geweckt habe, Tristan. Ich wollte das nicht.«

»Nein.« Er seufzte abgrundtief. »Aber ich würde wirklich sehr gern mit dir schlafen.«

Polly stand auf. »Wenigstens bist du aufrichtig.«

Er stellte sich zu ihr vor den Kamin und legte die Hände auf ihre Schultern. »Jetzt, da ich meine teuflischen Absichten freimütig offenbart habe, kann ich dich da vielleicht doch noch überreden?«

Einen Augenblick schwankte sie – er war überzeugend und sehr sexy. »Nein.«

Er seufzte wieder. »Dann eine Tasse Kaffee?«

Er hält sich sehr gut, dachte sie, als sie sich im sicheren Bereich, in ihrer Küche, befand. Er muß sehr viel netter sein, als sein verwegenes Auftreten vermuten läßt. Sie grub ihren geheimen Vorrat an Abernethy-Keksen aus – ihr persönliches Trostpflaster.

»Polly«, sagte Tristan schließlich, »wenn du nicht mit mir schlafen willst, dann geh wenigstens am nächsten Samstag mit mir auf eine Party.«

»Auf eine Party?« Nachdem sie zugesehen hatte, wie er eine halbe Schachtel ihrer Lieblingsplätzchen vertilgt hatte, plagte sie ihr schlechtes Gewissen längst nicht mehr so sehr. Sie öffnete den Mund, um ihm die Bitte abzuschlagen, schloß ihn aber wieder, als sie sich an ihren Entschluß erinnerte, öfter auszugehen. Und sie schuldete ihm etwas.

»Meinetwegen.«

Er grinste. »Gut, ich ruf' dich an, dann machen wir aus, wann genau ich dich abhole.«

»Dann hast du also dein Auto wieder?«

»Klar.« Er stand auf, streckte sich ausgiebig und gähnte. »Ich geh' jetzt lieber, da du mir kein Bett für die Nacht anbietest.«

Sie brachte ihn zur Tür und gestattete ihm noch einen Kuß. Wahrscheinlich bin ich nur außer Übung, überlegte sie.

»Dann bis Samstag um neun, Polly.« Die sanften, gehauchten Worte liebkosten ihre Wange.

»Tschüß, Tristan, und danke für deine Hilfe.«

Er bedachte sie mit einem Blick, mit dem er in einem Film viel Geld verdient hätte. »Aufgeschoben ist nicht aufgeschoben, Süße, du wirst mir deine Dankbarkeit noch zeigen.«

Polly schloß die Tür mit einem Knall.

»Muß ich eigentlich jeden Samstag meine ganze Garderobe nach Klamotten durchwühlen, die ich gar nicht besitze?« wollte Polly von ihrer Katze wissen.

Selina putzte sich geräuschvoll und gab keine Antwort.

»Zumindest hätte ich gewußt, was ich zu meiner Dinnerparty anziehen würde, wenn ich es gehabt hätte. Aber Gott allein weiß, was ich zu Tristans Party anziehen soll.«

Sie kramte alles, was auf dem Boden ihres Schranks lag durch – dort lagen Sachen, die von den Bügeln gerutscht waren und erst errettet wurden, wenn Polly sich wieder an sie erinnerte. »He! Meine Jeans! Ob ich da wohl noch hineinpasse? Mal sehen, ob all die Aerobic und das Leiden mich schlanker gemacht hat.«

Polly zog sich aus und steckte die Beine in die Hose. Dann legte sie sich auf den Boden und zog den Reißverschluß mühsam Zentimeter für Zentimeter zu, schloß den obersten Knopf und stand auf. Sie ging mit steifen Schritten zum Spiegel im Badezimmer.

»Hmm. Gar nicht mal so schlecht. Aber wie sieht's von hinten aus? Ob ich meinen Hintern so zeigen kann?« Sie verrenkte sich den Hals so weit nach hinten, wie es ging, und inspizierte den Teil ihrer Anatomie, den sie am wenigsten mochte.

Entweder hatte die schwarze Stretchstrumpfhose dieselbe Wirkung wie ein Korsett, oder diese Gesäßmuskelübungen hatten sich bereits ausgezahlt, denn ihre Rückansicht war weit weniger anstößig für ihr kritisches Auge als sonst. Das Luftholen war natürlich ein wenig schwierig, aber Jeans gingen bei der Wäsche immer ein. Der Stoff würde im Laufe des Abends wieder nachgeben.

Als sie wieder im Schlafzimmer war, wurde das Hochgefühl darüber, daß sie so prima in die Jeans paßte, von dem Problem gedämpft, was sie darüber anziehen sollte. Schließlich entschied sie sich für eine Seidenbluse mit weiten Ärmeln und eine Samtweste. Ihr Aufzug war nicht der letzte Schrei, konnte aber als zeitlos durchgehen und würde sie nicht als post-hippie-feministische Kunstgewerblerin deklarieren. Sie wollte sich nicht wie Tristans ältere Schwester fühlen.

Nachdem sie diese Hürde genommen hatte, ging sie ins Bad, um sich zu schminken und ein paar der am Spiegel hängenden Perlenketten auszuwählen – das erforderte einige Überlegungen. Zu guter Letzt wagte sie es, ein paar Knöpfe der Bluse zu öffnen – wegen des Sexappeals –, und schlang drei lange Ketten um ihren Hals. Große, silberne Ohrringe, über die Jeans gezogene Stiefel und ein Gürtel mit großer Schnalle verliehen ihr einen Touch von Clamity Jane, die einen Abend auswärts verbringt. Aber die Alternative wäre, noch einmal ganz von vorn zu beginnen, und dafür war es zu spät.

Zu ihrer Überraschung kam Tristan pünktlich. David Lokking-Hill würde auf die Minute genau zu dem Zeitpunkt erscheinen, der ausgemacht war, aber von Tristan hatte sie das nicht erwartet.

»Hi!« Sie öffnete die Tür. »Komm rein.«

»Das Wetter ist lausig«, sagte Tristan und taxierte sie eingehend.

»Und habe ich bestanden?« Polly dachte, sie könnte die Meinung, die er sich so gründlich zu bilden schien, auch selbst erfahren.

»Den ersten Test mit fliegenden Fahnen.«

Seine Augen verzogen sich zu einem Lächeln, das raubtierhaft genug war, um Polly nervös zu machen. Zum Glück war es noch lange hin, bis sie den zweiten Test bestehen mußte.

»Habe ich mit dem Schmuck nicht übertrieben?«

»Nee.«

»Oder mit dem Make-up?« Sie hatte eine neue Wimperntusche angefangen, und das Zeug war am Anfang ziemlich dick.

»Du hast wunderschöne Augen, Polly.«

Polly wurde rot – er konnte wirklich mit Worten umgehen.

»Ich hole meine Jacke.«

Als Zugeständnis an ihr neues Image tauschte sie ihren zuverlässigen Marinemantel gegen eine Jacke, die Mark ihr gegeben hatte. Bis jetzt hatte sie sie noch kein einziges Mal angehabt, weil sie der Meinung war, daß das blousonartige Gebilde nicht schmeichelhaft für ihre Hüften und außerdem für diese Jahreszeit nicht warm genug war. Aber zu ihrem neuen Look paßte es, außerdem wurde sie in einem Wagen gefahren, und auf Parties war es immer heiß.

Tristans Auto war ein ältlicher amerikanischer Studebaker. Polly kletterte hinein und hoffte, daß die Fahrt nicht allzu lange dauern würde. Ihre Jeans waren verdammt eng.

»Wer gibt diese Party?«

»Ein alter Freund von mir – er ist in der Musikbranche und hat gerade eine neue Band gegründet. Ich hab' ihm versprochen, mir die Jungs mal anzuhören und, wenn sie gut sind, etwas über sie in meiner Sendung ›Was gibt's Neues in der Stadt?‹ zu bringen.«

»Ich dachte, wir gehen zu einer Party und nicht in ein Konzert.«

Er sah sie liebevoll an. »Das tun wir ja, aber die Band spielt auf der Party, verstehst du? Sie machen Musik.«

Polly beschloß, die Unterhaltung ab jetzt ganz allgemein zu halten. Sie war so uncool. Sie hatte gedacht, daß die Musik auf Parties von Recordern oder CD-Playern kam.

»Wohin fahren wir, Tristan?«

»Ins New Inn. Das ist super für solche Auftritte.«

Polly sprach ihre nächste Frage sehr behutsam aus. »Arbeitest du heute abend?«

Ein Grinsen blitzte in seinem Gesicht auf. »Ich arbeite immer, Süße. Aber mit dir an meiner Seite ist auch das Geschäftliche ein Vergnügen.«

Hmm, dachte Polly, ein Vergnügen für wen? Das New Inn war ein Pub inmitten einer acht Hektar großen Parkanlage und hatte einen sehr schlechten Ruf. Polly war nur einmal dort gewesen, und das zur Mittagszeit. Hinterher hatte sie Beth im Café davon erzählt, und Beth war schockiert gewesen. »Selbst ich würde nicht dorthin gehen, Polly«, hatte sie klargemacht. Was Beth sagen würde, wenn sie erfuhr, daß Polly diesem Pub an einem Samstagabend einen Besuch abstattete, war nicht schwer zu erraten.

Trotzdem – sie war ein großes Mädchen und mit dem durchtriebenen Tristan neben sich konnte gar nichts Schlimmes passieren, oder doch?

Obwohl es noch relativ früh war, war die Party schon in vollem Gange, wenn man der Musik nach urteilte, die aus dem Gebäude und über den vollgestellten Parkplatz dröhnte. Polly machte eine dementsprechende Bemerkung.

»O ja, es ist ein Vierundzwanzig-Stunden-Rave. Wir machen nur die letzten acht Stunden mit.«

»Oh.« Es war lange her, seit sie zum letztenmal eine Nacht auf einer Party durchgemacht hatte. Sie wußte nicht, ob sie so viel Durchstehvermögen hatte.

»Komm schon, Polly«, drängte Tristan und zog sie aus dem Wagen direkt in eine Pfütze. »Komm, wir gehen da hinein und haben Spaß.«

Er hängte sich bei ihr ein, während sie den Hintereingang des Pubs ansteuerten. Sie kamen gerade an der Küche vorbei, als ein Mädchen auf Tristan zuschoß und seinen Arm umklammerte. Sie war sehr klein, blond und hatte schwarze Leggins, einen violetten Lycra-BH und ein hauchdünnes Hemd darüber an. Ihre Augen waren mit einem schwarzen Eyeliner umrandet, und ihre Nase hatte einen leichten Höcker. Nach einem gründlichen Bad, dachte Polly, die möglicherweise zwanzig Jahre älter war, und mit einigermaßen anständigen Klamotten wäre die Kleine sehr hübsch.

»Hey, Tris! Hallo, ich bin froh, daß ich dich erwische. Ich hab' dir doch von diesem Rave erzählt, weißt du noch?« Die Kleine warf Polly einen unsichern Blick zu. »Macht es dir was aus, wenn wir unter vier Augen weiterreden?«

Tristan sah Polly an und zuckte mit den Schultern. »Kommst

du allein zurecht, Süße?« Pollys Befürchtungen standen ihr ins Gesicht geschrieben, und Tristan winkte einen Hell's Angel heran. »Hey, Spike. Kauf meiner alten Lady einen Drink, ja?«

Er drückte dem Rocker einen Fünfer in die Hand und verschwand mit der verwahrlosten Minderjährigen in einem Lagerraum.

Polly folgte ihrem neuen Begleiter äußerst widerwillig zur Hauptbar. Hier waren die Verstärker so laut aufgedreht, daß die Musik in Pollys Brustbein vibrierte.

»Was willst du?« brüllte der Rocker den Lärm nieder.

»Ein Lagerbier«, schrie sie zurück.

Er bestellte. »Ein Lager und einen Pernot.« Er gab dem Barmann den Geldschein und steckte das Wechselgeld in seine Tasche. »Bis später!« sagte er und tauchte in der Menge unter.

Polly gab es nicht gern zu, aber herzukommen war ein Fehler gewesen. Sie zog die Jacke aus und bemühte sich, ihre Gesichtszüge zu einer lockeren, freundlichen Miene zu entspannen. Sie versuchte auch, sich nicht als Außenseiter zu fühlen, aber ihre Kleidung, ihre Herkunft und ihre Persönlichkeit bildeten eine unüberwindliche Barriere zwischen ihr und der Masse. Der Höllenlärm machte jede Kommunikation abgesehen von simpler Körpersprache unmöglich. Sie strengte sich an, ganz normal einzuatmen, als würde der ätzende Qualm nicht in ihren Lungen brennen. Erst bei diesem Unterfangen wurde ihr bewußt, daß hier nicht nur ganz normale Zigaretten geraucht wurden. Sie tippte sogar ein paarmal mit den Füßen im Rhythmus der Musik auf den Boden, aber schließlich gab sie jede Bemühung auf und gestand sich ein, daß sie nach Hause wollte.

Wahrscheinlich liegt es daran, daß ich über dreißig bin, überlegte sie, und die Musik schnitt durch ihren Körper wie eine Kreissäge. Ich habe kein Wachs oder so was in den Ohren, und meine Klamotten sind falsch. Ich hätte meinen tonverschmierten Overall anbehalten sollen, dann würde ich kein bißchen auffallen.

Sie trank einen Schluck von dem warmen Bier und machte sich im stillen ein zweites Geständnis: Sie war regelrecht in Panik, weil sie hier, in einem abgelegenen Pub, das sich durch zahllose Polizeirazzien und einige Verhaftungen einen Namen gemacht hatte, ohne ein eigenes Transportmittel gestrandet war. Wenn Tristan sie wenigstens nicht im Stich gelassen hätte!

Sie konnte ihm wirklich keinen Vorwurf machen. Er *war* Journalist, und sie war eine erwachsene Frau und leidlich unabhängig. Sie müßte im Grunde allein und ohne Begleiter an einem fremden Ort zurechtkommen, auch wenn sie die einzige Person war, die weder betrunken noch stoned war. Aber all ihre feministische Energie schien aus ihr gewichen zu sein und ein jämmerliches Weibchen mit dem Wunsch nach einem Beschützer hinterlassen zu haben. Sie schaute auf ihre Uhr. Tristan war schon über eine halbe Stunde weg. Sicher würde er gleich zurückkommen.

Sie versuchte, dem Mann, der ihr gegenüber stand, zuzulächeln. Er nahm ihr Angebot mit einem verwirrten Stirnrunzeln zur Kenntnis und wandte sich ab – wahrscheinlich hielt er sie für einen Bestandteil seiner Halluzinationen.

Er war, wie die meisten Leute hier, das, was Mark und alle anderen unter siebzehn, ›crust‹ nannten, und jetzt, da Polly Gelegenheit hatte, sich ein solches Exemplar aus der Nähe anzusehen, verstand sie auch, warum. Dieser Typ hatte Haare, die aussahen wie ein aufgedröseltes Tau und ein Stück Sofafüllung. Seine Kleider waren nur noch Fetzen, und durch die Löcher konnte man graues Fleisch und noch grauere Unterwäsche sehen. Seine Nase war durchstochen worden – sicher unter unhygienischen Umständen, und seine Zähne waren für lange Zeit weder mit einer Zahnbürste noch mit Zahnseide in Berührung gekommen. Der Gestank von Ungewaschenheit, den er verströmte, durchdrang sogar den fast erstickenden Rauch. Vielleicht züchtete er halluzinogene Pilze und verdiente sich damit sein Geld.

Der undurchdringliche Qualm machte Polly zu schaffen. Ob

überhaupt jemand merken würde, wenn hier ein Feuer ausbrach? Wie lange würde es dauern, bis die Menschen aus diesem Raum evakuiert waren? Sie schaute wieder auf die Uhr. Es kam ihr vor, als wären Stunden vergangen, seit sie das letzte Mal nach der Zeit gesehen hatte, aber in Wirklichkeit war es nur ein paar Minuten später.

Pollys Ängste wurden immer irrationaler, bis sie sich schließlich selbst überzeugt hatte, daß das Haus bereits brannte und sie von etwa hundert genagelten Stiefeln zu Tode getrampelt würde.

Sie beschloß, Zuflucht auf dem Parkplatz zu suchen. Falls Tristan je aus dieser Kammer auftauchen und sich daran erinnern würde, daß er sie hergebracht hatte, konnte er sie dort finden. Aber da er schon fast eine Stunde unsichtbar war, hatte er sie möglicherweise längst vergessen. In diesem Fall mußte sie sich Gedanken darüber machen, wie sie nach Hause kommen sollte. Wahrscheinlich regnete es immer noch in Strömen, aber sie hatte ja ihre Jacke, und da draußen war es sicherer und vergleichsweise ruhig.

Sie drängte sich an einem Mann mit riesigem Cowboyhut, einer weißgesichtigen, schwarzäugigen Maid in Lederfransen und zwei halb bewußtlosen Teenagern vorbei, die bestimmt keine Chance zu überleben hatten, wenn wirklich ein Feuer ausbrach, dann kam sie endlich an die frische Luft.

Sie atmete ein paarmal tief durch und grübelte, während sie sich die Jacke anzog, über die Auswirkung des passiven Doperauchens nach. In diesem Augenblick fiel ihr ein Wagen mit offener Motorhaube auf.

Sie war selbst erst vor kurzem in einer ähnlich prekären Situation gewesen und konnte den armen Teufel nicht ignorieren. Sie huschte aus ihrem Unterschlupf unter dem Vordach und schlitterte über den schlammigen Parkplatz.

»Kann ich Ihnen helfen?«

Den Regen, der auf sie niederprasselte, empfand sie als willkommene Erfrischung, aber dem armen Studenten, der sich mit einer Taschenlampe über den Motor beugte, erging es wahrscheinlich ganz anders.

Er schaute auf und wischte die goldenen Strähnen, die sich aus seinem Pferdeschwanz gelöst hatten, aus dem Gesicht.

»Vielleicht hab' ich's schon repariert.«

Sie erkannten sich gleichzeitig – was sehr für Patrick Lokking-Hill sprach. Er trug mehr oder weniger dieselben Kleider wie bei ihrer letzten Begegnung, sein Kniescheiben ragten durch die löchrige Jeans wie Knochen durch ein Leichenhemd, aber Pollys ›Calamity Jane‹-Outfit war weit entfernt von einem kleinen Schwarzen mit Perlenkette.

»Oh, hallo«, sagte er sichtlich verlegen. Seine Jacke war vollkommen durchweicht. Phrasen wie ›über seine Kräfte hinausgewachsen‹ gingen Polly durch den Kopf, als er die Motorhaube zuschlug und einstieg, weil er so schnell wie möglich von der Person weg wollte, die ihm schon zum zweitenmal unter unseligen Umständen begegnete. Der Motor gab ein klägliches Winseln von sich und starb ab.

»Wie wär's mit Anschieben?« schlug Polly vor, nachdem sie ein paar fruchtlose Versuche, das Auto doch noch zum Anspringen zu bewegen, beobachtet hatte. »Ich bin sicher, du findest da drin ein paar Leute, die dir helfen.«

Der bittere Zug um seinen Mund ließ Zweifel aufkommen. Vielleicht hatte sich der ehemalige Internatszögling nicht gut in die Menschenmenge eingefügt.

»Nee.« Ein winziger Hoffnungsfunke leuchtete in seinem trostlosen Gesicht auf. »Aber vielleicht . . . wenn Sie sich ans Steuer setzen, könnte ich den Wagen bis zu dem steilen Stück schieben, dann rollt er, und Sie können ihn starten.«

Polly sah in die Richtung, in die er deutete, erkannte durch den Regenschleier aber nur, daß das Gelände nur ganz leicht abfiel.

»Wir könnten es zumindest versuchen.«

Sie war nicht überzeugt, daß es klappen würde, aber Patrick tat ihr leid. Seine kultivierte Ausdrucksweise paßte so gar nicht zu seinem strähnigen Haar und den mehrfach durchstochenen Ohrmuscheln.

Sie stieg in seinen baufälligen Fiat Panda und rückte den Sitz so weit nach vorn, daß sie die Pedale erreichen konnte, Patrick nahm seine Position hinter dem Auto ein.

»Sie wissen, was Sie tun müssen?«, schrie er. »Halten Sie den Fuß auf der Kupplung, und wenn . . .«

»Ich weiß, wie das geht!« schrie sie zurück.

Polly hatte sich längst daran gewöhnt, daß männliche Wesen einer Frau nichts zutrauten, wenn es um technische Dinge oder ums Autofahren ging, selbst wenn die in Frage kommende Frau ihren Führerschein mindestens fünfzehn Jahre länger hatte als dieses männliche Wesen. Aber es ärgerte sie nach wie vor. Sie wartete geduldig, bis sich das Auto bewegte. Patrick schob und schob, bis sich Polly schon fragte, ob er sich den ganzen Weg bis Laureton so abschuften wollte. Dann endlich nahm der Wagen Geschwindigkeit auf. Polly erledigte ihren Teil, und der Motor sprang an.

Als Polly einmal um den Parkplatz und zu der Stelle gefahren war, an der Patrick stand, kam er zur Fahrertür, um sich bei ihr zu bedanken.

Schon beim ersten Wort schlug Polly ein bitterer Geruch nach Alkohol entgegen. Sie hatte eigentlich aussteigen wollen, aber jetzt blieb sie, wo sie war. Es würde ihm nicht gefallen, aber sie konnte Davids Sohn nicht in diesem Zustand selbst fahren lassen.

Sie holte einmal tief Luft. »Wenn du getrunken hast, solltest du nicht mehr fahren.« Sie erstickte seinen Protest mit einer Handbewegung. »Ich will nicht pedantisch sein, und ich weiß genau, daß du noch fahren könntest –« sie kreuzte insgeheim die Finger bei dieser Lüge –, »aber das New Inn ist nicht gerade als alkoholfreies Lokal bekannt. Du läufst Gefahr, von der Polizei angehalten zu werden – zu diesem abgelegenen Pub kommt jeder mit dem Auto –, und wenn die Bullen in einer Woche nicht genügend Strafzettel ausgestellt haben, kommen sie immer her und lassen alle blasen«, setzte sie in der Hoffnung hinzu, daß eine Anspielung auf die Gemeinheiten der örtlichen Polizei sein Herz ein wenig für sie erwärmen würde.

Er seufzte und stampfte einmal mit dem Fuß auf. »Wie soll ich dann nach Hause kommen? Mein alter Herr bekommt einen Anfall, wenn ich nicht auftauche.«

»Du könntest ihn anrufen und alles erklären. Immerhin zeigst du Verantwortung, wenn du dich nicht mehr ans Steuer setzt. Du könntest bei einem Freund übernachten.«

»Bei welchem Freund? Ich habe keinen, den er akzeptiert.«

»Wie steht's mit einem Taxi?«

»Und womit soll ich das bezahlen? Die sind nicht von der Wohlfahrt, müssen Sie wissen.«

Wenn Polly genügend Geld bei sich gehabt hätte, dann hätte sie ihm das Fahrgeld gegeben, aber zwei Pfund fünfzig würden nicht reichen. »Würde dich dein Vater abholen?«

Der Junge schüttelte den Kopf. »Auf gar keinen Fall.«

»Bist du sicher? Die meisten Väter würden ihre Söhne lieber abholen, als sie betrunken nach Hause fahren zu lassen.«

»Wenn er wüßte, daß ich etwas getrunken habe, würde er mich umbringen. Er hat wegen der Geschichte neulich vollkommen durchgedreht.«

Polly wünschte fast, sie wäre in der relativen Sicherheit der verräucherten, mit berauschten Halbwüchsigen vollgestopften Feuerfalle geblieben, der sie gerade entkommen war. Sie wußte, daß Patrick recht hatte.

»Trotzdem muß es ihm doch lieber sein, du rufst ihn an und ...«

»Ich rufe nicht zu Hause an. Ich fahre per Anhalter, wenn ich muß.«

Und wer, glaubst du, wäre so verrückt, dich von der Straße aufzulesen – in diesem Aufzug und betrunken? fragte sie sich, war aber so taktvoll, ihre Bedenken nicht laut auszusprechen.

»Hör mal, ich hab' nicht viel getrunken. Ich bringe dich heim.«

»Sie läßt man genauso blasen wie mich«, schmollte er.

»Das stimmt, aber bei mir wird man nicht so viel Alkohol finden wie bei dir. Steig ein und warte auf mich. Ich muß jemandem eine Nachricht hinterlassen.«

Sie nahm den Wagenschlüssel mit und trottete über den Parkplatz bis zur Küche des Pubs. Dort schrieb sie eine kurze Notiz für Tristan auf eine Serviette und bat eine der Serviererinnen, sie ihm zu geben. Dann machte sie, daß sie wegkam.

Patrick war noch in der Lage, Polly klar und deutlich Richtungsanweisungen zu geben, und sie lobte sich selbst insgeheim für diese gute Tat, als der Wagen plötzlich stehenblieb und sich nicht mehr vom Fleck rührte.

»O *Scheiße*!« Patrick drosch mit der Faust auf das Armaturenbrett ein und sah Polly um Entschuldigung heischend an.

»Schon gut, ich benutze das Wort selbst oft genug«, sagte sie. »Was meinst du, wo das Problem liegt?«

Er bedachte sie mit einem Blick, der ihren Willen zur Hilfsbereitschaft zunichte machte und ihr verriet, daß er sie für eine Idiotin hielt. Die Ursache dieser Katastrophe war nichts Neues. »Wir haben kein Benzin mehr.«

»Oh. Na ja, jetzt müssen wir deinen Vater anrufen.«

»Auf keinen Fall! Wir können von hier aus zu Fuß gehen – wenigstens ich kann das. Es besteht keine Notwendigkeit, daß Sie mitkommen.«

Jetzt hatte Polly Grund, sauer zu sein. »Vielen herzlichen Dank. Nichts gefällt mir besser, als eine Nacht allein in einem liegengebliebenen Auto zu verbringen. Ich mache das immer, wenn ich Urlaub habe.«

»'tschuldigung. Daran hab ich nicht gedacht.«

»Nein, du hast 'ne Menge anderes im Kopf. Aber wenigstens wird dich dein Vater nicht anschreien, wenn ich dabei bin.«

Polly sah aus den Augenwinkeln, wie seine Zähne weiß aufblitzten. »Nein, wahrscheinlich brüllt er Sie dafür an.«

Ein Schauder lief ihr über den Rücken, und sie bereute bitter, ihren schweren Mantel nicht angezogen zu haben. Sie stellte den Kragen ihrer Jacke hoch und stieg aus. »Unsinn! Er wird mir überschwenglich danken müssen.«

»Ja. Das macht ihn sicher krank.«

Sie brauchten eine halbe Stunde. Nach den ersten fünf Minuten merkte Polly, daß ihre Stiefel dieses Abenteuer nicht heil überstehen würden. Nach zehn fragte sie sich, ob sie dazu imstande war. Ihre Jacke war bereits vollkommen durchnäßt, und sogar ihr BH fühlte sich feucht an. Und die Jeans war so eng geworden, daß eine Zwangsjacke gemütlich und bewegungsfreundlich im Vergleich dazu gewesen wäre. Patrick marschierte mit seinen langen Beinen und den bequemen Gesundheitsschuhen forsch und schnell über den schlammigen Weg. Polly kämpfte, um ihm nachzukommen, und riskierte bei jedem Schritt einen verstauchten Knöchel, aber ihr war klar, daß sie nur dieses schnelle Tempo vor Unterkühlung bewahren konnte. Hin und wieder blieb Patrick stehen und wartete, bis Polly ihn eingeholt hatte, aber schon in dem Moment, als sie auf gleicher Höhe war, lief er weiter, so daß sie nie nebeneinander gingen. Seine Stimmung war düster, weil er eine heftige Auseinandersetzung auf sich zukommen sah.

Das Mitgefühl, das Polly anfangs für ihn empfand, als seine Zwangslage offenkundig geworden war, verflüchtigte sich lange, bevor sie die Auffahrt zum Locking-Hill-Anwesen erreichten. Als sie zur Eingangstür des nicht übermäßig großen, aber prächtigen Hauses kamen, hatte sie nur noch Mitleid mit sich selbst.

Ihr Haar klebte an ihrem Kopf, ihre Zähne klapperten so laut, daß sie kaum noch ihre eigenen Gedanken hören konnte, und die Wimperntusche, vom Regen aufgeweicht, lief ihr brennend in die Augen, so daß sie so gut wie nichts mehr sah. David mußte sie schon mit einem ganzen Berg von Dankbarkeit überschütten, um ihre Stimmung aufzuhellen.

Patrick drückte auf einen glänzenden Messingknopf, und im Inneren schlug eine wohltönende Glocke an. Als er hörte, wie verschiedene Riegel zurückgeschoben und Schlüssel im Schloß umgedreht wurden, sah er Polly verschwörerisch an. Die Tür schwang auf.

»Was, zum Teufel . . .« Wut, Erleichterung und Verwirrung zeichneten in rascher Folge Davids Gesicht. Die Wut blieb, zwar hatte er sie unter Kontrolle, aber ganz unterdrücken konnte er sie nicht. »Polly! Was machen Sie hier?«

Sie zwinkerte das Wasser und die Schminke aus den Augen. »Ich bringe Patrick nach Hause.«

Patrick nutzte den knappen Wortwechsel, stahl sich wie ein geschickter Dieb an ihr vorbei und stürmte mit vier riesigen Sätzen wie ein großer Hund die elegante Treppe hinauf. David sah ihm ärgerlich nach, dann schenkte er Polly wieder seine ganze Aufmerksamkeit.

»Und wieso war das nötig?«

Polly, die immer noch auf der Türmatte stand und dort eine gewaltige Pfütze hinterließ, gefiel sein Tonfall ganz und gar nicht. »Es ist nicht meine Sache, Ihnen das zu erklären. Vorläufig sollte es Ihnen genügen, wenn ich sage, daß es wirklich nötig war.« Sie funkelte ihn böse an und kam seinem nächsten Argument zuvor. »Uns ist unterwegs das Benzin ausgegangen.«

»Ich verstehe.« Endlich fiel David auf, daß sie naß bis auf die Knochen war. »Kommen Sie lieber rein.«

Kapitel 14

Diese Marmorhalle ließ die von Melissa langweilig und klein aussehen, und Pollys Erdgeschoß hätte mindestens zweimal in diesen Saal gepaßt. Ein riesiger Kamin, der bis zum Dach reichte, war mit Engelchen verziert, die Neuankömmlingen mißbilligend entgegensahen. Die Möbel schienen alle antik zu sein, und zweifellos gab es hier eine Mrs. Danvers-Type, die ihr Leben der Schufterei und dem Polieren der edlen Erbstücke gewidmet hatte und erst Ruhe finden konnte, wenn das Haus der Museums- und Schlösserverwaltung übereignet wurde.

»Ich ziehe besser meine Stiefel aus«, sagte Polly, nachdem sie sich kurz umgesehen hatte. »Sonst wird Ihre Haushälterin böse.«

David nahm offensichtlich nicht so viel Rücksicht auf die Empfindlichkeiten dieser Person wie Polly und sah irritiert zu, wie sie sich abmühte, die verdreckten Stiefel von den Füßen zu ziehen. Schließlich riß ihm der Geduldsfaden, er hob Polly hoch und trug sie schwankend zu einem Sessel.

Polly hatte Lust zu knurren und zu fauchen wie eine Katze, die man von ihrem Lieblingsplatz wegholt, aber da es auf dem Sessel bequemer war, als an der Tür auf einem Bein zu hüpfen, tat sie nichts dergleichen.

Er zog ihr mit zwei geschickten Handgriffen die Stiefel aus, wischte sich die verschmierten Hände an einem blütenweißen Taschentuch ab und sah sich genauer an, was ihm sein Sohn mit unübersehbarem Widerwillen ins Haus geschleppt hatte.

»Geben Sie mir Ihre Jacke», forderte er kalt und zerrte sie ihr mehr ärgerlich als zuvorkommend von den Armen. »Kommen Sie zum Feuer, damit Sie trocken werden.«

Polly tapste in die Richtung, in die er zeigte, und fragte sich, wie lange sie ihren eigenen Zorn noch im Zaum halten konnte. Davids Benehmen und ihre Lage waren gleichermaßen unerträglich. Erst opferte sie sich auf, um Patrick vor einer kriminellen Handlung zu bewahren, und statt seinen erbosten Vater zu beschwichtigen und ihm alles zu erklären, verdrückte sich dieser Feigling und überließ es ihr, mit der Wut seines Erzeugers fertig zu werden.

Ihre Füße verursachten dunkle, feuchte Flecke auf dem Marmorboden, und Polly hoffte, daß der Teppich in Davids Wohnzimmer auch hell war, damit ihre Spuren dort einen bleibenden Eindruck hinterließen. In der Halle befand sich bestimmt schon eine Masse Dreck, und wenn es in dieser Welt noch eine Gerechtigkeit gab, dann würde ihm seine Mrs. Danvers morgen mit einer ordentlichen Standpauke in den Ohren liegen.

David öffnete eine Tür und führte Polly in den Salon. Nur der Bereich vor dem Kamin war beleuchtet, der Rest des Raums lag im Dunkel. Das Licht der Flammen tanzte über einen auf Hochglanz polierten Parkettboden und über abgetretene Persianerteppiche. Die wenigen Möbel, die zu sehen waren, befanden sich offenbar schon seit Generationen im Besitz der Familie. Eine große Eichentruhe füllte den Platz zwischen zwei Terrassentüren mit schweren Brokatvorhängen, die zu einem zarten Nilblau verblaßt waren. Auf einem Spieltisch an der gegenüberliegenden Wand stand eine Lampe. Bilder hingen an den Wänden: eine Serie botanischer Stiche von Äpfeln, alte Landkarten und Ahnenporträts teilten sich den zur Verfügung stehenden Platz mit sehr modernen, impressionistischen Gemälden.

Hier war nichts von dem Überfluß und Luxus, den man in Melissas von Designern durchgestylten Salon vorfand, zu sehen. Im Gegenteil – der Raum wirkte fast ein wenig schäbig, aber es war die Art von Schäbigkeit, die selbst Melissa als Klasse erkennen würde. Die Anhäufung kupfergestochener Einladungen auf dem Kaminsims war erschreckend.

Wenigstens das Feuer hieß sie willkommen. Ein Polstersofa stand in respektvollem Abstand zum Kamin, also ließ sich Polly in den Ohrensessel fallen, der sich viel näher an der Wärmequelle befand. Dabei schenkte sie weder der Leselampe Beachtung noch dem offenen Buch oder all den anderen Anzeichen, die darauf hindeuteten, daß es sich der Hausherr hier ursprünglich gemütlich gemacht hatte.

»Darf ich Ihnen irgend etwas anbieten?« Davids Wut war in Höflichkeit gehüllt, aber nur unzureichend. »Tee, Kaffee? Oder etwas Stärkeres?« fügte er hinzu, als sie nicht antwortete.

Die Konturen seines Gesichts wirkten sehr streng, während er sich leicht über sie beugte. Er trug einen Wollpullover und eine Cordhose, und beides ließ seine Schultern breiter und seine Beine länger aussehen als sonst. Seine Beine waren leicht gespreizt, und er hatte eine Hand in die Hüfte gestemmt – eine Herrscherpose. Wenn sie jünger und nicht so naß gewesen wäre oder wenn man ihr auch nur die geringste Schuld an der prekären Situation hätte geben können, hätte er ihr Angst eingejagt. Sie sah ihm direkt in die Augen.

»Etwas Stärkeres. Etwas viel Stärkeres.«

Für jemanden, der seine Gefühle so meisterlich verstecken konnte, wurde seine Miene plötzlich erstaunlich ausdrucksvoll. Die Verachtung war nicht zu übersehen, und er hatte Mühe sie nicht auch in seinem Tonfall deutlich werden zu lassen.

»Was? Whisky? Gin? Wodka habe ich leider nicht da.«

»Whisky. Bitte«, setzte sie hinzu, weil sie meinte, daß wenigstens einer von ihnen Manieren bewahren sollte.

Er ging zu einem Beistelltisch aus Rosenholz, auf dem ein Silbertablett – zweifellos eine Trophäe, die ein Locking-Hill nach einem Ruderwettbewerb nach Hause gebracht hatte – mit zwei Karaffen und ein paar Gläsern stand.

»Ich fürchte, ich habe kein Gingerale. Was möchten Sie statt dessen – Soda, Wasser?«

»Keins von beidem, danke.«

»Womit möchten Sie dann Ihren Whisky verdünnen?«

»Nichts. Ich mag ihn pur.«

Er schenkte sich auch einen Drink ein und kehrte zum Kamin zurück. »Ich hätte nicht gedacht, daß Sie trinken.«

Polly blitzte ihn giftig an. »Ich ›trinke‹ nicht, wie Sie es so vornehm ausdrücken. Ich bin nur naß bis auf die Knochen und friere, und zudem habe ich zufällig Lust auf einen Whisky.« Sie senkte den Blick auf das Glas, das er ihr reichte, sah aber nicht, wie erwartet, die winzige Pfütze, sondern gut zwei Finger breit Whisky. Sie nahm einen Schluck. Wenn ihre Geschmacksnerven sie nicht täuschten, war das ein reiner Maltwhisky – so rauchig und moosig wie ein Torffeuer.

Polly vergab David fast seine boshafte Bemerkung und strich Gemeinheit und Geiz von der Liste seiner Charaktermängel. Dann bedankte sie sich ein wenig verspätet.

Er trank auch einen Schluck aus seinem Glas, ließ sich in dem Sessel ihr gegenüber nieder und streckte die Beine dem Feuer entgegen. »Jetzt erzählen Sie mir, wie es dazu kommen konnte, daß Sie meinem Sohn zum zweitenmal aus einer Klemme helfen mußten.«

Polly gönnte sich noch einen Schluck und lehnte sich zurück. Das Feuer hatte zumindest die schlimmste Nässe durchdrungen und ein wenig Kälte neutralisiert, der Alkohol tat ebenfalls seine Wirkung. Noch eine Viertelstunde, dann ging es ihr wieder bestens.

»Sollten Sie das nicht lieber Patrick fragen?« erwiderte sie.

»Patrick und ich haben ein ernstes Kommunikationsproblem. Etwas von ihm in Erfahrung zu bringen ist äußerst zeitraubend.«

»Vielleicht wäre es eine gut investierte Zeit.«

Seine Augenbrauen zuckten. »Vielleicht, aber gerade Zeit habe ich im Moment am allerwenigsten.«

Sie zögerte immer noch.

»Ich werde ihm sagen, daß ich Sie mit allen Mitteln gezwungen habe, mir die Geschichte zu erzählen«, schlug er trocken vor. »Das nimmt er mir sofort ab, das kann ich Ihnen versichern.«

»Schüchtern Sie Ihren Sohn ein, David?«

Seine Augen verengten sich zu Schlitzen. »Haben Sie meinen Sohn gekidnappt, Polly?«

Das war ein ungeheuerlicher Vorwurf. »Selbstverständlich nicht! Wofür halten Sie mich, für eine Kinderverführerin?«

»Wenn Sie sich angesprochen fühlen . . .«

»Das tue ich nicht!« Plötzlich stand ihr das Bild von Tristan vor Augen, und sie wurde rot. Verfluchter David und verdammt, daß man ihr immer ansah, wenn man sie in Verlegenheit gebracht hatte.

»Nein? Ich dachte Sie hätten eine Vorliebe für die Jungen.«

»Ich mag junge Menschen ja, aber gewiß nicht in sexueller Hinsicht!«

Offensichtlich hatte David die richtigen Schlüsse aus Tristans spätem Auftritt bei ihrer Dinnerparty gezogen, doch es schien ihm Schwierigkeiten zu bereiten, den Unterschied zwischen einem durchtriebenen Fünfundzwanzigjährigen und einem gerade erst flügge gewordenen Schuljungen zu erkennen.

Sie spürte, daß sie ihre Schroffheit ein bißchen zu weit getrieben hatte, und versuchte, ihren Ausbruch abzuschwächen. »David, Patrick ist wirklich ein lieber Junge, aber ich kann mir nicht vorstellen, daß er sehr viel älter als achtzehn ist.«

»Er ist siebzehn.«

Es wurde immer schlimmer. »Und Sie beschuldigen mich, ich würde ein bloßes *Kind* verführen wollen?«

»Es würde ihm nicht gefallen, daß Sie ihn ein Kind nennen. Und ich beschuldige Sie keineswegs – ich versuche nur, die Wahrheit herauszufinden. Dabei sind Sie mir leider nicht unbedingt eine Hilfe.«

So hochnäsig wie er konnte sie auch sein. »Ich bitte vielmals um Verzeihung«, erwiderte sie eisig. »Auf keinen Fall möchte ich Sie behindern.«

»Freut mich, das zu hören. Dann werden Sie mir jetzt sicherlich erzählen, wo und wie Sie ihn getroffen haben.« Er machte es sich bequem wie jemand, der sich auf eine Märchenstunde einrichtet.

Sie öffnete den Mund, um etwas zu sagen, aber dann nahm sie doch lieber erst einen Schluck von ihrem Whisky. Wußte David, daß Patrick in verrufene Kneipen ging und sich betrank? Nach allem, was Patrick gesagt und wie er sich bis jetzt benommen hatte, würde David nicht unbedingt als Kandidat für den tolerantesten Vater des Jahres vorgeschlagen werden. Vielleicht strich er Patrick das Taschengeld, oder er entschied sich für eine andere der Strafen, die heutzutage so üblich waren.

»Sie können mir die Sache ruhig erzählen, Polly. Die Wirklichkeit kann nicht schlimmer sein als das, was ich mir vorstelle.«

Polly gab sich geschlagen. »Es ist gar nicht so schrecklich. Ich war im New Inn, und als ich frische Luft schnappen wollte, entdeckte ich Patrick auf dem Parkplatz. Er versuchte, sein Auto zu starten. Natürlich wußte ich zuerst nicht, daß es Patrick war, aber ich dachte, da könnte jemand Hilfe brauchen. Er schlug vor, daß er den Wagen anschiebt und ich mich hinters Steuer setze und ihn starte.«

»Und warum sind Sie mit ihm hierher gekommen? Brauchten Sie selbst eine Mitfahrgelegenheit?«

Typisch David, daß er den wunden Punkt auf Anhieb fand. »Eigentlich nicht.« Sie hätte auch ohne Tristan eine Möglichkeit gefunden, nach Hause zu kommen. »Aber ich ... ich dachte, daß Patrick vielleicht ein bißchen zuviel getrunken haben könnte.« Sie machte eine Pause. »Er sieht Ihnen sehr ähnlich, wissen Sie das?«

»Ja.« Diese Feststellung schien ihm keinerlei Genugtuung zu bereiten.

»Wie auch immer, ich kann doch nicht zulassen, daß sich

das Kind eines Bekannten hinters Steuer setzt, wenn es getrunken hat. Dieses Pub ist berüchtigt, und die Polizei taucht dort öfter auf.«

»Ich weiß.«

»Deshalb habe ich Patrick angeboten, ihn nach Hause zu fahren.«

»Und Sie selbst waren ganz nüchtern?«

»Lieber Himmel! Was soll das? Ich habe Ihren Sohn vor einer möglichen Straftat und Schwierigkeiten mit der Polizei bewahrt und werde jetzt einem strengen Verhör unterzogen? Ich denke, *Sie* würden jemanden, der ein halbes Lagerbier getrunken hat, nicht mehr als nüchtern ansehen, aber ein Alkoholtest hätte nichts ergeben. Und ich habe auch nicht nach abgestandenem Bier gestunken.«

»Was ist mit Ihrem Auto?«

»Ich war nicht mit meinem Auto dort.«

»Also sind Sie mit meinem Sohn auf und davon, ohne ein eigenes Transportmittel zu haben?«

»Ich bin nicht auf und davon, ich habe eine Nachricht hinterlassen.«

»Also haben Sie aus reiner Menschenfreundlichkeit gehandelt?«

Sie nahm all ihre angeknackste Würde zusammen. »Mark Twain sagt, daß es keine selbstlosen Handlungen gibt. Aber in der Annahme, daß Frauen mittleren Alters weit weniger von der Polizei aufgehalten werden als siebzehnjährige Jungs mit langen Haaren, habe ich getan, was ich für jedes Kind meiner Freunde getan hätte.« Ab jetzt zählst du bestimmt nicht mehr zu denen, die ich Freunde nenne, fügte sie im stillen hinzu.

Möglicherweise zum allerersten mal in seinem Leben zeigte sich David ehrlich belustigt. »Man könnte Sie alles mögliche nennen, Polly, aber ganz bestimmt nicht eine Frau mittleren Alters.«

»Gut.« Sie lehnte sich wieder zurück, spielte mit ihrem Glas und funkelte ihn an. »Plötzlich hatten wir kein Benzin mehr und mußten die letzte Meile – oder waren es zehn? – zu Fuß gehen.«

»Ich verstehe.«

»Das hoffe ich. Es paßt mir gar nicht, daß Sie mich beschuldigen, Kinder zu verführen, ganz zu schweigen vom Kidnapping und Fahren unter Alkoholeinfluß.«

»Ich entschuldige mich in aller Form dafür. Aber eines würde mich doch noch interessieren: Was hatten *Sie* in dieser Bruchbude zu suchen?«

»Dort fand eine Party statt.«

»Sie waren auf derselben Party wie *Patrick*?«

Sie zuckte mit den Schultern. »Wahrscheinlich.«

»Waren die Leute dort nicht doch ein bißchen zu jung für Sie?«

»Nein.« Sie hatte sich aus tausend Gründen fehl am Platz gefühlt, aber sie war bestimmt nicht der älteste Partygast gewesen.

»Mit wem waren Sie dort? Mit diesem komischen Vogel vom Radio?«

Polly knirschte mit den Zähnen. »Was, wenn ich fragen darf, geht Sie das an?«

Sie maßen sich einen langen Moment mit wütenden Blikken.

»Das New Inn ist nichts für Menschen Ihres Schlags, Polly.«

Er hatte vollkommen recht, aber sie würde in keinem Punkt Zugeständnisse machen. »Selbst wenn Sie mich gut genug kennen würden, um das beurteilen zu können, wäre das ganz allein meine Sache und nicht die Ihre. Und unterstehen Sie sich, mich in irgendeine Schublade zu stecken. Ich bin eine individuelle Person, kein Typ.«

David stand auf und schubste mit dem Fuß die Holzscheite ins Feuer. Pollys erfahrenem Blick entging nicht, daß das überhaupt nicht nötig gewesen wäre. »Ich bitte noch einmal um Verzeihung«, sagte er. »Und es tut mir leid, daß ich Ihnen nicht mehr Dankbarkeit entgegengebracht habe dafür, daß Sie so freundlich zu Patrick waren. Als Vater mache ich mir immer Sorgen.«

Mitgefühl in Kombination mit dem Whisky spülte ihren Ärger weg. »Das kann ich mir vorstellen.«

»Und jetzt wollen Sie mir bestimmt ein paar Tips geben, wie man mit der Jugend von heute besser zurechtkommt.«

»Ich? Wieso, zum Teufel, sollte ich Ihnen Tips geben? Was weiß ich schon davon?«

»Neulich haben Sie ein Loblied auf die jungen Leute gesungen.«

Polly kicherte leise. »Ich liebe Kinder, bis sie fünfzehn werden, dann gehen sie mir gewaltig auf die Nerven. Die über Sechzehnjährigen bewohnen meiner Ansicht nach einen fremden Stern und sprechen eine ganz andere, mir unverständliche Sprache.«

David seufzte trübsinnig. »Der Mangel an Erfahrung hält gewöhnlich keinen Menschen davon ab, großzügig gute Ratschläge zu verteilen.«

»Wie viele Kinder haben Sie?«

»Zwei. Ich habe außer Patrick noch einen Sohn. Er besucht im Moment die Universität.«

»Sie sind bestimmt stolz auf ihn.«

»Ja. Er ist sehr tüchtig und dürfte gut vorwärtskommen.« Er seufzte wieder. »Was Patrick mit seinem Leben anfangen wird, weiß Gott allein.«

»Ich könnte mir denken, daß Patrick seine eigenen Ideen hat.«

»Wenn ja, würde ich mich freuen, etwas darüber zu hören. Aber wie sie schon sagten, er spricht eine ganz andere Sprache.«

Er wirkte so niedergeschlagen und besorgt, daß Polly sich wünschte, sie könnte ihm helfen. »Vielleicht ist sie gar nicht so anders«, meinte sie.

»Ich fürchte, unser Verhältnis ist so schwierig wie das vieler Väter zu ihren Söhnen. Aber jetzt –« Er verfiel schlagartig wieder in die Rolle des Gastgebers –, »was tun wir jetzt mit Ihnen?«

Pollys Nackenhaare sträubten sich. »Es besteht keine Notwendigkeit, daß *Sie* etwas tun. Ich bin durchaus fähig, für mich selbst zu sorgen.«

»Ach ja? Schön, das zu hören. Wie wollen Sie nach Hause kommen?«

»Na ja, ich . . .« Sie hielt inne und durchdachte rasch ihre Möglichkeiten. Sie könnte ein Taxiunternehmen anrufen und einen Wagen kommen lassen. Sie könnte David bitten, sie nach Hause zu fahren. Sie könnte die Nacht hier verbringen. Sie könnte bis zum nächsten Hotel gehen und Tellerwaschen, um fürs Bett zu bezahlen.

Das Taxi erschien ihr als die beste Idee, nur hatte sie leider nicht genügend Geld dabei, und auch ihre Büchse zu Hause war leer. Wenn David nur jemand wäre, von dem man sich Geld leihen könnte, aber schon allein der Gedanke daran verursachte ihr Unbehagen. Wenn sie nicht so ein weichherziger Dummkopf wäre, dann wäre ihr der ganze Schlamassel erspart geblieben. Sie holte tief Luft.

»Würde es Ihnen etwas ausmachen, mich nach Hause zu bringen, David?« Als keine Antwort kam, fuhr sie fort: »Ich weiß, es ist eine Zumutung, aber ich wäre nicht hier, wenn Patrick nicht . . .«

»Meine liebe Polly, ich bin mir vollkommen bewußt, daß Sie mir und Patrick einen großen Gefallen getan haben, als sie dafür sorgten, daß er unversehrt und ohne von der Polizei behelligt zu werden nach Hause gekommen ist, aber ich fürchte, ich kann Sie nicht fahren.«

»Sie können nicht? Warum nicht?«

Er deutete auf sein Glas. »Ich habe schon etwas getrunken, bevor Sie hier ankamen, und da ich jetzt weiß, wie sie über Alkohol am Steuer denken, darf ich das Risiko nicht eingehen.«

Bei jedem anderen Menschen hätte Polly erhebliche Zweifel an dieser tugendhaften Haltung gehabt. Da der Plan mit dem Hotel kaum durchführbar war, mußte sie David wohl oder übel um das Taxigeld bitten. Eine Menge Skrupel, die sie bis jetzt noch nicht gekannt hatte, machten ihr diese Bitte unglaublich schwer.

»Leihen Sie mir einen Fünfer, David.«

David zog eine Augenbraue hoch und zuckte mit den Achseln.

»Leider kann ich damit nicht dienen. Ich habe kein Bargeld im Haus.«

Nachdem sie sich schon einmal überwunden hatte, konnte sie eine abschlägige Antwort nicht so ohne weiteres hinnehmen.

»Das kann nicht sein.« Jeder Stein und jedes polierte Möbelstück in diesem Haus strahlte Reichtum aus. Irgendwo mußte ein Bündel Zehner herumliegen. »Vielleicht in der Küche? Irgendwie müssen Sie den Milchmann doch bezahlen.«

»Ich gebe ihm einmal im Monat einen Scheck.«

»Der Zeitungsjunge – müssen Sie ihm kein Geld geben?«

»Nein, ich habe ein Abonnement. Und für jemanden, der so peinlich darauf bedacht ist, auseinanderzuhalten, was wessen Angelegenheit ist, stellen Sie mir eine Menge persönliche Fragen.«

Polly wurde knallrot, aber sie weigerte sich, klein beizugeben. »Ich kann einfach nicht glauben, daß Sie nicht genügend Geld zusammenkratzen können, damit ich mir ein Taxi rufen kann.«

»Wollen Sie, daß ich meine Hosentaschen nach Münzen durchwühle?«

Sie war tatsächlich drauf und dran, ihn zu bitten, die Taschen nach außen zu stülpen, um sich selbst davon zu überzeugen, daß nichts zu finden war. Aber sein arroganter Blick zwang sie, das Thema fallenzulassen. Sie sank in sich zusammen und kochte vor Zorn.

Er verschwand, während Polly die Wäschefächer absuchte. Hatte David oder die verstorbene, betrauerte Angela darauf bestanden, daß alles seinen angestammten Platz hatte und auch an diesem Platz aufbewahrt wurde?

Sie zog ein perfekt gebügeltes Laken heraus. Es wog eine Tonne. Polyester-Baumwoll-Gemisch war nichts für die Locking-Hills, wie es schien. Polly entschied sich für einen hübschen, geblümten Bezug aus dem Fach mit der Aufschrift »Doppelbettbezüge« und zwei gerüschte Kissenbezüge aus demselben Stoff.

»Hier, das dürfte Sie warmhalten.« David reichte ihr einen Morgenrock, der als Kostüm bei einem Noel Coward-Stück hätte durchgehen können. Er war aus maronenfarbener Seide mit dunkelblauen Besätzen und einer dunkelblauen Kordel. David mußte er bis zu den Knöcheln reichen.

»Danke.«

»Bringen Sie Ihre Kleider mit, dann hänge ich sie irgendwo zum Trocknen auf. Kommen Sie in die Küche, sobald Sie fertig sind.« Er grinste. Sie hatte gar nicht mehr gewußt, daß er ein Grinsen zustande bringen konnte. »Ich tue die Eier erst in die Pfanne, wenn Sie unten sind.«

Polly lächelte scheu zurück. »Gut.«

»Vergessen Sie nicht, daß Sie Handtücher brauchen. Da sind welche.«

Er deutete mit der Hand auf eine Reihe Fächer, die nach Badezimmern benannt waren. Polly fand schnell ihr Bad (»schönstes Gästezimmer«). Sie waren weiß mit perlgrauen Spitzenrändern und altrosa Stickereien. Patricks (»Jungs«) waren hellgrün. Davids waren diskret dunkelblau und ohne jede Verzierung.

Wie nach den Handtüchern zu erwarten war, paßte das Bad farblich perfekt zum Schlafzimmer. Ein bißchen zu langweilig für Pollys Geschmack, aber genau das, was man vermuten konnte, wenn man die beschriftete Wäschekammer gesehen hatte und wußte, daß die Handtücher nach Farben geordnet waren.

Selbst die Seife und der Badeschaum waren Ton in Ton mit der Umgebung. Der Badeschaum befand sich in einer blaßgrauen Flasche mit einer weißen Taube. Polly schraubte die Flasche auf und schnupperte vorsichtig daran. Ein erstaunlich angenehmer Duft. Davids Mrs. Danvers kaufte offensichtlich all die Toiletteartikel, die Angela eingeführt hatte, um ihr farbliches Schema intakt zu halten.

Polly versagte sich weitere *Rebecca*-Phantasien, stellte jedoch wilde Spekulationen über die Haushälterin und ihre Eifersucht an, die sie jeder Frau entgegenbringen würde, die den Platz der geliebten Angela einnehmen wollte. Polly drehte die Wasserhähne auf und schüttete eine verschwenderische Menge an Badezusatz ins heiße Wasser. Dann begann sie, ihre feuchten Kleider auszuziehen.

Es war eine Wohltat, sich von der Folterjeans, der feuchten Bluse und der Strumpfhose, die schmerzhaft ihre Zehen einengte, befreien zu können. Sie schmiß Jeans und Bluse in eine Ecke, aber ihren BH, das Höschen und die Strumpfhose warf sie in das schaumgekrönte Badewasser. Wenigstens würde sie morgen saubere Unterwäsche haben, wenn sie sich wieder in die Jeans quälen mußte, die jetzt nicht nur zu klein, sondern auch noch starr vor Dreck war.

Zum guten Schluß versank sie in dem duftenden Wasser und schloß die Augen. Ihre Gedanken schwebten auf einer Whiskywolke davon.

Ob es Tristan etwas ausmachte, daß sie einfach so gegangen war? Oder würde er sich mit der winzigen, schmuddeligen Informantin trösten? Vielleicht hatte er das schon vor Stunden in der Kammer getan, und sein weißes T-Shirt hatte darunter gelitten und trug bereits deutliche Anzeichen des Schäferstündchens. Und wenn ja, hätte er sich danach auf die Suche nach ihr, Polly, gemacht, sich wortreich entschuldigt und seinen verdammten Charme spielen lassen, um sie auch zu verführen?

Es fiel ihr schwer, böse auf Tristan zu sein. Er hatte sich zwar wie ein Schuft benommen, aber er *war* ja auch ein Schuft. Das hatte sie von Anfang an gewußt. Und der Gedanke daran, daß er mit diesem kleinen Mädchen etwas gehabt haben könnte, regte sie kein bißchen auf. Sie fühlte sich von ihm angezogen, daran bestand kein Zweifel. Aber jetzt erschien es ihr unmöglich, jemals mit ihm ins Bett zu gehen, und diese Erkenntnis bescherte ihr nichts anderes als Erleichterung. Sie tauchte den Kopf unter Wasser und wusch sich die Ohren. David würde sich in jeder Lebenslage wie der perfekte Gentleman benehmen, darauf konnte man sich verlassen – wenn er nicht gerade wütend war oder ein strenges Verhör führte. Und selbst dann, entschied sie, als sie wieder auftauchte und das Wasser aus den Ohren schüttelte, wirkte er ziemlich nobel und beherrscht. Arme Melissa. Was für ein Jammer, daß sie an Sheldon gekettet war.

Polly nahm das Shampoo und wusch sich die Haare.

Kapitel 15

Die Küche war, wie Polly hätte voraussagen können, vollkommen anders als ihre eigene, obwohl die beiden Räume mehr oder weniger derselben Funktion dienten.

Davids Küche war riesig, sah aus wie ein Operationssaal, wirkte erschreckend hygienisch und einschüchternd. Der Boden war gefliest und so hart, daß alles, was man hier fallenließ, in tausend Stücke zerspringen mußte. Und nur eine Mrs. Danvers könnte es aushalten, den ganzen Tag auf einer so unnachgiebigen Oberfläche zu stehen, oder bereit sein, solche Fliesen sauberzuhalten.

Nichts stand herum – kein großes Glas mit Spaghetti, keine Kupferpfanne und nicht einmal die übliche Petersilie im Blumentopf thronte auf dem Fensterbrett.

Polly entdeckte zwei eingebaute Herde, aber es hätten durchaus auch noch mehr solcher Geräte hinter den schneeweißen Türen lauern können. Sie hätte Geld darauf verwettet, daß hier jede Schublade lautlos auf gut geölten Schienen aufglitt.

Zwei polierte Abzugshauben blitzten derart im Licht, daß man wahrscheinlich sogar braun werden konnte, wenn man sich lange genug davor setzte. Die drei rostfreien Stahlspülbecken funkelten ähnlich strahlend, und bestimmt wagte es niemand, dort einen Kaffeebecher auszuspülen und die makellose Oberfläche mit gräßlichen Wasserflecken zu verunzieren. Die kahle Arbeitsfläche war groß genug, daß ein kleines Flugzeug spielend darauf hätte landen können, und es wäre keine Hexerei gewesen, hier ein riesiges Bankett ohne jedes Platzproblem vorzubereiten.

Aber wollte das überhaupt jemand? Entweder war David extrem wagemutig, weil er etwas so Schmieriges kochte wie Rühreier, oder Mrs. Danvers stand gehörig unter seiner Fuchtel.

David hatte die Pulloverärmel hochgeschoben und verquirlte Eier in einer Schüssel. Das Licht schien direkt auf seinen Kopf und ließ sein Haar glänzen und das Gesicht kantiger als sonst aussehen. Polly beobachtete ihn einen Moment, ehe sie leise auf bloßen Füßen in seine Richtung tapste. Sie mußte ihren Morgenrock raffen, um nicht über den Saum zu stolpern.

Offenbar hatte er nicht gehört, wie sie hereingekommen war, denn als er zum erstenmal aufschaute, schien er regelrecht zu erschrecken.

»Ah, Polly. Da sind Sie ja. Möchten Sie zwei oder drei Eier haben?«

»Zwei bitte. Ich habe meine Kleider in die Wäschekammer gebracht, ich hoffe, das ist in Ordnung.« Sie war ratlos gewesen, wo sie sie einordnen sollte – unter ›D‹ wie dreckig oder unter ›N‹ wie naß. »Kann ich Ihnen helfen?«

»Sie könnten das Brot schneiden.«

»Nein – bei mir werden die Scheiben immer zu dick und ganz schief.« Es war besser, so etwas sofort zu bekennen. Die unförmigen Brotscheiben würden ihn wütend machen, und zudem könnten Krümel auf den Fliesenboden geraten.

»Oh. Dann möchten Sie sich vielleicht um die Eier kümmern, während ich das übernehme.« Ein eingebautes Schneidebrett mit passendem Brotmesser glitt aus dem Nichts. »Ich habe den schlimmsten Schmutz von Ihren Stiefeln beseitigt, sie mit Zeitungspapier ausgestopft und sie an den Ofen gestellt, damit sie trocknen. Wenn sie morgen eine ordentliche Portion Schuhcreme abkriegen, könnten sie überleben.«

Es sah David ähnlich, daß er wußte, wie man mit dreckigen Stiefeln umging. Wahrscheinlich hatte er das in der Kadettenschule gelernt. Polly übernahm den Quirl.

»Es ist wahnsinnig nett, daß Sie sich solche Umstände machen.« Sie lächelte dankbar, aber insgeheim empfand sie seine Freundlichkeit als genauso angsteinflößend wie diese Küche. Alles in allem genommen, war es ihr lieber, wenn er ungehalten und tyrannisch war.

»Haben Sie schon Salz und Pfeffer hineingetan, oder möchten Sie, daß ich das mache?« fragte sie und paßte sich damit in allen Punkten seinem höflichen Umgangston an.

»Nein. Die Gewürze stehen im Schrank neben der Warmhalteplatte. Hier, ich gebe sie Ihnen.« Er durchquerte den Raum und öffnete einen hohen, schmalen Schrank, in dem sich das Sammelsurium, unter anderem auch ein Gewürzregal, befand, das andere Leute in ihren Küchen offen zur Schau stellten. Er suchte eine Salz- und und eine Pfeffermühle heraus – ein Set das vermutlich aus Italien stammte und im Design zu den Kacheln paßte.

»Oh«, rief David unvermittelt, während sie die Eier würzte. »Sie haben ja gar keine Unterwäsche an!«

Polly ließ die Pfeffermühle fallen und zog schnell den Morgenrock zusammen, der über ihrem Busen verrutscht war. Wieviel hatte er gesehen, und wie lange?

»Nein – ich fürchte . . .«

Er wischte ihre Entschuldigung beiseite. »Ich hätte es gar nicht erwähnen sollen. Möchten Sie Butter auf Ihren Toast?«

Polly lockerte den Griff um den Morgenrock. »Ja, bitte.«

Einen Moment lang dachte sie, David würde ein zweideutige Bemerkung machen, aber dann erschien ihr dieser Gedanke lächerlich, und sie konnte ein Kichern nicht unterdrücken.

Er sah sie fragend an.

»Ich dachte nur gerade an . . .« Ihr Gehirn arbeitete fieberhaft und suchte nach einer lustigen Begebenheit, die in bezug stehen könnte mit dieser Situation. »Das letzte Mal, als ich Butter kaufte, habe ich sie auf den Ofen gelegt, damit sie weich wird, und Selina hat sich drauf gesetzt.«

Damals war das kein bißchen lustig gewesen, und auch

jetzt verfehlte der Scherz die Wirkung, aber David lächelte freundlich. »Sollen wir die Eier in den Salon zum Kamin bringen?«

»Gute Idee. Dort ist es sehr gemütlich.«

Die Erleichterung darüber, daß sie während des Essens nicht höllisch auf ihren Teller aufpassen mußte, damit er ihr nicht auf den gnadenlosen Fliesenboden knallte, zauberte ein strahlendes Lächeln auf ihr Gesicht. Er antwortete mit einem weitaus angespannteren und schüttete die Eier in die Pfanne, die bereits auf dem Herd zischte.

»Das Geheimnis bei Rühreiern ist, daß man sie nicht mehr als nötig in der Pfanne rühren darf«, erklärte er.

»Hat Ihnen das Ihr altes Kindermädchen beigebracht?« Polly stellte sich vor, daß er als kleiner Junge mit seinem Kindermädchen das Abendessen in einer abgelegenen Dachkammer über offenem Feuer gebrutzelt hatte.

Er sah sie an, als würde er an ihrem Verstand zweifeln. »Nein, meine erste Freundin.«

Polly begriff, daß sie eine Menge Vermutungen auf Grund von dürftigen Beweisen angestellt hatte. »Oh. Und wie alt waren Sie?«

»Siebzehn.«

»So alt wie Patrick jetzt.«

»Ja. Und sie war fünfunddreißig.«

Polly brauchte lange, bis ihr eine geeignete Erwiderung einfiel. »Ob Patrick auch eine Freundin hat, die ihm das Kochen beibringt?« Eigentlich wollte sie viel lieber wissen, was David sonst noch von dieser Frau gelernt hatte.

David häufte die Eier auf die gebutterten Toastscheiben und stellte sie zu den Tellern, dem Besteck und den Servietten auf das Tablett. »Könnten Sie mir bitte die Tür aufmachen?«

Polly hatte sich vorgenommen, nett zu sein und David nicht zu verärgern, indem sie sich in seinen Sessel setzte. Sie ließ sich auf dem Sofa nieder, richtete den Morgenrock und nahm den

Teller, den David ihr reichte. Zu ihrem Erstaunen nahm er neben ihr Platz.

Er räumte Zeitschriften und Magazine von einem breiten Fußschemel und stellte das Tablett darauf ab.

»Fangen Sie an.«

Pollys Teller rutschte auf ihrem Schoß hin und her, als sie die Gabel in den Toast bohrte. »Ich hab' gar nicht gemerkt, daß ich einen solchen Hunger hatte«, sagte sie, als sie den Bissen endlich zu ihrem Mund manövrierte. »Die Rühreier sind köstlich.«

»Ich bin geschmeichelt. Ein Lob aus dem Mund einer so begnadeten Köchin ist schon fast eine Auszeichnung.«

In der Hoffnung, daß das nicht ironisch gemeint war, lächelte Polly matt und versuchte sich selbst mit einem Anflug von Sarkasmus. »Aber Sie hatten eine exzellente Lehrerin.«

»Das stimmt. Übrigens – habe ich Ihnen schon angemessen für den schönen Abend am letzten Samstag gedankt?«

Jetzt übertrieb er mit seinen guten Manieren und war eindeutig sarkastisch, obwohl sein Tonfall nichts verriet.

»Also wirklich, David, jeder, der diesen Abend als ›schön‹ beschreibt, hat entweder einen beängstigend begrenzten Wortschatz, oder er muß seinen Kopf untersuchen lassen. Und ja, Sie haben sich bereits bedankt.« Im nachhinein besehen waren seine kühlen Dankeswort eher verletzend gewesen.

»Es war ein unterhaltsamer Abend.«

»Damals haben sie nicht unbedingt den Eindruck gemacht, als hätten Sie sich schrecklich gut ›unterhalten‹.«

»Nein? Na ja, uns Engländern fällt es eben schwer, Gefühle offen zu zeigen.«

Polly schluckte und war sich bewußt, daß sie David an irgendeinem Punkt fürchterlich mißverstanden haben mußte.

»Und das Essen war ausgezeichnet«, fügte er artig hinzu.

»Obwohl es vegetarisch war? Und angebrannt?« Ihr Knie war dem Morgenrock entkommen, und Polly zupfte hastig den Seidenstoff wieder zurecht.

»Gewiß.«

»Ich glaube nicht, daß Sheldon Ihrer Meinung war.«

»Ach, Sheldon.«

Polly wartete, ob sich David ein bißchen harmlosen Klatsch über Melissa und ihren Mann gönnen wollte, aber er machte keinerlei Anstalten. Sie war enttäuscht – sie liebte Klatsch.

Sie aßen weiter. Davids weiße Zähne zermalmten den Toast, und es klang, als ob eine ganze Armee durch ungeschütztes Gelände marschierte. Polly schnitt sich immer nur kleine Bissen ab und hielt ihren Morgenmantel fest, während sie kaute. Es schien, als hätte der Seidenstoff ein Eigenleben entwickelt und seine Verwandtschaft zu Aalen entdeckt. Als Gentleman bis in die Haarspitzen tat David so, als würde er Pollys Kampf gar nicht bemerken.

»Ich hätte einen Tee aufbrühen sollen. Möchten Sie eine Tasse?« sagte er.

»Nein, machen Sie sich keine Umstände. Ich kann sowieso keinen Tee . . .« Um ein Haar hätte sie ihm erzählt, daß sie nachts aufs Klo mußte, wenn sie nach neun Uhr Tee trank.

»Wie wär's mit einem Whisky? Ich denke, ich genehmige mir noch einen.«

»O ja, bitte.« Sie hatte den Verdacht, daß er sich auch anders besinnen würde, wenn sie sein Angebot ausschlug, aber es war wichtig, daß er ihr wenigstens für einen Augenblick den Rücken kehrte, damit sie ein für allemal den Morgenrock in Ordnung bringen konnte.

Sie stand auch auf, als er sich erhob, stellte den Teller ab und zog den Seidenmantel fest um sich, so daß nur noch ihr Hals zu sehen war. Dann verknotete sie den Gürtel zweimal und setzte sich wieder.

Nach getaner Arbeit war sie in der Lage, das gefüllte Glas entgegenzunehmen und ihre Mahlzeit mit wesentlich mehr Selbstvertrauen zu beenden.

»Erzählen Sie mir von dieser Party«, forderte David, als er wieder saß.

»Möchten Sie wirklich etwas darüber hören, oder suchen Sie nur einen Grund, meinen Umgang und damit auch mich zu mißbilligen?«

»Meine liebe Polly, Sie müssen mich für sehr ungalant halten.« Sein Lächeln war mehr als nur ein bißchen spöttisch.

»Wieso, um alles in der Welt, sollte ich Sie mißbilligen wollen?«

»Ich weiß es nicht. Ich dachte einfach, daß das Ihr neuestes Hobby ist.«

»Ich kann mir nicht vorstellen, was Sie auf eine solche Idee bringt, Polly. Bitte erzählen Sie mir von den Lokalen, in denen sich mein Sohn am Samstagabend herumtreibt.«

Polly musterte ihn aus schmalen Augen, bedeckte ihre Knie und beschrieb ihm einen Szene, die Dantes Inferno mit Musik ziemlich ähnlich war. Sie ließ ihrem erzählerischen Talent freien Lauf, als sie ihm den Mann schilderte, der ihr mit Tristans Geld ein Bier gekauft hatte. Erst dann wurde ihr klar, daß David, obwohl er sie intensiv ansah, kein Wort mitbekam. Sie brachte noch ein paar Sätze heraus, dann hielt sie inne.

»Entschuldigen Sie.« David nahm den Teller von ihrem Schoß und stellte ihn auf den Schemel. »Ich fürchte, ich werde Sie küssen müssen.«

Im nächsten Moment wurde Polly in die Sofakissen gedrückt, Davids Arm schlang sich um ihre Taille, der andere stützte ihren Rücken. Sie verlor das Gleichgewicht und hielt sich einen Moment an David fest, aber statt ihn von sich zu stoßen, legte sie die Arme um ihn.

Im ersten Schock zierte sie sich, aber als sein Mund den ihren berührte, schlossen sich ihre Lider ganz fest. Sein Gesicht fühlte sich hart an ihrer Wange an, seine Hand, die sich in ihre noch feuchten Locken wühlte, war stark und hielt ihren Kopf ruhig. Plötzlich verflog der Drang, sich gegen ihn zu wehren.

Zuerst küßte er zart und forschend ihre Mundwinkel. Seine rauhe Wange drückte sich an ihre, und sein Pullover kratzte, wo er ihre Haut berührte. Aber Polly schienen die Sinne zu schwinden, als sie das verwirrende Gemisch aus Aftershave und Davids eigenem männlichen Geruch – ein explosiver Cocktail vor Pheromonen und Zitrus – einsog.

Sein Atem strich über ihre Haut, bevor sich sein Mund entschlossen auf ihren senkte und ihn öffnete wie eine Blüte. Er schmeckte nach Whisky, und sein Kuß hatte all das Feuer und die Kraft des Getränks, aber Davids Leidenschaft war auch ebenso gezügelt und wurde von uralter Erfahrung und halbvergessener Alchimie gebändigt. Pollys letzter bewußter Gedanke war, daß David betrunken sein mußte. Dann gab sie sich auf und überließ sich ihren Empfindungen.

Nachdem Polly den ersten Schreck überwunden hatte, erwiderte sie seinen Kuß mit einem Hunger, von dem sie nie auch nur geträumt hätte. Seine Lippen bereiteten ihr großes Vergnügen, und sie genoß die Erfahrung, die er auf ihren Mund konzentrierte. Seine Zunge erkundete die ihre mit zartem Geschick, liebkoste ihre weichen Lippen, bis sich ihre Knochen in Wasser verwandelten und ihre letzten Hemmungen weggeschwemmt wurden.

David zog den Morgenrock auseinander und fand ihre Brüste. Seine Hand umkreiste die Fülle, reizte die sensible Spitze und jagte Wellen des Verlangens durch ihren Körper.

Als er sich schließlich zurückzog, keuchten beide, und Polly wurde sich mit einemmal bewußt, daß Tristan, wenn es ums Küssen ging, der reinste Amateur war.

»Polly . . .« Davids Stimme klang rauh, und sein Atem war flach. »Um Gottes willen . . .«

Er riß sie wieder in seine Arme und unternahm eine ganze Weile keinen Versuch mehr, etwas zu sagen.

Polly hatte sich unter sein Hemd getastet und zog es aus der Hose. David war den Pullover schon losgeworden, aber noch bildeten diese rasend machenden, kleinen Knöpfe eine Barriere zwischen ihr und seinem prächtigen Körper, den sie sehen und berühren wollte. Ihre Finger schienen nicht so funktionieren wie üblich.

David erbarmte sich und zerrte, ohne auf die Konsequenzen zu achten, sein Hemd so vehement auf, daß die Knöpfe nach allen Seiten spritzten. So war's schon besser. Jetzt konnt sie das dunkle behaarte Dreieck, das die Wölbungen seiner Brust betonte, bewundern. Sie sah seine ausgeprägten Muskeln an seinen starken Armen und die breiten Schultern.

Sie untersuchte seinen Oberkörper mit ihren Töpferhänden, fühlte die weiche Haut und die marmorharten Muskeln, die Beweis dafür waren, daß auch ein Weinhändler viel Zeit dafür aufwandte, fit zu bleiben. Vielleicht hob er Gewichte.

Noch hatte er den Gürtel an, und die Schnalle drückte sich schmerzhaft in ihr Fleisch. Polly fummelte planlos daran herum und zerrte an dem silbernen Dorn.

Als David ihre Hand wegschob, dachte sie, er würde ihr wieder zu Hilfe kommen und den Gürtel selbst öffnen, aber er tat es nicht.

»Ich bin dran.« Er beschäftigte sich intensiv mit dem doppelten Knoten der Kordel, die den Morgenmantel zusammenhielt – erst mit Fingern, dann mit Zähnen –, bis er ihn endlich gelöst hatte und den Morgenrock öffnen konnte.

»Himmel, bist du schön!« Sein ehrfurchtsvoller Blick wanderte über sie, verweilte auf ihren vollen Brüsten, ihrem gerundeten Bauch und den Wölbungen ihrer Schenkel unter dem Schatten ihres Schamhaars. »In letzter Zeit habe ich oft an deinen Körper gedacht, aber ich habe ihn mir nicht halb so schön vorgestellt.«

Sie war verlegen und geschmeichelt zugleich, aber unter seinem bewundernden Blick *fühlte* sie sich tatsächlich schön.

»Hast du wirklich an meinen Körper gedacht? Ich war der Meinung, Sheldon wäre der einzige, der so etwas tut.«

»Ich kann mir vorstellen, daß beinah jeder Mann, der dich kennenlernt, daran denkt.«

»Mir kam meine Figur immer ein wenig zu rubenshaft vor für den modernen Geschmack.«

»Rubens war ein Künstler, und Kurven wie deine kommen niemals aus der Mode.«

Er hob ihre Beine über seine Schenkel, so daß sie fast auf seinem Schoß saß. Seine Lippen verharrten einen Augenblick über ihrer Brust, bis sie sich um ihre Spitze schlossen. Polly wölbte sich ihm entgegen, um ihm einen besseren Zugang zu bieten, und stöhnte leise, als er ihren ganzen Körper in eine einzige erogene Zone verwandelte.

Seine Hand wanderte zu ihrem Nabel und ein Stückchen weiter nach unten. Polly wand sich und ermutigte ihn, seine zärtliche Wanderung fortzusetzen.

»Ich denke nicht, daß dies eine sehr gute Idee ist«, flüsterte David.

Polly starb einen kleinen Tod.

»Wir sollten lieber nach oben gehen.«

Polly lachte atemlos, als er sie in seine Arme hob und schwankend auf die Füße kam. Dann verließ er mit langen Schritten das Zimmer und trug sie die Treppe hinauf.

Als er sie schließlich auf das Bett im Gästezimmer legte, hob und senkte sich seine Brust heftig, und er schnappte nach Luft.

»Wenn du deine Meinung änderst und doch nicht willst, daß die Sache weiter geht, wäre jetzt der geeignete Zeitpunkt, mir das zu sagen.«

Polly rutschte unter das Plumeau und stellte fest, daß das Laken heiß war von der Heizdecke, die es überspannte.

»Ich habe meine Meinung nicht geändert.«

Sie verlor fast die Nerven, als sie zusah, wie David die Hose und Unterhose mit einer einzigen eleganten Bewegung abstreifte. Sie wagte nur einen verstohlenen Seitenblick auf sein Glied, das über den straffen Bauch und die Schenkel hinausragte. Es war, als würde man zusehen, wie eine griechische Statue zum Leben erwachte – magisch, irgendwie furchteinflößend und mehr als nur ein bißchen beängstigend.

Aber als er zu ihr ins warme Bett kroch und sie seine seidene Haut an ihrer spürte, wurden all ihre Zweifel und Ängste von der Leidenschaft weggespült. Er zog ihr den Morgenmantel aus, so daß auch sie vollkommen nackt war, dann warf er das Plumeau beiseite, damit er ihren Körper sehnsüchtig betrachten konnte wie ein Kenner, der vor einem vollendeten Kunstwerk stand.

Seine körperliche Liebe war schockierend – so intensiv und ohne jede Zurückhaltung, die ihn ansonsten auszeichnete. Die Freude, die er an ihrem Körper hatte, übertrug sich auf sie. Partien, die ihr nie gefallen hatten, betete er an. Partien, die sie ignoriert hatte, entdeckte und umsorgte er, bis sie den Gipfel der Erregung erreichte. Unter seinen Liebkosungen und geflüsterten Beteuerungen, wie schön sie sei, blühte sie auf und öffnete sich ihm gleichermaßen emotional wie physisch.

Und sie konnte nicht genug von ihm kriegen. Nachdem sie den ersten Schock über seinen großen Penis überwunden hatte, streichelte sie ihn staunend und bewunderte ihn. Ihr kam es so vor, als wäre er nur geschaffen, um die Bedürfnisse zu befriedigen, die anwuchsen wie eine Gezeitenwelle – erst ganz langsam anschwollen, dann aber in einer wortlosen, gedankenlosen Flut von Empfindungen kulminierten und sie hemmungslos keuchend zurückließ.

Als sie sich zum erstenmal in ihrem Leben einem Orgasmus näherte, klammerte sie sich an David und bohrte ihre Nägel in seine Schultern. Sie fürchtete, den Verstand zu verlieren, und hatte entsetzliche Angst vor dem, was vor ihr lag.

David spürte ihre Furcht und besänftigte sie. Er hielt sie ganz fest, so daß der einzigartige Moment der Erfüllung herrlich wie ein unschätzbarer Triumph war. Und danach ließ er sie in der Sicherheit seiner starken Arme auf den Boden der Erde zurückkommen.

Erst nachdem sie aufhörte zu zittern, beendete er seine eigene Reise und sank, noch immer eins mit ihr, über ihr zusammen. Sein Schweiß vermischte sich mit dem ihren.

In diesem Augenblick fing sie an zu weinen. Erst quollen nur ein paar lautlose Tränen unter ihren Lidern hervor, aber als die Gefühle sie übermannten, schluchzte sie rückhaltlos. Ihre Schultern bebten, sie hatte Schluckauf und schniefte. Ihre heile Welt lag in Trümmern, und sie stand weinend in den Ruinen. Sie war am Boden zerstört.

»Was ist mit dir?« Vollkommen verwirrt wischte ihr David die Tränen mit dem Bettbezug von den Wangen, dann legte er die Decke um ihre zuckenden Schultern.

Sie konnte nicht antworten, nur schlucken und schluchzen.

»Ist alles in Ordnung mit dir?« fragte er ein bißchen später.

Sie bedachte ihn mit einem vernichtenden Blick. »Gar nichts ist in Ordnung!«

Jetzt, da sie die Sprache wiedergefunden hatte, hatte David den Mut, sie allein zu lassen. Er ging ins Bad und holte einen langen Streifen Klopapier. »Hier.« Er reichte ihn ihr. »Putz dir richtig die Nase.«

Sie schneuzte sich, und obwohl sie sich noch immer miserabel fühlte, weil ihre Welt aus den Fugen geraten war, konnte sie jetzt wenigstens wieder Luft holen.

»Was mache ich hier, David?« jammerte sie.

»Du weinst dir die Augen aus. Oder ist das eine zu banale Erklärung?«

»Du machst doch sonst nie Witze. Brich jetzt nicht mit deiner Lebensgewohnheit.« Sie trompetete noch einmal in das durchweichte Klopapier.

»Bist du böse auf mich, Polly?«

Sie drehte sich zu ihm. »Natürlich bin ich böse auf dich! Verdammt noch mal, was denkst du denn, wie ich mich fühle? Soll ich dir etwa dankbar sein?«

»Na ja – ich war immer der Ansicht, daß es nicht richtig ist, so etwas zu sagen – aber ich hatte das Gefühl, daß es dir gefallen hat. Offensichtlich war das ein Irrtum.«

»Es war kein *Irrtum*«, versetzte sie wütend. »Es war – du warst wunderbar. Die Situation regt mich so auf.«

»Welche Situation meinst du?«

»Was denkst du wohl?« Er war so ekelhaft ruhig, daß sie ihn am liebsten geschüttelt hätte, um ihn zu einer Reaktion zu zwingen. »Wir sind zusammen in einem Bett – ist das nicht Situation genug für dich?«

»Mehr als genug.« Er war immer noch nervenaufreibend gelassen. »Aber wieso bist du so durcheinander? Machst du dir Sorgen, daß du schwanger sein könntest?«

Dieser Gedanke war ihr noch gar nicht gekommen. Jetzt, da David ihn ihr ins Bewußtsein rückte, wies sie ihn vehement zurück. »Schwanger! Natürlich bin ich nicht schwanger geworden – eine lächerliche Idee.«

»Nimmst du die Pille?«

Sie war beleidigt. »Nein. Warum sollte ich?«

»Wegen Menstruationsbeschwerden vielleicht?«

Obwohl er Vater von zwei Söhnen war, konnte sich Polly nur schwer vorstellen, daß David je etwas über Menstruation gehört hatte. Sie funkelte ihn zornig an.

»Mir wird klar, daß ich die Verantwortung für ein Verhütungsmittel hätte übernehmen sollen«, sagte er. »Aber ich muß gestehen, daß ich mich habe hinreißen lassen. Aber selbst wenn ich meine sieben Sinne beisammen gehabt hätte –« er lächelte beinahe –, »wäre ich mir komisch vorgekommen, wenn ich an Patricks Tür hätte klopfen und ihn fragen müssen, ob er mir mit einem Dreierpack aushelfen könnte.«

»Patrick!« Sie war so entsetzt, daß sie seinen Scherz nicht mitbekam. »Was wird er denken, wenn er mich morgen beim Frühstück sieht?«

»Er schläft noch tief und fest, wenn es Zeit fürs Frühstück ist.«

»Aber wie würdest *du* dich im umgekehrten Fall fühlen – wenn er ein Mädchen für die Nacht mit nach Hause brächte?«

»Ich sage das nicht gern, aber er *hat* ein Mädchen mit nach Hause gebracht, und ich habe nicht den geringsten Einwand erhoben.«

»David«, fauchte Polly, »wenn du jetzt Sinn für Humor entwickelst, schneide ich mir die Kehle auf.«

»Machst du dir Vorwürfe, weil du dem Cotswold Radio-Typen untreu geworden bist?« Mit wenigen Worten hatte er Tristan zu einer Handpuppe reduziert.

»Nein.«

»Dann hast du also am letzten Samstag, nachdem wir weg waren, nicht mit ihm geschlafen?«

»Sei so lieb, und steck deine Nase nicht in meine Angelegenheiten, David.«

»Verzeih, aber mir scheint, diese Affäre ist inzwischen auch die meine.«

Sie sah ihn einen Moment erschrocken an, dann fing sie wieder an zu weinen und suchte Trost in dem weichen Kissen.

Nach einer Weile stand David auf. Polly wartete darauf, daß er das Zimmer verließ, aber statt dessen hörte sie Wasser im Bad rauschen. Einen Augenblick später kam er zurück.

»Polly, wie wär's mit einem schönen, heißen Bad? Und ich mache dir in der Zwischenzeit ein wenig Milch warm. Offensichtlich hast du einen Schock.«

Ein Bad – das schien ihr eine gute Idee zu sein. Es konnte zwar nicht die vergangenen zwei Stunden fortwaschen, aber es würde ihren schmerzenden Körper beruhigen.

»Danke«, sagte sie ins Kissen. »Das wäre schön.« Sie rührte sich nicht von der Stelle, bis sie hörte, wie er die Tür hinter sich zumachte.

Kapitel 16

Das heiße Wasser umarmte sie. Es war kaum zwei Stunden her, seit sie zum letztenmal gebadet hatte, aber jetzt fühlte sie sich, als wäre sie nach einem markerschütternden Schock in die Geborgenheit des Mutterleibs zurückgekrochen.

Zu ihrer Überraschung war ihr Körper noch genauso wie vorher. Die Kurven und Mulden, die David so erfreut hatten, sahen immer noch aus wie pralle Schenkel und die gekräuselten Knie, die sie vor gar nicht allzu langer Zeit so entschlossen in ihre Jeans gezwängt hatte. Ihre Brüste, die in dem Schaum schwammen, der so entscheidend zu ihrem Niedergang beigetragen hatte, waren dieselben, die ihr die Sicht nahmen, wenn sie zu enthusiastisch bei den Aerobic-Übungen herumhüpfte.

Dennoch spürte sie tief in ihrem Inneren, daß ihr Gleichgewicht empfindliche Schläge erlitten hatte – Schläge, von denen sie sich möglicherweise nie mehr erholen würde. Sie hatte keine Tränen mehr übrig, und da ihr Verstand nicht mehr von Schluchzern und hemmungslosen Fluten vernebelt wurde, versuchte sie zu analysieren, was sie so durcheinander gebracht hatte.

Sie war nicht vergewaltigt, nicht einmal nach allen Regeln der Kunst verführt worden; David hatte nicht um sie geworben, sie nicht angefleht und ihren Widerstand Stück für Stück zunichte gemacht. Wenn sie ihn – egal wann – gebeten hätte aufzuhören, dann hätte er sich sofort zurückgezogen. Es hatte keinen moralischen – oder sollte sie sagen: unmoralischen – Druck gegeben. Also daran konnte es bestimmt nicht liegen.

Außerdem hatte sie schon vor einiger Zeit ernsthaft in Erwägung gezogen, mit Tristan zu schlafen und das Abenteuer auszukosten, also konnte sie auch nicht das abrupte Ende ihres selbstauferlegten Zölibats so sehr aus der Fassung gebracht haben.

Sie mußte sich fragen, ob es sie genauso erschüttert hätte, wenn sie mit Tristan ins Bett gegangen und das Erlebnis ebenso umwerfend gewesen wäre.

Polly rieb sich das Gesicht mit einem Handtuch ab und dachte angestrengt nach. Die Antwort lautete: nein. Sie hatte *erwartet*, daß Tristan gut im Bett sein würde. Beth war felsenfest davon überzeugt, daß jüngere Männer besser seien – und sogar Bridget hatte zugeben müssen, daß Tristan ausgesprochen sexy war. Wenn er die richtigen Knöpfe gedrückt und die automatische Reaktion in Gang gesetzt hätte, wäre sie damit fertig geworden.

Aber in ihrem Innersten hatte Polly immer gewußt, daß der Sex mit Tristan genauso eine Pleite für sie sein würde wie der Versuch vor so vielen Jahren in dem Zelt in Frankreich. Ein Abenteuer mit Tristan hätte ihre Vorurteile nur bestätigt, und sie wäre gefühlsmäßig vollkommen unbeteiligt geblieben.

Also hatte David diesen Aufruhr verursacht. Allein der Gedanke an David, der so zärtlich und liebevoll gewesen war, der sie in den Himmel entführt und wieder auf die Erde gebracht und ihr das Bad eingelassen hatte, entfachte von neuem ihren Zorn.

Fünfunddreißig Jahre lang hatte sie – mehr oder weniger – ein glückliches Leben im Zölibat geführt, und sie war hundertprozentig sicher gewesen, daß sie, wieviel der Sex anderen Leuten auch bedeuten mochte, blendend ohne auskam.

Und ausgerechnet der verkniffene, hochnäsige, pedantische, alte David Locking-Hill hatte die Stirn, ihr zu beweisen, daß sie sich geirrt hatte. Er hatte sie auf dem Sofa eingelullt, sie ins Bett geschleppt und ihre feste Überzeugung ins Wanken und zum endgültigen Sturz gebracht. Wie konnte er sich eine solche Frechheit herausnehmen?

Und wie, fragte sie ihr rotgesichtiges Spiegelbild, das ihr

mehrfach aus den Spiegelfliesen entgegenstarrte, wie hatte sie selbst es zulassen können, in eine derart lächerliche Situation zu geraten? Sie war eine verdammte Närrin – man sollte sie zu ihrem eigenen Schutz einsperren!

Das Wort ›Schutz‹ löste einen weiteren Tumult in ihrem ohnehin schwankenden Gefühlshaushalt aus. Sie *könnte* schwanger geworden sein – wenn auch nicht so leicht wie eine Siebzehnjährige, dann doch so leicht wie jede andere unachtsame fünfunddreißig Jahre alte Frau. Verzweifelt versuchte sie sich daran zu erinnern, wann sie das letzte Mal ihre Periode gehabt hatte. Aber ohne Bridget, die über Pollys Menstruationszyklus genau Bescheid wußte, war sie verloren. Möglicherweise war heute gerade einer der riskanten Tage, an denen eine Zeugung im Handumdrehen stattfinden konnte.

Eines wußte sie genau – eine Abtreibung kam für sie nicht in Frage. Genauso wenig wie eine Adoption. Konnte sie ein Kind ganz allein aufziehen? Und würde ihre Mutter auch von einem unehelichen Enkel begeistert sein? Nach einigem Nachdenken, kam sie zu dem Schluß, daß Sylvia sich wirklich freuen würde. Erst würde sie ein Riesentheater veranstalten, das ja, aber zu guter Letzt würde sie sich überschlagen, einen Kin derwagen kaufen und platzen vor Stolz.

Diese Überlegungen trösteten Polly seltsamerweise.

»Und vielleicht bin ich ja gar nicht schwanger«, sagte sie laut. »Und ich kann Beth am Montag fragen, woher man die ›Pille danach‹ bekommt.«

Wie sie das in eine allgemeine Unterhaltung einflechten und Bridget unauffällig fragen sollte, wann ihre nächste Periode fällig war, konnte sie sich überlegen, wenn sie ein wenig geschlafen hatte.

Sie ging zurück ins Schlafzimmer – vom Hals bis zu den Zehenspitzen in ein Badetuch gewickelt, für den Fall, daß David auf eine zweite Runde wartete. Er war gar nicht da, aber sie merkte, daß er mittlerweile das Laken gewechselt hatte.

Warum? Um seiner Mrs. Danvers nicht die Schamröte ins

Gesicht zu treiben? Oder war seine Frau so heikel gewesen, daß sie sich geweigert hatte, in denselben Laken zu schlafen, in denen sie sich geliebt hatten?

Polly wollte kein Risiko eingehen und kroch mit dem riesigen Badetuch ins Bett. In der Wäschekammer stapelten sich genügend Leintücher, daß selbst nach einer ausgiebigen Orgie niemand gezwungen wäre, auf einem feuchten Fleck zu übernachten.

David fand sie eine Weile später im Bett vor. Offensichtlich hatte er geduscht, da sein Haar feucht und ungewöhnlich zerzaust war. Er trug einen dunkelblauen Frotteebademantel, der keinen Zentimeter verrutschte. Polly betrachtete ihn ärgerlich. Wenn er ihr diesen Bademantel geliehen hätte statt dem schlüpfrigen Ding, würde sie längst schlafen und ihre Welt wäre noch in Ordnung. David hatte einen Becher und ein T-Shirt dabei.

Er drückte ihr den Becher in die Hand und legte das T-Shirt aufs Bett. »Das kannst du zum Schlafen anziehen, falls dir kalt wird.«

Als ob irgend jemand, der in ihrem Haus wohnte, in diesem zentralbeheizten Palast frieren könnte!

»Und ich habe eine neue Zahnbürste gefunden.«

»Danke.« Sie konnte ihm nicht in die Augen sehen.

»Kann ich dir sonst noch etwas bringen, brauchst du noch was?«

Ihr Gesicht hätte ein bißchen Feuchtigkeitscreme bitter nötig gehabt, aber es war unwahrscheinlich, daß er ihr so etwas bieten konnte.

»Nein danke.«

David streckte sich neben ihr auf der Bettdecke aus.

»Bist du einem offenen Gespräch gewachsen?«

»Nein.«

Er ignorierte das. »Du hast so heftig reagiert, als ich von einer ›Affäre‹ gesprochen habe. Ich frage mich, ob dich ein Mann einmal sehr verletzt hat.«

»Nein.«

»Gibt es im Moment jemanden in deinem Leben?«

»Nein.« Sie nahm einen Schluck von ihrer Milch.

»Dann würde ich dich gern fragen, ob du mit mir nach Frankreich fährst.«

»Wie bitte?«

»Ich habe dich gefragt, ob du mich nach Frankreich begleitest – auf eine Geschäftsreise. Natürlich kümmere ich mich um die Geschäfte, und du genießt die Reise.«

»Aber ... *warum*? Du hast mich bis jetzt noch nicht einmal gefragt, ob ich mit dir zum *Essen* gehe.«

»Ich muß fahren, und ich dachte, du würdest gern mitkommen – ganz unverbindlich.«

Die entfernte Erinnerung an manierliches Benehmen regte sich in Polly.

»Äh ... David, das klingt wundervoll ... aber ich kann im Moment wirklich nicht weg von meiner Arbeit. Und da ist noch meine Katze und ...«

»Keine Panik.« Er nahm ihre Hand und hielt sie fest. »Es ist dein gutes Recht, diese Einladung auszuschlagen. Mir gefällt nur der Gedanke nicht, daß ich dich einen Monat lang nicht sehen kann.«

»Einen Monat!« Polly entriß ihm ihre Hand. Sie würde ihn einen ganzen Monat nicht zu Gesicht bekommen! Einen Augenblick war sie vernichtet, dann riß sie sich zusammen. »Ich könnte nie so lange verreisen. Ich dachte, du sprichst von einem langen Wochenende.«

»Aber auch das würdest du ablehnen?«

»Ja. Nein, eigentlich ... ich meine ...«

»Schon gut, ich verstehe. Ich mag auch keine beiläufigen Affären.«

»David, ich habe überhaupt keine Affären.«

»Wirklich nicht? Wie denkst du dann über eine Ehe?«

Sie hätte nicht erschrockener sein können, wenn er ihr einen gemeinsamen Selbstmord vorgeschlagen hätte. Aber es war wichtig, die Antwort sorgfältig zu überlegen. Wenn sie spontan reagierte, könnte sie etwas von sich geben, was sie später bereute.

»Im allgemeinen oder für mich im besonderen?«

»Beides.«

»Andere Leute können tun, was ihnen gefällt. Ich jedenfalls werde nicht heiraten, jetzt nicht, nie – auf gar keinen Fall.«

Er steckte behutsam eine Haarsträhne hinter ihr Ohr. »Du bist wenigstens ehrlich. Ich nehme an, du willst nicht, daß ich den Rest der Nacht hier bei dir verbringe, habe ich recht?«

»Ja.«

»Dann wünsche ich dir eine gute Nacht. Schlaf gut, Kleines. Vergiß nicht, deine Milch auszutrinken.« Er beugte sich über sie und küßte sie auf die Wange, dann löschte er die Nachttischlampe.

Polly lag im Dunklen und versuchte, ihre Gedanken zu ordnen. David war ein erstaunlicher Mann – in der einen Minute war er der Sexathlet, den sie nur aus amerikanischen Schundromanen kannte, in der nächsten deckte er sie fürsorglich zu und war kurz davor, ihr eine Gutenachtgeschichte vorzulesen.

Wie, um alles in der Welt, war sie an einen solchen anthropologischen Freak geraten? Verdammte Melissa – sie war für all das verantwortlich.

»Die Frau hat eine Menge gutzumachen«, sagte sie laut, dann schlief sie ein.

Polly hörte jemanden, wahrscheinlich David, an ihrer Tür vorbeigehen. Sie schaute auf ihre Uhr und sah, daß es halb neun war. Nicht spät für einen Sonntag, aber da ihr klar war, daß sie auf keinen Fall noch einmal einschlafen würde, und die Möglichkeit bestand, daß David weg mußte, hielt sie es für besser, gleich aufzustehen. Sie fühlte sich ausgelaugt, fast apathisch, als ob sie ihren ganzen Vorrat an Gefühlen aufgebraucht hätte und warten müßte, bis sie sich selbst erneuerten, ehe sie wieder etwas empfinden konnte. Es war ein friedlicher Zustand.

Ihre Kleider waren trocken, aber so steif vor Schmutz, daß Polly sie nicht anziehen mochte. Aber diesmal hatte sie wenigstens ihre Unterwäsche und Davids T-Shirt, das sie unter dem Morgenrock tragen konnte. Sie putzte sich die Zähne, bürstete ihr Haar, aber auf Make-up mußte die wohl oder übel verzichten.

Ihr drängendstes Problem war ihr Gesicht, das sich nach dem vielen Waschen saharatrocken anfühlte. Sie mußte in der Küche nach einer Creme suchen, die Mrs. Danvers nach dem Scheuern und Putzen für ihre Hände benutzte.

Es war unwahrscheinlich, daß diese apokryphische Person an einem Sonntag hier auftauchen würde, um David den Frühstücksspeck zu braten – darüber war Polly heilfroh. Und wenn Patrick auch nur annähernd so war wie andere Siebzehnjährige, dann würde auch er sich erst in ein paar Stunden blicken lassen. Also hatte sie sich nur mit David auseinanderzusetzen. Und wenn es ihm gelang, eine Jeans für sie aufzutreiben, deren Beine sie hochkrempeln konnte, würde sie ihn bitten, sie nach Hause zu fahren.

Schon allein der Gedanke an einen Sonntag in ihrem unordentlichen, kleinen Cottage mit ihrer Katze, einem Buch und ihrem ehemals unbekümmerten zölibatären Dasein störte ihren kurzlebigen Frieden so sehr, daß sie am liebsten wieder losgeheult hätte. Würde auch nur irgend etwas je wieder so sein wie früher? Konnte sie wieder zu dem Leben einer alten Jungfer zurückkehren, nachdem sie eine echte erotisch-sexuelle Erfahrung hinter sich hatte?

David briet Speck, als sie in die Küche kam. Er hatte eine abgetragene grüne Cordhose und ein offenes Hemd, aber keine Schuhe und Strümpfe an. Er sah von der Pfanne auf. »Guten Morgen, Polly. Hast du gut geschlafen?«

Er schien unnötig gute Laune zu haben, wenn man bedachte, daß er kaum länger als fünf Stunden geschlafen haben konnte. Er summte leise vor sich hin, als er zum Kühlschrank ging, um die Eier zu holen. Polly brachte nur mühsam ein Lächeln zustande.

»Ist das nur eine höfliche Frage, oder willst du es wirklich wissen?« Ihre Stimme klang heiser. Normalerweise redete sie nie vor ihrer ersten Tasse Tee, wenn es sich irgendwie vermeiden ließ. Und falls David vorhatte, sie die nächste Stunde mit seinen Freundlichkeiten unter Druck zu setzten, würde sie sich ein Taxi rufen, zu Bridget fahren und sie bitten, ihr das Fahrgeld auszulegen. Und zwar sofort.

»Ich möchte es wirklich wissen.«

»Eigentlich ganz gut«, gestand sie mißmutig. »Erstaunlich, wenn man die Umstände bedenkt.«

»Das Weinen hat dich erschöpft, denke ich.«

Nicht nur das Weinen. »Das kann man wohl sagen.«

»Hast du Hunger? – Ich will das wirklich wissen.«

»Ich frühstücke nie.«

David schloß die Kühlschranktür und ging auf Polly zu. Er ergriff ihre Hände und zog sie zum Tisch, dann rückte er einen Stuhl zurecht, damit sie sich setzen konnte.

»Polly, wir können so tun, als wäre letzte Nacht gar nichts passierte aber das wäre ein bißchen kindisch, meinst du nicht?«

Polly sah ihn gequält an. »Manchmal ist Kindischsein die einzige Möglichkeit, mit den Dingen zurande zu kommen. Tut mir leid, aber ich ziehe es vor, daß wir so tun, als wäre nichts geschehen.«

Er legte die Hände auf ihre Schultern und massierte sie sanft. »Aber *warum*? Du hast zugegeben, daß es dir gefallen hat. Ich denke, wir könnten großartig miteinander auskommen.«

»Im Bett, meinst du?«

»Natürlich.«

Wie viel »großartiger« wollte er noch sein? »Na ja, ich habe das schon einmal erklärt – ich habe keine Affären.«

»Und wenn ich vorschlage, daß es mehr als eine bloße Affäre wird?«

»Was gibt es da noch mehr? Du willst damit doch nicht andeuten, daß wir zusammenziehen, oder?« Trotz ihres Elends mußte sie lachen.

Er ließ ihre Schultern los und ging zurück zu seinem Speck – das Fett spritzte auf den polierten rostfreien Stahl. »Nein, nicht direkt. Möglicherweise hast du recht – es ist vielleicht wirklich besser, wenn wir so tun, als wäre nichts passiert. Wie viele Scheiben Speck möchtest du essen?«

Seine Art, praktisch mitten im Satz das Thema zu wechseln, war nervenzerfetzend, aber mit dieser Taktik kratzte er ihren Widerstand an. Wenn er darauf bestand, ihr ein Frühstück zu machen, dann war es einfacher, nachzugeben und etwas zu essen.

Es stellte sich heraus, daß sie erstaunlich hungrig war, und sie verputzte den Speck, die Pilze, die Tomaten und die Spiegeleier, die er ihr vorsetzte. Sie trank zwei Tassen von dem Tee, den er extra für sie aufgebrüht hatte, und aß sogar ein paar Bissen Toast.

»Kann ich dir sonst noch etwas bringen?« fragte David, während er in überraschend menschlicher Weise mit einem Stück Toast das zerlaufene Ei von seinem Teller wischte.

»Ein paar Kleider wären gut. Und wenn Mrs. Dan . . . deine Haushälterin eine Handcreme oder irgend etwas hätte, was ich in mein Gesicht schmieren könnte . . .«

»Kleider kann ich beschaffen, aber du wirst Monica selbst nach der Creme fragen müssen.«

Es erschien Polly äußerst unpassend, daß David eine erhabene Person wie eine Mrs. Danvers mit dem Vornamen ansprach. Und der Gedanke, daß sie jede Minute hereinschneien konnte und den jungen Master mit einer Frau in der Küche erwischte, war schlichtweg grauenvoll. »Sie kommt doch nicht am Sonntag her, oder?«

»O doch. Ich glaube sogar, ich höre sie schon.« Er stand auf und ging zum Fenster.

Voller Panik lief Polly ihm nach. Ein Motorrad fuhr über die Auffahrt. Eine in schwarzes Leder gekleidete Gestalt, die auf der gestrigen Party nicht aufgefallen wäre, saß auf der Maschine.

»Das ist deine Haushälterin?«

»Das ist Monica, ja.«

Das Motorad hielt, die Gestalt schwang sich aus dem Sattel, zog den Ständer mit dem Stiefel nach vorn und nahm den Helm ab.

»Wieso ist sie an einem Sonntag hier?«

»Da gibt's den doppelten Lohn. Sie spart auf eine Harley – du weißt schon, auf dieses teure Motorrad.« Er legte die Hand unter Pollys Kinn und schloß ihr sanft den Mund. »Mein altes Kindermädchen pflegte immer zu sagen, daß man so Fliegen fängt.«

»Ich bezweifle, daß du je eine alte Nanny hattest.«

Er sah sie beleidigt an. »Aber natürlich hatte ich eine. Sie hat sich auch um meine Jungs gekümmert, als sie noch Babies waren.«

Polly hörte, wie die Hintertür geöffnet wurde, und obwohl sich Monica so sehr von der Mrs. Danvers ihrer Vorstellung unterschied, wie es nur möglich war, wollte sie sich nicht von ihr in Davids Morgenmantel erwischen lassen. »Glaubst du, du könntest mir etwas zum Anziehen holen?«

»In einer Minute. Ich muß erst mit Monica sprechen.«

»Nein!« quietschte Polly.

Aber es war bereits zu spät. Monica, noch immer in ihrer Lederkluft, schlenderte herein. Sie hatte ihre Stiefel gegen schwarze Socken ausgetauscht und sah aus wie neunzehn. »Hi, Dave«, rief sie fröhlich. »Hallo«, sagte sie zu Polly gewandt.

»Sie nennt dich Dave!« flüsterte Polly entrüstet.

»Polly.« David zog sie entschlossen in die Mitte der Küche. »Das ist Monica. Monica – Polly. Sie hat Patrick gestern abend aus dem New Inn errettet und ihn nach Hause gebracht.«

»Freut mich, Sie kennenzulernen. Ich hab' gehört, im New Inn hat ein super Rave stattgefunden. Ich wollte auch hingehen, aber meine Mum hatte keine Zeit, auf meine kleine Tochter aufzupassen, deshalb mußte ich daheim bleiben. Schade. Ich hab' erfahren, daß es einen schrecklichen Tumult gab – mit Polizeieinsatz und allem.«

»Monica, Pollys Kleider sind naß und schmutzig geworden. Ob sie sich wohl darum kümmern könnten?«

»Was sind das für Kleider?«

»Oh, machen Sie sich keine Mühe«, wehrte Polly ab. »Ich komme schon zurecht. Die Bluse ist schon trocken, und David leiht mir sicher eine Jeans.«

»Ich könnte die Bluse rasch durchwaschen und in den Trockner werfen«, sagte Monica, die trotz ihrer verrückten, gebleichten Punkfrisur, ein sanftes Wesen zu haben schien. »Wo sind die Sachen?«

»In der Wäschekammer«, erwiderte Polly und dachte, daß David wohl nicht das Laken gewechselt hatte, um Monicas Feingefühl nicht zu verletzen.

»Ich sag' Ihnen was, David. Ich wasche die Bluse, und Sie zeigen Polly den Garten, solange sie im Trockner ist. Danach mache ich mein Zeug. Patrick ist wahrscheinlich noch nicht auf, oder?«

Polly protestierte und machte deutlich, daß sie durchaus in der Lage war, ihre Bluse selbst zu waschen, aber Monica und David ignorierten ihre Einwände und diskutierte darüber, was Monica heute erledigen sollte.

Polly wollte sich unbemerkt hinausschleichen, aber David hielt sie zurück. »Hol deine Sachen und gib sie Monica, dann such ich dir etwas zum Anziehen heraus.«

Wenn man gewohnt war, Bedienstete zu haben, die für einen sorgten, dann fiel es einem bestimmt nicht schwer, ihnen ein dreckiges Kleiderbündel mit der Bitte, es zu waschen, in die Hand zu drücken. Aber Polly kam sich mehr als nur ein bißchen komisch vor. Sie holte ihre Sachen und spürte Monica im Salon auf, wo sie die Beine der Tische polierte und Musik mit ihrem Walkman hörte. Man hörte sogar noch an der Tür den hämmernden Rhythmus.

Polly räusperte sich. Monica schaltete den Recorder aus, der an ihrem Gürtel klemmte.

»Hier sind die Kleider. Sie sind schrecklich verdreckt, fürchte ich. Aber fühlen Sie sich nicht verpflichtet, sie zu waschen, das kann ich sehr gut selbst übernehmen.«

Monica nahm die Sachen an sich. »Haben Sie eine Waschmaschine?«

»Nein, aber . . .«

»Dann steck' ich sie in die Maschine und stelle den Schnellwaschgang ein.« Sie untersuchte die Bluse. »Die wird sauber, aber die Jeans braucht eine Sonderbehandlung.«

»Sie ist so schmutzig, und es ist mir peinlich . . .«

»Wenn Sie Rugby-Trikots gewaschen haben, die sechs Wochen lang in einer Sporttasche vor sich hingegammelt haben, dann würden Sie das hier nicht schmutzig nennen. Dave sagte etwas davon, daß Sie eine Handcreme brauchen.«

»Genaugenommen wollte ich etwas für mein Gesicht haben. Meine Haut wird so schnell trocken, wenn ich keine Feuchtigkeitscreme oder Ähnliches benutze.«

»Genau wie meine. Ich habe aber nur Nivea – reicht das?«

»Das ist prima.«

»Kommen Sie mit, wir stellen nur schnell die Maschine an.«

Polly folgte Monicas jungenhafter Gestalt durch eine ganze Reihe von Korridoren zu einer großen Kammer, die man wohl als »Wirtschaftsraum« bezeichnete. Vielleicht war es früher die Milchkammer.

»Arbeiten Sie schon lange für David?« fragte sie, während Monica das Programm einstellte und flüssiges Waschmittel in den dafür vorgesehenen Behälter schüttete.

»Ungefähr drei Jahre. Seit ich meine kleine Tochter habe.«

»Haben Sie auch für seine Frau gearbeitet?«

»O nein. Sie hätte einen Punk wie mich nicht ins Haus gelassen.« Sie grinste. »Dave ist in Ordnung. Er läßt mich selbst entscheiden, was gemacht werden muß, und ich kann mir die Zeit einteilen, wie ich will.«

»Er hat mir erzählt, daß Sie für eine Harley sparen.«

»Ja, deshalb komme ich an den meisten Sonntagen her. Es macht ihm nichts aus, und meine Mum kann sich um das Baby kümmern.«

»Wie heißt die Kleine?« Polly hätte auf Kylie gewettet. Und

die Wette verloren. »Anne. Sie ist ein süßes kleines Ding. Ich zeig' Ihnen Fotos, wenn Sie das nächste Mal herkommen.«

»Monica, ich weiß, daß mich das nichts angeht, aber hat David oft . . .«

»Besuch von Frauen, die hier übernachten? Nein. Schade eigentlich. Er könnte toll aussehen, wenn er die richtigen Klamotten anziehen würde.«

Polly meinte, daß er auch in den falschen Klamotten toll genug aussah. »Also würde es Ihnen nichts ausmachen, wenn er wieder heiraten würde oder jemanden hätte, mit dem er zusammenlebt?«

»Nicht, wenn sie mir nicht in die Quere kommt. Hier ist die Nivea. Geht Ihre Bluse ein, wenn ich sie in den Trockner stekke?«

»Ich glaube nicht. Es ist sehr nett von Ihnen . . .«

»Quatsch – nett. Ich werde dafür bezahlt!« Monica grinste Polly breit an, nahm ein Staubtuch aus dem Schrank und ging.

Nur gut, daß ich nicht eitel bin, dachte Polly, als sie sich eine halbe Stunde später mit David auf den Weg in den Garten machte. Sie trug einen von Davids Kaschmirpullovern, eine Jeans, die mit einem Gürtel zusammengezurrt und hochgekrempelt war, eine Öljacke und ein Paar Gummistiefel, die Patrick gehörten und ihr viel zu groß waren. Ihre eigenen Stiefel waren immer noch mit Zeitungspapier ausgestopft und trockneten am Ofen.

David war zu einem formellen Lunch eingeladen, bei dem er eine Rede halten sollte, und hatte einen dunklen Anzug und ein weißes Hemd an. Insgeheim mußte sie sich eingestehen, daß ihm der Anzug ausgezeichnet stand.

Aber als sie in den Garten kam, vergaß sie, daß sie selbst wie eine Vogelscheuche aussah. David führte sie durch die Hintertür in einen von Mauern umschlossenen Hof, der offensichtlich früher ein Obst- und Gemüsegarten gewesen war. An den Südmauern rankte immer noch Spalierobst, und es gab auch ein altes Gewächshaus, in dem sie bei genauerem Hinsehen Weinreben entdeckte.

»Es ist phantastisch. Du mußt diesen Garten sehr lieben. Wer hält ihn in Ordnung.«

David manövrierte sie aus dem Treibhaus und geriet dabei in ein Spinnennetz, das Spuren auf seinem dunklen Anzug hinterließ. »Bestimmt nicht Patrick oder sein Bruder. Angela hat gern die Planungen für den Garten gemacht, aber wir hatten immer einen Gärtner, der die eigentliche Arbeit erledigt hat. Jetzt habe ich eine Firma beauftragt, ein paarmal im Jahr Leute herzuschicken, die für Ordnung sorgen.«

Polly kam es wie eine schreckliche Verschwendung vor, daß niemand Interesse an diesem historischen wunderschönen Garten hatte. Es reichte nicht, ein solches Juwel nur in Ordnung zu halten. Aber sie sprach das nicht laut aus. Ihrer Erfahrung nach machten nur Männer im Fernsehen Gartenarbeit, und selbst bei denen erledigte wahrscheinlich nach der Sendung ein Team von Frauen die wirkliche Arbeit, vermutete Polly.

David schien über ihre Begeisterung überrascht zu sein. »Komm und sieh dir den Rest an.«

Er öffnete ein Tor in der Mauer und stellte sich hinter sie, als sie bei dem wundervollen Anblick nach Luft schnappte.

Üppige Rasenflächen fielen in sanften Kurven zu einem Graben ab, der ein wunderschönes, bewaldetes Tal begrenzte. Dahinter erhob sich ein Hügel mit Bäumen und einzelnen Cottages aus goldschimmernden Steinen. Steile Straßen und Wege, die so schmal waren, daß Polly sie kaum ausmachen konnte, führten von einem Häuschen zum anderen. Wenn die Bäume belaubt waren, würde man die Gebäude nur erkennen können, wenn sich die Sonne in den Fenstern spiegelte.

David machte einen Rundgang mit ihr, und Polly sah lauter Dinge, die ihr Gärtnerherz höher schlagen ließen. Wildwuchernde Hecken, überwachsene Mauern, eine Laube. Es gab sogar einen halbmondförmigen Kräutergarten neben einem Fischteich.

Polly entdeckte Schlüsselblumen unter riesigen Rosmarinbüschen. Ein pinkfarbener Schneeball verströmte seinen intensiven Duft, und David brach einen Zweig ab und steckte ihn in die Reißverschlußöse von Pollys Jacke. Ein Meer von Schneeglöckchen breitete sich unter einer Baumgruppe aus. Gelbe und weiße Iris begeisterten Polly so sehr, daß sie auf die Knie sank, um sie sich näher anzusehen – es war ihr egal ob Davids Jeans dabei schmutzig wurde.

»Und wie sie duften. Was für eine Sorte ist das?«

»Ich fürchte, das kann ich dir nicht sagen.«

Polly sah entzückt auf. »Jeder Garten kann im Frühling oder im Sommer schön sein, aber einer wie dieser hier, der auch mitten im Winter so bezaubernd ist, ist mehr wert als alle anderen zusammengenommen.« Sie stand auf, wischte sich die Knie ab und rieb dabei erst recht den Dreck in den Stoff. »Du mußt sehr glücklich sein, weil du an einem so schönen Ort wohnst, David.«

»Ja? Ich wohne hier mehr oder weniger mein ganzes Leben. Wahrscheinlich nehme ich das alles als selbstverständlich hin.«

»So etwas Wundervolles darf man nicht als selbstverständlich hinnehmen. Das ist schändlich.« Dann erinnerte sie sich daran, daß seine Frau tot war und daß er trotz seiner Selbstbeherrschung und seiner phantastischen sexuellen Energie tief in seinem Inneren traurig sein könnte. »Es ist für dich wahrscheinlich nicht mehr so wie früher – jetzt, da Angela gestorben ist«, endete sie leise.

»Nein«, bestätigte er. »Stimmt, es ist nicht mehr dasselbe. Vielleicht brauche ich jemanden, der mich auf alle Einzelheiten aufmerksam macht, damit ich alles richtig würdigen kann.« Er ergriff Pollys Arm. »Komm, Polly, zeig mir alles.«

Diese Aufforderung brachte sie ein wenig durcheinander, aber dann sagte sie: »Ich würde mir gern die Nebengebäude anschauen.«

David führte sie auf die andere Seite des Hauses. »Das sind die Ställe.«

Das lange Gebäude mit offenen Boxen für mindestens ein halbes Dutzend Pferde wurde offensichtlich nicht mehr benutzt. Gleich daneben befand sich eine extrem große Futterkammer mit altem Bullerofen, der einst eine gemütliche Wärme verbreitet haben mußte.

»Seid ihr geritten – du und Angela? Mit so wunderbaren Örtlichkeiten wäre es eine Schande, wenn ihr euch keine Pferde gehalten hättet.«

»Ich bin öfter ausgeritten, aber Angela und die Jungs hatten nie Interesse an Pferden. Wenn ich Töchter hätte, wäre das vielleicht anders.«

Polly lachte. »Wenn eine davon auch nur ein bißchen wie Bridgets kleines Mädchen wäre, dann wäre es ganz bestimmt anders. Sie hat nur Pferde und Ponies im Kopf. Ich nehme sie manchmal mit zu einem Gestüt, dann reiten wir aus. Sie würde nicht dulden, daß dein Stall leer ist.« Als sie merkte, daß diese Bemerkung taktlos sein könnte und daß sich David vermutlich gern von einer Tochter um den Finger wickeln lassen würde, änderte sie schnell das Thema. »Dies wäre eine fabelhafte Werkstatt. Du könntest die Räume an Handwerker vermieten und ein Vermögen damit verdienen. Aber natürlich wäre es eine schreckliche Plage, ständig fremde Leute auf dem Grundstück zu haben.«

»Ja, aber vielleicht wäre eine ganz besondere Person nicht allzu lästig.«

»Vielleicht. Wie wär's mit einem Goldschmied? Der macht keinen Krach und bestimmt kein großes Durcheinander.« Oder eine glückliche, ordentliche Töpferin, die keine persönliche Beziehung zum Vermieter hat.

»Wenn ich fragen darf – welche Miete würdest du für angemessen halten?« wollte David wissen.

»Für den ganzen Stall oder nur für die Futterkammer?«

»Wäre denn die Futterkammer groß genug?«

»O ja, sie ist ideal. Man könnte einen neuen Ofen hineinstellen, wenn dieser nicht mehr funktioniert. Es ist schön hell hier und eine Menge Platz für Regale.«

»Also wieviel könnte ich verlangen, was meinst du?« Sie sagte es ihm. »Und so viel bezahlst du für deine Werkstatt?« fragte er.

Sie schüttelte den Kopf. »Lieber Himmel, nein! Aber mein Atelier – es ist eigentlich eine alte Scheune – ist längst nicht so groß oder luxuriös. Nein, ich kann mir einen solchen Raum leider nicht leisten.«

Plötzlich hatte sie Bedenken, daß er den Eindruck haben könnte, sie wollte sich einschleichen und einen Mietnachlaß herausschinden, und setzte schnell hinzu: »Wenn es die Laureton Stiftung fertig bringt, diese alten Häuser mit den Läden zu kaufen, die vom Abriß bedroht sind, kann ich mir dort eine kleine Werkstatt einrichten.«

»Und kann die Stiftung die Ladenzeile kaufen?«

»Wenn sie genügend Spendengelder auftreibt.« Wieder hielt sie es für besser, über etwas anderes zu reden. »Wie bekommt Patrick sein Auto zurück?«

»Wir nehmen meinen Wagen und einen vollen Benzinkanister, dann kannst du seinen herfahren, wenn es dir nichts ausmacht. Oder wir wecken ihn, dann kann er selbst mitfahren. Schließlich ist es seine eigene Schuld, daß das Auto stehen geblieben ist.«

»O nein.« Polly wollte die angenehme Atmosphäre, die augenblicklich zwischen ihnen herrschte, nicht von einem aufsässigen Halbwüchsigen stören lassen. Ich fahre sein Auto gern her. Aber danach muß ich wirklich nach Hause.

David lächelte. »Ich hole den Kanister.«

Kapitel 17

David stellte den leise summenden Motor ab, dann war alles still.

Wenn er sich einbildet, ich würde ihm jetzt einen Kaffee anbieten, ist er auf dem Holzweg, dachte Polly. Nachdem sie die aseptischen Zustände in seinem Haus kennengelernt hatte, konnte sie ihn auf keinen Fall in ihr Chaos einladen. Seit ihrer Dinnerparty am letzten Samstag hatte sie nicht eine Tasse mehr abgewaschen, und Selina hatte bestimmt sowohl die Katzentür als auch ihr Klo ignoriert und ihrem Unmut darüber, eine ganze Nacht allein verbringen zu müssen, mehrfach Ausdruck verliehen

Hastig überlegte sie sich Ausflüchte, mit denen sie David abwimmeln konnte, aber ihr fiel nichts Brauchbares ein. Und aus irgendeinem unerfindlichen Grund wollte sie plötzlich die Arme um ihn schlingen, ihre Wange an sein schneeweißes Hemd pressen und sein festes warmes Fleisch darunter spüren.

»David . . .« begann sie, befeuchtete ihre Lippen und tastete die Tür nach dem Griff ab. Wie alles andere, was mit ihm zu tun hatte, war sein Wagen ungehörig sauber – hier flogen keine Bonbonpapierchen, Quittungen und Parkzettel herum wie in ihrem.

Was sagte man zu dem Mann, der einem den ersten Orgasmus beschert hatte? ›Vielen Dank, es war sehr schön?‹ Polly kämpfte mit dem Sicherheitsgurt und versuchte immer noch, den Türgriff zu finden. Wer immer diesen Wagen entworfen hatte, wollte verhindern, daß die Insassen einen raschen Abgang machen konnten.

»Polly, ich weiß, daß wir ausgemacht haben, so zu tun, als wäre letzte Nacht nichts geschehen, aber ich möchte, daß du mir eines versprichst . . .«

O Gott, jetzt wird er mir gleich sagen, daß ich es ihn wissen lassen soll, wenn ich ›in Schwierigkeiten‹ bin, dachte sie. ›Wenn du jemals Geld brauchst, wende dich an mich . . .‹ Sie würde lieber *sterben*.

»Was?«

»Daß du nicht gleich in Tränen ausbrichst, wenn ich dich nach meiner Rückkehr aus Frankreich anrufe und zum Essen einlade.«

Sie musterte ihn aus schmalen, argwöhnischen Augen. »Warum solltest du so etwas tun?«

»Als Gegeneinladung für deine Dinnerparty natürlich.«

»Ich denke, deine Rühreier und das Frühstück waren ausreichend.« Ganz zu schweigen von dem, was dazwischen vorgefallen war.

»Tut mir leid, aber das zählt nicht. Es muß eine anständige Mahlzeit in einem Restaurant sein. Also versprichst du es mir?«

Polly seufzte. »Ich verspreche, nicht zu weinen, aber ich verspreche nicht, daß ich deine Einladung annehmen werde.«

»Sehr gut, damit muß ich mich wohl zufriedengeben.«

Dann schwang er seinen langen Körper aus dem Wagen und kam auf ihre Seite. Ihre Tür öffnete sich, und sie wurde auf die Füße gezogen, ohne daß sie sich die Mühe machen mußte, einen Muskel zu rühren. Er steuerte sie über ihren Gartenweg zum Haus und blieb, ohne vom Geißblatt oder den Rosen behelligt zu werden, vor der Tür stehen.

»Danke, daß du Patrick geholfen hast – zum zweitenmal.« Dann senkte er den Kopf und küßte sie. Der Kuß schien eine Ewigkeit zu dauern. Danach, als sie ihm nachsah, wie er zu seinem Wagen zurückging, fragte sie sich, ob solche Küsse die Ozonschicht beschädigen könnten.

Polly betrat das Haus und wurde im selben Moment von Selina angesprungen. Nachdem sie die Katze ein bißchen gestreichelt hatte, setzte sie sie auf ihre Schulter und hob eine Postkarte auf, die unter der Tür durchgeschoben worden war.

Sie stammte von Simon. Er schrieb, daß sie als Ausstellerin auf der Kunst- und Handwerksmesse, die in drei Wochen stattfand, angenommen worden war. Für einen Moment ließ die schiere Panik all ihre anderen Sorgen, wie die hungrige Katze oder ihre mögliche Schwangerschaft, völlig verblassen.

Es war eine große Ehre, daß man sie ausgesucht hatte, aber Polly kam sich vor, als hätte man sie gebeten, die Hauptrolle in *Madame Butterfly* in Covent Garden zu übernehmen – sie fühlte sich geschmeichelt und stand gleichzeitig entsetzliche Angst aus. Konnte sie überhaupt singen? Haha.

Sie ging in die Küche und füllte den elektrischen Wasserkessel, bevor sie eine Dose Katzenfutter öffnete. Sie mußte erst eine Tasse Tee trinken, ehe sie dem kosmischen Schock gewachsen sein würde, ihr Leben seit dem gestrigen Tag auf den Kopf gestellt zu sehen.

Sie hatte schon öfter ihre Sachen auf Messen gezeigt, aber diesmal war es etwas anderes. Diese spezielle Messe war gut fürs Prestige, und nur die allerbesten Arbeiten konnten der ganzen Sache gerecht werden.

Sie steckte den Teebeutel in einen Becher und öffnete den Kühlschrank, um Milch herauszunehmen. Selina miaute laut, als sie die Flasche sah, und verlangte damit, daß man ihr den Inhalt zur Verfügung stellen sollte. Ohne nachzudenken, schüttete Polly etwas in Selinas Schälchen und registrierte erst einen Augenblick später, daß für sie selbst nichts mehr übrig war.

»Mein Gehirn ist funktionsuntüchtig. Zu viele Schocks in einem zu kurzen Zeitraum. Meinen ersten Orgasmus und die erste wirkliche Chance, als Töpferin den Durchbruch zu schaffen – und das alles in weniger als vierundzwanzig Stunden.«

Sie stand in ihrer Küche und starrte auf das schmutzige Geschirr, das sich schon seit Tagen in der Spüle türmte. Normalerweise sah es aus wie ein paar Teller und Tassen in einem Becken mit kaltem, fettigem Wasser. Aber heute wirkte es wie ein Symbol für ihr bisheriges Leben. Sie mußte weg aus diesem Haus, bevor sie in ernste Depressionen versank.

Die Mitbenutzerin des Ateliers war nie besonders begeistert davon, an einem Sonntag in der alten Scheune zu hocken. Und nach einem Anruf von Polly war sie vollkommen überzeugt, daß es ein kalter, ungemütlicher Platz war und sie zu Hause viel besser aufgehoben wäre. Die Scheune würde in einer Stunde frei für Polly sein.

In dieser Stunde zwang sich Polly, den Ofen zu heizen und mit Selinas Protesten fertig zu werden. Der Abwasch konnte warten, bis es heißes Wasser gab.

Dann zog sie noch ein paar Pullover über Davids Kaschmir und flüchtete sich in die Arbeit, um Trost zu finden.

In der erst kürzlich verlassenen Scheune war es warm, und Polly hätte dankbar dafür sein sollen, aber sie hatte sich daran gewöhnt, in einen kalten Raum zu kommen und zu erleben, wie er sich erwärmte, während sie selbst bei der Vorbereitung des Tons ins Schwitzen geriet.

Sie zog ihren Mantel, den uralten Pullover mit den ausgefransten Ärmeln und den Selbstgestrickten von ihrer Mutter, der viel zu kurz und viel zu weit war, aus, behielt aber Davids Kaschmirpullover an. Er war leicht und störte nicht, und da David die Hauptschuld an Pollys Gefühlsaufruhr trug, wäre es ausgleichende Gerechtigkeit, wenn sein Pulli durch feuchten Ton verschandelt würde.

Sie kochte Tee und rührte einen Löffel Trockenmilch in ihre Tasse, dann räumte sie die Regale auf. Aber immer noch stimmte die Energie bei ihr und im Atelier nicht – oder lag das an diesem besonderen Tag?

Eine große Kiste mit Taufbechern, Krügen und Kannen stand in einer Ecke. Polly nahm eine Kaffeekanne heraus. Sie gehörte zu einem Frühstücksservice, und auf jeder der großen

Tassen befand sich ein Haustier seltener Rasse. Auf die Kanne hatte sie ein altes Gloucester Fleckschwein gemalt.

Polly hielt die Kanne in der Hand und betrachtete sie. Ein schönes Stück, das sich gut verkaufen lassen müßte. Aber bei näherem Hinsehen entdeckte sie einen winzigen Fleck in der Glasur. Niemand würde ihn bemerken, und wenn doch – na ja, kleine Unregelmäßigkeiten wurden immer als Zeichen echter Handarbeit gewertet. Trotzdem ... Polly sah hilflos zu, wie sich ihre Hand hob und die Kanne an die Wand flog.

Der Knall, als sie gegen die rauhen Ziegeln prallte, und das Klirren, als die Scherben auf dem Boden landeten, wirkte auf Pollys konfusen Geisteszustand wie eine kalte Dusche.

Als sie die Bruchstücke aufhob, begriff sie, warum sie mit Absicht eine so hübsche Keramik kaputtgemacht hatte: Ihr Leben hatte sich verändert, also mußten sich auch ihre Arbeiten verändern.

Die Künstlerin in ihr hätte am liebsten alles, was in der Kiste war, zertrümmert, dann wäre sie gezwungen, etwas ganz Neues für die Messe zu schaffen. Aber Polly hatte zu lange gegen die Not gekämpft. Jede neue Kreation – bis jetzt noch nicht einmal entworfen oder geplant – könnte ein Flop werden und sich nicht gut verkaufen. Und auch wenn sie es sich im Geiste untersagte, irgend etwas von dem alten Zeug auf der Messe auszustellen, war es möglich, daß sie darauf zurückgreifen mußte.

Sie hievte die Kiste in den angrenzenden Schuppen, in dem normalerweise große Plastiksäcke mit Müll standen. Danach räumte sie alle halbfertigen Tassen und Krüge, die sie finden konnte, in einen anderen Karton, damit sie auch nicht im entferntesten in Versuchung geriet, doch ein paar Tassen zu töpfern – ›nur für den Fall‹.

Als sie in die Wärme des Ateliers zurückkam, spürte sie, daß es wieder ihr Raum war. Sie nahm drei bereits abgewogene und durchgearbeitete Tonkugeln und knetete sie zusammen.

Der Klumpen, der dabei entstand, war möglicherweise zu schwer für die Drehscheibe.

Polly hatte noch keine Ahnung, was sie damit anfangen sollte, aber die rhythmischen, anstrengenden Bewegungen beim Kneten – das Drehen des Handgelenks, das Anspannen und Lockern, Lockern und Anspannen – schien ihr eine Last von den Schultern zu nehmen. Es war die besänftigendste Tätigkeit, die sie sich vorstellen konnte. Sie zählte, wie oft sie den Ton drehte. Erst als sie die hundertfünfzig erreicht hatte, hielt sie ihr Arbeitsmaterial für gebrauchsfähig.

Sie schaltete ihren Verstand aus und beobachtete unbeteiligt, wie ihre Hände den Ton auf der Töpferscheibe zentrierten und die Kugel zu einem Zylinder hochzogen. Sie sah, wie ihre linke Hand die Masse nach außen und gleichzeitig nach oben bog und von dem gekrümmten Zeigefinger der rechten unterstützt wurde. Was sie produzierte, war dreimal so groß wie eine Zwei-Liter-Teekanne – und das war das größte, was sie bisher fertig gebracht hatte.

Entsetzt und fasziniert zugleich sah sie zu, wie auf ihrer Drehscheibe ein dickbäuchiges Gefäß mit verengter Öffnung entstand, das sofort in sich zusammensinken würde, wenn sie auch nur den geringsten Fehler machte.

Dann überließ sie nichts mehr ihrem Töpferinstinkt, benutzte wieder ihren Verstand, hielt die Scheibe an und beschloß, den Rest mit der Hand aufzubauen.

Erst zwei Stunden später wurde ihr bewußt, daß sie den ganzen Nachmittag an einem einzigen Gefäß herumgebastelt hatte, doch es war ein Gefäß wie kein anderes, das sie bis jetzt getöpfert hatte, und selbst in ihren Augen war die Form wunderschön. Der Nachteil war, daß es den ganzen Platz im Brennofen einnehmen würde.

Polly fand einen Bleistiftstummel und rechnete auf der Rückseite eines Kassenzettels aus, wie viele solch dickbäuchiger Schalen sie für die Messe produzieren, bemalen und glasieren konnte. Selbst wenn sie immer bis spät in die Nacht arbeitete, und ihrer Freundin Zeit für den Brennofen abzwackte, würde sie kaum mehr als sechs schaffen.

Allein daran zu denken, war verrückt. Aber sie dachte eben nicht nach – sie entschied einfach, genau das zu tun: sie würde sechs wunderschöne, große Gefäße herstellen, die keinen Gelegenheitskäufer anlocken würden, nicht mit Tieren verziert waren und wahrscheinlich von niemandem, der sich nicht für kunstvolle Arbeiten interessierte, gekauft würden. Allein die Idee war absurd, aber sie hatte sich ja vorgenommen, nicht darüber nachzudenken – das war auch gut so, denn sie hätte sich den ganzen Plan innerhalb von Sekunden aus dem Kopf geschlagen, wenn sie auch nur den Versuch unternommen hätte, das Für und Wider gegeneinander abzuwägen.

Als sie um Mitternacht nach Hause fuhr, durchgefroren und mit schmerzenden Muskeln, fragte sie sich, was lächerlicher war: die Tatsache, daß sie mit David Locking-Hill geschlafen hatte und schwanger von ihm sein könnte, oder ihr Entschluß, der gut verkäuflichen und ansprechenden ›Kunst‹ den Rücken zu kehren und Neues zu wagen – schon immer hatte sie sich geschworen, nie etwas dergleichen zu tun.

Am nächsten Morgen nahm sie sich frei und ging zur Ärztin. Und obwohl die Ärztin Polly nie zuvor gesehen hatte, hörte sie sich ihre verlegenen, stockend vorgebrachten und drastisch zensierten Begründungen an, weshalb sie die ›Pille danach‹ brauchte.

Ohne weitere Untersuchungen, erklärte die Ärztin, wie das Medikament wirkte, pflichtete Polly bei, daß dies in ihrem Fall die beste Maßnahme sei, und schrieb ein Rezept aus.

Nach der Arbeit nahm Polly die Pille mit nach Hause, las mehrfach den Beipackzettel durch und spülte das ganze Zeug ins Klo. Danach fühlte sie sich wesentlich besser, errechnete grob, wann ihres Wissens nach die nächste Periode fällig sein müßte, und verbannte die Frage, ob sie schwanger war oder nicht, aus ihrem Kopf.

Wenn sie schwanger war, dann war es Schicksal – sie würde es akzeptieren. Und ganz bestimmt würde sie das Baby vom Moment seiner Geburt an lieben und David Locking-Hill eines Tages dankbar sein, daß er ihr Leben auf den Kopf gestellt hatte.

Sie rief ihre Freundin an, um sicherzustellen, daß die Scheune frei war und sie nichts dagegen hatte, wenn Polly noch ein paar Stunden dort arbeitete. Erst als sie in den Wagen stieg, fiel Polly ein, daß sie nach einem Tag im Café nie genug Energie – weder die physische noch die kreative – hatte, um etwas zustande zu bringen. Sie mußte verrückt sein, daß sie es auch nur versuchte.

Als sie ihr Auto parkte, hatte sie sich selbst davon überzeugt, daß es das beste wäre, die Kiste mit den fertigen Produkten, die sie so leichtsinnig in den Schuppen verbannt hatte, wieder zurückzuschleppen. Sie mußte vernünftig sein und ordentliche, marktfähige Gegenstände herstellen. Immerhin hatte Simon sie wegen ihrer Kaffeeservice und Taufbecher für die Messe vorgeschlagen. Möglicherweise gab es schon genügend ›künstlerische‹ Töpfer, die ihre Sachen ausstellten, und sie wollten gerade jemanden haben, der Dinge produzierte, die man für mehr als Trockensträuße benützen konnte. Sie sollte ihr Riesengefäß zusammenschmeißen und den Ton für etwas Brauchbareres verwenden.

Aber als Polly das Licht anknipste und sah, daß ihre rundbäuchige Schale schon fast trocken war, brachte sie es nicht über sich, sie zu zerstören. Irgend etwas – vielleicht David Locking-Hill – hatte sie dazu getrieben, ihre behaglichen, festgefahrenen Pfade zu verlassen und sich wagemutig in ein Abenteuer zu stürzen. Und sie konnte nicht mehr zurück.

Mit einem Seufzer der Resignation präparierte sie den Ton für den nächsten Tag. Höchstwahrscheinlich würde sie arbeiten bis zum Umfallen und zum guten Schluß nichts anderes als einen Haufen glasierte, bemalte Tonscherben haben. So viel konnte schiefgehen, und zwar in jedem Stadium. Töpfern barg immer ein Risiko in sich, aber es war der reinste Wahnsinn, das Risiko wissentlich zu vergrößern, statt es, so gut es ging, zu minimieren.

Normalerweise zischten die Tage vor einer Messe so schnell an ihr vorbei wie die Landschaft an einem fahrenden Hochgeschwindigkeitszug. Die Anstrengung, genügend Stücke für die Ausstellung fertig zu bringen, die vielen Stunden an der Drehscheibe und das Vergnügen, kreativ zu sein, versetzten sie wie nichts anderes in Hochstimmung.

Doch diesmal fühlte sie sich nur gehetzt. Sie verkürzte ihre Arbeitszeit im Café auf zwei Tage in der Woche, feilschte und bettelte um mehr Zeit im Atelier – sie bestach ihre Freundin sogar – und verbrachte beinahe jede wache Minute in der Scheune.

Obwohl sie hart arbeitete, gab es immer wieder ruhige Zeiten – wenn sie darauf wartete, den Brennofen öffnen zu können, oder die Glasur anrührte –, in denen ihre Gedanken zu der Nacht des Wahnsinns wanderten, die noch mehr und einen ganz anderen Wahnsinn ausgelöst hatte.

Sie fühlte sich eigenartig einsam. Sie hatte weder die Zeit noch die Kraft, unter Leute zu gehen, aber sie wollte sich jemand anderem anvertrauen als nur Selina. Sie hätte gern mit jemandem gefeiert, als sie ihr erstes Werk heil und ganz aus dem Brennofen holte, und jemanden gehabt, dem sie erzählen konnte, daß sie ein paar riesige Teller mit einem dicken, gewobenen Korbmuster zustande gebracht hatte. Und sie brauchte jemanden, der sie in die Arme nahm – nicht schwesterlich wie manche ihrer Freundinnen; nein, sie wollte eine feste, knochenbrechende Umarmung spüren, die in einem leidenschaftlichen Kuß endete und zu guter Letzt ins Bett führen würde.

Aber als Tristan, unglaublich charmant und am Boden zerstört, ein paar Tage vor der Messe im Café auftauchte, hatte Polly – trotz dieser ungewohnten, schmerzlichen Leere – die Umstände, unter denen sie sich zum letztenmal gesehen hatten, schon fast vergessen. Ja, sie hatte sogar Mühe, sich seinen

Namen ins Gedächtnis zu rufen. Ihm, andererseits, bereitete es keinerlei Schwierigkeiten, sich an den ihren zu erinnern. Aber er war auch auf solche Dinge trainiert.

»Polly, du mußt mich hassen.« Er lehnte an der Theke, ganz der zerknirschte Lebemann, der tiefste Reue empfand. »Ich hätte mich schon früher bei dir melden sollen, aber ich war in Irland und habe dort für eine Sendung gearbeitet.«

Polly war immun gegen seinen verschwenderischen Charme und lächelte milde. »Natürlich hasse ich dich nicht, Tristan, warum sollte ich?« Plötzlich fiel ihr alles wieder ein. »Ich war ein bißchen gekränkt«, flunkerte sie. »Aber ich bin nicht nachtragend. Und außerdem bin ich damals abgehauen.«

Erleichterung zeichnete Tristans hübsches Gesicht. »Ich komme mir vor wie ein Scheißkerl. Ich wollte mich gar nicht so lange mit diesem Mädchen abgeben . . . Bist du gut nach Hause gekommen? Ich hatte vor, dich anzurufen . . .«

»Oh, alles war bestens.« So konnte man es auch ausdrükken.

»Ich möchte das wirklich wiedergutmachen.«

»Ach ja?« sagte sie.

»Ehrlich. Ich möchte mit dir ausgehen – am Samstag. Irgendwohin, wo es schön ist. Es gibt ein Restaurant am Fluß.«

Polly hatte schon davon gehört – das Restaurant hatte einen oder mehrere Sterne und wurde in jedem Reise- und Stadtführer erwähnt. »Hast du am Samstag schon etwas vor?«

Sie hätte »ja« sagen müssen, aber irgendein Teufel trieb sie, ihn ein wenig auf den Arm zu nehmen.

»Welchen Auftrag hast du in diesem Restaurant, Tristan?«

Er war beleidigt. »Es gibt keinen Auftrag, Polly.«

»Wie willst du dann einen Tisch bekommen? Das Lokal ist immer vollkommen ausgebucht.«

Er grinste, und sein Goldzahn blitzte verwegen. »Jemand hat seine Reservierung storniert. Komm mit, Polly. Nach dem Fiasko von neulich schulde ich dir ein Festmahl.«

»Ich denke darüber nach, Tristan.« Samstag war der Ausstellungstag. Nach dem Trubel auf der Messe könnte sie sicher eine üppige Mahlzeit gebrauchen, aber war Tristans überschäumende Gesellschaft nicht ein zu hoher Preis für weiße Trüffel und Wachteleier? Sie hatte keine Lust, sich sofort festzulegen. »Vielleicht habe ich zu tun. Kann ich dich anrufen?«

»Klar.« Er kritzelte seine Nummer auf die Rückseite einer Visitenkarte. »Unter dieser Nummer bin ich in Laureton zu erreichen – für den Fall, daß du meine Privatnummer verloren hast.«

»Fein.« Polly steckte die Karte in ihre Tasche. »Ich melde mich.«

»Vergiß es nicht.«

Sein Lächeln glühte so heiß, daß Polly um ihre Plastikschürze fürchtete. Er sah aus wie ein Kater, der die Maus zwischen den Krallen hatte und sich auf den ersten Biß freute. Hatte sie wirklich noch die Kraft, mit ihm umzugehen?

Das Telefon klingelte, als Polly an diesem Abend ihre Haustür aufmachte. Wenn Tristan es wagte, hier anzurufen und ihr in den Ohren zu liegen, würde sie ihm die Hölle heiß machen. Sie war zu müde, um endgültige Entscheidungen zu treffen. Sie ließ das Telefon läuten, während sie sich den Mantel auszog und den Stapel Zeitungen vom Stuhl nahm. Vielleicht war es ja auch ihre Mutter. Polly hatte schon Ewigkeiten nicht mehr mit ihr gesprochen und war sich ihrer Schuld bewußt, aber sie war viel zu erschöpft, um ihre Aktivitäten in einer Weise schildern zu können, die die Ängste ihrer Mutter beschwichtigen und ihre Neugier zufriedenstellen würde.

Es war Melissa. »Polly, kannst du am Samstag zu mir zum Abendessen kommen?«

Unmöglich. Auf gar keinen Fall. Viel zu kurzfristig. »Es tut mir entsetzlich leid, Melissa, aber ich kann nicht.« Sie würde lieber ein schmutziges Handgemenge in Tristans Auto in Kauf nehmen, als sich noch einmal Melissas sorgfältig ausgewählten Freunden zu stellen – besonders nicht nach einem anstrengenden Tag.

»Du gehst doch nicht aus, oder?« Melissa machte keineswegs einen so selbstbewußten Eindruck wie sonst, genaugenommen klang ihre Stimme eher verzweifelt.

»Ich stelle meine Keramiken tagsüber auf einer Messe aus, und abends gehe ich möglicherweise essen. Wenn nicht, dann werde ich todmüde ins Bett fallen.«

Melissa war offensichtlich in solchen Nöten, daß sie nicht klein beigeben konnte. »Ich sitze in der Klemme – ich habe David Locking-Hills Sohn Patrick übers Wochenende eingeladen, und ich zermartere mir schon die ganze Zeit das Gehirn, wen ich dazu einladen soll.«

»Aber ist Patrick nicht noch ziemlich jung?« Polly war sich nicht sicher, wieviel Melissa wissen konnte.

»Ein Teenager. Ich hätte ihn nicht hergebeten, aber ich habe David versprochen, ihn im Auge zu behalten, während er in Frankreich ist. Du weißt schon, ich soll aufpassen, daß der Junge nicht in Schwierigkeiten gerät, nachdem er schon aus der Schule geflogen ist. Deshalb habe ich ihn übers Wochenende eingeladen. Ich hätte nie gedacht, daß er wirklich kommt.«

»Aber er hat zugesagt?«

»Nur zum Abendessen und für die Nacht von Samstag auf Sonntag – Gott sci Dank. Und – nur unter uns, Polly – wahrscheinlich hat er die ganze Zeit nichts anderes gegessen, als die Tiefkühlkost, die die Haushälterin ihm vorsetzt, und das Geld, das David ihm dagelassen hat, für Alkohol ausgegeben. Ich denke, ihm kommt eine kostenlose Mahlzcit sehr gelegen.«

Höchstwahrscheinlich. Polly war überrascht, wieviel Melissa über ›die Jugend von heute‹ gelernt hatte, seit sie das letzte Mal über dieses Thema miteinander sprachen. »Oh, bestimmt irrst du dich.«

»Du würdest nie glauben, daß er Davids Sohn ist. Er ist ein echter Faulenzer und macht nur den Mund auf, wenn es etwas zu essen gibt. Wenn man ihn was fragt, gibt er nichts anderes als Grunzlaute von sich.«

Das konnte sich Polly lebhaft vorstellen. »Das klingt ja schrecklich. Ich weiß gar nicht, warum du ihn eingeladen hast.«

Melissa seufzte abgrundtief. »Ich habe das Gefühl, daß ich das David schuldig bin. Es ist so schwer für ihn, diese Jungs ganz allein großzuziehen. Und Angela war meine beste Freundin. Aber ehrlich gesagt –« Melissa erwachte aus ihren Träumereien von der pflichtgetreuen Selbstaufopferung –, »ich bereue es bereits. Deshalb dachte ich, ich könnte dich fragen, ob du mir hilfst, den Jungen ein wenig zu unterhalten.«

»Eine sehr schmeichelhafte Einladung . . .«

»Oh, mach keine Witze, Polly. Mir fällt sonst niemand ein, den ich darum bitten könnte, und ich *brauche* jemanden, der mich unterstützt.«

»Was ist mit Sheldon? Ich meine, du brauchst doch nicht eine ganze Dinnerparty für den Jungen zu organisieren, oder? Koch ihm Shepherds Pie oder so was und laß ihn in der Küche essen.«

»Nein! Das wäre ja noch schlimmer! Es ist mir so unangenehm, wenn die Menschen keinen Ton von sich geben, und ich weiß sowieso nie, was ich zu jungen Leuten sagen soll. Du kommst so gut mit ihnen zurecht.«

»So gut auch wieder nicht. Und ich bin sicher, daß du dir ganz unnötig Sorgen machst. Du könntest dir eine Pizza oder irgend etwas kommen lassen und ein Horrorvideo besorgen, dann brauchst du dich nicht mit ihm zu unterhalten.«

»Das kann ich unmöglich machen! Was würde David dazu sagen?« Es war offensichtlich, wie wichtig sie es nahm, daß David eine gute Meinung von ihr hatte.

»Spielt das denn eine Rolle? Anscheinend meint er, daß Patrick alt genug ist, um allein zu Hause zu bleiben. Ich finde es sehr nett von dir, daß du den Jungen eingeladen hast, und David kann sich wohl kaum beklagen, wenn du ihm nicht einen großartigen Empfang bereitest.«

Melissa seufzte wieder. »Oh, bitte komm, Polly«, flehte sie.

»Du könntest diesen reizenden Tristan mitbringen, den wir bei dir kennengelernt haben.«

Ein Lächeln huschte über Pollys Gesicht. Tristan Melissas mangelhaftem Talent auszusetzen, andere zu unterhalten, wäre die gerechte Strafe für seine Rücksichtslosigkeit im New Inn, eine elegante Rache, die sicherstellen würde, daß Tristan für immer aus Pollys Leben verschwand, ohne daß einer der Beteiligten ungute Gefühle entwickelte. »Dürfte ich das? Na, gut ...«

»Ich stehe für immer in deiner Schuld – ehrlich.«

Es fiel Polly schwer, einem Hilferuf zu widerstehen, besonders einem von Melissa, die wahrscheinlich noch nie in ihrem ganzen Leben jemandem das Gefühl gegeben hatte, daß sie ihn brauchte.

»Okay, Melissa, ich komme.«

»Ich vermute, du willst nicht über Nacht bleiben, oder? Dann wärst du auch beim Frühstück ...«

»Nein, Melissa.«

»Aber du fragst Tristan, ob er mitkommt?«

»Ich frage ihn, aber ich kann nicht versprechen, daß er die Einladung annimmt.«

»Oh, gut. Mit euch beiden kann an diesem Abend gar nichts schiefgehen.«

Wie Polly erwartet hatte, war Tristan ganz versessen darauf, sich Melissas und Sheldons gemütliches Heim im Millionärsviertel anzusehen. Bestimmt war es ihm ebenso recht, nicht für ein Abendessen in einem der teuersten Restaurants in der Gegend bezahlen zu müssen. Aber Polly hatte so ihre Zweifel, ob er die Rechnung überhaupt aus der eigenen Tasche hätte begleichen müssen.

Jetzt mußte Polly nur noch entscheiden, ob sie offen sagen sollte, daß sie eine Nacht in Davids Haus verbracht hatte. Sie könnte Davids Kleider in eine Tasche stopfen und sagen: »Hier, Patrick, gib das deinem Vater mit einem Gruß von mir zurück.«

Oder sollte sie Patrick anrufen und bitten, nichts darüber verlauten zu lassen.

Obwohl sie Lügen verabscheute, nahm sie sich vor, die Episode geheimzuhalten.

Falls Melissa erfuhr, daß Polly Patrick zweimal aus der Klemme geholfen hatte, würde sie entsetzlich eifersüchtig werden, und Patrick hätte die Hölle auf Erden, wenn sie sich bemühte, Polly auszustechen. Was Melissa nicht wußte, konnte sie auch nicht aufregen. Außerdem hatte es Polly nicht eilig, David seine Kleider zurückzugeben – sein Pullover war so herrlich warm.

Sie hatte gerade ihren Entschluß gefaßt und blätterte das Telefonbuch durch, als ihr Apparat wieder läutete. Diesmal war es ihre Mutter.

»Liebes?«

»Hallo, Mummy, geht's dir gut?«

»Ich bin ein bißchen down, ehrlich gesagt. Audrey ist auf einer Kreuzfahrt, und ich fühle mich ziemlich allein.«

Audrey war Sylvia Camerons Busenfreundin. »Bleibt sie lange weg?«

»Noch zwei Wochen. Hör mal, ich wollte dich fragen, ob ich nicht zu dir kommen und ein paar Tage bleiben könnte.«

»Bei mir? Wann hast du vor zu kommen?«

»Morgen.«

»Morgen?« Das war genau das, was ein Mädchen in die Klapsmühle bringen konnte. »O Mummy, ich hab' schrecklich viel zu tun. Am Wochenende ist eine Kunst- und Handwerksmesse, und ich arbeite fast Tag und Nacht. Außerdem bin ich am Samstagabend eingeladen.« Sie zögerte einen Moment. »Aber das könnte ich wahrscheinlich absagen.«

»Wohin willst du gehen?«

»Zu Melissa.«

»Oh, Melissa darfst du auf keinen Fall brüskieren – sie war so gut zu dir.«

»War sie das?« Gut genug, um einen Haufen Probleme und Schwierigkeiten heraufzubeschwören.

»Selbstverständlich. Du bist bist in so guter Gesellschaft, seit ihr beide euch wieder getroffen habt.«

Manchmal fragte sich Polly, ob ihre Mutter sie überhaupt kannte, aber offensichtlich wußte sie in diesem Fall nur nicht, wie Melissa war. Als Sylvia sie zum letztenmal gesehen hatte, war Melissa verrückt nach Pony-Büchern gewesen, hatte schimmernde Zöpfe und ausgezeichnete Manieren gehabt. Ansonsten hatte sie sie nicht durchschaut.

»Es ist so nett von ihr, daß sie dich einlädt«, fuhr ihre Mutter fort. »Hast du nicht gesagt, daß einiges schiefgelaufen ist, als sie bei dir waren?«

»Das stimmt, aber sie hat . . . sie hat einen jungen Bekannten übers Wochenende bei sich und dachte, ich könnte ihr helfen, ihn ein wenig zu unterhalten. Sie sagte, ich könnte Tristan mitbringen.«

»Tristan?«

»Du weißt doch . . . ich hab' dir von ihm erzählt. Ich war ein paarmal mit ihm aus.«

»Er ist aber nicht der nette Mann mit dem Doppelnamen, oder?«

»Nein. Er ist der Reporter vom Lokalradio.« Und woher willst du wissen, daß David nett ist? Du hast ihn noch nie zu Gesicht bekommen.

»Nun, ich könnte doch bei dir zu Hause bleiben, während du weg bist. Ein Jammer, daß du keinen Fernseher hast. Aber es gibt bestimmt ein paar Sachen, die ich flicken kann.«

Polly schloß die Augen. »Das klingt schrecklich langweilig. Warum kommst du nicht erst *nächste* Woche? Dann habe ich nicht mehr so viel zu tun, und wir könnten uns eine schöne Zeit machen.«

»Die Sache ist die: Nächste Woche kommen die Männer, um die Heizung zu reparieren. Da muß ich hier sein, um aufzupassen, daß sie auch wirklich arbeiten. Es geht nur diese Woche oder gar nicht.«

Zu beinahe jeder anderen Zeit wäre Polly fest geblieben, hätte kategorisch erklärt, daß ein Besuch in dieser Woche nicht in Frage käme, und einen ganzen Monat unter den verletzten Gefühlen ihrer Mutter zu leiden gehabt. Aber sie erinnerte sich unwillkürlich daran, daß sie die Hilfe ihrer Mutter in nicht allzu ferner Zukunft vielleicht bitter nötig haben würde.

Die Lösung war denkbar einfach. Polly würde Melissa fragen, ob sie auch ihre Mutter mitbringen könnte. Obwohl sie gewöhnlich ihren Freundeskreis nicht mit ihrer nächsten Verwandten zusammenbrachte, konnte ihr Mutter kaum eine Dinnerparty ausschlagen, die versprach, genauso ›erfolgreich‹ zu werden wie die letzte.

»Ich sag' dir was, Mum . . .«

»Ich wünschte, du würdest mich nicht so nennen – es ist so gewöhnlich.«

». . . ich rufe Melissa an und frage, ob du mitkommen kannst. Ich bin sicher, sie freut sich, dich zu sehen.«

»O meine Süße, das wäre großartig. Aber bitte, sag Melissa nicht ganz ab. Ich kann sehr gut allein bleiben.«

»Nein, nein, Mummy – davon will ich nichts hören. Laß mich mit Melissa sprechen, dann rufe ich dich gleich zurück.«

»Liebes, ich freue mich so auf die Zeit mit dir.«

Melissa war begeistert, Pollys liebe Mutter wiederzusehen. Nachdem Polly endlich alles geregelt hatte, fand sie Davids Nummer im Telefonbuch und versuchte, Patrick zu erreichen, aber er war nicht zu Hause. Sie hinterließ eine Nachricht und die Bitte um einen Rückruf auf dem Anrufbeantworter und zog sich in die Badewanne zurück.

Kapitel 18

Und wo sind deine Sachen?«

Es war sieben Uhr morgens. Simon war gekommen, um Polly und ihre Arbeiten mit seinem Kombi abzuholen und zur Messe zu fahren.

»In der Scheune. Ich wollte sie nicht erst nach Hause transportieren.«

Sie hatten noch genügend Zeit, deshalb mußte sich Simon über diese kleine Planänderung nicht aufregen, aber er war erstaunt.

»Warum nicht?«

»Meine Mutter ist zu Besuch. Bitte weck sie nicht auf.«

Simon grinste. »Sie hat mich noch nie gemocht. Aber was stimmt nicht an deinen Keramiken? Hast du Szenen aus dem Kamasutra auf ein Teeservice gemalt? Ich bin nicht sicher, ob die Gilde so etwas duldet.«

Polly schauderte. Sie hatte es immer noch nicht fertiggebracht, sich von dem Gedanken zu lösen, daß Sex indirekt etwas mit ihrem veränderten Töpferstil zu tun hatte. Das war einer der Gründe, warum sie die Sachen nicht mit nach Hause genommen hatte. Sie hätte die Energie nicht aufbringen können, Erklärungen für ihre Mutter zu erfinden. »Nein. Aber sieh's dir selbst an. Die Scheune liegt auf unserem Weg.«

Polly holte die Plastikschachtel mit den Sandwiches, die ihre Mutter unbedingt für sie hatte vorbereiten wollen, und die Thermosflasche mit dem Tee. Polly würde den Tee bestimmt nicht trinken, aber ihre Mutter hatte sich so gefreut, etwas für ihre Tochter tun zu können, die, wie sie sagte, ganz grau vor Erschöpfung aussah.

Beim Anblick der sechs dickbäuchigen Gefäße und der sechs riesigen Teller schwieg Simon – er sagte eine ganze Weile kein einziges Wort. Polly beschäftigte sich eingehend damit, mit dem Daumennagel die abblätternde Farbe von der Scheunenwand zu pulen. In diese zwölf Keramiken hatte sie weit mehr von sich selbst investiert als in irgendeinen Becher oder Krug, den sie je getöpfert hatte. Sie respektierte Simons Urteil. Er war ein Künstler, kein Töpfer, aber er wußte genau, was gut und was bloße Maßlosigkeit war.

Die halb auf der Scheibe gedrehten und halb mit der Hand aufgebauten Gefäße waren über sechzig Zentimeter hoch und mit einer goldgelben Glasur, die wie Bernstein schimmerte, überzogen. Die Glasur war nicht ganz gleichmäßig, und manche Passagen leuchteten stark und intensiv wie die Sonne Italiens – zumindest sah Polly das so. Es war das erste Mal, daß sie etwas getöpfert hatte, das keinem eindeutigen Nutzen diente. Sie hätte Brotbehälter daraus machen können, doch die Zeit zum Trocknen hätte zu lange gedauert, wenn sie noch Griffe und Deckel hätte herstellen müssen. Die Gefäße waren jedoch stabil genug, daß man Dinge darin aufbewahren konnte, und sie hatten dicke Böden – die praktische Anwendbarkeit war also nicht ganz zugunsten der Kunst aufgegeben worden.

Im Gegensatz zu der außergewöhnlichen Schlichtheit dieser Gefäße, die nur durch ihre Form und den Glanz bestachen, waren die Teller reich und farbenfroh verziert. Ein stilisiertes Pferd mit gebogenem Nacken und fliegender Mähne prangte in der Mitte eines jeden Tellers. Die Ränder waren mit einem weißen Kreuzmuster abgesetzt – es war ein willkürliches, beinahe primitives Design, das durch die dicken, kräftigen Pinselstriche wirkte und nicht mit den sorgfältigen, genauen Malereien, die ihre Frühstücksservice ausgezeichnet hatte, zu vergleichen war.

»Hmm«, machte Simon nach langer Zeit. »Wieviel willst du dafür verlangen?«

Sie zog einen Zettel, auf den sie Zahlen notiert hatte, aus der Tasche. Die Preise hatten sie selbst erschreckt, aber schließlich mußte jedes Stück gesondert gebrannt werden. Wenn sie die Sachen nicht verkaufte, konnte sie die Stromrechnung für den Brennofen nicht bezahlen. Aber wahrscheinlich würde kein Mensch so viel Geld für einen Tonpott ausgeben. Und niemand *konnte* genug bezahlen für die Quälerei und die vielen, vielen Stunden, die sie geschuftet, geprüft, gewartet und gebetet hatte. Wenn es mit rechten Dingen zuginge, müßte man den Gefäßen die Torturen ansehen . . .

Trotzdem erkannte sie, selbst wenn sie die Keramiken durch Simons kritische Augen betrachtete, nichts anderes als schlichte, gelungene Formen, die für jedes Haus und jede Wohnung eine Zierde wären.

Simon nahm einen Stift und fügte Pollys Preisen hier eine Null und dort eine Eins hinzu. »Gutes Mädchen«, sagte er. »Ich wußte, daß du mir keine Schande machst. Und jetzt laden wir das ganze Zeug ins Auto.«

Sie fuhren los. Nach der anstrengenden Arbeit war Simons nicht gerade überschwengliche, aber aufrichtige Anerkennung ausreichend, um Polly den Vorsatz fassen zu lassen, diese Messe, komme, was da wolle, zu genießen.

Die finanziellen Konsequenzen wären, wenn sie nichts verkaufte, unvorstellbar, aber sie hatte ihren persönlichen Rubikon überschritten und fürchtete sich vor nichts mehr.

Als sie vor dem stattlichen Gebäude ankamen, in dessen Park die Messe stattfand, entdeckte Polly, daß die Ausstellung in zwei Bereiche unterteilt war. Den meisten Platz nahmen die kunstgewerblichen Gebrauchsgegenstände ein, und normalerweise hätte Polly ihre Arbeiten dort gezeigt, doch der Besitzer des Hauses, dessen Tochter Glas gravierte, hatte auf einer Abteilung bestanden, die nur ›der Kunst‹ gewidmet war. Und dank Simons Bemühungen hatte Polly ihren Stand in dem künstlerischen Bereich.

»Warum hat die Gilde beschlossen, Leute wie mich hier ausstellen zu lassen?« fragte Polly während sie geduldig ein Bild festhielt, das Simon gerade aufhängte.

Simon malte mit einem Stift einen kleinen Punkt an die Wand und nahm den Bildernagel aus dem Mund. »Ein paar unserer bekannten Töpfer sind zur Zeit auf größeren Ausstellungen. Und hier gibt es viel Platz, der gefüllt werden muß.« Er deutete auf die eine Hälfte des Zelts, in dem sich jetzt, um halb neun Uhr morgens, erst drei Aussteller eingerichtet hatten: Polly mit ihren Keramiken, Simon mit seinen Seelandschaften und jemand mit einer ganzen Masse gravierter Gläser.

»Es war nett von dir, an mich zu denken, Simon.«

Simon sah sie einen Moment nachdenklich an, und Polly fürchtete plötzlich, er könnte einen Versuch starten und ihre längst erloschene Kurzromanze wieder aufleben lassen wollen.

Falls er etwas dergleichen vorgehabt hatte, dann brachte ihn irgend etwas an Polly zur Besinnung. Er war sehr feinfühlig. »Ich wollte nur einer befreundeten Künstlerin ein wenig unter die Arme greifen.« Er wandte seinen forschenden Blick nicht ab. »Irgendwie bist du anders geworden, Polly. Ich frage mich, was los ist mit dir.«

Frag dich nur weiter, dachte Polly und lächelte nichtssagend. »Vielleicht macht sich nur bemerkbar, daß ich meinen Stil verändert habe. Ich war furchtbar eingeschränkt durch diese gut verkäuflichen kleinen Tassen und Kannen, die ich die ganze Zeit getöpfert habe.«

Diese Erklärung hätte einem Künstler einleuchten müssen, doch sie genügte Simon nicht. »Ja, aber was hat dich dazu getrieben, einfach so deinen Stil zu ändern? Du hast seit Urzeiten Tassen und Kannen getöpfert. Triffst du dich mit jemandem?«

Genaugenommen tat sie das nicht, und sie schüttelte den Kopf. Aber sie überlegte zum millionstenmal, wie oft ihr schnell in Hitze geratendes Gesicht die Begegnung mit David noch verleugnen konnte. Simon, ein Mann und daher von vorn herein davon überzeugt, daß keine Frau ohne Mann im Bett die wahre Erfüllung finden konnte, würde David zweifellos ganz allein für Pollys Verwandlung verantwortlich machen. Sie persönlich sprach David nur das Verdienst zu, daß er sie dazu getrieben hatte, diese eine Kaffeekanne an die Wand zu werfen. Danach hatte ihre eigene Inspiration die Führung übernommen.

»Wahrscheinlich liegt's an meinem Alter, Simon. Oh, sieh mal, da ist Rhoda mit ihren Silbersachen. Ich geh zu ihr und frage, ob ich was helfen kann.«

Das Aufbauen der Stände machte Polly immer am meisten Spaß. Sie liebte es zuzusehen, wie sich die Zelte mit den Kokosmatten und auf dürrem Gras stehenden Stände unter den Markisen in kleine Zimmer verwandelten und die Arbeitsweise und den Charakter des jeweiligen Ausstellers ausdrückten. Zum Schluß war jeder Bereich etwas ganz Besonderes, und die einzelnen Stände waren so verschieden wie die Häuser der Aussteller, obwohl die Grundvoraussetzungen dieselben waren.

»Hallo, Rhoda«, rief Polly.

Rhoda, eine ältere Frau, die etwas von einer Fernsehoma hatte und Yorkshire Terrier züchtete, musterte Polly ernst. »Hallo, meine Liebe. Stellst du heute auch hier bei uns aus?«

Polly nickte, als müßte sie sich dafür entschuldigen. »Das hängt irgendwie mit dem zur Verfügung stehenden Platz zusammen. Sie wollten hier auch Keramiken haben.«

Rhoda spähte zu Pollys Stand und sah die Gefäße, die auf einer einfachen Konstruktion aus Ziegelsteinen und Brettern ausgestellt waren. »Sind das deine Arbeiten?«

»Ja. Eine kleine Abweichung vom Üblichen, ich weiß.«

»Hmm. Du solltest besser bei dem bleiben, was du kennst – es ist dumm, den persönlichen Stil zu ändern.«

Polly zuckte mit den Schultern und lächelte. »Hast du heute einen deiner Hunde dabei, Rhoda?« Pollys Selbstvertrauen stand normalerweise auf ziemlich wackligen Füßen, aber da Simon ihren neuen Stil befürwortet und sie selbst schon immer Rhodas silberne Hündchen und Salzstreuer als Inbegriff der Einfallslosigkeit betrachtet hatte, ließ sie Rhodas mangelnde Begeisterung eher kalt.

»Nein, Petronella ist läufig, und Peregrine geht's nicht gut. Ich hab' sie bei Daddy gelassen.« Daddy – das war ihr Ehemann.

»Ach, das tut mir leid«, sagte Polly, dankbar dafür, daß sie nicht den ganzen Tag zusehen mußte, wie Menschen über Hunde stolperten, die jeden Augenblick zuschnappen konnten. »Kann ich dir irgendwie helfen?«

Rhoda, die trotz ihrer äußerlichen Zerbrechlichkeit erstaunlich zäh und tatkräftig war, lächelte tapfer. »Danke, meine Liebe. Das wäre nett.«

Rhodas Silber wirkte am besten auf meterlangem, dunkelblauem Samt, den Polly am liebsten zu einem Kleidungsstück verarbeitet hätte. Aber statt ihn um sich zu drapieren, spannte sie ihn über eine Reihe von Kisten, auf denen Rhoda ihre Werke auslegen wollte. Neben den unzähligen Yorkshire Terriern in allen möglichen niedlichen Körperhaltungen zeigte Rhoda auch ihre kleinen Silbervögel – Rotkehlchen, Zaunkönige, Meisen –, die den Betrachter aus ihren polierten Äugelchen anglotzten und enormes Geld kosteten. Polly konnte sich gut vorstellen, daß die meisten dieser Silbersachen Hochzeitsgeschenke wurden, die keiner haben wollte, und ihr Leben in den Schachteln fristen mußten, weil sie nicht hübsch genug waren, um weiter verschenkt zu werden, und zu wertvoll, um in einer Tombola zu landen.

Als sich Rhoda zu ihrer Zufriedenheit eingerichtet, ihre uralte Thermosflasche bereitgestellt und das *Yorkshire Terrier Jahrbuch* an der richtigen Stelle aufgeschlagen hatte, verabschiedete sich Polly und machte einen Rundgang, um sich die Arbeiten der anderen Aussteller anzuschauen.

Sie schlenderte in den Märzmorgen. Eine silbrige Sonne, deren Strahlen von Wolkenfetzen gefiltert wurden, bemühte sich halbherzig, den Nebel, der von den Bäumen und Sträuchern aufstieg, zu vertreiben.

Das Haus war hübsch, im landesüblichen Stil gebaut und durch eine Orangerie ergänzt. Die schönen, rötlich grauen Ziegel milderten die strengen Proportionen des Gebäudes. Der ausgedehnte Park wirkte dressiert wie ein guterzogener Wachhund. Weder das Haus noch der Garten wies so wie Cannongate Manor Anzeichen von schlechtem Geschmack auf, aber beidem fehlte etwas, das Davids Haus und Garten im Überfluß besaßen – ob die Südansicht, die goldgelben Steine oder der Besitzer so etwas Besonderes für Polly war, darüber dachte sie lieber nicht nach. Jedenfalls war dieses Anwesen für eine solche Messe ideal.

Schmale Zelte umgrenzten die Rasenfläche neben dem Haus auf drei Seiten. Der Platz in der Mitte war von ein paar abgehärteten, warm eingepackten Ausstellern besetzt, die Sachen für draußen zeigten: Plastikzäune, Korbarbeiten und ›Kunst für den Pool‹ belebten die üblichen Reihen von Gartentoren und schmiedeeisernen Gebilden. Die Handwerker und Künstler standen neben ihren Produkten, bliesen kleine Dampfwölkchen in die kalte Luft und wärmten sich die Hände an heißen Teebechern.

Ein paar sehr exklusive Antiquitätenhändler hatten Räume im Haus belegt, aber alle anderen, die ins Freie verdammt worden waren, fanden, daß ihre Werke in der großartigen Umgebung bestens zur Geltung kamen.

Polly spazierte um eine Markise herum zu den Imbißständen – hier wurde alles mögliche angeboten, von selbstgemachtem Konfekt und moussierendem Apfelmost bis zu aromatischem Kaffee und geräuchertem Gekröse vom Schwein, das ein hübsches Mädchen mit gestreifter Schürze und Strohhut auf Tabletts anrichtete. Sie flocht die langen Stücke zu Zöpfen und versicherte Polly nach einer entsprechenden Anfrage, daß man die scheußlichen rosafarbenen Dinger, die wie Nabelschnüre aussahen, einfach so essen könne.

»Aber Sie selbst würden so was nie essen, oder?« erkundigte sich Polly angewidert und fasziniert zugleich.

Das Mädchen lächelte und schüttelte den Kopf. »Aber ich esse auch keine Würstchen. Ich bin Vegetarierin.«

Polly bahnte sich einen Weg durch die Stände mit den Nahrungsmitteln, schüttelte alten Bekannten die Hände und probierte ein Stück selbst gemachten Käse. Nach dem Aufbau und kurz vor der Ankunft der ersten Besucher tauschten die Aussteller bei jeder Messe Neuigkeiten und Klatsch aus, prahlten mit ihren Erfolgen und spielten ihre Fehlschläge herunter.

Polly tauchte, stark riechend nach einem Parfum mit dem ehrgeizigen und irreführenden Namen ›Countryside-Duft‹, mit dem sie sich aus einem Probefläschchen eingesprüht hatte, am Stand einer alten Freundin auf.

Der Stand schien einer Enid Blyton-Phantasie entsprungen zu sein – die Ausstellerin hatte mit Hilfe von grünem Ostergras und modelliertem Ton einen ›Waldboden‹ erschaffen. Winzige ›Waldbewohner‹ wie Eichhörnchen, Kaninchen und Eulen spähten hinter moosigen Holzstämmen und Fliegenpilzen aus Ton hervor. Ein kleiner batteriebetriebener Bach plätscherte fröhlich über ein paar Tuffsteine. Laternen, aus Weihnachtslichtern gebastelt, hingen an knorrigen Eichenzweigen.

Abgesehen von den ›technischen Feinheiten‹ bestanden alle Ausstellungsstücke aus Materialien, die ›Mutter Natur großzügig zur Verfügung stellte‹. Das hieß aus Wollfäden, Federn toter Vögel und vermoosten Hölzern und Tannenzapfen.

»Polly, altes Haus! Ich dachte, du würdest diese bescheuerte Messe ausfallen lassen.«

Die Schöpferin dieser einträglichen Phantasiewelt benutzte eine Sprache, die ebenso irdisch und rauh war wie die Materialien, mit denen sie umging, aber weit weniger drollig. Sie war sonnengebräunt und faltig und trug einen groben, selbstgestrickten, schlammfarbenen Pullover und ein rosa Kopftuch. Damit und mit ihren hellblauen Augen und den grauen Lokken sah sie so niedlich aus wie die kleinen Tiere, die sie in Massen verkaufte.

»Ich bin auf der anderen Seite«, erklärte Polly schuldbewußt. »Gott allein weiß, weshalb sie mich dorthin geschickt haben.«

»Oh.«

Polly spürte, daß sich die Herzlichkeit der Frau eine Spur abkühlte. »Und, wie ist es dir ergangen?« fragte sie. »Macht dir dein Mann immer noch das Leben zur Hölle?«

Das war genau die richtige Frage. Jegliche Reserviertheit schwand, als sich Cynthia über ihr Lieblingsthema ausließ.

»Was bildet sich der verdammte Kerl eigentlich ein, wen er vor sich hat?« erkundigte sich die Frau, ohne eine Antwort darauf zu erwarten. »Ich reiße mir Tag und Nacht den Arsch auf, um genug Geld für Material und Farbe einzutreiben. Ganz zu schweigen von den beschissenen hundert Piepen für den Stand. Und als er mir sagte, daß er etwas anderes vorhat, hab' ich ihm gesagt, was er mich kann. Und wie geht's dir, Polly-Schätzchen?«

»Na ja . . .« Polly nannte die Frau in Gedanken immer ›Waldhexe‹ und hatte Schwierigkeiten, sich an ihren wirklichen Namen zu erinnern. Glücklicherweise unterbrach Cynthia sie, ehe sie sich versprechen konnte.

»Wie hast du deine Sachen hertransportiert?« Cynthia war extrem neugierig, aber auch extrem nett. Man konnte an ihren bohrenden Fragen genausowenig Anstoß nehmen wie an ihrer deftigen Ausdrucksweise.

»Simon Kepple hat mich in seinem Kombi mitgenommen. Ich glaube, ich hätte es mir nicht leisten können her zukommen, wenn ich einen Wagen hätte mieten müssen.«

»Aber dein Zeug verkauft sich doch ganz gut.«

Das stimmte. Viele Leute verbanden einen Messebesuch mit einem Ausflug aufs Land, wenn das Wetter mitspielte. Und die meisten hatten Lust, etwas zu kaufen. Oft spielte es kaum eine Rolle, was sie mitnahmen, solange es nur nicht zu teuer und der Transport nicht allzu schwierig war. Wenn zwei kleine, zusammengekauerte Häschen unter einem Eichenblatt ihrem Geschmack nicht entsprachen, fanden sie oft genau das richtige Geschenk für den Paten, die Freundin oder Schwiegermutter an Pollys Stand.

Aber es war unwahrscheinlich, daß sie heute derartige Kunden mit ihren Arbeiten, die um ein Vielfaches mehr kosteten als ihre früheren, anlocken würde. Polly starrte bedrückt auf einen Maulwurf, der aus einem wolligen Loch spitzte, und dachte wehmütig an die Kiste mit den Taufbechern, Serviettenringen in Form von Tieren und lustig bemalten Milchkrügen, die jetzt für die Begleichung der Stromrechnung und der Materialkosten, die sie für ihre ›Selbstverwirklichung‹ verschwendet hatte, so nützlich hätte sein können.

»Ich weiß nicht, ob es diesmal auch so ist. Ich habe meinen Stil ziemlich verändert.«

»Wirklich, meine Liebe? Wieso? Deine Sachen waren gefragt, du hättest dabei bleiben sollen. Du glaubst doch nicht, daß es mir gefällt, drollige Tierchen aus Kuhfladen zu basteln, oder? Aber sie helfen mir, die verdammten Rechnungen zu bezahlen.«

»Ich weiß ...«

»Oh, sieh mal«, rief die Waldhexe. »Da kommen die bescheuerten Leute – Gott segne sie. Und da drüben steht eine verdammte alte Jungfer, die eine ausgestopfte Eule für ihre blöde Nichte kaufen will – wetten? Ich täusche mich nie. Bis später, meine Liebe.«

»Bis später, Cynthia.«

Polly blieb lange genug, um mitzukriegen, wie ihre unflätige Freundin die bewußte alte Jungfer mit charmanten Komplimenten überschüttete, die größte ihrer ausgestopften Eulen einpackte und einen Geldschein in den Lederbeutel steckte, den sie um den Hals trug.

Ich wette, sie macht ein verdammtes Vermögen, dachte Polly, ehe sie reuevoll zu ihren eigenen Kunstwerken und Rhodas vornehmerem Umgangston zurückkehrte.

Ihre anfängliche Euphorie, die Simons Lob ausgelöst hatte, war verflogen. Die Waldhexe hatte recht. Sie hätte bei den Sachen bleiben sollen, die gefragt waren.

Sie rieb sich die Arme, um sich selbst zu trösten, als sie an den anderen Ausstellern vorbeiging. Ein gewisser Trotz hatte sie veranlaßt, Davids Kaschmirpullover anzuziehen, und sie hatte endlich kapiert, warum solche Dinge so teuer und so begehrt waren. Weil sie kuschelig warm waren. Und aus diesem Grund, versicherte sie sich selbst, trug sie den Pullover auch so gern. Nicht weil er ihm gehörte oder weil noch ein Hauch seines Aftershaves an der weichen Wolle haftete.

Bis jetzt hatte sich noch kein Mensch ins Zelt der ›Künstler‹ verirrt, und Polly fragte sich, ob überhaupt jemand so weit kommen würde.

Aber als sie ihre Schalen golden in einem von Simons Spotlights schimmern sah, hellte sich ihre Stimmung ein wenig auf. Es war vielleicht ein verhängnisvoller Fehler gewesen, solche Gefäße herzustellen, aber sie waren wunderschön.

Ausstellungen und Messen regten immer Pollys Eßlust an. Wenn sie zu tun hatte, fiel das nicht so sehr ins Gewicht, aber bei Flaute (und diese Messe drohte, eine totale Flaute zu werden), war sie kaum in der Lage, ihre Gier auf Süßes zu bezähmen. Sie konnte froh sein, daß der Stand mit den Karamellbonbons und anderen Süßigkeiten zu weit weg lag um ihren Plomben gefährlich werden zu können. Doch sie hatte das Gefühl, daß ihrem Blutzuckerspiegel eine Aufbesserung dringend nötig tat.

Sie packte ihre sorgfältig belegten Sandwiches aus, bot Simon, der in die *Deptford Trilogie* vertieft war, eines an und machte sich über die anderen her. Rhoda war viel zu selbstbeherrscht, als daß sie ihren Lunch vor ein Uhr eingenommen hätte, und die Glasgraveurin hatte sich immer noch nicht blikken lassen.

Polly überlegte gerade, ob sie unter Rhodas blauen Samtstoff kriechen und ein bißchen von dem Schlaf nachholen könnte, den sie in den vergangenen Wochen versäumt hatte, als ein Mann an ihrem Stand erschien.

Er trug einen dunkelblauen Mantel und glänzende Straßenschuhe. Obwohl er zwischen all den Tweedjacken, die sich mittlerweile vor den Ständen drängten, fehl am Platz wirkte, begutachtete er Pollys Gefäße und Teller mit professioneller Gründlichkeit.

»Hallo«, sagte sie und blies dabei Krümel von ihrem Schinkensandwich in seine Richtung. »Kann ich Ihnen helfen?«

Er ignorierte ihre Frage, und Polly aß in aller Ruhe weiter, während sie sich müßig fragte, ob David auch bald so kahl wäre wie dieser Mann, und wenn ja, ob er dann weniger attraktiv als jetzt aussehen würde.

Sie war bei ihrem dritten Sandwich, als der Mann zu ihr kam. Er hatte sich jede ihrer Keramiken eingehend angeschaut und richtete jetzt seine volle Aufmerksamkeit auf Polly. Dann beförderte er eine Visitenkarte zutage.

Polly steckte die Karte in die Tasche und erwiderte seinen Blick.

»Sind das all Ihre Sachen?« fragte er.

Polly unterdrückte tapfer eine rechtfertigende Erklärung. »Ja.«

»Und wie lange haben Sie gebraucht, um die Stücke fertigzustellen?«

Normalerweise war das eine schwierige Frage, diesmal jedoch nicht. »Drei Wochen.«

»Also arbeiten Sie sehr langsam, wie?« Er klang enttäuscht und entfernte sich ein paar Schritte.

»Nein!« rief sie ihm drängend nach. »Ich bin schnell, wirklich. Ich kann nur nicht den ganzen Tag in der Töpferei verbringen. Ich habe noch einen Job und teilen mir die Werkstatt mit jemandem.«

»Schade. Ich bin auf der Suchen nach hochklassigen Keramiken für ein großes Londoner Geschäft. Aber wir müssen regelmäßig beliefert werden.«

Wenn er nur nicht so geheimnisvoll tun und ihr erzählen würde, um welches Londoner Geschäft es sich handelte. »Und vermutlich möchten Sie immer dieselben Keramiken haben, oder?«

»O nein. Natürlich würde es auch Bestellungen geben, aber die Abteilung des Ladens legt großen Wert darauf, daß alles individuelle Einzelstücke sind. Sie könnten machen, was Sie wollen, solange es auf der Linie liegt und Sie pünktlich liefern.«

Das klang zu schön, um wahr zu sein.

Er fuhr fort: »Mich würde interessieren, ob Sie schon mal etwas Großes getöpfert haben, oder sind Ihnen handliche Sachen lieber?«

Groß? Was meinte er mit groß? Diese Gefäße und Teller waren das größte, was sie seit ihrem Abgang vom College fertig gebracht hatte. Aus den Augenwinkeln bekam sie mit, wie Simon das Buch weglegte und sie im Geiste drängte, ihre Fertigkeiten gebührend anzupreisen und alles ein wenig zu übertreiben.

»O nein, ich *sehne* mich danach, einmal etwas wirklich Großes zu töpfern. Aber leider steht mir nur ein kleiner Brennofen zur Verfügung. Ich kann es mir nicht leisten, ihn nur wegen ein oder zwei Keramiken anzuheizen.«

»Ein Jammer. Sie sind gut. Können Sie keinen Kredit aufnehmen und ihre Werkstatt auf Vordermann bringen?«

Polly schüttelte den Kopf. »Leider nein. Ich hab' keine Sicherheiten.«

»Was würden Sie töpfern, wenn Sie nicht so eingeschränkt wären?«

Sie vollzog eine ausschweifende Geste. »Oh, Gefäße, in denen Alibaba mit seinen vierzig Räubern Platz hätte – große Pflanzkübel für Gärten, Schalen mit siebzig Zentimeter Durchmesser. Ich würde gern andere Techniken bei den Glasuren ausprobieren – die Keramiken aus dem Brennofen holen, wenn sie noch ganz heiß sind, und sie in Sägemehl oder Wasser tauchen. Das ergibt einen wundervollen Effekt.« Sie seufzte tief. »Aber so was kann man nicht im Vorgarten eines kleinen Cottages machen.«

Ihr Gesprächspartner war zu sehr Geschäftsmann, um Mitleid aufzubringen, aber sein Blick wirkte nicht mehr ganz so streng.

»Es wäre eine Schande, wenn Sie ihr Potential nie ganz ausschöpfen könnten. Falls sich Ihre Situation ändern sollte, lassen Sie es mich bitte wissen. Meine Karte haben Sie ja.«

»Danke.«

Polly sah ihm nach. Wahrscheinlich fand er einen anderen Töpfer, der Originalstücke herstellen konnte, die die Leute kaufen wollten, und der einen hausgroßen Brennofen besaß. Seit langer Zeit hatte es ihr nicht mehr so viel aus gemacht wie jetzt, arm zu sein.

Sie war nicht fähig, Simon oder Rhoda, die sie mit unverhohlener Neugier ansahen, Rede und Antwort zu stehen, deshalb sagte sie: »Ich muß mir was zu trinken holen. Will sonst noch jemand was?«

Sie flitzte, so schnell sie konnte, zu den ritterlichen Seelen, die Getränke und Snacks verkauften und den Erlös für den Umweltschutz zur Verfügung stellten. Ein paar hundert Menschen standen ihr im Weg, und alle mußte sie freundlich umrunden, für den Fall, daß sie potentielle Kunden waren.

Auf dem Rückweg weckte sie einen Teil ihrer Lebensgeister mit ein paar Schlucken heißer Schokolade und klagte der Waldhexe ihr Leid.

»Im Grunde sind das gute Neuigkeiten – es zeigt, daß meine Arbeiten gut genug sind, um in einem Londoner Geschäft verkauft zu werden. Aber wie kann ich mir die Ausrüstung für wirklich große Sachen leisten, wenn ich nicht mal genug Geld habe, um meine laufenden Kosten zu bezahlen?«

Die Waldhexe hielt ihr eine rostige Büchse mit gezuckerten

Haferflocken hin, die sie in ihren Phantasielandschaften auch als Pflastersteine benutzte.

»Verdammt noch mal, es ist immer dasselbe. Du brauchst ’nen Schilling, um noch mehr Schillinge zu machen, die Frage ist nur, woher bekommst du den ersten beschissenen Schilling? Kann dir deine Mum nichts leihen?«

»Sie kann ihr Kapital nicht angreifen, weil sie von den Zinsen leben muß, und außerdem ist sie sowieso schon sehr gut zu mir. Ich könnte sie nicht darum bitten.«

»Irgendwie wird sich das alles von selbst regeln. Wirst schon sehen.« Die Waldhexe tätschelte Pollys Hand. »Du brauchst einen netten Mann, der bereit ist, dich zu unterstützen.«

Nein, das brauche ich, verdammt nochmal, nicht, dachte Polly wütend und überlegte, ob ein Tag in der Gesellschaft der Waldhexe genügen würde, um sie gesellschaftsunfähig zu machen. »Einen Mann wie deinen, Cynthia?«

Die Waldhexe lachte und entblößte dabei eine ganze Reihe vom Nikotin angegilbter Zähne. »Nee, du dummes Ding. Ich sagte, einen *netten* Mann. Und einen reichen.«

Die Waldhexe hatte selbstverständlich recht. Eine Heirat mit einem reichen, großzügigen Mann wäre die Lösung. Und obwohl ihr mühelos ein zumindest reicher einfiel, bezweifelte sie, daß er in irgendeiner anderen Hinsicht passend für sie war. Sie strengte sich an, die Gedanken an David zu verdrängen. Aber sie hielten sich hartnäckig an der Oberfläche, und fast so verlockend wie seine sensiblen Hände und sein athletischer Körper erschienen ihr in diesem Moment seine Ställe mit der ehemaligen Futterkammer.

Im Geiste hatte sie alles schon umgebaut, einen Holzofen setzen lassen, große, tiefe Regale an eine Wand gestellt und ein Waschbecken mit heißem und kaltem Wasser installiert. Nur schade, daß David nichts davon wußte.

Theoretisch müßte sie ihn gar nicht heiraten, wenn sie zukünftig in einer Werkstatt neben einer Südmauer mit Pfirsichspalier arbeiten wollte. Er könnte sich genauso gut entscheiden, die Ställe selbst umzubauen und ihr den Raum zu vermieten.

An diesem Punkt kroch die schmerzliche Realität in ihr Bewußtsein wie Wasser aus einer undichten Wärmflasche ins warme Bett. Selbst wenn sie irgendwie die Miete für eine so exklusive Werkstatt aufbringen könnte, wäre der Weg zu weit, um täglich hin und her zu fahren. In der Scheune konnte sie auf dem Nachhauseweg vom Café problemlos vorbeischauen, wenn es sein mußte. Und sie konnte selbst die halbe Miete für die Scheune nur mit Mühe bezahlen.

Die Visitenkarte des Mannes, die noch immer in ihrer Tasche steckte, wurde zum grausamen Scherz. Ohne Kapital konnte sie gar nichts tun. Und wenn kein Wunder passierte und sich ihre Lebensumstände nicht drastisch änderten, würde sie niemals zu Geld kommen.

Die paar tausend Pfund, die sie nicht besaß, vereitelten ihr ehrgeiziges Werk. Ihr fester Vorsatz, auf dieser Messe, komme, was da wolle, Spaß zu haben, löste sich in Müdigkeit auf.

Sie beobachtete Simon voller Neid, wie er ein Bild an einen ehemaligen Angehörigen der Navy verkaufte. Er und seine Frau hatten sich in ein Häuschen am Meer zurückgezogen, und sie brauchten nur noch ein passendes Gemälde, um es an eine bestimmte Wand zu hängen. Schade, daß sie kein passendes Tongefäß suchten, in dem sie ganz bestimmte Dinge aufbewahren konnten.

Den Rest des Tages verbrachte Polly damit, über horrende Geldsummen zu grübeln und unsinnige Rechnungen aufzumachen. Ihr Problem war, daß sie nicht das richtige Temperament zur Bankräuberin hatte, und ihr mathematisches Talent reichte nicht aus für trickreiche Unterschlagungen oder Betrügereien. Die einzig praktikable Möglichkeit für sie war, sich ein Sparschwein zuzulegen und ihre Ausgaben noch mehr einzuschränken. Simon hatte heute auch nicht sehr viel mehr Erfolg als Polly, also beschlossen sie schon früh, ihre Sachen zusammenzupacken.

»Simon, da drüben steht nur noch eins meiner Gefäße – kannst du es mir bitte rüberreichen?« rief Polly über die Schulter.

»Wieviel kostet es?«

Polly wirbelte verärgert herum. Der Preis war jetzt nur noch von akademischem Interesse. Sie würde ihre neuen Kreationen verschenken müssen.

Aber hinter ihr stand nicht Simon mit dem goldenen Tongefäß in der Hand, sondern der geheimnistuerische Mann aus London mit den glänzenden Schuhen und der ebenso glänzenden Glatze.

»Äh – einen Moment bitte, ich sehe nach.« Polly versenkte die Hand in ihrer Tasche, holte einen Zettel heraus und zog schnell etwas vom ursprünglichen Preis ab, ehe sie ihm antwortete.

Der Mann lächelte. »Sie würden mehr dafür bekommen, wenn sie die Sachen über ein Londoner Geschäft verkaufen. Aber da ich das Stück für meine eigene Sammlung haben will, akzeptiere ich einen Rabatt.«

Er hob das Gefäß in seine Arme und zog umständlich seine Brieftasche heraus. Polly beobachtete fasziniert, wie er ihr ein Bündel Banknoten hinhielt, die – dank Simons Werteinschätzung – für die Stromrechnung und nach einiges andere reichten.

Sie war so benommen, daß sie fast vergaß, sich von ihrem Kunden zu verabschieden.

Sie hatte eins ihrer Werke an einen echten, kritischen Kenner verkauft.

Sie war eine ernstzunehmende Töpferin.

Kapitel 19

Auf dem Heimweg war Polly in Höchststimmung, bis sie an den dem Untergang geweihten Gebäuden vorbeikamen. Dort überkam sie anfallsartig das schlechte Gewissen. Vielleicht sollte sie ihren heutigen Verdienst an die Stiftung weitergeben. Auch wenn es unwahrscheinlich war, daß ihr Geld den Ausschlag zugunsten der Bewegung geben würde, brachte jede Spende die Demonstranten dem Erfolg ein Stückchen näher.

Sie klärte Simon über ihr Dilemma auf, und er sagte, daß sie verrückt sei, auch nur daran zu denken, und änderte das Thema.

Ihre Mutter wartete bereits auf sie, als Simon sie zu Hause absetzte. Aus Rücksicht auf Sylvia Cameron lehnte Simon ab, noch einen Sprung mit ins Haus zu kommen. Polly, der noch immer sein rüder Kommentar zu ihrer selbstlosen Überlegung zu schaffen machte, war ihm dankbar dafür, auch dankbar, daß sie nicht nötig hatte, ihrer Mutter zu erklären, wieso sie mit einer erklecklichen Geldsumme nach Hause kam, obwohl nur ein Stück verkauft worden war. Irgendwie widerstrebte es ihr, einzugestehen, daß sie es aufgegeben hatte, Taufbecher zu töpfern.

Eine dampfende Teekanne und ein Teller mit Eier-Kresse-Sandwiches standen auf dem aufgeräumten Tisch. Polly küßte ihre Mutter liebevoll.

»O Mum! Meine Lieblingssandwiches. Wie schön. Ich sterbe vor Hunger, und Gott allein weiß, wann wir heute abend etwas zu essen bekommen. Du bist ein Schatz.«

Sylvia lächelte und richtete ihr Haar. »Ich dachte, daß du müde bist«, sagte sie zufrieden. »Und ich habe mich daran erinnert, wie gern du Ei mit Kresse magst.«

»Wunderbar!« Sie steckte eins der köstlichen dreieckigen Stücke in den Mund. »Wenn ich mir so etwas selber mache, kann ich es nie abwarten, bis die Eier kalt sind. Ich esse immer schon vorher alles auf.«

»Sprich nicht mit vollem Mund, Polly-Schätzchen. Trink eine Tasse Tee.«

Nachdem Polly alle Sandwiches verputzt und es ausgiebig genossen hatte, wie ein Schulmädchen nach einer schweren Klassenarbeit behandelt zu werden, schleppte sie sich die Treppe hinauf ins Bad. Auch wenn der Glanz des Erfolgs sie auf Schritt und Tritt begleitete, schien sie erschöpfter als sonst nach einer Messe zu sein. Als sie sich im Badezimmer auszog, entdeckte sie den Grund dafür.

Im Grunde hätte ihr ein Riesenstein vom Herzen fallen müssen, als sie den roten Fleck in ihrem Höschen sah, aber statt dessen zerplatzte das Glücksgefühl wie eine Seifenblase, als ob sie eine Enttäuschung erlebt hätte.

Sie verbannte entschlossen den Gedanken, daß sie sich Davids Baby mehr wünschte als irgendein anderes Baby. Eine halbe Stunde in der Badewanne würde wirken wie ein paar Stunden Schlaf.

Als sie in der Wanne saß, wurde ihr plötzlich bewußt, daß sie sich auf den Abend bei Melissa freute, und sie fragte sich, woran das liegen mochte. Die Aussicht, Tristan, ihre Mutter und Melissa gleichzeitig ertragen zu müssen, hätte sie normalerweise in tiefste Depressionen gestürzt. Daß sie eine ihrer neuen Kreationen verkauft hatte, konnte ihr auch nicht dieses Gefühl geben, denn sie hatte nicht vor, auch nur einer Menschenseele etwas davon zu erzählen. Also was war es dann?

Ein Geistesblitz der Aufrichtigkeit, der ihr fast so unangenehm war wie ein echter Blitz, verriet ihr, daß sie sich darauf freute, Patrick wiederzusehen. Ein zweiter verriet ihr, warum:

Sie vermißte David wie verrückt, und seinen Sohn zu sehen war besser als gar nichts.

Als Polly Tristan die Tür aufmachte, hatte sie ihre Energien zurückgewonnen.

»Hallo, Tristan.« Sie erlaubte ihm, ihre Wange mit seinem Drei-Tage-Bart zu streifen. »Komm und begrüß meine Mutter . . . Mutter, das ist Tristan Black, er arbeitet bei einem lokalen Radiosender. Tristan, das ist meine Mutter, Sylvia Cameron. Sie besucht mich für ein paar Tage.«

Polly hatte Tristan nicht persönlich erklärt, daß ihr Mutter sie heute abend begleiten würde, aber sie hatte ihm eine Nachricht unter der Nummer, die er ihr gegeben hatte, hinterlassen. Aus seinem Verhalten Sylvia gegenüber konnte man jedoch nicht schließen, ob er diese Nachricht erhalten hatte oder nicht.

»Pollys Mutter?« Er nahm ihre Hand, und einen Augenblick lang dachte Polly, er würde sie küssen. »Ich würde sagen, Pollys Schwester würde der Sache näher kommen. Ich freue mich, Sie kennenzulernen.«

Sylvia Cameron, die ein entsetzlicher Snob war und sich selbst rühmte, jeden Schwindler auf fünfzig Schritt Entfernung zu erkennen, fühlte sich zutiefst geschmeichelt, als Tristan sie bezaubernd anlächelte. »Ganz meinerseits – äh –, Tristan.«

»Seid ihr beiden hü . . .« Ein strenger Blick von Polly verbot ihm, sie als »hübsche Mädels« zu bezeichnen. »Sind Sie beide fertig?«

»Ich hole meinen Mantel.« Sylvia ging hinauf in Pollys Schlafzimmer, das sie während ihres Aufenthalts bewohnte.

»Ich ziehe meinen an«, sagte Polly, die in den letzten drei Nächten auf dem Sofa geschlafen hatte. »Hast du meine Nachricht bekommen, Tristan?«

»Daß deine Mutter uns begleitet? Ja. Sie scheint eine süße alte Krähe zu sein.«

Obwohl Polly eigentlich nichts dabei fand, daß jemand ihre Mutter eine alte Krähe nannte, ärgerte sie sich, daß Tristan es tat.

»Wir fahren mit ihrem Wagen«, informierte sie ihn.

Nach dem letzten Mal ging Polly keinesfalls mehr das Risiko ein, mit Tristan irgendwohin zu fahren, ohne einen eigenen fahrbaren Untersatz parat zu haben, und Sylvia hatte sich freiwillig bereit erklärt, den Chauffeur zu spielen – wahrscheinlich weil Pollys Auto wie eine Müllkippe aussah und Sylvia seiner Zuverlässigkeit nicht traute. Aber wenigstens hatte Polly so einen Freibrief, sich sinnlos zu betrinken, falls ihr danach zumute sein sollte. Oder, was wahrscheinlich eher vorkommen würde, auf der Heimfahrt tief und fest zu schlafen.

»Ich nehme euch sehr gern in meinem Wagen mit. Platz ist genug.«

»Zweifellos, aber da meine Mutter mitkommt, ist es mir lieber, wir haben unser eigenes Transportmittel mit.«

Tristan war beleidigt. »Polly! Letztes Mal, das war ein einmaliger Ausrutscher, ehrlich. So was tue ich dir nie wieder an.«

»Nein, Tristan, das bestimmt nicht. Offen gesagt, ich denke, wir sollten uns nach dem heutigen Abend nicht mehr sehen. Wir haben nicht gerade viel gemeinsam.«

»Aber, Polly – zwischen uns schwingt eine unglaubliche sexuelle Energie. Das kannst du doch nicht einfach ignorieren!«

»Ich kann. Ich sage das nicht gern, aber eigentlich habe ich diese spezielle Energie noch nicht einmal bemerkt. Du bist ein ausgesprochen gutaussehender Junge, und ich habe mich geschmeichelt gefühlt, daß du dich für mich interessierst, trotzdem ist es besser, wenn wir die Sache beenden.«

Tristan wippte auf den Absätzen, während er überlegte, welchen Kurs er jetzt einschlagen sollte. Er beschloß, den Coolen zu spielen – jede andere Reaktion hätte ihn unter Umständen der Möglichkeit beraubt, Melissas Traumhaus zu sehen. »Immerhin bist du fair. Es ist nett von dir, daß du mich mit zu Melissa nimmst. Ich war noch nie in einem dieser Häuser.«

Polly konnte sich nur schwer zurückhalten, ihm den Kopf zu

tätscheln und ihm zu sagen, daß er ein braver Junge sei. »Ich wußte, daß dir das gefällt.«

Sylvia kam in ihrem roten Wollmantel mit Pelzkragen die Treppe herunter. Sie konnte einfach nicht verstehen, wieso Polly Skrupel hatte, Pelze zu tragen. »Aber die Tiere sind tot, Liebling«, sagte sie immer. »Und sie sind schon vor vielen, vielen Jahren gestorben ...«

Und wenigstens würde Melissa Polly nicht mit finsteren Blicken auf die Nerven gehen, als wäre es irgendwie ihre Schuld, daß ihre Mutter kein Umweltbewußtsein besaß.

»Mrs. Cameron –« Tristan trat ein paar Schritte vor. »Sie sehen großartig aus. Du auch, Polly«, setzte er kühler hinzu.

»Gehen wir zum Wagen. Ich sitze vorn und sage dir, welchen Weg du fahren mußt, Mutter.«

Melissa hieß sie mit offenen Armen willkommen, führte Polly und Sylvia selbst hinauf und überließ es Consuela, sich um Tristan zu kümmern.

»Liebe Mrs. Cameron, es ist so schön, daß Sie auch gekommen sind.« Sie drehte sich zu Polly um. »Er ist erst nach sechs Uhr eingetrudelt, obwohl ich ihn zur Teezeit eingeladen habe. Aber ehrlich gesagt, ich bin heilfroh. Er hat nicht *ein* Wort von sich gegeben, seit er hier ist. Sheldon meint, man könnte ihm ohne weiteres ein Glas Bier anbieten, aber ich bin anderer Ansicht. Ich meine, er ist noch nicht mal achtzehn, oder?«

»Nicht?« Polly hatte es nicht geschafft, mit Patrick zu sprechen und ihn zu bitten, ihre früheren Begegnungen nicht zu erwähnen, also war sie auf Patricks Redefaulheit angewiesen, um ihre Privatsphäre zu wahren.

»Und er steht nur herum – in diesen gräßlichen schwarzen Kleidern. Er hat doch eine anständige Schule besucht – ich möchte wirklich wissen, *wieso* er so ein Stoffel ist.«

»Vielleicht ist er nur schüchtern«, sagte Polly.

»Ich jedenfalls kann nicht sehr viel mit ihm anfangen. Trotzdem dachte ich, wir könnten nach dem Essen ein paar Spiele spielen – so wie in alten Zeiten bei unseren Dinnerparties. Erinnerst du dich daran, Polly?«

Polly war nur auf einer von Melissas Dinnerparties gewesen ›in den alten Zeiten‹. Als die Mahlzeit beendet war, hatte sich die Gesellschaft auf den Weg in den Salon gemacht und sich mit schottischen Tänzen vergnügt. Polly, die sich geweigert hatte, entsprechende Kurse in den Ferien zu besuchen, war damals die einzige gewesen, die alles falsch machte. Die anderen fanden das furchtbar lustig, nur Melissa nicht, die ärgerlich in die Hände geklatscht und Polly ausgeschimpft hatte.

»Aber du willst doch keine schottischen Tänze aufführen?« fragte Polly.

»Nein, nein. Nicht mit deiner Mutter.« Sie bedachte Sylvia mit einem Lächeln, als wäre sie hundertzwanzig Jahre alt und nicht knappe sechzig.

Sylvia lächelte zurück. Wenigstens bekam sie am Rande mit, wie Melissa mit ihren Mitmenschen umsprang.

Als sie in den Salon kamen, fanden sie Patrick und Tristan mit Biergläsern in dem Händen vor. Patrick schaute Polly an, als hätte er sie noch nie in seinem Leben gesehen, und nickte kaum merklich, als Melissa ihn vorstellte. Polly konnte nicht ergründen, ob er sich dumm stellte, oder ob er sie wirklich nicht erkannte. Bei ihrer ersten Begegnung war er total betrunken gewesen. Aber bei der Episode im New Inn konnte er nicht so hinüber gewesen sein, daß er seine Retterin vergessen hatte, oder?

Polly war dankbar für seine Verschwiegenheit, aber auch ein wenig gekränkt – schließlich hatte sie Patrick zweimal aus einer scheußlichen Lage befreit. Sie begrüßte Sheldon mit einem gehauchten Kuß. »Haben Sie sich von meinen Auberginen erholt?«

Sheldon wurde rot. »Natürlich. Was kann ich Ihnen und Ihrer Mutter zu trinken anbieten?«

»Was meine Mutter möchte, müssen Sie sie schon selbst fragen. Ich könnte einen Gin mit Tonic vertragen.«

Sie vertrug zwei, und ihre Mutter war bei ihrem zweiten Sherry, als Consuela erklärte, das Dinner sei fertig. Melissa hatte sich nicht getraut, ihre zusammengewürfelte Gästeschar in der Küche zu bewirten, also trabten alle ins Speisezimmer und suchten nach den Platzkärtchen mit ihrem Namen.

Polly saß neben Patrick. »Ich hoffe, es macht dir nichts aus«, flüsterte Melissa. »Aber du kommst so gut zurecht mit . . .«

»Jungen Leuten, ich weiß.«

Consuela erschien mit einer Terrine – die Suppe sah verdächtig nach ›Heinz Tomatenketch-up‹ aus – und plazierte sie sorgsam vor Melissa, ehe sie sich wieder davonmachte. Melissa verteilte die Suppe, während Sheldon den Tisch mit einer Flasche umrundete. Er füllte Pollys Glas bis zum Rand. Polly faßte allmählich sogar beinahe so was wie Zuneigung zu Sheldon. Abgesehen von seiner unersättlichen Wollust, war er eigentlich ein ganz netter Kerl.

»Greift zu!« trällerte Melissa. »Ich hoffe, es schmeckt«, sagte sie in entschuldigendem Ton zu Tristan und Pollys Mutter. »Aber ich dachte, daß junge Leute so etwas am liebsten mögen.«

»Ist dein Vater lange weg?« erkundigte sich Polly bei Patrick.

»Einen Monat.«

»Wann erwartest du ihn zu Hause?«

»Nächste Woche.«

»Und – hast du ihn vermißt? Oder bist du froh, daß du deine Schallplatten – äh, deine Musik – endlich mal voll aufdrehen kannst?«

»Es ist ganz in Ordnung.«

Sein Widerwille, eine Unterhaltung in Gang zu bringen, war wie ein häßliches Déjà-vu-Erlebnis für Polly. Es schien erst gestern gewesen zu sein, als sie in genau diesem Raum, an diesem Tisch versucht hatte, ein Gespräch mit seinem Vater zu führen. »Dann fühlst du dich nicht einsam?«

»Eigentlich nicht.«

Polly gab auf. Melissa hatte recht. Patrick war ausgesprochen mühsam, aber die Suppe half ihr über die Schwierigkeiten hinweg.

»Monica sorgt für mich.«

Polly hätte fast den Löffel fallen lassen – Patrick hatte ungefragt etwas von sich gegeben!

»Und wer ist Monica?« fragte sie, und strengte sich an, ihn auf telepathischem Weg dazu zu bewegen, sie nicht zu verraten.

Er sah sie bedeutsam an. »Sie ist die Haushälterin. Ich dachte, Sie wüßten das.«

Melissa betrachtete Patrick mit forschendem Blick. »Woher sollte Polly das wissen, Patrick?«

Polly gönnte sich einen großen Schluck Wein.

Patrick zuckte gleichgültig mit den Schultern. »Ich dachte, Dad hat es vielleicht erwähnt.«

Polly stieß langsam die Luft aus. »Die Suppe ist köstlich, Melissa. Meine Lieblingssuppe.«

»Gut!« rief Melissa strahlend. »Danach gibt's Shepherds Pie. Das magst du doch, oder?« fragte sie Patrick mit flehendem Unterton.

»Es ist okay.«

»Und Eis mit heißer Schokoladensauce zum Nachtisch.«

Offensichtlich hatte Melissa Ratschläge, was ›junge Leute‹ mögen, von einem Partyservice für Kids eingeholt. Polly war froh, daß ihr Fischstäbchen erspart blieben, fragte sich jedoch, ob es Pommes und Bohnen in Tomatensauce zum Shepherds Pie geben würde.

»Super«, schwärmte Polly. »Das schmeckt jedem, nicht wahr, Tristan?«

»Ganz bestimmt, Melissa.« Tristan ließ seinen Goldzahn aufblitzen. »Sie wissen wirklich, wie manAtmosphäre schafft.« Dann verwickelte er Melissa in ein Gespräch, wie nur er es konnte.

Patrick sah Polly zum allerersten mal direkt in die Augen. »Ich bin ehrlich froh«, sagte er so leise, daß sie ihn kaum verstand, »daß diese Frau nie meine Stiefmutter werden kann.«

»Aber sie meint es doch *so gut*«, flüsterte leise Polly zurück.

»Eben.« Patrick kippte seinen antiken Stuhl, der protestierend knarrte, nach hin und leerte sein Glas.

»Schön!« Melissa erhob sich. »Zurück in den Salon. Wir spielen ein paar Spiele.«

Polly führte ihre Mutter erst hinauf, damit sie sich die Nase pudern konnte.

»Ist alles in Ordnung, Mum?« erkundigte sie sich, als sie außer Hörweite waren. »Wenn du bei den Partyspielen nicht mitmachen willst, können wir uns unter irgendeinem Vorwand entschuldigen und gehen. Ich bin sowieso entsetzlich müde.«

Davon wollte Sylvia nichts hören. »O nein! Mir gefällt's großartig. Melissa ist eine reizende Person, und sie hat sich eine solche Bürde mit diesem kleinen Flegel aufgeladen.«

Polly hielt eher ›dem kleinen Flegel‹ die Stange. »Sie ist ziemlich von oben herab und bestimmend, meinst du nicht? Patrick ist siebzehn, und sie behandelt ihn wie einen Siebenjährigen.«

»Aber sie meint's gut. Glaubst du, daß mir dieser Lippenstift steht?«

Polly lobte den Lippenstift über den grünen Klee und dachte: Sie meint es gut. Das sollte auf Melissas Grabstein eingemeißelt werden – alle sagen das, wenn von ihr die Rede ist. Aber was schreiben sie einmal auf meinen?

Als sie wieder im Salon waren, nahm Polly noch ein Glas Rotwein. Ihre Periode machte sich allmählich bemerkbar, und sie konnte eine extra Dosis Eisen gut gebrauchen.

»Was wollen wir spielen? Polly?«

Melissa wandte sich hilfesuchend an sie. Polly sank das Herz – offensichtlich erwartete man von ihr, als der ›Expertin in Sachen junge Leute‹, Spiel und Spaß zu organisieren.

Sie hatte Bridget oft auf Kindergeburtstagen geholfen, aber Bridget stellte immer eine ganze Liste von Spielen zusammen und hatte einen Kassettenrecorder und einen ganzen Sack voll

Süßigkeiten parat, die die Widerspenstigen bei Laune hielten. Melissa war nicht so umsichtig.

Polly überlegte fieberhaft.

»Wie wär's mit ›Begriffe raten‹?« kam Sylvia ihrer erleichterten Tochter zu Hilfe.

»O ja«, begeisterte sich Melissa. »Wie geht das?«

Zu dem Zeitpunkt, als alle mit den Regeln vertraut waren und verstanden hatten, daß sie Stichworte geben mußten, die auf einen Begriff hinwiesen, hatte sich Patrick bereits hinter einem Buch verschanzt und machte nicht den Eindruck, als wollte er es in nächster Zeit wieder weglegen.

»Komm schon!« zischte Polly. »Melissa regt sich furchtbar auf, wenn du nicht mitmachst.«

»Wofür hält sie mich?« fragte er. »Für ein kleines Kind?«

»Ja. Aber sie kann nichts dafür – sie weiß es einfach nicht besser. Also sei ein Schatz und finde dich damit ab. Tristan spielt auch mit.«

»Tristan ist ein Schleimscheißer«, sagte Patrick, aber er entwirrte seine unteren Extremitäten und kam umständlich auf die Füße.

»Du darfst dir ein Team aussuchen, Patrick.« Melissa war entschlossen, ihrem Ehrengast nur das Beste zu bieten.

Wie man hätte voraussehen können, war Tristan brillant. Patricks Vorstellung litt erheblich, weil er sich Begriffe und Stichworte aussuchte, die über Zwanzigjährige nicht kennen konnten. Polly machte ihre Sache anständig. Am besten war Sylvia, weil sie stur blieb und so viele verschiedene Hinweise gab, bis alle kapierten, was sie meinte.

»Zeit für eine Stärkung und eine Mannschaftsbesprechung!« rief Sheldon, nachdem jeder einmal dran gewesen war. »Sylvia, Sie sind der Star, was möchten Sie trinken?«

Polly war froh, daß ihre Mutter beim Perrier blieb. Sie selbst hatte bereits zu viel getrunken, um noch fahren zu können, und wollte auch noch nicht aufhören.

Sie rieten noch ein paar Begriffe, dann wurde die Partystimmung flau. Melissa sah Polly an, die im Geiste Bridgets Liste durchging. Topfschlagen, Reise nach Jerusalem und Flüsterpost schieden als ungeeignet aus. Und sie war auch nicht sicher, ob sich ihre Mutter in Schränke quetschen wollte, um Verstecken zu spielen. Blieben noch Scharaden.

»Ich mache keine Scharaden, wenn ich mich nicht dafür verkleiden kann«, erklärte Sheldon, der auch schon mindestens einen Schluck zuviel intus hatte.

»Sei nicht so schwierig, Sheldon«, fauchte Melissa. Der Gedanke, daß alle die Treppe hinaufpolterten und ihren begehbaren Schrank durchwühlten, bereitete ihr eine Gänsehaut.

»Das bin ich gar nicht«, widersprach Sheldon. »Du hast einen Haufen Klamotten, die du nie anziehst.«

»Es ist viel lustiger, wenn man sich verkleidet«, schaltete sich Tristan ein und überschüttete Melissa mit seinem blauäugigen Charme.

»Kostüme! Das ist eine tolle Idee«, sagte sie. »Ich habe ein paar Sachen für das Hospiz herausgesucht, und meine Mutter hat eine riesige Truhe herschaffen lassen, bevor sie ins Seniorenheim gezogen ist. Da sind auch viele Kleider von meiner Großmutter dabei, aber bis jetzt hatte ich noch keine Zeit, mir die Sachen anzusehen. Sie sind im Gästezimmer. Kommt alle mit.«

Sie gingen hinauf und fingen sofort an zu kramen, zerrten Straußenfedern, Pelze und Spitze, wundervolle Petticoats, edle Mäntel und Röcke aus der Truhe.

Polly hätte am liebsten gleich alles mit nach Hause genommen und überlegte, ob Melissa den Zwischenhändler, der den Flohmarkt belieferte, ausschalten würde, wenn sie ihr versicherte, daß sie dem Hospiz eine Geldspende zukommen ließe. Aber sie wollte Melissa nicht mit einer entsprechenden Frage in Verlegenheit bringen.

In Melissas Taschen und Beuteln befand sich eine Menge fragwürdiger Unterwäsche – wahrscheinlich optimistische Weihnachtsgeschenke von Sheldon – und uralte Badeanzüge.

Melissa fand das Laura Ashley-Kleid, das sie bei ihrem ersten Rendezvous mit Sheldon getragen hatte, und war beinahe zu Tränen gerührt.

Plötzlich verlangte Tristan Schminke für sein Gesicht und forderte Melissa auf, ihm alte Lippenstifte und den blauen Lidschatten – den sie immer noch benutzte – auszuleihen. Polly machte ihr diskret klar, daß ihr die Farbe ohnehin nicht stand. Sheldon bestand darauf, daß die Gläser seiner Gäste niemals leer wurden, und alle feierten feuchtfröhlich und aufgekratzt – sogar Melissa.

Niemand dachte an die Scharade und die Begriffe, die man ohne Worte darstellen mußte, bis sie nicht alles anprobiert und sich entschieden hatten, worin sie am besten aussahen. Zu guter Letzt wurden sie doch von Pollys Mutter wieder in den Salon gescheucht, und sie bildeten die alten Teams.

Patrick, als Mannschaftsführer, hatte sich ›Gestalt‹ ausgesucht, aber die anderen redeten es ihm aus, denn selbst Maryl Streeps schauspielerisches Talent hätte für diesen Begriff nicht ausgereicht. Tristan durfte ›Medien‹ nicht nehmen.

Polly fiel nichts anderes als ›Geschirrschrank‹ ein, und ihr Team bat um die Erlaubnis, ein Wörterbuch zu Rate zu ziehen. Melissa gab ihre Einwilligung mit der strikten Anweisung, das Buch anschließend wieder an seinen angestammten Platz zu befördern. Sie entschieden sich für ›Bergbewohner‹. Und Patrick sah sich selbst als Van Gogh.

Patricks Team war voll in Schwung, als Consuela die Tür öffnete und David hereinführte.

Sein Auftritt hätte nicht wirkungsvoller sein können, wenn er mit knallroten Strumpfhosen und schwarzem Umhang wie der Leibhaftige in einem Pfarrhaus zum Tee erschienen wäre. Genaugenommen wirkte er sogar noch erschreckender, weil er der einzige ohne Verkleidung war.

Sein Blick wanderte von einem zum anderen – alle starrten schweigend zurück – und blieb an Polly haften. Sie trug das Laura Ashley-Kleid, das ungewöhnlich kurz war. Dann betrachtete er Tristan in dem zweiteiligen Badeanzug und dem Gartenpartyhut. Tristan hatte einen Arm um Pollys Taille geschlungen, der andere lag auf ihrer Hüfte.

Patrick, der sich den Kopf mit Toilettenpapier eingewickelt hatte und an Polly in einer Weise hing, die ihm plötzlich unpassend erschien, kämpfte sich frei. Der Blick seines Vaters erfaßte die anderen Partygäste und richtete sich schließlich wieder auf Patrick.

»Hi, Dad«, sagte Patrick.

Nachdem das Schweigen gebrochen war, lösten sich alle aus der Erstarrung, und Melissa eilte David ein paar Schritte entgegen. Augenscheinlich hatte sie vollkommen vergessen, daß sie ein Mieder und einen wild schwingenden Hüftgürtel über ihrem Kleid trug.

»David! Was für eine wundervolle Überraschung. Komm und setz dich zu uns. Ich habe Patrick übers Wochenende eingeladen, weil ich dachte, daß er sich zu Hause einsam fühlt.«

»Wie nett, Melissa«, sagte David. »Ich bin sicher, er hat sich sehr darauf gefreut, herkommen zu dürfen.«

Melissa versuchte, alle, denen sie trauen konnte, um sich zu scharen. »David, komm ich stelle dir Pollys Mutter vor. Sylvia, das ist David Locking-Hill. David, Sylvia Cameron.«

Sylvia, deren Kostüm lediglich aus einer Lorgnette und einer Zigarettenspitze bestand, legte ihre Requisiten beiseite und bereitete sich darauf vor, von dem Neuankömmling entzückt zu sein.

»Guten Tag, Mrs. Cameron.« David reichte von seiner enormen Höhe herunter und ergriff ihre Hand. »Ich freue mich, daß ich Gelegenheit habe, Sie kennenzulernen.«

Sylvia gab einen kleinen, nur für Polly hörbaren Seufzer von sich. Polly erkannte selbst auf die Entfernung, daß ihre Mutter David für einen wundervollen Mann hielt.

»Ich glaube, sonst kennst du alle, nicht wahr?« fragte Melissa.

»Ja, in der Tat.« Wieder fixierte er Polly. »Ich gestehe, daß ich überrascht bin, sie alle hier zu sehen. Ich hatte eigentlich nur Patrick erwartet.«

Patrick grinste. »Du bist früher als geplant zurück, Dad.«

»Ich habe alles erledigt und fand, daß ich dann auch gleich heimfahren könnte.« David nahm von Sheldon, der mit Davids unerwartetem Erscheinen besser fertig wurde als der Rest der Anwesenden, ein volles Glas entgegen. »Ich habe Patricks Nachricht, die er Monica hinterlassen hat, gelesen, als ich nach Hause kam, und dachte, ich könnte auch herkommen.«

»Wir freuen uns, daß du dich dazu entschlossen hast, David. Möchtest du etwas essen? Komm mit in die Küche, ich mach' dir was zurecht.«

»Ich habe im Flugzeug gegessen und hatte einen kleinen Imbiß zu Hause.«

»Bist du sicher, daß du satt bist?« Melissa hatte sich die allergrößte Mühe gegeben, all diese grundverschiedenen Gäste unter ihrem Dach zu vereinen. Aber jetzt, da David in ihrem Salon stand, schien sie sich ihretwegen zu schämen und wollte sich zusammen mit David von der Gruppe separieren.

»Ganz sicher.«

Er behielt Polly im Auge, der plötzlich seltsam heiß wurde. Sie befreite sich aus Tristans erstaunlich hartnäckiger Umarmung und suchte den Blickkontakt mit ihrer Mutter. »Wir sollten jetzt besser aufbrechen. Es ist schon spät.«

David entging ihr verzweifelter Blick keineswegs. »Oh, ich möchte die Party nicht stören. Ihr hattet so viel Spaß miteinander.« Er wandte sich abrupt von Polly ab. »Wie lange sind Sie in unserer Gegend, Mrs. Cameron?«

Kapitel 20

Polly huschte lautlos die Treppe hinauf, um sich ihre eigenen Kleider anzuziehen. Ihr Rücken tat weh, und sie war hundemüde. Das Wiedersehen mit David, der so kalt und ganz anders war als beim letzten Mal, versetzte ihr einen Stich, der die schlimmsten Menstruationsbeschwerden zu einem Nichts verblassen ließ. Sie durchforstete Melissas Badezimmerschrank, bis sie ein Aspirin fand. Jetzt fing auch noch ihr Kopf an zu pochen.

Sie ging hinunter, um ihre Mutter aus dem Salon zu lotsen, aber die Gesellschaft da drin war so laut, und in der Halle herrschte eine so himmlische Ruhe, daß sie vor der Tür stehen blieb. Sie genoß den Frieden, bis David aus dem Salon kam.

Polly wurde steif wie eine Katze, die einem fremden, möglicherweise sehr behenden Hund begegnet. Ihr Instinkt riet ihr, die Flucht zu ergreifen, aber ihr Verstand sagte ihr, daß sie keinen anständigen Abgang zustande bringen würde.

»Hallo, Polly, wie geht es dir?«

Sein Ton war immer noch eisig, und seine Augen verrieten kalte Wut. Aber warum war er so böse?

Sie hielt ihre Stimme ebenso frostig wie er und benahm sich genauso gleichgültig. Sein Zorn war ansteckend. »Gut. Hattest du eine angenehme Reise?«

»Sie war sehr erfolgreich, danke.«

»Gut.«

»Deine Mutter hat mir gerade erzählt, daß du deine Sachen auf einer Handwerksmesse ausgestellt hast. Wie ist es gelaufen?«

»Ausgezeichnet, danke. Ein Mann aus London war an meinem Stand. Er sagte, er würde alles kaufen, was ich töpfere, vorausgesetzt, ich kann genügend Stücke produzieren.«

»Und kannst du das?«

»Vielleicht.«

»Bist du schwanger?«

Polly glaubte, sich verhört zu haben. »Wie bitte?«

»Ich habe dich gefragt, ob du schwanger bist.«

»Nein, danke.« Danke? Menschenskind, ihre Mutter hatte ganze Erziehungsarbeit geleistet.

»Bist du sicher?«

»Ganz sicher.«

»Ich bin früher nach Hause gekommen, um dich das zu fragen.«

»Du hättest mit mir telefonieren können, wenn du so versessen darauf warst, das zu erfahren.«

»Natürlich wollte ich das unbedingt wissen. Aber ich hielt es nicht für richtig, nur anzurufen und dir so eine Frage am Telefon zu stellen.«

»Sehr rücksichtsvoll von dir. Du kannst erleichtert aufatmen und mich vergessen.« Allein der Gedanke, daß er genau das tun könnte, zerriß ihr das Herz, und sie biß die Zähne zusammen, um die Tränen zurückzuhalten.

»Kann ich das? Ich glaube nicht, daß das so einfach ist.«

Ihre Nägel bohrten sich in ihre Handfläche. »O doch. Ich bin nicht schwanger, es gibt keine Abtreibung, zu der man mich überreden muß und die Geld kostet, und du brauchst auch keinen Unterhalt für ein Kind zu bezahlen.«

»Hättest du die Schwangerschaft abgebrochen, wenn es dazu gekommen wäre?«

Polly zögerte – nicht weil sie Zweifel an ihrer Entscheidung hatte, sondern weil sie nicht wollte, daß David ihre Antwort falsch auslegte.

»Hättest du?« hakte er nach.

»Nein.«

»Warum nicht?«

Sie zuckte mit den Achseln. Die Tränen stiegen gefährlich an die Oberfläche. Wenn ihre Stimme versagte, war sie verloren. Sie holte tief Luft. »Ich könnte es einfach nicht. Nimm es nicht persönlich. Ich würde das immer so entscheiden, auch wenn ich von jemand anderem schwanger werden sollte.«

»Ich verstehe.«

So schmerzlich dieses Gespräch auch war, Polly fühlte sich gezwungen, es fortzusetzen.

»Was hättest du getan, wenn ich wirklich schwanger wäre?«

»Ich hätte dich geheiratet.«

Sie wurde knallrot. »Ich dich aber nicht.«

»O doch, und das weißt du genau.«

Sie reckte ihr Kinn. Sie war kurz davor zusammenzubrechen.

»Wie kommst du auf die Idee?«

»Weil selbst du nicht bis in alle Ewigkeiten ein so verdammter Narr sein kannst.«

Der Ärger kam ihr zu Hilfe, und plötzlich wurde sie fuchsteufelswild. »Was bildest du dir eigentlich ein? Du erlaubst dir, mich einen Narren zu nennen?«

Er hob die Schultern. »Nur einer von vielen.«

»Du sagst es. *Du* gehörst auch zu den Narren, wenn du auch nur daran denkst, einer Frau eine Ehe vorzuschlagen, der du nicht einmal wie ein zivilisierter Mensch gegenübertreten kannst.«

»Wenn du willst, daß ich mich dir gegenüber zivilisiert benehme, dann paß auf, daß dieser widerliche Parvenü seine Hände nicht unter deinen Rock schiebt, und umarme nie wieder meinen Sohn!«

»Ich will gar nichts von dir, du arroganter, hochnäsiger Spießer. Ich lege die Arme, um wen ich will, weil dich das einen feuchten Kehricht angeht. Lieber Gott, wenn ich es nicht besser wüßte, würde ich denken, daß du eifersüchtig bist. Auf deinen Sohn?«

Sie beobachtete, wie er vor Zorn bebte. Wenn sie ein Mann gewesen wäre, hätte er sie bestimmt niedergeschlagen. Stimmen hinter der Tür zum Salon wurden laut, aber David achtete nicht darauf und ging auf Polly zu. Sie wich zurück.

»Du weißt nicht das geringste von mir. Aber ich habe nicht vor, dich für immer im Ungewissen zu lassen.«

Er streckte die Arme nach ihr aus, doch bevor Polly erfuhr, ob er sie küssen oder durchschütteln wollte, ging die Tür auf, und Melissa, Sylvia und Patrick kamen aus dem Salon. David ließ die Arme sinken, und Polly zitterte so sehr, daß ihre Zähne klapperten. Sie wandte sich ab, damit niemand sah, was geschehen war.

Patrick kam auf sie zu und redete mit seinem Vater, während die anderen hinaufgingen, um die Mäntel zu holen. Tristan und Sheldon brachen im Salon in Gelächter aus.

»Dad, ich soll über Nacht bei Melissa bleiben. Mir wäre lieber du würdest mir erlauben, mit dir nach Hause zu fahren.«

Polly bemühte sich, ihren zitternden Körper unter Kontrolle zu bringen und wartete gespannt auf Davids Antwort. Im Grunde erwartete sie, daß David seinen Sohn streng zurechtweisen und ihm sagen würde, daß er eine einmal getroffene Abmachung einhalten müsse. Aber das tat er nicht. »Klar«, erwiderte er kurz. »Ich kläre das mit Melissa.«

Polly drehte sich gerade noch rechtzeitig zu David, um seinen blitzenden Blick, aus dem der blanke Haß sprach, aufzufangen – dann lief er die Treppe hinauf, um mit der Gastgeberin zu sprechen.

Patrick und Polly standen sich in der Halle gegenüber. Patrick schien nicht nur zu spüren, daß Polly und sein Vater gestritten hatten, er hielt das offensichtlich auch noch für äußerst amüsant.

Polly richtete all ihre aufgestaute Wut auf Patrick. »Dein Vater ist der herrschsüchtigste, unerträglichste ...«

»Ja, er ist gut, wenn er in Rage ist, stimmt's?«

»Gut?« wiederholte Polly schrill. »Er ist ...« Ihr fiebriges

Gehirn suchte nach einem Attribut, das schlimm genug war, um ihn zu beschreiben – ohne Erfolg.

Patrick grinste. »Ich weiß. Es ist das beste, ihm nachzugeben. Dann nehmen Sie ihm den Wind aus den Segeln und haben die Stärke auf Ihrer Seite.«

Polly unternahm übermenschliche Anstrengungen, um sich zu beruhigen. »Das sind ja ganz neue Töne. Ich dachte, du und David, ihr geht euch ständig an die Kehle.«

»Das stimmt. Aber wir sind Vater und Sohn – wir müssen die alte Ödipus-Sache ausfechten. Sie wissen schon, oder? Ödipus, das ist der Bursche, der seinen Vater um die Ecke gebracht und seine Mutter geheiratet hat. Für Sie gibt es gar keinen Grund, solche Auseinandersetzungen durchzustehen.«

Polly atmete ein paarmal ganz tief durch. »Patrick«, fragte sie, als sie die Fassung wiedererlangt hatte, »was willst du einmal studieren?«

»Psychologie.«

»Eine sehr vernünftige Wahl. Wenn du heute nicht noch Vollwaise werden willst, dann sei ein Schatz und hol meine Mutter her. Wenn ich deinem Vater noch einmal in die Arme laufe, kann ich für nichts garantieren.«

»Machen Sie sich keine Gedanken deswegen, Polly. Er hat den schwarzen Gürtel in Karate. Sie würden ihm niemals nahe genug kommen. Andererseits, wenn er die Beherrschung verliert . . .«

»Verschwinde, Patrick, sonst ersteche ich dich mit meiner Hutnadel!« zischte sie und hörte ihn lachen, als er die Treppe hinaufflitzte.

Polly eiste inzwischen Tristan von Sheldons Whisky los und wartete mit ihm im Wagen, bis ihre Mutter kam.

»Das war ein vergnüglicher Abend«, meinte Sylvia, als sie den Sicherheitsgurt anlegte und den Motor startete. »David Locking-Hill ist ein sehr charmanter Mann, meinst du nicht auch, Polly?«

Polly hatte sich auf dem Rücksitz zusammengerollt. »Nein!«

quietschte sie, als würde sie jemand strangulieren. »Das meine ich nicht.«

»Ich bin sicher, daß er Sie bezaubernd findet, Sylvia«, sagte Tristan. »Übrigens, dies ist ein hübscher kleiner Wagen.«

»Danke, Tristan.«

Polly seufzte und schloß die Augen. Sie hatte sich vorgenommen, ein wenig zu dösen, aber sie schäumte immer noch vor Wut.

Wieso war er so kalt, so *böse* gewesen? War er eifersüchtig? Der Gedanke erwärmte sie für ein paar köstliche Sekunden. Dann erhob die Wirklichkeit ihr häßliches Haupt, und Polly wurde sich bewußt, daß er wahrscheinlich nur müde nach der langen Reise war. Er hatte bei Melissa einen aufmunternden Drink und seinen Sohn erwartet, statt dessen war er auf einen Haufen Verrückter in Frauenkleidern gestoßen und von hysterischem Gelächter empfangen worden. Das mußte ihn verärgert haben, und es war ihm nicht möglich gewesen, seinen Unmut an jemand anderem auszulassen.

Diese Erklärung war vollkommen logisch, aber sie paßte nicht zu dem, was Patrick gesagt hatte.

»Es ist das beste, ihm nachzugeben. Dann nehmen Sie ihm den Wind aus den Segeln und haben die Stärke auf Ihrer Seite. Für Sie gibt es gar keinen Grund, solche Auseinandersetzungen durchzustehen.«

Weise Worte für einen Jungen, der aus einem Internat gefeuert worden war.

Als sie vor ihrer Haustür standen, wurde sie Tristan in Rekordzeit los. Aber ihre Mutter war schwerer abzuschütteln.

»Ein sehr netter Mann, dieser David«, sagte Sylvia, während sie ihre mit kariertem Stoff bezogene Wärmflasche quälend bedächtig füllte. »Weißt du, ob er mit den Locking-Hills aus Yorkshire verwandt ist?«

Polly wollte nichts anderes als in ihr Bett. Eine Diskussion über die entfernten Verwandtschaftszweige von Davids Familie würde sie bestimmt nicht davon abhalten, sich diesen drängenden Wunsch zu erfüllen. »Ich habe ehrlich keine Ahnung, Mutter. Wenn es dir nichts ausmacht – ich habe einen mörderischen Tag hinter mir und möchte nur in mein verdammtes Bett.«

Sylvia zog sich in Pollys Schlafzimmer zurück und klagte noch auf der Treppe, daß sie ihre Tochter nicht dazu so umsichtig erzogen habe, um sich jetzt solch ungehörige Flüche von ihr anzuhören.

Polly brach auf dem Sofa zusammen und lachte matt.

Am Montagmorgen brachte sie ihrer Mutter eine Tasse Tee ans Bett und verabschiedete sich liebevoll. Sie wußten beide genau, wie lange sie ohne Streit zusammensein konnten, und die Frist wäre zu Mittag abgelaufen. Polly mußte ins Café, und Sylvia wollte in Ruhe ihre Sachen zusammenpacken und nach Hause fahren.

Der Besuch war ungewöhnlich gut verlaufen – wahrscheinlich weil Polly so beschäftigt gewesen und jeden Tag ziemlich spät nach Hause gekommen war. In ihrer Abgespanntheit war es ihr sogar ganz recht gewesen, umhegt und verhätschelt zu werden, und die dazugehörende mütterliche Kritik hatte sie geduldig über sich ergehen lassen.

Sylvia hatte es genossen, sich um ihre Tochter kümmern zu können, wenn sie zu erschöpft war, um eine unabhängige, komplizierte Feministin zu sein. Und Melissas Party hatte ihr am meisten Spaß gemacht. In Oxford drehte sich ihr gesellschaftliches Leben hauptsächlich um Bridge und Sherry oder um Weißwein und Schöngeisterei. Partyspiele waren etwas ganz Neues für sie, und es hatte ihr wirklich gefallen.

Von David war sie schlichtweg bezaubert. Das war ein Mann, auf den man sich verlassen konnte. Er würde ein Taxi im Regen besorgen können, wissen, wieviel Trinkgeld man einem Kofferträger gab und ob die Autoreparatur tatsächlich so teuer sein mußte, wie auf der Rechnung angegeben war. Falls irgend etwas dran war an der Kraft des positiven Denkens, dann würde David Locking-Hill, noch bevor das Jahr zu Ende war, ihr Schwiegersohn werden.

Doch obwohl Sylvia diesmal so viel Taktgefühl besaß, ihre Träume für sich zu behalten, bereitete es Polly keinerlei Schwierigkeiten, sie zu durchschauen. Ihre Mutter hegte immer derartige Wünsche und Hoffnungen.

Es war ein Segen, am Montagabend in ein leeres Haus zu kommen und nur Selina vorzufinden. Und ebenso wundervoll war es, zu wissen, daß Sylvia die Laken gewechselt und Polly wieder in ihrem eigenen Bett schlafen konnte – das Sofa war mit der Zeit entsetzlich unbequem geworden. Ihre Mutter hatte jeden Topf und jede Pfanne abgewaschen und eine Flasche Sherry auf dem Küchentisch hinterlassen. Außerdem hatte sie so ›aufgeräumt‹, daß sich Polly erst in etlichen Wochen wieder zurecht finden würde.

Alle unordentlichen Menschen kämpften mit demselben Problem. Die Leute bildeten sich immer ein, es gäbe kein System in den Papierstapeln und Dingen, die überall herumlagen, und dachten, jede Art von Ordnung wäre besser als gar nichts. Aber das stimmte nicht. Polly würde lange brauchen, bis sie die Telefonrechnung, die sie (gelegentlich) bezahlen wollte, unter den Versprechungen, ein Vermögen zu gewinnen, und den Angeboten für Bestseller zu fünfzig Pennies das Stück ausgraben konnte.

Doch noch bewahrte Polly Ruhe – sie war einfach nur dankbar, daß sie endlich wieder allein sein konnte –, und es genügte, wenn das Unheil, das die Ordnungsliebe ihrer Mutter unweigerlich heraufbeschwören würde, am Monatsende mit aller Macht über sie hereinbrach.

Polly legte ein Holzscheit ins Feuer, gönnte sich ein Glas Sherry und machte es sich auf dem Sofa gemütlich. Ausnahmsweise klammerte sich Selina nicht an sie um ihre Aufmerksamkeit zu erregen, sondern rollte sich auf einem Kissen zusammen und verteilte im Schlaf Flohnissen auf dem Samt. »Es ist der reinste Luxus, allein zu leben«, sagte Polly laut und erinnerte sich an den Spruch: »Gäste sind wie Fische, nach drei Tagen fangen sie an zu stinken.«

Sie nahm ein so heißes Bad, daß ihr fast schwarz vor Augen wurde, als sie aus der Wanne stieg. Dann zog sie dicke Socken, ihr Nachthemd und den Morgenrock an und arrangierte die Sofakissen so, wie es am bequemsten war. Sie hatte gerade ihr Buch aufgespürt, das sie aufgeschlagen mit dem Gesicht nach unten liegen gelassen, ihr Mutter jedoch umsichtig in eins der Regale geräumt hatte, und sich in die richtige Leseposition gewühlt, als jemand an die Haustür klopfte.

Polly hätte es um ein Haar ignoriert, aber als das Klopfen erneut ertönte, erhob sie sich ächzend. Vermutlich wollte sich ihre Nachbarin nur ein bißchen Milch ausborgen, aber trotzdem legte Polly vorsichtshalber die Kette vor, ehe sie die Tür einen Spalt öffnete. Es war David.

»Hallo, Polly. Darf ich reinkommen?«

Sie schluckte. »Ich bin nicht angezogen . . .« Außerdem war ihr Gesicht von dem heißen Bad knallrot und ungeschminkt.

»Wir müssen reden.«

»Miteinander?«

»Was sonst?«

Widerstrebend löste sie die Kette. Wenigstens war das Haus aufgeräumt. Obwohl er höflich gefragt hatte, ob er hereinkommen dürfe, hatte er so entschlossen geklungen, daß er sich ohnehin Zugang verschafft hätte. Die Kette war lediglich ein Alibi, und wenn er der Tür nur einen mittelschweren Tritt versetzt hätte, wäre sie aus der Verankerung gesprungen.

Polly war zwar bereits fürs Bett zurecht gemacht, aber vom Hals bis zu den Zehenspitzen züchtig bedeckt. Ihr Flanellnachthemd war hochgeschlossen und der Morgenrock fest zugeschnürt. Eine weniger verführerische Gestalt hatte sich wohl nur selten vor einem Mann blicken lassen, dennoch zog sie die Enden des Morgenrocks am Hals fest zusammen, als sie die Tür ganz aufmachte.

Es regnete, und Davids Haar und Schultern waren naß. Die

Nachtluft strömte mit ihm herein, und plötzlich schien Pollys Wohnzimmer auf die Größe eines Puppenhauses zusammenzuschrumpfen.

Sie selbst kam sich auch vor, als würde sie immer kleiner. Sie wußte, daß David sehr viel größer war als sie, aber wenn sie keine Schuhe trug, erschien er ihr wie ein Riese.

Das machte sie nervös. »Ich gehe nach oben und ziehe mir etwas an.«

Sein Blick huschte von ihrem Kopf bis zu den Füßen und erfaßte das dicke Flanell und die Wollsocken. »Du siehst hochanständig aus.«

Anständig, ja. Aber Polly würde sich wohler fühlen, wenn sie wenigstens eine Unterhose anhatte. »Ich bin gleich wieder da.«

Sie floh die Treppe hinauf in ihr Schlafzimmer und fand ihre Unterwäsche. Aber was noch? Sollte sie sich richtig anziehen, Make-up auflegen und hoffen, daß er ihr rot glänzendes Gesicht von vorhin vergessen konnte? Oder würde das zu offensichtlich darauf hinweisen, wieviel es ihr ausmachte, wenn er sie in einem so unvorteilhaften Zustand überraschte? Sie schloß einen Kompromiß, tupfte sich ein bißchen Puder auf die Wangen, fuhr mit der Maskara über ihre Wimpern und zog die Bürste ein paarmal durch ihr Haar, aber sie entschied sich gegen Kleider. Es würde Ewigkeiten dauern, bis sie eine Wahl getroffen hätte,. und David könnte zudem glauben, sie traue ihm nicht über den Weg. Und es war fast enttäuschend, doch sie mußte zugeben, daß sie ihm trotz der Schauder, die ihr sein plötzliches Erscheinen über den Rücken gejagt hatte, tatsächlich vertraute.

Polly wagte sich bis zum oberen Treppenabsatz und betrachtete von dort aus die große Gestalt, die anscheinend mitten in ihrem Wohnzimmer Wurzeln geschlagen hatte und starr wie eine Nelson-Statue im Park dastand. Vor ihrer grauenvollen Dinnerparty hatte sie die Möbel herumgeschoben und alles, was nicht unbedingt nötig gewesen war, hinausgeschafft, um das Zimmer so praktisch und geräumig wie möglich aussehen zu lassen. Aber jetzt waren die Sachen alle wieder an ihrem Platz, und es wurde deutlich, wie winzig ihr Cottage in Wirklichkeit war.

»Ich bin hier, um mich zu entschuldigen«, sagte er.

Polly hatte ihre letzte Unterredung immer und immer wieder in ihrem Kopf ablaufen lassen, und jedesmal waren ihr schlagfertigere und bissigere Bemerkungen eingefallen. Und jetzt stand er da und bot ihr die beste Gelegenheit, ihm das alles an den Kopf zu werfen.

Wenn sie eine andere gewesen wäre und nicht gewußt hätte, daß er sich ohne Aufforderung nicht von seiner Position bewegen würde und daß die wenigsten Männer gelernt hatten, um Verzeihung zu bitten, hätte sie kein Blatt vor den Mund genommen. Sie wäre oben auf der Treppe stehen geblieben und hätte ihn mit der flammenden Tirade abgekanzelt, die sie einstudiert hatte.

Statt dessen verdrängte sie ihren Schmerz und die Wut in dem Bestreben, ihn davon abzubringen, ihre kleine Welt drohend zu überragen.

»Setz dich und gib mir deinen Mantel.«

Sie nahm den schweren feuchten, nach Aftershave duftenden Mantel, legte ihn über eine Stuhllehne und deutete auf den Sessel neben dem Kamin.

Selbst ohne Mantel wirkte er mächtig und beinahe genauso furchteinflößend, wenn er saß und die Beine weit anziehen mußte.

»Kann ich dir etwas anbieten? Einen Sherry? Tee, Kaffee, Kakao?«

»Nein, danke.«

Der Möglichkeit zur Flucht in die Küche beraubt, zwang sie sich, ihm gegenüber Platz zu nehmen und den Vorteil aufzugeben, einmal auf ihn herabsehen zu können.

»Wie ich schon sagte, ich bin hier, um mich zu entschuldigen.« Er streckte vorsichtig die Beine aus, wie Leute es in Zügen tun, wenn sie vermeiden wollen, dem Passagier gegenüber einen Tritt zu versetzen.

Es war unerträglich. Polly vollzog eine knappe, nervöse Geste mit der Hand, dann strengte sie sich an, sich ganz still zu verhalten. »Dazu besteht kein Grund – wirklich nicht.«

»O doch. Ich habe mich ungehobelt, grob und anmaßend benommen. Es tut mir leid.« Er bat mit derselben ruhigen Rechtschaffenheit, mit der er alles machte, um Verzeihung. Und der Hauch eines Lächelns umspielte seine Mundwinkel.

Polly spürte, wie sich ein Klumpen in ihrer Brust bildete, und hustete. »Meine Mutter fand dich nicht ungehobelt und grob.«

»Ihr gegenüber war ich es auch nicht.«

»Nein.«

»Ich möchte dir alles erklären.«

»Das brauchst du nicht.«

»Ich war enttäuscht, daß du nicht schwanger bist.«

Seine Worte trafen sie wie ein Blitzschlag. »Wieso? Wünschst du dir so sehr noch mehr Kinder?«

Er schüttelte den Kopf. »Eigentlich nicht. Ich habe gar nicht über das Kind nachgedacht. Ich weiß nur, daß ich enttäuscht war, daß du keines bekommst.«

Sie selbst war auch enttäuscht gewesen. »Ich hatte erwartet, dir würde ein Stein vom Herzen fallen.«

»Ich auch, und es war ein richtiger Schock für mich, daß ich ganz anders empfunden habe. Das war eins der Dinge, die mich so wütend gemacht haben.«

»Was waren die anderen?«

Er hörte ihre Frage, und er sah sie eindringlich an, aber er antwortete nicht.

Polly schwieg. David schlug ein Bein über das andere in dem entsetzlich kleinen Sessel. »Du hast ein sehr großzügiges, liebevolles Herz. Ich vermute, du hast noch nie Besitzansprüche für einen anderen Menschen angemeldet«, sagte er schließlich.

»Ich habe niemanden, bei dem ich Besitzansprüche anmelden könnte.«

Er hievte sich aus dem Sessel und marschierte, so gut es ging, ohne an die Möbel zu stoßen, im Zimmer auf und ab.

»Ich auch nicht, verflucht, aber ich *fühle* so. Ich war so verdammt eifersüchtig, als ich in den Salon kam und dich in dem Kleid und die Hand von diesem Vollidioten unter deinem Rock sah . . .«

»Sie war gar nicht unter meinem Rock . . .«

». . . daß ich mich kaum zurückhalten konnte, ihm seinen Goldzahn in die Kehle zu rammen. Ich war sogar eifersüchtig auf Patrick!«

Plötzlich erinnerte sie sich, daß er als Siebzehnjähriger eine fünfunddreißig Jahre alte Freundin gehabt hatte, die ihm beigebracht hatte, wie man Rühreier macht. »Es besteht . . .«

»Du sagst immer wieder, es bestünde kein *Grund* für dies und kein *Grund* für das, aber ich sage dir, es gibt Gründe.«

»Aber . . .«

Er baute sich hinter dem Tisch auf, stützte die Hände auf die Platte und schaute Polly direkt an. »Wie hättest du, nach allem, was wir miteinander erlebt haben, im umgekehrten Fall empfunden? Wenn du in ein Zimmer gekommen wärst und mich bei einer Umarmung mit einer anderen Frau überrascht hättest?«

»Ich habe kein Recht.«

»Wir sprechen nicht über ›Rechte‹, ich frage dich nach deinen *Gefühlen*. Denk mal darüber nach.«

Polly brauchte nicht lange nachzudenken und versuchte, genauso aufrichtig zu sein wie er. »Ich wäre verletzt gewesen.«

»Verletzt? Ist das alles? Du wärst nicht wütend geworden? Hättest du dich nicht betrogen gefühlt? Als würde dir jemand etwas wegnehmen, was dir gehört?«

In diesem Moment öffnete Selina, irritiert von den Geräuschen, die Augen und sah David so verächtlich an, daß er lachen mußte.

»Das ist eine dramatische Art, es darzustellen«, fuhr er fort. »Ich möchte wetten, du sagst gleich, daß wir beide freie Menschen sind und keiner Anspruch auf den anderen erheben kann. Aber ich fühle eben so.«

»David –« Polly spürte, daß ihr die Luft wegblieb. Ihr Herz hämmerte, als hätte ihr jemand Todesängste eingejagt.

»Was ich in meiner extrem ungeschickten Art ausdrücken will, ist: Ich habe dich sehr gern, und ich möchte das Recht haben, jedem Mann die Nase blutig zu schlagen, der dir einen zweideutigen Blick zuwirft oder dich an den falschen Stellen anfaßt.« Er lächelte schief. »Ich sage nicht, daß ich das tun würde, ich möchte nur das Gefühl haben, daß ich es darf. Ich möchte dich in die Arme heben und mit nach Hause nehmen dürfen ...« Er stieß mit dem Schenkel an den Tisch. »Am liebsten jetzt sofort. Dieses Haus ist so verdammt *klein*!«

Polly protestierte erstickt.

David sah sie reumütig und um Entschuldigung heischend an.

»Tut mir leid, ich wollte nicht so rüde sein. Es ist ein bezauberndes Haus – genau richtig für eine Person.«

Polly mußte ihm recht geben, wenn sie sah, daß er wie ein Tiger im Käfig eineinhalb Schritte vorging, umdrehte und wieder eineinhalb Schritte zurückging.

»Ich weiß, was du meinst. Es ist ideal für eine einzelne Frau, aber es wäre zu klein für ein Paar.«

Er hockte sich auf die Armlehne seines Sessels und schwang mit dem Fuß auf und ab. »Mein Haus andererseits ist viel zu groß für einen einzelnen Mann und zwei Söhne, die dabei sind, flügge zu werden.«

Polly nickte. »Vielleicht solltest du es verkaufen.«

»Ich kann es nicht verkaufen. Es ist das Haus der Familie, und ich muß es für meine Söhne erhalten. Die beste Lösung wäre, wenn noch jemand einziehen würde.«

»Ich glaube nicht, daß eine Person mehr oder weniger in einem so großen Haus einen wesentlichen Unterschied macht. Es könnte eine kleine Schulklasse beherbergen – mindestens.«

»Polly, stellst du dich absichtlich so begriffsstutzig? Hast du mir überhaupt richtig zugehört?«

Sie befeuchtete ihre Lippen. »Ich habe zugehört, aber ich bin nicht sicher, ob ich dich nicht mißverstanden habe, und weiß deshalb auch nicht, wie ich reagieren soll.«

Er seufzte. »Ich hätte mich deutlicher ausgedrückt, aber da ich dich kenne, mußte ich befürchten, daß du entweder davonläufst oder in Tränen ausbrichst. Weinst du immer so viel nach einer Liebesnacht?«

»Nein, ich glaube nicht.«

»Warum hat du so sehr geweint?«

Sie schüttelte stumm den Kopf, weil sie fürchtete, gleich wieder losheulen zu müssen.

Er erkannte ihre Verfassung. »Du hast wirklich ungewöhnlich nah ans Wasser gebaut.«

Polly räusperte sich. »Wenigstens werde ich nicht an einem Herzanfall sterben. Menschen, die ihre Gefühle zum Ausdruck bringen, sind viel gesünder als die, die sich verschließen.«

Ihr Blick verriet, daß sie ihn für einen chronischen Gefühleunterdrücker hielt.

Er lachte zärtlich wie damals in der Nacht, in der sie sich geliebt hatten. »Ich habe nichts dagegen, daß du weinst, es ist nur so schwer, dir dabei zuzusehen, ohne dich in die Arme zu nehmen. Und das würde gerade jetzt mein Anliegen überschatten.«

»Was für ein Anliegen?«

»Versprichst du, nicht zu weinen?«

Sie murmelte eine Zustimmung.

»Also gut. Dies ist kein Antrag, sondern eine reine Feststellung: Ich möchte dich heiraten.«

Kapitel 21

Der Gedanke war so widersinnig, daß ihr kein bißchen nach Weinen zumute war. Es war eine Szene aus einem historischen Kitschroman – und deswegen sollte sie hysterisch werden? Eine Zweckehe zwischen einer temperamentvollen, verarmten Heldin und einem verruchten, gutaussehenden Helden, damit der Held einen Erben für seine riesigen Besitztümer und sein enormes Vermögen bekommt. Polly unterdrückte ein Kichern.

»Warum? Du hast zwei gesunde, intelligente, gut gelungene Söhne, die die Familie Locking-Hill vor dem Aussterben bewahren, und du hast Monica und brauchst niemanden, der dir deine Socken stopft. Du führst bestimmt ein geordnetes, bequemes Leben. Wieso sollte jemand in deiner Lage heiraten wollen?«

»Ich will nicht einfach jemanden heiraten. Ich will dich heiraten.«

»Falls du dir noch Kinder wünschst, solltest du dir eine jüngere Frau suchen . . .«

»Wie du bereits sagtest, ich habe zwei Söhne – ob sie so gut gelungen sind, darüber könnte man diskutieren. Kinder spielen dabei überhaupt keine Rolle.«

»Vielleicht bin ich ein bißchen langsam, aber ich verstehe das alles immer noch nicht. Du könntest jede Frau bekommen, die du willst. Du brauchst nicht zu heiraten. Was, um alles in der Welt, findest du an mir, daß du deine Freiheit aufgeben möchtest?«

»Nicht deine Selbstbeherrschung, das ist mal sicher.«

»Was dann?«

»Alles, was ich dazu sagen kann, liefe auf eine Liebeserklärung hinaus, und das würde dich höchstwahrscheinlich endgültig zum Heulen bringen.«

Sie knirschte mit den Zähnen. »Laß meine rührselige Ader da raus. Sag mir lieber, warum du mich heiraten willst.«

»Weil ich, um meinen Sohn zu zitieren, verdammten Schiß habe, daß du auf und davon gehst mit diesem . . .« Er zögerte.

Sie half ihm aus der Klemme. »Schleimscheißer? Ich zitiere *auch* deinen Sohn.«

»Für jemanden, der die Schule vor der mittleren Reife verlassen hat, kann er ganz gut mit Worten umgehen.«

»Sein Schweigen ist auch ziemlich wirksam. Er hat Melissa damit in Angst und Schrecken versetzt.«

»Melissa sollte eben mit Kindern ihres Alters spielen. Aber wir sprachen über Tristan.«

»Ich habe nicht vor, ihn zu heiraten, falls es das ist, worum du dir Sorgen machst.«

»O nein. Er würde nur eine Frau heiraten, die einen wohlhabenden, einflußreichen Vater hat, das steht fest.«

Polly zappelte entrüstet auf ihrem Sessel hin und her, aber solange David in diesem Wohnzimmer herummarschierte, hatte sie nicht genügend Platz, ihrer Frustration durch Aktion Luft zu machen. »Das ist nicht fair. Tristan ist vielleicht . . .«

»Warum hast du ihn mit zu Melissa genommen?«

»Sie hat mich gebeten, ihn mitzubringen.«

»Ach, wirklich?«

Sein Argwohn traf sie tief. Sie hätte ihn beruhigen und ihm erzählen können, daß sie Tristan gesagt hatte, sie wolle ihn nie wiedersehen. Aber warum sollte sie?

Sie zuckte mit den Schultern. »Frag sie doch selbst.«

Ein Muskel an seinem Mundwinkel zuckte – es gab eintausend Gründe, aus denen er das nicht tun konnte.

Polly fuhr rasch fort, damit er keine Zeit hatte, wütend zu

werden. »Ich verstehe nur eines nicht. Wenn du –« sie suchte nach dem richtigen Wort –, »mich gern hast, weshalb gehst du dann nicht ganz normal mit mir aus?«

»Weil wir bereits zusammen im Bett waren, falls du das vergessen haben solltest, und zwar ohne jedes Umwerben oder so was. Das macht es ziemlich schwierig, ein paar Schritte zurückzugehen und sich zum Abendessen oder Opernbesuchen zu verabreden.«

»Wirklich?« Sie liebte die Oper.

»Du gibst es möglicherweise nicht gern zu, aber wir haben in dieser Nacht etwas ganz Besonderes erlebt. Als ich dich am Samstag mit diesem – Tristan zusammen sah, hatte ich das Gefühl, man hätte mir ein Messer in den Rücken gebohrt.« Er nahm die Sherryflasche vom Tisch und studierte das Etikett, während er überlegte, wie er fortfahren sollte.

»Ich weiß, ich sollte dich jetzt darauf aufmerksam machen, daß du zu nichts verpflichtet bist und daß wir zwei erwachsene Menschen sind. Und da ich nicht wie Patrick bin, habe ich auch nicht die passenden Argumente parat, die dich immer mehr durcheinanderbringen, bis du genau das sagst, was ich mir wünsche. Deshalb –« Er holte tief Luft und ließ sie langsam wieder entweichen. »Deshalb möchte ich dir ein Angebot machen.«

»Nur zu.«

»Ich schlage vor, daß wir uns so oft sehen, wie wir möchten, aber kein Wort mehr über eine Hochzeit verlieren – sagen wir, einen Monat lang. In der Zwischenzeit überlegst du dir die Sache. Denk darüber nach, wie es wäre, wenn du deine eigene Werkstatt im ehemaligen Stall hättest und ganztags als Töpferin arbeiten könntest. Du hättest genügend Geld, um dir einen neuen Brennofen und eine Drehscheibe, oder was immer du brauchst, anzuschaffen. Und denk dran, daß du dir nicht immer die Zehen anschlagen würdest, wenn du einen Raum durchquerst«, setzte er ärgerlich hinzu. »Und wenn du über all das nachgedacht hast und der Monat vorbei ist, sagst du mir, wie du dich entschieden hast.«

»Ich habe dir erzählt, daß ich vielleicht den Durchbruch als Töpferin geschafft habe. Ein sehr angesehenes Londoner Geschäft zeigt Interesse an meinen Arbeiten. Der Einkäufer hat sogar eins meiner Gefäße gekauft – für sich persönlich. Es mag noch einige Zeit dauern, aber ich muß dich nicht deines Geldes wegen heiraten.«

Er lächelte, und plötzlich sah er Patrick sehr ähnlich.

»Gut. Ich wollte dir die Ehe mit mir nur so schmackhaft wie möglich machen, aber ich habe dich nie für eine Mitgiftjägerin gehalten. Trotzdem brauchst du Kapital, um dich richtig zu etablieren.« Das war eine nicht abzustreitende Tatsache.

»Du würdest es letzten Endes auch ohne mich und mein Geld schaffen. Aber mit meinem Geld ginge es schneller.«

Gerade weil er recht hatte, brachte sie Einwände an. »Ich wäre eher geneigt, dich zu heiraten, wenn du arm wärst. Vielleicht solltest du dein Vermögen und deinen Besitz verschenken.«

»Das wäre verrückt.«

»Bist du nie verrückt?«

»Gewöhnlich nicht, nein.«

»Wie kommst du dann auf diese lächerliche Idee mit der Heirat?«

Er lachte leise. »Wahrscheinlich liegt das an deinem schlechten Einfluß. Oder ich habe es einfach satt, daß Melissa eine heiratfähige junge Frau nach der anderen vor mir aufmarschieren läßt.«

»Sie hat mich vor dir aufmarschieren lassen.«

»Ja, aber du hast inzwischen sicher bemerkt, daß sie gar nicht erwartet, daß etwas aus uns wird.«

»Ich bin auch nicht sicher, ob etwas aus uns wird. Wir haben über fast alles grundverschiedene Ansichten. Und einige deiner Freunde . . .«

»Welche Freunde?«

Polly schüttelte den Kopf. Dies war nicht der rechte Zeitpunkt, um über die entsetzlichen Bradleys und ihre Einstellung zu schönen, alten Häusern zu streiten. »Das spielt jetzt keine Rolle. Aber es geht nicht nur darum – es ist dein ganzer Lebensstil. Du hast mehr gedruckte Einladungen auf deinem Kaminsims liegen als ich Parkzettel in meinem Auto. Ich war seit Jahren nicht mehr auf einem formellen Ball. Ich hab' das alles hinter mir gelassen und könnte im Moment nicht zurück. Wir leben in verschiedenen Welten.«

»Dann ist es um so besser, wenn wir uns oft sehen, damit wir herausfinden, worin wir übereinstimmen und worin nicht, findest du nicht auch?«

»Es wäre einfacher, einen Fragebogen auszufüllen.« Und weit weniger schmerzhaft.

Seine Miene wurde sanfter. »Aber es würde keinen so großen Spaß machen.«

»Spaß! Du findest es wohl lustig, die ganze Zeit zu streiten, welche Zeitung man lesen und wen man wählen soll? Es würde dir nicht gefallen, wenn ich an dem Abend, an dem du die Master of Foxhounds zum Essen erwartest, im ganzen Haus Poster gegen Fuchsjagden aufhänge.«

Er lachte. »Nimmst du eigentlich überhaupt irgend etwas ernst?«

»Nicht, wenn es nicht sein muß«, erwiderte sie mürrisch.

»Das ist der größte Unterschied zwischen uns. Du bist ein sehr ernsthafter Mensch. Ich bin leichtfertig und oberflächlich.« Ihr Gesichtsausdruck widersprach dem, was sie sagte, so sehr, daß er lächeln mußte.

»Du nimmst deine Arbeit also nicht ernst?«

»Natürlich – aber das ist meine *Arbeit.*«

»Und was ist mit dem Umweltschutz – sind deine Bemühungen in diesem Punkt nur oberflächlich?«

»Nein.«

»Deine Freundlichkeit. Deine Liebe zu den Menschen? Zu Kindern? Zu Halbwüchsigen? Das alles sind nur leichtfertige Marotten?«

»Nein, aber . . .«

»Also nimmst du ein paar Dinge ernst und andere wieder nicht. Genau wie ich. Ich freue mich darauf, herauszufinden, in welchen Punkten wir uns unterscheiden und in welchen wir übereinstimmen.«

»Das klingt, als ginge es um ein juristisches Dokument! In der Theorie mag das ja schön und gut sein, aber ich weiß nicht ... Ich meine, es gibt auch einige Schattenseiten an einer solchen Abmachung.«

»Welche?«

Sie packte den Stier bei den Hörnern. »Den Sex, zum Beispiel.«

»Den würde ich eigentlich eher zu den Vorteilen zählen.«

»Das glaube ich dir gern. Aber wie paßt er in deinen Plan?«

Im Grunde wollte sie nur wissen, ob er erwartete, daß jede Verabredung, die sie miteinander trafen, im Bett enden würde.

David stand wieder auf, ging den einen und den halben Schritt und drehte sich um. »Vermutlich möchtest du jetzt von mir hören, daß ich dich nicht anrühre, bis der Monat vorbei ist, aber ich fürchte, ich bin nicht so nobel und ehrenhaft, wie du denkst.«

Es gelang ihm, sowohl nobel als auch ehrenhaft und gleichzeitig verteufelt sexy auszusehen. »Und du hast das Feuer meiner Leidenschaft keineswegs gelöscht. Das Wissen, daß unter diesem eigenartig unattraktiven Nachthemd der Körper eines gefallenen Engels steckt, ist eine Qual, die ich bestimmt nicht mehr lange ertrage. Nein, ich kann dir keine Versprechungen machen, daß ich mich zurückhalten werde, Polly. Das Risiko mußt du eingehen. Aber ich werde dich nie um etwas bitten, was du nicht tun willst.«

»Du hast mich letztes Mal auch nicht gebeten.«

»Und du hast nicht nein gesagt.«

»Ich war betrunken«, konterte sie.

»Unsinn! Du hast beim Whisky zugegriffen, aber du warst nicht betrunken.«

Nein – erst in dem großen, warmen Bett hatte sie den wahren Rausch erlebt.

»Und wenn ich nein gesagt hätte?«

»Hätte ich dir eine gute Nacht gewünscht und wäre gegangen.«

»Für immer?«

Er nickte.

Er zeigte keinerlei Gefühle, als wäre es die beste Lösung des Problems, wenn sie sich für immer trennten. Andererseits war der Gedanke, daß sie ihn nie wiedersehen würde, grauenvoll für Polly.

»Oh, sehr gut, dann . . .« begann sie mißmutig.

»Dann was?«

»Ich erkläre mich einverstanden, einen Monat lang mit dir auszugehen und über deinen Vorschlag nachzudenken. Aber eines möchte ich dir gleich sagen, David – es ist ziemlich unwahrscheinlich, daß ich deinen –« Wie konnte man den Antrag bezeichnen? Absonderlich? Irr? Unfaßbar? »– deinen freundlichen Antrag annehmen werde. Ich bin sehr glücklich als Single.«

Falls sie erwartet hatte, daß er vor Dankbarkeit auf die Knie fallen würde, wurde sie enttäuscht. Er sagte lediglich: »Gut. Ich rufe dich an.«

Er bückte sich, küßte sie auf die Wange und nahm seinen Mantel, dann stürmte er aus dem Haus und hinterließ eine unendliche Leere.

Zum zweitenmal in drei Tagen ging Polly aufgewühlt und vollkommen verstört ins Bett. Aber statt in Tränen auszubrechen, wollte sie die ganze Begegnung im Zeitlupentempo noch einmal an ihrem geistigen Auge vorüberziehen lassen, um sich zu vergewissern, daß sie das Ganze nicht nur geträumt hatte.

David hatte sie gebeten, seine Frau zu werden – nein, er hatte sie in Kenntnis gesetzt, daß er sie heiraten wollte. Er schien da einen großen Unterschied zu machen. Vielleicht hatte er sogar recht damit. Und er wollte, daß sie einen Monat zusammen ausgingen, um zu sehen, wie sie miteinander zurechtkamen.

Schön, wenigstens ließ er ihr Zeit, ihre Antwort sorgfältig zu formulieren. Sie haßte es, die Gefühle anderer zu verletzen.

Natürlich hätte sie ihn für immer fortschicken müssen. Das wäre das vernünftigste und anständigste gewesen. Aber sie hätte es nicht über sich gebracht. Die drei Wochen seiner Abwesenheit waren so leer gewesen, weil sie wußte, daß sie ihm nicht über den Weg laufen konnte und seine Stimme nicht am anderen Ende der Telefonleitung hören würde. Allein der Gedanke, ihn nie mehr wütend zu sehen, sein Lachen nicht mehr zu hören und (jetzt kamen ihr die Tränen) nie wieder seine starken Arme zu spüren., die ihr die Luft aus den Lungen preßte, war die reinste Folter.

Sie hatte sich für den leichten Weg entschieden. Sie würde diesen einen Monat voll auskosten und ihn dann so ruhig und gelassen wie möglich fortschicken. Er hatte nie gesagt, daß er sie liebte, obwohl er anscheinend ein paarmal ziemlich nah dran gewesen war, aber das könnte sie auch mißverstanden haben. Er würde sich in Null Komma nichts von ihrer Zurückweisung erholen. Melissa würde eine passende Braut für ihn finden, und er wäre bald wieder so gut wie neu.

Und sie? Wie würde sie reagieren, wenn die Frist verstrichen war? Schwer zu sagen. Sie war immer der Meinung gewesen, daß ihr Leben durch und durch erfüllt sein würde, wenn sie als Töpferin Anerkennung fand. Und das schien jetzt im Bereich des Möglichen zu liegen. Eine Schwalbe machte zwar noch keinen Sommer, aber dieses eine verkaufte Gefäß konnte eine ganze Serie nach sich ziehen. Aber wäre es wirklich so befriedigend, wenn sie sich ihren Lebensunterhalt an der Töpferscheibe verdienen konnte, oder würde immer ein unausgefüllte Raum in ihrem Leben bleiben?

Und wenn One-Night-Stands als bewegte Vergangenheit galten, dann konnte sie jetzt wenigstens mit einem aufwarten. Sie konnte ihren – sie zögerte – wem konnte sie davon erzählen? Sie hatte keine jüngeren Verwandten, die Kinder produzieren würden und die sie selbst wie Nichten und Neffen behandeln konnte. Und sie hatte keine eigenen Kinder und würde wahrscheinlich nie welche haben.

Bridgets Kinder waren ihr natürlich ans Herz gewachsen. Den dreien konnte sie auch, wenn sie erwachsen waren, erzählen, daß sie eine kurze Affäre mit einem wundervollen reichen Mann gehabt hatte, aber ihre Freiheit nicht opfern wollte und deshalb seinen Heiratsantrag ausgeschlagen hatte. Wären ihre Gründe wohl auch in dreißig Jahren noch stichhaltig? Oder würden die jungen Dinger sie mitleidig betrachten und hinter ihrem Rücken tuscheln, daß die alte Polly ungeheuer exzentrisch, um nicht zu sagen komplett verrückt sei?

Patrick würde ihr fehlen. Sie hatte zwar nicht viel mit ihm geredet, aber sie mochte ihn. Sie wollte wissen, wie er auf die Idee kam, Psychologie zu studieren, obwohl er die Schule vorzeitig verlassen hatte. Sie wollte dafür sorgen, daß er seinen Schulabschluß machte. Sein Verhältis zu David war offensichtlich sehr gestört. Patrick brauchte eine nette ältere Frau, die zwischen ihm und seinem Vater vermittelte.

Das Haus und der Garten waren selbstverständlich ein Traum, und sie sehnte sich danach, das alles besser kennenzulernen. Sie wünschte, sie könnte die Bäume sehen, wenn im Frühling die ersten grünen Knospen aufplatzten, die Apfelblüte erleben und beobachten, wie aus den Blüten winzige Äpfel wurden, die langsam wuchsen. Sie wollte diese wundervollen, geschützten Beete mit Blumen bepflanzen, die in ihrem schattigen kalten Gärtchen nicht gedeihen konnten. Es genügte ihr nicht, daß sie sich umstellte und in Davids aristokratische Fußstapfen trat – er mußte ihr mindestens auf halbem Weg entgegenkommen.

Am folgenden Abend saß sie über ihrer Buchführung. Der smarte Londoner Talentsucher spukte ihr dabei im Kopf herum. Doch das nützte nichts. Egal, wie phantasievoll und kühn sie auch kalkulierte, sie konnte es sich nicht leisten, einen Tag weniger im Café zu arbeiten, um mehr Zeit in ihrer Scheune zu verbringen. Sie mußte einen Kredit aufnehmen. Aber jetzt hatte sie diese wertvolle Visitenkarte in der Tasche, die eindeutig bewies, daß sich ihre Arbeiten verkaufen ließen, und wenn sie diesen Trumpf geschickt ausspielte, würde die Bank ihr unter die Arme greifen.

Natürlich – wenn sie David heiratete, müßte sie keine Finanzpläne erstellen und fremde Leute anbetteln. Es war eine Schande, daß ihre Prinzipien es nicht zuließen, Vorteile aus seinem Angebot zu schlagen.

Als das Telefon klingelte und sie nicht Davids tiefe Stimme hörte, beschloß sie, die Telefonrechnung nicht zu bezahlen und ihren Apparat sperren zu lassen. Aber dann konzentrierte sie sich auf den Anrufer. Es war Mac.

»Polly, wie geht's?«

Für die meisten Leute war das die übliche Floskel, um ein Gespräch zu beginnen, aber nicht für Mac. Irgend etwas war im Busch.

»Mac, was ist los? Alles in Ordnung?«

»Nein. Meine Spione berichten, daß Bradley nächste Woche mit Bulldozern anrückt. Wir haben zehn Riesen zu wenig für den geforderten Kaufpreis, und Bradleys Angebot wird akzeptiert.«

»O Mac! Ich komme mir so nutzlos vor. Ihr wart alle da oben, und ich bin zu feige, euch zu unterstützen.«

»Deine Poster waren sehr dekorativ, aber jetzt hast du die Chance, zur echten Heldin zu werden.«

»Was soll das heißen?«

»Wir haben für Samstagabend zu wenig Leute. Für die Wochentage ist alles geregelt, aber die meisten von der üblichen Crew haben am Wochenende keine Zeit. Im Moment sieht's so aus, als stünden nur Jill und ich zur Verfügung. Das reicht nicht. Falls es sich die Polizei in den Kopf setzt, Verhaftungen vorzunehmen, überwältigen sie uns im Handumdrehen. Wenn wir mehr wären, würden sie es gar nicht versuchen. Zu gefährlich. Ein Demonstrant könnte einem Fußgänger auf den Kopf fallen.«

Eine scheußliche Vorahnung machte sich in Pollys Magen bemerkbar. »Aber ihr seid doch so viele. Du kannst bestimmt noch jemanden auftreiben.«

»Die Leute haben auch noch anderes zu tun, Polly. Cathy ist inzwischen zu behäbig, um auf die Leiter klettern zu können – das Baby soll nächsten Monat kommen. Jack hat sich vor ein paar Tagen beim Abstieg den Fuß gebrochen Daves Frau hat angedroht, ihn zu verlassen, wenn er nicht bald eine Nacht zu Hause verbringt. Phil hat an diesem Wochenende seine Kinder zu Besuch – er bekommt sie nur einmal im Monat, und er kann diese Regelung nicht gefährden, indem er absagt. Und Pete muß . . .«

»Hör auf, Mac. Du willst wissen, ob ich einspringen kann, stimmt's?«

»Ja.«

Polly stieß langsam und bebend die Luft aus.

»Tut mir leid, Polly. Ich weiß, daß du Höhenangst hast, und ich würde dich nicht fragen, wenn es eine andere Möglichkeit gäbe. Ich werde da sein, um dich festzuhalten. Wir brauchen Leute, die keine Angst vor der Polizei und einer möglichen Festnahme haben.«

Bis jetzt hatte Polly noch nie darüber nachgedacht,ob sie Angst vor einer möglichen Festnahme hatte oder nicht. Mac schien offenbar zu glauben, daß es ihr nichts ausmachte, wenn sie von zwei Polizisten in eine Gefängniszelle gezerrt wurde. Vielleicht ließ sie so was ja tatsächlich kalt. Aber er schien nicht begriffen zu haben, wie schlimm ihre Höhenangst wirklich war.

Es bestand ein erheblicher Unterschied zwischen einem leichten Unbehagen, wenn man eine Leiter hinaufklettern oder über den Rand einer Klippe spähen muß, und einer echten Phobie. Polly fühlte sich selbst in massiven Hochhäusern mit dikken Wänden miserabel. Das Wissen, daß ein großer Abstand zwischen ihr und dem Erdboden war, versetzte sie in Angst und Schrecken. »Mac. ich weiß nicht . . .«

»Bitte, Polly. Wir brauchen dich.«

Ihre Lippen waren bereits steif vor Angst, und sie bekam Bauchkrämpfe, aber die Sache war extrem wichtig. Sie wußte, daß Mac seinerseits alles für sie tun würde, und wollte nicht vor einem so entschlossenen Mann als Versager dastehen. »Okay.«

»Super, ich wußte, daß ich mich auf dich verlassen kann. Wir brauchen dich am Samstagabend. Wenn etwas demoliert wird oder so was, rechnen sie damit, daß sie den ganzen Sonntag zum Aufräumen Zeit haben. Komm so um neun, ich bin auch da. Du brauchst nur nach mir zu rufen, dann flitze ich herbei und helfe dir.«

»Ja. Mac.«

Polly zitterte am ganzen Leib. Sie durfte gar nicht daran denken, daß sie auf dieses Dach klettern und eine Nacht in schwindelnden Höhen verbringen mußte, sonst wurde ihr jetzt schon übel.

Ihre Stimme bebte immer noch, als David anrief.

»Polly, was ist? Ist mit dir alles in Ordnung? Weinst du?«

»Nein, ich weine nicht. Was kann ich für dich tun?«

»Du klingst nicht gerade fröhlich.«

»Nein.«

»Na, vielleicht kann ich dich ein wenig aufheitern. Ich habe Karten für *Don Giovanni* am Samstagabend bekommen. Wir gehen nach der Oper zum Essen und übernachten in London.«

Polly spürte, wie Bitterkeit in ihr aufstieg. »Du hast ein *pied à terre* in der Stadt, wie?«

»Nein, ich habe in einem Hotel gebucht. Wir müssen nicht zusammen schlafen, wenn du nicht willst.«

Polly wollte. Sie wünschte sich nichts mehr, als in Davids luxuriösem, schnellen Wagen zum Covent Garden zu brausen, sich von Mozart in Ekstase versetzen zu lassen und sich an einem deliziösen Mahl, vielleicht an Austern, zu laben, ehe David die Ekstase in schwindelnde Höhen trieb. Das wäre so himmlisch, wie sexuelle Phantasien nur sein können – sogar wenn die Alternative nicht gelautet hätte, auf einem Hausdach zu campieren und Angst haben zu müssen, daß man entweder zu Tode stürzt oder von der Polizei ins Kittchen gebracht wird.

»O David.« Jetzt stand sie kurz vor einem Tränenausbruch. »Es tut mir entsetzlich leid, aber ich kann nicht.«

»Warum nicht? Was hast du vor?«

»Ich glaube, das kann ich dir nicht sagen.«

»Wieso nicht?«

»Du würdest es nicht verstehen.«

»Versuch's.«

»Es geht um die Ladenzeile in der Stadt. Weißt du – das sind die Häuser, die dein Freund . . . die abgerissen werden und einem modernen Einkaufszentrum Platz machen sollen.«

»Ja.«

»Sie schicken Bulldozer hin. Und die meisten Demonstranten sind am Wochenende verhindert. Wenn wir nachts nicht auf den Dächern Posten beziehen, dann machen sie die Häuser entweder sofort dem Erdboden gleich, oder sie beschädigen sie so, daß wir nicht mehr hinaufklettern können.«

»Wer ist ›wir‹?«

»Ein paar Leute, die diese Häuser erhalten wollen, haben sich zu einer Gruppe zusammengeschlossen. Wir wollen nicht tatenlos zusehen, daß diese Stadt noch mehr als ohnehin schon zerstört wird.«

Am anderen Ende der Leitung herrschte eine Weile beredtes Schweigen. »Und die Aktion schließt dich mit ein?«

»Ich fürchte ja.« Das kam nicht als konventionelle Phrase des Bedauerns heraus, wie sie es geplant hatte

»Was meinst du damit? Was ›fürchtest‹ du?«

»Mir ist in der Höhe nicht wohl zumute.« Sie ahnte, daß sich David entsetzlich aufregen würde, wenn sie ihm die volle Wahrheit beichtete, und außerdem würde ein solches Geständnis einen neuen Streit über die Frage entfachen, wer über wen Rechte besaß. Dazu hatte Polly jetzt nicht die Nerven.

Wieder stockte das Gespräch. »Ich verstehe. Aber du hast trotzdem vor, da hinaufzusteigen?«

»Ja.«

»Und wenn die Polizei anrückt?«

»Sie können nichts machen. Widerrechtliches Betreten ist ein minderes Vergehen und keine Straftat.« Mehr brauchte er nicht zu wissen, sonst machte er sich unnötige Sorgen.

»Ich verstehe.«

Polly begriff allmählich, wo Patrick seine angsteinflößende Schweigsamkeit her hatte. Sie konnte die knappen Antworten und die langen Gesprächspausen nicht mehr aushalten.

»Ich würde viel lieber mit dir in die Oper gehen, David, aber ich muß da mitmachen.«

»Warum ausgerechnet du, Polly? Es muß doch genügend andere geben, die sich da oben die Nacht um die Ohren schlagen können.«

»Nein. Eins der Mädchen ist im achten Monat schwanger, und sie war jede Nacht dort, seit der Protest begann. Jetzt kommt sie die Leiter nicht mehr hinauf. Andere haben ihre Kinder schon ewige Zeiten nicht mehr gesehen.« Sie beschloß, den gebrochenen Fuß nicht zu erwähnen. »Ich muß meinen Teil dazu beitragen – entweder ich klettere da hinauf, oder ich kann nie mehr den Mund aufmachen, wenn es um derartige Dinge geht. Die Lage hat sich zugespitzt, und ich muß dort sein.«

»Ich verstehe.«

Sie seufzte. »Du wirst jemand anderen in die Oper mitnehmen müssen.«

Sie wünschte sich inständig, ihn sagen zu hören, daß er ohne sie keine Lust hatte, in die Oper zu gehen, dennoch war sie nicht überrascht, als er sich nicht dementsprechend äußerte.

»Ja.«

»Es ist bestimmt nicht schwer, jemanden zu finden.« Wahrscheinlich hatte er den Abend sorgfältig geplant und einen Haufen Geld ausgegeben. Kein Mann wäre begeistert, einen Korb zu bekommen wegen einer Sache, an die er selbst nicht glaubte.

»Nein.«

Möglicherweise änderte er noch während dieser Unterhaltung seine Meinung über ihre Beziehung. Er wollte sich sicher nicht an eine Frau binden, die die Gesetze mißachtete und abbruchreife Häuser besetzte. Dazu war er viel zu konventionell. Vielleicht begriff er jetzt, wie breit die Kluft war, die sie trennte.

»Ich melde mich wieder, Polly.«

»Auf Wiedersehen, David.«

»Auf Wiedersehen.«

Kapitel 22

Die Häuser waren eingerüstet und mit Planen verhüllt. Sie waren nur drei Stockwerke hoch und ganz gewiß nicht mit Wolkenkratzern zu vergleichen. Aber in Pollys Augen ließen sie selbst den Post Office Tower winzig erscheinen.

Eine Reihe von Leitern waren an den verschiedenen Ebenen des Gerüsts festgezurrt, und überall befanden sich durchhängende Seile zum Festhalten. Ein Gruppenmitglied wußte bestens über Gesundheits- und Sicherheitsvorschriften Bescheid und hatte geeignete Vorkehrungen getroffen. Theorotisch war das Unternehmen, da hinaufzukommen, nicht gefährlich, doch nichts glich einer soliden Treppe mit festem Geländer und passendem Teppich – und nur das hätte Polly die entsetzliche Angst genommen.

Polly konnte die Laternen, Fackeln und glühenden Zigaretten auf dem Dach erkennen. Sie hörte leises Gelächter der Demonstranten, die sich auf zu Hause, ein heißes Bad und Fisch und Chips freuten. Sie hatten praktisch Monate auf diesen Dächern gelebt und hüpften behende da oben herum wie eine Horde Orang-Utans.

Polly beneidete sie um ihre Umbekümmertheit. Aber dies war Pollys Chance, zu beweisen, daß sie eine echte Natur- und Umweltschützerin war und nicht nur eine Mitläuferin, die ungebleichtes Klopapier kaufte und die Rückseiten der Briefumschläge als Schmierpapier benutzte. Sie mußte ihre persönlichen Ängste beiseite schieben, da hinaufgehen und sich den Protestierenden anschließen.

Polly war dick eingepackt – sie hatte Übung daran, sich warm zu halten. Abgesehen von mehreren Schichten Strumpfhosen, Socken und Hosen, trug sie drei Pullover – den von David eingeschlossen – und eine Thermoweste. Sie hatte sich eine Wollmütze, die Bridget ihr geliehen hatte, über die Ohren gezogen – eine ausgesprochen unvorteilhafte Kopfbedeckung, aber sie war wärmer und kratzte weniger als ihre eigene. Zu ihrer Ausrüstung gehörten ein Schlafsack und zwei Wärmflaschen, ein Paket mit durchweichten Salatsandwiches, eine Thermosflasche mit heißer Schokolade und eine Büchse voller Schokoladenkekse, die Bridget beigesteuert hatte. Bridget stand hinter der Protestbewegung und hatte Geld gespendet, aber sie war nicht bereit, ihr behagliches Doppelbett auch nur für eine Nacht zu verlassen.

Für Polly war die Unbequemlichkeit das geringste Übel. Die Aussicht, die wackeligen Leitern bis zum Dach hinaufsteigen zu müssen, jagte ihr einen Angstschauer nach dem anderen über den Rücken. Sie hoffte nur, die Tatsache, daß sie hinter den Planen nicht nach unten sehen konnte, würde ihr ein bißchen helfen.

»Mac? Bist du da?« rief sie und betete im stillen, er möge ihr nicht antworten. Dann könnte sie seine Abwesenheit ausnützen und nach Hause verschwinden.

»Polly?« Mac war unerschütterlich und vergnügt wie immer. »Soll ich dir die Hand beim Klettern geben?«

»Ja, bitte.« Und einen Fuß und ein paar Meilen Eingeweide, die die ersetzten, die in ihrem Inneren zu einem Brei verschmolzen waren.

Sie lauschte seltsam geistesabwesend auf die Geräusche, die Mac bei seinem Abstieg verursachte. In den wenigen Minuten, die er brauchte, um auf festen Boden zu kommen, schien die Zeit stillzustehen – Polly schossen eine Unmenge Gedanken durch den Kopf, und sie machte eine wichtige Entdeckung: Wenn sie nicht in David verliebt war, dann kam sie diesem Zustand jedenfalls so nahe, daß es schon keinen Unterschied mehr machte.

Ein dumpfer Schlag ertönte, Mac war auf den Boden gesprungen, seine Arbeitsstiefel landeten fest auf dem Bürgersteig neben Polly. Er legte den Arm um ihre Schultern und küßte sie auf die Wange.

»Gib mir dein Zeug. Ich bring's rauf, dann komm' ich wieder und helfe dir. Alles in Ordnung? Du zitterst ja.«

»Mir ist kalt«, schwindelte sie. Ihre Zähne klapperten zwar, aber nach dem dampfend heißen Bad von vorhin war ihr eher viel zu heiß.

Es erschien ihr, als wäre nur der Bruchteil einer Sekunde verstrichen, bis Mac wieder neben ihr stand. »Du gehst voran, dann kann ich dich auffangen, wenn du ausrutschst.«

»Bitte sprich das Wort ›ausrutschen‹ nie wieder aus. Wo fange ich an?«

»Dort.« Er deutete auf die unterste Sprosse.

Ihr schien keine andere Möglichkeit zu bleiben. Polly schwang sich mühsam auf die erste Leitersprosse.

»Sieh nur nach oben, Polly. Es ist nicht weit – nur drei Stockwerke.«

»Schon gut, Mac, daran brauchst du mich nicht zu erinnern.«

Sie setzte gewissenhaft einen Fuß über den anderen und richtete ihre Gedanken und ihren Blick fest auf ihr Ziel. Die Sprossen waren ziemlich breit, aber die Leiter vibrierte abscheulich, und hin und wieder glitt die Sohle ihrer Stiefel bedenklich über das Holz. Das tägliche Leben in Lauretons Hügeln und steilen Straßen hatte Polly relativ fit gehalten, aber als sie die oberste Ebene erreichte keuchte sie schwer und schwitzte unter ihren vielen Klamotten.

»Hallo, Polly. Mac hat schon angekündigt, daß du heute herkommst.«

Polly war vollkommen orientierungslos, aber ihre Angst legte sich vorübergehend. Sie hatte es geschafft.

»Wer ist das? Ich kann nichts sehen.«

»Ich bin's, Jill. Komm und setzt dich zu mir. Deine Sachen sind auch hier.« Jill hob die Decke, die sie über sich gebreitet hatte und klopfte auf den Platz neben sich. Polly sank beinahe augenblicklich in sich zusammen.

»Hier ist außer uns niemand, was? Oder bleibt jemand von den anderen doch noch?« Polly kannte abgesehen von Mac nicht viele von den Demonstranten gut, aber Jill war eine alte Freundin.

»Nein, leider sind wir nur zu dritt, deshalb hat Mac dich ja gebeten, herzukommen. Wenigstens regnet's nicht – zumindest noch nicht.«

Als sich Polly neben ihrer Freundin mit einer Decke auf den Knien und ihrem Schlafsack über den Schultern eingerichtet hatte, fühlte sie sich schon ein wenig besser. Von hier aus waren Straße und Bürgersteig nicht zu sehen, und Polly konnte sich auf die Neuigkeiten, die Jill zu erzählen hatte, konzentrieren.

»Ich hab dich Ewigkeiten nicht gesehen, Jill.«

»Stimmt. Na ja, ich war auch in den letzten zwei Monaten fast nur hier oben.«

Eine Weile herrschte betretenes Schweigen. Wenn Polly ihre Höhenangst erwähnte, würde Jill das Problem gründlich durchsprechen wollen, um ihr zu helfen. Aber zu erfahren, daß ihre Phobie in einem pränatalen Erlebnis ihren Ursprung hatte und irgendwie mit ihrer Mutter und deren Schwangerschaft zu tun hatte, wäre keine Hilfe für Polly. Im Gegenteil, das würde alles nur noch schlimmer machen.

»Ich habe ein scheußlich schlechtes Gewissen, weil ich nicht früher hergekommen bin, aber ich hatte so viel zu tun.« Das war nicht gelogen, sie *war* sehr beschäftigt gewesen.

Jill erriet möglicherweise den wahren Grund für Pollys Abwesenheit und änderte das Thema. »Wie kommst du mit deiner Töpferkunst voran?«

»Nicht schlecht. Ich war letzte Woche auf einer Messe, und ein Mann, der nach Waren für ein Londoner Geschäft Ausschau hielt, kam an meinen Stand. Er sagte, meine Sachen wären genau das, was er suche. Aber da ich die Werkstatt nur teilweise benutzen kann, wird es eine Weile dauern, bis ich genügend Stücke anfertigen kann.«

»Du brauchst einfach einen Kerl, der dich sponsert.«

»Wie bitte?« Konnte Jill Gedanken lesen? Wußte sie über David Bescheid?

»Einen netten alten Herrn, der dir eine eigene Werkstatt einrichtet, damit du den Job im Vollwertkostcafe aufgeben und ganztags töpfern kannst.«

In Laureton hieß es, daß früher oder später jeder einmal im Vollwertkostcafe arbeitete, aber die meisten Leute konnten letzten Endes wieder abspringen. Jill hatte das vor zwei Jahren geschafft, als sie ein Baby bekommen hatte.

»Ja, aber ich würde die Leute vermissen, wenn ich das könnte.«

»Aber nicht die anstrengenden Stunden, die du auf den Beinen bist, und die Hitze im Sommer oder die Kisten mit Gemüse, die du diese steilen, engen Treppen hinauf und hinunter schleppen mußt. Das ist harte Arbeit, Polly.«

»Ich weiß. Aber der Job bringt ein bißchen Geld, und ich liebe die Stammkunden und die Menschen, mit denen ich zusammen arbeite. Übrigens – Bridget hat mir Schokoladenkekse mitgegeben.«

»Oh, gut. Hast du was Heißes zu trinken dabei?«

»Ja, und zwei Wärmflaschen, einen Schlafsack und Decken.«

»Und hast du auch genügend Klamotten an?«

»Wenn ich mehr anhätte, wäre ich bewegungsunfähig.«

Jill lachte. »Wenn ich hier runterfalle, dann pralle ich wie ein Gummiball unten ab.«

»Mach keine Witze über so was, Jill.«

»'tschuldigung. Wir sollten uns häuslich niederlassen und versuchen, ein bißchen zu schlafen, ehe die Pubs schließen.«

»Kannst du hier überhaupt schlafen?«

»Klar, wenn's ruhig ist. Davon kann in den Nächten von Samstag auf Sonntag leider keine Rede sein.«

»Wieso nicht?«

»Die Skins schmeißen Bierdosen und andere Sachen auf uns. Sie sind bis jetzt nicht richtig gewaltätig geworden, aber es ist nicht gerade angenehm. Es wäre gut, wenn wir mehr Männer hier oben hätten.«

»Jill, das ist eine politisch unhaltbare Äußerung für eine Feministin.«

»Kein Mensch hat abgestritten, daß Männer eine wichtige Rolle in der Gesellschaft spielen.«

»Ach nein?«

»Nein. Es gibt Zeiten, in denen brutale Kraft und Ignoranz gefragt sind. Ein Jammer, daß du keinen Freund hast, den du hättest mitbringen können, Polly«, fügte Jill bissig hinzu.

Polly war ebenso spröde. »Ja, nicht wahr?«

Glücklicherweise wurden Jills weitere Auslassungen von der Tagschicht unterbrochen. »He, ihr, wir hauen jetzt ab.« Zwei Frauen und ein halbes Dutzend junger Männer tauchten auf der anderen Seite des Dachs auf. Sie waren so bepackt mit Taschen und Decken, daß sie aussahen wie ein Grüppchen von Flüchtlingen. »Kommt ihr ohne uns klar?«

»Soll das ein Angebot sein, daß ihr bleibt?« hakte Jill nach.

»Nee – wir wollten nur sicher sein, daß ihr uns richtig vermißt.«

»Wir vermissen euch bestimmt nicht. Geht heim ins Bett und denkt nicht daran, daß wir uns hier oben zu Tode frieren.«

Nachdem die letzten Scherze gemacht waren, die Leitern aufgehört hatten zu vibrieren und die donnernden Gesundheitsschuhe auf sicherem Grund gelandet waren, schüttelte sich Jill Kissen und Decken zurecht und schloß die Augen.

Jill war alleinerziehende Mutter und hatte ihre Kinder bei einer Freundin untergebracht. Als Gegenleistung mußte sie am nächsten Tag die Kinder ihrer Freundin bei sich aufnehmen.

Mac kam wieder und richtete sich in einer Ecke ein. Er war schon den ganzen Tag hier gewesen und davor einige Nächte, und er gehörte zu den beneidenswerten Menschen, die überall schlafen konnten.

Polly fühlte sich sehr allein. Ihre Ängste waren so weit abgeflaut, daß sie an David denken konnte. Das Wissen, daß sie gerade jetzt mit ihm zusammensein könnte, verstärkte die Sehnsucht nach ihm nur noch. Sie zog sogar in Erwägung, sein Angebot anzunehmen und seine Frau zu werden, doch schon im nächsten Augenblick verwarf sie diesen abwegigen Gedanken und machte ihre gegenwärtige Situation für den unvernünftigen Wunsch nach Sicherheit verantwortlich.

Die Chancen, daß überhaupt eine Ehe hielt, waren gering. Und es wäre Wahnsinn, eine Heirat in Betracht zu ziehen, wenn die beiden Partner so wenig zusammenpaßten wie sie und David. Daran, daß sie im Bett gar nicht so schlecht zusammenpaßten, wollte sie lieber nicht denken. Die Leidenschaft würde nicht ewig brennen, und nach den Flitterwochen müßte sie sich für den Rest ihres Lebens sein Murren hinter der *Times* anhören, während sie beim Frühstück über die Kaffeekanne wachte. Nein, wenn sie schon mit zwanzig eine Ehe als idiotische Idee abgetan hatte, dann würde sie erst recht nicht mit fünfunddreißig zu einer so fragwürdigen Lebensform Zuflucht nehmen.

Plötzlich hörte sie laute Stimmen, Jemand sang – ein Fußball-Schlachtruf – klirrendes Glas. Die Pubs hatten Sperrstunde.

Mac hörte es auch. »Vielleicht machen sie sich nicht die Mühe, uns zu belästigen, wenn sie sehen, daß wir nur so wenige sind«, sagte er beruhigend.

Polly hatte vollkommen vergessen, was Jill über die betrunkenen Skins und die Bierdosen gesagt hatte, und jetzt, da Mac sie daran erinnerte, war sie keineswegs beruhigt.

»Wenn das Race Horse nicht ganz neue Kundschaft hat«, machte sie deutlich, »dann werden die Trunkenbolde nicht nachzählen – sie tun einfach so, als wären genau so viele Demonstranten hier wie immer.«

»Stimmt. Ich geh mal nachsehen.«

»Muß das sein?«

»Ich will wissen, wer da unten ist. Vielleichts sind's Kumpel von mir.«

Mac hatte Kumpel in den erstaunlichsten Kreisen.

»Sei vorsichtig!«

Furcht kribbelte in ihrem Bauch, als sie hörte, wie sich seine Schritte entfernten. Sie wollte Jill jedoch nicht wecken, wenn es nicht unbedingt sein mußte.

Stimmen drangen zu ihr herauf. Mac kam zurück und brachte jemanden mit. Vielleicht hatte er einen der Skins bekehrt – wenn das jemand konnte, dann Mac.

»Polly, es ist ein Freund von dir.« Mac materialisierte sich aus der Finsternis und trat beiseite, um den Freund aufs Dach zu lassen. Es war David.

»David! Was, *auf Erden,* machst du hier?« flüsterte sie. Die Überraschung, ihn zu sehen, überlagerte ihre Freude.

»Dasselbe wie du, könnte ich mir vorstellen«, flüsterte er zurück. »Obwohl ›auf Erden‹ eine ziemliche Übertreibung ist.«

Polly wäre ihm am liebsten um den Hals gefallen. »Ich hätte nicht im Traum daran gedacht, daß du Interesse an der Erhaltung dieser Häuser haben könntest.«

»Das hatte ich auch nicht, bis du mir sagtest, daß du herkommst. Ich hielt es für besser, einige Recherchen anzustellen.«

Jill bewegte sich im Schlaf. Polly deutete neben sie. »Setz dich«, wisperte sie. »Du frierst dich sicher zu Tode. Ich wette, du bist nicht warm genug angezogen.«

»Ich hab' meine Skiunterwäsche, ein paar Pullover und meine dicke Jacke an.«

»Du hättest eine Mütze aufsetzen sollen. Man verliert mehr als dreißig Prozent der Körperwärme über den Kopf.«

»Ich setze nie Mützen auf.« Er kauerte sich neben Polly und streckte vorsichtig die Beine aus. Dann legte er den Arm um Pollys Schultern und küßte sie auf die Wange. Sie wollte den Kuß erwidern, aber Mac störte sie.

»Macht es euch nicht zu gemütlich, ihr zwei. Ich glaube, es gibt Ärger.«

David stand auf und ging zu Mac, der sich über den Dachrand beugte. Im nächsten Moment schepperte etwas, und das Gerüst wackelte heftig, als etwas dagegen prallte.

»Lieber Himmel, eine Mülltonne. Die machen die ganze Gegend rebellisch«, brummte Mac.

Eine Flasche flog in ihre Richtung, verfehlte aber das Ziel und zerbrach, als sie das Gerüst traf.

»Noch ein bißchen mehr Lärm, und es geht um nächtliche Ruhestörung.« Jill war aufgewacht.

»Was heißt das für uns?« wollte Polly wissen.

»Das heißt, daß die Polizei kommt, und die da unten festnimmt, aber sie könnten auch uns verhaften, weil wir es herausgefordert haben.«

»Aber wir haben doch gar nichts gemacht!«

Jill zuckte mit den Achseln. »Sie könnten behaupten, daß die Besoffenen nicht auf die Idee gekommen wären, mit Mülltonnen um sich zu schmeißen, wenn wir nicht da wären.«

Sie lauschten.

»Ich geh runter«, sagte Mac. »Mal sehen, ob ich sie dazu bringen kann, ohne weiteren Tumult zu verschwinden.«

»Ich komme mit«, sagte David.

»Wer ist das?« fragte Jill, als die beiden Männer nach unten kletterten.

»Ein Freund von mir – David.«

»Ich dachte, du hättest keine intimen Freunde.«

»So ein Freund ist er auch nicht – wirklich. Ich weiß nicht, warum er hergekommen ist.«

»Es geht um eine gute Sache, Polly, vielleicht deshalb.«

»Er war nie zuvor auch nur in der Nähe dieser Häuser und hat von dem Protest kaum etwas mitbekommen. Er lebt nicht in Laureton, mußt du wissen.«

Jill kicherte. »Bist du sicher, daß er nicht doch ein richtiger Freund ist?«

Schreie wurden laut, Glas klirrte.

»Hoffentlich werden sie nicht verletzt«, sagte Polly. Sie

versuchte, sich David bei einer Straßenschlägerei vorzustellen, und hoffte, daß Patrick die Sache mit dem schwarzen Karategürtel nicht erfunden hatte.

»Das schlimmste wäre, wenn ein Saufbold eine Fensterscheibe einschmeißen und jemand die Polizei rufen würde«, sagte Jill. »Ich bin nicht scharf auf das Theater, das es dann gibt.«

Im selben Augenblick schrillte irgendwo eine Alarmanlage los.

»Scheiße«, schimpfte Jill. »Jetzt kommen die Bullen ganz bestimmt.«

Es war nur eine Frage der Zeit, bis sich die Blaulichter in den Fenstern der gegenüberliegenden Häuser spiegelten. Polly atmete erleichtert auf. Wenigstens wurde David nicht von einem Haufen besoffener Skinheads niedergeschlagen. Mac stürmte keuchend die Leiter herauf. »Kommt, so schnell ihr könnt, runter, Mädels. Wir werden festgenommen.«

Jill sammelte gekonnt, aber schnell ihre Sachen zusammen, während Mac mit halsbrecherischer Geschwindigkeit wieder hinunterschlitterte.

»Mach schon, Polly!« drängte Jill. »Beweg dich. Wenn wir uns beeilen, können wir uns aus dem Staub machen, bevor die Schweine begreifen, daß wir hier oben waren.«

Polly rührte sich nicht. Sie konnte nicht. »Ich hasse es, dir das zu sagen . . . du wirst mich für einen vollkommenen Idioten halten, aber ich . . .«

Ein Kopf mit Helm tauchte über dem Dachrand auf. »Guten Abend, Ladies. Sie sind festgenommen.«

Der Polizist war sehr jung, und offensichtlich hatte er nicht erwartet, zwei Frauen, die Freundinnen seiner Mutter hätten sein können, vorzufinden. Unter anderen Umständen hätte Polly ihn gern mit nach Hause genommen und ihm ein Marmeladenbrot angeboten.

»Weswegen?« erkundigte sich Jill. »Unbefugtes Betreten ist ein minderes Vergehen.«

Der junge Polizist gewann seine Fassung zurück. »Ich nehme Sie fest, weil Sie Ursache für nächtliche Ruhestörung sind. Sie haben das Recht zu schweigen . . .«

»O Scheiße«, sagte Jill.

». . . aber ich mache Sie darauf aufmerksam, daß alles, was Sie sagen . . .«

Polly glaubte, bei einer Polizeiserie vor dem Fernseher eingeschlafen und plötzlich aufgewacht zu sein. Sie konnte nicht glauben, daß die Worte, die sie so oft in Filmen gehört hatte, tatsächlich an sie gerichtet waren.

». . . gegen Sie verwendet werden kann. Wenn Sie mir jetzt bitte folgen würden.«

Jill machte keinerlei Anstalten, sich zu wehren – wenigstens würde sie in einer Gefängniszelle eine ruhigere Nacht verbringen als in der Kälte auf einem Hausdach. Sie packte bedächtig ihre restlichen Sachen und rollte die Decken zusammen.

Polly tat es ihr gleich, stand aber Todesängste vor dem nächsten, unausweichlichen Schritt aus.

»Komm, Liebes.« Jill legte ihr den Arm um die Schulter. »Bringen wir's hinter uns.« Sie begann die Leiter hinunterzusteigen. »Sie können meine Sachen mitbringen«, wies sie den Polizisten an und verschwand.

»Kommen Sie, Madam«, sagte der junge Mann. »Wie ihre Freundin schon meinte – bringen wir's hinter uns.«

»Es tut mir entsetzlich leid, aber ich kann nicht.«

Er wurde hellhörig. »Wollen Sie sich der Festnahme widersetzen?«

»Nein!« Sie hätte sich hundertmal festnehmen lassen, wenn ihr dadurch erspart geblieben wäre, diese grauenvollen Leitern hinunterzuklettern. »Ich leide unter schrecklicher Höhenangst. Ich kann da nicht hinunter«, erklärte sie.

Der Polizist sah sie verblüfft an. »Warten Sie hier.«

Polly seufzte schwer, verkniff sich jedoch die Frage, wo sie wohl hingehen sollte, wenn sie sich vor Angst nicht vom Fleck rühren konnte. Der Polizist verschwand hinter dem Gerüst, dafür erschien kurz darauf ein zweiter, ein älterer. Er hatte graues Haar und einen Schnurrbart und ließ keinen Zweifel daran, daß er jetzt viel lieber in seinem Bett liegen würde, aber bis zu seiner Pensionierung durchhalten mußte. »Kommen Sie, Miss. Wir wollen keine Zeit mehr vertrödeln. Kommen Sie einfach mit hinunter.«

»Ich hab' schon versucht, das Ihrem Kollegen zu erklären – ich kann nicht. Ich will mich nicht widersetzen. Der Gedanke an eine Nacht in einer Zelle erscheint mir im Moment sogar sehr verlockend, aber ich kann diese Leiter nicht hinuntersteigen.«

So etwas hatte der altgediente Ordnungshüter noch nicht gehört, nicht von einer Linken aus der Mittelschicht, die dem Fortschritt Einhalt gebieten wollte. »Stehen Sie auf.«

Polly bemühte sich, Mitgefühl zu zeigen. Der Polizist hatte keinen leichten Job. »Das fällt mir äußerst schwer, und der Abstieg ist noch viel schlimmer für mich.«

»Warum sind Sie überhaupt hier oben, wenn Sie wußten, daß Sie nicht mehr hinunterkommen?«

Ja, warum eigentlich? Sie versuchte, Rückgrat zu zeigen. »Es geht um eine gute Sache. Sie sollten auch protestieren, statt unschuldige Hausbesetzer einzusperren.«

»Kannst du sie nicht runtertragen?« Der jüngere Polizist war wieder da und musterte Polly kritisch. »Sie sieht nicht so schwer aus.«

Ihre prüfenden Blicke vermittelten Polly das Gefühl, ein Kartoffelsack zu sein, aber sie machte den beiden nicht klar, daß sie schwerer als zwei Sack Kartoffeln war.

Der Ältere schüttelte den Kopf. Er hatte schon mit Frauen ihrer Sorte zu tun gehabt. »Dann wird sie uns der Gewaltanwendung bezichtigen. Und es könnte gefährlich werden, wenn sie sich wehrt.«

Wenigstens lehnte er es nicht ab, weil er sich ein dauerhaftes Rückenleiden zuziehen könnte, wenn er sie drei Stockwerke nach unten schleppen mußte.

Der Jüngere hatte diese Komplikationen nicht bedacht, doch

noch war er mit seinem Latein nicht am Ende. »Die Feuerwehr ist in Bereitschaft, wir könnten einen der Burschen bitten, sie runterzutragen.«

Dem anderen gefiel die Idee, daß sich andere in die Polizeiarbeit einmischten, gar nicht. »Die können die High Street nicht passieren, solange so viel Betrieb ist.«

»Sie können zu Fuß herkommen.«

»Ich hab keine Lust, daß dieser Trottel Geoff Hacker im ganzen Pub herumerzählt, wir wären nicht ohne Hilfe der Feuerwehr mit einer einzelnen Frau fertig geworden. Wir würden das bis zum Lebensende hören.«

Polly fragte sich allmählich, ob sie für immer auf dem Dach eines abbruchgefährdeten Hauses bleiben mußte – als Denkmal für den Triumph der Dummheit über den gesunden Menschenverstand.

Der ältere Polizist betrachtete Polly und überlegte, ob sie zu den hartgesottenen und streitsüchtigen Typen gehörte, mit denen er bei Friedenskundgebungen Bekanntschaft gemacht hatte. Augenscheinlich hielt er sie für harmloser, denn er versuchte, sie geduldig zur Vernunft zu bringen. »Hören Sie, meine Liebe. Ich nehme Ihre Sachen, und sie gehen langsam nach mir die Leiter hinunter. Es passiert Ihnen nichts.« Polly schüttelte den Kopf. »Tut mir leid.«

Die Polizisten berieten sich erneut.

»Sind Sie mit einem der beiden Männer da unten verheiratet?« wollte der Jüngere wissen.

»Nein«, versetzte Polly säuerlich. Was, zum Teufel, hatte das mit ihrer gräßlichen Lage zu tun?

»Ich denke, mein Kollege will damit fragen, ob es hilfreich sein könnte, wenn einer der beiden hier bei Ihnen wäre«, erklärte der andere.

Polly zuckte mit den Schultern. »Ich weiß nicht – vielleicht.«

»Aber die sitzen bestimmt schon im Polizeiwagen«, gab der Jüngere zu bedenken. »Wir können nicht einen der beiden wieder herzerren, nur um die Frau nach unten zu kriegen.«

»Entweder wir tun's, oder wir müssen selbst etwas unternehmen«, knurrte der Ältere. »Bist du scharf darauf, sie die Leiter hinunterzuschleppen? Ganz zu schweigen davon, daß sie uns später einen Strick draus drehen und uns verklagen wird.«

»Na ja, sie kann ja auch hier bleiben.«

Polly bemühte sich, etwas Konstruktives zu der Unterhaltung beizutragen. »Eine Vollnarkose wäre eine gute Lösung.«

Beide sahen sie nachdenklich an. »Nee, das würde bedeuten, daß wir einen Arzt brauchen.«

Polly war endgültig zum Heulen zumute. Sie hatte einen Witz gemacht.

»Ich geh runter«, verkündete der Jüngere, »und frage über Funk nach Anweisungen.«

Zum guten Schluß holten sie David. Er war wütend und hatte eine häßliche Schwellung an der Wange. »Was soll der Unsinn, warum willst du nicht hinuntergehen?«

»Ich hab dir doch gesagt, daß ich unter Höhenangst leide.«

Wenigstens mußte sie ihm keine weiteren Erklärungen abgeben. »Dann werde ich dich wohl tragen müssen. Steh auf und mach die Augen zu.«

Sie kam schwankend auf die Füße, und er warf sie ohne Umschweife über seine Schulter.

Der junge Polizist schnappte bewundernd nach Luft, und der ältere murmelte etwas davon, daß dies genau der richtige Umgang mit aufsässigen Frauen sei.

Zu jeder anderen Zeit hätte ihm Polly wegen dieser sexistischen Äußerung die Hölle heiß gemacht, aber heute abend glaubte sie, nachsichtig mit ihm sein zu müssen, weil er vermutlich zu Hause unter dem Pantoffel stand. Außerdem hatte sie Wichtigeres im Kopf.

Dann begann der qualvolle, umständliche, nervenzermürbende Abstieg.

Nach einer Ewigkeit verrieten ihr die Geräusche, daß sie den sicheren Erdboden beinahe erreicht hatten.

»Du kannst die Augen wieder aufmachen«, sagte David. »Wir sind unten.«

Er zog sie von seiner Schulter und fing sie auf, als sie taumelte. Er hielt sie fest, bis sie sich gefangen hatte und, schluchzend vor Erleichterung, in seine Arme sinken konnte.

Da sie offensichtlich keinen Trost von ihm erwarten konnte, versuchte sie ihm Trost zu bieten. »Bist du in Ordnung, David?« Sie legte eine Hand an seine Wange.

Er zog ihre Hand weg. »Mir fehlt nichts, danke. Was ist mit dir?«

»Jetzt geht's mir wieder gut. Danke, daß du mich gerettet hast.«

»Ist schon gut, Polly. Würde es dir etwas ausmachen, in den Wagen zu steigen, damit wir diese Farce so schnell wie möglich beenden können?«

Der ältere Polizist, der inzwischen auch den Gehsteig erreicht hatte, brummte: »Bravo.«

David half Polly in den Kleinbus, als würde er ihr nicht zutrauen, daß sie ohne weitere Komplikationen in ein Auto steigen konnte. Polly wurde ärgerlich.

Da sie indirekt dafür verantwortlich war, daß David in eine derart lächerliche Situation geraten war, plagte Polly das schlechte Gewissen. Sie wußte sehr genau, daß eine solche Szene indiskutabel für einen aufrechten Engländer wie David war. Aber schließlich wäre ihr niemals in den Sinn gekommen, ihn zu bitten, sich ihr und der Protestaktion anzuschließen – bei diesem Gedanken verwandelten sich ihre Schuldgefühle in Zorn.

Wenn er seine aristokratische Nase nicht in ihre Angelegenheiten gesteckt hätte, könnte er jetzt in der Oper sitzen oder in einem vornehmen Restaurant schlemmen.

Statt dessen mußte er sich mit Leuten, die ihn nicht das geringste angingen, in eine grüne Minna zwängen und stand kurz davor, ins Gefängnis gesteckt zu werden. Er hätte mit einer eleganten Dame von Welt nach London fahren und es den

Leuten, denen etwas daran lag, überlassen sollen, das Erbe seines Landes zu retten.

Sie funkelte ihn böse an und übersah geflissentlich die Tatsache, daß sie ohne ihn immer noch auf diesem vermaledeiten Dach hocken würde.

Kapitel 23

Jill und Mac saßen bereit in dem Kleinbus, und die betrunkenen Skins hatte man mit einem anderen Fahrzeug abtransportiert. Der jüngere Polizist warf die Taschen und Dekken in den Wagen, knallte die Tür zu und schloß sie ab. Dann fuhren sie los.

»Hoffentlich sind die Skins schon aus dem Weg, wenn wir ankommen«, sagte Mac. »Ich hatte genügend Aufregungen für eine Nacht.«

»Bist du schon einmal festgenommen worden?« fragte Polly.

Mac lachte über ihre Naivität. »Jeder, der so oft auf die Barrikaden geht wie ich, war schon hinter Schloß und Riegel. Es ist nichts, worum man sich Sorgen machen müßte.«

Polly riskierte nicht, sich Davids Reaktion auf diese Information anzusehen, und überlegte, ob sie ihm deutlich machen sollte, daß Mac auf seinen Protest gegen die Nukleareinrichtungen auf dem Militärgelände anspielte. Aber sie entschied, daß es nicht der Mühe wert war. So wie's aussah, war ihre Beziehung ohnehin zu Ende, ehe David sie auch nur einmal zum Essen ausgeführt hatte.

Zum Glück war es nicht weit bis zum Polizeirevier, sonst wäre es Polly schlecht geworden.

Sie war erst einmal auf dem Polizeirevier gewesen, als sie eine Geldbörse auf der Straße gefunden hatte. Aber das Gebäude war in der Stadt berüchtigt wegen seiner Häßlichkeit und der Tatsache, daß seine seelenlose Architektur in keiner

Weise zu den Häusern in der Nachbarschaft paßte. Eines Tages würde es als perfektes Beispiel für die Glas- und Betonkonstruktionen der sechziger Jahre unter Denkmalschutz gestellt werden. Bis dahin blickte es finster und mit gesichtslosem Desinteresse über die Stadt.

Der Kleinbus raste um ein paar Kurven, bis er an seinem Platz in der Tiefgarage anhielt. Die Tür wurde auf geschlossen, und man führte Mac ab. Ehe die Tür wieder zuglitt, sah Polly das Schild ›Laderampe‹ an einem Torbogen. Sie kam sich mehr denn je wie ein Kartoffelsack vor.

David wurde als nächster abgeholt, dann Jill. Polly war die letzte, aber sie stieß in einer Art Empfangsraum dann doch wieder zu den anderen.

Der Polizist am Schreibtisch hatte offenbar eine schwierige Konfrontation mit den Skinheads hinter sich, und seine Miene entspannte sich ein wenig, als er David sah – das Bild eines respektablen Engländers. Die anderen stufte er als zeitraubend, aber harmlos ein.

»Gut. Ich bin der diensthabende Sergeant und habe überprüft, ob die Vorwürfe, die gegen Sie erhoben wurden, berechtigt sind. Sie bleiben vorerst in polizeilichem Gewahrsam, ihr persönlicher Besitz wird in versiegelten Taschen in einen Safe gesperrt. Darf ich Sie bitten, Ihre Taschen zu leeren, Sir?« Er sah David an.

Polly spähte interessiert auf Davids Habseligkeiten. Er hatte nur unspektakuläre Sachen bei sich: Autoschlüssel, ein paar Münzen und ein sauberes Taschentuch. Ihre eigenen Taschen waren vollgestopft mit schmutzigen Tempos, Quittungen, ein paar Stücken Schnur, einer Tüte mit klebrigen Halsbonbons, einigen Pennies, einem Tassenhenkel und ihrem Hausschlüssel.

Mac, der seinen geheimen Vorrat an Dope bereits losgeworden war, beförderte fix eine Handvoll Nägel und wenige andere Kleinigkeiten zu Tage. Jills Tasche beherbergte ein paar Plastikspielsachen, einen Geldbeutel und Schlüssel.

Der Sergeant schob die Sachen jeweils in eine Tüte, die er mit großen Gesten versiegelte.

Polly unterschrieb die Auflistung, auf der ihre Sandwiches als ›Eßwaren‹ bezeichnet wurden, und fragte, ob sie ihre Wollmütze auch abgeben könne. Ihre Ohren glühten bereits vor Hitze.

Die weitere Prozedur dauerte endlos. Sie wurde sehr gewissenhaft und penibel durchgeführt und beinhaltete peinliche Fragen über Größe und Körpergewicht. Polly warf David einen verstohlenen Blick zu, um zu sehen, ob er von ihren Antworten schockiert war, aber schon im nächsten Moment wurde ihr klar, daß er besser als alle anderen wissen mußte, wie schwer sie war.

Eine rangniedere Polizistin, viel zu zierlich und hübsch für diesen rauhen Beruf, filzte Jill und Polly gründlich. Die Männer wurden von einem gelangweilten Constable, der sich nach vielen Erfahrungen eine gewisse Gleichgültigkeit angeeignet hatte, durchsucht. Schließlich waren alle Formalitäten erledigt und alle Fragen beantwortet.

Sie hatten die Dienste eines Anwalts abgelehnt. Mac und Jill machten den anderen klar, daß sie mit Anwalt keine Minute früher herauskommen würden als ohne. Und außerdem müßten sie dann noch länger warten, bis sie endlich in ihre Zellen kamen und Gelegenheit hatten, ein wenig zu schlafen.

Polly vermied es, David anzuschauen, als er und Mac abgeführt wurden. Sie würde für immer mit seinem stummen Vorwurf leben müssen, und sie brauchte seine durchbohrenden Blicke nicht zu sehen, um zu wissen, daß er die Nase von ihr voll hatte.

Jill und Polly kamen in eine Zelle. Jill war eine wahre Fundgrube an Informationen.

»Sie hätten uns getrennt, wenn es möglich wäre, aber wahrscheinlich sind die wenigen Zellen, die sie hier haben, voll. Die Skins sitzen bestimmt auch. Wir sind nur wegen nächtlicher Ruhestörung hier, also brauchen sie nicht zu befürchten, daß wir etwas aushecken und uns absprechen.«

»Wie lange werden wir hier festgehalten, und was geschieht mit uns?«

Jill zuckte mit den Achseln. »Keine Ahnung, aber ich vermute, daß sie uns morgen wieder rauslassen. Sonst müßten sie uns bis Montag hierbehalten, einem Haftrichter vorführen und einen echten Haftbefehl erwirken. Mir wäre das egal – ehrlich. Aber mich deprimiert der Gedanke, daß die Häuser abgerissen werden.«

Polly kauerte mit angezogenen Knien auf der Pritsche. »Ich weiß.«

»Und wir brauchen nur noch zehntausend Pfund. Das ist gar nichts für einen reichen Mann. Schade, daß wir keinen kennen.«

»Aber jetzt wäre es sowieso zu spät, oder?«

»Möglicherweise nicht. Der Stadtrat könnte inzwischen kapiert haben, daß die Pläne nicht von der Bevölkerung gebilligt werden, vielleicht wollen sie den Preis gar nicht mehr in die Höhe treiben und die Häuser an unsere Stiftung verkaufen. Wenn wir genügend Geld aufbringen könnten, wären die Herren wahrscheinlich froh, mit Würde aus der ganzen Sache rauszukommen.«

»Oh.«

»Also, ich hau mich jetzt aufs Ohr. Morgen wird ein anstrengender Tag für mich, wenn ich auf die vielen Gören aufpassen muß. Mir würde das nicht viel ausmachen, wenn Sonias Kinder meine nicht immer verprügelten.«

»Sie wird sie dir doch nicht aufhalsen, wenn sie erfährt, daß du die ganze Nacht im Gefängnis verbracht hast.«

»O doch, das wird sie. Nichts geschieht ohne Gegenleistung, das ist ihr Motto. Also, wenn du nichts dagegen hast, seh ich zu, daß ich noch ein bißchen penne.«

Polly war erstaunt, daß sie selbst auch kurz vor dem Eindösen war – wahrscheinlich, weil es hier außer schlafen absolut nichts gab, was sie hätte tun können. Und sie war wirklich müde.

Wie Jill vorausgesagt hatte, wurden sie früh am nächsten Morgen ohne Anklage freigelassen. Als sie mit ihren Taschen und Decken das Gebäude verließen, schien die Sonne.

»Ich mach mich gleich auf die Socken«, erklärte Jill. »Ich muß mich um die Kinder kümmern.«

»Nimm die Schokoladenkekse mit«, drängte Polly. »Wenn du Glück hast, sind sie so süß, daß ihre Kiefer für eine Weile zusammenkleben.«

Jill stopfte vergnügt die Büchse in ihren bunten Bastbeutel. »Danke. Und ihre kleinen Zähne fangen an zu faulen.«

»Kann ich Sie ein Stück im Wagen mitnehmen?« fragte David.

Jill schüttelte den Kopf. »Sonia wohnt gleich da drüben. Trotzdem danke.« Sie schenkte David ein Lächeln, das Polly verriet, wie gut er ihr gefiel. Polly war überrascht, als sie merkte, daß sie das störte.

»Was ist mit Ihnen, Mac?«

Auch Mac lehnte ab. »Nee danke, Kumpel. Ich hab's auch nicht weit. Fahren Sie nach Hause und gönnen Sie sich ein anständiges Frühstück.«

Er machte sich auf den Weg und ließ David und Polly allein zurück.

Polly wußte nicht, ob sie die Flucht ergreifen sollte, solange es noch möglich war. David war bestimmt entsetzlich wütend auf sie, auch wenn er seine wahren Gefühle hinter einer Fassade der Gelassenheit versteckte.

»Laß uns nach Hause fahren«, sagte er schließlich. Er nahm ihr die Decken und den Schlafsack ab, rollte sie fester zusammen, damit er sie besser tragen konnte, und klemmte sich die Sachen unter den Arm. »Komm.«

Sehr böse konnte er nicht sein. Polly ging mit ihm zu seinem Wagen, der in der Nähe der gefährdeten Gebäude abgestellt war. »Ich kann zu Fuß nach Hause gehen, David. Es ist nur ein Katzensprung.«

Er musterte sie von oben herab. »Steig einfach in den Wagen, Polly.« Er schloß die Zentralverriegelung auf, warf ihre Habseligkeiten auf den Rücksitz und öffnete ihr die Beifahrertür. Niedergeschlagen stieg sie ein. Sie wollte nicht in ihr leeres Haus. Die ganze Eskapade war so traumatisch und so fruchtlos gewesen.

»Es ist schrecklich, daß die Häuser nach all dem immer noch abgerissen werden«, sagte sie, als das Auto anrollte. »Der Stadt wird das Herz entrissen. Danke, daß du versucht hast zu helfen, es tut mir leid, das alles schiefgelaufen ist.«

Er sah sie an. »Es war sehr tapfer von dir, daß du trotz deiner Angst da hinaufgeklettert bist. Das zeigt, daß du echte Courage hast.«

Sein Lob tat ihr gut. »Danke.«

»Schade, daß alles überflüssig war.«

»Was? Es war nicht überflüssig. Es mag nichts bewirkt haben, aber es war nicht überflüssig. Ich hätte es mir niemals verziehen, wenn ich nicht . . .«

»Halt eine Minute den Mund und hör mir zu . . .«

Erbost schnappte Polly nach Luft, sagte aber nichts mehr. Doch er ließ sich Zeit und lenkte den Wagen um Ecken und Kurven, bis sie die Stadt hinter sich hatten.

»Ich höre, aber bis jetzt hat mir das wirklich nicht viel gebracht.«

Er bedachte sie mit einem halben Lächeln, das sie noch mehr auf die Folter spannte. »Nein, aber das kommt schon noch, wirst schon sehen.«

»Dann mal los.«

»Ich möchte lieber warten, bis wir unter der Dusche waren und ein Frühstück im Magen haben.«

Polly sah aus dem Fenster auf die vorbeihuschenden Hekken. »Meinetwegen.« Sie war beleidigt, weil er ihre idealistische Heldentat als ›überflüssig‹ abgetan hatte. Das war ein so schäbiges Wort.

David parkte das Auto hinter dem Haus und stürmte durch die Hintertür hinein. Polly beschloß, ihre Sachen auf dem

Rücksitz liegen zu lassen, und folgte ihm wesentlich langsamer. Monica war in der Küche und neben ihr stand eine ältere Frau, die dem Aussehen nach ihre Mutter sein mußte.

David war offenbar erfreut, sie zu sehen.

»Mrs. Kidd! Wir machen doch noch nicht unseren Frühjahrsputz, oder?« fragte er.

»Ich bin hier«, erklärte Mrs. Kidd bedächtig, »um nachzusehen, ob Monica ihre Sache anständig macht.«

»Oh, das tut sie. Sie ist prima.« Er wandte sich zu Monica. »Wer paßt auf Anne auf?«

»Ihr Vater. Mein Dad ist auch da.«

»Sehr gut. Mrs. Kidd, darf ich Ihnen Polly Cameron vorstellen? Polly, das ist Mrs. Kidd, die sich um uns gekümmert hat, als meine Frau noch am Leben war. Sie kennt unsere Familie schon lange.«

Polly brachte ein Lächeln zustande. Unter Mrs. Kidds prüfenden Blicken kam sie sich vor wie die unerwünschte, ganz und gar inakzeptable Verlobte – ärgerlich, wenn man bedachte, daß sie weder eine Verlobte noch sonst etwas war. »Wie geht es Ihnen, Mrs. Kidd?«

»Ich kann mich nicht beklagen, Miss – Cameron.« Miss Kidd würde wahrscheinlich vor Scham sterben, wenn sie wüßte, daß Monica ihren Arbeitgeber Dave und seine Freundin Polly nannte.

»Ist Patrick zu Hause?« erkundigte sich David.

»Nein«, sagte Monica. »Er hat eine Nachricht auf dem Anrufbeantworter hinterlassen, daß er bei einem Freund übernachtet und erst heute abend heimkommt.«

Mrs. Kidds stoischer Gesichtsausdruck verriet, daß sie über Kinder, die nachts bei Freunden blieben, Bescheid wußte, ganz zu schweigen von Arbeitgebern, die erst morgens ohne Erklärung ins Haus schneiten.

Aber David schien das Gesellschaftsleben seines Sohnes genausowenig zu kümmern wie Mrs. Kidds Mißbilligung. »Möchtest du einen Kaffee?« fragte er Polly.

Polly schüttelte den Kopf. »Ich würde sterben für eine Tasse Tee.«

»Soll ich ihn aufbrühen. Mr. Locking-Hill?« warf Mrs. Kidd eilfertig ein.

»Nein, danke, ich schaffe das schon allein. Ich mache uns auch gleich was zum Frühstück. Wir wollen Sie nicht aufhalten.«

Mrs. Kidd unterzog Polly noch einmal einer eingehenden Musterung, rümpfte leicht die Nase über ihre Jeans, die vielen Pullover und die ungekämmten Haare. Die Gelegenheit, ihre Tischmanieren zu beurteilen, blieb ihr verwehrt, und sie zog sich widerstrebend zurück. »Ich wachse die Stühle im Eßzimmer ein, falls Sie mich brauchen.«

Nachdem sie den Raum verlassen hatte, hellte sich die Atmosphäre auf. »Wir haben die Nacht im Gefängnis verbracht, Monica«, erzählte David.

»Sie? Niemals! Weshalb?«

»Als Verursacher von nächtlicher Ruhestörung«, erklärte Polly. »Sie haben uns wieder laufen lassen.«

»Ich werd verrückt! Das sollten Sie meine Mum lieber nicht hören lassen«, sagte Monica und folgte ihrer Mutter mit einem hochtechnischen Staubsauger, der aussah, als würde er mit Atomkraft angetrieben.

Polly fühlte sich nach der ersten Tasse Tee und ein paar Bissen Toast schon wesentlich besser, aber sie lehnte Davids Angebot von Eiern mit Speck ab. Das würde den Herd ungebührlich verschmutzen.

»Also«, forderte sie David auf, »erklärst du mir jetzt, wieso es so überflüssig war, auf dem Dach zu campieren?«

David stieß den ausgiebigen Seufzer eines Mannes aus, der eine ganze Nacht in einer engen Zelle zugebracht hatte. »Ich würde lieber damit warten, bis wir im Bett waren.«

Polly war entsetzt. »Was? Wie kannst du an einem Sonntag, wenn Monica *und* ihre Mutter im Haus sind, auch nur an Sex denken?«

Er lachte. »Genaugenommen, meine Liebe, habe ich nicht an Sex gedacht. Ich war nur der Meinung, daß wir beide noch ein bißchen Schlaf brauchen könnten. Aber die Idee ist gar nicht so schlecht . . .«

»David, bitte! Mrs. Kidd oder Monica könnten jeden Moment reinkommen.« Das Staubsaugergeräusch wurde lauter.

Er lächelte scheu. »Du kannst das Gästezimmer benützen. Wir sollten beide ein Bad nehmen, ein bißchen schlafen. Und später essen wir irgendwo zu Mittag.«

Polly beruhigte sich und kicherte leise. »Ein Bad wäre wunderbar. Es scheint fast so, als würde ich in diesem Haus nichts anderes tun als baden.«

Er sah sie spöttisch und so durchdringend an, daß ihr Gesicht knallrot anlief. »Nicht ganz, Polly – oder hast du's schon vergessen?«

»Nein . . .« Natürlich hatte sie es nicht vergessen. Das war eine Erinnerung, die sie bis an ihr Lebensende erwärmen würde.

David stand auf, umrundete den Tisch und stellte sich neben sie. Er sah sie lange und intensiv an, schob seine Hände unter ihre Pullover, öffnete den BH-Verschluß und drehte sie mit dem Rücken zu sich, ehe er zart ihren Busen berührte und an ihren Brustwarzen spielte.

Polly spürte, daß sie anfing zu zittern. Sie war fassungslos, daß sie in dieser glänzenden, aseptischen Küche, mit Monica und ihrer Mutter hinter der Tür, eine solche Lust empfinden konnte.

Gerade als sie dachte, sie müßte vergehen, weil ihr Verlangen nicht erfüllt werden konnte, ließ David von ihren Brüsten ab und knöpfte die Jeans auf. Er öffnete den Reißverschluß und legte die warme, tröstende Hand auf ihren Bauch. Dann ließ er die Handfläche langsam nach unten wandern, bis seine Finger sanft zwischen die Schamlippen glitten und den Eingang fanden.

Obwohl ihr Verstand protestierte – dies war nicht der richtige Ort und nicht die richtige Zeit –, fühlte sie sich mehr als bereit. Sie sehnte sich so sehr danach, ihn in sich zu fühlen, daß die glaubte, vergehen zu müssen. Sie schloß die Augen und lehnte den Kopf an seine Schulter, während er sie mit einer geschickten, einfühlsamen Massage zu einem erschütternden Höhepunkt brachte.

Sie stöhnte herzzerreißend, als er seine Hand zurückzog, und suchte weiter an seiner Schulter Halt, bis sie die Orientierung wiedererlangt hatte. Er drückte sie an sich, und als sie sich erholt hatte, drehte er sie wieder zu sich um.

»Geh hinauf und ruh dich aus, Polly. Monica und ihre Mutter verlassen gegen zwölf Uhr das Haus.«

Irgendwie gelang es Polly, aus der Küche zu kommen und den Weg zum Gästezimmer zu finden. Für jemanden, der sich immer für frigide gehalten hatte, war sie erstaunlich schnell entflammbar.

Polly konnte nicht schlafen. Sie hatte sich ordentlich geschrubbt, fror nicht und war extrem müde, aber nicht in der Lage, sich genügend zu entspannen, um Schlaf zu finden. Das Problem war, daß sie immer noch erregt von den Geschchnissen in der Küche war. Sex mußte wohl eine Droge sein, und David hatte sie abhängig gemacht. Eigentlich hätte sie böse auf ihn sein sollen, aber tatsächlich wollte sie nur die nächsten zwei Stunden so rasch wie möglich hinter sich bringen, damit sie sich die nächste Dosis von David abholen konnte.

Sie beschloß, sich anzuziehen und einen Rundgang durch den Garten zu machen. Aber dafür mußte sie sich einen Mantel ausleihen, ihr eigener lag noch auf dem Rücksitz von Davids Auto. Bestimmt konnte Monica ihr weiterhelfen. Wenn sie nur nicht aus Versehen Mrs. Kidd in die Arme lief . . .

Sie hatte Glück. Monica kniete in der Küche vor einem Schrank und putzte das untere Fach, das offensichtlich nie schmutzig gewesen war. Sie trug gelbe Gummihandschuhe zu ihrer üblichen schwarzen Lederkluft, hörte Polly kommen und drehte sich um.

Polly wollte gerade ansetzen und sie nach einem alten Anorak fragen, als Monica tief Luft holte und sich ihren Zorn von der Seele redete.

»Ich wünschte, meine verdammte Mutter würde endlich heimgehen.« Sie schrubbte das Fach so heftig, daß Polly um den Schleiflack fürchtete. »Sie tut so, als würde ihr dieses Haus höchstpersönlich gehören – genauso.« Monica räumte die Tupperware zurück in das Fach, als wäre das die wichtigste Sache der Welt. »Sie hilft mir sehr und ist gut zu mir, das streite ich gar nicht ab. Aber ich erledige meine Arbeit gut . . .«

»Ganz bestimmt tun Sie das.«

»Sie muß mir nicht hinterherspionieren und nachsehen, ob ich auch oben am Türrahmen staubgewischt habe – so was brauche ich wirklich nicht.«

»Na ja, ich denke . . .«

Monica versetze der Schranktür einen Tritt, um sie zu schließen. »Ich meine, wer hat mir denn das verdammte Putzen und Saubermachen beigebracht? Und jetzt schwirrt sie hier rum und erzählt Dave was davon, daß sie kontrollieren muß, ob ich meine Arbeit anständig erledige.«

»Mütter neigen dazu . . .«

»Wann kapiert sie endlich, daß ich erwachsen bin und dies mein Job ist und nicht ihrer. Zu Hause ist sie nicht so – nur hier spielt sie sich auf und ist verdammt neugierig, wenn Sie mich fragen.«

»Was Ihre Arbeit betrifft?«

Monica wurde ruhiger und lächelte zum erstenmal. »Nein, was Sie betrifft.«

»Mich? Wieso sollte Ihre Mutter neugierig auf mich sein?«

»Weil sie neugierig auf alles ist, was sich hier tut«, erklärte Monica. »Und meine Mutter hat diese hochnäsige Angela vergöttert . . .«

»Wirklich?« fiel ihr Polly schnell ins Wort. »Es muß schlimm für sie gewesen sein, als Angela starb.«

Monicas Gesichtsausdruck wurde weicher. »Ja, sie war außer sich. Aber das heißt doch nicht, daß Dave für immer allein bleiben muß, oder?«

»Nein, natürlich nicht.«

Monica grinste wieder. »Ich meine, wenn er eine Frau haben will . . .«

Polly räusperte sich und kam auf etwas anderes zu sprechen. »Kannten Sie Angela gut?«

»Eigentlich nicht. Ich bin öfter mit Mum hergekommen – damals habe ich gelernt, wie man alles in Ordnung und sauber hält. Aber mit ihr hatte ich nie was am Hut. Sie hat immer so getan, als würde ich ein totales Chaos machen, selbst wenn ich ganz brav in der Ecke saß. Aber sie war trotzdem ganz nett und hat mir zu Weihnachten immer Geld geschenkt.«

Polly nickte verständnisvoll. Wenn Monicas Mutter Angelas Andenken ehrte und Monica ihr das übelnahm, dann gab es hier sicher nicht viele Menschen, mit denen das Mädchen darüber reden konnte.

Viele Leute schütteten Polly ihr Herz aus. Sie war mitfühlend, kritisierte nicht, wirkte auf andere nicht bedrohlich und gab niemals gutgemeinte Ratschläge – nur wenn sie unbedingt von ihr gefordert wurden, aber dann hoffte sie, daß man sie ignorierte. Doch selten war sie so interessiert an einem Bekenntnis wie heute.

»Angela wurde immer fuchsteufelswild, wenn etwas kaputtging oder schmutzig wurde. Mum hat mir mal erzählt, daß sie durchgedreht hat, als die Jungs einen Teppich mit in den Garten genommen haben und das Ding hinterher voller Erde war. Ich glaube, es war ein chinesischer Seidenteppich oder so was.«

»Na ja, das ist auch wirklich ärgerlich.«

Monica widmete sich dem nächsten Schrank, nahm Backbleche und Kuchenformen heraus und stellte sie scheppernd auf den Boden. »Ich schätze, sie hat Sachen mehr gemocht als Menschen.«

»Ich kann mir nicht vorstellen, daß sie . . .«

»Meine Mum hat mich zur Beerdigung mitgenommen, und ich hatte ein schrecklich schlechtes Gewissens weil ich nicht weinen konnte.« Monicas Lappen vernichtete hundert Prozent aller wissenschaftlich bekannten Bakterien und Keime mit einem Wisch.

»Ich weine immer auf Beerdigungen«, sagte Polly.

Die Innenseite der Tür, die bereits schneeweiß war, wurde steril. »Sie war so zimperlich und so perfekt. Jeden Tag mußten ihre Laken gewechselt werden.« Monica hockte sich auf die Fersen und dachte nach. »Ich glaube nicht mal, daß das nötig war, denn ich kann mir nicht vorstellen, daß sie und Dave . . .«

»Monica!« Mrs. Kidd erschien auf der Türschwelle. »Du sollst arbeiten und nicht deine Zeit mit Klatsch vertrödeln.«

Polly war froh, daß Monica ihre Spekulationen nicht mehr aussprechen konnte, aber es ärgerte sie, daß Mrs. Kidd Monica in ihrem Beisein zurechtwies.

Sie versuchte, die Schuld auf sich zu nehmen. »Ich möchte mir den Garten ansehen, Mrs. Kidd, und müßte mir einen Mantel oder eine Jacke dafür ausleihen. Ich wollte Monica gerade danach fragen.«

Mrs. Kidds strenge, finster Miene machte deutlich, daß Angela niemals so unvorbereitet gewesen und ohne eigenen Mantel außer Haus gegangen wäre. Polly machte sich auf eine knappe Ablehnung gefaßt, aber plötzlich breitete sich ein Lächeln auf Mrs. Kidds Gesicht aus – verkniffen, aber immerhin ein Lächeln.

»Es regnet, Miss Cameron. Vielleicht wäre es Ihnen lieber, wenn ich Sie zuerst im Haus herumführen würde.«

Polly war geschmeichelt. »Wenn Sie meinen, daß Mr. Lokking-Hill nichts dagegen hat . . .«

»Er hat bestimmt nichts dagegen, Miss. Kommen Sie mit.«

Wie jeder Besucher in einem solchen Prachthaus, der plötzlich ganz allein mit einem eifrigen Führer war, fühlte sich Polly verpflichtet, intelligente Bemerkungen über alles zu machen, was ihr gezeigt wurde. Ihr Wissen über Marmorkamine war ernstlich begrenzt, deshalb war sie heilfroh, als Mrs. Kidd vorschlug, von der Halle direkt ins Eßzimmer zu gehen. Mit Tischen und Stühlen kannte sich Polly besser aus.

Abgesehen von dem massiven Mahagonitisch und passenden Stühlen, die glänzten wie frisch vom Baum gefallene Kastanien, befanden sich fast nur Familienporträts in diesem Raum.

Einige Bilder waren sehr alt, manche klein und mit der Zeit dunkel geworden – den Ahnherrn, der von zu Hause durchgebrannt war, um Pirat zu werden, konnte man kaum noch erkennen. Aber die moderneren Gemälde waren aussagekräftiger.

Das Porträt von Davids Vater zeigte, daß er seine rätselhaften Augen, die gebogene Nase und das entschlossene Kinn an seine Nachkommen weiter vererbt hatte. Polly fragte sich unwillkürlich, welche Eigenschaften sie sonst noch gemeinsam hatten. Davids Mutter wirkte äußerst zufrieden.

»Die alte Mrs. Locking-Hill lebt noch«, berichtete Mrs. Kidd. »Sie ist eine große alte Lady.«

»Sie sieht sehr – stattlich und vornehm aus.«

»Und dies –« Mrs. Kidd näherte sich einem *pièce de résistance*, »– das ist Mr. Locking-Hills Frau. Er hat es malen lassen, als sie jung verheiratet waren.«

Es war eine Pastellzeichnung – eine junge Frau, die eine Landschaft betrachtete. Sie hatte einen Chiffonschal um den Hals geschlugen, und ihre Augen waren hellblau. Patricks Augen. Ihr Haar hatte die Farbe von Gerstenstroh und umflutete ihre bloßen Schultern, aber Polly ahnte, daß sie ihm nur für das Gemälde diese Zügellosigkeit gestattet hatte. Die Frau war auf typisch englische Weise hübsch. Sie hatte ausgeprägte Wangenknochen, eine kräftige Nase, die manch einer möglicherweise ein bißchen zu groß finden würde, und einen wohlgeformten Mund mit einem kleinen Schönheitsfleck über der Lippe. Wenn der Künstler bei der Wahrheit geblieben war, dann hatte sie eine wundervolle Haut gehabt. Es war ein sehr schönes Bild.

»Sie ist sehr hübsch«, sagte Polly aufrichtig.

Mrs. Kidd nickte anerkennend. »Sie war Debütantin des Jahres, und ihr Foto wurde in *Country Life* abgedruckt, als sie sich verlobten. Sehen Sie.«

Wie ein Magier, der ein Kaninchen aus seinem Hut zaubert, beförderte Mrs. Kidd eine alte Ausgabe von *Country Life* zutage und blätterte rasch zur richtigen Seite. Unter der Fotografie eines wunderschönen Mädchens – offensichtlich splitterfasernackt bis auf eine Perlenkette – stand ihr Name. Lady Angela Harecourt.

Polly wußte nicht, was sie sagen sollte. Offenbar erwartete Mrs. Kidd einen Kommentar über Angelas Titel, aber nicht einmal Mrs. Kidd zuliebe fiel Polly dazu etwas ein. »Eine schöne Fotografie.«

Das stimmte sogar. Es war eins der Fotos, bei denen haufenweise Seidenschleier und künstliches Licht benutzt wurden und die aus einem ungewöhnlichen Winkel aufgenommen worden waren. Die Hilfsmittel hätten ein verwüstetes, faltiges Altweibergesicht zu einer unschuldigen, frischen Schönheit gemacht. Mit Angelas gutem Aussehen als Ausgangspunkt war der Effekt atemberaubend. Wahrscheinlich stand ein Abzug davon in Silber gerahmt auf Davids Schreibtisch.

Ob Lord und Lady Harecourt sehr enttäuscht gewesen waren, als ihre kostbare Tochter einen bloßen Mister geheiratet hatte? Während sie ihr Augenmerk auf das Gemälde eines alten Meisters richtete, das laut Mrs. Kidd schon seit Generationen im Familienbesitz war, kam Polly zu dem Schluß, daß die Harecourts nichts dergleichen empfunden hatten. Davids Vorfahren waren auch sehr vornehm, aber möglicherweise keine

Speichellecker – wahrscheinlich hatten sie es nur versäumt, sich vor dem richtigen Monarchen in den Staub zu werfen.

»Sie war ihm eine wundervolle Frau«, sagte Mrs. Kidd mit einem Hauch Zärtlichkeit in der sonst so strengen Stimme. »Sie hat nicht außerhalb des Hauses gearbeitet.« Mrs. Kidd vergaß jede Sentimentalität und wandte sich grimmig an Polly. »Ich habe nichts für Frauen übrig, die arbeiten gehen – nicht wenn sie einen Mann haben, der sie unterhält. Und Mr. Locking-Hill ist da ganz meiner Meinung.«

Obwohl Polly bezweifelte, daß David der ehemaligen Haushälterin seine Ansichten über diesen Punkt anvertraut haben würde, mußte sie einräumen, daß Mrs. Kidd wahrscheinlich recht hatte.

»Oh«, machte Polly in einer Weise, die Mrs. Kidd zum Schweigen bringen sollte.

»Ja«, bekräftigte Mrs. Kidd ungerührt. »So wurde er erzogen.«

Polly lächelte nichtssagend – endlich verstand Mrs. Kidd den Wink und hielt den Mund.

Den Salon kannte Polly schon, trotzdem ließ sie sich alles von Mrs. Kidd zeigen. Sie zeigte sich aufrichtig begeistert von der Patina auf dem Beistelltisch und dem glänzenden Silber. Mrs. Kidd machte sie auch auf die vielen gedruckten Einladungen auf dem Kaminsims aufmerksam.

»Mr. Locking-Hill ist immer sehr beschäftigt. Ständig unterwegs zu Dinnerparties und so.«

»Aha.«

»Ja. Sehen Sie, er hat seinen Platz in der Gesellschaft – er hält das sehr hoch.«

Polly sah plötzlich David vor ihrem geistigen Auge, wie er ›seinen Platz in der Gesellschaft‹ wie Atlas die ganze Welt über seinen Kopf stemmte. Sie drehte sich zum Fenster, damit Mrs. Kidd ihr respektloses Grinsen nicht sah.

Sie hätte stundenlang aus dem Fenster schauen und die Aussicht genießen können, obwohl das Wetter noch schlechter geworden war und der Regen wie ein grauer Schleier über dem Tal hing. Aber Mrs. Kidd forderte wieder ihre Aufmerksamkeit. Mit Davids Geschmack in Sachen Kunst war sie offenbar nicht einverstanden.

»Mrs. Locking-Hill mochte Bilder, auf denen man etwas erkennen kann«, erklärte sie, als sie vor einem Kunstwerk standen, das sehr an John Pollock erinnerte. »So etwas hätte sie nicht in diesem Haus geduldet.«

»Na ja, jeder hat einen anderen . . .«

»Mrs. Locking-Hill war sehr heikel.«

»Aha.«

»Sie mochte es auch nicht, daß Bücher in diesem Zimmer aufbewahrt wurden.« Mrs. Kidd warf dem Bücherregal einen angewiderten Blick zu.

Polly sah sich die Buchrücken an. David schien eine Vorliebe für die Geschichte des Ersten Weltkriegs und Schiffsbau zu haben, aber er las auch Romane – hauptsächlich Klassiker, doch es gab kein Buch von einer weiblichen Schriftstellerin.

»Hat Mrs. Locking-Hill gern gelesen?« erkundigte sich Polly und hoffte im stillen, daß dieses Muster an Korrektheit eine heimliche Leidenschaft für Mill und Boon gehegt hatte – das würde wenigstens erklären, warum sie keine Bücher im Salon hatte haben wollen.

Mrs. Kidd schüttelte den Kopf. »Mrs. Locking-Hill hatte ja so viel zu tun! Sie war sehr engagiert in der Wohlfahrt.«

Anscheinend war Lesen nur etwas für Faulenzer. »Oh, sehr großzügig von ihr.«

Mrs. Kidd akzeptierte gnädig das Kompliment. »Ihre ganzen Kleider gingen nach ihrem Tod in den Besitz der Krebsforschung über.«

»Ist sie . . . an Krebs gestorben?« Polly hätte nie danach gefragt, wenn Mrs. Kidd nicht so versessen darauf gewesen wäre, ihr alles von Angela zu erzählen.

»Nein, es war ein Autounfall. Sie war sofort tot. Eine Tragödie.«

Polly senkte den Kopf.

»Und die beiden Jungs blieben mutterlos zurück. Sie waren in der Schule, als es passierte.«

»Wie schrecklich.«

»James macht seinen Eltern alle Ehre. Aber dieser Patrick . . .«

›Dieser Patrick‹ hatte sich genau den richtigen Zeitpunkt ausgesucht, um in den Salon zu stürmen.

Kapitel 24

Pollys erster Gedanke war, daß sie und David jetzt den Nachmittag nicht im Bett verbringen konnten, und ihr zweiter, daß sie sich freute, Patrick zu sehen. Anscheinend hatte er nun doch nicht vor, bis zum Abend bei seinem Freund zu bleiben.

Patrick hingegen nickte knapp, als er Mrs. Kidd sah – wahrscheinlich hatte er ihre letzten Worte gehört –, und zog sich so schnell wie möglich wieder zurück.

Mrs. Kidd schnaubte. »Die Bibliothek zeige ich Ihnen nicht«, sagte sie, »denn dort erledigt Mr. Locking-Hill *seine Arbeit.*«

Die Betonung ließ keinen Zweifel daran, daß sie Polly nicht für die geeignete Person hielt, die Einblicke in derartiges haben durfte. In Mrs. Kidds Augen paßten Frauen und Arbeit – ausgenommen häusliche Betätigung und Wohltätigkeitsarbeit – nicht zusammen.

»Aber jetzt, Mrs. Cameron, muß ich mich wieder meinen Pflichten widmen, falls Sie erlauben.«

»Aber natürlich. Tut mir leid, daß ich Sie aufgehalten habe. Es war sehr nett von Ihnen . . .«

Erst als Mrs. Kidd die Tür hinter sich zugemacht hatte, wurde Polly bewußt, daß sie gar nicht um diese Schloßführung gebeten hatte. Kein Wunder, daß Monica für eine Harley sparte. Wenn man eine solche Mutter hatte, brauchte man etwas, mit dem man schnell flüchten konnte.

Mrs. Kidd schien sich außerstande gesehen zu haben, Polly die wirklich nützlichen Winkel des Hauses zu zeigen – zum Beispiel den, in dem Mäntel, Gummistiefel und Spazierstöcke verstaut waren. Polly, überlegte, ob sie alle Kammern und Schränke, die in diesem Haus zweifellos vorhanden waren, nach einem Regenmantel absuchen sollte. Aber inzwischen regnete es in Strömen, und die Müdigkeit machte sich wieder bemerkbar. Sie beschloß, sich statt des Spaziergangs lieber eine Tasse Tee zu gönnen.

Patrick saß in der Küche und vertilgte einen riesigen Berg Cornflakes. Er nickte, sagte aber nichts.

»Hallo, Patrick. Meinst du, ich kann mir einen Tee aufbrühen? Vermutlich gibt es in diesem Haushalt so was wie Teebeutel gar nicht.«

Er schluckte die Cornflakes hinunter. »In dem Schrank dort. Sie gehören Monica.«

Polly fand den richtigen Schrank und nach einer Weile auch einen Becher. »Ich hoffe, es macht Monica nichts aus«, sagte sie, während sie wartete, bis das Wasser kochte. »Ihre Mutter hat mich herumgeführt. Es ist ein schönes Haus.«

»Hmm.«

»Mrs. Kidd scheint deine Mutter sehr verehrt zu haben.«

»Hmm.«

»Oh, tut mir leid, Patrick, das hätte ich nicht erwähnen sollen. Das war gedankenlos.«

»Ist schon in Ordnung. Ich kann mich nicht mehr sehr gut an sie erinnern.«

Polly war viel zu neugierig, um nicht weiter gedankenlos zu sein. »Wie war sie?«

Patrick schien den Tod seiner Mutter ziemlich nüchtern zu betrachten. »Ich hab' doch gesagt, daß ich mich nicht gut an sie erinnere. Sie hat gut gerochen.«

»Das sagen kleine Jungs immer, wenn ihre Mütter gestorben sind.«

Patrick grinste. »Allerdings. Ich glaube, sie war ziemlich langweilig, aber ich kann mich auch irren.«

Zu der Überzeugung war Polly selbst schon gekommen, aber sie war schockiert, es Patrick aussprechen zu hören. »Patrick, ich bin sicher . . .«

»Ich weiß es natürlich nicht sicher. Aber wenn Dad über sie spricht, spüre ich immer, wie meine Augen glasig werden.«

»Du solltest nicht ...«

»Nicht, daß er oft von ihr redet. Sie würden nicht noch mal Wasser für mich aufsetzen, oder?«

Polly machte sich ihren Tee und für Patrick einen Instantkaffee. Sie saßen sich am Tisch gegenüber und tranken, als David hereinkam.

Patricks Gesichtsausdruck änderte sich. Sein kameradschaftliches, wenn auch ziemlich einsilbiges Benehmen machte der Wachsamkeit eines jungen Böckchens Platz, das die Ankunft des Leithammels argwöhnisch beobachtet.

David bedachte seinen Sohn mit einem freundlichen Lächeln, aber Polly konnte kaum glauben, daß dies derselbe Mann war, der sie vor wenigen Stunden in eben diesem Raum in höchste Ekstase versetzt hatte.

»Hallo, Patrick, welch unerwartetes Vergnügen!«

»Keine Angst, Dad, ich bleibe nicht.« Patrick schob seinen Stuhl lautstark über den Fliesenboden und stand auf. »Bis bald, Poll.«

David sah Polly tadelnd an. »Seit wann nennt dich mein Sohn Poll?«

Polly zuckte mit den Achsen und lächelte. »Kann mich nicht erinnern.«

David ging zu ihr und legte die Hand auf ihre Schulter, als sie aufstand. »Ich bin nicht sicher, ob mir das gefällt.«

»Auch wenn ...« Jedes weitere Wort wurde von seinem Mund erstickt, der beinahe dieselbe Wirkung erzielte wie zuvor seine Hand.

Als Polly wieder sprechen konnte, stellte sie ihm die Frage, die sie schon geraume Zeit beschäftigte. »Warum hast du mich vorhin nicht geküßt?«

»Ich hatte meine Zähne nicht geputzt.«

Polly lachte – sie schmeckte noch jetzt seine Zahnpasta. »Der perfekte Gentleman.«

»Was hast du erwartet? Aber jetzt was anderes – bist du hungrig? Ich lade dich zum Mittagessen ein.«

»Ich könnte etwas vertragen.« Polly wollte ausgehen. Mit David in diesem Haus zu sein und nicht mit ihm schlafen zu können war eine ganz neue Art der Folter.

Er musterte sie gründlich von Kopf bis Fuß. Jeden Moment würde er seinen Pullover wiedererkennen. »Wir müssen wohl oder übel in einen Pub gehen – du siehst so –« er hielt inne, als wäre es schwierig, das richtige Wort zu finden –, »so anrüchig aus«, sagte er schließlich und betonte dabei jede Silbe.

Das war wohl kaum ein Kompliment, aber Polly reagierte darauf wie auf seine Berührungen. Selbst seine Stimme erregte sie. Wie war es nur möglich, daß sich jemand so übergangslos von einer frigiden alten Jungfer in eine vom Sex besessene Verrückte verwandeln konnte? Sie mogelte sich irgendwie aus ihrer Verlegenheit. »Das kann nicht sein, ich habe deinen Pullover an.«

»Tatsächlich?«

»Und das schon seit etwa vierundzwanzig Stunden. Hast du das nicht bemerkt? Du mußt zu viele Kaschmirpullover haben.«

»Wenn ich dich ansehe, dann denke ich nicht so sehr daran, welche Kleider du trägst, mich interessiert viel mehr, wie du darunter aussiehst.«

»David – *bitte!* Patrick ist hier, und ich weiß nicht, ob Monica und Mrs. Kidd schon gegangen sind.«

Er massierte ihren Oberarm, einen Körperteil, den sie nie und nimmer als erogene Zone eingestuft hätte. Widerstrebend ließ er seine Hand sinken. »Vermutlich hast du recht. Und wir müssen sowieso miteinander reden.«

Aus unerfindlichen Gründen bedrückte Polly diese Ankündigung, und David spürte das.

»Was ist los? Du hast mir doch so zugesetzt, weil du unbedingt herausfinden wolltest, warum du ganz umsonst dein Leben auf dem Dach riskiert hast. Willst du das jetzt nicht mehr wissen?«

»Selbstverständlich, nur . . .«

»Du würdest die Zeit lieber im Bett verbringen?«

Polly wurde rot. »Wie kannst du bloß so sprechen?«

»Ach, das ist reine Übungssache – aber ich rede immerhin schon, seit ich noch ein ziemlich kleines Kind war.«

»Das meine . . .«

»Komm jetzt, bevor ich dich die Treppe hinaufzerre.«

Er führte sie in einen Pub, der für seine gemischten Terrinen bekannt war. Die eine Hälfte bestand aus einer Fleischpastete mit luftigem Teig, die andere aus Blumenkohl-Käse-Auflauf.

Da sie relativ früh dran waren, fanden sie noch einen freien Tisch in der oberen Etage. Hier trugen massive alte Balken tatsächlich noch die Decke und bildeten nicht nur den mehr oder weniger geschmackvollen Hintergrund für Pferdegeschirre und Messinglaternen.

»Ich hätte nicht gedacht, daß du in Pubs gehst«, sagte Polly, als er zwei Gläser und Chips an den Tisch brachte. »Aber ich hätte auch nicht gedacht, daß du . . .«

»Was?« Er ließ sich ihr gegenüber nieder.

»Egal. Aber jetzt möchte ich endlich wissen, was du mir erzählen willst.« Sie nahm einen Schluck von ihrem Drink.

David plazierte sein Glas auf einen Bierdeckel. »Es wird dir vielleicht nicht gefallen.«

»Versuch's.«

»Du hättest nicht auf das Dach klettern müssen, weil die Gebäude nicht abgerissen werden.«

»Was soll das heißen? Woher weißt du das?«

»Die Stiftung hat genügend Geld, um sie von der Gemeinde zu kaufen.«

»Woher weißt du das?« fragte sie wieder.

»Ich habe herumtelefoniert und bin anschließend auf dieses Dach gestiegen, um dir davon zu erzählen.«

»Wieso hast du es dann nicht getan? Du hättest dich bei mir

melden können, bevor ich die Kletterpartie auf mich genommen habe – das hätte mir eine Menge Angst erspart.«

»Ich habe es zu spät erfahren. Solche Sachen sind langwierig – ich meine, ich habe den zuständigen Menschen nicht rechtzeitig an die Strippe bekommen.«

Polly fühlte sich beinahe hintergangen. »Ich dachte, du bist gekommen, weil es um eine gute Sache geht.«

»Es ging um eine gute Sache, das ist keine Frage.«

»Aber du warst nicht wirklich dort, um zu protestieren.«

»Nein. Weil gar kein Grund mehr dazu bestand. Aber ich hätte mir beinahe das Kreuz gebrochen, als ich dich die ganzen Leitern hinuntergetragen habe.«

Pollys Lippen zuckten. »Und du bist eingesperrt worden.«

»Und mußte in einer ungemütlichen, winzigen Zelle übernachten. Was wird nur Melissa dazu sagen?«

Polly lachte. »Und das alles nur, weil du eine gute Nachricht überbringen wolltest. Mac muß außer sich vor Freude gewesen sein, als du ihm Bericht erstattet hast.«

»Ich habe ihm nicht Bericht erstattet. Ich wollte, daß du es als erste erfährst.«

Polly trank noch einen Schluck. »Mir ist schleierhaft, wieso Mac nicht längst wußte, daß die Karten anders verteilt sind. Er steht in ständiger Verbindung mit der Stiftung.«

David zögerte, dann zuckte er mit den Achseln. »Sie haben das fehlende Geld kurz zuvor bekommen.«

»Aber Jill meinte, daß sie zehntausend Pfund zu wenig hatten!«

»Wirklich?«

»Wie können sie so viel Geld auftreiben, ohne daß Mac etwas davon weiß?«

»Über die Kommunikationsmethoden weiß ich nicht Bescheid. Glaubst du, wir könnten jetzt etwas zu essen bestellen? Ich komme um vor Hunger.«

»Selbstverständlich können wir bestellen.«

David hielt ihr Handgelenk fest und strich über die Handfläche. »Was möchtest du?«

Polly räusperte sich. »Eine kleine Terrine, bitte.« Das war gelogen. Sie mochte gar nichts – sie wünschte sich nur, ins Auto zu springen und mit David dem großen Bett entgegenzurasen. Zur Hölle mit Mrs. Kidd, Monica, Patrick und allen anderen, die sich dort herumtreiben mochten.

»Gut. Dann gebe ich die Bestellung auf.« Sein Gesichtsausdruck verriet, daß er ganz ähnlich fühlte wie Polly.

»Falls Patrick zu Hause ist, wenn wir ankommen«, sagte David auf der gefährlich schnellen Heimfahrt, »gebe ich ihm Geld, damit er sein Auto auftanken kann. Das müßte ihn für eine Weile aus dem Weg schaffen.«

»Aber er wird wissen, *warum*«, wandte Polly ein.

»Das ist mir egal. Ich will dich, Polly, und zwar sehr.«

Polly stöhnte vor Vorfreude.

Keiner von ihnen hatte erwartet, daß auf Davids Auffahrt ein Auto neben dem anderen stehen würde.

»Zum Teufel!«

»Hast du eine Party arrangiert und sie vergessen?« fragte Polly entsetzt. »Oder sind das Freunde von Patrick.«

David schüttelte den Kopf. »Ich hoffe sehr, daß ich mich irre, aber ich glaube, diese Leute sind von der Presse. Und da –« seine Tonfall verdüsterte sich hörbar –, »da drüben steht dein Freund Tristan.«

»Mr. Locking-Hill!«

Männer und Frauen mit Trenchcoats und triefenden Kopfbedeckungen drängten sich um sie herum. Offenbar warteten sie schon geraume Zeit und freuten sich, David zu sehen.

Tristan erreichte den Wagen als erster und riß Pollys Tür auf. »Komm und erzähl mir alles darüber, Polly, altes Mädchen. Ich wußte ehrlich nicht, daß ihr beide, du und Locking-Hill, eine so große Nummer seid.«

Polly öffnete den Mund, um alles abzustreiten, aber noch ehe sie ein Wort herausbrachte, tauchte David neben ihr auf und legte den Arm um ihre Schultern.

»Wenn wir alle ins Haus gehen könnten«, sagte er gelassen, aber mit Nachdruck, »werde ich ein Statement abgeben.«

Patrick, der hinter der großen Eingangstür gestanden und alles mit angehört haben mußte, öffnete die Pforten gerade im rechten Moment.

»Gehen wir in –« David überlegte einen Augenblick –, »in die Küche, dann können wir einen Kaffee trinken.«

Er drückte Polly an sich, so daß sie im Gleichschritt mit ihm bleiben mußte. Das erinnerte sie an eins dieser Rennen, bei denen zwei Leuten die Beine zusammengebunden wurden.

Die Küche füllte sich. Polly löste sich aus Davids Griff und zählte die Menschen.

Da war eine Reporterin vom Lokalblatt, die sie vage kannte, und ein Fotograf. Zwei weitere stellten sich als Mitarbeiter einer Gloucester Zeitung vor, und ein selbständiger Journalist kam aus Cheltenham. Tristan schien der einzige seines Senders zu sein, aber da war noch jemand, der an einem Kassettenrecorder herumfummelte – vielleicht waren zwei Radiosender an dieser Story interessiert.

David kam zu ihr. »Kannst du Patrick mit dem Kaffee helfen, während ich mir etwas ausdenke, was ich ihnen sagen kann?«

»Klar, aber wieso sind die überhaupt hier?«

David schwieg, als müßte er sorgfältig überlegen, wie er ihr das Ganze schonend beibringen konnte.

Tristan kam ihm zuvor. »Weißt du das denn nicht, Polly? Dein Freund ist der Held der Stunde. Er hat das Geld aufgebracht, das die alte Ladenzeile vor dem Abriß bewahrt.«

Die Auswirkungen von zu wenig Schlaf, einem Lagerbier zum Mittagessen und einem ernsthaften Schock verwandelten Pollys Knie im Nu in Pudding. David zog einen Stuhl zurecht. Polly brach darauf zusammen, legte die Arme auf den Tisch und den Kopf auf die Arme. Dann schloß sie die Augen.

Sie hörte besorgte weibliche Stimmen, die nach einem Glas Wasser riefen.

David schaltete sich mit strengem Ton ein. »Es wird ihr sofort bessergehen, wenn alle sie in Ruhe lassen. Vielleicht folgen Sie mir in die Bibliothek, dort gebe ich ein Statement ab.«

»Wir wollen auch hören, was Polly dazu zu sagen hat«, sagte Tristan. »Immerhin ist es ihr zu verdanken, daß Sie sich der Sache angenommen haben.«

»Aber nicht jetzt. Kommen Sie hier entlang, bitte.«

Polly hörte ein Dutzend Fußpaare hinaustrappeln und hob den Kopf. Patrick war noch da und stellte eine dampfende Tasse vor Polly auf den Tisch.

»Es ist Tee. Ich habe Sie nie Kaffee trinken sehen.«

Polly versuchte einen Schluck. »Ich trinke nicht oft Kaffee. Dein Tee schmeckt wunderbar.«

Patrick ließ sie erst einmal trinken, dann zog er einen Stuhl zurück und setzte sich ihr gegenüber. »Also, was habt ihr beide, Sie und Dad, angestellt?«

Gestärkt und aufgemuntert von dem Tee, lächelte Polly. »Möchtest du die ausführliche Version oder die gekürzte Fassung hören?«

»Die gekürzte Fassung.«

Polly dachte einen Moment nach. »Alles hat auf dem Dach eines der vom Abriß bedrohten Häuser in Laureton angefangen – du weißt doch, welche ich meine?«

Patrick nickte.

»Und geendet hat die Geschichte in einer Zelle im Polizeirevier. Aber sie haben uns ohne Anklage freigelassen, also ist alles in Ordnung.«

Patrick wandte den Blick nicht von ihr. »Wollen Sie damit sagen, daß Sie meinen respektablen, mittelalten, wohlhabenden Erzeuger so weit gebracht haben, daß er sich einsperren ließ?«

Polly schüttelte den Kopf. »Er ist nicht mittelalt, und die Polizei hat ihn – uns alle – festgenommen.«

Ein Grinsen breitete sich langsam auf Patricks Gesicht aus, bis er für Zahnpasta hätte Reklame machen können. »Große

Klasse. Das wird meinen alten Herrn eine Weile davon abhalten, mir auf die Nerven zu gehen. Ich war noch nie eine Nacht im Knast. Die Bullen haben mich zwar ein paarmal mitgenommen, aber nie unter Anklage gestellt und dortbehalten.«

»Ich sagte bereits, daß wir auch nicht unter Anklage gestellt wurden – zumindest glaube ich das. So ganz bin ich wohl nicht mehr auf dem laufenden.«

»Aber man hat euch den persönlichen Besitz weggenommen und in Tüten versiegelt?«

»Ja.«

Patrick war begeistert. »Aber warum? Und wie ist Dad da hineingeraten?«

Polly rieb sich das Gesicht, um ihre Gedanken zu klären. »Vor kurzem hätte ich das noch ganz leicht erklären können, aber jetzt weiß ich es wirklich nicht mehr.«

»Erzählen Sie weiter«, forderte der Embryo-Psychologe.

»Ich bin auf dieses Dach geklettert, weil ich gegen den Abriß protestieren wollte. Ich habe entsetzliche Höhenangst, aber da an diesem Wochenende so wenige Leute Zeit hatten, da oben zu campieren, fühlte ich mich verpflichtet einzuspringen. David kam auch auf das Dach . . .«

Als sie seinen Namen erwähnte, kamen ihr plötzlich die Tränen. Sie räusperte sich. »Dein Vater kam, um uns zu berichten, daß die Gebäude gerettet seien. Aber ehe er etwas sagen konnte, fingen ein paar Hooligans an, mit Bierdosen und Mülltonnen herumzuschmeißen. Ein Schaufenster ging zu Bruch, und wir wurden abgeführt, weil wir die Ursache für die nächtliche Ruhestörung waren.«

»Klingt nicht gerade fair.«

»Nein. Aber sie haben uns wieder freigelassen.«

»Trotzdem, ich finde, Ihr solltet Beschwerde einlegen.«

»Das habe ich nicht vor.« Sie trank ihren Tee aus. »Patrick, hast du Benzin in deinem Tank?«

»Ein bißchen, warum?«

»Ich glaube, es ist Zeit, daß ich nach Hause komme.«

Vor ihrem Haus trieben sich noch mehr Reporter herum. Sie drängten sich unter dem Geißblattbusch, um sich gegen den Regen zu schützen. Tristan mußte ihre Adresse weitergegeben haben. Polly wünschte, sie hätte Patrick gebeten, sie bis vor die Haustür zu fahren, statt nur bis zum Anfang der Straße.

»Polly Cameron?« Ein Mann fuchtelte mit einem Ringbuch vor ihrer Nase herum. »Waren Sie gestern abend auf den Dächern, und wurden Sie verhaftet? Können Sie uns sagen, wie Sie reagiert haben, als Sie erfuhren, daß die Gebäude in letzter Minute gerettet werden konnten?«

»Na ja, ich freue mich natürlich darüber, das können Sie sich sicher denken.«

»Kennen Sie Mr. Locking-Hill schon lange?« Diese Frage kam von einer Frau, die zweifellos eine romantische Story haben wollte.

»Nicht sehr lange, nein. Macht es Ihnen etwas aus, wenn ich hineingehe?«

»Nur noch ein paar Fragen, Polly«, rief ein anderer Mann. Er war sehr jung, und Polly wurde zum erstenmal bewußt, daß es ihr nicht gefiel, von Leuten, die sie nie zuvor gesehen hatte, mit dem Vornamen angesprochen zu werden.

»Bitte.« Ihr Ton war bemerkenswert arrogant.

Zwei Kerle legten gleichzeitig los. »Wußten Sie, daß er das fehlende Geld spenden wollte?«

»Ist es Ihrem Einfluß zu verdanken, daß er die Stiftung unterstützt hat?«

»Ich habe keine Ahnung. Ich glaube nicht, daß ich Ihnen weiterhelfen kann.« Sie wollte die Haustür erreichen, aber da sich die Meute vor dem Geißblatt drängte, blieb ihr nur noch der Weg ganz dicht an den Kletterrosen vorbei. Sie zögerte.

Der junge Kerl bemerkte ihr Zaudern und stürzte sich förmlich auf sie. »Stimmt es, daß Sie letzte Nacht von der Polizei festgenommen wurden, weil Sie eine nächtliche Ruhestörung verursacht haben?«

»Ja.«

»Sie und Mr. Locking-Hill?« Die Frau war versessen darauf, sie beide zu einem Paar zu machen.

»Und andere.« Polly hoffte, daß das der Unterhaltung ein Ende machte. »Kann ich jetzt in mein Haus?«

Die Pressegeier rückten ein paar Zentimeter von der Tür ab. Polly kramte nach ihren Schlüsseln und schloß auf. Als sie sich durch den Spalt zwängte, gellten letzte Fragen durch die Luft.

»Wir würden gern die ganze Geschichte hören!«

»Liegt eine Romanze mit David Locking-Hill in der Luft?«

»Sind Sie beide verlobt?«

Polly drehte sich noch einmal zu ihrem Publikum um. »Kein Kommentar.« Sie betrat entschlossen ihr Haus und stolperte über Selina. Dann brach sie in Tränen aus.

Nachdem Polly ihre Fassung wiedergewonnen und Selina gefüttert und getröstet hatte, merkte sie, daß es eiskalt in ihrem Haus war. Der Ofen war ausgegangen, und es gab nicht mal heißes Wasser. Es kam ihr wie eine ungeheure Last vor, den großen Ofen in Gang zu setzen oder Feuer im Kamin zu machen. Ihr Pioniergeist, der sie über all die Jahre begleitet hatte, schien verflogen zu sein – zusammen mit ihrer Courage und ihrer Unabhängigkeit.

Sie nahm den Telefonhörer ab und wählte.

»Bridget? Kann ich zu dir kommen?«

»Natürlich. Ist alles in Ordnung mit dir?«

»Nein. Ja, mir fehlt nichts. Aber ich würde gern bei dir übernachten.«

»Was ist passiert, Polly? Du klingst traumatisiert.« Bridget übernahm gelegentlich den Jargon ihres Sohnes.

»Das trifft die Sache ziemlich genau. Ich war letzte Nacht im Gefängnis.«

Bridget kreischte, und Polly riß den Hörer von ihrem Ohr. Sie drückte ihn rechtzeitig wieder an sich, um Bridget sagen zu hören: »Soll ich dich abholen?«

»Das wäre toll.«

Die Journalisten waren längst weg, aber Polly traute ihnen in ihrem Verfolgungswahn zu, daß sie in ihren Autos hockten und nur darauf warteten, weitere Äußerungen von ihr auf zuschnappen.

Als sie sah, wie Bridgets roter Volvo hinter ihrem eigenen Auto hielt, lief sie hinaus, um sie zu begrüßen. Zu spät machte sie sich klar, daß Bridget ihr mehr Fragen stellen würde, als dem ganzen Haufen Paparazzi eingefallen wären. Und Polly würde sich bei ihr bestimmt nicht um die Antworten drücken können.

Um bei der Wahrheit zu bleiben – Bridget hielt sich ziemlich lange zurück. Sie bot Polly Schokoladenkekse und Tee an und begann erst mit ihrem taktvollen Verhör, als die Kinder vor dem Fernseher hockten und Alan irgend etwas Wichtiges im Haus reparierte. Sie betrachtete Polly mitfühlend, aber sehr ernst.

»Du hast mir etwas verheimlicht, Poll.«

Polly seufzte schwer. »Ich weiß Ich habe mir selbst auch allerhand verheimlicht.«

»Was soll das heißen?«

»Ich war so durcheinander. Ich konnte meine Gefühle nicht mehr einordnen.«

Bridget räumte die Teetassen weg und holte eine Flasche Wein. »Ich denke, du solltest mir alles von Anfang an erzählen.«

». . . natürlich kann ich nicht ja sagen«, meinte Polly, nachdem sie alles gebeichtet hatte, was seit Davids eigenartigem Antrag geschehen war. »Wir leben in verschiedenen Welten. Ich wollte nie heiraten, aber wenn es doch so weit kommen sollte, dann möchte ich wenigstens, daß die Chance auf eine funktionierende Ehe besteht. Ich will mein Leben nicht durch emotionale Verwicklungen durcheinander bringen.«

»Oh.« Bridgets romantisches Herz war enttäuscht.

»Und obwohl vieles leichter wäre mit seiner finanziellen

Unterstützung, kann ich nicht riskieren, daß das Ganze schrecklich schiefläuft.«

»Also ist es das Geld, wie? Dich stört, daß er so ekelhaft reich ist.«

Polly lächelte beinahe. »Zum Teil. Ich meine – David hat etwas absolut Wundervolles getan, aber ich kann mir einfach nicht vorstellen, wie es ist, so viel Geld zu haben, daß man so mir nichts, dir nichts, einen Scheck über zehntausend Pfund ausstellen kann.«

»*So* viel ist das nun auch wieder nicht.«

»O doch. Aber das ist es nicht allein. Du hast David kennengelernt und weißt, wie er ist. Aber sein Zuhause ist noch schlimmer.«

»Was meinst du damit?«

»Es ist noch vornehmer als er. Auf seinem Kaminsims stapeln sich so viele gedruckte Einladungen, daß er jede Mahlzeit in einem anderen Haus einnehmen könnte, wenn er wollte. Er will eine Frau, die ihm bei gesellschaftlichen Ereignissen alle Ehre macht und keine, unter deren Nägeln Ton klebt.«

»Ich hätte gedacht, daß er das selbst entscheiden kann. Ich halte dich, ehrlich gesagt, für ziemlich ›stubenrein‹.« Bridget kicherte. »Als nächstes erzählst du mir noch, daß er eine Haushälterin hat, die sich benimmt wie Mrs. Danvers in *Rebecca*.«

Polly schüttelte den Kopf. »Nein, das ist nicht das Problem. Seine Haushälterin ist alleinerziehende Mutter, sehr jung und trägt schwarze Lederklamotten. Sie spart für eine Harley.«

»Eine was?«

»Das ist ein Motorrad.«

»Oh. Dann ist ja alles in Ordnung.« Bridget machte einen hoffnungsvollen Eindruck.

Polly sammelte mit der Fingerkuppe die Kekskrümel vom Tisch.

»Nein, das ist es eben nicht. Du solltest Monicas Mutter mal sehen. Sie hat die erste Mrs. L.-H. *vergöttert*. Man könnte meinen, sie hat *Rebecca* gelesen und sich Mrs. Danvers zum Vorbild gemacht, aber ich bin sicher, daß Mrs. Kidd nie etwas anderes als Strickanleitungen und Kochrezepte gelesen hat. Sie hält Lesen für Zeitverschwendung.«

»Du scheinst sie schon ziemlich gut zu kennen. Wie oft hast du sie gesehen?«

»Nur – Menschenskind, war das erst heute morgen? Sie hat mich durchs Haus geführt. Sie war da, weil der Frühjahrsputz fällig ist.«

»Aber sie kommt nicht jeden Tag?«

»Nein. Monica führt den Haushalt.«

»Und worum machst du dir dann solche Sorgen?«

»Bridget, wenn nur Mrs. Kidd zwischen mir und einem glücklichen, erfüllten Leben stehen würde . . .«

»Und einer eigenen Töpferwerkstatt und einem schönen Garten und . . .«

». . . dann würde ich nicht zögern. Aber sie ist nur ein Symptom, nicht die Ursache der Krankheit.«

Bridget schob ihren Stuhl zurück und stand auf. »Mir scheint, die Ursache der Krankheit sitzt in deinem Kopf.«

»Als die Reporter mich gefragt haben, ob wir verlobt sind, ist es mir klar geworden. Ich kann es einfach nicht tun.«

Das Telefon klingelte. David hatte Polly endlich aufgespürt. »Da bist du! Ich war krank vor Sorge. Warum bist du weggelaufen.«

»Ich konnte diesen Leuten nicht gegenübertreten.«

»Das hätte ich wissen müssen. Und du bist zu Bridget geflüchtet, weil bei dir zu Hause genauso viele Reporter herumlungern?«

»Mehr oder weniger, ja.«

»Wir müssen miteinander reden, Polly. Und zwar bald.« Er klang viel härter und unnahbarer als vor ein paar Stunden.

»Ich bleibe die Nacht über bei Bridget, David.«

»Dann sehen wir uns morgen. Ich hole dich nach der Arbeit ab, und wir fahren hierher.«

»Nein, wenn du mich morgen sehen willst, dann mußt du zu mir kommen.«

Eine Weile herrschte bedeutsames Schweigen, »Gut. Ich komme um acht zu dir. Wir können essen gehen.«

Der Gedanke, eine ganze Mahlzeit durchstehen zu müssen und ihm dann das Unvermeidliche zu sagen, bereitete ihr jetzt schon Magenkrämpfe. »Nein, David. Ich möchte nicht ausgehen. Vielleicht mache ich uns was zu essen . . .«

»Nein, fühl dich nicht verpflichtet, mich zu füttern. Ich esse vorher. Also dann um acht.«

Sein verändertes Benehmen zwang Polly zu dem Schluß, daß er entweder ahnte, was sie ihm sagen wollte, oder daß er eine ähnliche Entscheidung getroffen hatte wie sie. Das Fiasko in der Samstagnacht mußte ihn zur Vernunft gebracht haben, und ihm war klar geworden, wie wenig sie zusammenpassen. Ihr Entschluß würde ihm keine allzu große Enttäuschung bereiten.

Andererseits würde es nicht einfach sein, David in allem Anstand darum zu bitten, seine Geliebte bleiben zu dürfen.

Kapitel 25

Da sie seinen Drang, auf und ab zu gehen, kannte, schob Polly die Möbel an die Wand und schaffte alles Überflüssige aus ihrem Wohnzimmer. In einem Punkt hatte sie gewonnen, Sie hatte ihn gezwungen, ihr auf ihrem eigenen Territorium gegenüber zutreten, so daß sie freundlich sein und ihm die Sache erleichtern konnte.

Vielleicht war er froh über ihren Vorschlag. Zwischen ihnen bestand eine starke sexuelle Anziehung. Er konnte sie in seinem Wagen spazierenfahren, mit ihr in die Oper oder sonstwohin gehen und sie so oft lieben, wie sie beide es wünschten. Und er brauchte sein komfortables, geordnetes Leben kein bißchen zu ändern.

»Warum«, fragte sie Selina, die Pollys Umräumaktion mit größtem Argwohn beobachtet hatte, »bin ich so nervös vor diesem Gespräch?«

Ungefähr zwei Minuten, nachdem David ihre Schwelle überschritten hatte, wurde ihr klar, daß ihre Ängste nichts anderes als eine böse Vorahnung gewesen waren. David hatte einen Stapel Zeitungen in der Hand.

Als Polly sie ihm abnahm, entdeckte sie, daß er über Nacht zum Helden geworden war.

»›GESCHÄFTSMANN RETTET HISTORISCHE GEBÄUDE‹«, las Polly laut, »Guter Gott!« rief sie, dann las sie weiter: »›Der Weinhändler David Locking-Hill (59)‹ – neunundfünfzig bist du nicht, oder?«

»Nein.«

»... ›schritt in letzter Minute ein, um Lauretons historische Gebäude erhalten. Die Ladenzeile, die, wie seit fünf Monaten verlautet, einem modernen Einkaufszentrum zum Opfer fallen sollte, konnte mit einer großen Spende an die Stiftung zur Erhaltung des Stadtkerns gerettet werden. Mr. Licking-Hall‹ – liebe Güte! Licking-Hall! – ›kletterte sogar höchstpersönlich auf die Dächer der gefährdeten Häuser, um den Demonstranten von seiner Rettungsaktion zu berichten ...‹«

»Ich kenne den Artikel bereits.«

»› ... aber er wurde dennoch von der Polizei verhaftet. Seine Heldentaten hatten damit noch nicht ihr Ende ...‹«

»Bitte, Polly.«

»› ... er rettete auch seine Verlobte‹ – Verlobte?!« wiederholte Polly in hellstem Entsetzen. »Was unterstehen die sich? Diese Leute sind schamlos, Können wir sie verklagen?«

»Ich fürchte, nein. Ich habe ihnen das gesagt, verstehst du?«

»Du ... du hast diesen Zeitungsleuten erzählt, daß wir verlobt sind?«

David nickte.

Das war Hochverrat. »Was fällt dir ein? Du hattest kein *Recht* dazu.«

»Beruhige dich, Polly. Das ist doch kein Beinbruch.«

»Es ist schlimmer als ein Beinbruch. Ich bin nicht deine Verlobte! Jetzt nicht und auch in Zukunft nicht. Und du hast nicht das Recht, diesen Klatschweibern und Zeitungsschmierern weiszumachen, daß ich es wäre.« Er schien sich seines Vergehens gar nicht bewußt zu sein. »Ich werde dich nicht heiraten, David. Ich habe mich entschieden.«

»Ich habe das nur gesagt, um dich zu schützen.«

»Um mich zu schützen – wovor?« wollte sie wissen.

Seine Miene erinnerte sie daran, daß sie die Flucht ergriffen und es ihm ganz allein überlassen hatte, mit der Pressemeute fertig zu werden. »Vor all dem, was ich erlebt habe, seit diese absurde Eskapade ihren Anfang genommen hat.«

Sie weigerte sich, die Schuld für irgendeines der Geschehnisse auf sich zu nehmen. »Darf ich dich daran erinnern, daß ich rein gar nichts damit zu tun habe? Ich habe dich nicht gebeten, dich einzumischen. Du hast das ganz allein entschieden. Und wenn du so viel Geld herumliegen hast, daß du zehn Tausender zum Fenster rausschmeißen oder für einen wohltätigen Zweck spenden kannst, dann herzlichen Glückwunsch. Aber versuch nicht, mir Schuldgefühle einzureden oder mich dafür verantwortlich zu machen.«

David betrachtete sie lange. »Ob du es willst oder nicht, du bist verantwortlich.«

»Wie kommst du auf diese lächerliche Idee?«

Er ging zum Tisch und ordnete die Zeitungen zu akkuraten Stapeln, ohne selbst zu wissen, was er tat.

»Ich war bei Bradley.«

»Ach ja? Und wie geht's deinem alten Kumpel?«

David bedachte sie mit einem kalten Blick. »Er ist ein spießiger Banause.«

Polly wären noch mehr Worte eingefallen, die Mr. Bradley und seine Ansichten treffend beschrieben hätten.

»Und?«

»Zuerst wollte er mir nicht verraten, was er mit den Gebäuden und dem Gelände vorhat. Als er mir schließlich doch die Pläne zeigte, wurde mir klar, weshalb ihr so leidenschaftlich gegen diese Entwicklung protestiert habt.«

Polly wartete, solange sie konnte, auf mehr, aber David schien sich in Schweigen hüllen zu wollen. »Also hast du das Geld gestiftet, weil du ehrlich der Meinung warst, daß es einem guten Zweck dient?« drängte sie ihn.

Er überlegte sich seine Antwort quälend lange. »Nicht ganz.«

»Um Himmels willen, warum hast du es dann getan?«

»Du kannst manchmal unglaublich dumm sein, Polly«, sagte er so sanft, daß Pollys Ärger über seine eigenmächtige Presseankündigung verrauchte.

»Kann ich das?«

»Du verstehst überhaupt nichts.«

»Das ist wohl kaum mein Fehler – du erklärst mir ja nichts.«

»Ich dachte, du könntest dir alles auch ohne Erklärungen zusammenreimen.«

»Was soll ich mir zusammenreimen?«

»Daß ich zehntausend Pfund ausgegeben habe, um es dir zu ersparen, diese verdammten Leitern hinaufzuklettern. Ich dachte du weißt, warum ich dich wieder heruntergeschleppt habe, warum ich den ganzen Sonntagnachmittag versucht habe, dich vor den Presseleuten zu schützen. Du kleiner Dummkopf – ich habe das alles nur getan, weil ich dich liebe.«

Polly hatte das Gefühl, gleich in Ohnmacht zu fallen. Sie brach auf dem Sofa zusammen und überlegte, ob sie den Kopf zwischen den Knien in Sicherheit bringen sollte. Aber so viel konstruktive Energie brachte sie nicht mehr auf.

David schien ebenso schockiert zu sein wie sie. »Ich glaube, diese Worte habe ich noch nie zuvor zu jemandem gesagt.«

»Nicht einmal zu Angela?«

»Nicht so – nein.«

Polly befeuchtete ihre Lippen. Sie war wie gelähmt. »Ich weiß nicht, was ich sagen soll.«

David setzte sich auf die Sessellehne. Seine riesige Gestalt sank ein wenig in sich zusammen. Plötzlich wirkte er entsetzlich matt. »Das verrät mir alles, was ich wissen muß.«

»Was soll das heißen?«

»Wenn du nicht weißt, was du auf eine Liebeserklärung antworten sollst, ist es relativ eindeutig, daß du meine Gefühle nicht erwiderst. Hast du dich deshalb entschieden, mich nicht zu heiraten?« fuhr er tonlos fort.

»Nein – nein, eigentlich nicht. Wir beide passen nicht zueinander. Jeder von uns führt ein vollkomme anderes Leben. Du wohnst in einem riesigen Haus, und Leute wie Mrs. Kidd schwirren um dich herum und versuchen, dir alles recht zu machen, und ich wohne hier. Und Leute wie Mac sind meine Freunde.«

»Ich glaube, ich kenne Mac nach der gemeinsamen Nacht auch ganz gut.«

»Ja, aber du hättest ihn nie getroffen, wenn ich nicht gewesen wäre.«

»Nein, aber . . .«

»Unsere Kreise sind grundverschieden, David. Eine Ehe mit dir wäre für mich so, als würde man einen Rhododendron in englische Erde verpflanzen.« Sie merkte, daß ihm das nicht viel sagte. »Für eine Weile ginge vielleicht alles gut, aber dann würden die Blätter an den Rändern gelb werden und zum guten Schluß verdorrt der ganze Strauch. Wenn ich mich in deine Welt verpflanzen ließe, würde ich meine Identität verlieren.«

»Tatsächlich? Und was ist mit meiner Identität?«

»Du bist ein Mann, du bist stark. Du mußt nicht kämpfen wie ich, um dich durchs Leben zu schlagen. Wenn ich dich heiraten würde und die Ehe in die Brüche ginge, müßte ich ganz von vorn anfangen. Du könntest weitermachen wie bisher. Ich kann ein solches Risiko nicht auf mich nehmen – nicht, wenn es so aussieht, als könnte ich den Durchbruch mit meinen Keramiken schaffen.«

Er sah sie an, als würde er sie aus weiter Ferne beobachten. Die Ruhe, mit der er ihre Zurückweisung erduldet hatte, verwandelte sich rasch in Zorn.

»Das bringt die Unterschiede zwischen uns so ziemlich auf den Punkt«, sagte er. »Du kannst das Risiko nicht auf dich nehmen, du mußt dich durchs Leben schlagen, ich nicht. Ich glaube offen gesagt, daß es nur einen großen Unterschied zwischen uns gibt – du hast keinen Mumm, ich schon.«

Sie versuchte etwas zu sagen, aber seine Miene hielt sie zurück.

»Ich mag jetzt ein wohlhabender Mann sein, Polly. Aber das bin ich nur durch Arbeit geworden. Ich arbeite immer noch, und zwar verdammt hart. Ich habe so viele Schulden geerbt, daß ich beinahe mein Haus verloren hätte, aber ich konnte es behalten – weil ich Risiken auf mich genommen habe. Ich hätte damals auch alles andere verlieren können, aber ich dachte, daß es jeden Versuch wert sei und daß ich, egal wie gefährlich es auch war, alles versuchen müsse.« Sein Blick verurteilte sie als rückgratlosen Feigling. »Du würdest lieber in deinem sicheren kleinen Kämmerchen bleiben und den Status quo aufrechterhalten, als dich selbst zu beweisen. Solange du hier bist, hast du immer eine Entschuldigung parat, deine Töpferei nicht ernstnehmen zu müssen. Oh, mir ist nicht entgangen, daß du gut bist und daß sich Londoner Geschäfte für deine Arbeit interessieren, aber wie lange wirst du sparen müssen, bis du dir einen größeren Brennofen und was du sonst noch brauchst, um wirklich Geld damit zu verdienen, leisten kannst?«

Sie wollte protestieren, aber ihre Stimmbänder machten nicht mit.

»Du scheinst zu glauben, daß eine Ehe mit mir deine Integrität als Töpferin in Frage stellen würde, ich glaube aber, daß du nur einen verdammten Vorwand suchst, um deine Arbeit nicht richtig machen zu müssen. Ohne meine finanzielle Unterstützung mußt du nicht jeden Tag an der Drehscheibe sitzen und dich auch nicht dem Vergleich mit anderen professionellen Töpfern stellen . . . Nein, bleib arm, bleib eine Amateurin und allein, dann bist du sicher.« Er holte tief Luft. »Wenn man es genau betrachtet, Polly, dann hast du einfach nicht die Courage, das Risiko auf dich zu nehmen und deine behagliche kleine Welt zu verändern.«

Gnadenlos zerrupfte er ihr ganzes Leben in kleine Fetzen – er, der sie so zärtlich, verständnisvoll und einfühlsam geliebt hatte. Innerhalb von wenigen Augenblicken hatte er sich von einem wundervollen Liebhaber in einen rücksichtslosen Kritiker verwandelt, der sie mit wohlkalkulierter Grausamkeit niedermachte. Polly vergrub ihr Gesicht in den Händen, um ihre Gedanken in einigermaßen geordnete Bahnen lenken zu können.

»Und wenn du auch nur daran denkst, zu weinen . . .« Seine Stimme klang nicht mehr kalt, sondern gleichmütig und deshalb noch bedrohlicher. »Wenn du auch nur eine einzige Träne vergießt, ohrfeige ich dich.«

Sie sah auf und zuckte erschrocken zurück. Er war tief verletzt und mußte die Quelle des Schmerzes vernichten. Er gehörte nicht zu den Männern, die Frauen schlugen, aber er stieß andererseits auch keine leeren Drohungen aus.

»Ich bin derjenige, der in Tränen ausbrechen sollte!« Er schlug auf den Tisch, als er seine Wanderung durch das Zimmer wieder aufnahm. »Ich habe dir mein Herz angeboten, und du hast es ein paarmal in die Luft geworfen und in die Gosse fallen lassen. Weil du es nicht brauchst. Du hast dein kleines, behütetes Leben, und das genügt dir.«

»David, es ist nicht . . .«

»Der Himmel möge verhindern, daß irgend etwas deinen Kokon zerreißt, in dem du dich mit deiner Katze, deinem Durcheinander und deinen Vorurteilen eingesponnen hast. Ich bin ein Idiot, daß ich dachte, du könntest so viel für mich empfinden, daß du mir etwas von deinem persönlichen Freiraum, deiner Unabhängigkeit und deinem sturen Glauben, du würdest es allein schaffen, opferst. Ich begreife gar nicht, wie ich so unsensibel sein konnte . . . Schön, wenn du ohne Liebe leben kannst, dann kann ich es auch. Vielen Dank für nichts.«

Polly fand ihre Sprache wieder. »Könnten wir nicht . . . ich meine, würdest du . . . könnten wir nicht weiter Geliebte sein?«

Diesmal fürchtete sie wirklich, er würde die Hand gegen sie erheben. Er ballte die Faust und holte aus, sie schoß vor, prallte aber auf seine eigene Handfläche. Wenn er ihr Gesicht getroffen hätte, wäre ihr Kiefer gebrochen. Er rang lange nach Atem und zitterte. Aber als er das Wort ergriff, war er wieder die Ruhe selbst.

»Ich dachte immer, daß es nichts Verletzenderes, Beleidigenderes gibt als das Angebot, ›gute Freunde‹ zu bleiben. Das war ein Irrtum. Es gibt Schlimmeres – nämlich dein Vorschlag, daß du mich als Kuscheltier, als Gigolo halten willst. Ein Gigolo, der zahlt. Das setzt allen Beleidigungen die Krone auf.«

Er verbeugte sich spöttisch. »Ich fürchte, ich muß dein großzügiges Angebot ausschlagen, aber bitte zögere nicht, es jemandem zu machen, der weniger Skrupel hat als ich. Es wäre ein Jammer, wenn dieser wundervolle Körper und dein erotisches Talent brach liegen würden.«

Er schnappte sich seinen Mantel und zog ihn an. In diesem Ungetüm sah er aus wie ein wütender Bär.

»Eines solltest du nicht vergessen, wenn du dir deinen Beschäler aussuchst – nichts was er mit dir oder du mit ihm machst, wird auch nur halb so schön sein wie das, was wir miteinander erlebt haben. Weil es nur um nackten Sex und sonst nichts gehen wird. Du verzichtest auf das Echte und Schöne um deiner Unabhängigkeit willen. Ich hoffe, du bist glücklich dabei.«

Die Tür schlug hinter ihm zu, und der Knall hallte noch lange in ihren Ohren wider. Das Telefon klingelte. Ein Lokalreporter wollte einen Artikel über sie und ihre Bemühungen, die historischen Gebäude zu erhalten, schreiben.

»Lassen Sie mich in Ruhe«, zischte sie und donnerte den Hörer auf die Gabel.

Polly schlenderte langsam den Hügel hinauf. Ihre Einkaufstaschen waren schwerer als sonst. In einer von ihnen steckte eine Flasche Whisky – gekauft von dem Geld, das für die Telefonrechnung bestimmt war. Mit ein bißchen Glück würde die Telekom ihren Apparat stillegen, und sie mußte nie mehr den Hörer abnehmen.

Aber bis jetzt war nichts dergleichen geschehen. Das verflixte Ding klingelte sich die Seele aus dem Leib, als Polly sich mit ihren Taschen durch die Haustür kämpfte. Sie wußte, daß es ihre Mutter war: durch eine uralte, mütterliche Zauberkraft hatte Sylvia Cameron in Erfahrung gebracht, daß ihre Tochter einen der begehrtesten Männer von Gloucestershire zurückgewiesen hatte (man bedenke, daß Polly nicht mehr taufrisch war und nicht mehr allzu wählerisch sein konnte), und jetzt wollte sie wissen, warum.

»Hallo?«

»Liebling! Du klingst *grauenvoll!* Was ist passiert?«

War es möglich, daß Sylvia bereits alles wußte? »Ich bin ein bißchen müde . . .«

Sylvias Mitgefühl war grenzenlos. »Das überrascht mich nicht. Nach allem, was du durchmachen mußt.«

»Was muß ich durchmachen?«

»Es steht in der Zeitung.«

»In welcher Zeitung?«

Sylvia sagte es ihr. Wie es schien, hatten einige überregionale Tageszeitungen die Story übernommen.

»Also wirklich, Mummy, wenn du diese Revolverblätter liest . . .«

»Ich hab' sie nicht selbst gekauft, Liebes. Sie ist mir beim Friseur zufällig in die Hände gefallen.«

Polly dachte daran, ihrer Mutter einen Friseur mit mehr Niveau zu empfehlen, aber sie hatte keine Gelegenheit dazu.

»Du und David Locking-Hill. Seid ihr wirklich verlobt?« erkundigte sich Sylvia in scharfem Ton.

»Nein.«

»Oh, gut. Es wäre grausam, wenn du mir eine so wichtige Sache nicht erzählen würdest.«

Polly lachte matt. »So etwas würde ich dir nie antun, Mum. Ich weiß doch, was es für dich bedeutet . . .«

»Es ist eine Schande, wenn eine Mutter derartige Dinge als letzte erfährt.«

»Ja.«

»Aber wieso behaupten dann die Zeitungen, daß ihr verlobt seid?«

»Ich habe keine Ahnung. Du weißt doch, wie diese Journalisten sind – sie übertreiben immer und lügen das Blaue vom Himmel, wenn es sein muß.«

»Unverschämtheit. Trotzdem – ich denke, er wird dich heiraten, wenn du dich entschuldigst.«

»Wofür sollte ich mich entschuldigen?«

»Egal, Liebling. Das ist die Rolle der Frau. Männer können

nicht um Verzeihung bitten, also müssen es die Frauen tun. Dann kann der Mann sagen: ›O nein, es war alles mein Fehler.‹«

»Mummy, du bist verrückt.«

»Er ist so ein netter Mann und genau der richtige für dich, Liebes.«

»Mutter, abgesehen davon, daß nichts an dem Gerücht dran ist und ich David nicht heiraten werde, passen er und ich überhaupt nicht zusammen. Deshalb habe ich ja abge . . .«

»Also hat er dir einen Antrag gemacht?«

Polly fragte sich, wie alt sie noch werden mußte, bevor sie etwas vor ihrer Mutter geheimhalten konnte. »Es würde nicht gutgehen. Wir sind grundverschieden, und eine Ehe würde in einer scheußlichen, quälenden Scheidung enden.«

»Unsinn, Liebes. Du muß nur eine wenig taktvoll vorgehen. Behalte deine feministischen Ideen für dich. Ein Mann duldet es nicht, wenn eine Frau zu selbständig ist, weißt du.«

»Mutter, ich muß auflegen. Jemand klopft an die Tür«, erklärte Polly mit der herzlosen Abruptheit einer leidgeprüften Tochter.

Kein Mensch war an der Tür, aber Polly konnte sich kaum eine Tasse Tee kochen, ehe das Telefon wieder läutete.

Sie beschloß, den Apparat mit Kissen zu ersticken, sobald sie dieses Gespräch beendet hatte, und hob ärgerlich den Hörer ab. »Ja?«

»Polly? Bist du das? Hier ist Melissa.«

Das war vermutlich unvermeidlich. »Oh, hallo.«

»Was ist das für eine Geschichte in allen Zeitungen? Ich hab versucht, David zu erreichen, aber er ist offenbar geschäftlich unterwegs. Seid ihr wirklich verlobt?«

»Nein.«

»Oh, gut. Das würde in einer Million Jahren nicht gutgehen, weißt du.«

»Aber du hast uns miteinander bekannt gemacht.«

»Ich bin nicht die Dorfkupplerin. Ich dachte nicht, daß ihr heiraten wollt.«

»Wir tun es auch nicht.«

»Gut. Du würdest ihn in den Wahnsinn treiben. Du bist zu chaotisch für ihn. Angela war so . . .«

Jetzt geht's los, dachte Polly.

». . . so organisiert. Immer lag alles ganz genau an seinem Platz in diesem Haus.«

»So ist es noch.«

»Was?« Polly sah vor sich, wie Melissa alarmiert die Ohren spitzte. »Du warst dort? Wann?«

»Nur zweimal.« Aber diese beiden Besuche waren ereignisreich genug gewesen.

»Ich verstehe das nicht. Ich dachte, ihr seid nicht verlobt – hast du das nicht gerade gesagt?«

»Wir sind es nicht. Man kann auch ohne Ring am Finger einen Mann zu Hause besuchen – heutzutage. Mrs. Kidd ist eine liebes, altes Mütterchen, nicht wahr?«

Warum sie das losgeworden war, obwohl sie wußte, daß es Melissa auf die Palme bringen würde, konnte sich Polly gründlich überlegen, während ihre Freundin mit einem leichten Schlaganfall zu kämpfen hatte.

»Du kennst Mrs. Kidd? Angela hat große Stücke auf sie gehalten.«

»Das beruhte wohl auf Gegenseitigkeit.«

»Wann bist du ihr begegnet?«

Man hätte meinen können, Melissa sprach von einer königlichen Hoheit und nicht von einer Haushälterin im Ruhestand. »Sie hat mir das Haus gezeigt. Sie schien zu glauben, daß das eher ihre als Monicas Aufgabe ist.«

»Monica! Dieser kleine Punk, den David aus reiner Gutherzigkeit aufgenommen hat?«

Polly verkniff sich die Bemerkung, daß ›dieser kleine Punk‹ den Hausherrn mit ›Dave‹ ansprach.

»Sie macht ihre Arbeit sehr gut – schließlich ist Mrs. Kidd ihre Mutter.«

»Wann hat diese Führung stattgefunden?«

»Am Sonntagmorgen, als David im Bett war.«

»Soll das heißen, daß all das Zeug über diese Ladenzeile und die Polizei und die Verhaftung stimmt?« Melissa klang, als wäre sie weit, weit weg.

»Ja.«

»Und hat er dich wirklich all diese Leitern herunter getragen? So wie es in der Zeitung steht.«

»Ich weiß nicht, was in der Zeitung steht, aber ja, er hat mich getragen.«

Es entstand eine lange Pause. Polly hörte nicht genau, wie Melissa versuchte, ruhig durchzuatmen, und mit den Tränen kämpfte, aber sie konnte es sich lebhaft vorstellen.

»Wenn du ihn nicht glücklich machst«, sagte Melissa schließlich, »spreche ich nie mehr ein Wort mit dir.« Melissa knallte den Hörer auf.

In Filmen, dachte Polly, als sie das Telefon unter Kissen und Decken erstickte, hängen die Leute einfach den Hörer aus. Bei den modernen Apparaten ging das nicht mehr, weil der Freiton zu schrill und im ganzen Haus zu hören war.

Polly stellte Milch auf den Herd und gab einen Löffel Honig und einen guten Schuß Whisky dazu. Das Resultat wirkte beruhigend und einschläfernd. Aber es war kein Ersatz für starke Arme.

»Mehr bleibt uns nicht«, erklärte Polly Selina. »Es ist nur gut, daß wir beide uns so sehr mögen.«

In gewisser Weise wurden die Dinge besser. Das Interesse der Presse ebbte ab, die Kunden im Café nutzen ihre Chance, Polly mit den Vorkommnissen zu necken und erwähnten sie anschließend nie wieder. Selbst Beth sang nicht mehr jedesmal, wenn sie Polly sah. »Up on the Roof«.

Aber in künstlerischer Hinsicht war Polly wie gelähmt. Der Ton, der früher stets ein gefügiger und unterwürfiger Verbündeter gewesen war, zeigte sich plötzlich störrisch und weigerte sich, ihre Ideen in materielle Gegenstände umzusetzen.

Davids höhnische Bemerkung, daß sie sich vor dem Vergleich mit anderen ›professionellen‹ Töpfern fürchtete, nagte unerbittlich an ihr. Sie hatte seinen Stolz verletzt, und er hatte versucht zurückzuschlagen. Aber war etwas Wahres an seinen Vorwürfen? War ihre Armut, die ihr verwehrte, sich voll und ganz der Töpferei zu widmen, wirklich der Puffer, der sie vor der rauhen Wirklichkeit des Lebens abschirmte?

Sie akzeptierte jetzt, auch wenn sie das nie einer Menschenseele eingestehen würde, daß sie bis über beide Ohren in David verliebt war. Sie liebte seine verstaubte Art, seine pedantische Redeweise, seine Förmlichkeit und seinen extrem trockenen Humor, der sie so oft überrascht hatte.

Außerdem fühlte sie sich sexuell so sehr zu ihm hingezogen, daß es beinahe an Besessenheit grenzte. Sie verstand immer noch nicht, wieso ihn ihr Vorschlag, daß sie seine Geliebte bleiben könnte, so sehr aufgebracht hatte. Es wäre eine so gute Lösung. Und eigentlich bestanden doch sonst immer die Frauen auf geregelten Verhältnissen. Warum hieß es für David in dieser Beziehung entweder alles oder nichts?

Und obwohl sie verzweifelt hoffte, sie würde sich wieder mit dem Leben abfinden, für das sie sich so hitzig eingesetzt hatte, war sie bis jetzt in dieser Richtung noch keinen Schritt weitergekommen.

Kapitel 26

Fast vierzehn Tage, nachdem David für immer aus ihrem Leben gestürmt war, versuchte Polly, Interesse für ihre Makkaroni mit Käse aufzubringen, die sie drei Tage zuvor gekocht und noch immer nicht aufgegessen hatte, als jemand an ihre Tür klopfte.

Sie öffnete und brauchte eine ganze Weile, bis sie Patrick erkannte. Er trug einen Anzug, der viel zu weit an den Schultern war, etwas Ähnliches wie eine Regimentskrawatte und ein schneeweißes Hemd. Sein langes Haar war zu einem ordentlichen Pferdeschwanz zusammengebunden.

Erst als sie ganz sicher war, daß wirklich Patrick vor ihr stand, machte sie die Tür weiter auf.

»Patrick. Wie schön, daß du dich mal blicken läßt. Komm rein, Hast du Hunger? Kann ich dich für Makkaroni mit Käse begeistern?«

Patrick kam herein – ganz langsam, und Polly merkte, daß er seine übliche lässige Haltung abgelegt hatte.

»Warum der Anzug, Patrick? Warst du bei einem Vorstellungsgespräch oder so was?«

Er schüttelte den Kopf.

»Tee, Kaffee, ein Glas Wein?«

Wieder schüttelte er den Kopf.

»Was kann ich dann für dich tun?«

Endlich machte er den Mund auf. »Ich bin hier, um herauszufinden, warum Sie so hart mit meinem Dad umspringen.«

»Was soll das heißen?«

»Er ist gegangen, verstehen Sie?«

»Was meinst du mit ›gegangen‹? Melissa sagte, er ist geschäftlich unterwegs, aber . . .«

»Er ist nicht geschäftlich unterwegs – er ist weg.«

»Ich verstehe kein Wort.«

»Er ist weg, ohne Vorankündigung auf und davon. Hat das Geschäft verlassen und sich auf unbestimmte Zeit Urlaub genommen.«

Polly fühlte sich, als hätte man ihr einen Magenschwinger versetzt. Sie war viel zu aufgeregt, um loszuheulen.

»Es ist wirklich komisch«, fuhr Patrick fort.

»Komisch?« Polly hatte in ihrem ganzen Leben nie etwas weniger Komisches gehört. Daß David allem den Rücken kehrte und einfach so verschwand kam ihr genauso unwahrscheinlich vor wie die Möglichkeit, daß sich die Erde plötzlich in die andere Richtung drehte. Trotzdem schien exakt das eingetroffen zu sein.

»Die reinste Ironie – wenn Ihnen das lieber ist.«

»Was ist die reinste Ironie?« Es hatte keinen Zweck, Patrick zu bedrängen und ihn zur Eile anzutreiben.

»Daß er sich ausgerechnet Sie von all den Frauen, die seit Mums Tod hinter ihm her waren, ausgesucht hat, um sich zu verlieben.«

»Was ist daran so eigenartig?«

Sie redete leise, weil sie fürchtete, daß eine falsche Reaktion Patrick wieder zum knappen Nicken und zur Einsilbigkeit treiben würde. Sie wollte unbedingt alles hören, was er ihr über seinen Vater und seine Gefühle ihr gegenüber zu sagen hatte.

Patrick starrte traurig ins Feuer. »Daß Sie ihn nicht haben wollen. Sie haben sich ungeheuer angestrengt, ihm zu zeigen, daß Sie in einem anderen Spiel spielen. Aber trotzdem sind Sie die einzige, die ich als Dads Frau aushalten könnte.«

»Wieso?«

»Zum Beispiel, weil er und ich in diesem Punkt denselben Geschmack haben.«

Sie war entsetzt. »Patrick!«

Zum erstenmal an diesem Abend zuckte ein Lächeln über seine Mundwinkel, und in diesem Augenblick sah er David unglaublich ähnlich. »Sie brauchen nicht gleich einen Anfall zu kriegen. Ich sag doch bloß, daß ich Sie mag – ich hab nicht vor, Dad um die Ecke zu bringen, damit wir ein bißchen Spaß im Bett haben könnten.«

»Patrick!«

»Und ich weiß, Sie würden nie versuchen, eine Mutter für mich zu sein.«

Polly schauderte. »Lieber würde ich *Rosemary's Baby* an Kindes Statt annehmen.«

»Genau. Und Sie drehen auch nicht durch, wenn ich mich nicht dem unterwerfe, was die Privilegierten als normales Benehmen ansehen.«

Polly dachte nach. »Nein«, gab sie zu, »vermutlich nicht.«

»Und – mögen Sie meinen Dad nicht? Ist er Ihnen zu verknöchert? Ich sehe ja ein, daß er nicht die beste Wahl ist, wenn man eine offene Ehe und all den Scheiß haben will. Über solche Sachen hat er ziemlich altmodische Ansichten.«

»Selbstverständlich bin ich nicht für offene Ehen! Ich liebe David sehr, aber ich kann ihn nicht heiraten.«

»Zum Teufel, warum nicht?«

»Weil –« Sie hatte es satt, immer wieder diese Frage zu beantworten, und vollzog eine umfassende Geste, um das Verfahren abzukürzen. »Sieh dir mein Haus an. Es ist meins, und ich liebe es. Aber es ist nicht dasselbe wie euer Haus. Wir haben einen vollkommen unterschiedlichen Hintergrund, Patrick. So etwas ist sehr wichtig. Ich würde einer Ehe nicht mehr Chancen geben als einem Schneeball in der Hölle.«

»Weil Dad in einem großen Haus wohnt und Sie nicht?«

»Da ist noch meine Töpferei. David möchte sicher eine Frau haben, die ihn mit seiner Pfeife und den Hausschuhen erwartet, wenn er nach Hause kommt. Ich bin nicht bereit, alles stehen und liegen zu lassen, nur um für ihn zu kochen. Oh, ich bin sicher, er kann sich mit meinem Töpfern abfinden, solange es sich in Grenzen hält und seine Bequemlichkeit nicht stört, aber von Frauen, die Männer wie David heiraten, wird erwartet, daß sie die Ehe als Karriere betrachten.«

»Sie haben keinen einzigen Beweis für diese Thesen.«

»Patrick, du bist wahrscheinlich zu jung, um zu wissen, wie die Frauen jahrhundertelang . . .«

»Ja, ist ja schon gut.«

»Aber Männer wie David – ich meine, Männer aus Davids gesellschaftlichen Kreisen erwarten viel von ihren Frauen. Sie verlangen nicht, daß sie Böden schrubben, vermutlich nicht einmal, daß sie Hemden bügeln, aber die Ehemänner müssen immer an erster Stelle kommen. Nimm an, David könnte sich für zwei Wochen von seinen Geschäften loseisen und will mit mir irgendwohin fahren. Wie würde er reagieren, wenn ich etwas anderes, ganz Wichtiges vorhätte und ihn nicht begleiten könnte?«

»Enttäuscht?«

»Enttäuscht und verärgert. Er wäre wütend auf meine Arbeit, und ich wäre zwischen ihm und meinen anderen Pflichten hin und her gerissen und würde beides irgendwie vernachlässigen.« Sie holte tief Luft. Es war ihr wichtig, Patrick verständlich zu machen, weshalb sie seinem Vater das Herz brach. »Und wie sieht die gesellschaftliche Seite aus? Ich vergnüge mich genauso gern wie jeder andere Mensch auch, aber auf meine Weise und bestimmt nicht so, wie es die überkommenen, spießigen Sitten vorschreiben, nach denen sich die Ladies zurückzuziehen haben, während die Herren ihren Port trinken.«

»Ich verstehe, was Sie damit sagen wollen, aber Sie scheinen Dad nicht richtig zu kennen. Er kommt seinen gesellschaftlichen Pflichten nach, das schon, aber es macht ihm keinen großen Spaß. Er ist nicht scharf auf so ein Zeug, er schwimmt nur mit dem Strom. Wenn Sie als seine Frau mit dieser langweiligen alten Scheiße aufräumen, dann hat er bestimmt nichts dagegen; im Gegenteil – es würde ihn freuen.«

Polly zuckte mit den Achseln. »Du sagst das vielleicht nur aus Loyalität deinem Vater gegenüber, vielleicht glaubst du sogar wirklich daran. Aber du könntest dich täuschen.«

»Und Sie sind nicht bereit, das Risiko, es herauszufinden, auf sich zu nehmen?«

Früher hätte sie keinen Augenblick gezögert – eine Ehe war für sie von vornherein nicht in Betracht gekommen. Jetzt war sie nicht mehr so überzeugt, und ihre Argumente waren weniger stichhaltig. »Wenn ich es tun und zu euch in dieses große Haus ziehen würde, kämen meine Freunde nicht mehr zu mir, um mich zu besuchen. Ich würde alle, auf die ich mich heute verlassen kann, verlieren. Und wenn die Ehe in die Brüche gehen sollte, müßte ich ganz von vorn anfangen. Ich bin zu alt für so was.«

»Sie sind jünger als Dad, und er ist offensichtlich bereit, ein paar Schwierigkeiten auf sich zu nehmen.«

»Ein paar Schwierigkeiten, ja, aber er müßte sich nicht vollkommen umstellen.«

Patrick lachte ungläubig. »Wirklich nicht?«

»Nicht so wie ich. Er würde nicht zu mir ziehen und hier mit mir leben.«

»Nein, wahrscheinlich nicht.«

»Und *er* hat *mich* verlassen, mußt du wissen. Ich wollte, daß wir uns noch weiterhin sehen.«

Patrick grinste. »Sie als Dads kleine Freundin?«

Das traf Polly schwer. »Ich meinte nicht als *Freundin* ...«

»Dann als Geliebte oder Mätresse?«

So wie Patrick es aussprach, klang es billig und geschmacklos. »Du deutest damit an, daß ich Geld von ihm annehmen würde, aber so etwas käme für mich niemals in Frage.«

Patrick seufzte. »Also geht es im Grunde hauptsächlich ums Geld, stimmt's?«

Polly wußte selbst nicht mehr, worum es eigentlich ging. »Irgendwie ja. Ich weiß auch nicht.«

»Er ist reich, Sie nicht – das Ende einer möglichen glücklichen Beziehung.«

Polly zuckte wieder mit den Achseln.

»Würde Geld eine Rolle spielen, wenn er pleite wäre?«

»Natürlich nicht . . .«

»Was soll das Ganze dann? Entweder ist Geld wichtig oder nicht. Ich denke, es ist nicht wichtig.«

Polly strich den Bettüberwurf, der die Sofalehne bedeckte glatt. Selina hatte daran gekratzt, und Polly entdeckte auch ein Loch. »Wahrscheinlich denke ich das auch.«

Patrick erahnte den bevorstehenden Durchbruch. »Und die Sache mit den ›Freunden‹ – ehrlich, Polly, ich weiß nicht, warum Sie sich deshalb ins Hemd machen. Falls Ihre Freunde so sind wie Sie, dann hören sie nicht auf, Sie zu mögen, nur weil Sie in einem größeren Haus wohnen. Wenn sie deswegen ihre Einstellung zu Ihnen ändern, dann sind sie keine echten Freunde. Was auch immer wir beide für Probleme miteinander haben, Dad ist ganz okay, wenn man ihn genauer kennt. Ihre Leute würden ihn bestimmt auch mögen.«

»Meinst du?«

Er nickte. »Sie selbst mögen ihn ja auch.«

Polly betrachtete ausgiebig ihre Fingernägel. »Also gut. Ruf ihn an und sag ihm, daß ich gern mit ihm sprechen möchte.«

Patrick starrte sie verwirrt an. »Aber das kann ich nicht! Ich dachte, das hätte ich bereits erklärt. Dad ist verduftet – weg. Er campiert an einem Ort, an dem man ihn nicht erreichen kann.«

Polly wurde aschfahl, und sie sah ihn entsetzt an. »Ich dachte, du wolltest mir zu verstehen geben, daß er sich in das Haus in Frankreich zurückgezogen hat.«

Patrick schüttelte den Kopf. »Nein. Wenn ich mit ihm sprechen will, muß ich warten, bis er sich bei mir meldet. Bis jetzt hat er noch nichts von sich hören lassen. Sie müssen schon zu ihm fahren.«

Zweifel befielen Polly. »Ich glaube, dazu fehlt mir der Mut. Außerdem will er mich sicher nicht mehr, selbst wenn ich ihn anflehe.«

Patrick widersprach dem nicht. »Sie werden ihn anflehen müssen, das ist sicher. Er hat einen verteufelten Stolz. Aber vor zwei Wochen hat er Sie geliebt, und vermutlich tut er das noch. Einen Versuch ist es doch wert, oder?«

»Das kann ich nicht! Ich komme mir vor wie ein Schafskopf.«

»Sie sind ein Schafskopf. Passen Sie auf, daß Sie ein nicht noch größerer werden.«

Polly zog in Erwägung, Patrick darauf hinzuweisen, daß er Erwachsenen Respekt schuldete, aber da sie in der letzten halben Stunde irgendwie die Rollen getauscht zu haben schienen, entschied sie sich dagegen. »Du bist wirklich eine große Hilfe«, maulte sie.

»Das bin ich. Welcher brave Junge hält wohl die Familiengeschäfte auf dem laufenden, während Papas Abwesenheit?«

»Was, du? Oder dein Bruder?«

»Nein, James steht kurz vor dem Examen und ist zu beschäftigt, um Dads Geschäfte zu übernehmen. Ich kümmere mich um die Restaurants, Bars, den Weinverkauf und all den anderen Kram – deshalb der Anzug.«

»Er steht dir.«

»Es ist nicht ganz mein Stil, aber ich kann Dad nicht im Stich lassen. Die meiste Zeit hab ich eine Stinkwut auf ihn, aber Blut ist dicker und so weiter. Zum Glück gibt's da noch einen Burschen, der all das übernimmt, wozu ich zu jung bin. Ich bin noch unter achtzehn.«

Polly lachte. Sie fühlte sich gut wie seit langem nicht mehr. »Also, wo treibt sich dieser Vater herum, dem du solche Opfer bringst?«

»Er hat sich ein Cottage in Schottland gemietet.«

»Wie bitte?«

»Eine Schäferhütte, um genau zu sein. Sie steht an einem See und ist meilenweit von jeder Zivilisation und mehr als eine Meile von der Straße entfernt.«

»Guter Gott!«

»Wir waren früher in den Ferien manchmal dort. Für Kinder ist es toll – viele Bäche, wo man Dämme bauen kann und so. Wir haben über offenem Feuer gekocht.«

»Aber es muß doch einen Herd gegeben haben!«

Patrick zog die Schultern hoch. »Kann mich nicht dran erinnern. Wir waren schon einige Jahre nicht mehr da. Zum Pinkeln mußten wir rausgehen, und waschen konnten wir uns nur im Bach.«

Polly rutschte unbehaglich hin und her. »Gib mir die Adresse, dann schreib ich deinem Vater einen Brief.«

Patrick schüttelte den Kopf.

»Sag nichts. Die Hütte ist zehn Meilen vom nächsten Postamt entfernt, und er würde keine Post abholen, selbst wenn er im Ort einkaufen geht.«

»Sie haben's erfaßt.«

»Dann werde ich wohl warten müssen, bis er zurückkommt.«

»Wenn Sie nicht zu ihm fahren, wird er vielleicht nie mehr nach Hause kommen. Und dann bleibe ich als armes, schutzloses Waisenkind zurück.«

»Das mit dem Waisenkind lasse ich dir noch durchgehen – aber arm und schutzlos?«

»Wie auch immer, Polly, Sie müssen hinfahren – das heißt, wenn Sie ihn wirklich lieben.«

Polly starrte lange auf den abgetretenen Teppich vor dem Kamin. »Ja, ich liebe ihn. Und ich fahre.«

Patricks Gesicht blühte auf wie eine Sonnenblume. »Es ist verdammt schwer zu finden. Schafft Ihr Auto die Strecke?«

Der Gedanke, daß ihr Auto mit vierzig Meilen in der Stunde über die Autobahn zuckeln mußte und wahrscheinlich zehn Stunden oder mehr brauchen würde, jagte ihr Schauer über den Rücken. Genauso gut könnte sie Selina auffordern, zehn Runden mit einem Pitbull zu kämpfen. »Eher nicht. Es ist alt und muß zum TÜV – ohne größere Reparaturen kommt es nicht durch. Was soll ich tun? Mir deinen Wagen ausborgen?«

»Nee. Meiner ist noch schlimmer als Ihrer. Sie werden sich einen Mietwagen nehmen müssen.«

»Da spricht das arme Kind reicher Eltern... Wie soll ich das bezahlen?«

Patrick kramte in seiner Tasche und zog ein erscheckend dickes Geldbündel heraus. »Hier, das kann ich Ihnen leihen.«

Pollys Mund wurde trocken. »Woher hast du das?«

Patrick erriet ihre Gedanken und grinste breit. »Ich deale mit Crack – was denken Sie denn? Quatsch. Einer der Kunden hat seine Rechnung bar bezahlt.«

»Patrick, ich kann nicht Davids Geld nehmen, um...«

»O doch, Sie können. Sie können den Rest Ihres Lebens damit verbringen, es ihm zurückzuzahlen – mit Freundlichkeiten.«

»Patrick, manchmal bist du wirklich unmöglich.«

»O Mummy, bitte schimpf mich nicht.«

Polly stöhnte. »Patrick, wenn du mich je ›Mummy‹ nennst, drehe ich dir den Hals um.«

Patrick seufzte betrübt. »Ich seh schon, ich bekomme eine richtig böse Stiefmutter.«

»Hör auf mit dem Unsinn. Du kannst die Makkaroni essen oder über den Kopf gestülpt bekommen – such's dir aus.«

Es war erstaunlich einfach, einen Wagen zu mieten. Der Angestellte der Leihfirma war äußerst hilfreich, bis Polly – veranlaßt durch seinen schottischen Akzent – ihr Ziel nannte. Er benahm sich sofort, als hätte Polly eine Exkursion durch Sibirien vor.

»Dann brauchen sie bessere Reifen als die.« Er versetzte einem der aufgezogenen Reifen einen verächtlichen Tritt. »Mit denen kommen Sie nicht weit – nicht wenn das Wetter schlecht ist... Jimmy!« brüllte er. »Montier anständige Reifen auf den Wagen. Die Lady fährt in den Norden.«

Jimmy, auch ein Schotte, bestand darauf, Pollys Straßenatlas und die Route, die Alan sorgfältig für sie ausgearbeitet hatte, zu kontrollieren, und nannte ihr ungeheuer komplizierte Alternativstrecken.

Als Polly den beiden endlich, tief gerührt und zugleich verwirrt von so viel Fürsorge, entkam, war es kurz vor elf – eine Stunde später, als geplant.

Am Morgen hatte sie Selina bei Bridget abgeliefert – dort konnte sie fast den ganzen Tag auf Cherrys Schulter hocken und sich eine ordentliche Speckschicht anfressen. Irgendwie verführte Bridgets Haushalt jeden Besucher dazu, sich mit essen zu trösten.

Bridget hatte ihr alle guten Wünsche mit auf den Weg gegeben, und Alan hatte den Weg, den sie fahren mußte, und jede Kreuzung genau angegeben und ihr gesagt, welche Tankstellen und Raststätten die besten waren. Patrick hatte ihr, so gut er sich erinnerte, beschrieben, wie sie die Hütte finden konnte.

»Da ist eine Landvermessungsstelle.« Sein Finger tippte auf die Karte, die auf den ersten Blick aussah, als wäre das gesamte Himalaja-Gebirge dort aufgezeichnet. »Und da ist der See.« Ein blauer, sichelförmiger Fleck war zwischen all dem Braun zu sehen. »Diese Straße da führt hin, aber dann müssen Sie abbiegen, und zwar auf einen von diesen Feldwegen, glaube ich.«

»Aber wo ist das Haus?«

»Es ist kein Haus, Poll. Es ist eine Steinhütte.«

»Meinetwegen.«

»Ich bin nicht ganz sicher. Sie müssen den Wagen abstellen und zu Fuß weiter gehen. Wir können den Mann anrufen, der Dad die Hütte vermietet hat, und ihn nach dem genauen Weg fragen, aber wahrscheinlich fährt er dann sofort los und erzählt Dad, daß Sie auf dem Weg zu ihm sind.«

»Und das wäre nicht gut?«

»Ich weiß es ehrlich nicht, aber vielleicht macht er sich dann noch mal aus dem Staub, und dann sind Sie den ganzen Weg umsonst gefahren.«

Sie schauderte. »Dann ruf lieber nicht an. Ich werd's schon finden.«

Polly blieb alle zwei Stunden stehen, und jedesmal dankte sie Gott und Patrick, daß sie sich einen Leihwagen genommen hatte, und Alan für die Wegbeschreibung.

Das Auto hatte eine gut funktionierende Heizung, effektive Scheibenwischer, und es war schnell. Das Wetter war schön, Polly genoß die Landschaft und wechselte problemlos von einer Autobahn und Schnellstraße auf die andere.

Als sie die M16 erreicht hatte, drückte sie das Gaspedal durch. Der Gedanke, daß sie über die Autobahn raste, um ihren Geliebten zu sehen, versetzte sie in Hochstimmung, bis sie merkte, daß die Nadel der Benzinuhr rapide sank, und sah, wie inflationär die Preise an den Autobahntankstellen waren.

Kurz nach Stafford tankte sie und zählte ihr Geld. Sie mußte langsamer und benzinsparender fahren. Von da an blieb sie bei sechzig Meilen in der Stunde, hielt aber an ihrem Entschluß fest, alle zwei Stunden eine kurze Rast einzulegen, auch wenn sie sich nur eine Tasse Kaffee leisten konnte.

Als sie an die Grenze kam, war es fünf Uhr, und sie gönnte sich eine Portion Kuchen und Tee. Sie sah sich in dem Laden um und nutzte die Gelegenheit, sich die Beine zu vertreten. Die Regale waren vollgestopft mit schottischen Puppen, karierten Decken und Teppichen. Polly war nie zuvor in Schottland gewesen, und selbst der kurze Blick auf den Touristenkitsch versetzte sie in Aufregung. Sie kaufte sich ein Päckchen mit einer Art Traubenzucker, der ihr neue Energien verleihen sollte.

Kurz nach Carlisle endete die Autobahn, und dort fing es auch an zu regnen. Bei Beattock Summit verwandelte sich der Regen in Schnee, und Pollys Freude darüber, in Schottland zu sein, verblaßte und machte der Unsicherheit Platz. Sie dachte nicht mehr an ihr Ziel oder daran, was sie erwartete, wenn sie es endlich erreicht hatte. Statt dessen konzentrierte sie sich auf den nächsten Ortsnamen, den sie laut Alans Anweisungen ansteuern mußte, und freute sich auf den Kakao oder Tee, den sie trinken würde, sobald sie an einem Café vorbeikam.

Es gab nicht viele davon, und Polly gewöhnte es sich rasch ab, über den Zustand der Toiletten die Nase zu rümpfen. Ihre ursprüngliche Befangenheit, als einzige Frau ohne männliche Begleitung, dafür aber mit englischem Akzent in einer verräucherten Kneipe voller Fernfahrer zu sitzen, legte sich auch. Sie machte sich nur noch Gedanken um das Geld, das schnell weniger wurde, und um den Wagen, der die ungeheure Belastung aushalten mußte.

Es war nach neun, als sie von der Paßstraße abbog. Inzwischen schneite es in dichten Flocken, und sie war froh, daß Jimmy und sein Boß ein solches Theater um die Reifen gemacht hatten.

Sie hielt an und sah auf der Karte nach, ob sie die richtige Abzweigung erwischt hatte. Vor etwa drei Meilen hätte es noch eine Kreuzung geben müssen – wenigstens war eine eingezeichnet, aber Polly hatte nichts gesehen.

Sie überlegte kurz, ob sie zurückfahren sollte, aber die Aussicht, auf einem schmalen Weg mit tiefen Gräben auf beiden Seiten wenden zu müssen, hielt sie davon ab. Sie hatte so aufgepaßt und nach dem Feldweg Ausschau gehalten, daß sie ihn unmöglich übersehen haben konnte. Sie merkte sich den Kilometerstand und fuhr weiter. Die Nadel der Benzinuhr deutete schon fast auf Reserve, das hieß, daß sie noch ungefähr dreißig Meilen weit kam. Das mußte reichen. Aber falls sie sich verfahren hatte, kam sie möglicherweise nicht mehr bis zur Hauptstraße zurück.

Die Straße führte bergauf und wurde immer steiler – ein kurzer Blick auf die Karte verriet Polly, daß sie zu weit gefahren war.

»Vierhundert verdammte Meilen zu weit«, beschwerte sie sich laut, um sich Mut zu machen. Gleich darauf wünschte sie, sie hätte den Mund gehalten. Die Worte schwebten in der Luft und führten ihr noch deutlicher vor Augen, daß sie mutterseelenallein auf weiter Flur war.

Unter größten Anstrengungen drehte sie an einer Ausweichstelle um und fuhr wieder bergab. Patrick hatte gesagt, daß ein See in der Nähe war, von den Bergen war nur die Rede, als er die Landschaft, die die Hütte umgab, beschrieben hatte. Wenn der Zustand der Straße besser gewesen wäre, hätte sie den Wagen im Leerlauf rollen lassen können, um Benzin zu sparen. Aber so kroch sie weiter, bis der Weg flach wurde und sie nahe an der Hauptstraße war. Als sie anhielt, um die zusammengeknüllte Karte vom Beifahrersitz zu nehmen und sich zu vergewissern, daß sie sich verirrt hatte, ging der Motor aus und sprang nicht mehr an.

»O David, wie kannst du mir so etwas antun?« Sie drosch mit der Faust auf das Lenkrad ein. »Mistkerl!«

Kapitel 27

Das vernünftigste wäre, im Wagen bis zum Morgen zu warten und dann Hilfe zu suchen. Eine Weile tat Polly auch das Vernünftigste, aber die Mischung aus Langeweile und Angst war stärker als der gesunde Menschenverstand. Sie studierte noch einmal die Karte, schnappte sich ihre Taschenlampe, nahm ihren Marinemantel vom Rücksitz und beschloß, loszugehen.

Es ist einfacher, den richtigen Weg zu Fuß zu finden, redete sie sich ein.

Bis dahin hatte sie das geliehene Auto für ziemlich empfindlich gehalten, weil es den Schnee nicht gut vertragen konnte und bei jedem Windstoß gefährlich aus der Spur geschlittert war. Aber jetzt, da sie die Wärme verließ, wurde ihr klar, wie sehr es sie vor den wütenden Mächten der Elemente beschützt hatte.

Der Schneesturm riß sie beinahe um, als sie ausstieg. Sie schwankte und überlegte, ob sie sich nicht doch lieber wieder ins Auto setzen sollte. Es kam oft vor, daß Menschen bei solchem Wetter in der Wildnis umkamen. Nein. Wenn das Schneetreiben schlimmer wurde, konnte sie immer noch zurückgehen und Schutz im Wagen suchen. Sie zog ihre Gummistiefel an, nahm ihre Tasche, holte die Wollmütze heraus, ließ die Tasche aber auf dem Rücksitz stehen. Nach drei Schritten drehte sie wieder um und zerrte zwei Pullover aus der Tasche. Als sie ohne Mantel im Freien stand, um die Pullover anzuziehen, fror sie erbärmlich. Aber zum guten Schluß war sie warm genug eingepackt und machte sich auf den Weg in die Nacht.

Sie knipste die Taschenlampe an und merkte, daß die Batterie nicht mehr die neueste war, das Licht war schon ziemlich trübe.

»Ich würde das alles nicht mitmachen, wenn es nicht um David ginge«, brummte sie in den Wind.

Und kurze Zeit später, als die Kälte langsam durch ihre Kleiderschichten kroch und richtig beißend wurde, begriff sie, daß sie das alles nicht durchmachen *müßte*, wenn David nicht wäre.

Nachdem sie ein paarmal ihre eigene Spur zurückverfolgt hatte und wieder weiter gegangen war, fand sie etwas, was wie ein Feldweg aussah. Er schien schnurgerade den Berg hinauf und in den schwarzen, wolkenverhangenen Himmel zu führen, aber soweit Polly es beurteilen konnte, mußte es der richtige sein. Dieser Ausflug war jedenfalls besser, als ohne Sinn und Verstand auf der Hauptstraße auf und ab zu gehen. Irgendwann anzukommen, schien nicht mehr im Bereich des Möglichen liegen – es war eher ein Luftschloß so wie der Traum von einem Sechser im Lotto.

Gummistiefel sind nicht für lange Spaziergänge im Schnee bestimmt, und die Socken, die Polly über ihrer Strumpfhose trug, verwurschtelten sich an den Zehen. Sie mußte einige Male stehen bleiben, auf einem Bein hüpfen, um ihre Fußbekleidung zu richten. Sie sehnte sich danach, den Kampf aufgeben zu können, sich hinzulegen und friedlich an Unterkühlung zu sterben. Wie lange, fragte sie sich, würde es dauern, bis man hier ihre steifgefrorene Leiche fand?

Aber als sie um eine Biegung kam, entdeckte sie das Licht. Es war trüb und noch weit weg, aber es bedeutete, daß sich Menschen hier aufhielten. Wenn das nicht Davids Hütte war, dann würde sie sich trotzdem dort einnisten, egal welch finsterer in einen Kilt gewandeter Highländer ihr die Tür aufmachte. Sie war längst darüber hinweg, heikel und wählerisch zu sein.

Ihre Stimmung hellte sich erheblich auf, als sie Davids Auto am Rand des Feldwegs sah. Die Tatsache, daß der Weg an diesem Punkt endete und das Licht immer noch stecknadelgroß im düsteren Schneetreiben und vermutlich weit, weit weg war, paßte nicht so ganz in ihr Konzept.

Ein paarmal fiel sie hin. Jedesmal, wenn sie sich wieder aufrappelte, wuchs ihr Zorn auf David, und sie verfluchte ihre Blödheit, überhaupt hergekommen zu sein. Endlich kam die Hütte in Sicht. Polly taumelte die letzten Meter vorwärts. Sie hatte es geschafft!

Sie konnte kaum noch die Kraft auf bringen, an die Tür zu hämmern, und das Heulen des Windes verschluckte das Geräusch, das ihre Faust zustande brachte. Sie fand einen Stein und klopfte damit an. David würde sie hören, wenn sie die Tür aufbrach.

Nichts rührte sich. Polly klopfte noch lauter, aber obwohl das Licht in der Hütte brannte, war kein Ton zu hören. Das Schneetreiben wurde dichter, und auch wenn Polly sich nicht vorstellen konnte, daß sie in ernsthafter Gefahr schwebte, von der weißen Pracht begraben zu werden, hatte sie keine Lust mehr, länger in der Kälte herumzustehen. Sie probierte, ob die Tür verschlossen war. Sie war es nicht. Polly schob sie vorsichtig auf und rief: »Hallo! David, bist du da?«

Keine Antwort. Sie betrat das Haus.

Sie stand in einem langgestreckten, niedrigen Raum mit rauhen, weißgekalkten Wänden und Holzfußboden. An einem Ende befand sich ein gemauerter Kamin, am anderen eine Kochstelle. Die Flammen im Kamin loderten hoch. Polly schloß die Tür hinter sich.

Auf dem langen, gescheuerten Holztisch vor dem Küchenbereich standen keine Tellerchen und Becherchen, aber ansonsten hätten hier gut die sieben Zwerge hausen können.

Ein Ohrensessel stand näher am Feuer als der andere, und auf dem Tisch daneben lag ein Buch über Kampfpiloten im Ersten Weltkrieg – mit Lesezeichen. Das mußte David gehören. Jeder andere hätte das Buch aufgeschlagen mit dem Gesicht nach unten auf den Tisch gelegt.

Plötzlich wurde Polly bewußt, daß sie entsetzlichen Durst hatte, und sie ging zum Küchenbereich. Eine Pfanne, in der vor kurzem Rühreier gebraten worden waren, weichte in der Spüle ein – noch ein Hinweis auf David. In dem mit Gas betriebenen Kühlschrank stand ein halber Liter H-Milch. Polly wusch die Pfanne ab und schüttete Milch und ein wenig Wasser hinein. Bis die Milch kochte, mußte sie etwas aufgetrieben haben, mit dem sie sie verfeinern konnte – Kakao, Honig und, so wie sie David kannte, Whisky.

Es gab keinen Honig, dafür hart gewordenen weißen Zukker, der wahrscheinlich schon hier war, als Patrick zum letztenmal seine Ferien in dieser gottverlassenen Hütte verbracht hatte. Das und ein großzügiger Schuß vom Maltwhisky, der Polly immer an die welterschütternde Nacht erinnern würde, ergab einen guten Beruhigungstrunk.

Hinter der Küche war ein kleines, eisiges Badezimmer. Dort fand Polly weitere Spuren von David vor – einen blau-gold gestreiften Toilettenbeutel, Zahnpasta, sein After-shave, an dem Polly kurz schnupperte. Sie wünschte, sie hätte es nicht getan. Der Geruch verstärkte das Gefühl der Einsamkeit und die schmerzliche Sehnsucht. Wo war David?

Sie war froh, sich in die relative Wärme des Wohnraums zurückziehen zu können. David mußte ein Masochist sein, wenn er um diese Jahreszeit hierher kam.

Polly ging herum, um sich alles anzuschauen. Mrs. Kidd würde tot umfallen, wenn sie die dicke Staubschicht auf den Fenstersimsen und die Zeichen der Vernachlässigung sehen könnte. Aber die Hütte hätte trotz ihrer spärlichen Möblierung zauberhaft sein können. Außer den Sesseln am Kamin, dem Kaffee- und dem Eßtisch mit Stühlen, standen ein Schrank und eine Kommode mit Schubladen im Zimmer. Die beiden Geweihe, die an der Wand hingen, waren zu Kleiderhaken umfunktioniert worden – Davids Bademantel hatte dort seinen Platz. Daneben schmückte ein kleines, vergilbtes und mit Fliegendreck übersätes Aquarell vom See die Wand. Offensichtlich war das Bild in seinem langen Leben des öfteren naß geworden, und das Ende eines Geweihs war abgebrochen.

In einer Ecke stand ein großes Bett, das von einem Wollvorhang abgeschirmt wurde. Daneben lagen auf einer angemalten Orangenkiste ordentlich gebügelte Taschentücher und zwei silberne Haarbürsten. Polly sah sie sich genauer an und fand Initialen – vier Buchstaben, drei davon erkannte sie als Anfangsbuchstaben von Davids Namen.

Allmählich wurde es Polly wärmer. Sie zog ihren Marinemantel aus und setzte sich an den Kamin. Nach einer Weile nahm sie zwei der aufgeschichteten Holzscheite und legte sie in die Flammen.

Warum war David nicht hier? Wo konnte er sein? Es war nach zehn. Wenn sie sich nicht verirrt hätte, wäre sie vor Stunden hier eingetroffen. Aber wo konnte man in dieser Einöde am Abend hingehen? Zu einem schottischen Fest? Das schien nicht zu David zu passen, aber in letzter Zeit war sie zu der Überzeugung gekommen, daß man von David wie von einem Eisberg immer nur ein Zehntel erkennen konnte. Vielleicht steckte ein Whisky trinkender, Geschichten erzählender und singender Gäle in ihm.

Sie legte noch ein Scheit nach. Alles war bis auf das Knistern des Feuers totenstill, und Polly wollte dieses eine tröstliche Geräusch nicht missen. Sie hatte heute durch ihre Irrfahrten schon kostbares Benzin, das möglicherweise von weit her angeschafft werde mußte, verschwendet, und jetzt wollte sie wenigstens die Wärme des Feuers, so gut es ging, ausnützen. Sie rückte den Sessel näher und kauerte sich hinein. Der Whisky und die flakkernden Flammen taten ihre Wirkung – Polly döste ein.

Dreimal schreckte sie auf und nickte wieder ein – jedesmal fror sie ein bißchen mehr, und ihre Glieder schmerzten. »Das ist ja lächerlich«, brummte sie. »Ich geh ins Bett.«

Irgendwie widerstrebte es ihr, allein in Davids Bett zu kriechen, und sie fand nicht einmal eine Wärmflasche oder etwas Ähnliches, das ihr ein Gefühl von Geborgenheit hätte vermitteln können. Zu Hause legte sie oft Ziegelsteine in die Ofenröhre, die sie, wenn sie heiß genug waren, in Handtücher wikkelte und ins Bett steckte, so daß es kuschelig warm war, wenn sie unter die Decke schlüpfte. Vielleicht lagen hier vor dem Haus auch irgendwo Ziegelsteine herum, aber es würde zu lange dauern, bis sie in dem fast heruntergebrannten Kaminfeuer heiß genug wären. Nachdem sie Davids Zahnbürste benutzt und das restliche Holz in den Kamin gelegt hatte, ging sie – mit Strumpfhose und Pullover – ins Bett.

Das Laken und das Plumeau waren eisigkalt, und Polly tröstete sich mit dem feinen Geruch von David, der ihnen anhaftete. Aber das Wissen, daß er sich in diesem Bett aufgehalten hatte, jetzt aber nicht da war, machte ihr schwer zu schaffen.

Sie ließ die Nachttischlampe brennen – zum Teil für David, wenn er zurückkam, zum Teil, weil sie sich bei Licht sicherer fühlte. Sie brauchte lange, bis sie sich entspannen konnte und einschlief.

»Was, zur Hölle, machst du hier?«

Davids zornige Stimme drang in ihre qualvollen Träume. Sie konnte gerade noch einen Angstschrei ersticken, aber ihr Herz hämmerte wild. Sie wußte, daß David da war, sie erkannte seine Stimme sofort. Doch ihr Körper empfing die Botschaft nicht und begann heftig zu zittern.

Er stand neben dem Bett. »Ich hätte bei der Suche nach dir fast den Verstand verloren! Ich dachte, du liegst irgendwo – tot!« Seine Silhouette wirkte bedrohlich und riesengroß, weil er unter seiner wattierten Jacke noch einen dicken Schafswollpullover trug. »Wie lange bist du schon hier?«

Polly leckte sich über die bebenden Lippen. Ihr Verstand sagte ihr, daß er sich Sorgen um sie gemacht hatte und daß es ihn dementsprechend wütend machte, sie schlafend in seinem Bett vorzufinden. Aber er würde ihr nichts antun – dennoch klang ihre Stimme, als sie die Sprache wiederfand ganz dünn und unsicher. »Seit ungefähr – ich glaube, es war noch vor elf.«

»Ich suche seit neun Uhr wie ein Verrückter nach dir! Ich habe deinen Wagen nirgends gesehen. Nicht auszudenken, was dir alles hätte passieren können – ich habe mir vorgestellt, daß du irgendwo mit gebrochenem Bein in dem verdammten Sumpf liegst und erfrierst!«

»Ich bin mit einem Leihwagen hier.«

»Du hast ein Auto gemietet? Und warum, zum Teufel, hat mir Patrick davon nichts erzählt? Ein Auto steht Meilen von hier an der Hauptstraße, aber ich dachte, es gehört einem Freund von McFarlanes. Mir wäre nie in den Sinn gekommen, daß du es gefahren hast.«

»Aber du wußtest doch gar nicht, daß ich komme.«

»Doch. Ich habe mit Patrick telefoniert, und er hat es mir gesagt. Aber über den verdammten Wagen hat er kein Wort verloren. Na, der kann was erleben.«

»Er ist ein großartiger Junge – er kümmert sich um deine Geschäfte und arbeitet . . .«

In Davids Augen brannte eine Glut, die Rasputin in die Schranken verwiesen hatte. »Fang nicht damit an, ich warne dich. Du hast mich durch die Hölle und zurück geschickt. Ich bin überall herumgelaufen und habe mir die Kehle heiser geschrien, und du hast den Nerv, seelenruhig in meinem Bett zu liegen und zu schlafen. Ich habe genug gelitten, jetzt bist du dran.«

Er zog die Jacke aus und warf sie auf den Boden, sein Pullover folgte, dann machte er sich an seinem Hemd zu schaffen.

Polly sah ihm wie hypnotisiert zu. Sein Gürtel knallte auf die Holzdielen, und die Hose hing ihm um die Hüften, als wäre sie bleischwer. Einen Augenblick stand er splitternackt über ihr – bebend vor Zorn und Leidenschaft. Er sah aus, als wäre er fähig, sie zu vergewaltigen, anschließend zu erwürgen und ihr den Bauch aufzuschlitzen. Pollys Mund wurde staubtrocken.

»Um Himmels willen«, preßte er durch zusammengebissen Zähne hervor, »rutsch zur Seite.«

Polly rutschte.

»Und warum, verdammt noch mal, hast du so viele beschissene Kleider an?« setzte er hinzu, während er sich neben ihr ins Bett warf und einen Schwall eisiger Luft unter die Decke ließ.

Zitternd vor Erleichterung zog Polly den Kaschmirpullover aus, den er ihr vor so lange Zeit geliehen hatte. »Deine Ausdrucksweise scheint gelitten zu haben seit unserer letzten Begegnung, David.«

David zog es vor, überhaupt nichts mehr zu äußern, statt dessen fiel er mit Gebrüll über Polly her und drückte sie ins Kissen. Sein Mund preßte sich auf ihren, und seine Hände vergruben sich in ihr Haar. Polly konnte sich nicht mehr rühren und bekam kaum noch Luft – wenn er sie erstickte, würde sie wenigstens glücklich sterben.

Der Liebesakt war heftig, kurz und wundervoll. Aber als der erste glühendste Hunger gestillt war, liebten sie sich bedächtiger und beschritten den Pfad der Ekstase mit trägen Zärtlichkeiten, Küssen und kleinen Bissen, bis das Verlangen sie mit sich spülte und sie dem gemeinsamen Ziel entgegenstrebten.

Später döste Polly in seinen Armen – benommen vor Glück und Erschöpfung. Ihr Magen knurrte.

David kicherte leise. »Mein armer Liebling, du mußt am Verhungern sein. Wann hast du zum letztenmal etwas gegessen?«

»An der Grenze, glaube ich«, erwiderte Polly verträumt.

Ihr Kopf lag an seiner Schulter, und er hatte ihre Beine zwischen die seinen genommen. Noch nie in ihrem ganzen Leben hatte sie sich so wohl gefühlt. Sie hatte Hunger, aber sie wollte den Zauber nicht zerstören.

Er löste sich von ihr. »Ich muß nach dem Feuer sehen. Die Hütte verwandelt sich in Sekundenschnelle in einen Eiskeller, wenn es ausgeht, und außerdem wird so auch das Wasser warm gemacht.«

Polly räusperte sich. »Es ist kein Holz mehr da . . .«

Er strich ihr liebevoll über die Wange. »Neben der Hintertür steht eine Kohlenkiste.«

»Gott sei Dank. Gegen das hier ist mein Cottage ja richtig luxuriös.«

»Und du hast mich beschuldigt, daß ich außerhalb meines komfortablen, geordneten Heims nicht leben könnte. An diesen Worten wirst du noch zu beißen haben.«

»Mir wäre lieber, ich könnte an einem Sandwich beißen.«

Er lachte. »Sobald ich das Feuer in Gang gebracht habe, bringe ich dir Käse und Kräcker, damit du nicht vom Fleisch fällst, bis ich uns was gekocht habe.«

Es war ein urzeitliches Bild: ein nackter Mann entfacht ein Feuer. Polly sah zu, wie er dünne Holzspäne auf die fast erloschene Glut legte. Als sie Feuer fingen, tanzte das rötliche Licht auf seiner bloßen Haut und beleuchtete die Muskeln und Sehnen seiner Schenkel, die runden Linien seines Hinterteils und seine Füße. Polly bedauerte, keine Zeichenkohle und Papier zur Hand zu haben und dieses Bild nicht für immer festhalten zu können. Nicht zum erstenmal überlegte sie, mit der Bildhauerei anzufangen.

Er richtete sich auf, nahm seinen Bademantel von dem abgebrochenen Geweih. Während er ihn anzog, fiel ihm auf, daß sie ihn genau beobachtete. Bis jetzt hatte er noch kein Wort über das Heiraten verloren – vielleicht fand er ihren Vorschlag, Liebende zu bleiben, inzwischen nicht mehr so unvernünftig. Noch vor zwei Wochen war Polly diese Möglichkeit als Lösung all ihrer Probleme erschienen – jetzt allerdings versetzte sie der bloße Gedanke daran in Depressionen.

»Du bist so schweigsam, Polly. Ist alles in Ordnung?«

Polly setzte sich auf und zog die Bettdecke um sich. »Ich bin müde.«

»Wenn du etwas im Magen hast, geht es dir gleich besser.« Er brachte ihr einen Teller mit Haferkräckern und Käse und ein gefülltes Whiskyglas. David setzte sich auf die Bettkante, während Polly aß. Sie wischte die Krümel von ihren Händen und sah ihn an. Er starrte nachdenklich in die Flammen. Sie hätte viel dafür gegeben, seine Gedanken zu erfahren, aber ihrer

Meinung nach hatte sie nicht das Recht, ihn danach zu fragen. Ihre Geduld machte sich schließlich bezahlt.

»Tut mir leid«, begann er, »daß ich dich so mit der Heirat bedrängt habe. Natürlich ist unsere Beziehung noch viel zu jung, aber ich geriet in Panik.«

»Wieso?«

Er schüttelte den Kopf. »Ich weißes nicht. Damals bei Melissa, fiel mir auf den ersten Blick auf, daß du ganz anders bist als all die anderen Frauen, das hat mir sehr gut gefallen. Du verkörperst den Teil von mir – den ungezügelten, von dem Patrick zu viel abbekommen hat und den ich viel zu lange unterdrückt habe.«

»Du meinst den Teil, den dein Kunstgeschmack und die Vorliebe für bunte Krawatten zum Ausdruck bringen?«

Er lachte leise. »Das sind die Dinge, die ich nicht ablegen kann.«

»Aber warum hast du das alles unterdrückt?«

Es schien ihm recht zu sein, daß sie nachfragte, so bekam er die Gelegenheit, sich alles von der Seele zu reden. »Mein Vater starb, als ich achtzehn war. Das Haus war in einem schlimmen Zustand, und ich mußte wie ein Verrückter schuften, um das Geld zu verdienen, das für die Instandhaltung nötig war. Als ich Angela kennenlernte, und später, als die Jungs auf die Welt kamen, mußte ich immer noch hart arbeiten, um die Familie unterhalten zu können. Beziehungen und Gefühle mußte ich beiseite schieben, weil ich neben der Arbeit kaum Zeit hatte.« Er zögerte. »Ich wollte, daß alle glücklich sind. Ich glaube, Angela war glücklich, zumindest hat sie mir das gesagt. Aber die Jungs haben nicht viel von ihrem Vater gesehen, und in diesem Punkt sind sie zu kurz gekommen. Ich hätte mich auch gern mehr mit ihnen abgegeben.« Er trank einen Schluck von ihrem Whisky und fuhr fort: »Du warst so tollpatschig wie ein junger Hund, so verrückt und verantwortungslos, aber ungeheuer reizvoll. Anbetungswürdig.«

Polly verkraftete ›tollpatschig‹ und ›verantwortungslos‹ nur so gut, weil er es mit ›reizvoll‹ und ›anbetungswürdig‹ versüßte.

»Die Art, wie du mit Patrick bei dieser Auktion fertiggeworden bist, hat mir zu Bewußtsein gebracht, daß du keineswegs so oberflächlich und leichtsinnig bist, wie ich angenommen hatte. Danach habe ich Melissa vorsichtig beeinflußt, um sicherzustellen, daß wir uns wiedersehen. All meine Mühen und Anstrengungen haben mir nichts weiter eingebracht, als dich mit diesem Radioreporter zusammen zu sehen.« Bei der Erinnerung daran funkelte er sie böse an. »Damals dachte ich trotzdem noch, es würde mir genügen, wenn ich eine Weile lang mit dir schlafen könnte.«

»Aber es hat nicht genügt?« hakte sie nach.

»Nein. Als du in meinen Armen geweint und geschluchzt hast, wollte ich dich plötzlich für immer vor allem Kummer beschützen. Und genau das versetzte mich in Panik. Ich sah dich als meine letzte Chance, all die verstaubten Ansichten, die sich mit den Jahren entwickelt hatten, wieder loszuwerden, und begriff zum erstenmal, was es heißt, wirklich glücklich zu sein. Aber jetzt ist mir klar, daß ich dich zu nichts drängen darf.«

»Hast du deine Meinung geändert – wegen der Heirat?«

Er drehte sich abrupt zu ihr um. »Nein, wieso? Hast du deine geändert?«

»Ja . . . ich meine, wenn du mich noch willst, dann sage ich ja.«

Noch bevor sie den Satz ganz ausgesprochen hatte, riß er sie in seine Arme und drückte sie so fest, daß sie kaum noch Luft bekam. Lange Zeit rührten sich beide nicht. Polly preßte ihre Nase an seine Schulter und sog seinen Duft tief in sich ein.

»Dem Himmel sei Dank«, hauchte er in ihr Haar. »Lieber Gott, vielen Dank dafür.«

Später, als sie beide wieder im Bett lagen, schmiegte sich Polly ganz eng an David. »Bist du hergekommen, weil du wußtest, daß ich dir nachfahren würde?« fragte sie.

»Nein. Ich wollte nur weg von allem. Es war verrückt, daß du gekommen bist. Die weite Fahrt und dann der Schneesturm . . . Wenn ich nur daran denke, was dir hätte passieren können! Du bist ein großes Risiko eingegangen.«

Polly seufzte. »Ich weiß, aber irgendein Risiko mußte ich eingehen, sonst hättest du mich als Feigling beschimpft.«

Er hatte den Anstand, reumütig zu erscheinen, als er sich daran erinnerte, daß er genau das bereits getan hatte. »Ich hatte etwas ganz anderes gemeint. Aber die Fahrt hierher hätte dich das Leben kosten können.«

»Das war nicht halb so lebensbedrohlich wie eine Ehe mit dir.«

Er sah sie unendlich zärtlich an. »Du wirst es nie bereuen, daß du dich auf dieses Wagnis einläßt das verspreche ich dir. Wir müssen nicht heiraten, wenn du es nicht willst.«

»Nein? Bis vor kurzem hast du ziemlich eisern darauf bestanden.«

»Inzwischen hab ich begriffen, daß ein bißchen besser als gar nichts ist.«

»Es könnte sein, daß uns nichts anderes übrigbleibt als eine große Hochzeit.«

»Warum? Deine Mutter?«

»Ja. Ich darf sie nicht um das weiße Kleid, die Kirche, die Tränen und all das bringen. Patrick könnte dein Trauzeuge sein.«

»Und Melissa deine Brautführerin.«

Polly lachte. »Sie würde mich mit Stecknadeln aufspießen, während sie mir beim Anziehen hilft. Sie ist selbst scharf auf dich, wußtest du das? Wahrscheinlich redet sie nie wieder mit uns und streicht uns für immer von ihrer Gästeliste.«

David lächelte. »Ihre Dinnerparties sind grauenvoll, trotzdem täte es mir leid, wenn ich den Kontakt zu Melissa verlieren würde.«

»Mir auch. Sie ist ein schrecklicher Snob, aber ich mag sie irgendwie.«

»Hmm. Und ich verdanke ihr sehr viel.«

»Was?«

»Daß ich dich kenne, du dummes Ding. Sie hat uns miteinander bekannt gemacht, schon vergessen?«

»Ich wette, sie verflucht diesen Tag.« Polly dachte an den gräßlichen Abend zurück. »Nein, ich möchte nicht, daß sie sich in ein purpurrotes Taftkleid schmeißt. Ich brauche keine Brautführerin – nur kleine Blumenmädchen. Bridgets Tochter zum Beispiel und Menschen, die sich wirklich über unsere Hochzeit freuen ... Ich glaube, wenn ich mich erst daran gewöhnt habe, dann gefällt es mir sogar.«

»Was? Eine weiße Hochzeit?«

»Nein – der Doppelname.«

David drückte sie in die Kissen und küßte sie wild. »Ich wollte dir vorschlagen, deinen eigenen Namen weiter zu tragen.«

»Beruflich werde ich ihn selbstverständlich beibehalten.«

»Möchtest du dein Cottage und die Werkstatt in der Scheune auch behalten?«

»Würde dir das etwas ausmachen?«

»Wenn es dich glücklich macht, ist mir alles recht. Das einzige, was für mich zählt, ist, dich glücklich zu machen.«

Polly seufzte hingerissen. »Ich denke, eine Zweitwohnung kann ich mir nicht halten – es ist so unökonomisch und widerspricht den Grundsätzen der Grünen, verstehst du?«

»Natürlich«, stimmte er ernst zu. »Ich war bereit, diesen Aspekt außer acht zu lassen, wenn es um dein Wohlbefinden geht.«

»Du bist ein gräßlicher Scheckbuch-Aktivist, weißt du das? Du hast noch nie in deinem Leben einen Gedanken an die ökonomische Bewegung verschwendet. Aber es gibt noch einen Grund, der mich dazu bewegt, mein Heim und die geliebte Scheune aufzugeben ...«

»Und was ist das für ein Grund?«

Sie sah ihm liebevoll in die Augen. »Ich brauche eine Werkstatt ganz in der Nähe, wenn ich meine Töpferei ernst nehmen . . .«

Er erstickte den Rest mit einem Ächzen und einem langen Kuß. »Biest.«

»Spricht man so mit der Frau, die man liebt?« rügte Polly.

Er küßte sie auf den Hals und zog eine heiße Spur bis zu ihrem Ohr. »Liebst du mich wirklich?«

»Was meinst du wohl, was mich dazu getrieben hat, in diese gottverlassene Gegend zu rasen? Die Wanderlust?«

David überlegte einen Moment. »Ich glaube, ›Lust‹ könnte etwas damit zu tun haben.«

»Hmm. Höchstwahrscheinlich hast du recht«, murmelte sie und küßte ihn.

Band 16156

Ann du Mais Mc Cormick

Klimawechsel

Dianna ist frisch geschieden, und nichts hält sie mehr in San Francisco. Sie reist quer durch das Land nach Boston, um ihre ehemals beste Freundin Emily zu besuchen, die ihr vor zehn Jahren ihren ersten Mann, den Kunstprofessor Alan Forbes, ausgespannt hat. Nach all den Jahren erwartet Dianna keine angenehme Begegnung, doch überraschende Ereignisse lassen die intrigante Emily und den treulosen Alan wieder in neuem Licht erscheinen. Und durch die Wiederbegegnung mit ihrem alten Freund Leo wird Dianna klar, daß sie keiner verlorenen Liebe hinterherläuft, sondern auf der Suche nach ihrem verschütteten künstlerischen Talent ist ...

BASTEI
LÜBBE